콜
라
텍

콜라텍

강평원
지음

인터북스

강평원 麥醉 1948년생

사단법인 : 한국소설가 협회회원	장편소설·13편 ↔ 18권
현재 : 소설가협회 중앙위원	인문 교양집·1권
재야사학자·上古史학자	소설집·2권
공상 군경 : 국가유공자	시집·3권
한국가요작가협회 회원	시 선집·1권
북파공작원 : 팀장	수필집·1권

장편소설 : 『애기하사.꼬마하사 병영일기-전 2권』 1999년·선경→신문학 10년 대표소설
　　　　　『저승공화국TV특파원-전2권』 2000년·민미디어→신문학 100년 대표소설
　　　　　『쌍어속의 가야사』 2000년·생각하는 백성→베스트셀러
　　　　　『짬밥별곡-전3권』 2001년·생각하는 백성
　　　　　『늙어가는 고향』 2001년·생각하는 백성→KBS설날특집방송
　　　　　『북파공작원-전2권』 2002년·선영사→베스트셀러
　　　　　『지리산 킬링필드』 2003년·선영사→베스트셀러
　　　　　『아리랑 시원지를 찾아서』 2004년·청어
　　　　　『아리랑 시원지를 찾아서』 2005년·한국문학 : 전자책→베스트셀러
　　　　　『임나가야』 2005년·뿌리→베스트셀러
　　　　　『만가 : 輓歌』 2007년·뿌리
　　　　　『눈물보다 서럽게 젖은 그리운 얼굴하나』 2009년·청어
　　　　　『아리랑』 2013년·학고방→베스트 셀러
　　　　　『살인 이유』 2015년·학고방→베스트
소설집 : 『신들의 재판』 2005년·뿌리
　　　　『묻지마 관광』 2012년·선영사→특급셀러
중 단편소설 : 19편
인문교양집 : 『매력적이다』 2017년·학고방→베스트셀러
수필집 : 『길』 2015년·학고방→베스트셀러
시집 : 『잃어버린 첫사랑』 2006년·선영사
　　　　『지독한 그리움이다』 2011·선영사→베스트셀러
　　　　『보고픈 얼굴하나』 2014년·학고방→베스트
시선집 : 『슬픔을 눈 밑에 그릴뿐』 2018년·학고방
출간된 책 중
베스트셀러-Best seller : 9권
스테디셀러-Steady seller : 11권

비기닝셀러-Beginning : 5권
그로잉셀러-Growing . 3권
특급샐러-8권
신문학 100년 대표소설 : 4권

대중가요 : 87곡 작사 발표 → CD제작
　　　　　여자가수 7명 남자가수 2명

한국 교육 학술정보원에 저장된 책
『눈물보다 서럽게 젖은 그리운 얼굴 하나』
『늙어가는 고향』 시집 『보고픈 얼굴하나』
『임나가야』 『병영일기 전 2권』
『살이 이유』 시집 『지독한 그리움이다』
『북파 공작원 전 2권』 소설집 『신들의 재판』
『아리랑』 『만가』 『아리랑 시원지를 찾아서』
『짬밥 별곡 전 3권』 시집 『잃어버린 첫사랑』
『묻지 마 관광』 『지리산 킬링필드』

국가지식포털에 저장된 책
역사소설 『아리랑 시원지를 찾아서』
『쌍어속의 가야사』 국사편찬위원에서 자료로 사용

한국과학 기술원에 저장된 책
신문학 100년 대표소설인
『애기하사 꼬마하사 병영일기 전 2권』
『저승공화국 TV특파원 전 2권』
시집 : 『지독한 그리움이다』

문화체육관광부에서 엄선하여 선정된 책
우수전자 책 우량전자책 특수기획 책으로 만들어둠
출간 된 책 26권 중 19권이 데이터베이스 되었음

책 관련 방송 출연과 언론 특종보도 목록
『KBS 아침마당 30분출연』
『서울 MBC초대석 30분출연』

『국군의방송 문화가산책 1시간출연』
『교통방송 30분출연』
『기독방송 30분출연』
『마산 MBC 사람과 사람 3일간출연』
『KBS 이주향 책 마을산책 30분 설날특집 방송출연』

『KBS 1TV 정전 60주년 특집 다큐멘터리 4부작 DMZ
1부 휴전선 이야기·2부 북파공작원 증언자로 출연』
『마산 MBC행운의 금요일 출연』
『SBS TV 병영일기 소개』
『현대인물 수록』
『월간중앙 8페이지 분량 특집보도』
『주간뉴스매거진 6페이지 분량 특집보도』
『경남 도민일보특종보도』
『중앙일보특종보도』
『국방부홍보영화 3부작 휴전선을 말한다.
남파 공작원 김신조와 같이 1부에 출연』
『연합뉴스 인물정보란에 사진과 이력등재』

저자는 법인체 대표이사와 개인업체를 가진 중소기업인이었으나 승용차 급발진 큰
사고로 인하여 병원에 입원 중 책을 집필하여 언론에 특종과 특집을 비롯하여 방송출
연 등으로 전망 있는 기업을 정리하고 51세 늦은 나이에 문단에 나와 20년이란 기간
에 대한민국에 현존하는 소설가 중 베스트셀러를 가장 많이 집필한 작가임.

작가의 말

한국문학을 대표하는 것이 산문이라면 산문을 대표하는 것이 소설입니다. 소설이란? 작가의 풍부한 어휘·상상력·깔끔한 문장·탄탄한 구성력을 바탕으로 인간의 삶이나……. 사회의 모습을 형상화하여 인생을 표현하는 언어 예술입니다. 따라서 한편의 소설이 씌어지는 과정에는 필연적으로 등상인물의 심리와 성격이 잘 묘사되고 적절한 사건이 물 흐르듯 자연스럽게 전개되면서 작가가 말 하고자 하는 주제가 부각되기 마련입니다. 물론 소설은 작가의 성향에 따라 소설을 써내는 기법과 형식이 달라 질 수도 있습니다. 예컨대 인간의 내면……. 즉 의식의 흐름을 추적해 나가는 소설이 있는가 하면 철저히 사건의주로 상황을 이끌어가는 소설도 있습니다. 이렇듯 작가들은 저마다 독특한 목소리를 내며 자기만의 작품세계를 보여줍니다. 우리는 그것을 흔히 한 작가의 특성 또는 개성이라고 하며 아무리 실험적소설이라 해도 이러한 기본 요소를 소홀히 하면 실패로 끝나는 것입니다. 1920년대 중반부터 1930년대 중반까지 우리 문단에서 맹위를 떨쳤던 카프문학을: 프롤레타리아 문학·선두에서 이끌었던 박영희와 김기진은 그러나 소설에 대한 이론만은 서로가 달랐다. 박영희는 "소설은 사상이다"라며 주체사상만을 지나치게 강요한 반면에……. 김기진은 "소설은 건축이다"라면서 구성 등 소설이 지녀야 할 여러 요소들의 중요성도 함께 강조했습니다. 우리가 주목해야 할 점은 후자입니다. 소설이 문학이기 위해서는 주제와 문제는 물론 구성의 중요성을 간과해서는 안 되는 것입니다. 치밀한 구성일수록 그만큼 설득력이 강하다는 것입니다. 구성이 제대로 안 되면 군더더기 문장들이 끼어들고……. 그러다가 보면 작품이 지루해져서 망가지기 일쑤입니다. 문학은 가장 민감하고도 세밀한 예술 양식입니다! 사상의 위기에 대한 가장 깊이 있고 심도 있는 답변을 낼 수 있는 것도 바로 문학입니다. 나는 출간한 책이 모두가 전작소설이며 장편을 많이 집필 했습니다. 연재소설은 독자의 반응을 봐 가면서 수정하거나 보안을 하여 출판을 하느냐 마느냐 결정을 하여야 하는데……. 전작 소설은 출판사로서는 큰 부담을 가질 수밖에 없습니다. 잘못 출판 하였다간 손해를 볼 수 있기 때문입니다. 이번 소설의 특성이 이차적으로 픽션 미학이라면 픽션과 넌 픽션의 미학을 거부하며 집필을 한 것입니다. 좀 비약해 말하면 오늘의 사회 현상이 가져온 대중적 가치성……. 그 중에서도 기존적인 구도의 공고성을 파괴하여 나만의 편한 방식으로 소설적 주제를 주입시켜 실속을 노렸습니다. 오늘날의 대중문화는 날로 달라지고 있습니다! 그 한 외로 옛날의 대중가요와 지금의 청소년의 가요는 기성세대가 좋아했던 가요와는 판이하게 다른 방향으로 흐르고 있습니다. 몸을 함부로 움직이는 금기 시기였던 양반시대가 지금은 오랫동안 살기 위해 격렬한 운동을 하는 것처럼! 요즘의 세계에서 최고로 알아주는 걸 그룹과 그룹 방탄소년 같은 그룹은 그 몸놀림을 아무나 따라 하기 힘들듯……. 소설도 순수문학에 집착한다는 게 어쩌면 시대적 뒤떨어진 생각입니다! 문학은 인간의 삶에 필요에 의해서 만들어진 발명품인 것입니다. 성경이나 불경을 비롯하여 코란도 종교인은 죽음이 끝이 아니라 다른 세상으로 간다는 것을 믿음으로……. 인간의 영혼과 신을 : 영혼과 신의

· 결부시켜 만들어진 창작물입니다. 출판사 대표들의 한결같은 주문은 잘 팔릴 수 있는 글을 집필해달라는 주문을 합니다. 그러니까 많이 팔린다는 것은 어떤 면으로든 좋은 일이며 그것이 작가의 역량을 얘기하는 것입니다. 정성과 노력은 늘 답을 해 주는 것입니다. 판매 부수와 작품의 평가가 별개일 수는 있습니다. 상업성과 통속성은 경계해야 되겠지만! 그 어느 누가 뭐래도 작가는 대중성은 존중을 해야 될 것입니다. 어떻든 잘 안 팔린다는 것이 어떤 명분으로든 장점이 될 수는 없으며 작품성이라든지 예술성 때문에 대중성을 확보할 수 없다는 논리는 세울 수가 없는 것입니다. 혹시 순수작가와 대중작가라는 구분이 허용된다면 순수작가는 대중작가의 녹자사회학을 탐구해야 하며 자신의 작품이 팔리지 않는 것이 순수성이나 작품성 때문이라는 어리석은 착각은 떨쳐버려야 한다. 제가 처음 등단할 때는 원고를 보내면 출판사 사장이 다른 출판사에 원고가 계약이 될까봐 비행기를 타고 김해까지 내려와 공항 커피숍에서 계약서를 작성하고 계약에 따라 출판사에서 저자에게 선 인세를 주곤 하였는데 지금은……

　　우리가 무심히 쓰고 있는 소설이라는 말은 장자의 ; 莊子·외물 편에: 外物篇·처음 등장했다고 합니다. 원문에 담긴 뜻을 살펴보면 당시의 소설은 "그저 저자거리에 떠돌아다니는 그렇고 그런 이야기들"정도의 수준으로만 평가받고 있었습니다. 그러나 만약 소설이 계속해서 "그렇고 그런 이야기"의 수준에만 머물러 있었다고 한다면 기원전 290년에 세상을 떠난 장자 이후 오늘까지 과연 명맥을 유지해올 수가 없었을 것입니다! 소설이 허구 : Fiction·이면서도 오늘날 융숭한 대접을 받는 가장 큰 이유는 인간의 삶을 통찰하고 시대를 꿰뚫어보는 혜안을 갖게 해주는 자양분 때문입니다. 즉 허구는 현실에의 : fact·유추라는 불가분의 관계에 있기 때 문이기 때문입니다. 그러므로 독자들은 소설을 읽을 때 단순한 "이야기"만을 기대하지는 않을 것입니다. 독자들이 궁금한 것은 도대체 이 글의 작가는 "왜 이 이야기를 힘들여 만들었을까?"에 대한 해답일 것입니다. 즉 독자들은 아무 음식이나 가리지 않고 먹는 저자거리의 배고픈 낭인이 : 浪人 ↔ 노숙인 · 아니라 진정 맛의 가치를 알고 음미하고 체험 하려는 미식가인 것입니다. 좋은 글을 골라 읽는 다는 말입니다. 해서 소설이 한때 시정의 : 市井 · 잡배 : 雜輩 · 들의 잔소리나 하찮은 소일거리로밖에 인식되지 못하던 시절이 있었다는 것입니다. 하지만 인간의 의식이 점점 더 개화되고 문명이 : 文明 · 고도화될수록 소설이 인생의 표현이요! 인간성의 : 人間性 · 탐구를 지향한 예술 장르로서 인식되어 왔다는 것입니다. 그것은 곧 소설 역시 그 지위가 전과는 비교가 되지 않을 정도로까지 격상되어 : 格上 · 왔다는 뜻입니다. 소설을 인간학이라 했을 때 소설은 근본적으로 인간을 탐구하는 이야기의 구조라고 해석할 수 있습니다. 인간을 탐구한다는 것은 인간 그 자체만을 탐구하는 것을 의미하지는 않습니다. 인간과 연관된 사회와 그 사회를 구성하는 여러 사항들과 긴밀하게 얼 키고 설 켜서 관계하고 있음을 지나쳐서는 안 되는 것입니다. 사회를 구성하는 여러 사항이란 인간 서로간의 관계를 형성하는 외적인 것들과 인간 스스로 사회에 대응해서 삶을 영위하는 인간 자신의 모습으로 대별할 수 있을 것입니다. 다른 한편으론 묘사입니다. 일부 시에서도 그렇지만! 소설에서 보여주는 가장 큰 특징은 무엇을 묘사하든지 일원적이거나 단선적이 아니라는 것을 알 수 있습니다. 어떤 작가의 글은 다각적 묘사를 : 描寫 ↔ description from different viewpoints · 바탕으로 전개시키기도 합니다. 이러한 글들을 우리는 다원적 사실주의라

규정해 버리는 것입니다. 어느 것을 수설의 중신으로 삼아 이야기를 전개하든 그것은 작가의 몫입니다. 그러나 작가가 그 어느 하나라도 소홀하게 생각해서 소설을 구성했을 때 소설은 균형을 잃어버리는 것입니다. 소설 균형의 언밸런스는 소설의 진정성에 회의를 가져오게 하고 소설의 가장 주관적인 구조인 시와의: 詩·구별을 회의하게 만드는 것입니다. 이 경우 시는 물론 서정시를 말합니다. 서사시에 뿌리를 둔 소설과 통틀어 시라고 말하는 서정시와 구별되는 첫째 이유는 이 부근입니다. 시가 작가 자신의 모습을 드러내 인간과 세계를 해석한다면 소설은 세계를 해석하면서 자신을 가능한 한 감추게 되는 것입니다. 자신을 감추면서 인간과 사회 그리고 인간의 삶을 해석하고 추구하게 만드는 것입니다. 추구의 방법은 이야기라고 하는 형식을 통해서 집필을 하는 것입니다. 인간과 인간과의 관계 그리고 사회 이야기 구조가 소설을 인간학이라고 했을 때 이 점은 반드시 전제되어야 합니다. 소설에서 말하는 서사정신은 이것을 바탕으로 말해지는 것이라고 할 수 있습니다. 오늘의 문학 위기는 첨단 과학 발달과 예술 콘텐츠 다양화 결과로 문자문화의 일반적 쇠퇴 현상이라고 보아야 할 것입니다. 그러나 한국문학은 이런 일반적 현상 외에 몇 가지 다른 요인이 추가되어 더 심각해지고 있습니다. 이를테면 8~90년대부터 일기 시작한 시인: 詩人·대량화……. 소설 스토리 대하 화: 大瑕·비평의 자본 촉탁 화: 囑託·입니다. 소설 토지·태백산맥·혼 불 등 대하소설류가 90년대 반짝 세일의 호황을 맞아 마치 스토리의 양이 한동안 질을 능가하는듯했습니다. 하지만 이런 세일 현상은 시장 마케팅 전략가에 의한 인위적이고 일시적 자본의 위력일 뿐! 한국소설이 대하: 大河·처럼 그런 도도한 미래가 보장될 수 없었습니다. 지금의 독자는 흥미진진한 신문연재 소설조차 외면합니다. 그러다보니 신문연재소설이 점차 사라지고 있습니다. 시류는 어차피 고급성의 추구이고 소설예술 역시 그런 순도 높은 고급 작품 생산을 위해 긴 스토리뿐 아니라 생명이 긴 작품의 혼을 담기 위한 고통스럽고 치열한 요랜 담금질이 필요한 시대에 접어든지 오래입니다. 지금의 작가들이 반성하고 인정해야할 것입니다. 읽을 만한 책을 던져주지 못하고 있다는 현상이지요! 문맹 인이 많았던 옛날과는 달리……. 오늘날의 그 수준 높아진 독자들에게 말입니다. 현재 우리문학에는 전문성이 부족하다고 평론가는 말하고 있습니다. 독자의 지적 수준은 세계적 수준과 어깨를 나란히 하고 있는데……. 문학인은 제자리걸음을 하고 있는 것 같다는 것입니다. 의사가 소설을 쓴다면 의사세계나 의학적 지식이 보다 심도 있게 다뤄질 것입니다. 그러나 불행하게도 한국어 시장은 의사가 의사노릇 하는 것보다 소설을 써서 더 많은 부와 명예를 얻을 수 있다는 가능성을 보여주지 못 하고 있는 것 같습니다! 검 판사 출신 중에 소설을 쓰겠다는 사람이 없는 이유 또한 마찬가지일 것입니다!『개미』를 집필한 베르나르 베르베르 작가를『프랑스의 천재작가』라는……. 어떤 평론가가 한 말을 들은 베르베르는 결코 천재작가가 아니라고 고백을 했습니다. 왜냐 하면 개미가 아무리 신선한 발상과 천외 한 기지로 가득 찬 소설이라고 하더라도 이는 결코 우연의 산물이 아니기 때문입니다. 지금까지 그의 행적이 보여 주듯 그는 아주 어려서부터 개미를 관찰하고 연구해 온 개미박사라고 합니다. 소설『개미』에 등장하는 천재 과학자 에드몽 웰즈가 개미박사이듯이……. 베르베르의 개미 관찰은 그가 개미들의 조직 생활과 일하는 모습에 매료되면서부터 시작됐다는 것입니다. 이렇듯 그런 전문인 중에 소설가가 등장해야 하고 소설가는 공부를 통해 전문가를 능가한 소설을 내놓아야 되겠지요? 이름 모를 산에 꽃이 피어 있고 이름 모를 새가 울고 벌 나비가 꽃밭에 춤추고 있다 등…… 따위 추상적인 서술은 이젠 통하지 않는 시대가 되었음을 모든 소설가는 알아야 할 것입니다. 벌은 꿀 1킬로그램을 모으기 위해 20만여 킬로미터를 비행하며 천만송이 이상의 꽃을 찾아 다닌다고 합니다. 그러니까? 춤을 추고 있는 것이 아니라 그들만의 생존 투쟁을 하고 있는 것이겠지요! 겉만 살짝살짝 만지며 대충 지나가는 것도 통하지 않는 시대가 되었다는 뜻이겠지요. 모든 예술 장르가 시대에 따라 그 이론을 새롭게 정립하고 작가 마다 표현을 달리해도 인간의 본능과 욕망을 지배하지는 못했을 것입니다. 새로운 이데아의 추구란 미명으로 우리는 새로운 사조를 만들고 그것을 변명하기 위한 사변적 논리를 펴고 있는 것은 아닌지! 특히 소설가는 남의 작품의 완성도 낮음을 찾으려고 애쓰지 말고 항상 나의 작품의 완성도 낮음을 찾아보고 완성도가 낮으면 반성을 하고 원고를 수 십 번 수백 번 교정을 해야 할 것입니다. 문학의 기본에 충실했을 때만 그것을 기대할 수 있다는 것이다. 문학의 기본에 충실했던 한 작가의 예를 들자면 20세기 대표적 문호인 헤밍웨이는 유난히 스페인을 사랑했습니다. 그의 스페인 사랑은 32세 때 스페인을 여행한 뒤 투우에 심취하여 「오후의 죽음」을 발표하면서 부터입니다. 그 스페인에 파시스트 반란이 일어나자 4만 달러의 거금을 선 듯 보냈는가 하면 나나통신의 특파원으로 직접 건너가 내란의 진실을 전 세계에 알리기도 했습니다. 그러나 내란은 그의 기대를 저버리고 프랑코 쪽의 승리로 끝났습니다. 그는 쿠바의 아바나에 머물며 「누구를 위하여 종을 울리나」를 집필하여 내란에 희생된 영령들 앞에 바친 것입니다. 그리고 계속 쿠바에 머물며 10년 동안 침묵을 지켰다고 합니다. 그 10년 침묵의 이야기를 「노인과 바다를」집필하여 입을 연 것입니다. 노인과 바다의 심연에는 스페인을 생각하는 마음이 깔려 있습니다. 이 작품은 그의 문학과 도덕성이 집약된 금자탑이라는 평가를 받았고 53년 플리처상에 이어 54년 노벨문학상을 받았습니다. 중요한 것은 그가 「노인과 바다」를 쓰는 데는 6개월 걸렸지만 이후 8개월 동안 200번이나 원고를 수정한 뒤 세상에 발표했다는 것입니다. 그러나 헤밍웨이는 노벨문학상을 받은 뒤 더 잘 써야한다는 중압감 때문에 단 한편도 집필을 못하고 죽었습니다. 너무 완성도 높은 책도 작가에겐 심적 부담이 큰 것인가 봅니다! 우리나라에도 다녀간 바 있는 프랑스의 인기 작가 베르나르베르베르는 자신의 출세작 「개미」를 120번이나 고쳐 썼다고 고백한 바 있습니다. 그래서 최고의 독자는 필자 자신이라는 것입니다. 수십에서 수 백 번 자신의 원고를 읽고 교정해야 좋은 책이 나오는 것입니다. 이와 같은 것을 보더라도 일관된 문학정신을 성숙시켜 가는 일……. 완벽주의는 아니지만 전문가가 보고 탄성을 지를만한 전문성이 없는 문학은 앞으로 기생할 공간이 없어질 것입니다. 문장도: 文章·보다 더 간결하고 군더더기가 없어야 할 것임은 말할 것도 없는 것입니다. 한국 문단의 현주소에는 아직도 인내와 끈기가 없는 가볍고 감성적이기만 한 문학이 판을 치고 있다고 합니다. 현재에 안주할 수 없다면 변화에 적극적이어야 할 것입니다. 나 역시 변화에 편승하지 못하고 있는 것이 아닌 가 싶습니다. 알고 보면 변화야말로 영원한 것인데……. 암으로 작고한 어느 선배소설가의 말이 생각이 납니다. "글쓰기란 암보다 더 큰 고통이다."라 했습니다. 그의 병상으로 인터뷰하려간 기자가 "그런데 그 고통스런 글을 뭣 하려 쓰느냐?"질문에 "내가 쓴 글이 출간되어 서점 진열대에 수북이 쌓여있는 모습을 보면 그동안의 고통은 일순간에 사라지고 가슴속에서 터져 나오는 희열은 겪어보지 못한 사람은 알 수 없다. 그래서 글을 쓴다."고했다는 것입니다. 임산부가 생과 사를 넘는 산고를 이겨내고 출산하여 아기를 첫 대면했을 때의 희열과 같은 것입니다. 대다수 작가는 그와 같은 희열을 느끼기 위해 오늘도 골방에서 피를 찍어서 쓰는 것 같은 그러한 고통을 감내하며 글을 쓸 것입니다! 그 선배님을 두 번 만났는데 술을 많이 마신다고 했습니다. 대학 교수인데도 매일⋯⋯. 부산 유명한대학교 문창과 교수는 소설가로 등단을 하려고 신춘문예에 응모하여 5년 만에 등단을 하였다는 신문기사를 보았습니다. 단편 21~30여 페이지 글인데 그렇게 어렵게 등단을 하였다는 것입니다. 문창과 교수면 문학을 가르치는 교수인데도⋯⋯. 예술은 특히 문학은 영원히 인간을 이야기할 뿐인 것입니다. 의사가 의사의 사회를 다룬 소설을 읽고 그 전문성을 배울 게 있어야 하고 법관이 법조계 비화를 다룬 소설에서 '아하'그런 것이구나! 하고 깨닫는 초전문성이 있어야 할 것입니다. 비단 소설만이 아니다. 모든 장르의 문학도 마찬 가지이겠지요! 그런 치열함을 갖추지 못하고⋯⋯. 그저 구시대 창작 풍토에 젖어 대충대충 넘어가며 그저 추상적인 인간 내면의 갈등이나 묘사하는 따위 문학으로는 이 시대에 문인 행세를 할 수 없는 시대가 왔다는 뜻일 것입니다. 이번 소설엔 약간의 외설적이고 음담패설이 : 淫談悖說 · 들어있는 작품입니다. 전국에서 알아주는 유명한 동화와 동시를 쓰는 작가는 40여권을 집필 출간 했는데 "책 내용이 외설적이든 음담패설이든 재미있어야 독자가 있다"라고 나에게 용기를 주었습니다. 이번의 책은 언론매체에서 부정적인 일탈로 다루는 것을 현장에 있었던 사실을 그대로 상재했지만 소설적『넌 픽션』이입니다. 대다수는 궁금해 하고 다른 한편으론 누군가는 꼭해보고 싶은 일이기도 할 것입니다!

이 책은? 외설적인 부분이 있습니다. 신문학 100년 대표소설인『저승공화국 TV특파원 전 2권』엄청난 외설 부분이지만……. 출판이 이루어 졌습니다. 마산 MBC에서 3일간 방송 때 사회자인 허정도 박사께서 본인이 실제로 격어보고 집필한 책이지 않느냐? 물어서 곤란하기도 했습니다. 그러나 지금도 국립중앙도서관 전자도서관에서 책을 클릭하여 강평원을 검색하면 전자책으로 만들어 두었습니다. 그렇다면 베스트셀러가 된 세계명작들 속에 들어있는 외설적인 표현과 이작품속의 외설적 표현을 비교해 보는 것도 이 글을 읽는 독자들은 흥미로울 것입니다. 이 책을 읽은 일부 독자들은 약간 왜 설적이지 않으냐? 할수도 있을 것입니다! 그렇습니다. 우리가 쉽게 접할 수 있는 시의 : 詩·한문자의 뜻을 분리 : 파자 ↔ 破字·해보면 말씀언 : 言·글자에 절사를 : 寺·더한 言 + 寺 = 詩 글자입니다. 절에서 쓰는 언어란 뜻으로 풀이 하면 됩니다. 절에서 쓰는 말이 외설적이면 안 되는 것입니다. 시란 외설적인 말을 융화시키고 응축시킨 세상에서 제일 아름다운 글입니다. 스님들이 불자에게 고운 말만 한다는 것입니다. 그러나 소설은 외설적인 말을 쓸 수밖에 없습니다. 외설적이고 음란내용이 많은 장정일의『내게 거짓말을 해봐』정비석의『자유부인』염재만의『반노』DH 로랜스의『채털리 부인의 사랑』『아들과 연인』엠마누엘 아루상의『엠마누엘 부인』플로베르의『보봐리 부인』등 수많은 책들이 출판 거절을 당하기도 했고 판금조치도 내려지기도 했습니다. 세계명작들 속에는 노골적인 외설부분 많이 상재되어 있는 것입니다. 그러나 지금 베스트셀러가 된 책들입니다. 천재시인 김삿갓의 일설적이고 음담패설적인 시도 많이 있습니다. 시대에 따라 수많은 청취자가 있고 누구나 부르는 노래 가사도 금지곡이 되었다가 해제가 되기도 합니다. 사진과 그림은 느낌으로 끝나지만 노래는 사연 속으로 들어가기도 하고 또는 주인공이 되기도 합니다. 한때는 예로문학에 : Erotic Literature · 호색문학은 : 好色文學 · 성애에 : 性愛 · 관한 다소 분명한 세부 묘사를 그 특징으로 삼고 있는 작품의 유행하기도 했습니다. 연애소설이라는 작품들은 대개 '외설문학과 관련된 특정한 성적 세부 묘사를 피하는 것이 통례이긴 했습니다만…… 그러나 문학에는 성적 소재 그 자체를 하나의 목적으로 사용하는 외설문학을 문학으로 인정하지 않다는 것이 일반적인 견해로 문학의 범주 밖이다. 라고 하지만…… 사랑이나 그 성적인 표현은 문학의 "영원한 중심 문제"들이어서 대다수의 세계 명작 속에 어느 정도 들어있는 것입니다. 외설문학이란 정상적이거나 변태적인…… 성욕을 자극할 목적으로 쓴 작품을 뜻합니다. 이는 크게 두 가지로 나눌 수 있습니다. 흔히 '에로티카라로 : Erotica - 춘화로 ↔ 春畵 · 불리는 작품은 이성간의 연애의 육체적인 면들을 다룬 것이나 액소티카라로 : Exotica - 이국풍 ↔ 異國風 · 불리는 비정상적인 변태적인 성행위들을 다룬 작품을 말하는 것입니다. 이러한 외설문학은 작가 개인에게 도덕적과 심미적 문제일 뿐만 아니라 국가에 법적인 문제가 되기도 했습니다. 외설물의 공통된 주제는 사디슴 : 苟虐性 淫亂症 ↔ sadisme · 메저키즘 : 被虐性 淫亂症 · 물품 음욕증 : 淫欲症 ↔ fetishism · 관음증 : 觀淫症 ↔ voyeurism · 나르시즘 : 남색 ↔ 男色 · 등을 말합니다. 성적 소재를 다룰 땐 헬라어로 에피투미아 : Epithumia ↔ 헌신적 사랑 · 동물적인 피 다툼을 뜻합니다. 짝을 차지하기위해 목숨을 걸고 싸우는 것을 말합니다. 그

외 에로스 : Eros · 아가페 : 친밀한 사랑 ↔ 성서에 많이 인용됨 · 등이 있습니다. 우리인간에게도 간혹 있지만! 미미합니다. 에로는 : tm · 그러한 다툼을 넘어선 정신적 내지 육체적인 사랑을 말합니다. 아가페는 무조건적인 사랑을 말합니다. 이러한 작품은 변태 : 變態 · 적인 성욕을 자극할 목적으로 쓴 작품이 아니라는 것을 읽은 후 단박에 알 수 있을 것입니다! ……콜라텍 이 작품도 변태적인 성욕을 자극하지 않을 것입니다. 거의 실화이니까요.

목차

콜라텍과 노년의 성

부산일보 문화라이프부 김병군 선임기자

"천정에 달린 희미한 조명 사이로 네온등이 반짝거리고 있다. 시끄러운 음악 속에서 잘 차려입은 노년의 남녀가 춤을 추고 있다. 다들 행복한 표정이다. 황혼의 로맨스가 넘쳐 흘렀다."

서울 부산 등 전국에 산재해 있는 콜라텍은 60~70대 노년층의 핫플레이스다. 마땅히 즐길 곳이 없는 이들에게 최고의 놀이터다. 입장료 1,000원을 내면 누구의 눈치도 보지 않고 즐길 수 있다. 여가를 활용해 건강도 다질 수 있어 매일 출근하는 이들이 있을 정도로 만족도가 높다. 그들의 놀이 방식에 대해 색안경을 끼고 볼 필요는 전혀 없다. 콜라텍에서 친해진 커플들은 인근의 식당으로 자리를 옮겨 차나 술을 곁들이며 친목을 나진다. 자주 만나다 애인 관계로 발진하기도 한다. 마음이 맞아 모텔로 향하는 커플도 있다. 건전한 만남을 이어가고 애인을 사귀고 하는 것들은 모두 좋은 일이다. 하지만 꼭 하나 당부하고 싶은 것이 있다. 원치 않은 성병을 얻어 고생하지 말라는 것이다. 콜라텍 뿐 아니라 산악회와 각종 사회단체 남녀 간의 만남이 있는 공간은 다 마찬가지다. 스스로 위생을 철저히 챙기려는 노력이 필요하다. 보건 복지부에 자료에 따르면 2013년부터 5년간 성병의 진료 증가율은 전체 7%수준이지만 60대 이상에서는 25% 이상으로 크게 증가했다. 바깥에서 이성과 성관계를 가질 때 콘돔을 사용하는 경우 불과 27%다. 성병에 무방비 상태로 노출돼 있다고 할 수 있다. 노년층 남성들은 콘돔을 사용하면 발기 유지가 어렵고 사정 감각이 무뎌져서 콘돔사용을 기피한다고 한다. 문제는 대부분 노인들이 체면 때문에 성 상담을 받길 꺼리거나 성병 감염 뒤에도 혼자 끙끙 앓기 일쑤라는 점이다. '이 나이에 무슨 창피냐'는 생각에 자신의 관리에 소홀한 경우가 많다. 서면의 한 비뇨기과 전문의는 "성병 환자 중 여성 60% 남성 20%에서는 아무런 증상이 없다. 그러다 보니 치료를 받지 않아 주변 사람들을 감염시키는 경우가 많다. 성병은 조기에 발견해 치료하면 완치가 가능하므로, 이상이 있으면 즉시 치료를 받아야 한다"고 조언했다. 사실 이들 노년층은 성교육을 받을 기회가 거의 없다. 지금의 60~70대가 성을 처음 접하는 통로는 남자는 군대, 여자는 빨래터 정도다. 100세 시대, 이제는 노인들의 성 문제에 대해 더 적극적인 관심을 가져야한다. 복지관이나 노인대학 등에서 성 상담센터를 개설하는 것도 좋은 방안일 것이다.

위의 글은 부산일보에 실린 글입니다. 이 기사를 읽고 콜라텍이 너무도 궁금하여 이 책을 집필 하였습니다. 다행이도 김해지역에 두 곳이 있어 집필에 많은 도움을 받았습니다.

......

"형님! 날 따라 갑시다."

"너는 내가 한가한 줄 아는구나! 저승으로 데려갈 영혼들이 억 수로 만타."

"쉬었다 하면 형님을 누가 벌합니까?"

"오늘 가는 곳이 어디 노?"

"콜라텍 이라는 곳입니다."

"멋. 하는 곳인 고?"

"나도 처음 가는 곳이라 가보면 알겠지요!"

　나는 지구에 내려온 저승사자를 만나게 되어 그동안 궁금하였던 콜라텍을 가 보기로 하였다. 들리는 소문에 의하면 남여가 서로 부둥켜안고 춤을 추는 곳이라 하여 무척이나 궁금하였습니다. 나와 저승사자는 두 번째 작품인 "저승공화국 TV특파원 1·2권"집필 당시 주인공이 대삼이·신세대 삼신할머니와 저승사자와 지구로 파견되어 경남지역을 돌면서 죄지은 자는 지옥으로 보내고 착한 자는 천국으로 보내는 작업을 하다가 황우석 박사가 게놈프로젝트를 완성하여 인간을 주문생산한다는 뉴스를 접하고 황급히 하늘로 올라가고 3개월간 식물인간이었던 대삼이가 병원에서 곧바로 깨어나는 것으로 끝난 소설을 집필하였을 때…… 주인공입니다. 7부작으로 끝나는데……. 대 히트를 친 영화 "신과 함께" 영화 첫 장면 주인공인 소방관이 : 차 태현 배우·건물에서 떨어져 죽는 장면을 보니 내 책을 보고……. 영화역시 7부로 끝났으며 다만 하늘로 데려가서 7군데 재판을 받는 장면만 틀리지 내 책을 보았다면 어느 누구라도 간접 표절이라는 것을 알 수 있을 것입니다! 죽은 소방관과 신세대 아가씨와 저승사자 등 3명이 벌이는 장면은……. 이 책 2권 ; 하권·264페이지 위에서 3연에 "결국은 신과 죄와 벌 인간의 행복과 불행은 신이 다스리는 것이 아니라 인간의 몸의 머릿속에 내재되어 있다는 것을 이야기하면서 다시 혼이 육신으로 돌아오는 것으로 끝을 맺는다."라는 글이 상재 되어 있습니다. 신과는 영화 신과 함께 제목과 같으며! 죄와 벌은 영화 소제목 죄와 벌 똑같은 문구입니다. 또한 2005년 뿌리 출판사에서 출간한 소설집 『신들의 재판』 제목과……. 독자들이 '신들의 재판을 다시출판 하라'는 연락들이 왔습니다. 생각 중 입니다. 내 책은 저승공화국 신들이 내려와 경남지역을 돌면서 악한자는 지옥으로 착한자는 천국으로 보내는데 7부로 끝납니다. 신문학 100년 대표소설로 지정되어 국립중앙도서관 전자도서관에 강평원을 클릭하면 신문학 100년 대표소설 전자책으로 만들어 두었습니다.

　※ 이번 책에는 저승사자는 저자의 머릿속에 존재하는 간접 주인공
　　으로 나올 뿐입니다.

　……우리는 설레는 마음으로 2층에 있는 콜라텍에 들어섰다. 요금을 묻자 1천원이라는 것이다. 저승사자는 형상이 나타나지 않으니 천원을 내고 안으로 들어가는데 "콜라는 안주느냐?"저승사자 형님이 물어 와서…….

　　"사장님! 콜라는 안 줍니까?"

　돈을 받고 있는 적당히 잘 생긴 여성 사장은 생글생글 웃으면서 위아래를 처다 본 후 한마디 한다.

　　"이러한 곳에 처음 왔습니까? 콜라를 달라니 무슨 텍도 : 말도·아닌
　　소리를 합니까?"

　입장료를 받는 여성 사장이 다시 한 번 위아래를 훑어보고 웃으면서 하는 말을 듣고 사자형님이 귀속말을 한다.

"아! 그래서 콜라에다. 텍 자를 붙여 콜라텍 이라고 하는 모양이
다!"

내 옆구리를 툭툭 치면서 빨리 들어가자는 신호를 하였다. 요즘 시
원한 콜라 한잔이면 2천은 주어야하는데! 형님 말처럼 입장료 1천원
을 주고 콜라를 주지 않느냐? 말에 텍도 없는 소리를 한다하여 콜라텍
이라 하는가!

문을 열고 들어서자? 쿵쾅거리는 음악소리는 귀청을 울렸고 천정에
서 번쩍거리는 조명등이 눈을 혼란스럽게 만들었다. 천정에는 오색
전구가 깜박이며 파도가 치는 것처럼 좌 우로를 우에서 좌로 움직이
며 켜졌다. 꺼졌다. 박복하고 있고 홀 중앙에는 내온 사인이 빙글 빙글
돌며 바닥을 비추며 켜졌다. 꺼졌다. 하고 중앙 3개의 기둥을 타고 내
린 전선에 오색찬란한 불빛이 천천히 껌벅거렸다. 나도 눈이 껌벅거려
진다. 그 광경을 3분여 보고 있으니 홀 안의 광란의 장이 확연하게
볼 수가 있었다.

홀에는 60여 쌍의 남여가 앞으로 껴안고 또는 뒤에서 껴안고 일부
는 탱고 춤 자세로 홀 안을 휘졌고 있었다.

홀 벽면에는 GENZ·BENZ 대형 스피커가 3개씩 쌍 탑을 이루고 있
으며 홀 구석에 4개 중앙 벽면에 2개가 설치뇌어있고 그 옆엔 에이컨
이 설치되어 있으며 대형선풍기가 좌우로 고개를 돌려며 강한 바람으
로 에어컨에서 나오는 냉기를 홀로 분산시키고 있다. 중앙으로 3개
기둥 상단에도 소형 선풍기가 좌우로 두리번거리며! 에어컨과 대형선
풍기와 함께 홀 안에서 행성된 열기를 식혀주고 있는 것이다.

"형님! 의자에 앉아 구경합시다."

"아이구야! 시끄러워서 정신이 하나도 없다. 편하게 앉아서 이 광란의 장을 구경을 해보자."

홀 벽면으로 의자가 놓여 있으며 중간 중간에 2개의 약간 높은 의자가 있는데 그 의자 밑에는 휴지통이 놓여있었다. 앉아서 구경을 하니 홀 중앙으로 나누어 입구 쪽에는 연세가 많은 팀! 홀 안쪽으로는 젊은 팀! 아니 홀 안쪽은 춤을 잘 추는 팀이라고…… 앵클부츠·블랙·다크 브라운 버건·그레이·네이버·베이지·치 콜·퍼플·등 굽이 높고 낮은 신발들에는 아름다운 은색 장신구들이 현란한 춤사위와 천정에서 비춰 내리는 조녕 불빛에 반사 되어 번쩍거렸다.

쿵쿵~딱 쿵쿵~딱 타관 땅 돌고 돈지 10년 넘어 반평생…….

한 홍수 씨의 무도장 종합메들리에 60여 쌍이 춤을 추는데 똑 같은 춤 동작이 아니다. 어째서 같은 노래를 들으면서 춤 동작은 단 한 팀도 같은 동작의 춤사위가 없는가!

"아우야! 완전 개판이다! 어째서 춤추는 동작이 전부 틀리는지 모르겠다."

"형님! 나도 지금 이상하다고 생각하고 있는 중 입니다."

타관 땅 돌고 돈지 10년 넘어 반평생이 아니고 타관 땅 70년을 살면서 그동안 TV나 음악 공연장을 찾아다니며 관람을 했지만 이렇게 엉망진창인 춤 구경은 처음이다. 4분여 음악이 흐른 뒤 음악이 바뀌었다.

궁~다다닥 궁~다다닥 물새들이 울부짖는 고독한 섬 안에서~~~ 찾아오는 애인 없고가 아닌 아름다운 음악이 흘러나오는 현란한 홀 안에서 오늘도 찾는 파트너는 하나 없고가 아니고? 춤 못 추는 늙은 노인은 한 없이 서러워라. 인생의 봄날은 지금이라는 듯이……. 아니 오늘을 허무하게 보내는 것이 내일이 있을 수 없다는 듯이 모두가 춤에 열중이다.

홀 안은 2·4·6 짝 잔 발·비빔 발·구름 발·스피커에서 흘러나오는 음악에 따라 춤사위는 바뀌지만 춤 동작은 역시 같은 동작을 볼 수 없었다.

그 혼란한 무도장에 춤을 잘 추는 한 팀이 눈에 들어 왔다. 남자는 검정 옷에 상의는 어깨에서 소매까지 모기장 같은 천에 수국꽃무늬가 새겨 있는데 속살이 보인 옷을 입었으며 영국신사들이 흔히 쓰는 벙거지를: 신사모자·썼고 신발은 검정 구두인데 뒤 굽이 아주 높은 굽 신발이 날 파리 부부가 춤을 추다가 미끄러져 낙상을 하여 뇌진탕으로 죽을 정도로! 번쩍번쩍 광이 나는 신에 키도 크고 몸매는 날씬하였다. 파트너인 여자는 댄스 복을 입었고 키도 남자파트너의 키보다 2센티미터 정도 적어보였다. 왈츠·탱고·룸바·쌈바·자이브 등 춤이 바뀔 때마다 그 팀의 혼란한 춤사위는 시선을 붙잡았다. 노래의 음률에 따라 휘돌 때 무릎아래서 커다란 우산처럼 펼쳐지는 치마 자락은……. 그 팀은 홀 절반을 휘저으며 황홀한 춤사위를 보여주고 있었다. …….

댄스복은 한 번에 수백만에서 천만 원이 넘는다고한다. 옷 자체도 화려하지만 음악이 바뀔 때마다 춤사위는 황홀 그 자체였다. 시선을 잠시 입구 쪽을 돌리자 별의별 팀들이 계속 들어왔다. 남자가 여성파트너를 뒤에서 끌어안고 음악에 따라 돌기도하고 앞으로 끌어안고서 발을 깐작이며 돌기도하였다. 아마도 춤을 배운지 얼마 되지 않아 그러는 것 같아 보였다!

그 수 많은 팀 중에 댄스 무용복은 아니지만 위 아래로 빨간색 바탕

에 나팔 꽃무늬가 돋보이는 화려한 옷을 입은 여성과 여성 파트너에
겐 어울리겠지만 무도장에 어울리지 않은 하얀 한복을 입은 남성이
여성의 허리 아래쪽 끌어안고 있어 자리를 옮겨 가까이서 보니 나이
는 80세가 넘어 보이는! 팀이었다. 늙어서 그러나! 춤을 추는 것이
아니라 그 자리에 서서 무릎만 앞으로 약간 굽혔다 폈다를 반복하고
있다.

　　"저! 아이들은 춤을 추는 거야? 선풍기 바람에 흔들리는 거야?"
　　"왕 초보인 것 같습니다!"
　　"이런 무도장엔 두 짝지 옷도 영~~ 춤을 추는 건지 쯧~쯔."

　기둥 앞에서 하는 것은 다른 팀에게 걸리적 거림의 피해를 주지
않으려는 배려 같아 보였다. 뒤에 안일이지만 기둥 벽에는 가로 세로
60센티미터 정도의 크기의 거울이 사면에 부착되어 있고 벽 사면에도
3미터정도의 높이에 거울이 부착되어 있었다.
　그래서 홀 안이 번쩍이는 네온에 휘황찬란하다. 춤추는 팀들을 보
니 일부는 그 거울을 보고 춤을 추는 것이다. 아직 춤에 익숙하지 않는
팀들 이었다!
　쿵~따~따~쿵~딱.
　연이어 음악소리는 이어져 나오고 빠른 트위스트 곡이 울려 나오지
만 늙은 노인 팀은 5분여를 지나서야! 벽 쪽에 있던 늙은 여자 파트너
가 홀 쪽으로 나오고 남자 파트너가 기둥 벽 쪽으로 바뀌었는데 동작
은 그대로다.
　폼 나게 살 거야 그 누~가 누~가 뭐래도 큰소리 치고 살 거야.
　앞으로 깐 잔 깐 작 뒤 굽 들어 앞으로 전진 오른발 왼발 교차 깐

작 깐~작 허리 쯤 양손을 올려 좌우로 흔들흔들 발을 크게 벌려 앞뒤로 쿵~쿵 따 닥. 쿵~쿵. 왈츠·탱고·룸바·차차 음악은 수없이 자동으로 바뀌지만 두 늙은이의 춤동작은 논산 훈련소 연병장에 걸려있는 시계바늘 보다 더 느리게 돈다! 언젠가 이들도 춤 고수들이 추는 홀홀 중앙 안쪽으로 갈 것이다.

"……."

　60~70년대 논산훈련소 훈련병들의 배는 항시 고파 힘들었다. 당시 보릿고개시절이다. 3여년의 한국 전쟁이 끝나고 전쟁으로 인하여 피폐해진 우리 내 삶은 하루살이가 고달픈 시절이었다. 또한 자식은 생긴 데로 출산을 하여 우리 집만 하여도 5남 5녀 10남매다. 보릿고개란 빈약한 논에서 추수를 하여 공출·세금·내고나면 먹을 양식이 봄이 다가오면 다 떨어진다. 5~6월 되면 햇볕이 제일 먼저 비추는 양지바른 곳에 보리가 먼저 익어간다. 그 때 보리 목을 따다가 무쇠 가마솥에 쪄서 꺼내어 멍석에 놓고 손으로 비비면 보리알갱이가 나온다. 그것을 껍질도 도정도 하지 않고 밥을 해서 먹은 때가 보릿고개 시절이다. 요즘 신세대들은 무슨 전설의 고향 이야기인가 할 것이다. 그 시절에 훈련병 위장은 모래 아니 돌을 씹어 먹어도 소화를 시킨다는 말이 유행어처럼 도는 때다. 지금이야 월급도 많이 주고 1식 5찬이 넘는다고 하지만 당시엔 보리밥에 어쩌다 쌀이 보이지만 쭈그러진 양은 밥그릇에 밥과 국그릇에 국을 퍼주는데 30센티미터! 정도의 무 시례기 국에 히 멀건 도루묵 눈이 훈련병을 째려보고 있다. 고참 취사병은 놀고 있고 논농사 짓던 훈련병에게 취사병으로 만들어 요령이 없었다. 무 잎을 잘게 썰어야하는데……. 지금이야 도루묵도 귀한 생선이지만

당시엔 무언가 잘못되면 "말짱 도루묵"이라 했다 도루묵은 그런데로 이지만 갈치 국이 나오면? 갈치를 씻지도 않고 상자체로 국솥에 털어넣어 공병삽 같은 커다란 국자로 휘휘저어 한 국자 떠주면 살이 풀려서 어디로 가고 없고 뼈만 야구공만 하게 뭉쳐서 국그릇을 차지하게된다. 지금은 그런 지우개를 보기 어렵지만 긴빵만한 무김지를 밥그릇에 올려 준다. 그래서 자대에 가면 더 좋은 식사를 할 것이라는 훈련병들의 기대감 때문에 훈련소 내무반 벽에 걸려있는 시계바늘은 느리게 도는 것처럼 보이는 것이다. 지금 노인 팀이 추는 춤사위는 50여 년 전 논산 훈련소에서 훈련병이 보는 시계바늘 같이 보이는 것이다.

…….

춤추는 동작도 느리지만 가까이서 바라보니 얼굴이 자기 마음대로 못생겼다! 그러나 늙었다고 흉보지 말거라. 화를 내도 하루 웃어도 하루가 아니냐? 사람은 한때는 누구나 꽃이었다. 듯이 춤을 추고 있다.

"세상을 살면서 병이 없는 것이 가장 큰 재산이며 큰 재산이 없어도 자기의 삶에 만족하며 사는 사람이 가장 넉넉한 사람이지요! 저들도 이제야 그러한 것을 느끼고 왔을 것입니다! 저 팀은 이제 갓 교습소에서 온 것 같습니다. 요즘 각 지역 주민 자치센터를 비롯하여 문화원이나 도서관 다목적 홀에서 교육을 시키고 있습니다. 자식들 결혼시켜서 분가를 해 주고 나면 늙은이들이 집에서 무료하게 시간을 보냄이 지루하기에 운동 겸 나들이를 시킨다는 의미에서 여가 활동을 시키고 있습니다."

"좋은 일이지! 집에 있어보았자. TV보면서 더우면 에어컨 가동해야지 그러면 전기세 많이 나오고 겨울이면 보일러를 가동하니 연료비가……. 동생! 안쪽으로 가서 구경하세."

자리를 이동하여 편하게 앉자 구경을 하였다. 벌써 40여분이 되었다. 홀 입구 중앙에 전자시계가 천정 가까이 붙어있어 시간의 흐름을 쉽게 알 수 있도록 해두었다. 이제야 홀 전체 구조를 알 수 있었다. 중앙 3기둥사이 천정에는 반달 조명등이 부착되어 반달 원형엔 작은 구멍이 많이 뚫려있어 오색 불빛이 깜박이며 느린 회전을 하여 홀 바닥에 비추고 있다. 천정 양 벽에는 빨강색 조명이 3개씩 짝지어 10센티미터 간격을 두고 깜박거리며 달려갔다가 뒤돌아 오기를 하고 있다. 첫눈에 들어 왔던 춤꾼 아니 춤 도사 팀이 눈을 다시 사로잡았다. 남성은 가로지기 멜빵에 허리띠에는 은색 장신구가 현란하게 붙어 음직임에 따라 조명불빛과 조화를 이루어 그 많은 팀 중에 시선을 붙잡았다. 파트너 여인의 저고리는 약간 밝은 밤색에 모기장처럼 속살이 보이고 소매 끝단이 나팔꽃 펼쳐져 움직일 때마다 나비 날개처럼 하늘거리고 빨간 치마는 팬티 끝단에서 허리선을 타고 절개된 상태인데 절개된 면에는 은색 장신구가 끝단까지 매달려서 다리를 들거나 회전을 하면 속살이 보여 보는 사람으로 하여금 가슴을 두근거리게 하였다.

　　"형님! 어떻습니까? 구경을 할 만하지요?"
　　"입장료 천원 내고 이런 멋진 장면을 구경한다는 게……. 시간 보내기는 참 좋은 곳이다. 그런데 늙은이가 보기에는 좀 그렇다."
　　"속으로는 은근히 좋아 하면서! 제가 젊은 시절에 방송국 연예프로 카메라기사인데 가요무대 등 오락프로 촬영을 하면 여자가수들 복장을 보면 짧은 미니스커트나 또는 유방이 많이 노출되는 옷을 입습니다. 춤을 출 때 팬티 끝이 보이거나 인사를 할 때 유방이 3분의 2가 보이기도 합니다. 왜냐고요? 시선이 자기에게 쏠리게 하기 위해서 그러한 행동을 합니다. 어떤 가수는 인사를 할 때 손바닥을 가슴을 가리기도 하지만……. "

"벌써 2시간이 지났는데 우리처럼 의자에 앉자 있는 사람들은 파트너가 없어서 그러나?"

"파트너를 기다리는지! 아니면 우리처럼 구경을 왔겠지요!"

열심히 춤을 추던 팀들이 춤을 멈추고 땀을 닦으며 의자에 앉거나 화장실을 가고 또는 전화기를 들고 검색을 한다. 이제 보니 사각 벽면에는 전화기를 넣는 칸막이함이 있는데 칸막이에는 1에서 부터 10까지 번호가 있다. 칸막이는 투명 플라스틱인데 춤을 추다가도 자기가 전화기를 두었던 번호에 불빛이 들어오면 잠시 춤을 멈추고 번개같이 달려가서 전화기를 들고 밖으로 나간다. 쿵쾅거리는 음악은 단 1초도 멈추지 않기 때문에 밖으로 나가야 전화를 받은 수 있기 때문이다.

홀은 사방이 꽉 막힌 상자속이다. 밖으로 음악이 새어나가면 안 되기 때문이다. 2차선 도로 건너 아파트가 있다. 그러니 그 큰 실내 안에 사람이 가득하고 대형 에어컨과 대형선풍기바람을 비롯하여 소형선풍기에 춤을 추면서 휘날리는 먼지! 보이지는 않지만 땀 냄새와 공기는……. 홀에 처음 들어오니 알 수가 없었지만 시간이 지나니 화장품 냄새에 구분을 못했지만 비위가 상하는 꾸리 한 냄새가 심하게 났다. 여성의 화장품냄새와 남성들의 향수냄새 등 사실 나쁜 냄새와 화장품 냄새가 에어컨과 선풍기 바람에 휘석이 되어 무슨 냄새라고 단정하기 어려웠다. 또한 춤을 추면서 힘들어 흘린 땀과 입에서 토해내는 입 냄새가 포함되어 홀 안의 공기는 무척이나 좋지 않을 것이다!

대다수가 파트너 외는 춤을 추지를 않았다. 저들이 부부일까! 뒤에 안 사실이지만 부부는 한 팀이 있었을 뿐이다. 그런데 홀에서 남편이 또는 자기부인이 가슴을 밀착시켜 또는 뒤에서 끊어않고 춤을 추는 모습을 본다면……. 검은 머리가 파뿌리가 되도록 잘살겠다던 결혼식에서 주례사가 읽어 준 서약서에 언약을 가족과 수많은 일가친지 그리고 축하객들 앞에서 한 뒤 수 십 년을 살면서 부부간에 저렇게 가슴을 끌어 안고 또는 양손을 맞잡고 등에 땀이 흥건하게 젖을 정도로 2~3시간씩 놀아본 적이 있었을까? 세월이 너무 많이 흘러서 잊어먹었나!

이 생각 저 생각 중인데도 홀 안의 광란의 춤사위는 이어지고 있다. 파트너의 손을 잡고 살짝 앞굽을 들고 깐작인다. 그러자 여성 파트너가 2미터 앞으로 몸을 흔들고 나가 우로 네 번을 회전을 한 뒤 파트너 앞으로 가서 팔짝팔짝 뛰고 크로스를 하여 밀어주자 남자 파트너가 좌로 한 번 돌고 나서 여성파트너의 양손을 잡고 양발을 좌우로 깐작인다. 그 몸놀림이 리듬을 타면 더 아름답게 보이는 것이다. 수 없이 반복되는 춤사위는 계속되고 흘러나오는 노래는 슬프게 흘러나온다.

묻지 마세요. 어느 날 길거리에서 날 보더라도 쿵~따~닥 쿵쿵 쿵~타~닥 쿵쿵. 기청이 혼란스러울 정도의 음악에 서로 간에 발을 엇박자 놀림을 하고 서로 간에 뒤 돌아 깨금발로 앞으로 뒤로 몇 발작씩 전진 후퇴를 하고 돌아서 손을 잡고 밀쳤다 당겼다 반복을 한 후 한손을 잡고 여자 파트너 머리위로 돌려세운 뒤 끓어 않는다. 그 들의 모습을 넋을 놓고 보고 있던 형님이……

"저렇게 돌리면 어지러울 텐데! 아무튼 재미가 있는 모양이다?"
"우리가 보아도 재밌는데 당사자들은 얼마나 재미가 있겠습니까! 그러니까 남편 몰래 부인이 나오고 부인 몰래 남편들이 오는 것 아닙니까?"
"그런데 젊은 팀이 있는데 벌써 결혼 생활이 실증이 나서 그런가! 나만의 걱정인가!"

"옷차림을 보니 댄스학원 원장인가 봅니다. 옷차림도 그렇고 춤사위도 남들보다 눈에 뛰는 데요!"

"그럴지도 모르지! 물어볼 수도 없고 그러한 팀이 4개 팀이구나. 옷도 무대 복이고! 그런데 저 영국신사 팀 보다는 춤사위가 조금 떨어진다. 저 팀은 여자 파트너의 복장이 끝내주게 아름답고 얼굴도 홀 안에서 제일 미인이다."

"형님! 잘 보셨습니다. 얼굴만 예쁜 게 아니라 복장도 화려하지만 머리 모양도 꼭지 머리를 하여 아름답습니다. 전통적인 한복에 어울리는 머리 스타일인데 저렇게 긴 치마 무용복에 꼭 맞는 의복입니다."

"남자 몸매가 유명한 조각가 다듬어 전시장에 진열한 예술작품의 조각상처럼 흠 잡을 곳 하나 없이 날씬하게 빠졌다는 것이다."

"키도 적당하네요. 너무 크거나 너무 적어도 그렇고 상대방의 키가 작아도 그렇고 커도 그렇고 머리 모양도 옷에 따라 모양이 달리하는 게 좋아 보이네요!"

"내가 저들의 이름을 알아 오마."

"말이 통하지 않는데요. 어떻게 알아온다는 겁니까??"

"내가 누구냐?"

"……귀신."

…….

"남자도사는 박 희태고 여자도사는 김 지연이란다. 두 사람은 부부이고 부산시 구포에서 카바레를 운영하다가 돈을 많이 벌어 이젠 다른 사람에게 넘기고 부부끼리 시간을 내어 춤을 추며 또는 개인 춤 교습을 하고 있단다."

"여유로운 생활을 하고 있군요! 부부끼리 춤을 추니 바람 날까봐 걱정은 접어 둘 것이고!"

"절마! 이름이 기똥찬 기라."

"갑자기 사투리는……. 나에게는 일마! 춤 도사에겐 절마! 듣는 일마! 절마! 기분 나쁘니 말조심 하세요?"

"동생! 내 나이가 몇 살 인줄 알기나 해? 하대를 한다고 불만인가? 절마! 이름이 순박하고 꾸밈이 없음 朴·기쁠 희 喜·클 태 太·글자이니 꾸밈이 없고 순박함은 착하다는 뜻이고 홀 안을 기쁘게 즉 즐겁게 한다는 뜻의 이름이다. 나의해석이다. 다시 더 붙이자면 세상을 즐겁게 한다는 뜻풀이다."

"어이구! 늙은 형님! 이름 작명소를 하였군요?"

"말 시키지 말고 구경이나 하자."

"춤 도사 팀은 교수였군요! 어쩐지 남자 교수는 몸매가 유명한 조각가의 전시장에 전시된 예술작품같이 멋있어 보이더니! 부부가 춤을 추니 동작도 일사불란하게 움직인 것이 형님! 말대로 교수 밑에서 춤을 배워 남을 기쁘게 하고 자신의 운동도 되니 기쁘긴 기쁘겠습니다! 구두도 번쩍 번쩍 광이 나는 군요. 아무리 옷을 잘 차려입어도 구두가 낡고 지저분하면 좋은 인상을 주긴 어렵습니다. 구두는 성공하는 남자의 자존심입니다."

"일마가 모르는 것도 있네! 기쁘게 할 수도 또는 자신의 건강에 도움도 되겠지만! 남남끼리 끓어 않고 몇 개월 춤을 추다보면 옹달샘 한번 먹자고 하면 못 먹게 하는 여자가 있겠느냐? 먹어보라고 하지!"

"그야 조물주가 만든 법 때문에 대한민국은 미투로 난리를 치고 있는 것입니다. 인간의 생리현상인데도……."

사자 형은 시무룩한 얼굴로 교수 팀의 춤을 유심히 바라보고 있다.

교수 팀은 어깨걸이에 이은 스위트 하트 : Sweet Heart · 연결 피겨 라틴 댄스에서 자이브 : Jive · 빠른 음악 에 격렬한 춤을 끝내고 차차차에서 룸바로 연속이다. 박 교수는 부인 김 교수를 오른쪽으로 2회전하도록 한 후 피겨의 마무리동작을 앵글 포지션에서 다른 피겨로 연결하게 하고 있다.

김 교수는 전진하면서 박 교수가 좌우 어깨를 틀어줌에 따라 자기가 진행 방향을 신속하게 바꾸어 허리잡고 돌자 김 교수는 왼발 뒤꿈치 : 위브 ↔ Weqve · 회전을 한다. 이 때 김 교수는 홀드 상태가 흐트러지지 않도록 유지하며 박 교수의 리드에 따라 차분하게 스텝을 하며 박 교수 리드에 따라 기다리는데 박 교수는 역 방향으로 김 교수를 역으로 위치를 바꾸게 한 후 2회전을 시킨다. 김 교수는 홀드 상태가 흐트러지지 않도록 유의하면서 박 교수의 리드에 따라 차분하게 스텝을 하면서 서둘러 먼저 움직이려 하지 않고 박 교수의 리드에 따라 기다리는 자세로 스텝을 수행 하고 있다. 박 교수는 역방향으로 김 교수를 세 번을 회전시켜 김 교수가 전진 방향인 역으로 위치를 바꾸자 박 교수가 두 번을 회전을 시켜 김 교수를 보내주고서 김 교수의 반대편에 위치하여 김 교수의 어깨를 잡고 밀어주자 역방향으로 네 번을 회전 한 후 앞으로 전진 하면서 회전을 하여 방향을 바꾼 다음 곧 바로 회전을 하고 있다.

방향을 바꿀 때는 제자리에서 원을 그리듯 하여 방향을 바꾸고 전진하며 회전을 하고 있는 것이다. 가만히 지켜보니? 위브를 사용하는 허리잡고 돌기 : Close Hold · 한다. 예전의 허리잡고 회전 상태에서 제자리에서 왔다 갔다 하는 스타일로 가미한 활기차고 신속한 몸짓으로 김 교수는 편한 모습으로 오른발을 방향을 전환하여 회전을 하며 자기가 편한 스텝을 하고 있다. 팽이처럼 뱅글뱅글 연속으로 돌면서 어깨를 쭉 펴고 자세를 똑바로 한 후 발 앞부분을 : Ball · 사용하여 중심을 유지하여 멋있게 3회전을 유연하게 돌거나 제자리에서 세 번 연속으로 회전을 한다. 앞으로 세 걸음하고 곧바로 회전을 위한 동작을 취한 후 우아함과 연결의 흐름이 더욱 더 부드럽고 탄력적으로 회전을 하고 있는 것이다.

몸놀림이 빠르던 홀 안이 갑자기 느린 템포의 블루스의 노래에 김 교수의 춤사위가 부드러워진다. 오른 쪽으로 여섯 걸음 다시 왼 쪽으로 다섯 걸음 후 왼쪽으로 여섯 걸음을 걸어간다. 손은 음악 리듬에 맞추어 하늘거리는 나비의 날갯짓을 한다. 박 교수는 두 걸음을 후진하고 네 걸음을 옆으로 비스듬히 발을 모으고 왼발을 비스듬히 전진 후 오른발을 비스듬히 하여 왼발을 모으듯 하여 왼발을 전진을 하고 나서 왼발을 비스듬히 가로질러 전진을 후 똑바로 전진하여 두 발을 모은 뒤 다섯 번을 걸어서 김 교수의 바깥쪽으로 재빨리 빠져나간 후 여섯 걸음을 걸어가서 마주 손을 잡는다. 박 교수는 비스듬히 11시 방향 쪽으로 전진하여 김 교수의 바깥쪽으로 스텝을 행하자 김 교수는 왼쪽으로 네 번을 회전을 하여 2시 방향으로 간 뒤 박 교수가 김 교수의 오른 쪽으로 오도록 이끌어 지그재그 하는 몸이 좌우로 움직이는 풋 워크를 하고 있다. 지그재그 모습을 보면 히프를 좌우로 돌린다고 할 까! 김 교수는 오른발이 벽 쪽으로 향해 뒤로 후진을 하고 왼쪽으로 세 걸음을 걸어가서 회전을 하고 다섯 걸음을 걸어가 정지를 하자 박 교수도 전진 후 왼발을 옆으로 하여 홀 중앙으로 온 다음 왼쪽으로 두 번을 회전 한 후 6걸음을 후 오른발이 앞으로 갔다가 역으로 벽 쪽을 향하여 저진 하고 오른쪽으로 네 번을 회전한 후 왼발을 옆으로 크로스를 한 후 끝맺음을 한다. 교수 팀의 브루스 춤은 150여 평의 홀이 좁아 보였다! 앞서 이야기 했지만……. 브루스면 브루스 탱고면 탱고·트로트면 트로트·지르박 등 음악은 바뀌어도 각각의 팀 춤사위는 틀린 것을 이해를 할 수가 없었다.

　※ 풋 워크란…… 토 : Toe · 뒤 굽을 바짝 들린 상태.
　　힐 : Heel · 앞을 반쯤 올린 상태.
　　홀 풋 : Whole Foot · 지면을 편안하게 밟고 있는 상태.
　　볼 : Ball · 뒤 굽을 반쯤 올린 상태.

반 굽 높이익 트렌디 한 슈즈엔 은색 장신구가 달려 있고 하이트 색 롱 드레스는 오른 쪽 허벅지에서 좌로 대각선으로 발끝까지 절개 되어 있는데 절개선을 따라 은색 장식이 매달려 있어 몸을 회전 할 때 팬티가 절반은 보인다. 드레스에는 능소화가 허리서부터 발끝까지 가지체로 새겨진 옷이다.

"형님! 춤 고수 여인의 치마에 새겨진 능소 화 자수는 하늘의 신이 지상의 사람을 사랑하게 되어 땅에 내려가자 신이 사신들을 땅에 내 려 보내 딸을 찾아오라고 했답니다. 신의 딸이 살고 있는 곳에는 능소 화 꽃이 피어서 사신들이 능소 화를 찾아 다녔지만 능소 화 꽃은 겨 울에는 예쁜 꽃을 감추고 가시 덩 쿨같이 앙상하게 마른 나뭇가지로 변해 사신들의 눈을 피하여 오래오래 인간과의 사랑을 지켜갔다는 설화가 있는 꽃이라고 합니다. 혹시 형님! 딸 아닌지요?"

"쓰 잘데 없는 소리! 하늘엔 수 천 명의 각 지역을 담당하는 신들 이 있다. 내 딸이라면 바로 찾았겠지! 너희 인간들은 소설가 기질이 있는 모양이다. 내가 알고 있는 능소화 전설 이야기를 들어 보거라. 너희나라 왕에게는 많은 후궁들이 있었다. 그중 한 후궁에게만 사랑 을 주자 다른 후궁들이 질투를 하여 여러가지 방법으로 왕의 사랑을 독차지한 동료의 처소에 가는 것을 막자. 그 후궁은 왕을 매일 기다리 다가 상사병에 걸려 죽고 마는데 그곳에 핀 꽃이 능소화 꽃이다. 능소 화 꽃은 눈으로 보기만 해야지 꺾으려 하면 독이 있어 잘못하여 눈에 찔리면 눈이 실명할 수도 있다고 한다. 그 말은 왕만이 능소화를 꺾을 수 있다는 후궁의 마음을 나타낸 사실과 같은 거짓말이다. 그러니 저 춤의 달인인 여자를 음흉한 눈으로 보지 말거라. 나는 남편이 있으 니 집적대지 말라는 뜻이다! 알겠지?"

이렇든 저렇든 아무튼 그 팀은 유럽 황실 무도장에서 춤을 추어도 손색이 없을 만큼 춤사위는 현란하였다. 특히 머리는 묶음머리에 뒤꽂 이엔 나비 장식 핀을 꽂은 모습이다. 왼 쪽 앞가슴에 커다란 은색 물고

기 장신구를 하고 있다. 홀 안의 여자들은 라면머리·꽁지머리·귀신머리·찐빵머리·절벽머리·단발머리·꼭지머리 얹은머리 등 가지가지 머리 스타일이고 신발은 블랙·차콜 그레이·브릭 핑크·실버 그레이·틸 그린·라떼 베이지·브라운·다크 그레이·베이지·화이트·카키·미디움그레이·등 대형 신발가게 물품 전시장 같아 보였다. 모든 신발에는 장신구가 붙어 있는데 간혹 금색 : 골드·장신구가 있지만 대다수가 은색장신구 붙어 있어 어둠침침하고……. 현란한 춤의 몸놀림과 번쩍이는 네온사인 불빛에 바라보는 눈이 황홀하다.

   "남자들은 모두가 절벽머리! 아니 상투머리에 벗겨 진 : 빛 나리머리
   도 ↔ 일명 대머리·있구나."

   홀 안쪽에서 춤을 추는 팀들은 대다수가 음악에 따라 춤 동작을 맞추어 하는 것 같은데! 홀 입구에서 춤추는 팀들보다는 훨씬 세련된 춤동작이다. 왈츠 춤과 탱고 춤을 추는 팀은 홀을 휘겼고 다니는 느낌이다. 춤에 대해서 모르는 나로서는 그렇게만 보인다. 이런 저런 생각에 잠겨있는데 그야말로 우리의 시선을 집중하게 만들었다.

   "저 팀을 보아라. 교수 팀과 비슷하다! 키는 교수 팀보다 약간 크
   다. 그런데 여성의 몸매를 보니 유명조각가들의 손끝에서 이루어진
   예술작품들을 전시장에 전시한 작품보다 더 아름답다!"
   "형님도 그렇게 보고 있군요? 내 70인생을 사는 동안 저런 몸매는
   처음으로 봅니다. 가분수도 아니고 진분수도 아닌 그야말로 아름다운
   몸매입니다. 남자 파트너도 잘 생긴 얼굴이고 몸매도 잘 빠졌습니
   다!"
   "TV 연예프로 카메라맨이면 가수·배우·탤런트·무용수 등 몸매
   좋은 연예인을 많이 보았을 텐데! 네가 처음 본다니 진짜 아름답다.

선녀와 나무꾼처럼 하늘에서 내려와 옷을 누가 숨겨서 낙오가 된 모양이나! 서 여싱은 생을 다하면 천상으로 데려가 선녀로 만들 것이다.”

"옷도 블랙으로 치마는 허리 좌측 부분에서 우측으로 대각선으로 절개된 상태인데 절개된 선을 따라 은색 장신구가 5미리 간격으로 부착 되어 춤을 출 때 번쩍이는 조명 빛과 어울려 몸매가 두드러지게 아름답습니다! 바지 왼쪽 허벅지엔 단도 모형의 은색 장신구가 달려 있고 양손 소매 팔 굽에서 나팔꽃처럼 펼쳐있어 손을 흔들 때마다 꽃잎에 매달린 은색 장식과 어울려 나비가 날아가는 모습처럼 환상적입니다. 급회전을 하면 잘린 치마폭이 휘날려 팬티 끝이 보일 듯 말듯하여 가슴을 쿵쾅 거리게 하는군요!”

남자파트니는 유럽의 황실 무도회장에 옮겨놔도 어색하지 않을 정중함으로 천사파트너를 능숙하게 이끌고 있으며 남자파트너의 섬세한 춤동작에 따라 천사는 콧대 높은 공작 백작 부인들이 부러워 할 정도로 화사하고 우아한 몸짓으로 남자파트너의 리드에 잘 따르고 있다!

"동생아! 천사의 둔부를 눈여겨보지 말라? 허리선에 장식된 은색 단도 : 短刀 ↔ 날카로운 칼·장신구는 행여 나쁜 행동을 하면 손을 칼로 그냥……. 참! 동생이 18세 어린 몸으로 자원입대하여 논산 훈련소에서 훈련을 끝내고 자대에서 행정병으로 근무 중 1군하사관학교에서 강제로 차출되어 교육 수료 후 휴전선 경계부대에서 근무 때 북한 124군 부대 소속 김신조 일당 31명이 박정희대통령을 죽이려 왔다가 김신조만 남고 군경에 의해 30명이 사살당하는 사건이 일어나서……. 박정희가 전쟁을 하려고 했으나 너희 나라가 미국과 월남에서 전쟁을 하고 있기에 두개의 전쟁을 할 수 없다는 미국이 반대하여 몹시 화가 난 박정희가 우리도 124군부대 같은 테러부대를 만들어 김일성 목을 가져오라 하여 만들어진 테러부대에 차출되어 교육을 받던 중 인간병기를 만들어가는 훈련에 지친 부하들이 '팀장님은 작전을 하다 죽던! 수명을 다하고 죽으면 숫총각이니 선녀탕의 때밀이로 보내

준다'하여 훈련에 지친 동료들이 배꼽은 잡고 웃었다는 일화가 있지 않았느냐?"

"당시 북한의 동태를 살피려 동해안에서 정보를 수집하던 푸에블로 호가 북한군에 의에 납치되어 대동강 변으로 끌려가자. 일본에서 월남전으로 가려던 엔터프라즈호가 2척의 기동함대를 이끌고 동해로 출동하여 응징하려 했으나 포기를 했습니다. 지금도 전시 작전권이 미국에 있습니다. 지구상에서 개의 전쟁을 할 수가 없기 때문이라는 것입니다. 국군창설이래 너 죽이고 나 죽는다는 심념을 가진 최고의 악질테러부대가 박대통령의 특별지시에 의해 만들어진 것입니다. 얼마나 교육이 힘든지……. 각 부대에서 신원이 확실한자 : 한국 전쟁 때에 빨치산 또는 이북에 일가친척이 있는 병사·신체 건강한 병사 80명을 강제 차출하여 혹독한 훈련을 시켜 훈련을 견디지 못하여 38명이 탈락하는 인간 병기를 만들어 4개조 팀을 만들어 북에 침투를 시키는 것인데 내가 1팀장이 되어서 8명의 부하를 데리고 제일 먼저 침투를 하였던 것입니다."

"요즘 중동에서 벌어지고 있는 알카에다들이 하고 있는 테러 즉 신은 하나다. 라는 종교적 이념으로 몸에 폭탄을 휘두르고 자폭을 하는 것은 네가 북한에 침투 때 박정희에게 보고한 작전 계획이라고 했는데 진짜 잔인하지 않느냐?"

"그 당시 즉결 처분권을 대통령에게 받고 북한 개성 지나 평산까지 갔으나 철수하라는 명령을 받고 돌아오면서 북한군 초소를 괴멸시키고 왔습니다. 지금도 당시에 난수표 : 비밀암호·못 들은 척 하고 작전을 수행하였으면 서울 불바다 운운하는 악질 혈통인 김일성 왕국이라는 존재는 지구상에서 사라졌을 텐데 하고 눈물을 흘리고 혈압이 올라 응급실에 수번을 실려 가기도 했습니다. 지난해에 형님을 만났을 때도 북한 관련 뉴스를 보고 혈압이 올라서 김해 중앙병원 응급실에서……."

"즉결 처분권이란 명령을 듣지 않는 부하를 재판도 없이 또한 최소한 소명과 절차도 없이 현장에서 부하 3명을 사살할 수 있는 엄청난 권한을 국군의 최고의 통치자인 대통령이 내리는 권한이 아니냐?"

"제가 국군 창설 이 후 직결 처분권을 가장 많이 받은 ...혼 지휘자입니다. 처음은 1968년 1월 21일 북한 테러 부대 31명이 박대통령을 죽이려 왔을 때이고 두 번째는 북파공작원이 되어 부하 8명을 데리고 북한에 들어가 임무수행 때이고 세 번째 처분권을 받은 것은 나의 뒤 조가 북에 침투하여 실패를 하여 4명의 부하가 희생 되었고 우리 형님이 18연대 : 일명 백골부대 · 근무 중 남파 공작과 싸우다가 토치카에서 갑자기 튀어나온 북한 공작원에게 따발총에 오른 팔에 5발을 맞아 광주 77병원에 입원 중이었고 또한 방공소년 이승복 어린이가 남파 테러부대원에게 '나는 공산당이 싫어요.'라는 말에 어린 아이를 칼로 잔인하게 입을 찢어 죽이는 사건으로 인하여……. 그 복수를 위해 자원을 하여 부하 13명을 데리고 북에 침투하여 적의 내무반과 중대 본부를 초토화 시키고 무사히 복귀를 했던 것입니다."

"참으로 악질이다! 그래서 국방부 홍보영화인 휴전선은 말한다. 3부작 1부에 박정희를 죽이려 왔던 김 신조와 1부에 출연하여 증언을 했고 KBS특집 다큐멘터리 4부작 DMZ 1편『금지된 땅』과 2편『끝나지 않은 전쟁』편당 1시간짜리에 출연하여 증언을 했고 또한 서울 MBC라디오 초대석에서 숭실대학교 국문학박사인 장원재 교수와 30분간 방송을 하였으며 조선일보 보도와 중앙일보에 특종보도를 한 인물이니 거짓말이 아니구나."

"지휘자란 어깨에 파란 견장을 달고 있는 부사관 이상입니다. 다만 전쟁이나 특수임무를 받고 적을 향에 임무를 수행하는 군의 지휘자를 말합니다. 별 계급장을 달고 있는 장군이라도 작전을 하지 않는 지휘관에게 직결 처분권이 없는 것입니다. 대통령도 국방장관도."

"여하튼 동생은 국가에서 인정하는 공상군경 국가유공자고 정치인이 잘못하면 혈압이 올라서 지난해에도 중앙병원 병원 집중치료실에서 3일간 치료도 했고……. 그 때 나를 만나서 그간의 이야기를 나누었지 않았느냐? 동생같이 국가를 위해 충성심이 많은 사람은 없다. 너희나라 최고로 독자를 많이 가지고 있는 조선일보 보도와 중앙일보에선 특종으로 보도를 하였다니 너는 충신이다. 당시 18세 그 어린 몸으로 자원입대를 하여서 지금은 군대를 안 가려는 자가 얼마더냐? 동생은 35개월 16일을 근무하고 전역을 했으니 지금은 21개월도 하기 싫어서 양심적 병역 거부라는 신흥 종교가!"

"당시 나는 논산훈련소 1개월 영천 병참학교 1개월 원주 제 1군하사관학교 : 지금은 부사관 학교로 됨·4개월 북파공작 특수교육 5개월 후 북파활동 2번을 했으니……. 전역 후 국가에서 나의 목숨을 보호차원에 극비로 하기위하여 이름 2번과 본적지 3번·주민번호 3번·가족을 비롯한 상훈 등의 경력을 모두 삭제해 버렸지요. 군 시절 사진이 한 장도 없으며 부사관 학교 졸업 때 앨범과 기념반지도 없애라 하여 폐기 처분을 하였습니다. 북파공작원 책을 출판 후 언론에 노출 되었습니다. 국방부에서 제작한 홍보영화는 김해시청 본관 1층 민원인 휴게소에서 녹화를 했는데 내려오겠다는 연락도 없이 8명의 스텝을 데려왔고 KBS에선 서울로 오셨으면 좋겠다는 연락을 받고 서울에서 공작원을 찾아서 하라고 하였는데 6명의 스텝을 데려와 시청본관 2층 소회의 소에서 2회분의 2시간 분량의 인터뷰 녹화를 하였지요. 다행히 김해시청 공보과에서 이들의 경비와 식사를 제공을 하였지요."

"그들이 김해까지 내려온 것은 너만큼 국가를 위해 목숨을 걸고 군 생활을 한 사람을 찾을 수가 없어 많은 경비를 들여왔겠지! 너는 국가 공상군경 유공자이니 KTX특급 고속열차도 무임승차가 아니냐? 그런데 서울로 올라가지 그랬냐?"

"물론 출연료를 사양했습니다. 내가 서울로 갔으면 되는데 여러 명의 녹화 팀을 김해까지 오게 하여 고생을 시켰으니까 미안해서 입니다. 서울에서 찾아서 방송을 하라고 했지만 국방부에선 연락도 없이 8명이 내려왔고 KBS는 6명이 내려 왔습니다. 특수임무 종사자가 서울에서만 700여명이라는데 그들과 나는 틀립니다. 나는 박정희 전 대통령이 특별 지시에 의해 만들어진 특수임무 : 북파공작원 ↔ 일명 멧돼지부대·요원으로 정대원이 42명인데 실제로 북에 침투한 대원은 35명 입니다."

"세상에서 제일 악질 부대 팀장으로 2번의 임무를 완성하였으니 신문기자나 각 방송국에서 출연을 요구할 수 있었겠지! 문재인정부가 들어서고 북한 괴뢰집단의 수장 김정은을 만나고 미국 트럼프가 만나 곧 핵무기폐기가 이루어 질줄 알았는데 일부 어리바리한 단체가 생겨나서 김정은을 찬양을 하니 우기지 않느냐?"

"빈산 세상엔 별의별 인종이 있듯 같은 민족이라도 아니한 뱃속의 형제라도 각기의 생각을 달리 할 수는 있습니다."

"그렇지만 연좌제가 너희나라에 없어 졌다지만…… 김일성이 벌인 한민족 간에 전쟁으로 인하여 1,000여 만 명의 이산가족이 생겨났고 200여 만 명이 희생이 되었으며 20여 만 명의 미망인과 10만 여명의 고아가 생겨났지 않았느냐? 그뿐만 아니라 미군 7만 여명과 유엔군도 많이 희생이 되었다."

"지금도 그렇지만 정치인들의 욕심 때문입니다. 지금 정치인들의 작태를 보시면 알겠지만 자기가 속한 당에 불리하면 국민은 안중에도 없고……. 왜? 세상엔 아직도 전쟁이 존재하는 걸까요."

"통치자나 모두 단체 우두머리는 그 자리를 지키기 위해선 다툼이……. 그래서 별의 별단체가 우후죽순: 雨後竹筍·같이……. 김정은이가 문대통령을 만났다하여 모든 것이 해결 될 줄 알고 '굉장한 전략 가이지 화려한 언변가이지 혹시 천리안을 가진 게 아닌지 송이버섯 2톤 선물하는 섬세함은 국민들에게 큰 감동과 울림을 줬다. 목소리 처음 듣고 생각을 해보니 목소리가 참 좋구나. 하였다.'라는 글에 반대 측에선 김정은 미화 안돼 지금 북한과의 졸속 평화를 위해서 대한민국이 무너져 내리고 있습니다. 국가보안법이라는 것은 존재하지도 않은 나라가 되었구나! 적국의 수장의 이름을 연호하는 것을 보니 이젠 아무렇지도 않은 그런 나라가 되었구나! 글이며 최진봉 성공회대교수는 '거짓 쇼에 넘어가지 말아야 한다. 백두칭송이 웬 말이냐. 당장 해산하라.'말에…… 백두칭송 위라는 단체가 북한 예술단의 공연 영상에 맞춰 율동을 선보였고 김정은 목소리 듣고 목소리 참 좋구나 생각이 들어! 김정은은 굉장한 전략가 이고 화려한 언변가라고 찬양을 하고 있는 패거리를 보면 나는 아랫배에 힘을 주어 짙은 가래를 끊어 올려 그들 입안에 뱉어버리고 싶습니다."

"너무 열 올리지 말거라. 혈압이 올라 지난해처럼 또 응급실에 실려 갈라. 저기 천사 같은 몸매를 가진 팀의 춤이나 구경을 하면 열 받은 머리가 식을 것이다."

"……."

"이렇든 저렇든 아무튼 간에 동생은 저 천사 같은 몸매의 기준은 어떻게 생각하느냐?"

"저승공화국TV특파원 집필 때 가르쳐 주었는데 잊어먹은 모양이군요? 늙으면 별수 없는 모양입니다! 동양에서 미의 기준을 삼는 기준은 삼대: 三大·삼소: 三少·삼백: 三白·이라고 일컫는다고요. 여자를 볼 때는 안고 싶은 여자·안기고 싶은 여자·안고 싶지 않은 여자가 있습니다."

"동생은 삼을 좋아 하기는 3X3은 9이니까. 화투판에 끝 발 좋은 갑오가 아니냐? 설명 좀 해 보거라."

"삼대는 눈이 커야하고·유방이 커야하고·궁둥이가 커야 하며·삼소는 입이 적어야하고·손발이 적어야하고·옹달샘 구멍이 적어야 하며·삼백은 살결이 하야야 하며·눈동자의 주변이 백색이어야 하고·이빨이 백색이어야 미인이지요!"

"여하튼 소설가 머리통을 보고 작은 신: 神·이라는 말이 거짓말이 아니구나! 그렇다면 네가 여자를 볼 때 느낌인 3가지는?"

"별것을 다 알려고 하네! 안고 싶은 여자는 정감이 있어 보이고 자식 같기도 하고 마누라처럼 묘한 기분이 드는 여자이고…… 안기고 싶은 여자는 사춘기 시절 그러니까 중학교 1~2학년 때쯤: 사춘기·가슴속으로 짝사랑하는 여선생님 같은 사람 과 힘들고 졸음이 올 때 기대고 싶은 푸근한 감성이 느껴지는 이웃집 누나 같은 여자이고……. 안고 싶지 낳는 여자는 아무리 화려하게 분단장을 하고 행도 거지가 화냥기가 있어 보이는 여자를 말하는 것입니다."

"아무튼 너 머리통은 국보급이다! 소설가들의 머리는 알아주어야 한다. 저 천사 팀 춤추는 모습을 보자 그야말로 빙그르 도는 춤사위나 발놀림과 손놀림에 그저 입이 다물러 지지를 않는 구나 가만히 생각을 해보니 선녀로 만들게 아니라 그냥 천사로 만들어 보내야겠다."

"아니! 선녀로 만들겠다고 하여놓고 갑자기 왜. 그럽니까?"

"동생은 얼굴을 살펴보니 저 천사의 알몸을 보고 싶지? 남자 파트너가 실수로 치마 끝자락을 밝으면…… 엉큼한 생각을 하고 있는 것 같아서 그런다! 동생은 죽으면 선녀탕 때밀이로 보낸다고 너희 부하들이 이야기 했고 그래서 나도 동생을 선녀탕에 보내려고 했는데 저 천사는 선녀탕으로 보내지 않고 천사로 만들 것이다. 꿈을 포기하라. 알았냐?"

"당시 나는 숫총각이었습니다. 현님은 이젠 관상쟁이가 됐나봅니다! 여하튼 알겠습니다. 형님이 말한 것처럼 남자 파트너가 천사의 치마 끝을 밟아 알몸이 드러나길 바라느냐고 물어 보지 않았습니까? ……영화 쉘 위 댄스에서 주인공인 존 크라크는 매일 유언장을 대필해주는 직업을 20여년을 하고 있어. 세상살이에 회의를 느끼던 중 매일 회사로 출퇴근하면서 창밖에 보이는 댄스학원 간판을 보게 된 것이 중독처럼 되어갑니다. 그래서 하루는 들어가 보려고 계단을 오르다가 그만두고 내려가던 중 학원 강사가 옷을 맞기면서 들어가자고 강제로 이끌려서 학원에 들어가 구경을 하게 되었는데……. 반강제적으로 입학 원서를 작성하게 됩니다. 무기력한 생활을 바꿔줄 신명나는 박사 G 스텝 시연을 보고 부인 몰래 학원으로 출근을 하게는데 부인은 빨래를 하다가 집에 없는 프랑스제 샤넬향수냄새가 남편 옷에서 심하게 나고 퇴근시간이 점점 늦어지는 날이 많아지자 탐정사무실을 찾아가 남편이 퇴근 시간이 늦은 이유를 알아달라고 부탁을 하여 탐정사무소 남자 직원이 남편 뒤를 따라 다니면서 남편이 댄스교습소에 다닌다는 사실을 알려줍니다. 탐정 소 소장은 바람난 것이 아니니 지켜보자고 합니다. 아내에게 거짓말을 하면서 교습을 제대로 받은 남편은 댄스대회에 나가게 되었는데 탐정 사무소장이 댄스대회장에 부인과 딸을 데리고 가서 구경케 합니다. 처음 왈츠 경연에서 같이 배웠던 동료가 결선에 나가게 되었고 두 번째에 퀵스텝에서도 다른 동료가 결선에 나가게 되고 주인공 존은 샤이니 드레스를 입은 여자와 폭스트롯을 추던 중 다른 팀과 부딪혀 넘어져 여성 파트너가 일어나는 순간 파트너 치마 끝자락을 실수로 밟아 치마가 흘러 내려 흰 팬티가 보이는 사고가 발생합니다. 여성은 치마를 거머쥐고 팬티바람으로 무도장을 나가자 존은 따라가 사과를 하는데 그 후로 존은 춤을 그만 두게 되었는데 존의 부인이 남편이 출퇴근하는 코스를 버스를 타고 가다가 댄스 무용학원 간판을 목격하게 되고……. 남편의 직업이 세상살이가 무력함을 느끼겠다는 생각을 하여 남편의 댄스 무용복을 사주게 되며 남편은 그 옷을 입고서 부인이 운영하는 상가에 가서 여러 직원이 보는 앞에서 부인의 손을 잡고 댄스를 합니다. 영화 엔딩은 좋은 결과로 끝납니다."

"그런 영화도 있었느냐? 너는 지금 남자 파트너가 저 천사 치마 끝을 밟아 영화 장면 같은 일이 벌어 졌으면 하는 갈망이 있겠구나! 헌데 남자 파트너의 춤을 보거라. 얼마나 천사에게 리드를 잘하느냐? 그러나 저 천사의 옷매무새를 보니 팬티를 입지 않은 자태다! 저렇게 히프선이 매끄러울 수 있겠느냐?"

"……팬티를 입으면 팬티선이 보이는데 형님의 말대로!!!"

천사 팀은 우리가 음흉한 말을 하거나 말거나 수가지 음악에 따라 맞춤의 춤추고 있다. 남자 파트너가 오른발을 정지를 한 후 우로 한 바퀴를 돌고 난 뒤 오른발을 앞을 들어 찍고 이동하여 정지 상태에서 앞뒤로 깨금발로 찍고 발을 모아 교차 깨금발을 하고 있다. 천사는 오른발을 멈추고 왼발을 가볍게 템을 하면서 왼발을 후진을 하더니 오른발을 앞으로 이동을 하고 오른발을 제자리에서 가볍게 들고 가서 다시 스텝을 하자 남자 파트너는 왼발을 멈춘 상태에서 오른발을 탭하고 오른발로 후진하여 방향을 뒤로 돌아 오른발을 이동한 후 왼발로 후진하고 난 뒤 오른발로 다시 후진을 하여 왼발을 오른발에 모으듯 : 오른발 옆에·탭을 하고 왼발을 후진 후 양발을 모은 뒤 무릎을 살짝 낮추자 천사는 남자 파트너의 춤사위에 따라 벽 쪽을 등 뒤로 자세를 잡은 상태에서 중앙을 정면으로 향하기 위해 왼쪽으로 돌면서 오른발을 왼발 옆으로 하여 조금 이동을 하더니 왼발로 후진하고 멈춘 다음 오른발을 왼발 옆에 탭을 한 후 오른발로 이동을 하면서 왼발을 오른발 옆에 탭 하자. 남자 파트너는 천사가 나가는 방향을 등 뒤로 하더니 오른발을 후진을 하면서 네 번을 회전 하고 왼발을 벽 쪽으로 걸어가 제자리에 서서 왼발을 오른발에 모아 선 후 왼발을 뒤로 간 후 오른발을 왼발 옆에 모으고 선다. 이 팀의 남성이 천사를 잘 이끌지민 천사의 몸놀림은 나비가 꽃을 찾아 하늘하늘 나는 모습이다. 저승사자 감탄사처럼 하늘의 선녀가 있다면 저런 모습이 아닐까 싶다! 홀 안의 여성들은 옷 절반은 블랙이다. 이유는? 사이키 조명에 잘 맞는 색인 은색장신구가 돋보이게 하려면 색이 짙은 옷이 안성맞춤이다! 어찌 보면 흑백 영화는 보고 있는 느낌이다. 교수팀 말고는……. 둘이서 별별 생각을 하고 있는데 아름다운 몸매로 춤을 추던 천사가 내 곁으로 다가와 앉으면서 살며시 손을 잡는다. 손이 무척이나 따뜻했다. 춤을 추는 사람은 온 몸에 땀이 나지만 구경을 하는 사람은 춥다. 대형 에어컨과 대형선풍기 바람 때문이니. 뜨악한 얼굴로 바라보는 나에게 미소를 지으며…….

　"아버님! 춤추려고 왔습니까?"
　"아닙니다. 저는 소설가인데 콜라텍이란 현장소설을 집필 하려고
　왔습니다."

천사는 의외라는 표정을 짓고 잡았던 손을 놓고 땀을 닦는다. 대형 선풍기 앞에서 몸을 식히던 남자파트너가 천사의 곁에 앉자 귀에 대고 말을 나누더니? 그도 내 곁에 앉아…….

　"어르신! 혹시 가지고 온 책이 있습니까?"
천사가 나의 신분을 말한 모양이다! 그의 물음에 가방에 넣고 다닌 책을 꺼내서 보여주었다.

　"어르신! 저에게 파십시오."
　…….

절대로 개인적인 책을 팔지를 않는다. 나는 책을 집필하여 출판사에 원고를 출력을 하여 2~3곳에 보낸다. 제일 먼저 출판을 하겠다는 연락이 오는 곳에 계약을 하는데 계약서에 출판사마다. 다르지만 10권에서 30권을 저자보관용으로 받는다는 서명을 한다. 나는 팔린 인세를 받을 뿐이다. 꼭 필요하면 인세에서 책값을 공제하고 책을 가져오는 것이다. 김해시 허 성곤 시장도 이 책을 나를 직접 만나 구입을 했으며 2017년에 출간된 꽃을 든 남자보다 책과 신문을 든 남자가 더 『매력적이다』책은 김해 문화의 전당 야외 공연장에서 시장과 사모님이 시정을 살피려고 나온 자리에서! 마주치게 되었는데 "가지고 있는 책이 있느냐?"하여 가방에 출간한 책을 가방에 넣고 다녀서 보여주었더니 5만 원짜리를 주면서 가져가는 것이다. 만원 잔돈이 없는데 사모님과 손을 흔들며 "됐습니다."하면서……. 책이 출간되면 12만부가 발행되는 김해시보에 나의 약력과 책이 출간되었다는 소식을 편집부 권 혜열 편집장이 인터뷰를 하여 보도를 하는 것이다. 나는 그간에 26권을 출간을 했는데 모두 기획출간을 하였고 현존하는 우리나라 문인 중에 베스트셀러를 가장 많이 집필한 작가다.

이 천사 팀에 책값을 받고 팔았다. 너무나 춤을 잘 추어서다.

이 잭은 2018년 4월에 출간 된 "나 혼자 어쩌란 말입니까?"라는 소제목에 : 작은 제목 · 『슬픔을 눈 밑에 그릴뿐』이라는 456페이지 25,000원 가격의 시선집이다. 억울해서 또는 슬퍼도 소리를 내어 울지를 않고 눈물을 흘린다는 은유로 : 隱喩 · 제목을 붙인 책이다. 그간에 시집을 3권을 출간 했는데. 서울 금천 교도소와 대구 수성교도소에서 1집과 2집을 읽은 수형 인들이 시집을 읽고 감동을 하여 여러 번 눈물을 흘렸다며 그 독후감을 등기로 장문의 편지를 등기로 보내 온 것이다.

이러한 편지 내용을……. 꽃을 든 남자보다 책과 신문을 든 남자가 더『매력적이다』라는 교양 집에 상재 했는데 이 책을 읽은 독자들이 수형 인들이 선생님 시집을 읽고 감동을 했으니 3권을 책을 시선 집을 만들라고 하여 만든 책이다. 그 시집에 상재된 "쓸쓸한 귀향길"시인데 시 한편이 무려 21페이지에 이르는 장시다. 우리 어머니는 아들 5명 딸이 5명 10명의 자식을 일찍 세상을 떠난 아버지를 대신하여 훌륭하게 키웠다. 아들 2명은 공상 군경 국가유공자다. 형님은 군 생활 중 북한군과 싸우다가 다쳤다. 추석 명절날 고향에 갔는데……. 세상을 떠난 어머니가 그리워 집으로 돌아오면서 느낀 감정을 그대로 시를 지은 것이다. 이 시는 미국 샌프란시스코 교민 방송에서 낭독 방송을 했고 서울 KBS 제일 라디오에서 수원대학교 철학과 이 주향 교수가 진행하는 책 마을 산책 프로에서 명절날 고향이 그립고 부모님이 생각나게 하는 제일 잘 된 책으로 선정 되어 구정 설날 특집방송을 하였으며 국군의 방송 김이연 소설가가 진행하는 문화가 산책 프로에서 1시간 방송을 하였고 마산 MBC문화방송에서 3일간 방송 때도 다룬 책이다. 시 낭독 시간이 27분이다. 방송용 녹음테이프를 만드는데 첫날 성우가 시를 읽고 우는 바람에 녹음을 못하고 이튼 날 했는데 울먹임이 있게 녹음이 되었으며 후반부 회상에선 동아대학 문창과 남자교수가 했다. 천사 팀은 이튼 날 시집을 사갔다. 내 생각엔? 나를 파파라치로 : 몰래카메라 · 생각하지 않았나! 싶다. 왜? 매일 와서 춤도 추지 않고 구경만 하고 있는 모습이! 뒤에 안 일이지만 이들도 부부가 아니었다. 콜라텍을 광경을 보려 온지 벌써 1개월이 넘었지만 제일 먼저 말을 걸어 온 팀은 이 팀이다. 댄스에 관한 책을 보고 집필하면 될 것 아니냐? 하겠지만! 표절이 되고 현장의 생동감이 떨어져서다. 이 시선

집이 출간되자 몇 곳의 교도소에 초청되어 강의를 했는데 낭송테이프
를 틀어주자 강당은 울음바다가 ……

　　　……

　　"여기서 춤추는 모든 사람들이 사연이 없는 인생사가 어디 있겠
느냐? 곁다리 인생을 남들은 잊어라 하지만 가슴속에 새겨진 사연들
중 좋은 사연이든 슬프거나 또는 괴로운 사연이든 자신이 잊으려 해
도 잊을 수 없다는 것을 아니 잊을 수 없는 것이 아니라. 그러한 생각
을 갖은: 이성 ↔ 깨 닮음· 것 자체가 애매모호할 것이다. 너의 일상이
말 때문에 외로워지질 않기를 형은 바란다. 욕심 없는 곳엔 걱정도
없는 것이다. 살아 온 동안 남의 관섭을 받지를 않고 춤을 추는 것은
여성의 권리 : 權利·아닌가! 새우잠을 자더라도 고래 꿈을 꾸어야한
다. 아픈 사연이 있는 사람을 잊으려고! 슬픈 사연이 있는 사람을
그때의 일을 즐기려고 할 것이다. 병이 없이 사는 것이 가장 큰 재산
이며 만족을 아는 사람이 가장 넉넉한 사람의 삶이다. 어이구! 머리
아프다. 춤 구경이나 하자."

　대화를 끝내고 홀 안을 살펴보니? 로봇 춤을 추는 남자는 벽면에
부착된 거울을 보고 같은 춤사위를 하고 있다. 1시간 정도의 시간이
흘렀는데도 그러한 동작을 하고 있는 것이다. 파트너를 기다리나!
　그에게 시선을 돌려 홀 안쪽을 바라보니? 춤을 제법 잘 추는 팀이
보였다.
　여성 파트너가 앞서 발을 높이 들고 양 발을 교차를 하자 남성파트
너는 1미터 전방을 뒤돌아서 여성파트너가 하듯 발을 교차하여 여성
파트너가 자기 발길에 차이지 않게 하려는 동작이다.

　낮 설은 타향 땅에 그날 밤 그 여자가 쿵~ 닥 쿵 따 다 닥 쿵~딱.

음악에 따라 여성파트너와 남성파트너가 2미터의 간격을 두고 양손을 천정으로 교차하는 춤을 추고 있다. 전진 후퇴를 하면서 갈지자 걸음으로 4걸음 또는 3걸음을 하여 크로스 한 후 깐 작 걸음으로 나간 후 남자는 왼 손을 여자는 오른 손을 높이 들고 빠이빠이 하듯 흔든다. 남자와 여자가 손을 잡고 발차기를 하면서 나산 후 갈라져 여자가 좌로 네 번을 회전을 한 후 다시 크로스를 하여 남자는 왼발을 여자는 오른발을 들어 50센티미터 폭 정도의 걸음을 이동으로 하고서 갈지자 걸음 한 후 왼발은 앞으로 한 번 회전을 시키고선 남자와 여자가 나란히 서서 남자의 오른 손을 여자의 어깨 죽지 밑에 손을 펴서 앞으로 리드를 하고 있다. 모든 팀이 그 비좁은 공간에서 춤을 춰도 서로 간에 부딪치지 않은 것은 서로 간에 암묵적인 신호가 있는 듯하다! 한국전쟁으로 인하여 상실의 시대에 가수 백 설희가 불러 히트한 칼멘 노래를 부를 때 뒤에서 노래에 따라 춤을 추는 무용수 같이 아름다운 춤사위를 하기도 한다. 수시로 춤꾼은 들고 나고를 한다. 고속도로 나 들목처럼! 한 여성이 우리의 곁에 앉아 신발주머니에서 호화찬란한 하이힐을 꺼내 신고 커다란 벽면을 보고 춤동작으로 몸을 풀고 있다. 아마 춤을 추려고 몸을 푸는 준비운동을 하는 모양이다! 소매가 없는 검정색 옷에 찬란한 은색 자수가 양손을 바치듯……. 목 뒤에 파여 맨살이 드러나 있고 배꼽에서 세로 6센티미터 은색 벨트가 허리띠를 만들었고 뒤 히프에서 바지 끝단까지 4센티미터 넓이의 은색 수술이 장식이 되었는데 내복 형 나팔바지. 그 바지위에 장 단지 까지 여러 갈래 끝단이 톱니 모양 삼각형 차마가 겉옷으로 입은 모양이다. 흔들거나 회전을 할 때 은색 장신구와 펄럭이는 치맛자락은 환상적이다. 약간의 어두운 홀에서 번쩍거리는 네온과 옷 장식에 붙어 있는 은색 장신구는 그야말로…….

"동생! 저 가스나 좀 봐라. 신이 났다."

가리키는 쪽을 바라보니 1미터 50센티미터 정도의! 작은 키에 상의는 검정색 메리야스 같은 무용복에 치마는 빨강색 미니스커트인데 스커트 반쪽에서 부터 3센티미터 주름에서 6센티미터 정도 넓이로 톱날처럼 끝이 마무리된 치마다. 남자파트너는 안경 착용을 했으며 60세는 넘어 보이고! 의상도 그냥 길거리에서 보이는 평범한 일상복장이다. 키도 커서 여자파트너가 남자 파트너의 어깨 밑이다. 그런데 여성은 30세 전 후로 보이고 딸이나 며느리 같아 보인다! 의자에서 구경을 하거나 짝지를 기다리고 있는 사람들의 시선 모두를 붙잡는 것은 그 팀의 춤 동작이다.

떠나 가내~~ 연락선은 물거품만 남기고~.~ 쿵~딱 쿵~따~다~딱 쿠~궁 쿵~딱. 돈이 좋아 홀아비가 좋아 시계바늘 같이 돌고 돌아가는 게 인생이냐 세상살이 뭐 다 그런 거지 뭐 쿵~딱 쿵~쿵~ 딱딱. 김푸로 씨의 종합골드 집 메들리가 흐르고 있다.

음악에 여자의 춤 동작은 뜨겁게 달구어진 프라이팬 위에 떨어뜨린 물방울이 맨발이여서 뜨거워 팔짝 팔짝 뛰는 것처럼! 뛰면서 양손을 흔들고 두 발을 비벼대며 빠르게 회전하면 미니스커트가 양산처럼 펼쳐져 팬티가 훤히 드러나 보인다. 그런데 팬티 색이 사각 검정색이다. 영 구색이 맞지를 않는다. 요즘 세계적 인기를 누리는 걸 구룹이나 아이돌이 노래를 부르며 춤추는 동작과 같은 동작을 하는 것이다. 아니? 텝 댄스를 하는 동작 같이 보인다! 스윙 텝 댄스 같이! 구두 앞쪽

에 칭을 : 띨 빌세 U꺼 형 끠모뙨 핑씨 박지를 않이시 그니미 다행이다. 딥 댄스 구두처럼 장신구를 부착을 했다면 아래층 가게는 층간 소음으로 장사를 못 할 것이다! 그 팀은 영혼을 두드리는 음악이 흘러도……. 홀의 분위기와는 완전 딴 판의 춤을 추고 있어 시선이 쏠리고 있는 것이다. 앞서 이야기 했지만 똑같은 음악에 단 한 팀도 춤추는 동작이 같지를 않다는 것이다. 춤을 배울 때 같은 학원에서 배운 사람들이 분명 있을 텐데! 홀 입구 벽에 스포츠 댄스 교습소 광고가 붙어 있었고 홀 안 천정 벽에도 4곳의 학원 광고의 현수막이 걸려 있다. 똑같은 음악인데 블루스를 추는 가하면 누구는 탱고를 추는 것이다.

　　"똑 같은 음악인데 왜 춤 동작은 모두가 같지를 않습니까?"

　곁에 대기하고 있는 사람에게 여쭈어보니…….

　　"춤에 집중하면 느리거나 빠르거나 또한 파트너가 나이 차이가 많
　이 나면 그렇습니다."

　나로서는 이해가 갈듯 말듯 하다. 2·4·6 : 따 닥 발 : 구름발·투투·잔발·차차차·쌈 바·비빔 발·왈츠·커팅 발·짝 잔발·룸바·탱고·자이브·라틴 춤은 이어진다. 가지가지의 신발은 란 틴 화·모던 화·워킹 화·하이힐 등이 어우러진 홀은 신발 전시장이다.
　쿵~딱 쿠~궁~딱딱 징글맞게 쿠~궁 딱딱. 놀아봅시다. 찬찬~찬 춤을 춥시다. 춤을 춥시다. 내 마음대로 춤을 출 수 있는 콜라텍 현란한 콜라텍에서 찬찬히 놀아 봅시다. 멈추지 않은 그대여 망설이지 말고 내 품에 안기어 춤을 추시면 나는 좋아요! 잠시 추다가 헤어져도 괜찮

아요. 내 가슴은 마음이 시킨 가장 고마운 방입니다. 거침없이 앞으로 다가와 안아주세요. 노래에 맞추어 앞으로 깐작깐작 뒤 굽을 들어 앞으로 전진 오른발 왼발 교차 깐 작 깐 작 늘어뜨린 두 손은 좌우로 흔들흔들 양발을 크게 벌려 앞뒤로 깐작인다. 하루를 살아도 멋지게 살 거야 그 누가 뭐래도 이제부터 폼 나게 살 거야 춤이란 처음엔 다 그런 거야 처음엔 울기도 했고 웃기도 했다. 문주란 노래……. 눈물이 흐를 땐 조용히 울고 웃음이 피어나면 짝지가 없이 보낸 긴 시간 아~아~ 쓸쓸한 콜라텍이여~~~~.

음향기기를 다루는 기사가 없어도 컴퓨터에 내장되어 음악은 자동 재생되고 있다. 다만 홀에 많은 팀이 춤을 추면 콜라텍 사장이 음향을 크게 향상시킨다. 오후 1시에 시작하여 5시에 끝나는데 2시에서 3시에 피크를 이룬다. 처음엔 잘 출 필요 없어 춤이 별거 있어 그냥 음악에 따라 흔드는 거야. 하듯이! 멋대로 자기 마음대로 춤을 추는 팀이 반은 되어보였다.

"동생! 저 가이네: 여자·좀 보거라. 기둥을 끌어 않고 궁둥이를 흔들며 춤을 춘다. 아마 파트너가 없어 그런 모양이다! 얼마나 춤을 추고 싶으면 저럴까?"

형님! 말에 나는 슬며시 일어나 홀 입구 쪽으로 다가가 여인이 하는 행동을 관찰하였다. 기둥을 끌어 않고 추는 게 아니라 기둥 사면 끝을 붙잡고 히프를 좌우로 흔들고 있다. 내가 가서 한동안 바라보자 자리를 옮겼다. 그 여자가 이상한 행동을 하였던 곳을 바라보니 기둥 밑에 발그레한 물체가 있었다. 자세히 보니 가로 세로 50센티미터 정도에 두께가 15센티미터 정도의 높이의 양초 덩어리였다. 춤을 출 때 발바닥이 잘 미 끌리게 양초를 신발 바닥에 바르는 것이다. 소변을 보려고 화장실 입구에 이르자 신발장이 있고 홀 안 입구 양편엔 여자 탈의실과 남자 탈의실이 있었다. 입구에서 가방이나 겉옷을 보관을 하고 있지만 여성들은 무용복을 이곳에서 갈아입는 것이었다. 대수의 남성들은 옷을 갈아입지 않고 겉옷은 입구에 보관을 한다. 500원의 돈을 별도로 받는다. 신발장은 여성들 대다수는 신발을 바꾸어 신고 춤을 추었다. 아주 현란한 무늬의 고급신발들이었다! 여성들은 굽이 높은 하이힐을 신기도 하고 남성들은 여성 하이힐 뒤 굽 절반 높이정도의 구두를 신고 있었다. 곁눈질을 하고 제자리로 돌아오다가 양초덩어리 앞에서 사정 없이 넘어 졌다. 신발에 양초를 바르고 가는 곳이니 양초 가루가 많이 묻어 있었던 것이다. 엄청난 아픔을 참고 형님 곁에 앉아서 구경을 하였다. 슬쩍 내 얼굴을 본 형님이…….

"어디 아프냐?"
"곁눈질을 하다가 양초 덩어리 앞에서 넘어 져서 무릎에 많은 고통이 옵니다."
"그러니까 넘어질 때 조심해 넘어져야지? 멀라고 쌔게 넘어지냐?"
"형님! 누구 약을 올립니까? 조심해 넘어 질 바엔 안 넘어지지 뭐 하려 넘어 집니까?"
"동생! 나가 말실수를 했네!"

다리도 욱신거리고 귓가를 스치는 음악은 슬픈데 춤을 추지 못해 홀에 앉아 처량하게 바라보니 춤이란 내가 즐거우면 그만이란 듯이 지루 박에서 더 티 댄싱으로 이어지고 있다. 희망은 기적을 찾아가는 단 하나의 길이란 말이 있듯이! 인생의 즐거움에는 춤…….
…….

쳐다보지 마세요. 쳐다보지 마세요. 날 쳐다보지 마세요. 남편도 내가 모르게 나갔는데……. 쿵쿵~딱 쿵~딱 쿠~궁~따~따~딱· 홀아비 남자는 홀아비 남자는 콜라텍이 고향이란다. 여자는 : 과부·콜라텍에 나온 남자의 품이 고향이란다. 춤 잘 추는 제비족에게 파트너를 빼앗겨버린 초보 춤꾼인가! 다시 한 번 춤추자고 손을 내밀지를 않네. 기다리는 내 마음 모른 채 무심한 시간은 멈추지 않고 따라서 음악도 멈추지를 않은데 아~아~아 오지 않은 파트너여……. 돌고 도는 인생! 아니 돌고 돌면 인생 끝이다. 시계가 거구로 도는 것 보았나? 쿠~궁 딱딱.

카바레 현장 음악 김 무로 씨 종합 골드 집에서 흘러나오는 음악에 모두가 무아자경으로 춤을 추고 있다. 대중가요는 3분 30초에서 4분길이다. 요즘은 4분에서 5분길이 가사로 작곡이 된다. 10년 전만 하여도 가사가 9글자 안이고 4연이었다. 그러나 지금은 그러한 것을 지키지 않는다. 15글자가 넘는 것도 있고 15연이 넘는 가사도 있다. 금영 노래방 기기에 등재된 가요가 9만여 곡이 넘는다. 곡명은 같아도 저작권에 : 표절·걸리지 않으나 가사가 두 줄이 넘으면 표절에 걸린다. 그래서 요즘 작사가 어렵다. 시인들 말고는……. 그래서 가사를 못 받아 가수들이 가사를 작사 하여 곡을 만드는데 우리 같은 시인들이 그들이 지은 가사를 보면 문맥이 전혀 맞지를 않는 것 대부분이다. 표범 얼룩무늬가 새겨진 상의에 품이 넓은 나팔바지를 입은 적당히 잘생긴 얼굴에 여성이 들어와 우리 곁에 앉아 신발을 바꾸어 신는다. 신발이 눈에 튀게 들어온다. 엘로 컬러의 파이 톤 패턴 앵클부츠다. 벽 쪽에서 깜박거리는 오색조명등 불빛에 반사되어 발차기 동작을 하면 현란하다! 색시 한 레드컬러 앵클부츠는 자수 레터링이 포인트를 하고 있는 것이다, 나팔바지는 70년대에 트위스트 춤을 유행 시켰다. 이곳 홀의 노래는 트위스트 노래가 있다. 그래서 인지! 여성들의 3분의 2는 나팔바지다. 다만 바지폭이 넓고 좁고 만 다를 뿐이다. 몇몇 남자가 손을 내밀어도 손사래를 친다. 파트너를 기다는 모양이다.

　　"형님! 골 아픈 이야기 그만하시고 중앙 기둥을 보고 춤을 추는 남자를 보세요?"
　　"앞전에 보았던 친구 같다! 로봇이 춤을 추는 것 같아 보였잖아?"

키가 헌 출하고 머리도 스포츠타임 머리에 위아래 블랙 상하위로 입고 발을 깐작이며 전진 후퇴를 반복하다가 빙그르 뒤로 휙 돌아 발 뒤 굽을 들어 앞으로 밀었다가 뒤로 후퇴를 반복하다가 다시 돌아서 기둥을 보며 똑같은 몸짓을 하고 있다. 로봇이 춤을 추고 있는 모습이다. 풋 워크를 하고 있는 것이다.

　　풋워크는 : 토 ↔ Toe · 신발 앞을 바닥에 찍고 뒤 굽을 높이 드는 모습 · 볼 : Ball ↔ 발 앞부분을 홀 바닥에 찍고 뒤 굽을 절반 종도 드는 모습 · 홀풋 : Whole Foot ↔ 홀 바닥에 서있는 모습 · 힐 : Heel ↔ 신발 앞을 살짝 드는 모습 .

템포가 다른 음악이 계속 바뀌어도 춤동작은 안 바뀌고 있다. 홀 안의 다른 팀에게 방해가 되지 않게! 그 자리에서 춤을 춘다. 블랙 옷을 입고 오면 몸매는 홀 안에서 세 번째로 잘 빠진 몸매다. 여성들에게 파트너가 되자고 손을 내밀지도 않고 여성들도 파트너가 되어달라고 손을 내밀지를 않았다.

　　"흠! 절마가 똑똑한 사람이다! 앞으로는 지금의 과학의 발달로 로봇이 세상을 움직일 것이다. 그래서 로봇에게 춤을 가르치려고 저러는 모양이다. 아마도 춤에 관한 실용신안특허를 받으면 부자가 될 것이다! 저 친구의 춤은 다른 사람과 생각의 방식과: 方式·관련된다는 것이다. 생각의 방식을 바꾸지 않고서는 생각을 통하지 않고서는 다른 사람과 함께 살아갈 수 있는 능력을 어디서도 찾을 수 없다고 보는 관점이 여기에 드러난다. 바지런을 떨기보다 느릿하지만 여유롭게 지금 이 순간을 관조하는 하면서 살아가는 것이 좋을 것이다."

우리는 한 동안 로봇 춤을 추는 춤꾼에 시선이 갔다. 그는 음악이 수없이 바뀌어도 똑같은 동작으로 춤사위를 하고 있다. 다만 거울이 붙어 있는 기둥만 보고 하니 다른 춤꾼에게 방해가 되지 않는다. 아니 춤을 추는 팀들은 그 사람이 언제나 그러한 춤을 추고 있기에 피하는 것 같다!

파트너를 기다리는 사람은 천사 팀에게 눈을 고정 시키고 있다. 시간이 지나자 홀이 비좁을 정도로 가득하다. 간혹 몸을 잠깐 풀고 가는 팀이 있다.

곁에 앉아 있던 여자 파트너가 왔다. 남자가 홀로 나가자 여자도 뒤따라 나가 양손을 마주 잡고 꾸벅 인사를 하고 춤을 춘다. 부부는 아니다. 여자의 나팔바지 끝단에는 은색 방울 장식이 빙 둘러 매달려 있고 양쪽 골반엔 커다란 단풍잎 같은 은색 장신구가 붙이 있다. 이 팀도 천사 팀처럼 서로 간에 다리를 가랑이 사이로 깊게 밀어 넣어 좌우로 몸 비틀기를 한다. 여자 남편이 남자 부인이 이러한 모습을 본다면…… KBS 아침마당에 출연한 여자 고등학교 교장으로 정년퇴임한 사람과 남자교사로 정년퇴임한 사람이 출연자로 나와 콜라텍에 대한 이야기를 하였다. 늙어서 그러한 운동을 하면 좋다는 것이다. 또 다른 특집 프로에선 늙으면 성관계를 자주 하면 좋다는 것이다. 왜?

혈액순환이 잘되기 때문이다. 성관계를 할 때 절정에 도달히면 양쪽 목의 통백이 부풀어 오른다. 혈관이 확장되어 피가 잘 돈다는 것이다. 그 때 피가 빨리 돌면서 혈관 벽에 끼여 있는 찌꺼기를 닦아낸다는 것이다. 파도가 거센 해변 가의 자갈과 절벽엔 이끼가 끼지 않고 졸졸 흐르는 도량에는 이끼가 끼듯이…… 이끼가 가득하고 쓰레기가 가득한 하천에 폭우가 쏟아지면 더러운 흙탕물과 함께 바다로 떠내려가듯 깨끗이 혈관이 청소가 되는 것이다. 남여가 성관계를 가지면 심장이 터질 것 같은 것은? 자동차로 비하자면 가속 엑셀 페달을 힘껏 밟는 것처럼 된다는 것이다. 그러니 사람의 심장은 차로 비교하면 엔진이다. 65세정도 되면 치매현상이 많이 온다는 연구 발표를 했다. 특히 여성에게…… 이 글을 읽고! 콜라텍은 호황을 이루고 또한 춤 교습소도!

……

사교댄스란? 원시적인 구애의 춤이었으나 사교를 목적으로 하는 춤에서 발달하였다고 한다. 이 후 볼룸 댄스로 : Ballroom Dancer · 점차 탈바꿈으로 변형 되었다는 것이다. 유럽의 여러 나라에서 중세부터 추기 시작했으며…… 20세기 초에 미국의 캐 부부가 현대적 사교댄스로 발전한 폭스트롯과 그 밖의 기본적인 스텝 동작을 고안하여 서 유럽 여러 나라를 중심으로 급 속히 보급 되어 오늘에 이른 것이라고 한다. 2000년 슬라비크는 당시 그의 애인이자 댄스 파트너였던 요오나와 세계 라틴 댄스 대회에서 우승을 차지한다. 10년이 흐른 지금은 새로운 파트너인 안나와 함께 팀을 꾸린 슬라버 그는 좌절과 패배를 맛보고 있다. 대회에 마주 치게 된 요나가 늘 그의 눈앞에서 우승컵을 가져간 것이다. 우승을 향한 그의 집념이 강해질수록 점점 자기 파괴적인 에

너지가 그이 일상을 흔들어 놓는데 2012년 제 9회 EBS 국제 다큐영화제에 출품작 내용이다.

…….

춤이란 맨 처음 음악에 맞추어 남녀 한 쌍이 자유롭게 춤을 추는 형식으로 무도장과 같은 넓은 플로어에서 추면 운동량도 많아 젊은 층에서 좋아 하여 스포츠를 하는 느낌이 들었던 것인데……. 시간이 흐르면서 누구나 좋아하는 춤으로 변형되었다는 것이다. 이러한 변형된 춤 보급이 확대 되면서 운동 시합처럼 남녀가 한 팀을 이루어 경기를 하자 관중이 많아져 문화 예술로 자리 매김이 됐다는 것이다. 20세기에 들어서 세계선수권대회가 있어 공식 출전 종목으로 공인되어 있는 것은 왈츠·탱고·폭스트롯·퀵스텝 빈 왈츠룸바·삼바·차차차·파소도블레·자이브·10개 종목으로 해 오던 춤이 댄스 ↔ 볼룸댄스와 라틴 댄스·라틴아메리카 댄스로 아마추어 프로 두 부분에 걸쳐서 경기를 하고 있다고 한다. 위브……. 비틀 비틀 거리는 모습의 춤이 생겨난 것이라고 한다. 술에 취하여 비틀거리는 모습도 춤으로 만들어 모양이다! 지르박 제자리돌기 연결동작은 남성의 회전 동작을 이용한 피겨 : figure·돌기란 빙상위에서 혼자 또는 짝을 이루어 우아한 동작으로 성확한 곡선을 그리는 연기를 하는 빙상 종목 금메달을 받은 김연아 선수가 펼친 장면과 같은 찬란한 몸놀림의 장면이다. ……춤을 잘 추는 팀은 4스텝 연속 동작에 어깨걸이 응용한 허리잡고 돌기 이은 위브로 : Wiose Hoid·화려하고 예쁜 유동을 하고 있다. 지르박은 미국 젊은이들의 사교춤으로 시작된 지터버그인데 : Jiter _ dug·미국흑인들에 의해 생겨난 춤이라고 한다. 자유롭고 즉흥적인 스텝에 의한 빠른 템포의 경쾌한 춤 4분의 4박자의 폭스트롯·스윙·자이브 점프 등 당김음이 포함된 음악에 맞추어 춤을 추고 있는 것이다. 이 춤은 그냥 형식에 얽매이지 않는 애크러 배틱 풍으로 격렬하게 추는 것이 특징이었는데 나중엔 형식적인 사교춤으로 변형된 것이란다. 춤을 원시 부족에서 생겨났다고 한다. 지구의 중심이라고 하는 바나투아라는 신들의 섬엔 : 말레클라섬·지금도 원시 부족이 성년식에 춤을 추고 있다. 원시문화가 지금도 이어지고 있는 것이다. 춤을 추는 사람과는 절대로 신체를 접촉이 허용되지를 않고 있다. 모임장소는 특이하게 남자만 모이는 것이다. 서구문명이 들어온 지가 오래 되어 여성과 아이들은 의복을 입고 있으나 성인 남성은 허리띠에 성기만 마른 풀잎으로 가리거나 천으로 성기를 가리고 있어 나체의 모습이다. 지구의 중심이라고 하는 것은 1400여 미터의 화산산 정상에 65미터의 넓이의 분화구가 있은데 그 중앙에 지금도 펄펄 끓는 용암물이 힘차게 솟아오르고 있다. 그래서 지구의 중심인 심장이라는 것이다. 지금의 춤이 그곳에서 시작 되었는데 현대시대의 여러 가지 춤으로 변형된 것이라고 한다.

　"……."

　"동생은 왜? 춤에 관심을 가지게 되었는가? 자네도 콜라텍에 다니려면 언젠가는 춤을 추어야 하니 배워야 할 것 아닌가!"

　"춤에는 전혀…… 아무튼 내 마음이 궁금할 것입니다! 부산일보 신문기사를 보고나서 이곳을 무대로 소설 집필하려고 했던 것입니다. 또한 춤에 관한 이야기는 친구가 묻지 마 관광 다녀와서 해준 이야기를 소설적으로 하겠습니다."

　"또! 19금 소설이겠지? 아무튼 들어보겠네."

　"아닙니다. 관섭을 말고 잘 들어 보세요."

　……!!!

　"잠을 좀 편하게 자게 해 주면 안 되나?"

　"……."

"어휴! 귀찮아 죽겠다. 피를 말려 죽여라. 매일 밤 이런 식으로 잠을 못 자게 매일 보대끼면……. 내 몸이 무쇠덩이라 해도 견데 내지 못할 것이다!"

"……."

"푹푹 찌는 연일 계속되는 이 무더위 때문에 머리통이 폭발하기 직전이다! 위에서 빨던지……. 자꾸 아래쪽으로 내려가 빨아주니 간지러워 미치겠다."

"애~앵……?"

"아유 무더운 날 하룻밤도 거르지 않고 몸을 만지고 빨면서 귀에 거슬린 소리까지 내면 편히 잠을 잘 수 있겠냐? 너 같으면 피곤해서 살 수 있겠냐? 내 몸이 천하장사 체력도 아니고. 그래 좋다. 훌렁 벗고 드러누울 테니 네 마음대로 실컷 물어뜯고 빨고 해라. 기쁨조가 돼주지!"

화가 많이 나버린! 서 백수 씨는 자리에서 벌떡 일어서서 잠옷을 모두 벗어 발로 차서 거실 구석에 골인시키고 사각 팬티까지 벗은 다음 양팔을 양다리를 짝 벌리고 큰 대자: 大·모형의 자세로 누워 버린다.

"자! 어때 이왕에 기쁨조가 돼 줄 바엔 훌렁 벗어 주니 됐냐?"

큰 소리를 치자? 애~앵 하고 귀에 거슬렸던 소리가 잠시 들리지 않았다가. 다시 들리는 소리는……. 으~으~음~~~~. 깜깜한 거실에서 뭔가를 참는 음란한 소리가 낮게 깔린다. 클린턴과 여비서 르윈스키가 백악관 변소에서 부적절한 행동을 하였다던……. 르윈스키가 클린턴의 성기를 빨아 먹을 때 냈던 소린가! 음란한! 소리가 계속 반복되고 있다. 그때였다. 안방 방문을 벌컥 열리고 희미한 불빛이 백수 씨 얼굴을 더듬고 지나갔다. 뒤이어 백수 씨 각시가 거실로 나왔다. 안방 문이 열리면서 침대 끝에 걸려 있는 취침 등 붉빛이 얼굴을 너늠고 지나간 것이다.

"당신! 지금 뭣해? 귀신이 코를 베어 먹어도 모를 캄캄한 거실에서 불도 켜지 않고 음란한 소리를 계속 내고 있어!"

마누라의 벽력같은 고함소리에 깜짝 놀란 백수 씨는 벌떡 일어나 앉아 각시의 신경질적인 물음에 어쩔 줄 몰라 하면서 정신을 가다듬고 말대답을 한다.

"모기가 어찌나 무느지 잠이 안 와시."
"어이구! 천하 서 백수가 벌건 대낮엔 뭔 지랄을 했는데 이 야밤중에 잠을 못 자고 귀신이 씨 나락 까먹는 소리를 하고 있어! ……마누라 잠도 못 자게? 아니 안 잘려면 불이라도 켜놓고 있던지?"

각시는 거실 등 스위치를 무쇠 솥뚜껑만한 손바닥을 짝 펴서 전등 스위치 세 개를 한꺼번에 눌러 버렸다. 각시 꾸짖는 고함 소리에 정신이 번쩍번쩍 형광등이 켜지면서 불빛이 번쩍번쩍 백수 씨는 눈이 부셔 고개를 돌려 외면했다. 백수 씨는 요즘 밤마다. 모기 때문에 전쟁이라도 치르듯이 제때 잠을 못자서 몸부림을 친다. 모기는 여름에 기승을 부리는 놈이지만 요즘은 난방이 잘된 탓인지! 겨울에도 건물 내부에 숨어 있다가 가끔 물기도 한다. 특히 실내 수영장같이 늘 상 물기와 온기가 있는 곳은 더욱 심하다. 모기가 귓가에 와서 앵앵거리면 그놈을 쫓으려고 두 손을 휘젓거나 손뼉을 마주쳐 잡으려고 하지만 번번이 헛수고에 그치는 일이 많다. 논산 훈련소에서 훈련병의 잘못을 지적을 하고 조교가 이름을 부르면 겁에 질린 훈련병의 대답하는 목소리가 매우 작고 약할 때 "모기소리 만하다"고 표현하건만 두 손을 휘둘러 쫓으면 도망갔다. 이내 다시 돌아와서 귓가에서 물겠으니 각오하라는 경고소리인……. 앵앵거리는 소리는 왜? 그렇게 신경이 곤두서게 하는지 알 수 없다. 사내자식이 시시한일에 성을 낼 때 '모기보고 칼 뺀다' 즉 견문발검 : 見蚊拔劍 · 이라고 하지만 모기가 귓가에 와서 앵앵거리거나 쫓고 쫓아도 몰려와 여기저기를 물면 정말 칼을 뽑아 목을 치고 싶을 정도로 약이 오른다. 초가을이라고 하지만 올해는 무척이나 더웠다. 늦더위가 며칠째 이어지고 연사흘 동안 때 늦은 장맛비가 내리고 있는 데다 올해는 유난히 모기가 많아 백수 씨는 매일 밤 모기와 씨름이 아닌 전쟁을 하느라 밤잠을 설친다. 아침에 일어나면 눈앞에 당뇨 병 환자가 혈당이 떨어 진 것 같이 희뿌연 안개가 자욱하게 끼어 있는 것처럼 모든 것이 흐릿하게 보인다. 그럴 때면 괜스레 백수 씨의 머릿속엔 알 수 없는 공포가 압박해오는 것 같이 가슴을 짓 눌러 괴롭다.

　　"이! 몰골이 뭐예요? 꼴사나우니까! 옷이나 빨리 입어요. 세상을 살다 살다보니 별 이상한 꼴을 다보네!"
　　"이 늦은 밤인데 누가 보남?"
　　"혹시! 애가 소변보려 나올지도 모르는데 그런 말이 어디서 나와?"
　　"……."

　각시 고함소리에 혹시나 막내아들이 나올까봐 대답을 못하고 있는 백수 씨에게 각시는 골이 잔뜩 나 있는 소리로 재차 다그친다. 두 아들은 서울에서 대학을 다녀 기숙 생활을 하고 있고 막내만 집에 있는데 요즘 수능 공부하느라 밤늦게 까지 공부를 하고 잠들어 깨어나지는 않을 것이다! 또한 모두가 집에 있었을 때도 부모가 다툼이 하여 살림 살이가 부서지는 소리 외는 아들들은 나오지를 않았다.

"젊은 나이에 당신! 노망들었소?"

"그것이 아니고!"

"안이고 겉이고 막내가 나와서 당신 몰골 볼까 걱정되니 빨리 옷 이나 입어요. 나이 육십도 안 된 이가 게을러 빠졌는가! 아무리 마누 라 앞이라지만 창피 하지도 않는가! 홀라당 빨게 벗고 앉아서."

"아! 막내가 잠에서 깰까봐 걱정이라면서 왜? 큰소리를 내지르고 야단이야? 요샌 나도 피곤하고."

"어이구! 천하에 놀고 밥이나 처먹는 백수들이 몸살이나 죽었단 말이 있다더니…… 헛말이 아니고 당신 같은 사람을 두고 하는 소리 요! 더우면 목욕탕에 들어가 시원하게 샤워나 하지 옷 벗고 있으면 모기가 물지 않는 답디까?"

"암컷 모기인지! 보려고 그랬지 암모기이면 내 피를 빨려고 달려 들어 마음대로 빨아 먹게 나뒀다가 배가 불러서 몸이 무거워지면 날 지 못할 때 잡으려고 홀렁 벗은 것인데 그것도 모르면서 짜증나게 성질은 왜 부려?"

"당신이 무슨 곤충 박사야? 수놈 모기인지 암놈 모기인지 깜깜한 밤에 그걸 어떻게 알아? 그리고 당신 피가 모자라 피를 보충해주는 약을 복용하면서 모기에게 피를 헌혈하겠다는 것을 모기들 나라에서 알면 그 나라 봉사상이라도 받겠소!"

"친구들 말에 의하면 피를 빨아 먹는 모기는 암컷 모기고 수컷 모 기는 피를 빨지 않고 꿀 같이 단것을 먹는데 빨리 죽는다고 하든데 하도 귀찮게 물어서 암컷 모기인줄 알았지!"

"암놈 모기가 무는 걸 알면 옷을 더 두텁게 입어야지 당신 자지 물어뜯기 좋게 뭐 하려고 옷은 벗어 얼 빵 한 노인네야! 내가 어디를 한번 꽉 물어줄까? 말만 해 어디를 물어줄까?"

"이 찜통더위에 사람 죽일 일이 있나! 친구들이 나체로 있으면 모 기들이 볼품없는 성기를 보고 웃느라고 물지를 못한다고 해서…….

짜증도 나고 덥기도 해 혹여 그런가하고 연습 삼아 그냥 한 번 해본 것이네 오늘 같이 무더운 날씨에 성질 내지 말라고 혈압 오를 테니!"

"어이구! 내가 못 살아! 고혈압인 마누라 혈압 오를 것을 걱정을 하면서 그런 짓을 해? 세 살 박이 어린애도 아니고 그렇다고 당신이 어눌한 병신 쪼다도 아니고 이것도 아니고 저것도 아니고 그런 엉터리 말을 믿어? 당신친구들 머리빡에선 무식이 파도를 친 것이여! 허기야 늙어서 물건이 번데기 같이 줄어들어 볼품이 없으니 모기가 보고 사내자식이 그것도 물건이라고 달고 다니느냐? 하면서 깔깔 웃느라고 물지도 못 할 것이여!"

"……."

백수 씨는 자신의 몰골이 어눌하게 보여 답변을 제대로 못하고 어물거리는데 각시 입에서는 교양 없는 말만 기관총 알처럼 쏟아져 나온다. 젊었을 땐 불을 켜놓고 하라고 하였다. 팽창된 거시기를 보면 더 흥분이 된다고 했는데 아니 모든 남여들은 거시기를 할 때는 불을 훤하게 켜놓고 하자고 한다는 것이다. 한때는 각시도 거시기를 할 때 제일 중요부분인 거시기를 보고 하면 흥분이 많이 된다고 불을 환하게 켜놓고 하자고 했고 백수 씨도 각시 거시기를 보고 하면 긴 시간동안 각시는 아주 만족을 했다. 이젠 볼품이 없다고 하니 늙으면 이래저래 참으로 슬프다.

"맘 모기가 바람이 나서 볼품없는 당신 물건이 건드려 주면 발기되는가 보려고 달려드는 모양이제? 요새 드라큘라는 무엇을 먹고사는지! 정말모르겠네."

"자기 머리가 무식이 파도를 치는 것 같다! 드라큘라가 따로 있나 피 빨아먹는 모기도 드라큘라이지!"

"……."

백수 씨와 각시 사이엔 예의범절이 없어진지 이미 오래됐다.

각시는 백수 씨를 가자미눈으로 위아래를 꼬나 본 뒤 화장실로 가서 문을 활짝 열어둔 채 볼일을 본다. 아랫배가 불편하도록 오줌을 참았을 테니 시원스럽기도 하겠지만! 그 소리가 무척이나 요란하다. 이 무더위에 높은 계곡폭포에서 물 떨어지는 소리 같은! 그 소리만 들어도 시원한 기분이 들었다.「야담 전집」에서 옥녀는 오줌발이 너무 강해 오줌독인 사기요강이 깨졌다는 글귀를 읽은 적이 있다, 그러나 각시 오줌발도 끝내 준다. 언제부터인가는 모르지만 각시는 무척이나 뻔뻔스러워졌다. 화장실 문을 활짝 열어 두고 소변을 보기도 하고 샤워를 한 뒤 벌거벗은 몸으로 기능이 다된 두개의 생 밀크 공장 저장탱크를 흔들거리며 아래 꽃밭은 수건으로 가리는 둥 마는 둥 한 채 거실을 가로질러 백수 씨 약을 올리듯! 번데기 같이 쪼그라든 백수 씨 거시기가 있는 사타구니를 아니꼽단 듯이! 도끼눈으로 힐끗힐끗 쳐다보면서. 보무도 당당하게 걸어서 안방으로 들어갔다.

"……,"

청장년 시절엔 백수 씨도 가로등 전신주에 소변을 보면 오줌발이 너무나 거세어 가로등 전신주에 소변을 보았더니 전시주가 심하게 흔들려 가로등 전등 전구 촉이 나가 불이 꺼졌다고 친구들에게 큰소리를 치기도 했다. 사실은 오줌은 누는 순간 정전이 되었는데……. 술이 취해 자신의 소변줄기가 너무나 강해서 가로등 기둥이 폭풍우에 흔들리는 것처럼 너무 세게 흔들려 백열전구가 터진 줄 알았던 것이다.

이러한 일을 두고『샐리의 법칙』이라고 하는 것이다.

샐리의 법칙은 Sallys law 1989년 영화 해리가 샐리를 만났을 때의 여자 주인공이의 이름을 딴 법칙으로……. 좀 대중적인 버전은 잘될 일은 잘 되게 돼 있다. 라는 Everythinq. that can will work 이프름의 법칙 Ynprum. s Law 뜻은 우리 속담에 예쁜 여자는 넘어져도 가지 밭에 넘어진다. 그래서 가지로 거시기를……. 다시 말해 잘될 가능성이 있는 것은 항상 잘되는 경우를 빗댄 말이다. 예를 들어 일어날 확률이 1퍼센트밖에 되지 않는 나쁜 사건이 계속 벌어지면 머피의 법칙에 해당 되는 것이고 일어날 확률이 1퍼센트밖에 되지 않은 좋은 사건이 계속되면 샐리의 법칙에 해당되는 것이다.

위와 같이 서 백수 씨는 샐리의 법칙으로 자기 오줌줄기가 소방 호수처럼 강해서 가로등이 꺼졌다고 자랑을 한 동안 하고 다닌 것이다.

"……."

마누라의 시건방진 행동에 백수 씨는 볼품없는 성기를 감추려고 사타구니가 자신도 모르게 자동으로 오구라 들었다. 이러한 일들이 일어나기 시작된 것은 아마 막내를 출산한 뒤부터다. 그전만 하여도 예쁜 얼굴에 날씬한 몸매 때문에 외출하여 밤늦은 귀가면 신경을 많이 써야 했었다. 이야기를 하려면 세월을 한참 거슬러 올라가야 한다. 70년대 중반까지 한집에 "둘만 낳아 잘 기르자"며 산아 제한을 하던 시기엔 자식 둘까지는 세금을 공제를 해 주었고……. 그 이상 출산하면 세금공제를 해주지 않은 시절이다. 그때가 보릿고개를 갓 벗어난 시절이었다. 세금 잘 내는 봉급생활 자였고 정부 시책을 잘 따르는 일등 국민이었던 백수 씨는 아들만 둘을 낳아 잘 기르려 했다. 그런데 명절 때 고향에 가면 부모님은 "딸이라도 하나 더 낳아 길러라"는 성화에 그만 나라에서 강력하게 추진하는 정책에 반하는 짓을 해버린 것이다. 지금은 저 출산 때문에 사회 문제가 됐지만! 당시 예비군 훈련장에선 산아 제한을 하기위하여 무료 정관 시술을 해주었다. 정관 시술을 하면 당일 훈련은 면제시켜 집으로 돌려보내면서 "힘내라!"고 라면 한 박스 또는 밀가루 한 포를 포상으로 주었다. 백수 씨는 라면이나 밀가루 음식을 별로 좋아하는 편이 아니어서 시술을 그만 두기도 했지만⋯⋯. 다른 한편으론 정관 시술을 하면 정액 나오는 거시기 구멍을 막아버리는 줄 알았다. 정액이 나오는 구멍을 막으면 거시기를 해도 임신이 안 되니까! 또한 정액이 나오지 않으면 성기가 일어서질 안아서 성관계를 못하는 줄 알아! 그만 둔 것인데 그 덕분에 임신한 각시는 또 아들을 출산 한 것이다. 남들은 아들을 못 낳아 별별의 짓을 다하는데 각시는 자궁에서 달덩이 같은 아들을 잘도 뽑아냈다. 연속으로 아들만 셋을 낳았으니 자랑할 만도 했다. 지금 같은 몇 가지 보조금을 받았을 것이다. 당시대는 자식이 살림 밑천으로 알고 있는 시어머니는 출산 후 몸에 좋다는 보약을 다려서 보내왔다. 다들 고부간에 사이가 나쁘다고 하지만 떡 두꺼비 같은 손자를 그것도 연달아 셋이나 낳아주는 며느리는 그렇지 않았던 모양이었다. 시어머니는 5남 1녀를 출산하여 시집장가 다보내고 시아버지와 둘이살고 있는데 아들들은 자주 집에 오지를 않지만 딸은 모든 가정사가 있으면 만사 제쳐두고 집에 와서 같이 의논하고 일을 하는 것이다. 그래서 며느리에게 딸이라도 하나 더 출산하라고 종용했던 것이다. 그런데 천륜의 끈 줄인⋯⋯. 그것도 둘째와 5년 터울이진 손자를 시어머니 품에 안겨 준 며느리에게 철마다 몸에 좋은 보약을 다려서 연신 보내왔다. 그런데 그 약발이 약간 더디게 찾아왔다. 막내아들이 고등학교 입학을 하면서 부터 그 동안 먹어 축적된 약효가 조금씩 나타나기 시작하더니 막내가 고등학교 3학년이 되자 확실히 약 효험이 드러났다. 눈에 넣어도 하나도 아프지 않을 만큼 귀여운 늦둥이 막내 공부하는 것을 다그치는 것은 예삿일이고…… 보충 수업을 마치고 학원 세 군데를 돌고 돌아 밤 12시가 지나서야 귀가케 한다. 그뿐만이 아니다. 녹초가 되어버린 막내에게 학교에서 배운 것을 한 시간 복습하게 한 뒤에 잠자리에 들도록 나름대로 알찬계획표를 만들어 착착 진행을 하였던 것이다. 그러한 일들이 지금 같이 지식경쟁사회서 살아남기 위해 잘한 것을 백수 씨도 안다. 문제는 막내를 학교에 보내고 대략 설거지를 끝낸 아내는 이내 퍼질러 잠을 잔다는 데 있다. 각시는 먹고 자고! 자고 먹고! 하는 일에 길들여진…… 어느 누구 간섭도 없이 각시는 자기 마음대로 엄청나게 살이 불어났다. 실컷 자고 일어나서 점심을 먹고 대충 집안을 정리하고 시장에 가서 막내 체력 보충에 필요한 음식물을 사가지고 집으로 오는 일과가 거듭 되면서 체중이 주체할 수 없이 불어났다. 저녁식사 준비를 대충 끝내고 TV를 보며 막내가 오길 기다리는 반복적인 생활에 길들여져 버린 것이다. 어떻게 보면 지극히 당연한 일일수도 있다. 자식이 대입 수능시험을 봐야 할 평범한 대한민국 가정에서 일어날 수 있는 보편적인 일상들일 것이다! 그것을 모르는 사람이 어디 있을까. 문제는 막내가 모든 학원수업을 끝내고 편안한 휴식처인 집에 도착하고서부터 시작됐다. 막내는 대충 씻고 그날 배운 것에 대한 복습을 시작하면 그때부터 어미의 지나친 자식 사랑이 시작 되었는데 곁에 앉아 막내가 졸까봐! 아니면 체력이 딸릴까봐! 음료수·과일·과자 등등과 준비한 간식을 반 강제로 먹였다. 그 과정에서 자기도 한 두 개씩 먹은 것이 각시는 어느 누구의 권섭도 없이 자기 마음대로 마구마구 살을 찌게 한 요인이 된 것이다. 막내 출산 후 시어머니가 젓이 잘나오게 하여 귀여운 손자 튼튼하게 자라게끔 또한 며느리 몸에 좋다는 보약을 다려서 떨어질만하면 보내줘서 먹은 보약의 약효와 막내아들 복습시키며 겉에 앉아 같이 먹어준 군것질 영양분과 궁합이 척척 맞아 지금의 각시의 건장한 몸매를 만들었다. 개미허리 같은 날씬한 몸매였는데 언제부터인가는 모르지만 허리 곡선이 점점사라지고 여성에게서 뭇 남성의 야릇한 시선을 머물게 한다는 봉긋한 유선마저 자취를 감춰져 버렸다. 한마디로 말해 여성다움의 몸매를 잃어버린 것이다. 그때부터 또 한 가지 변한 것이 있다. 각시 화장대에서 화장품 가지 수가 점점 줄었고 게을러졌다. 다른 한편으론 백수 씨에게도 여러 가지 변화가 왔다. 서서히 꽃밭에 : 각시 → 거시기 · 물을 주기가 싫어진 것이다. 각시도 물 받기를 싫어한 것 같기도 했고! 키스를 : kiss · 하거나 애무 : 愛撫 ↔ petting · 해도 시큰둥이다. 등골이 찌릿찌릿 한다는……. 클린턴과 르윈스키가 백악관 변소에서 하였던 오럴섹스 : 口腔 입으로 하는 섹스 ↔ oral sex · 한번 해주지를 않는다. 그래서 백수 씨도 각시의 그 아름답던 유방 핥기도 : licking · 음부 빨기도 : sucking · 자연적으로 시들해져 버렸다. 어느 사이엔가 백수 씨와 각시 사이가 냉랭해졌다. 요사이엔 각시 모르게 가끔 마스터베이션을 : Masturbation · 수음 - 手淫 ↔ 딸딸이 · 하여 황홀경을 맛보기도 한다.

※ 마스터베이션은 군생생활 중에 많이 한다. 모포에 그 흔적이 남아 있기도 했다. 당시 군 담배에 성욕을 제거하는 약이 들었다고 하였다. 젊은 피가 끓는 남자를 가둔! 곳이나 매 마찬가지인 곳이 군대라고 한다. 그러면 담배를 피우지 않는 병사는…….

백수 씨의 그러한 낌새를 눈치 챈 친구가 '꽃밭에 물을 자주 뿌려주어야 시들지 않는다.'고 농담 섞인 말을 자주했다. 그래서 백수 씨도 걱정이 되었다. 하루는 백수 씨가 용기를 내어 물 조루를 깨끗이 청소하고 각시 꽃밭에 물을 뿌려주려 갔다. 물총을 : 성기·깨끗이 닦고 거시기 머리에다 향수를…… 살짝 뿌린 다음 베개를 왼쪽 옆구리에 끼고 오른손을 위아래로 흔들며 개선장군처럼 보무도 당당하게 안방으로 걸어 들어갔다. 그런데? 꽃밭과 연결된 각시 배가 무역선 같이 크게 보였다! 아무튼 백수 씨의 느낌으론 각시 몸은 그렇게 커 보였다. 키 168센티미터에 97kg의 체중이니 물침대 한쪽이 45°가량 경사가 되었다. 어깨를 잔뜩 움츠리고 각시 큰 산을 : 배·넘어 옆에 조심스럽게 누었는데 오랜만에 자기 꽃밭에 물 주려고 물총을 앞세우고 온 신랑이 무척이나 고마워서인지! 남자나 여자나 몸을 씻고 난 뒤 물기가 남아있는 머리결이보고 성욕이 더 왕성하게 일어난다고 한다. 그러한 느낌을 받았는지! 각시가 백수 씨를 와락 껴안으려고 돌아눕는 순간? 그 순간에…… 백수 씨는 숨이 막혀 죽는 줄 알았다. 백수 씨의 몸이 아주 왜소한데 모처럼 밤 배타고 : 자기 배에 엎드려서·꽃밭에 물 주려는 신랑이 반가워 뱃전에 떨어진 가자미 고기가 퍼덕이듯이 움직이자 각시가 상암동 월드컵축구경기장만한! 궁둥이를 좌우로 들썩이며 뒤로 돌아누운 것이 97kg의 몸무게 때문에 물침대가 침대가 한두 번 출렁이다가 45°로 경사가 지자 백수 씨가 각시 쪽으로 쏠려 기능을 다한 각시 2개의 생 밀크 공장 저장탱크 사이에 코가 쳐 박힌 것이다. 모처럼 하는 각시를 위해 배타고 놀아주며 물 주려다 멀미를 하여 연애는 실패를 하였다.

……

생식기능 측면에서의 인간의 성은: 性·인간의 본능이자 원천적인 욕망이다. 인간 신체의 근원적 기능 중의 하나이면서 종을: 種 ↔ 자손 ·잇는 중대한 역할을 맡는다. 개인적 생명력을 창조할 수 있고 부부간의 사랑의 척도를 확인 할 수 있기 때문이다. 세상의 남자들이란 대개 황제망상을: 皇帝望想·가지고 있다. 황제가 되어 수많은 여인들에게 마음껏 성욕을 풀고 싶기 때문에서 일 것이다. 성욕은: 性慾·그래서 권력욕으로 이어지기 마련이다. 짐승에서도 수컷들이 피터지게 싸워 승자는 많은 암컷을 거느린다. 세상은 그러함에도 불구하고 권력과 돈 없는 백수 씨에게 유일하게 점지된 각시임에도 불고하고 각시 꽃밭을 보면 백수 씨의 거시기는 바람 빠진 막대풍선처럼 흐물거렸다. 남자들의 성기란 휴대전화 배터리 충전시키듯 충전시키면 되는 것이 아니다. 기능을 다한 성기를 되살리려 몬도가네 보양 강장제를 얻기 위해 억만금을 던진다고 하지 않은가! 돈이 많지 않는 백수 씨 입장으로 본다면 꿈같은 이야기다. 그 한번 실패가 꽃밭에 물 주려고 갈 때마다 떠올리기 싫은 슬픈 기억처럼 고개를 내 밀어 각시 꽃밭을 볼 때 마다 거시기는 자라목처럼 오그라들어 나올 기미가 없다. 이러한 일이 근자에 자주 있었다. 각시 곁에 가기가 솔직히 말해 두렵기 시작하였다. 그 흔한 정력제가 있는데 걱정 하냐고 할 것이다. 1998년 미국의 제약회사에서 발기부전치료제인 비아그라를 만들어 성: 性 ↔ 고개 숙인 성기 ·해방의 마지막 걸림돌로 불리던 발기부전을 극복시킨 약을 이 세상의 남자들이 모를 리가 있겠는가! 특히 거시기 기능을 다 한 남자라면…… 남편의 거시기 기능을 살리려고 보약을 다려주고 또는 주문을 해서 준다는 것이다. 그래도 남편의 거시기가 약해서 화끈 하게 밤일을 못하고 있는 일부 부인들은 성욕을 참지를 못해서 바람을 피운다

는 것이다. 얼마 전엔 시발리슨가 시알리스인가! 고개 들어라·서거라
·자주서거라·서서 긴 시간 동안 절대로 시들지 말거라·등등 안전하
고 효과가 더 빠른 약들이 속속 개발되고 있다는 언론매체광고에 소
개되는 기쁜 소식을 접하고 있는 마당에……. 살이 떨리고 홍콩가고
달나라까지 가서 하룻밤을 자고 화성까지 가는 절정에 다다르는 뱃놀
이 라고 하지만! 작금엔 거시기에 보형물을 집어넣는 수술을 하여 부
인의 성욕을 달래주는 의학이 발달 된 것이다. 약물은 심인성 : 心因性
·때문에 그런지 그러한 약들도 배가 맘에 들지 않으면 거시기 머리통
은 흥이 안 나서 고개를 들지 않으니 어쩔 수 없다는 것이다. 아니?
나이가 들면 몸은 정직해 진다는 것을 모르는 백수 씨다. 고개 숙인
남자 백수 씨로서는 참으로 두 배나 슬픈 일이다. 그래서 요즘은 각시
는 안방에서 백수 씨는 거실에서 자곤 하는데 잠귀 밝은 각시가 모기
와 입씨름하는 소리를 듣고 백수 씨에게 투정을 부린 것이다.

　…….

　건강한 대한민국 남자라면 마누라 몰래 일탈을 안 해 본 사람이
없을 것이다! 백수 씨도 일탈한 적도 자주 있었다. 마누라하곤 거시기
가 잘 안되는데……, 마누라 아닌 다른 여자에게는 대리배설은 : 代理排
泄·살도 되있다. 그런 버릇은 뜻하지 않은 일을 겪으면서 그만두었다.
첫눈이 흩날리는 어느 날 분위기 잡자고 연락이 왔다. 각시와의 연애
시절을 생각하며 인적이 드문 부둣가를 거닐기도 했고 손을 호호 불
며 뜨거운 커피에 언 몸을 녹이며 마지막코스인 모텔로 들어갔다. 객
실에 들어가니 누가 앞서 들어와 레슬링시합을 치렀는지! 불쾌한 냄
새가 나서 겨울이지만 방안 공기를 환기시키려고 창문을 활짝 열어두
고 화끈하게 레슬링을 한번하려고…… 목욕탕으로 들어가 샤워를 하

는 중 여자친구가 '집에서 급한 연락이 왔다. 다음에 연락하겠나.'며 서둘러 나갔다. 난감하지만 어쩌랴 방값은 이미지불하여서 오늘만 날이 아니기에 한 숨을 잔 뒤 집에 가려는 마음에 샤워를 마치고 나오니? 어머나! 큰일이다. 가수 장윤정이 부른 '어머나'노래가 아니고? 어머나! 정말로 큰일이 났다. 옷이 모두 없어진 것이다. 요즘 일본에서 유행하고 있다는 야마카시를 : 장애물을 뛰어 넘는 행위· 하는 불량배가 많아 그 짓을 하여 물건을 훔쳐가는 일이 종종발생 한다는 언론보도가 있었는데 그들이 한 짓이 아닐까! 생각 했는데 뒤에 안 일이지만 열려 있는 창문을 통해 동내 불량배들이 건너편 건물 옥상에서 장대 끝에 갈고리를 달아 옷을 낚시질하여 도망가 버린 것이다. 낭패도 이런 낭패가 있을까. 지갑 안에는 뇌물로 들어 온 돈을 각시 모르게 감추어 둔 비상금을 두둑하게 가지고 왔는데 불량배들이 보기엔 멀건 대낮에 모텔 방에 여성과 같이 들어가는 손님은 부인이 아닐 테고! 분명 부정을 저지르는 남자라고 생각을 하고 지갑을 노린 것이다. 옷을 찾을 수 없고 고민이 이만 저만이 아니었다. 경찰에 신고했다가는 불륜사실이 단박에 알려 질 것이고! 그 뒷수습은……. 팬티는 목욕탕에 입고 들어가서 그나마 다행이다. 호로 자식들! 필요한 지갑만 가져가고 옷은 다시 던져 놓고 가면 누가 고발하나 불륜을 저지르고 있는데 경찰에 고발할까? 그건 백수 씨 생각이다. 옷을 두고 가면 쫓아오는 것은 자명한 일이 아닌가. 그런 빌미를 줄 좀도둑이 아님을 백수 씨만 모른다. 이 위기를 모면할 방법을 찾던 중 번개같이 떠오른 아이디어? 마라토너 이 봉주가 아닌. 서 봉주가! 되기로 했다. 목욕탕에 들어가 수건을 머리에 질끈 동여매고 밖으로 나와 뛰었다. 사각 팬티차림에 구두를 신고 이 추운겨울에 마라톤을 하는 몰골은 가관이 아니다. 이런 사연을 모르는 길거리 사람들은 눈까지 내리는 날씨에 추리닝도 입지 않은 채 50세가 넘어 보이는 남자가 팬티바람으로 뛰는 백수 씨의 용기가 부러운지 박수를 치는 사람이 더러는 있었다. 처음엔 추위로 인하여 바늘로 온몸을 바늘로 찌르는 듯 고통이었지만……. 숨이 턱까지 차오르자. 추위는 덜했다. 집에까지 20킬로가 넘는 거리를 달려오면서 제발 마누라가 외출하고 없기를 빌었고 또한 옷을 훔쳐간 도둑이 경찰에게 잡히지 말길 빌었다. 기도가 통했는가! 천만 다행히 마누라는 친구네 집에 마실을 가고 없었고 도둑도 경찰에 잡히지 않아서 일생일대의 크나큰 위기를 모면했다. 경찰에 잡히면 불륜사실도 들통 나기 때문에 도둑 당하고도 도둑이 잡히지 말아 달라고 비는 사람은 백수 씨 밖에 없을 것이다. 그 일이 있는 후 불륜을 차례로 정리했다. 요즘 TV에서 불륜사건을 보도할 때면 그때의 일이 생각이 나서 자신도 모르게 몸이 오그라들고 쓴웃음이 나온다. 한때는 "뜨거운 스프가 먹고 싶다"는 야시시한 여자들의 전화가 심심찮게 오곤 했다. 그것만이 아니다. 전화기에서 '까꿍'하는 소리가 들렸다. 매세지가 왔다는 신호에 전화기를 열고 보니? 화면에 어떻게 보면 끝이 벌어진 회오리 밤송이 같고 다르게 보면 깨진 성게처럼 보였다! 뭘까? 궁금하여 돋보기안경을 쓰고서 다음 화면을 보자 "급 배관공 구함"이라는 문자가 뜨는 것이 아닌가. 몇 번인가 불륜을 저질렀던 여자가 자기 거시기 부분만 촬영해 보내 온 것이다. 참으로 세상은 점점 좋아지고 있다. 한편으론 기가 막힐 노릇이다. 그때만 하여도 누구의 말마따나 배관공으로 일을 하려면 공구도 성능이 좋아야 했다. 백수 씨의 종자들은 뜨거운 스프 속에서 헤엄치며 건강하게 자라 아들만 셋을 만들었고! 남아도는 스프로 수명의 여자에게 육 보시도 : 肉 普施 ↔ pump·해주었는데……

"……"

불교에선 육보시를 : 身體 ↔ 몸을 주는 것·최고로 삼는다고 한다!

티베트나 미얀마 같은 나라에서 행해지는 불교 성직자와 신도들은 오체 투체를 하면서 4천여 미터가 넘는 마리산을 가기위해 2,100킬로미터를 186일 정도의 오체 투체를 하는 것이다. 그 곳을 자신을 비추는 거울이라는 것에서다. 가죽 치마를 입고 손에는 나무판자를 끼고서 평지·계곡·얼어붙은·가파른 산비탈·영하 20여도의 혹한을 견디기도 하면서 다녀와 침푸 계곡에 있는 조캉 사원에서 10만 번의 절을 한 뒤 운둔자의 생활을 하면서 생의 마감을 기다린다. 그 고통은……. 아무리 힘들어도 포기하는 사람이 없다는 것이다. 그들의 신념은 고통이 크면 클수록 자기의 죄가 그 만큼 정화되고 믿는다는 것이다. 과연 이들이 불교의 뜻처럼 지금의 삶보다 더 나은 삶을 사는 곳으로 윤회 : 輪回·되는 것일까? 네팔에선 죽으면 이승의 마지막 보시인 자신의 몸을 보시하기 위하여 시체를 잘게 잘라서 독수리 : 조장 ↔ 鳥葬·밥으로 사용케 하는 풍습이 지금까지 전해져 오고 있는 것이다. 공수래공수거 : 空手來空手去·라는 것이다. 맞는 말이다. 빈손으로 와서 빈손으로 가는 것이 아닌가. 종교는 창양하고 경배하는 것인데! 허기야 인도 파텔 동상은 182미터인데 건립비가 무려 5,000억을 들었다는 것이다. 이세상의 생물의 삶에는 정답이 없어서 고등동물인 인간이 사후 세계를 보장 받으려 그러나!

불교의 교리를 보면…… 첫째는 눈의 보시다. 안시 : 眼施·언제나 좋은 눈으로 부모·스승·사문·바라문을 대하고, 나쁜 눈으로 대하지 않는 것이 눈의 보시다. 그는 몸을 버리더라도 몸을 받아 청정한 눈을

얻고 : 윤회 ↔ 輪回 · 죽어서 남의 몸을 빌려 태어남이다. 미래에 부처가 되어서는 하늘눈 천안 : 天眼 · 이나 부처 눈 : 佛眼 · 얻을 것이다. 둘째는 온화한 얼굴과 즐거운 낯빛의 보시다. 화안열색시 : 和顔悅色施 · 부모 · 스승 · 사문 · 바라문에게 찌푸린 얼굴로 대하지 않는 것이다. 그는 몸을 버리더라도 다시 몸을 받아 단정한 얼굴을 얻고 미래에 부처가 되어 순금색의 몸이 된다. 셋째는 말씨의 보시다. 언사시 : 言辭施 · 부모 · 스승 · 사문 · 바라문에 대하여 부드러운 말을 쓰고 추악한 말을 쓰지 않는 것이다. 그는 몸을 버리더라도 다시 몸을 받아 변재를 얻고 그가 하는 말은 남이 믿고 받아 주며 미래에 부처가 되어서는 네 가지 변재를 얻는다. 넷째는 몸의 보시다. 신시 : 身施 · 부모 · 스승 · 사문 · 바라문을 보면 일어나 맞이하여 예배하는 것이다. 이것을 몸의 보시라 한다. 그는 몸을 버리더라도 다시 단정하고 장대하며 남의 공경을 받는 몸을 얻고 미래에 부처가 되어서는 몸이 니구타다. 尼拘陀 · 나무와 같아서 그 정수리를 보는 이가 없을 것이다. 다섯째는 마음의 보시다. 심시 : 心施 · 위에 말한 바와 같은 일로써 공양하더라도 마음이 온화하고 착하지 못하면 보시라 할 수 없다. 착하고 온화한 마음으로 정성껏 공양하는 것이 마음의 보시다. 그는 몸을 버리더라도 다시 몸을 받아 밝고 분명한 마음을 얻어 어리석지 않고 미래에 부처가 되어서 일체를 낱낱이 아는 지혜를 얻을 것이다. 여섯째는 자리의 보시다. 상좌시 : 床座施 · 만일 부모 · 스승 · 사문 · 바라문을 보면 자리를 펴 앉게 하고 나아가서는 자기가 앉은 자리에 앉게 하는 것이다. 그는 몸을 버리더라도 다시 몸을 받아 항상 일곱 가지 보배로 된 존귀한 자리를 얻을 것이요. 미래에 부처가 되어서는 사자법좌를 ; 師子法座 · 얻을 것이다. 일곱째는 방이나 집의 보시다. 방사시 : 房舍施 · 부모 · 스승 · 사문 · 바라

문으로 하여금 집안에서 다니고 서며 앉고 눕게 하는 것이다. 이것을 방이니 집의 보시라 한다. 그는 몸을 버리더라도 다시 몸을 받아 저절로 궁전이나 집을 얻고 미래에 부처가 되어서는 온갖 선실을: 禪室 · 얻을 것이다.

넷째의 몸 보시 불교의 교리를 잘 못 해석한 미얀마에선 결혼 첫날 밤 신부를 중이 배관공사: 섹스 ↔ 음담으로 풀이 하면? 처녀막을 터트리는 짓 · 불법을: 不法 · 불법: 佛法 · 만들어 어떤 날에는 여러 결혼식장을 다니면서 그러한 불법을 저질러 중의 성기가 오염되어 치료할 수 없는 에이즈가 걸려 세계에서 에이즈가 가장 많은 나라라는 것이다. 그곳 아이들은 자신의 의지와 상관없이 치료 불가능한 병에 걸리는 것이다. 소승 불교인 태국 남성이 20세가 되면 95%가 불상 앞에 무릎을 꿇고 승려 생활을 의무적으로 5일간 한다는 것이다. 우리나라 군복무 같은 제도이다.

백수 씨는 불교인이 아니지만 이러한 내용을 잘 알고 있어 알기에 육보시를 많이 해준 것이다. 여자가 먼저 육체관계를 하자고 하는데 섹스를 해 주지 않으면 성 불구자로 생각할까봐! ……그러나 흐르는 세월을 그 누가 막을 것인가. 나이들어 정년퇴직 하고 나니 소식이 하나 둘 끊어져버렸다. 참으로 세상인심 야박하다. 허기야 요즘 들어 소변보고 난 뒤 거시기를 오랫동안 털게 된다는 말에……. 친구 놈이 한다는 말이 '요즘 여자들은 변소 깐에서 거시기를 오랫동안 터는 놈은 별 볼 리 없으니 상대 안한다는 것이다.'라는 농담에 공감이 간다. 요즘 각시도 친구의 농담을 알고 있는 것처럼 백수 씨가 소변을 보고 있으면 하고 있는 일을 잠시 멈추고 오줌발소리를 들어보는 것 같았다! 늙으니 이래저래 서러운 것은 백수 씨만 느끼는 감정이 아닐 것이다. 이 한 세상 태어나 머물만큼 머물었으니 훌훌 털어버리고 가면 좋으련만 그게 어찌 인간의 마음이더냐! 마음속 환골탈퇴 : 換骨脫退 ↔ 뼈 속까지 바뀌는 것·누군들 한번은 뼛속까지 바뀌길 원하기도 한다고 한다. 백수 씨도 그렇게 되기를 빈 적도 있었다. 그러나 세상사 원한 만큼 되지 않은 걸 살아오면서 백수 씨는 깨달았다. 청춘의 패기 찼던…… 그때처럼 살고 싶은 마음이었지만 나이 들어 어찌 할 수 없다는 것을 알고 살고 싶다는 욕망에서 멀어진 마음 어찌 인간이 욕망에서 초탈해질 수는 없는 것 아닌가! 떠남이 있으면 머묾이 있고 상처의 뒷면엔 치유가 있으며 슬픔의 뒷면엔 그리움이 있었다. 그게 백수 씨의 삶이 아닌가! 백수 씨만의 삶이 아니고 정상적인 인간이라면 모두가 겪은 삶이었을 것이다! 이 세상에 생물은 언젠가 꼭 죽는다는 사실은 새로운 사실이 아니라는 것을 알기에 살아간다는 게 살아가는 이유를 하나씩 줄여간다는 게 얼마나 쓸쓸한 이유인가를 안 뒤로 부터 무기력해 진 백수 씨의 행동에…… 부쩍 늘어난 각시 투정을 머릿속에 깊이 새기기 시작한지도 오래됐다. 한번은 이런 적도 있다. 아침 밥상을 차려와 백수 씨 앞에 사정없이 내려놓자. 상위의 그릇들이 깜짝 놀라 밥상에서 떨어지지 않으려고 서로 붙잡고 몸싸움을 하면서 냅다 큰소리를 내 지르며 아이돌이 노래를 할 때 춤을 추는 것처럼 들썩거리고…… 높은 상에서 바닥으로 떨어지면 사기그릇은 생명을 다하여 폐기처분 된다는 것을 알고 있을 것이고 또한 매 끼니마다 갖가지 맛있는 음식도 먹어보지 못할 것이기 때문에 사기그릇이 떨어지지 않으려고 서로 붙잡고 몸부림을 친 것이다! 사기국그릇에서 국

물이 파도를 치더니! 뜨거운 국물이 사타구니 사이로 튀겨 쏟아져 내
러 기시기 머리통을 약간 데었다. 한바탕 난리 소동이 일어났지만 잘
마무리되었다. 돈도 안 벌어오고 빈둥거리며 노는 주제에 끼니때마다
밥은 잘도 챙겨 먹는 백수 씨에게 화풀이를 한 것인가 싶다! 눈물을
글썽이며 먹는 둥 마는 둥 하고 밖에 나와 온 종일 화투 방을 비롯하
여 이곳저곳 돌아다니다가 집으로 왔다. 그날 밤 국물에 상처 입은
거시기 기능은 안전 하는 가를 점검해보려고 각시와 용케도 같이 잠
을 잤는데 결국 일은 제대로 치르지도 못하고 잠들고 말았다. 그런데
갑자기 숨이 막혔다. 잠결에 강도가 들어 와서 목을 조르는 줄 알았
다! 고함을 지르고 발버둥 치다가 있는 힘을 다하여 목을 조이던 강도
를 가까스로 밀쳐내고 자리에서 번개같이 일어나 전등 스위치를 켜고
보니? 강도가 아니고 잠버릇 까지 고약한 각시 육중한 발 장단지가
연약한 백수 씨 목에 걸쳐졌던 것이다. 잠결에 강도가 목을 조이는
줄 알았다. 그 때 백수 씨는 불현듯 세탁기 생각을 하였다. 뚱뚱한
몸 탈수시키는 세탁기말이다. 옷을 탈수시키는 것처럼 뚱뚱한 몸을
탈수시키는 기계가 있다면! 그러한 세탁기계 안에 들어가서 가만히
앉아 있으면 자동으로 씻어져 탈수되어 나올 것이다. 만약 그런 제품
을 개발된다면 각시같이 몸매가 뚱뚱한 여자들은 세상이 달라져 보일
것이다! 그러한 제품 개발자는 아마 노벨과학상은 따놓는 당상일 것
이다. 지금 세상이 어떤 세상인가! 누가 이 소리를 듣고……. 여자 거
시기가 껌 씹는 소리 같은 엉뚱한 생각이냐? 할 것이다! 여자거시기가
껌도 씹지 못 할 것이고! 설혹 씹는다 해서 소리가 날수가 없는 즉.
말도 안 되는 말 같은 말이지만! 언젠가는 그런 제품이 나올 수도 있
을 것이다. 너무 각시를 폄하 : 貶下·한다고 하겠지만! 그러나 백수 씨

의 입장으로선 오늘같이 무더운 날 잠을 못자고 모기한테 뜯기고 시달리니 스트레스를 받아 답답한 오장 육부가 곧 폭발할 것 같은 느낌에 별의별 생각이 다 난 것이다. 올해는 몇 십 년 만에 찾아 온 더위까지 합세하여 목구멍을 틀어막아……. 이런 일 저런 일로 인하여 그야말로 미치고 팔짝팔짝 뛰고 싶은 마음이 한 두 번이 아니다. 펄펄 끓는 가마솥 안에 갇혀 있다면 아마 이러한 기분 일 것이라고 생각이 든다! 요즘 들어 부쩍 신경질적인 각시를 다독거려주고 신경을 써서 좀 더 세심한 배려를 하겠다고 부아가 가라앉을 즈음 수번 마음속으로 다짐을 하고 다짐했지만 백수 씨는 자신도 모르게 순간적으로 또 이렇게 마음이 흔들린다. 백수 씨는 가슴아래서 부글부글 끓어 오르는 부아를 참으려 해도 진정이 안 되자. 벌떡 일어나 거듭 깊은 숨을 몰아 내쉬고 잰걸음으로 주방으로가 냉장고 문을 왈칵 열고 찬물 한 컵에 각 얼음을 너덧 개 띄워 벌컥벌컥 마셔 벌렁거리는 가슴을 살짝 진정시킨 후 가만히 생각을 해 보니 화가 조금난다.

"내가 빨리 사라지면 좋겠다는 뜻이네!"

대뜸 고함을 내지르자.

"누가 그렇데? 남자가 쪼잔 하게! 귀에 거슬린 말은 잘도 알아차리고 사사건건 시비를 하지! 말 못하는 새도 늙으면 울음소리가 구슬프다는데 우리 집 영감은 늙어가면서 양기가 밑으로 가는 게 아니라 입으로 가나! 돼지 목 따는 소리를 지르고 있어! 이웃들이 들으면 창피하게."

말을 끝낸 각시는 백수 씨 위아래를 쳐다본다.

"자기가 함부로 한 말들은 생각치도 않고 이왕지사 하는 말. 공손하게 말을 하면 입인 이느 곳에 넛나나? 아무리 세상이 많이 변했다고 위아래도 없이!"

결혼 하고 신혼여행을 다녀 온 뒤 고향을 찾아 갔다. 집으로 돌아오는 날 어머니가 손수 만든 수많은 반찬이 가득 차려진 밥상에 앉아 식사를 하던 중 "부부간에 불만의 말들은 아끼고 칭찬의 말은 아끼지 말거라"밥상머리 교육을 받았다. 그 말을 숙지하고 살았는데 아니 유명한 서예가에게 글을 받아 액자로 만들어 현관문을 열고 거실로 들어서면 바로 보일 수 있도록 거실 정중앙 벽면에 걸어두었는데 늙으면 치매가 온다지만! 어머니 훈육 말씀을 잊어 먹을 불효사는 아니다.

"부부간에 촌수는 : 寸數·무촌 : 無村·이네 앞뒤가 꽉 막힌 어르신!"
"그러니까. 그러한 지식을 알면서 왜! 남편에게 살갑게 말하면 안되나? 대대로 내려온 학자 집안에서 그따위로 예의범절을 누구에게 배웠어? 밥상머리 교육을 배우기는 했는데 잊어먹었나! 삼강오륜도 : 三綱五倫·몰라? 싸가지 없게!"

※ 밥상머리교육? 어려서 전 가족이 모여 밥을 먹을 때 할아버지가? "남이 나를 볼 때 고운 눈으로 바라보는 사람이 되어라."의 말뜻은? 밖에 나가서 나쁜 행동을 하면 저 놈 저 딸아이가 누구 놈의 아들 또는 누구 년의 딸이라고 욕을 하면서 부모를 욕한다는 것·

"싸가지. 좋아하네! 삼강은 군위신강 : 君爲臣綱·이요. 부위자강 : 父爲子綱·이요. 부위부강 : 夫爲婦綱·이니라."

마누라는 거침없이 답을 끝내고 나! 어때 라는 듯이 백수 씨 위아래를 처다 본다. 백수 씨는 제법이내 속으로 느끼면서……

"오륜은?"

"오륜은 부자유친 : 父子有親 · 하이며. 군신유의 : 君臣有義 · 하이며. 부부유별 : 夫婦有別 · 하이며. 장유유서 : 長幼有序 · 하이며. 붕우유신 : 朋友有信 · 이니라. 그런 것도 모를까봐! 어때? 이 훈장님의 박학다식 : 博學多識 · 함에 또 한 번 깜짝 놀랐지? 막내 수능 공부 시킨 것 보다 훨씬 힘드네! 우리 아들 3명의 머리 명석함이 나를 닮았나! 어벙한 우리영감 각시 실력에 깜짝 놀라 뒤로 넘어질까 겁나네. 넘어져 뇌진탕이라도 걸리면 내가 힘들 것이니! 두툼한 솜이불이라도 깔아줄까?"

각시는 계속 약 올리는 말을 하고 있다.

"아주구리! 우리마나님! 이제 보니 제법이네! 연설가로 불리어 다니면 좋겠네!"

"어이구! 그동안 뭘 보고 살았을까! 내일 친구들과 삼사 : 三寺 · 순례 갈 거야. 나! 내일 아침에 일찍 기침 할 거야."

"기침을 하다니? 당신! 그 튼튼한 몸에 감기가 들었어? 감기든 몸으로 절 세 군데를 다니면서 기도를 하려고 간다는 거냐?"

"늙으신! 우리영감머리에 무식이 거센 파도를 치는구나! 이러날 기 : 起 · 잠잘 침 : 寢 · 내일 아침에 일찍 일어난다는 뜻이야 어때 유식하고 예쁜 마나님이 어려운 말씀을 번역을 해 주니 알겠지? 나보다 훨씬 더 바보야!"

백수 씨는 각시가 아침에 기침을 한다고 해서 처음엔 감기가 들었나 했다가. 다르게 생각을 하니 자기를 잠에서 일어나라는 신호로 기침을 한다는 말로 착각을 한 것이다. 괜히 삼강오륜을 물어보아 각시의 기만 살려줬다. 허기야 저 건장한 몸에 감기가 들겠냐만! 닭을 쫓던 개가 지붕으로 날아간 닭을 쳐다보듯 자기를 멍하니 바라보는 백수 씨를 향해 각시는 한마디 하고 도끼눈을 하여 노려본다.

"째래 보기는! 지금 당신! 나를 바라보는 얼굴이 교양이 많은 마누라를 한대쥐어박고 싶다는 표정이네?"

"……."

"왜. 이래! 나. 이래봬도 학교 다닐 때 껌 좀 씹은 사람이야 어디를 아프게 한방 때려줄까? 안 아프게 때려줄까? 설명을 해 줄까? 아프게 때려준다는 말은 화가 나서 강하게 때리는 것이고 안 아프게 때려준다는 말뜻은? 즉. 연애시절 내가 당신에게 아양을 부리며 팔 굽으로 살짝 건드리는 것. 이해가지? 호호호."

"불량 서클에 두목을 했다는 말인데! 동네 소문날까 걱정이네."

말썽꾸러기가 마을 골목길에서나 학교교문입구에서 책가방을 옆구리에 끼고 껌을 질겅질겅 씹으며 삐딱하게 서서 돈을 뺏거나 아니면 고운목도리를 뺏기도 했다. 각시가 배구·배드민턴·정구·테니스선수 출신이 아니어서 천만 다행이지! 그런 부부는 싸움이 벌어지면 강 스파이크나 강 스매싱을 하는 식으로 남편의 뺨을…… 한방이면 기절을 할 것이다! 백수 씨는 식탁 의자에 앉으려다 말고 각시 공갈에 주눅들지 않으려고 가자미눈으로 각시를 바라보며 각시의 비위에 거슬린 말을 한다.

"누구랑? 그 몸으로 사찰 세 군데를 돌아 다녀?"

세군데 절을 돌아다닌다는 말에 백수 씨는 의아해서 연유를 물었다. 그 소리에 각시 살기등등한 목소리가 예고도 : 豫告· 없이 귓속으로 사정없이 파고들었다.

"신경 꺼? 누구라고 가르쳐주면 당신이 우리 친구 중 몇이나 알기나 해? 그리고 막내 대학 합격하라고 축원: 祝願·불공드리는데 몸 생각할 수 있어? 그리고 내 몸이 어때서?"

큰 소리를 지른 후 폼을 잡으면서 좌우로 몸을 돌린다.

"……."

성질나서 급하게 한 말이 마누라의 깊은 자존심을 크게 건드렸지만! '내 몸이 어때서'란 말에 할 말을 잃었다.

세상엔 건드릴 것과 건드리지 않을 것이 있다. 이를테면 잠자는 사자 코털과 미친개가 밥을 먹을 때와 젊은 과부와 젊은 홀아비 거시기란 말이 있는데 뚱뚱한 몸매를 가진 여성들의 자존심을 건드려서는 안 된다는 것도 포함 시켜야 될 것 같다!

백수 씨가 부처님! 가운데 토막도 아니어서 화가 치밀어 오르면 자제를 못하고 불쑥불쑥 내뱉는 말이 각시의 화를 돋게 한 것이다. 어머니 교훈을 잊은 채 그런 실수를 한다. 각시에게 몸매에 대한 언행을 삼가 해야 한다는 것을 어느 누구보다 잘 알고 있었는데! 부부란 다정한 대화에서도 잘못 의견이 엇갈리면 종종 걷잡을 수 없는 말다툼 싸움으로 인하여 며칠간 대화가 단절되기도 한다. 다윈의 학설에 의하면 남자는 여자의 얼굴 보다는 아름다운 몸매에 관심을 더 많이 보인다는 것인데……. 요즘 같으면 성 희롱인가! 젊을적 몸매와 지금의 몸매를 보면 너무도 서글퍼진다. 각시의 마음은 훨씬 더 하겠지만! 연애시절엔 각시의 장점만 보았는데 나이가 들수록 단점만 보게 된다. 각시도 마찬

가지일 것이다! 백수 씨는 될 수 있는 한 화를 돋우지 않으려고 각시의 표독스러운 얼굴을 외면하고선 말대꾸를 하지 않는다.

"어이구! 천하에 하나밖에 없는 서 백수 씨! 개지랄 그만 떨고 빨리 잠이나 퍼질러 자."

안방 문을 열고 들어가려다 발걸음을 잠시 멈추고 번데기 같이 줄음 져 볼품없는 거시기를 내려다보며 각시가 아주 퉁명스레 쏘아붙인다. 백수 씨는 각시 시건방진 말투에 무척 놀랐지만 고개를 들지 않았다. 대단히 거친 말에 주눅이 들어 각시 표정을 자세히 못 보았지만 말투로 보아 각시는 잔뜩 골 난 목소리다. 각시가 하는 말의 뜻은 이해가 간다. 곧 열두시다.

"막내 놈이 수능시험을 잘 봐서 일류 대학에 합격하기를 비는 100일 축원 기도를 하려 간다는데 초치는 것도 아니고 밥이나 축내고 빈둥거리며 노는 주제에 감히 셋 치 혀를 놀려."란 뜻이다. 아마 그 몸으로 108배를 할 것이다! 각시는 첫째아들 수능시험 준비 때부터 불교에 빠져들었다.

종교의 태동은 인간이 영원히 살고 싶다는 염원 때문에 예부터 죽은 이를 추모 : 追慕 · 하여 하늘에다 제사를 지내며 절대자를 찾으면서부터다. 그러다가 자연적으로 생긴 게 토테미즘과 샤머니즘이라는 원시적인 신앙이었다. 대자연의 모든 것엔 생명체인 정령이 : 淨靈 · 있다고 믿는 토테미즘은 우리나라에도 없지 않아! 특정한 사물은 터부시 : 禁忌 · 하는 것은 우리 주변에서 얼마든지 볼 수 있는가 하면 샤머니즘의 잔재인 점술행위는 : 占術行爲 · 지금까지도 사라지기커녕 마치 민속예술처럼 공공연히 우리 가까이에서 행하여지고 있다. 그러한 원시적인 신앙이 오늘날과 같은 여러 가지로 모양새를 제대로 갖춘 종교로: 宗敎· 발전하여 온 것이다. 종교인들의 말에의 하면 기독교인은 죽으면 천당에서 영구히 편히 산다고 한다. 그렇다면 이승이 힘들어서 기독교인이 된 것이 아닌가! 자살이라도 하여 빨리 천당에 가야 될 것이며……. 불교인도 이승의 삶이 힘들어 불교를 믿는 게 아닌가. 그렇다면 불교의 끝인 죽어서 이 세상으로 다시 윤회 : 輪廻· 하여 더 좋은 삶을 살기위해서는 빨리 죽어야 고생을 덜 하는 것이 아닌가! 라는 백수 씨의 생각이다. 성직자들은 하나같이 기도 하면 무엇이든지 이루어진다고 한다. 평생을 목탁을 두드리며 생을 마감한 성철스님을 비롯한 이 땅의 고승 : 高僧· 들도 투철한 불자들도……. 그러나 죽은 뒤 이 세상으로 윤회 되어 보다 나은 삶을 살아가는 사람은 없다. 차라리 이승에서 영원한 영생을 : 永生· 해달라고 빌지. 성직자들이 신도들에게 하는 말은 언제나 죄를 이야기하여 공포를 조성하고 헌금을 : 獻金 ↔ 돈· 요구하고 있다. 백수 씨가 보아온 종교인 대다수가 성경을 비롯하여 코란 과 불경에 씌어있는 교리는 신이 : 神· 하였던 말이 아닌 것을 너무도 잘 알기에 교리를 지키지 않았고! 종교를 매게 체로 나쁜 짓을 더 많이 하였다. 세상의 모든 종교인이 교리대로 행동을 한다면 이세상이 바로 그들이 주장하는 천국이다. 라는 백수 씨의 시론이다. 그러한데도 각시는 어리석게도 보이지 않은 손 : 神· 부처의 힘을 빌리면 영재 : 英才· 가 만들어진다고 착각을 하고 있는 모양이다. 나라에서 영재를 : 英才· 권장하는데……. 영재의 많은 숫자가 그 숫자만큼 이 나라를 더 부강하게 만들지는 모르지만! 상식적으로 생각해보아도 그렇게 많은 영재가 꼭 필요하다고 생각하지는 않는다는 백수 씨의 생각이다.

언론에 소개되어 크나큰 관심을 가졌던 우리나라 수많은 영재들 그들이 성장하여 대다수가 바보가 되어버린 일들이 비일 비재 하지 않았던가! 그러한데도 각시는 막내아들을 영재로 만들겠다고 몸도 돌보지 않고 급기야 신 : 神 · 에게 구원을 청하려 간다는 것이다. 영재 한사람이 1만 명을 먹여 살린다는 말이 있어 공감이 가긴 하지만! 제 2의 IMF라고 하여 살기 어려운 이 시국에 각시 친구 근황까지 꼭 알 필요는 없다.

1997년에 아무런 예고도 없이 대한민국은 국가부도 위기인 IMF가 : 국제통화기금 · 터졌다. 지금 문재인 정부가 들어서고 1차 IMF보다도 훨씬 어렵다는 것이다.

쓸데없는 것까지 물어 보았다가 잔소리까지 들어 감정이 격해진다고 느낌만으로 어떤 한계를 넘어서는 의심을 하는 것도 또한 지지리도 못난 사내놈 짓이라는 것을 알면서도 울컥 하는 성격 때문에 실언을 한 것이다. 말할 엄두도 못 내고…….

오유월 : 5~6월 · 장맛비를 흠뻑 맞은 병아리가 추워서 두 어깨 죽지 늘어뜨리고 종종걸음으로 엄마 품을 찾아가는 모습처럼!

각시는 측은하게 어깨를 늘어뜨리고 거실 바닥에 앉아있는 백수 씨에게 가자미눈을 해 가지고 꼬나보면서 아주 의미 있는 말을 한다.

 "서 백수 님! 내일이 처서야. 12시 넘으면 그 빈약한 몸이 불쌍하여
 물지 않을 것이네! 빨리 퍼질러 잠이나 잘 주무세요."

그렇게 한마디 싸질러하고 하고 안방으로 들어가고는 끝이다. 처서가 되면 날이 추워지니 모기 입이 비틀어져 못 문다고 떠들어대는

뉴스를 들은 모양이다. 남편을 출근시키고 막내 등교하고 나면 잡다한 방송을 보거나 교양프로를 보았을 테고 막내와 같이 EBS교육방송수능프로를 자주보아서 시사나 교양을 알고 있겠지만! 자존심을 건드리는 막말을 하여 더욱 화가 나게 만든다. 누구 때문에 남편의 몸이 빈약해 진줄 모르고 하는 말이니 부 화가 정수리까지 치밀어 오른다. 지나가는 말일지라도 "여보! 나 내일 아침 일찍 일어나야 해 그만 같이 자자."라고 한 번만 더 불렀으면 백수 씨는 목욕탕에서 샤워를 하고 난 뒤 베개를 옆구리에 끼고 눈썹을 휘 날리며 고환이 요령소리가

: 무당들이 신을 불러 내린다며 춤을 추면서 작은 방울이나 종을 흔들 때 나는 소리・

나도록 곧장 침대가 있는 안방으로 달려갔을 것이다. 내일 부처님한테 기도하려 가는데 별 짓이야 하지 않겠지만 세 아이들이 먹고 튼튼하게 잘 자랐던 지금은 기능을 다한! 생 밀크 저장 탱크인 따뜻하고 보들보들한 유방을 만지고 편히 잠을······.

　　"······."

　　각시는 꼭두새벽부터 설레발을 친다. 밤새도록 들뜬 기분에 잠을 못 자고 뒤치락거리다 거의 뜬눈으로 밤을 지새웠을 것인데! 건장한 몸매 때문에 평소엔 그다지 서두르지 않았는데도 오늘은 유난히 설쳐된다. 주방을 공연히 오가며 이것저것을 챙기며 부산스럽게 서성거린다. 주방에서 음식을 조리하느라 거실에는 음식 냄새가 가득하다. 덜익은 단 호박을 듬성듬성 썰어 넣고 자작하게 조려진 갈치조림과 수북이 쌓아놓은 싱싱한 야채더미를 비롯한 제법 값이 나가 보이는 해물들과 코끝의 때를 시원하게 씻겨주는 소갈비 냄새로 식탁엔 모처럼 풍성해 보인다. 평소엔 두서너 가지 정도로 단조로웠던 식탁 위에 오

늘은 제법 싱싱한 찬거리들로 구색을 잘 맞추어 한가득 차 있다. 먹음 직스러운 영광굴비 두 마리가 노릇노릇한 빛살을 하고 식탁 중앙 흰 사기사발 위에 어깨를 나란히 하고 누어있고 식탁 가장 자리에 잡고 펑퍼짐하게 앉아 있는! 작은 대나무 소쿠리 속엔 샛서방도 안준다는 계절음식인 자연산 더덕이 하얀 속살은 들어내고 풍만한 다리를 가지런히 하고 소복하게 쌓여져 있어 그 향기가 콧속을 간질이니 콧구멍이 벌름거려져 아침 공복 : 空腹 · 시장기를 북돋아 입안엔 어느새 잎안에 군침을 고이게 한다. 있을 건 다 있어야한다는 임금님의 밥상이 아마도 이럴 것이다! 평소 같지 않은 풍성한 식탁의 차림으로 보아선 어림짐작하건데 분명 누군가 귀한손님이 온다는 것을 말해주고 있으나! 백수 씨는 그러한 소식을 각시와 공유하지 못한지 오래다.

  "누가 올까? 아니면 오늘이 누구생일날인가!"

  기억을 더듬어 별의별 온갖 상상의 날개를 펼쳐 보지만 기억은 미로처럼 아득하여 도무지 생각이 떠오르지 않는다. 이 생각 저 생각에 머릿속이 혼란스런 이때 각시 전화 벨소리가 귀에 거슬리게 들려온다. 어제 밤 다툼 때문에 각시가 약간 미우니까! 전화 벨소리까지 듣기 싫다. 각시전화 벨소리는 "날 좀 보소. 날 좀 보소. 동지섣달 꽃 본 듯이 날 좀 보소"로 이어진다. 얼굴이나 몸매와는 노래가사가 너무도 판이하다. 각시는 전화기를 들고 안방으로 급히 들어가 통화를 한다. 백수 씨가 들으면 안 되는 중요한 전화인 것 같다! 언제부터인가 각시는 전화기를 들고 방으로 들어가 통화를 하곤 했다. 화난 얼굴로 어떤 때는 심각한 얼굴로 때로는 상기된 얼굴로 싱글벙글거리며 방을 나왔다. 통화를 끝내고 안방에서 나온 각시는 얼굴에 웃음을 한가득 머금고 세면실로 들어간다. 오늘따라 백수 씨도 모르는 아주 기분 좋은 일이 있는 모양이다! 각시가 서둘러 목욕탕으로 들어가 씻는 소리가 무척 요란하게 들려온다. 뭔가 급한 모양이다! 어젯밤 언쟁: 言爭·끝에 각시가 했던 말이 이제야 생각났다. 막내 놈 수능시험 잘 보라고 백일축원기도하려 가는 날이라는 것을…… 요즘 부쩍 기억력이 깜박인다. 어떤 때는 냉장고 무엇을 가지려고 갔다가 냉장고 문을 여는 순간? 무엇을 꺼내려 왔는지를 잊어먹어서 쓴 웃음을 짓기도 한다. 각시는 비대해져 무거운 몸으로 급하게 씻느라고 힘들었던지 세면장 문턱에 잠시 걸터앉아 수건으로 머리를 닦으며 손질을 한다. 옆으로 떡 벌어진 비게 덩어리 몸매! 각시 몸이 세면장 문설주에 꽉 끼인다. 백수 씨도 세면을 해야 하는데 들어갈 틈이 없어 어깨 틈 사이로 발을 들고 넘어가려다 넘어가지 못해 발을 원위치 시키고 머뭇거리자.

"당신! 어디 급하게 갈 곳이 있어?"
"……."

어젯밤과는 다른 눈빛에 부드럽고 다정한 목소리로 묻는다. 어젯밤 민하여도 먹이를 놓고 쟁탈전을 벌이는 하이에나처럼 으르렁 거렸는데! 그래서 부부싸움은 칼로 물 베기란 말이 맞는 것이다. 성난 눈빛이 아닌 온화한 눈으로 바라보며. 부드러운 말로 남편 하루일과를 묻는 각시의 행동에 백는 말을수 씨가 감격을 해 머뭇거리는 것을 보고 각시 잇는다.

"나하고 같이 갈려면! 빨리 들어가 씻던지?"

"아니."

"그런데 지금 씻으려고 해? 오늘 집에 늦게 올지 몰라! 밥상 차려 놨으니 막내하고 시간 되면 챙겨 먹고 채소는 밖에 두면 시들어 못쓰게 되니까! 비닐봉지로 싸서 냉장고 야채박스 안에 넣어두고 국은 먹고 남으면 쉬니까! 냄비에 쏟아 넣고 한번 푹 끓여 놔? 끓은 뒤 뚜껑 열면 쉴지도 모르니 그대로 둬."

각시는 상관이 졸병에게 명령을 하달하듯이 지시를 한다.

"우리들끼리 먹으라고?"

"나! 늦었어! 밥 먹을 시간 없어서 그냥 갈게."

"오늘 집에 올 사람 있어?"

"어제 일씻 설에 간다고 말했는데……. 당신 까마귀 고기를 구워서 먹었어? 아니면 귀가 먹었어? 나도 없는데 오긴 누가 오겠어?"

"오늘따라 진수성찬 이여서 나는 귀한손님 오는 줄 알았네!"

"당신도 그렇고 막내도 공부한다고 체력이 약해지는 것 같아! 신경을 써서 준비했으니 막내와 먹고 막내 잘 챙겨서 보내 밖에 나가지 않으려면 집 잘 보라고. 또 말한 것 까먹지 말고?"

그 말을 남기고 각시는 젖은 수건으로 머리를 털면서 안방으로 사라진다.

약간 귀에 거슬린 말이지만! 그래도 다른 날에 비해 적당히 부드러운 말이다. 그래서 부부인가! 어젯밤만 하여도 무쇠가마솥뚜껑 같은 손으로 따귀를 갈길 것 같았는데……. 하룻밤사이에 신랑 몸 생각 하여 진수성찬이라니! 괜히 눈가가 젖어 들려고 한다. 나이가 들어 갈수록 기억력이 점점 없어져 걱정이다. 그러한 현상이 나타난 건 몇 년 전부터다.

"……."

"새벽종이 울렸네. 새아침이 밝았네. 너도나도 일어나 새마을을 만들세. 살기 좋은 내 마을 우리 힘으로 만들세."

전화벨이 울렸다. 백수 씨는 전화 벨 도착 음을 박정희 대통령이 작사를 하고 둘째 딸 근영이의 도움으로 작곡한 새마을 노래로 다운 받은 것이다. 음원 사용료도 낼 필요 없고 또한 여럿이 모여 있는 화투 치는 방에서 전화벨이 울리면 자기에게 전화가 왔다는 걸 바로 알 수 있고……. 한 번은 주민 센터에서 서류를 작성하는데 전화가 왔다. 서류의 맨 끝이라 끝내고 받으려고 받지를 않았는데 작성을 끝내고 전화를 받으려고 전화기를 꺼내자. 주민 센터 직원이 모두 의자에서 서서 백수 씨를 보고 웃고 있었으며 민원인들도 웃는 것이다. 아마도 유치한 전화도착 신호음을 가지고 있는 영감이…….

"……."

한번은 계약관계 때문에 전화로 급히 만나자는 부동산 중계업자의 연락을 받고 급하게 차를 타고 가는데 터널입구에서 교통사고가나서 교통체증이 되어 약속시간 안에 도달하기가 어려워 전화를 하려고 주머니에서 전화기를 꺼내 자동버튼을 눌렀는데 불통이다. 바쁜데 넝달아 전화국기지국까지 고장 났나! 투덜대며 다시 번호를 누르려고 전화기 번호판을 보니 전화기가 아니고 TV 리모컨이었다. 나이가 들자 간혹 기억은 미로 속을 헤매고 따라서 감성도 예민해져가고 있는가하면 때론 이유 없는 공포로 : 恐怖·심신이 불안정하여 요즘엔 자신의 정체성에 혼란을 느끼기도 한다. 각시가 알려 준대로 막내와 밥을 먹고 대략 설거지를 하고 난 뒤 막내를 챙겨 보내고 거실에서 서성거리고 있는네 삭시가 안방에서 만면에 미소를 짓고 나왔다. 지금은 나이 들어 몸매는 화장발에 따라주지 못하지만 젊은 시절엔 지역에서 보기 드문 미인이었다.

"진짜로 오늘 어디 안 나갈 거야?"

각시 말이 어젯밤과는 사뭇 다르게 들려왔다. 말소리가 무척이나 부드러워 진 것이다. 자식 놈 대학 수능시험 잘 보라고 소원 성취할 수 있게 불공드리려 가는 날이라 그런지! 행동거지와 말조심을 한다. 아침부터 잘못 말실수하여 브러블이라도 나면 공염불이 될 수 있을 테니까!

"현재로선 특별히 갈만한 곳은 없고."

각시는 그 아름다운 몸매를……. 거울 앞에서 옆모습을 힐끗 보고 정면으로 비춰 보며 윗옷매무새를 팅팅 부른 떡볶이 판위에 가래떡 같은 손가락으로 만지작거리고 나서 빙그레 웃는다. 화장발이 만족한 모양이다!

"절에 갈려면 오르막 산길을 가야하는데! 아침밥을 안 먹고 가면 힘들 것인데?"

이렇거나. 저렇거나. 아무튼 간에 백수 씨는 걱정이 됐다. 그 우람한 체구가 신식 걸망 속에 1리터의 녹차물병까지 넣어가니 걱정을 안 할 수가 없다.

"친구가 김밥을 만들어 온다고 했으니 차안에서 먹으면 돼 아 참!
당신 지갑 내나봐."
"뭐! 할라고?"
"바쁜데! 말대답하지 말고. 빨리 줘봐."

거실 문을 열고 나가려다 뭔가 생각이 난 듯 발걸음을 멈추고 지갑
을 검사 하겠다는 각시 말에 여비가 부족하나 싶어! 서부영화사상 최
고의 총격전이 연출되는 "오픈레인저" 영화주인공인 캐빈 코스터너
가 허리춤 권총을 적을 향해 빼내서 겨누는 것 보다 더 빠르게 옷걸이
에 걸려있는 바지 뒷주머니에서 지갑을 빼서 각시에게 가져다줬다.
평상시엔 백수 씨는 나무늘보처럼 행동했다. 급하게 다그치는 바람에
번개 같은 동작을 한 것이다.
지갑을 열어본 각시는 빙그레 웃으면서…….

"비상금이 바닥났네! 당신은 품의 유지비가 떨어져 가면 미리미리
말을 해야 내가알지?"

지갑 검사를 끝내고 각시는 등산 백에서 빨간색 장지갑을 꺼내 열
고서 돈을 꺼내 백수 씨 지갑에다 넣는다. 그것도 여섯 쌍둥이 신사임
당이 지갑 속으로 들어간다. 지갑 속엔 쌍둥이 신사임당이 : 5만 원 권
2장 · 있는데도……. 오늘 아침 각시 말이 상냥하고 부드러운 목소리다.
만약 천상에 선녀가 : 仙女 · 있고 천사가 : 天使 · 있다면 이아침의 각시
마음을 닮았을 것이다! 신사임당 할머니 마음씨인가! 아무튼 오늘 아
침 분위기는 기분 나이스다. 연애할 땐 장점만 보였는데! 나이 들어
사소한 다툼이 걷잡을 수 없는 말싸움으로 이어지면 서로 간에 단점
만 보이게 되어……. 그것을 시비 삼으면 것 잡을 수 없는 말싸움이

되기도 했다. 그렇지만 살아 온 동안 치고받고 몸싸움은 단 한 번도 없었다. 부부긴에 살아가면서 서로 간에 좋은 말은 절대로 아끼지 말라던 어머니의 교훈을 간혹 잊어먹은 것을 새삼스레 후회를 하곤 했다. 부처님이 아니고서야 어찌 인간이 화를 마음대로 다스릴 수 있으랴!

"겁나게 고마워! 각시야! 잘 다녀와. 조심하고?"

미우네! 고우네! 때론 아옹다옹 다투기도 하지만……. 지갑 속엔 십만 원이 있지만 남편 품의 유지비에 쓰라고 30만 원의 거금을! 빈 지갑에 채워주는 각시가 고맙기도 했다. 이러한 각시가 동방의 예의지국 대한민국에 얼마나 있을까. 가늠 해보기도 한다. 백수 씨에겐 이런 일은 늘 상 있는 일이다. 대대로 내려온 학자집안 자손은 뭔가 다르긴 다르다. 각시를 보내고 나니 집안이 횅하게 보였다. 연 사흘 내내 폭우가 내리다 그치다 반복을 하다가 오늘 새벽녘에서야 비로소 비가 개인 것이다. 각시에겐 집을 잘 보겠다고 일단 약속을 했지만 비 때문에 외출을 못하여 그동안 친구들의 소식이 궁금하다. 특히 고스톱 멤버들이 더 더욱 보고 싶다. 사내놈 꼴불견 중엔…….

"돈을 세면서 숫자를 따라 고개 끄덕이는 모습을 보고 자기도 같이 따라 머리를 끄덕 이는 놈!"
"배가 고픈데도 돈이 없어 사먹지도 못 하고 남이 맛있는 음식 먹는 것 보고 먹고 싶어 곁에서 꼴깍꼴깍 침 넘기는 놈!"
"고스톱 판에서 돈 떨어져 같이하지도 못하고 뒤에서 구경하는 놈!"

이러한 놈이 세상에서 제일 불쌍한 놈이라 한다. 이러한 짓을 방지

하기위해인지 각시의 품이 유지비가 공급 되지만! 돈 세는 사람을 구경한다고 한 푼 줄 것도 아니고 밥 먹는 것 구경한다고 밥을 사줄 사람 없지만 돈 놓고 돈 먹는 화투판 뒷전에는 개평이란 것이 있어 개평 뜯은 돈을 모아 술이나 음식을 사먹어 굶주린 배를 채울 수 있어 백수 씨 같은 백수는 화투판이나 기웃거릴 수밖에 없다. 돈이 없어 그런 것이 아니다. 화투판서 어울리면 시간이 빨리 간다. 돈을 잃으면 더 시간이 빠르게 가는 것 같다. 구경을 하는 사람도 그렇다. 또한 점수 때문에 다투는 모습 등등이 재미있다. 담배를 피우지 않는 곳이라면 더더욱 좋다. 화투판이나 둘러볼 요량으로 외출을 하기 위해 한참 머리를 감고 있을 때 초인종소리가 울렸다. 여느 때와는 달리 벨소리가 무척 이나 신경을 날카롭게 하고 불길한 느낌으로 귓전을 때렸다. 참으로 이상한 일이었다. 보편적인 가정들에서 수시로 있을 수 있는 일상적인 일들이겠지만! 어쩐지 오늘따라 무척이나 섬뜩하게 느껴진다. 백수 씨는 머리를 감기를 잠시 멈추고 출입문 쪽으로 귀를 곧추세우고 벨소리가 그치기를 기다렸다. 아침 일찍 찾아 올 사람이라곤 없다. 기껏해야 세탁소 아저씨나·야쿠르트 배달부 아줌마·아니면 교회 신도·일 것이다. 그들은 늘 상 오며가며 세탁물이 있으면 달라거나 야쿠르트를 받지 않겠느냐? 교회에 나와 지은 죄 참회하여 천당에 같이 가자. 하면서 초인종을 누르곤 했다. 그런데 이상스럽게도 소리는 바로 멈출 기미를 보이지 않았다. 아니 끝나면 반복해서 다시 누른다. 그들이라면 한 두 번의 시도만으로도 물러가는 게 다반사였다.

백수 씨는 무엇에 쫓기듯 머리에 남은 샴푸 거품을 부랴부랴 대충 헹궈내고는 수건으로 물기를 털어 내면서 인터폰 앞으로 쪼르르 다가갔다. 인터폰 모니터 속에는 세탁소 아저씨도·야쿠르트 아줌마도·교회신도도·아닌! 다른? 모자를 깊게 눌러쓴 누군가가 얼굴을 렌즈에 바짝 붙인 채 노려보고 있었다. 화면에 나타난 얼굴은 뜻밖에도 '고스톱' 멤버 오 몰수 씨였다. 백수 씨보다 다섯 살 연상인 그는 건설업과 부동산업을 하는데 성격이 두루뭉수리 한 탓에 그의 사무실에 자주 모여서 화투를 치곤했다. 키가 헌칠한 그는 머리 정수리가 산사태가 나서 빛나리라고 놀렸다. 가발을 하지 않을 때는 대머리를 감추기 위해 벙거지를: 영국 신사들의 모자·깊게 쓰고 다닌다. 백수 씨는 현관문을 열고 그를 맞이했다.

    "아니! 형님! 이른 아침에 연락도 없이 어인 일입니까?"

 반가와 하면서도 놀라워하며 연유를 뭇는 백수 씨를 외면하고 그는 안방 쪽을 기웃거리며…….

    "있냐?"

 각시가 있느냐? 란 뜻이다.

    "형님! 전화로하면 되지 아침 일찍 마누라가 있고 없는 것이 문제
    가 아니니. 일단 빨리 들어오시오."

 백수 씨는 겁이 덜컥 났다. 전화로는 안 될 일이라면 분명 중요한 일일 것이다! 무쇠가마솥뚜껑보고 놀란 가슴이 자라 등을 보고 놀란다. 라는 말이 이러한 것을 두고 하는 말인 것 같다. 무슨 일일까? 궁금해 하는 백수 씨의 시선은 아랑곳 않고 턱을 들어 안방을 가리키며 눈을 찡긋한다. 놀라서 '각시가 방에 있느냐?'란 그의 물음에 대답

을 아직 못했는데 재차 물은 것이다.

"마누라는 삼사 : 三寺·순례 간다고 아침 일찍 나가고 없는데 사전
에 통고도 없이 어인일이요?"

방안을 두리번거리던 그는 백수 씨의 말을 듣고 안심했다는 듯이
벽에 걸린 가족사진에 시선을 둔 채……

"그럼 잘됐다! 오늘 좋은 일 있으니 날 따라가자."
"아니! 밑도 끝도 없이 어디를 가는데 전화로 하면 될 것을 아침
일찍 집에까지 찾아와서 자세한행선지도 밝히지도 않은 채 무턱대고
가자고 재촉합니까?"

백수 씨의 말에 그는 음흉한 웃음을 지으며 곁으로 다가와 오른손
으로 어깨를 툭 치며 상기된 목소리로……

"전라도 여수로 관광을 가기로 했는데 갑자기 두 사람이 못 가게
되어 짝이 모자라서 곤란하게 됐으니. 네가 대신 가서 기쁨조가 : 놀이
친구·되어 주어야겠다."
"……"

뜬금없는 그의 제안에 백수 씨는 대답을 못하고 머뭇거린다.

"왜? 싫으냐? 돈은 한 푼도 안 내도 된다. 두 사람 다 관광 경비는
냈는데 가정사에 급한 일이 있어 못가서 그러니 그들 대타로 너는
그냥 불알 두 쪽만 달랑 차고 가면 된다."
"기쁨조란 무슨 뜻이요?"
"어이구! 이런 쑥 맥! 묻지 마 관광도 모르냐? 하루 동안 짝이 되어

적당히 놀다오면 된다. 너의 마누라도 묻지 마 관광을 갔을지도 몰라."

"들어보긴 많이 들어 봤지만 처음이라서……. 설마 우리마누라가 어디가 좋다고 그런 관광을 가겠소? 막내 수능 시험 때문에 지금정신이 없소!"

"야! 봐라. 열길 물속은 알아도 한 길 사람 속은 모른다는 속담이 있다. 말대답하지 말고 따라가려면 빨리빨리 서둘러야."

몰수 형이 아침 일찍 백수 씨를 찾아 온 것은 친구들이 단풍놀이 묻지 마 관광을 가기위해 여자16명 남자16명 짝을 맞추었는데 남자가 두 사람이 갑자기 집안에 급한 일이 생겨서 가지 못하게 되자 짝이 부족하여 그들 대신 역할을 해달라고 의향을 알아보러 온 것이다. 뒤에 안 일이지만 한 지역에서 평일 날 사람을 많이 모집하기란 쉬운 일이 아니라 했다. 백수 씨 입장에선 각시가 없어 천만다행이었다. 하기야 각시가 있었더라도 적당한 핑계대고 갔을 것이다. 짝이 없으면 계획을 추진한사람이 혼나기 때문에 짝을 채운다고 하였다. 3일간 비가 내려 밖으로 나가지 못해 온 몸에 좀이 쑤시던 중이였는데 잘된 일이다. 또한 화투 방은 형들의 묻지 마 광광으로 오늘은 종을 친 것이다. 반면에 마누라도 없고 하여……. 하루 종일 시간 보낼 곳이 마땅치 않는데 잘 된 일이다. 다른 한편으론 묻지 마 관광이 궁금하였는데 선거철도 아니고 경비 부담 없이 가는 관광에다가 처음 보는 이성과 동행 한다니 적당히 할 일이 없는 백수로서는 모처럼 호박이 넝쿨 채 곳간으로 들어 온 것이다. 돈도 안내고 남을 대신해 간다는 것이 조금 꺼림직 하지만 일단 따라가기로 하고 형을 먼저 보냈다. 뜻하지 않게 처음 보는 여자들의 기쁨조가 돼 주기로 작정하고 들뜬 마음으로 설레발을 치며 각시가 일러 준 순서대로 서둘러 식탁과 부엌 살림

살이를 깨끗이 정리하고는 실내 공기를 환기되라고 거실 창 덧문을 활짝 열어놓고 집을 나왔다. 고개를 들어 하늘을 보니 하늘은 금새 바다에서 건져 올린 빛깔이다. 연사흘 내내 많이 낮아졌던 하늘은 어제의 하늘보다 끝이 어디인지 가늠할 수 없을 정도로 훨씬 더 높아 보인다. 그 높은 하늘을 향해 흰 실크 천으로 만든 살풀이춤을 출 때 무용수가 쓰는 기다란 수건이라도 드높이 휘둘리면 하늘이 면도날에 베이듯 갈라져 금방 차가운 물을 뿜어낼 것 같고! 쏟아져 내린 차갑고 날카로운 물줄기는 정수리를 관통해 발등을 적실 것 같은 겁나게 상쾌한 날이다! 세상 곳곳을 다니며 가는 길 빨리 비끼지 않는다고 자기들 마음대로 행패를 부리던 떠돌이 마파람이 힘들었나! 앞산 소나무 숲에서 잠시앉아 가쁜 숨을 가다듬은 뒤 피톤치드 솔향기를 한가득 안고 달려와 공해에 찌든 코끝 때를 씻어주며 어린곡식을 살찌우고 있다. 구름 때문에 제힘을 전혀 발휘 못했던 햇살이 밤사이에 원기를 회복하고 축축해진 오늘 대지말리고 뜨겁게 달구기 위해. 앞산 봉우리에서 떠올라 혀를 날름거리니 갈매 빛: 심록색 ↔ 深綠色·줄기넝쿨에 검붉은 장미꽃이 만개하여 뒤덮인 집 담장을 넘어 오려고 하는데 앞마당에서 햇볕을 쬐고 앉아 있는 경비병 백구를: 白狗 ↔ 진도개·보고 깜짝 놀라서 눈치를 살피며! 잠시 숨고르기를 하고 있다. 하늘에서 눈길을 거두자 연파랑 색의 수많은 작은 동그라미가 눈앞에서 혼란스레 아른거린다. 갑작스러운 비문 증에: 飛門症 ↔ 노화현상으로 눈앞에서 비누 물방울이 떠다는 현상·잠시 눈을 감았다 떠보았다. 온 세상에 가득한 햇살⋯⋯. 연사흘 동안 간사한 여우처럼! 아니? 개으른 머슴들 낮잠 자기 좋을만하게! 오락가락하던 비가 온 끝이라 그런지 자못 경건하기까지 하다! 그 햇살은 지난 태풍에 텃밭에 쓰러져 있는 상처 난 고추나무가지를 어루만짐에도 소홀함이 없다. 몇 일만에 보는 햇살이 이렇게 고마울 수기 없다. 긱시도 불붕드리러고 가는 날을 운 좋게 잘 잡은 것 같다. 모처럼 관상대 직원들 자존심 상하게! 하필 그들의 야유회 가는 날에 하늘이 심술이라도 부린 것같이……. 장대 같은 비가 내리듯 온종일 비가 내려 삼사 순례 길에 지장이 있으면 어떡하나 밤샘 걱정도 했다. 부처님이 도우셨나 보다! 관세음보살! 백수 씨는 두루두루 만신교인 : 萬神敎人 · 이다. 죽어도 걱정이 없다. 마누라가 절에 가자고 하면 '천지 간의 : 天地間 · 신 : 神 · 이란 신을 모두 믿는다. 죽으면 내 마음대로 골라 서 좋은 곳에 찾아갈 수 있으니 걱정하지 말라'고 큰소리쳤다. 이런 저런 오만가지 잡생각을 하며 도착한곳은 남해고속도로 나 들목이다. 앞서간 몰수 형이 빨리 오라고 손짓한다. 잰걸음으로 버스 앞에 당도 하니. 관광버스는 입을 크게 벌리고 빨리 들어오기를 기다리고 있었 다. 무엇엔가 홀린 듯이 짙은 선팅을 하여 어둑한 버스 안으로 들어갔 다. 안쪽 좌석에 목을 내밀고 앉아있는 호기심으로 가득한 여자들의 수십 개의 반짝이는 눈동자가 몰수 씨를 기다리고 있었다. 이 고장 사람이 아닌 처음 보는 얼굴들이다. 모두들 때 빼고 광을 내고 왔는 지! 여러 가지 화장품냄새가 코끝을 심하게 자극하였다. 여자들이 안 쪽의자를 점령한 것으로 보니 타지에서 온 모양이다! 인원 점검을 끝 마친 몰수 형이 밖에서 쭈그리고 앉아 열심히 담배를 피우던 몇몇 남자들을 향해 "출발한다. 빨리 타라."고함을 지르자. 피우던 담배 불 을 황급히 끄고 승차한다. 인원 점검이 끝나고 버스가 서서히 나 들목 공터를 미끄러져 나가 둔중한 기계파열음과 함께 고속도로에서 제 속 력을 내자. 남자 쪽 가이드인 몰수 형이 마이크를 잡고 통로 중앙에서 인사말을 시작했다.

"반갑습니다! 일찍 온다고 아침식사도 못하고 오셨을 텐데! 오늘 하루 같이할 파트너를 정한다음 준비해온 음식으로 간단한 식사를 하기로 합시다. 오늘 여러분의 멋진 중매를 해줄 오몰수라고 합니다. 건설업과 부동산업을 겸한 사업을 하고 있습니다. 오늘 상대방은 젊은 여성들이어서! 기분 아주 좋습니다. 우리 쪽도 경로당 입학하려면 족히 30년은 있어야하는 혈기왕성한 장년들이어서 건드리면 바로 폭발할 화약 같은 남자들입니다. 잘못 건드리면 꽝 하고 폭발할 수 있으니 오늘 하루만 조심조심 다루고 놀아야 할 것입니다. 경로당 자원봉사하러 온 것으로 착각하지 마시기를 바랍니다."

몰수 형의 인사말이 끝나자. 새치름하게 앉아 있던 여자들이 손뼉을 치며 크게 웃는다. 뒤이어 여자 쪽 가이드가 나왔다.

"반갑습니다! 저희는 부산 남산동과 일부는 부곡동에서 왔습니다. 개인적인 인사는 파트너를 정하면서 알려주겠습니다. 아니 파트너가 되면 자연 알게 될 것입니다."

간단한 인사말을 끝내고 여자 쪽 가이드는 검정 비닐봉지를 들고 버스 통로에서서 말을 이었다.

"남자 분들은 소지하고 있는 물건 중에 어떠한 것이라도 좋으니 하나씩 이 봉지 안에 넣어 주길 바랍니다."

그녀는 말을 끝내고 앞쪽서부터 비닐봉지 입구를 크게 벌여 물건을 걷어 왔다. 이렇든지 저렇든지 백수 씨는 그들이 하는 대로 지켜보며 따라주었다. 여자가이드는 백수 씨 앞에서 걸음을 멈추고 몸을 돌려 앞을 가로막는다. 뒤쪽에서 여자들이 백수 씨가 비닐봉지 안에 넣는 물건을 볼 수 없게 가린 것이다. 백수 씨는 잠바속주머니에서 만년필을 꺼내서 비닐봉지 안에 넣었다. 16명의 남자 물건이 검정비닐 봉지에서 안에 있나. 쉰힌 물건을 들고 여자가이드는 몰수 형을 불러 통로에 나란히 섰다.

　"젊은 아가씨! 여러분 비닐봉지 안에 로또복권이 들어있습니다. 한사람씩 나와서 한 개씩 꺼내서 당첨된 물건주인과 오늘 하루동안 파트너가 되어 즐거운 시간이 되길 바랍니다. 평생 데리고 살 짝이 아니니 잘못 선택되어도 억울해 하지 마시길 바랍니다."

뒤쪽에서 여자들이 차례로 나와 비닐봉지 안에서 물건을 꺼내들면 몰수 형이 물건 주인을 확인하여 여자와 짝을 지어 앉아 있게 했다.

　"야! 젊은 아가씨! 오늘 큰 수지맞았다! 차 키가 두 개씩 가지고 다닌 걸 보니 억수로 부자인 모양입니다. 이게 롤스로이 키인가! 자가용 비행기 킨가! 그도 아니면 빤쓰: 팬티·킨가!"
　"야! 일마야! 지금 세상에도 정조대를 입고 다니는 여자들이 있냐? 팬티 키를 가지고 다니게?"

누군가 응수를 했건만 몰수 형은 들은 척도 않고 키 고리를 오른손 엄지와 검지로 잡고서 무당이 방울 흔들듯 살랑살랑 흔들어 보인다. 그 소리에 의자에 앉아있던 여자들이 몸을 반쯤 세우고 목을 내밀고 키를 바라보며 당첨된 여자를 부러워하는 눈으로 일제히 바라본다.

　"아! 이거 대단히 죄송합니다. 제가 잘못 안 것 같습니다. BMW 키는 아닌 것 같고! 체어맨 키인가! ……그것도 아니네!"

말을 끝낸 몰수 형은 버스 앞 창문 쪽으로가 키를 살펴보고 나서 뒤돌아 눈을 비비고난 뒤……

"밝은 곳에서 보니! 하나는 경운기 키고 하나는 오토바이 키네!
아가씨! 어쩔까요? 오늘 로토복권에 당첨인줄 알았다가 황이여서 좋
다가 말았네!"

몰수 형의 농담에 버스 안은 웃음으로 가득하다.

이분은 면장님 이분은 시의원 이분은 대기업 회장 동창회 향우회
심지어 동심계회장님 등등 대다수 사장님이나 회장님이다. 모두 짝을
맞추어보니 남자 하나가 부족했다. 여자 쪽의 가이드가 짝이 없는 것
이다. 뒤에 안 일이지만 여자 가이드는 묻지를 마세요. 관광객만 모집
하는 전문 모집책이었다. 양쪽 일행 중에 서로 아는 사람이 몇 사람
있었으며 남자 쪽에 두 사람은 여자 쪽 가이드와도 서로 알고 있었고
세 번이나 함께한 사람도 있었다. 남자들은 모두 60~65세이며 백수
씨만 56세로 제일 어린 영계다. 여자들은 40~50세 중반 인데 부산 2개
동에서 모집책이 모아 온 것이다. 그중에서 백수 씨만 특별히 나이가
소개 됐는데 소개가 끝나자

"형부! 우리 언니 끝내줍니다."

백수 씨가 목을 빼고 소리가나는 쪽을 바라보니 앞쪽에서 예쁜 여
자가 의자 사이에서 엉거주춤 서서 손을 흔들며 웃는다. 같은 동에서
온 일행인 모양인데 백수 씨의 파트너가 자기보다 연상인 모양이다.
여자들의 시선이 모두 백수 씨에게 쏠렸다. 백수 씨는 자세를 고쳐
앉으며……

"이런 모임은 처음이라 혹 실수가 있더라도 이해 해 달라."

파트너에게 말했다. 그녀는 입가에 웃음을 흘리며 자기도 백수 씨와 같다고 했다. 이렇게 겉치레 인사라도 해야지 서먹서먹한 감정이 없어질 것 같았다. 백수 씨 예감이 적중했다. 내숭을 떨고 앉아 있는 파트너에 대한 궁금한 것이 무척이나 많아 언사 : 言辭·질을 해 보려 하였지만 오늘 관광 목적의 주제처럼 일체 상대방 신상에 관한 질문을 피하고 그들 말처럼 신나게 오늘하루만큼은 아무런 격식 없이 미친 듯이 놀고 헤어지기로 했다. 웃고 떠들며 박수치기를 10여분 파트너가 모두 정해져 합석이 이루어지자 몰수 형이 검정 비닐봉지를 한 개씩 의자 뒤 컵 걸이에 걸어 쓰레기를 담을 수 있도록 한 뒤 이어서 김밥과 음료수 과일들이 배급됐고 삶은 돼지고기 삼겹살을 술안주로 스티로폼 케이스에 수북이 나뉘어 지고 나서 여자 가이드가 각자의 취향에 따라 맥주나 소주를 연신 종이컵에 따라주었다. 두 사람의 손발이 척척 맞아 일사천리로 모든 일들이 척척 진행되었다. 여자들은 백수 씨에게 수차례 술을 권하여 병아리 눈물만큼 먹고 잔을 내밀었다. 이러한 분위기에 익숙지 않아 멍하니 앉아 파트너의 기분을 못 맞추자! 가자미눈을 하고선 백수 씨를 얼굴을 본 몰수 형이 마이크를 잡고 방송을 한다.

"아! 아! 잠시 공지 사항을 알려 드리겠습니다. 다름이 아니라 우리막내인 서 백수는 술만 취하면 아무 곳에서나 옷을 훌렁 벗어버리는 버릇이 있으니 술은 절대로 많이 권하지 마시기 바랍니다. 앞전에도 술에 취해 빨개 벗고 요강 : 소변을 하려·비우려 뛰어나가는 바람에 교통경찰이 출동되고 휴게소 일대가 한바탕 난리가 났습니다. 제가 번개같이 버스창문 커튼을 뜯어 가지고 달려가 아래 성기를 가려서

소동은 진정 됐지만 오늘은 그런 불상사를 막기 위하여 미리 말씀을
드리니 절대 술을 많이 권하지 마십시오."

차내 방송이 끝나자. 여자들이 '까르르'웃더니 갑자기 버스 안이 술
렁거렸다. 아마도 이름 때문일 것이다. 농담을 한 것을 진담으로 알아
듣고. 여자 모두가 관음증이 : 일반적으로 엿보기 → 觀淫症 · 있나! 옷 벗는
모습을 보려고 여자들은 야시시한 미소를 지으며 집중적으로 백수 씨
에게 술을 권하였다. 잘못하는 술을 들뜬 기분에 권하는 대로 먹고
취하여 농담이 진담처럼 되어 행여 실수라도 할까봐! 사양을 했다.

"남자가 술도 못합니까?"

옆자리 파트너는 날 보란 듯 소주잔을 연거푸 비운다. 대다수 소주
를 먹었다. 몰수 형의 설명에 따르면 "맥주를 먹으면 요강단지를 : 소변
· 비우려면 휴게소에 자주 들려야 하기 때문에 흥이 깨진다."는 논리
다. 백수 씨도 술은 좋아하는 편이 아니었다. 술을 등에 지고가라하면
못가도 먹고 가라 하면 즐거워할 아버지 때문에. 어머니가 곧잘 술주
정하는 아버지와 자주 다툼을 하여서다. 아버지는 동지섣달 긴긴밤에
봉창 문풍지 사이로 비집고 들어오는 칼바람에 어깨가 시려도 솜이불
을 뒤집어쓰고 따뜻한 아랫목을 차지하고 보글거리는 술 단지에게 자
리를 양보할 정도로 술을 좋아 하였다. 술만 아니면 서로 사랑하며
다독이며 사는 부모님이었는데……. 술 때문에 아버지는 일찍 세상을
떠났다. 그러한 일들을 겪고 자라서 마음에 상처를 입은 백수 씨는
자주 있는 술 자석에선 예의상 입가심할 정도로 먹어 주는 편이다.
몇 개월 전 길을 가는데 처음 보는 곱사 하게 생긴 아가씨들이 다가와

대선주조 영업부에서 나왔다면서 새로 나온 '즐거워 예'란 상표가 붙은 소수 누병을 선전용으로 공짜로 나누어 줘서 집으로 가져 왔다. 하는 일들이 잘 안 풀려 기분이 별로였는데 때마침 각시는 친구 집에 놀러가고 없어 그들의 주장대로 즐거워지는가! 싶어 단숨에 한 병을 비웠다. 정신이 알딸딸했다. 나머지 한 병도 먹어치웠다. 효과는 바로 나타나기 시작했다. 소주상표처럼 기분이 좋아 즐거워졌다. 16.2% +16.2%이니 기분이 32.4%로가 되었으니! 즐거워가 두 배로 업 되었다. 태어나 처음으로 과음을 하였으니 그 기분 술 먹는 사람은 알만한 일 아닌가! 그것으로 그치면 될 일을 술을 먹으면 술이 술을 먹는다고! 각시가 애지중지 하는……

　명절 때 선물로 들어온 양주를 모아 진열해두는 양주장에서 살아생전 박정희대통령이 즐겨먹었다는 시바스리갈 : Chivas.Regal - Chivas ↔ Brothers · 양주를 : 43% · 꺼내어 : STOLOVAYA ↔ VODKA 50% 러시아 제품 · 양주 희석제로 착각하고 섞어 반병쯤 마셨을까! 폭탄주가 아니고 핵 폭탄주를 마신 셈이다. 이젠 정신이 아리~아리해지고 기억이 몽롱해 지며 비지땀이 흐르면서 온몸이 더워지기 시작 했다. 옷을 홀랑 벗고 목욕탕에서 찬물로 사워를 하고 나왔지만 정신을 가늠하기 힘들었다. 발가벗은 채 거실 바닥에 그대로 큰대자로 누었다. 더워서 옷을 입을 엄두도안 났다. 시간이 지나자? 천정이 빙글빙글 돌았다. 너무나 어지러워 엎드렸더니? 이젠 방바닥이 : 지구 ↔ district · 돌았다. 그대로 정신을 잃어버렸다. 백수 씨가 잠에서 깨어난 것은 새벽녘 동내병원이었다. 태어나처음으로 갈릴레오 갈릴레이가 『1564-1642』주장했던 지동설과 : 地動說 · 교황청이 주장했던. 천동설을 : 天動說 · 한꺼번에 체험한 것이다. 56년 생을 살았지만 하늘이 돌고 땅이 도는 미세한 느낌도 못 받았는데 폭주를 하고선 체험한 것이다. 이탈리아의 수학·천문·물리학자인 갈릴레오 갈릴레이는 1633년 6월 22일 종교재판에 회부되어 교황청의 압력으로 인해 지동설을 철회한 날이다. 『종신 금고형』을 받은 그는 재판장을 나오면서 "그래도 지구는 돈다."는 유명한 말을 남겼다. 판결을 내린 몇 개월 후 천동설을 믿었던 로마 교황청은 종교재판에 대해 재검토한 결과 과오를 인정했던 사건이다.

눈이 어두운 백수 씨가 안경을 벗어 두고 폭주를 하는 바람에 상표를 인식 못하고 RUSSIAN-VODKA 러시아보드카에 시바스리갈 양주에 타서 마셨으니 그 위력은 주당들이 알 것이다. 허기야 노무현 대통령 장인 권 오석 씨는 밭에서 일을 하다가 허기가 져서 집으로와 토방마루에 앉아 막걸리를 마시는데. 옆에 소주병이 있어! 그걸 막걸리에 타서 마셨는데 소주가 아니고 공업용 메 티 알 콜을 소주로 착각을 하고 마신 것이다. 그로 인해 장님이 되어 버린 것이다. 또한 사례를 들자면? 1979년 10월 26일 금요일 오후 7시 41분 국민들이 궁금해 하는 궁정동 안가에서 벌어진 일이다.

"각하! 이따위 버러지 같은 놈을: 차지철·데리고 정치를 하니 올바로 되겠습니까? 너 이 새끼 차지철 죽일 놈!"

말을 끝낸 김재규 중앙정보부장이 권총을 꺼내 차지철 경호 실장을 쏘았다.

"무슨 짓이야! 김 부장!"

박정희 대통령이 호통을 쳤다.

"각하! 정치를 좀 대국적으로 하세요?"

김재규는 박 대통령에게 총을 쐈다. 이로써 대한민국 독제정권은 역사 속으로 사라진 것이다. 그것도 술좌석에서 박정희 전 대통령도 시바스리갈 양주를 무척이나 좋아 했는데 시바스리갈을 먹는 술 자석에서 시발 놈의 경호 대장 차지철이란 놈이……

"각하! 부산과 마산에 탱크 몇 대를 내려 보내서 대모 하는 학생과
시민을 몇 백 명 깔아뭉개면 잘 해결될 것입니다."

이 말을 듣고? 중앙정보부장 김재규에게 비위를 건드려 화가 난 김재규 시발 놈이 대통령과 차지철에게 시발 놈들 때문에 국민을 죽이는 대사건이 터질 것이라는 예감에 의해 두 사람 현장에서 권총으로 쏴 죽이는 사건이 터진 것이다. 당시 술에 취한 박정희는 지금 백수 씨 기분같이 황홀한 기분으로 지옥에 갔을까! 국민의 영웅인! 김재규는 사형을 당했다. 김재규가 충신인가 역적인가는 후대 역사가가 평할 것이다. 그들 뜻대로 군을 동원하여 진압을 하였다면 얼마나 많은 국민이 희생을 당했을지 모르지만 김재규가 충신이라고 마산시민과 부산시민은 믿고 있을……. 여하튼 시발 놈과 시발 글자가 붙은 술은 불행을 낳는 것인가!
…….

백수 씨는 술로서 나름대로 좋은 경험한 것은 보람이 있으나! 각시의 꾸지람은 지금도 잊을 수가 없다. 그 후로 술을 더 자제하게 된 것이다. 이 사건이 세상에 알려지게 된 이유는? 각시가 친구네에서 늦도록 수다를 떨고 해거름이 다되어 집에 오면서 친구를 데리고 왔

던 것이다. 거실 문을 열고 들어서자? 술 냄새가 집안에 진동을 하였고 거실에는 수개의 술병들이 널브러져 있는 가운데 벌거벗은 채 어둑한 거실바닥에 엎어져 꼼작도 안하고 있는 남편을 본 각시와 각시친구는 자살을 한줄 알았다는 것이다. OECD국가 중에 자살률이 제일 많은 대한민국…… 하루 평균 42명이라는 통계라니. 그럴만했다. 뒤따라 들어오던 친구는 기암을 할 정도로 놀랐다는 것이다. 친구 말로는 요새 하는 일이 잘 안 풀려 어려워하고 있다는 말을 들었기에 자살을 한 것으로 착각 했고 벌거벗은 친구 남편을 보고 두 배로 깜작 놀랐다는 것이다. 각시가 급히 옷을 입히고 있을 때 자살하기 위해 음독한 것으로 착각한 각시 친구가 119에 다급하게 신고를 하는 바람에 119 구조대가 출동까지 하였다. 그 사건이 소문이 나서 "백수는 술 먹으면 옷을 벗어버린다."란 말이 순식간에 퍼져 나갔다. 백수 씨의 지동설 인정과 전라로 뻗어버린 변명이 재미있어 모두가 입 가벼운 각시의 친구에 의해서 동아일보 "휴지통"과 지방신문을 비롯한 마을 노랑 신문에 : 지라시·가십으로 보도된 사건기사 때문이다. 하룻밤 병원에 입원을 하여 포도당링거주사를 맞고 아침에 퇴원을 하는 백수 씨에게……

"아버님! 이제 정신이 좀 듭니까?"

담당의가 질문을 했다.

"지금도 하늘이 돌고 땅도 약간씩 돌아 정신이 어리어리 합니다."

이 사건으로 백수 씨의 지론은 사람의 몸에 아흔 아홉 가지로 해로운 술이라고 하지만! 딱 한 가지 좋은 것은 김영삼 대통령의 말투인 겡상도 : 경상노·밀로 술을 마시면 "억수로 기분이 즐거워 예! 라는 것이다.

…….

묻지도 않았는데 술에 취한 여자 파트너는 백수 씨의 궁금증을 털어 놓았다. 다 큰 두 아이가 있고 남편은 대기업영업사원이라 하였다. 친목간모임에서 친구의 남편에게서 들었는데 남편도 1년에 주기적으로 이러한 관광을 간다하여 자기도 무척이나 궁금하여 처음 나왔는데 기분이 좋다고 하였다. 남편에게는 삼사 : 三寺·불공을 들리려 간다하고 왔다며 관광코스로 거치는 곳의 절 3곳 이름을 가르쳐 달라 히었다. 순천 송광사와 선암사 그리고 구례 화엄사를 적어 건네주었다. 각시처럼 남편에게 삼사순례를 간다하고 오늘 여행에 동행한 모양이었다. 백수 씨도 예의상 간단한 가정사를 알려주었다. 뒤에 안 일인데 서로 전화번호를 주고받아 서로 연락을 하여 불륜으로 이어지는 것을 보았다. 이러한 짝짓기는 서양의 스와핑 문화에서 변질된 것이다.

우리나라에서도 한때는 스와핑 : Swap ↔ 夫婦交換·이란 불륜이 유행처럼 번져 톱뉴스를 장식한 때도 있었다. 법조인·의사·교사·등이 지식기반 층이 한방에서 자기들 마누라를 서로 간에 바꾸어서 음탕한 섹스를 하여 나라가 발칵 뒤집어진 것이다. 묻지 마 관광이라고 하지만……. 술이 한잔 두잔 들어가고 나면 비좁은 버스 의자에 앉아서 서로 몸을 만지고 키스를 하고 또는 은밀한 부위를 더듬기도 했다. 여성들은 더듬기를 바라는 행동을 했다. 아무튼 술이 문제다. 그래서 묻지 않아도 서로 간에 연락처를 주고받는 것이다. 연락을 주고받고를 하면 만나 종종 곤란한 사건이 터지기도 한다는 것이다. 버스를 타고 보니 동생 마누라와 마주치기도하고 또는 형수가 버스에 타더라는 것이다. 이러한 일은 흔하게 있는 일이라고 한다.

......

아래 글은 『저승공화국TV특파원 1권 2권』장편 소설 한 꼭지 내용이다. 2000년 9월에 출간 된 책으로 신문학 100년 대표소설이 되어 출판사 외. 국립중앙도서관에서는 작가에게 별도의 책 인세를 주고 전자책으로도 만들었다. 이 책은 7부로 끝나는데……. 2권 첫 꼭지인 4부에 상재된 글이다. 출판사에서는 책이 나오기 전 1개월간 동아일보에 책의 출판을 하겠다는 광고를 하였고 출간 후 칼라로 두 권의 책표지와 「열 번은 배꼽이 빠지고 스무 번은 치를 떨다가 마침내 눈물을 쏟는 우리 시대의 만화 같은 소설」 『도대체 무슨 일이 벌어 젓 길래 "섹스 : 배설 · 하는 동물로 전락한 인간 군상들에 대한 통쾌한 응징과 유쾌한 농담!」 이라는 책 광고를 했다. 당시에 우리나라에 IMF가 터져 대기업들도 견디기가 어렵게 버티었으며 중소기업이 줄줄이 부도가 나던 시기에 책속의 대삼이란 주인공이 "하늘은 뭐하느냐? 도와주지 않고"매일 욕을 하자. 하늘에서 잡아오라는 명령을 받고 저승사자가 내려와 교통사고를 당하게 하여 식물인간을 만들어 놓고 대삼이 영혼을 하늘로 데려가 천상에 욕하는 이유를 듣고 천상에서 저승공화국 회의를 하여 조물주 · 신세대삼신할머니 · 저승사자 · 주인공 대삼이를 데리고 내려와서 우리나라 경남지역을 돌며……. 착한 자는 천당으로 보내고 악한 자는 죽여서 지옥으로 보낸다. 지리산 중계소에는 조물주가 하늘로 중계를 하는 것이다. 공포소설 : 恐怖 · 이고 환상소설로 : fantasy · 보면 될 것이다. 출판사 사장이 원고를 읽기 전에 출판사에 놀러 온 중학교 3학년 아들이

600페이지가 넘는 원고를 끝까지 읽어보고 하도 웃어 자기는 읽어보지도 않고 줄판 결정을 했다는 것이다.

상략……

"이제 우리 어디로 갈까?"

"이때 깜 시 롱 출장 맛 사지 하는데 가보자 해놓고는 뜬금없이 무슨 소리요?"

"그렇구나! 우리가 지금 종마호텔로 가는 중에 너무 지체했구나. 오늘 이곳에서 막갈 때까지 간 인간 군상을 보자 이 말이지? 우리도 한 번 참여해 볼까?"

"마음대로 하소. 나는 구경만 헐랑께."

"정말이냐? 그럼 내 맘대로 출장 올 여자를 골라볼까. 몸매는 날씬하고 얼굴도 예쁘고 손도 보드랍고 싹싹한 마음씨를 가진 여자라면 더욱 더 좋을 것인데"

"대삼이랑 함께 다니더니 너도 완전히 타락 했구먼!"

여태껏 입 꼭 다물고 없는 척하고 있던 신세대삼신할미가 참다못해 한마디 내뱉고 만다.

"할매는 조물주가 있는 지리산 천왕봉에 있는 중계소로 후딱 가뿌시요."

"안 돼. 나가 지켜봐야 할 꺼여."

"보나마나 음란한 곳인디 뭘 지켜 볼라고 허요"

"내사 늙었승께! 뭘 봐도 상관없으니 내 걱정은 허덜 말그라."

"참으로 보기 숭헐낑께! 참말로 할매는 가뿔면 쓰겄그만."

"몸이 피곤하여 맛 사지 한 번 받아볼라 하였는데 삼신 누님 때문에 안 되겠다. 난 도저히 못하겠으니 네가 한번 해볼래?"

"나도 안 됩니다."

"이쩌구리! 고추를 달고 있는 놈이 싫다고? 안마 시술소나 출장 맛사지나 비슷한 업종이어서 몸 사릴 이유가 없을 텐데?"

"그래도 안 허것으라?"

"아이구! 열부 났네."

"열녀가 아니고 열부라고라?"

"남자이니까? 열부지 평양 감사도 저 싫으면 그만이라더라 너도 싫으면 말더라고."

우리가 종마호텔로 들어간 시각은 정오가 갓 지난 시간이었다. 우리는 마땅한 인물이 나타날 때까지 호텔 로비에서 기다리기로 했다.

잠시 후 발라당 까진 여자 하나가 작은 여행가방 하나와 핸드백을 가로지기로 어깨에 메고 콜택시에서 내리더니 쥐새끼가 구멍에서 나올 때처럼 사방을 두리번거리며 들어온다.

"저 여자 틀림없이 출장 맛 사지걸인 것 같은데요! 우리도 따라 들어 갑시다."

여인의 뒤를 따라 간 곳은 "기분 좋은 모텔"이라는 간판이 붙은 3층 303호로 들어갔다.

"띵~동! 띵~동! 띵~동!"

차임벨이 연속해서 울리자 안에서 문 열렸으니 들어오라는 남자의 말소리가 들려온다. 문을 잠그지 않고 기다린 모양이다. 여자가 문을 열고 들어서니 안이 컴컴하다.

"아자씨! 불을 끄고 있었어요?"

들어온 여자가 이렇게 물으며 전등의 스위치를 찾으려 하자 복도의 조명으로 얼핏 여자의 얼굴을 본 침대 위에 누워 있던 사내는 불 켤 필요 없다면서 황급히 이불을 뒤집어쓴다.

"아저씨! 뭘 그리 부끄러워하세요? 어두워서 코를 베어 먹어도 모르겠네! 부끄러움을 많이 다나보네요!"

여자는 남자의 긴장을 풀어주느라 그렇게 말하지만 실내는 비록 어둡기는 하나 얼굴은 알아볼 수 있을 정도이다. 여자가 침대 곁으로 가니 침대 위의 남자의 몸은 거북이처럼 바짝 오그라든다.

침대 위의 남자는 변 종말 씨다. 회사에서 야근을 마치고 집에 가보았자 아이들은 학교 가고 마누라는 식당에 서빙 하러 가고 없다. 그런 텅 빈 집에 가서 별 볼일 없이 드러누워 TV나 보는 무료한 시간을 보내기 싫어 피곤한 몸이나 풀어볼까 하여 사우나가 있어 들어가면 "기분 좋은 모텔"에 들렀던 것이다. 그런데 때밀이가 맛 사지 걸 얘기를 하자 귀가 솔깃해졌다.

모텔 사우나에서 땀을 흘리고 나른한 몸으로 객실로 들어온 후 때밀이가 말하던 아가씨나 불러 심심풀이 낮 거리나 한 번 하려고 마음 먹은 것이다. 오랫동안 같이 살던 마누라살도 지겨워진 판에 남의 살 맛도 좀 보자며 객실로 올라와서 침대 위에 벌거벗고 드러누워 언제쯤 아가씨가 오길 눈이 빠지게 기다렸는데 문을 열고 들어오는 여자는 하필이면 제수: 남동생의 부인·씨가 아닌가.

제수씨는 밝은 데서 어두운 객실로 들어오는 바람에 시숙을 못 보았고 시숙은 제수씨의 얼굴을 보자 이불 속으로 자라목이 오그라들듯 팔다리를 감추고 숨은 것이다. 일이 이렇게 된 것은 우연일까? 아니다.

이건 저승사자의 농간인가! 저승사자의 그런 행위에 기가 막혀 말이 안 나올 지경이다.

"이걸 워째, 워쩌야 쓰까이!"

이불 속 종말 씨도 어쩌까이 하고 구경하는 나도 속으로 어쩔까 이를 연발하고 있다. 침대 위에서 벌어질 육체의 향연을 생각하면 황당하고 거북해서 속이 뒤집힐 노릇이다. 너무한 것 아니냐?는 눈치를 보내자 저승사자는 이빨을 다물고서 윗입술 아랫입술을 뒤집는다. 입도 뻥긋하지 말라는 뜻이다. 어쩔 수 없다는 메시지가 전달된다. 여자는 자진하여 옷을 벗어 한쪽으로 모아 놓는다. 제법 세련된 몸매다. 하는 행동으로 보아 이 분야에 상당히 숙련된 모양이다.

"아자씨! 너무 부끄러워 마씨시요. 이? 나가 이 직업으로 일한 지 벌써 2년이 넘었지만 아저씨처럼 부끄럼 타는 사람은 처음 보요. 나는 훤하게 밝은 데서 하는 것이 훨씬 좋은데."

여자의 말이 끝나자마자 이불 속의 남자는 비명에 가까운 말로 불 켜지 말라고 소리친다. 불을 켜려던 여자는 부끄럼을 참 많이 타는 남자구나 생각하며 이불 속으로 기어든다.

이제 제수씨와 시아주버니가 한 판 레슬링을 벌릴 모양이다. 여자야 시숙의 얼굴을 못 봐서 아무 일도 아니라 할 수 있지만…… 시숙의 입장으로선 난처하기 그지없다. 옷을 홀러덩 벗어재껴 알몸이라 침대에서 벌떡 일어나 자신의 신분을 밝힐 수도 없고 그렇다고 동생 마누라와 거시기를 하자니 그런 짓을 할 수도 없고 여인의 말에 의하면 2년 동안 이 직업으로 일을 해 와서 나름대로 경력이 붙어서인지 아니면 윤락녀나 다른 서비스업에 종사하는 직업여성들이 하는 짓을 남편 모르게 하고 있는 까닭에 스릴을 느껴서인지 아주 대담하게 덤벼든다. 시숙은 큰일 났다고 생각하며 이 위기의 순간을 어떻게 빠져나갈까 하는 궁리를 하기 위해 몸을 움추려 보지만 여인의 손은 인정사정 볼 것 없이 시숙의 성기를 거머쥔다. 하지만 남자성기는 왜 오그라 드는 지모를 일이다.

저승사자는 남자 거시기가 오그라드니 이상한 생각이 드는 모양이다. 여자가 저리 야하게 밀착해 오면 늦가을 수풀 속에 뱀을 건들이면 독이 오른 뱀은 상대를 물려고 고개 꼿꼿이 쳐드는 것처럼 힘이 솟구쳐야 되는 게 정상인데 이건 완전히 바람 빠진 막대풍선 같다.

　"절마! 고추가 왜? 저 모양이냐?"
　"아니. 사자님! 섹스를 한 번도 안 해 보셨소? 지금 산통을 깨나 아니면 모른 척하고 동생 마누라와 거시기를 해야 하나 말아야 하나 이 두 가지 고민 속에 어찌 그것이 고개를 뻣뻣하게 세우겠소?"
　"야! 이놈아! 여자가 홀러덩 벗고 저렇게 비비고 들어오는데 대가리를 아래로 처박으면 그게 고자지 남자냐?"
　"그것이 아니라 섹스를 할 때는 60가지 신경이 똑같이 작용해야 된다고요."
　"네가 신경과 의사냐? 그렇게 잘 알게?"
　"아무튼 그렇대요. 남자가 여자를 볼 때 세 가지 기준으로 본다 이 말입니다."
　"너는 3을 그렇게 좋아하느냐?"
　"으미! 느~으~그미 떠거랄. 사자님 머리통 무식이 파도를 치는구 면. 동양에서 미의 기준은 삼백: 三白·삼소: 三小·삼대: 三大·라고 일 컫지요. 저번에 가르쳐 준 것 같은데 다시 설명하니 필이 오지요?"
　"알긋다. 근디 어떻게 세 가지 기준으로 본다 말이냐? 그럼 너는 삼재수도 믿는 모양이제?"

"뜬금없이 삼재수가 그서 왜 나옵니까?"

"너야말로 씨잘 대가리 없는 소리 하덜 말고 너 하고 싶은 말이나 계속해 보거라. 이."

"여자를 볼 때는요 안고 싶은 여자·안기고 싶은 여자·안고 싶지 않은 추한 여자·등 이렇게 세 종류로 분류하지요."

"무엇 때문에?"

"첫째 : 안고 싶은 여자란 정감이 있어 보이고 아기 같기도 하고 마누라와 같은 묘한 기분이 드는 여자를 말하는 것이라. 둘째 : 안기고 싶은 여자란 남자들이 사춘기 시절 그러니까 보통 중학교 1~2학년 때쯤 되면 사춘기가 시작될 때지라. 가슴 속으로 짝사랑하는 학교의 여선생님 같기도 하고 엄마와도 비슷하고 옆집 누나 같은 그냥 힘들고 졸리고 할 때 기대고 싶은 푸근한 감정이 느껴지는 여자. 특히 학교 여선생님이나 모성애가 풍기는 그런 여자를 말하는 것이라. 세 번째 : 아무리 예쁘고 세련된 옷을 입고 있어도 행동거지가 여자 같지 않은 여인 즉 화류계 냄새를 풍기는 그런 여자 어딘지 모르게 화냥기가 풍기고 천박하게 느껴지는 그런 여자들이 추하게 보이지라. 이런 여자와는 섹스를 하려고 해도 아랫것이 말을 듣지 않지라. 지금 종말 씨는 그 판국이라."

여자가 아무리 애무를 해도 지금 정신이 딴 데 팔려서 종말 씨 성기 번데기처럼 바짝 쪼그라들 대로 쪼그라들어 전혀 반응이 없는 것이다.

제대로 서지 않는 물건을 만지작거리다가 심통이 난 여자가 드디어 투덜거리기 시작한다.

"빨리 해요. 하루 종일 아자씨만 보고 있을까요? 다른 곳에서 지금 난 전을 펴 놓고 기다리는 사람이 있으니 후딱 하고 가봐야 된다고요."

여자의 이런 재촉에 남자는 기가 막힐 노릇이다. 다른 곳에 예약을 한 사람이 기다리고 있다는 것이다. 그러니 시간을 지켜야 하니 빨리 펌프질을 해달라고 졸라대는 것이다. 여자 옆에 두고 고추가 제 기능을 발휘하지 못하면 화대도 아깝거니와 남자 구실을 못한 것은 더욱 창피한 일이다.

"종말아! 종말아! 네가 큰 죄를 짓는구나!"

동생 놈 얼굴이 눈앞에 아른거리지 동생 마누라는 빨리하자고 씨근덕거리고 있지 소식이 무소식인 성기를 느끼며 남자는 생각한다. 저승사자는 혀를 끌끌 차더니 종말이한테 신호를 보내는 모양이다.

"어이구! 귀여워라. 인제 일어나네."
"지기미 씨 팔년! 용천 떠네!"

저승사자가 여자의 말과 하는 짓거리에 삼신 할매는 치를 떤다.

"사자영감님! 무슨 그런 쌍스런 욕을 해뿌요? 아그들 듣겄소!"
"지금 나가 욕 안 하게 생겼냐? 저년이 시방 시숙 잠지를 잡고 개지랄 떠는 것을 보니 어이구 속 터져."
"즉결 처분할까요?"
"복상사로 급사시켜버릴까?"
"가만히 두고 봅시다. 뭔가로 벌을 주어야지요?"

여자도 남자 거시기가 꿈틀거려야 신호가 와서 옹달샘의 수도꼭지가 열릴 텐데 좀 미진한 모양이다. 그러자 여자는 화장대 위에 있는 크림을 집어 뚜껑을 열고 옹달샘 주변에 떡칠을 하고는 남자 배때기 위에 턱 하니 걸터앉는다. 완전히 질나이다. : 반복된 행동에 의해 숙련된 사람·곧 바로 이어지는 행동이 가관이다. 남자의 거시기 대가리를 억지로 잡아다가 옹달샘에 빠뜨리고는 혼자서 널뛰기를 시작한다. 얼마나 세게 뛰는지 침대가 삐거덕 거린다. 시숙의 머릿속은 온갖 생각으로 뒤죽박죽인데도 그런 갈등 속에서 하기 싫은 것도 억지로 하면서도 여자가 남자 거시기를 옹달샘에 빠뜨려 놓고 몇 번인가 널뛰기를 하다가 널뛰기를 멈추고 궁둥이를 밀착시킨 다음 상하로 몇 번 움직이자? 남자가 사정을 하고 만다. 옹달샘에 오물 일으키고 만 것이다. 억지로 하니 잘 안 되어 자존심이 상해 미칠 지경인데……. 이 여자는 미운 짓만 골라서 한다.

> "아이구. 아자씨! 보약 좀 먹어야 쓰겄소. 우짜자고 남의 옹달샘을
> 이렇게 더럽힌당가요."

남 녀 간의 그 짓을 제대로 못하여 절정에 도달도 못하고 시숙은 남의 여자. 아니. 동생 마누라의 샘물만 구정물로 만들고 말았다. 자존심이 있는 대로 상한 시숙은 그나마 들키지 않은 것만 해도 천지신명이 도운 것이라 여기고 여자 몰래 안도의 한숨을 내쉬었다. 천지신명이 아니다. 저승사자가 도운 것이다. 사실일까요? 천만의 말씀 만만의 콩떡이다. 그렇게 싱겁게 끝내려고 작전을 편 것은 분명히 아닐 것이다. 부끄럽고 창피하고 겁도 나고 여자가 흥분되어 자신의 거시기 위에 흠뻑 싸 질러노은 옹달샘 물 때문에 찝찝한 시숙은 이불을 어설프게 뭉쳐서 감고 누워 있었다. 여자는 자기 시아주버니 배 위에서 널뛰기도 마쳤으니 화장실에 씻으러 갈려고 일어서다가 어둠 속이라 이불자락에 걸려 넘어져 남자 옆에 쓸어졌다. 다시 이불을 걷고 조심스럽게 일어나려고 마음을 먹다가 오늘은 널뛰기를 제대로 못하여 웬 심통이 자꾸 나는지 이불을 걷어차며 급하게 일어나고 말았다. 그 순간

종말이가 감고 있던 이불이 당겨지는 바람에 종말이가 침대에서 떨어졌다. 사람이 운이 사납고 그날 일진이 나쁘면 뒤로 넘어져도 코가 깨어진다고 침대에서 떨어지면서 뒤 머리가 방바닥과 사정없이 충돌해버린 것이다. 돼지를 죽일 때 날카로운 칼로 목을 따서 죽이는데…… 그때 내지르는 소리처럼 큰 소리를 지르자 그 소리에 여자가 깜짝 놀라서 벽에 있는 형광등의 스위치를 켜버렸다. 시숙은 몸에 전해져 오는 고통 때문에 눈앞에 별이 번쩍! 천장에서는 형광등이 깜빡거리다가 번쩍번쩍! 순간적으로 시아주버니 얼굴을 보고 기겁한 제수씨 두 눈이 번쩍! 순간적으로 여자는 두 손으로 얼굴을 가린다. 못 볼 것을 본 것이다. 이게 어찌된 일이야? 꿈이냐? 생시냐?

"완전히 돌아버리겠지?"

저승사자까지 눈을 반짝이며 동의를 구한다. 번쩍번쩍! 나이트클럽의 사이키 조명인가 굴러 떨어진 남자는 이불을 끌어안고 몸을 웅크리며 벌벌 떨고 시숙 배때기 위에서 신나게 널뛰기 한 여자는 너무 놀라 심장이 벌렁벌렁 떨린다. 여자의 경악을 금치 못하는 표정을 보며……

"어휴! 저 상판 때기를 쇠 갈구리로 확 글거뿌렀으면 쓰것는디."
"어쩌까이! 이 일을 어쩐다냐? 에구 쯔쯧. 밑에 옹달샘을 가려야지 얼굴은 왜 가리나!"

신세대 삼신 할매는 혀를 끌끌 차며 저승사자와 나를 보고 하는 말이 독설이다.

"자네들 하는 일이 참으로 응성 스럽네! 두 놈이 똑같이 작당을 해서."

"할매는 무단시 나를 잡을라그요?"

"같은 종자끼리 지랄용천을 떨고는 무단시는 뭐가 무단시야?"

"긍께로 나가 따라오지 말고 쉬라고 안헙디까? 머 땀시 어그적 거리며 따라와 놓고 그라요?"

"어떻게 일을 잘 처리한다. 싶었는데 이제는 물가에 놀고 있는 애기 같구나! 쯔쯧."

"와따! 잔소리 좀 그만 허고 쩌쪽 낭구 : 나무·밑에서 시원히 쉬고 계시씨요. 이"

"에라. 벼락을 맞고 뒈질 놈들!"

"뭐라 그래쌌소? 누님! 너무 욕하지 마소? 이 두 년 놈은 요로코롬 일이 발단해야 되는구면요. 내가 뒷조사를 폴쎄 했는디 이건 아무 것도 아니지라. 여태까지 못된 짓 뒈지게 많이 했는디 오늘 나한테 된통 걸린 것 뿐잉께로."

"이보시게 아우님! 제발 되지도 않는 그놈의 사투리 좀 그만 쓰시게 자네는 입장이 조금만 곤란하면 이상한 사투리를 쓰는 걸로 모면 하려고 하는구나!"

여자는 두 손으로 얼굴을 가렸지만 혹시나 잘못 본 거 아닐까 싶어 손가락 사이로 두 눈을 크게 뜨고 죽겠다고 끙끙대는 시아주버니의 얼굴을 다시 한 번 확인해 본다.

"틀림없는 시숙이여! 에고~ 에고 이 일을 어떻게 해결 할까?"

등을 벽에 기댄 채 주르르 미끄러져 바닥에 주저앉는다. 여자가 그 짓하고 난 뒤에 다리 벌리고 주저앉으니……. 더 이상은 목불인견 : 目不忍見·관계로 쓰지 않아야겠지만 어쩔 수 없다.

금방 싸질러놓은 종말 씨의 물 조루 물이 여자의 옹달샘에 고여 있다가 대책 없이 흘러나오고 있었다. 그렇게 이상스런 상황을 만든 뒤 할 말을 잃은 두 남녀를 남겨두고 우리는 나와서 커피숍으로 들어갔다.

　"천벌을 받을 년 놈들! 우~액. 구토가 나오려고 그러네! 내가 행한
　연출이 너무 심했나?"

저승사자는 혼잣말로 궁~시렁 거렸지만 두 남녀의 생각은 자기네들이 지옥 불에 떨어질 거라고 생각할 것이 분명하다. 아! 세상은 넓고 부정의 현장은 너무나 많구나. 자식새끼 놔두고 남편은 힘들여 일하는데 마누라는 재미 보며 몸 팔고 다녔으니 큰 죄는 큰 죄인데 우리도 너무한 것 같기도 하다. 삼신 할매 얼굴을 보니 맛있게 식사하고 마지막에 돌을 씹은 얼굴이다.

　"멀라고 따라와 갖고 자꾸 그래요?"

내가 묻자.

　"썩을 놈들! 관상대 직원들 야유회 가는 날 비가 오듯이 내가 지금
　그런 꼴이다!"
　"그렇께 나가 오지 말라고 글키나 부탁했는데도 와 갖구는 아까
　가뿌렀으면 이런 더럽고 추한 꼴을 안 볼 꺼 아니요."
　"느그들 날 보내놓고 비스무리한 곳 또 갈라고 그러제?"
　"아니요. 이. 얼능 가뿌시요."

삼신 할매는 못마땅한 얼굴을 하며…….

　"못된 짓 하지 말고 일이나 잘 하거라? 나. 간다. 이."

하고는 천상으로 녹화 프로를 송출하는 지리산 TV중계소로 갔다. 저승사자는 무얼 생각하는지 눈을 감고 입을 꾹 다물고 있다. 약자에게 행하는 강한 자의 행위는 인간의 광폭 성을 나타낸다는데 저승사자의 징벌도 약간은 변태기가 있는 것 같다. 그런데 저승사자의 뭔가 생각하는 쌍 판 대가리를 보니 다음 일이 걱정이다.

"자요?"
"말 시키지 말그라."
"흥분되었다가 지금 가라앉히고 있는 거요?"

그러나 그는 도포자락 속에 손을 넣고 대갈통을 처박고 있을 뿐 미동도 하지 않는다. 무슨 생각을 하는지 알 수가 없다. 객실에 있는 두 남녀가 궁금하다. 사태를 어떻게 수습하고 있는지 궁금하여 나 혼자 객실로 이동하였다.

남자는 침대에 걸터앉아 담배를 물고 허공을 향하여 연기를 뿜어댄다. 한편 여자는 목욕탕에 앉아 씻을 엄두도 못 내고 이 위기를 돌파할 묘안을 짜내느라고 좋지도 않은 머리로 머리를 굴리다가 "이혼을 해야 되겠지."라고 결론을 내리는 중이었다. 요샛말로 여자들 특히 돈벌이 잘 하는 직업여성들이 변명 하는 말이 있다. 부부가 다 못 벌어 "초라하게 사는 더블"보다 "화려한 싱글이" 훨씬 나은 삶을 즐길 수 있다며 자식새끼 차버리고 남편 병신 만들고 이혼하는 것이다. 요즘은 세 쌍 중에 한 쌍이 이혼한다는데 아니지·아니지·이러면 안 되지· 자식이 눈에 아른거린다. 힘없이 고개를 휘젓는다. 이것도 아니고 저것도 아니고 그 누가 말했던가. 여자란 그 짓하고 씻어버리면 새 것인 것을 지금 내가 뭘 하고 있지? 목욕탕에 앉아 있는 것이 아닌가. 시숙하고는 없던 일로 하자고 하면 될 터인데……. 한편 시숙은 아무리 생각해 봐노 감출 수도 없고 덮어둘 수도 없는 일이다. 이번 일을 동생한테 이야기하고 갈라서게 해야겠다고 판단을 내렸다. 이렇게 해서 한 가정이 파괴될 위기에 처한 것이다. 여자의 경우 하루의 일진이 별로 좋지 않았지만 한 번만 더 해서 돈을 좀 더 벌려다가 이 모양이 된 것이다. 하지만 여자의 후회가 무슨 해결책이 되리오. 본인들에게는 악몽 같은 일이지만 어차피 일은 벌어진 것이다. 우리는 그들이 어떻게 이 일을 수습할 것인가를 그 자리에서 결정을 미루고 이 두 남녀는 일단 집에 돌려보냈다.

그날 저녁 시숙하고 그 짓을 하고 온 여자는 양심의 가책을 받았던지 더럽게 몸을 판돈이지만 시장에 가서 장을 보아서고 맛있는 음식을 정성스럽게 장만하여 남편이 돌아오기만 기다렸다. IMF 한파 때문에 내 노라 하는 직장에서 실직하여 공공근로 일터에서 먼지를 뒤집어쓰며 일해서 일당을 받는 남편은 그날따라 식당에서 서빙 한다는 마누라가 일찍 와 있는 모습을 보고 무척 반가워한다.

자신이 일터에서 해고된 뒤 한동안 어수선하던 집안이 그래도 자신이 공공근로로 번 일당과 아내가 직업전선에 나서 번 돈으로 어린 두 자식이 IMF의 고통을 그다지 어려움도 모르게 하고 키울 수 있기를 신에게 빌면서 이 어려운 터널을 무사히 빨리 벗어나게 해달라고 간구하며 살아왔던 바였다. 더군다나 IMF가 한창 극성을 부릴 때 이런 우스개도 있었다.

"남편이 돈을 잘 벌든지 아니면 짐승이 되든지 둘 중에 하나는 되어야 마누라한테 버림받지 않는다."

말이 있다. 그럼에도 마누라는 옆에 있어주지 않았던가. 아이들과 함께 밥상머리에 앉은 남편은 오랜만에 온 식구가 한 상에 둘러앉아 밥을 먹는다면서 흐뭇해한다. 막상 남편의 얼굴을 대하니 여자는 지금 마음이 조마조마해서 불에 단 송곳이 가슴을 쑤시는 것 같고 가시방석에 앉은 듯 좌불안석이다. 이런 날이면 남편은 기분이 좋아져서 연애를 하자고 할 게 분명한데 낮에는 시숙과 그 짓을 한 탓으로 옹달샘에는 시숙이 싸질러놓은 물이 아직 다 마르지도 않았다.

"그래서 사람은 죄 짓고는 못 사는 것이구나!"

여자는 살그머니 한숨을 내쉰다. 밥상을 물린 뒤 여자는 잠자리에 들기 전에 오늘은 피곤하여 일찍 왔으니 그냥 자자고 선수를 치고 순진한 남편은 지가 돈을 제대로 못 벌어 마누라 고생시킨다고 생각하니 마누라 말을 거역할 수가 없어 그러 마 하고 그날은 그냥 넘어갔다. 저승사자는 이 부정한 여자를 자살로 몰고 가기 위한 계획을 세웠지만 나는 반대하였다. 자살을 하게 되면 지옥으로 갈 수밖에 없는데 가족을 살리기 위해 그런 짓을 한 것이니 용서해 주자고 허나 안 된다고 한다. 순진하기만 한 남편은 IMF사태가 터지기 전에도 마누라가 부정을 저지르고 다녔지만 전혀 눈치 채지 못하고 있었던 것이다. 저승사자도 IMF사태 이후에 생계를 위해 그 짓을 하고 다녔다면 용서해 줄려고 교훈적으로 일을 꾸미려 했지만 그 전에도 그러고 다녔기에 이 여자를 벼루는 것이다. 말하자면 된서리의 시범케이스로 된통 걸린 것이다. 즉 살려서 반성하게 할 사람이 아니라고 판단한 모양이다. 그러나 이건 우리들의 권한이 아니다. 인간의 생사를 판단하는 것도 태어날 때의 운명인데 어찌 저승사자의 권한으로 인간의 생명을 빼앗을 수 있는가. 내가 그런 생각을 하자 저승사자가 내게 말을 붙인다.

> "이것만은 내가 미리 사무총장에게 결재를 받아두었네. 여자는 살 아 있더라도 죽을 때까지 고통일 테니 차라리 자살시키는 게 더 나은 방법이라네."

그러면 내가 마무리할 수 있게 일임을 해달라고 부탁하였다.

자살을 시키데 무슨 의미가 부여 되어야 된다는 게 나의 생각 이였 다. 자살이란 어떻게 생각해 보면 무의미하다. 억울하게 죽든 살기 싫 어 죽든 본인에게는 천지개벽과 같은 엄청난 일로서 태풍이라기보다 오히려 지진에 비유할 수 있다. 주위에 있는 사람들에게는 한동안 바 다에 태풍이 닥친 것 같은 일이겠지만 태풍이 지나면 바다의 물은 잠잠하다. 허나 본인에게는 지진이라고 말할 수 있다. 지진은 나고 나 면 그 뒷수습하는데 상당한 어려움이 따른다. 자살도 때에 따라서는 엄청난 후유증을 가족이나 주위 사람에게 안겨준다. 어머니를 잃고 아내를 잃고 또 언니 동생을 잃는 슬픔과 충격도 남은 자에게는 대단 한 고통이다. 저승사자의 프로그램이 이 여자의 자살로 끝나는 것이라 면 남은 자들 즉, 불쌍한 어린 자식과 선량하고 순진한 남편을 위하여 무언가 도움이 될 만한 것을 남기고 자살하는 프로그램으로 내가 직 접 연출해야겠다. 비록 자살을 하더라도 가족에게 뭔가 돌아갈 이익을 남기고 죽을 수 있는 방법을 연구해야 한다. 남은 가족들의 삶을 윤택 하게 해주야 한다. 그동안 남편과 자식들에게 지은 죄를 어느 정도는 보상할 수 있어야 하고 어쩌면 본인 때문에 남의 가정이 파탄 났을지 도 모르고 또 남편의 형한테 그런 짓을 하였으니 동서와 조카에게 지은 죄! 그 일로 인해 조상에게 지은 죄 등 그런 모든 것을 보상하려고 하니 전부 돈과 연관된다. 결론은 생명보험.

　　"너! 똑바로 잘 해. 너 가 통박을 얼마나 잘 굴리는 가 두고 보자."

저승사자는 슬며시 엄포를 놓는다.

　　"염려 붙들어 매시여. 잘들 보라고요."

내 머릿속에는 하나의 작전이 짝 펼쳐졌다. 이 여자는 친구가 보험 설계사가 3명이나 있어 생명 보험을 어쩔 수 없어 들어 놓은 게 있다. 또한 그동안 부엌 곳곳에 숨겨두었고……. 안방 이곳저곳에 꼬불쳐 두었던 돈을 전부 꺼내고, 곗돈도 미리 타고 하여 자기가 죽으면 남편이 받을 수 있게끔 친구에게 부탁하여 같이 일하는 친구 동료에게 수혜자를 남편으로 하여 보험금이 10억이나 되는 생명보험 2개를 또 계약하였다. 전부 합하면 40억이 넘는 금액이다.

　　"야! 이 자슥아! 보험회사 보상과 직원들은 버스회사 업무 상무보다 더 지독할지도 모르잖아? 요 근간에도 보험금 타려고 아들 손가락 절단하고·애비가 자식을 불태워 죽이고·마누라가 정부와 짜고 남편을 죽인 것도 모두 들통 났는데 네놈이 보험회사 보상과 직원들 머리통을 석두로 보냐?"
　　"기다려보더라고 너무 채근하지 말아요? 일은 이런 식으로 될 거이요."

저승사자는 내 머리통을 뚫어지게 들여다보고 있다.
이제 그 비극의 현장을 보자.

　　"……"

○○아파트 14층 거실이 시끌벅적하다. 오늘 대청소를 하는 모양이다. 아파트 베란다 앞쪽에 유치원 어린이 놀이터와 테니스장이 있다. 놀이터 모래밭에는 아이들이 뛰어노는데 바람이 불 때마다 먼지가 피어오른다. 아파트 거실 바깥 베란다의 대형 유리창에도 몇 년 묵은 먼지가 쌓여 있다. 내일이면 형제들 계를 한다고 벌써 멀리서 온 형제도 있다. 가까운 도시지만 경상도에서 온 여동생이 하는 말이.

"언니! 베란다 유리창에 먼지가 너무 많이 끼여 더럽구만! 청소한 번도 안 했제?"
"바빠서 청소하기도 힘들어 작게 만든 창문 같으면 날마다 닦을 수 있겠는데 이렇게 크게 두 짝으로 만들어 놓으니 물청소 한 번 하려면 큰마음 안 먹으면 못하지."

구질구질한 것을 싫어하는 동생은 전망이 좋은 아파트에서 창문이 지저분하여 보기 싫으니 오늘 큰맘 먹고 물청소를 하자고 한다. 찬스는 지금이다, 그렇다. 여자는 유리창 청소에서 묘안을 떠올렸다. 자살을 하면 보험에 대한 일체의 보상을 받을 수 없다. 자살을 하더라도 보험 가입을 하고 난 2년 후라면 보험금을 받을 수 있으나 이 시점에서 2년은 너무 멀다. 그러니 자살이 아니라 사고로 믿게 꾸며야 한다. 잠시 후 저승사자와 나의 눈에는 아파트 베란다에서 빨래 비슷한 게 떨어지는 것이 보인다. 아니다. 사람이다. 금속성에 가까운 여자의 찢어지는 비명소리. "언니야!"라고 외치는 고함소리와 함께 잠시 후 "퍽!"하는 소리가 들려온다. 여자가 유리를 닦던 베란다에는 밧줄이 드리워져 세찬 물이 흐르고 있었다. 목매달려고 하다가 밧줄이 풀어지는 바람에 실패한 자살인가? 아니면 진짜 사고인가? 저승사자의 눈이 휘둥그레진다. 조금 후에 아이들의 울부짖음과 여인의 울음소리가 들려오고 사람들의 웅성거리는 소리가 들려온다.

......

다음 날 신문의 사회면에 다음과 같은 기사가 났다.

[아파트 베란다 창문을 청소하려고 베란다 밖으로 나와 스텐 파이프 보호대 난간위에 올라서서 고무호스로 물청소하던 이 아파트 여주인이 발이 미끌려져 14층에서 떨어졌다. 119구조대가 즉시 출동하였지만 허리 골절에 두개골 파손으로 현장에서 절명 하였다.]

공중파 방송에서도 뉴스를 다루었다.

"흠! 완벽하게 연출하였구나?"

말은 그렇게 하면서도 나를 슬며시 흘겨본다.

"근데 왜 흘겨 보요? 보험회사 즈그 할애비가 와도 자살이 아니고 사고사요. 알 것소? 베란다 난간 위에서 떨어졌으니 개 쓰 벌 좆도⋯⋯. 저승사자와 댕긴 깨로 완전히 살인청부업자가 되 뿌렀구먼! 내가 킬러여. 그래도 이왕에 데려갈 것 남아 있는 가족이라도 살아갈 수 있게 해주고 갔으니 열녀비는 못 세워 줄망정 저승에서나마 편히 살게 합시다."
"어려울 것이다. 삼신할미가 목격하였던 사건이 아니냐? 게다가 하필이면 시숙하고 그 짓을 하다니."
"시방 무슨 소리 해쌌소? 그거야 사자님이 연출한 것 아니요. 나도 죽으면 지옥 갈 거여!"
"그라면 내가 연출을 잘못 했단 말이냐?"
"그 말이 아니 고라. 시숙하고 그런 짓을 하여 용서를 못 한다고 궁시렁 거렸으면서."

"언제 그랬냐?"

"왜 이란다요? 짚 새기 신고 잔치 집에 가다 똥 밟은 양반처럼 씨부렁거려 놓고는."

"시끄럽다. 네 놈은 아까 나가 연출할 때 장님 집에 품팔이 온 놈처럼 끙끙대던데 왜 그랬냐?"

"지금 무슨 소리당가?"

"야가! 지금 쉬운 말은 이해를 못하는구먼! 봉사가 품 팔러 온 놈 얼굴이 보이냐? 일한 것처럼 힘쓰는 소리만 끙끙댄다 하여 한 말이다."

"그럼 나가 시방 그런 놈으로 보인단 말이요? 사자님 연출 방법이 맘에 안 들어 혼자 끙끙 앓았소? 나중에 사자님도 지옥 갈 것이여! 왜 도끼눈을 해갖고 나를 처나 바쁜교?"

"너! 여 하여튼 대갈 통 끝내 주는 놈이야! 나는 처음에 베란다에 늘어진 게 밧줄인 줄 알고 틀렸구나! 하였는데 그게 밧줄이 아니고 고무 호스였구나. 늙은 깨 눈이 나빠 밧줄로 자살하려고 떨어진 줄 알았잖냐?"

"밧줄로 자살 허면 생명보험에서는 한 푼도 못 받어유."

"글마! 자석! 그놈의 사투리 좀 쓰지 말거라. 아무튼 너 대갈통이 쓸 만 허다고 허잖냐?"

"성님도! 그걸 시방 알았소. 이?"

"폴세 알았지만! 네가 기고만장해 할까 봐 말을 안했는데 오늘은 정말 벨리 굿이다. 넌 믿을 만한 친구야."

"사자님하고 친구할 일 없승 께 꿈에라도 나타나서 그런 말 하지 마씨시요. 이."

저승사자 마스크에서 입이 옆으로 쪼개진다.

"혼자서 웃기는 날아가는 기러기 성기를 보았소?"

"그건 또 무슨 소리냐?"

"내 말에 꼭 토를 달기는! 저 높고 파란창공에 날아가는 기러기 때 성기를 보았느냐? 말입니다."

저승사자가 혼자 웃는 게 궁금하다. 저승사자야 내 마음을 읽으려면 간단하지만 나는 어렵다. 인간의 마음은 대충 쉽게 읽을 수 있지만 신들의 마음은 읽을 수가 없다. 혼자 웃던 저승사자가 갑자기 일어서더니 갑자기 이동한다. 얼마나 급하였던지 날더러 가자는 말도 없이 날아간다. 나도 황급히 저승사자의 도포자락을 잡고 날아갔다.

※ 저승공화국TV특파원 1~2권인 이 책은 한국학술정보원과 한국청소년개발원에서 윤락행위 문제와 문헌조사를 2005년에 했다는 것이다. 신문학 100년 대표 소설이 됐다.

……

위와 같이 소설이라고 하지만 우리 주변에서 얼마든지 있을 수 있는 일이다. 묻지 마 관광 끝에서도 그러한 일이 충분히 벌어 질 수 있다는 것이다! 백수 씨는 파트너가 연락처를 알려 주었지만……. 그럴 필요성이 없어 귀담아 듣지 않았다. 그러는 사이에 나누어진 음식봉지가 쓰레기봉투에 들어가고 술잔이 자주 오가는 가운데 잔잔한 음악이 흘렀다. 그러자 누군가 "기사님! 음악 퍼득 기리까이 시키시소."라는 말이 떨어지자 스피커에서 '징'하는 하울링을 남기는가 싶더니 경쾌하고 빠른 템포의 트로트 경음악소리가 귓전을 때렸다. 때를 같이해 의자에서 한두 명씩 짝지어 일어나 통로에 나와서 음악에 맞추어 몸을 흔든다. 그러자 약속이나 한 듯이 여기저기서 여자는 남자를 남자는 여자를 일으켜 통로 밖으로 끌어내어 짝지끼리 마주보고 춤을 추기 시작했다. 정 중 동의 특별한 춤사위 같은 것은 필요 없어 보였다. 빠른 템포면 빠르게 느린 템포면 느리게 손을 잡고 몸에 꼭 끼어 잘 벗어지지 않는 청바지를 벗듯 몸을 좌우로 흔들어 내렸다. 관광버스를 타본 모든 사람이 경험 한바와 같이 그야말로 춤추기 위해 태어난 사람들 같았다. 그들의 말에 의하면 이렇게 춤추고 고성을 내질러 노래를 부르고 즐겨야 노는 것 같아 스트레스가 싹 풀린다는데……. 비좁고 시끄러운 이 광란의 장을 방해하고 저지 할 자 있겠는가! 덩치 큰 버스 몸체가 좌우로 위아래로 흔들거리고 금속성을 내는 경음악에 버스바닥이 쿵쾅거리도록 발놀림과 광란의 몸짓. 시금털털한 술과 음식냄새에 믹서 된 화장품냄새와 역겨운 땀 냄새 그러한 것들이 우리의 관광놀이문화이다. 대다수는 볼썽사나운 것으로 생각하겠지만! 그 장에 있으면 나이 들어 수치스러운 행동은 자제해야 되겠지만……. 그들과 함께 휩쓸려야 하는 게 우리네 미덕이 아닌가 싶어 백수 씨도 통로에 나와 음악에 몸을 실었다. 대한민국 막춤이란 그저 음악에 따라 흐느적거리거나 발바닥에 가시가 박힌 곰 걸음처럼 뒤뚱거리거나 침팬지같이 양손을 늘어뜨리고 앞뒤로 흔들면 막춤의 기본이 되는 것이 아니던가! 그러한 행동을 보고 백수 씨의 파트너도 통로로 나섰다. 비좁은 통로에는 제대로 서있기 조차 힘들고 흔들리는 차체 때문에 중심잡기가 힘들어 궁둥이를 의자에 밀착시켜 서있거나 아니면 상대방의 몸에 의존 할 수밖에 없는 아주 비좁은 공간이 되어 버스가 조금만 흔들려도 앞사람을 끌어안아야 중심을 잡을 수가 있었다. 어떤 사람은 은연중! 그것을 즐기려고 버스가 흔들리기를 기다렸다가 생 밀크 저장창고가 : 유방·으깨질 정도로 꼭 끌어안는 사람들이 있는가하면 또는 그 순간을 노려서 서로가 은밀한 곳을 더듬기를 하고 있다. 여자들은 멋 적어 하면서도 상대방의 손을 떼어 내지 않고 그대로 받아 드렸다. 아니 어떤 여자는 덥다고 웃옷을 벗어버려 브라자 사이로 유방이 반쯤 드러나기도 한다. 허기야 이런 곳이 아니면 난생 처음 보는 남여가 자기마음 대로 안아 보며 또한 은밀한 곳을 만져 볼 수 있겠는가! 술이 취해서 그렇기도 하지만! 죽기 아니면 살기로 살기 아니면 죽기로 작정하고 춤추고 노래하고 판타스틱 한 황홀경을: 恍惚境·맛보려는 듯 껴안아보고 서로 간에 은밀한 부위를 애무: 愛撫·해 주기를 자청한 무리들 같았다. 그 비좁은 통로를 오가며 의자에 앉아 있는 사람에게는 어김없이 술잔이 건네졌다. 힘들어 잠시 의자에 머쓱하게 앉아있던 백수 씨도 조금씩 나누어 마신 술에 취기가 돌았다. 다시 붙잡혀 나가 어울렸다. 막춤을 춘 것이 아니라 그저 흔들리는 버스에 몸을 허락하며 30여분이 지나서야 자리에 앉을 수가 있었다. 관광버스는 썬 팅이 잘 되어 밖에서는 안이 보이지를 않는다. 파트너도 부리나케 좇아와 백수 씨 곁에 앉았다. 가쁜 숨을 고르는 순간……. 파트너는 오른손을 뻗어 백수 씨 왼쪽 어깨위에 얹어 놓고 머리카락을 만지작거렸다. 뜨악했지만 백수 씨도 파트너의 손을 더듬어 잡았다. 파트너는 가만가만 손을 어루만지더니 유방으로 손을 가져가 문지른 후 음부로 가져가 만져주게 하였다. 음부에 손바닥으로 덮어주고만 있자. 백수 씨의 행동이 시뜻한지 손을 얌전히 거두어 들였다. 은밀한 부위를 만져주지 않음인 지! 그녀는 백수 씨가 박력이 있는 남자로 느껴지지지 않은 모양이다. 그녀는 술에 많이 취했는지! 백수 씨 어깨를 베개를 삼아 이내 잠에 골아 떨어져 버렸다. 이러한 행동은 곳곳에서 이루어지고 있었다. 그녀가 잠이 들어 잘 됐다. 싶었는데 그녀의 동료들에 의해 몇 번이나 이끌려 나가 어울려야 했다. 여자들은 백수 씨를 가운데 두고 가슴을 미착시키고 음부를 밀착시켜 흔들며 노래를 하기도 했다. 파트너와 짝 맞추기 시간과 식사시간 휴게소에서 잠깐의 휴식을 합하여 30여분 빼고 2시간 반 동안을 계속 춤을 추다보니 어느

새 여수 돌산대교 밑 주차장에 도착하여 바닷가를 30여분 거닐며 부둣가를 구경을 하자. 술기운도 조금 안정이 되었다.

……중식을 하기 위하여 식당으로 들어갔다. 직사각형 방에 여러 개 상을 잇대어 자리를 마련하고 상위에는 임금님 수랏상에 버금 갈 정도의 진수성찬이 차려 있었다. 전라도 밥상이 최고라고 하는 것을 알 수 있었다. 부부처럼 각자의 파트너와 짝을 지어 앉아 술이 가득한 잔을 들고 소리쳐 "위하여"를 한 다음 들이키고 식사를 했다. 백수 씨 파트너가 상추 잎 위에 깻잎을 포개고 초장을 듬뿍 찍은 회를 소복이 얹어 싸서 입에 넣어준다. 시뜻하여 사양을 하다가 받아먹자 잠시 쉬지도 않고 비좁은 비스 안에서 과격한 운동을! 해 배가 고픈지 게검스럽게 먹던 다른 파트너도 덩달아 같은 행동을 한다. 지나가는 사람이 보았다면 금실이 좋은 부부인줄 알았을 것이다. 백수 씨가 각시에게 이러한 호사를 : 好事 · 받아본지가 다섯 손가락 안에 꼽을 정도도 안 된다. 각시가 이렇게 위해준다면 감격해 잘 씹어 넘기지도 못했을 것이다. 반대로 각시에게 자신이 하고 있는 행동을 했다면 각시는 감격해 인생의 엑기스가 정열로 환원된 행복한 눈물방울이 떨어 졌을 텐데! 그 동안 각시와 춤을 추고 노래를 함께 못했을까? 자기만이 아닌 여기의 모든 사람이 남편에게 아내에게 서로가 밥상에 마주보고 앉아 자주 인생을 의논하지 못 했을 것이다. 그래서 다른 이성과 놀러 온 것이 아닌가! 이런 저런 생각에 불현듯 각시 얼굴이 떠올라 백수 씨도 모르게나온 눈물 한 방울이 눈 가장자리에서 멈추려. 이내 볼을 타고 흘러 내렸다. 연거푸 음식을 권하는 파트너에게 들킬까봐 슬그머니 나와 버렸다. 각시와 같이 왔더라면……. 그동안 각시에게 잘 해주지 못한 것이 미안하였다.

......

식사를 끝내고 여수 앞 바다를 한 바퀴 도는데 2시간이 소요되는 유람선을 타고 관광을 하기로 했는데 약간의 시비가 있었다. 유람선 관광요금이 일인당 1만원인데 개인적으로 부담해야 한다는 말에 여성 쪽에서 남자들이 비굴하다며 불만을 터트린 것이다.

"경로당 자원 봉사하러 온 것도 아니다. 양쪽 모집책이 일을 시시부지하게 해서 일어난 것이니 책임이 있다."

강력한 항의에 남자들이 부담을 하기로 하고 넘어가는가. 싶었는데! 짝이 없는 여자 가이드가 또 다시 시비를 건 것이다. 마주보며 붉으락푸르락 도끼눈으로 눈겨룸을 하고 대지르던 두 모집책은 짝을 못 채운 남자 쪽이 잘못이니 몰수 형이 부담하기로 하고 소란은 일단락 돼 유람선에 승선하였다. 유람선을 타고 여수 앞 바다 관광에 들떠 있던 기분을 출항 5분도 안돼서 대한민국 막춤은 망가뜨려 버렸다. 500여명이 탈 수 있을 것 같은! 유람선엔 이들 외에 5개의 단체관광객과 동승하게 됐다. 화려한 몸치장을 하고 승선한 3개 팀은 백수 씨의 일행 보다 약간 낮은 연배인 것 같았고! 다른 두 팀은 나름대로 멋을 부렸으나 몸골이나 옷차림으로 보아 농촌에서 온 것 같았다! 유람선은 1층은 기관실이고 2층은 노래방과 춤을 추는 무대가 있고 그에 따라 자그마한 매점도 있었다. 간판장이 유람선 구조를 세세히 알려 주고 난 뒤 무대조명을 켜고 노래방기기를 플레이시키니 홀 중앙에서 오색 조명등이 반짝반짝 춤을 추면서 홀을 돌자. 약간 빠른 템포 음악이 흘러나오기를 기다렸단 듯이……. 그들은 드넓은 유람선 폴로 안에서 둘씩 짝을 지어 나와 손을 잡았다. 놓아주었다. 하면서 몸이 낚시

바늘에 끼어있는 지렁이 같이 비비꼬이다가 멈춰서 앞으로 끌어안아 오른손을 잡고 역으로 돌려 뒤로 보냈다가 다시 끌어 당겨 왼쪽허리를 껴안고 앞으로 서너 걸음 뒤로 서너 걸음하고선 손을 머리위로 올려 다시 역으로 빙그르르 돌리는 몸짓을 수 없이 반복한다. 유람선 승선요금 다툼으로 인하여 서로가 서먹하였던 마음은 어느덧 사라지고 모두가 자유분방한 모습이 돼 어울려졌다. 더러는 그 비좁은 통로에서 빙그르르 돌아 앞으로 갔다 궁둥이를 위아래로 씰룩거리고선 뒤로 서너 걸음 하고 난 뒤 또다시 빙그르르 돌아 궁둥이를 위아래로 씰룩거리고선 앞으로 서너 걸음의 몸짓을 끊임없이 반복하고 있다. 번쩍거리는 조명 불빛과 거리덕분에 궁핍은 가려지고 화사함만 돋보이는 원색의 넥타이와 은색과 골드귀걸이가 불빛에 번쩍거렸다. 적당히 날씬한 중년여인의 모습! 흰색 천 바탕에 원색 장미꽃 무늬 천에 30미리 정도! 직선잔주름을 넣어서 만든 실크치마폭이 아침나절 나팔꽃잎처럼 펼쳐지다. 옆 사람과 부딪쳐서 석양에 시들어지는 꽃송이처럼 오므라든다. 밀폐된 공간에서 울려 퍼지는 경음악소리는 광란의 : 狂亂·장을 만들어 댔다. 시간이 흐를수록 수십 개의 가락이 뒤엉킨 무질서 난장판이 연속으로 이어지는 가운데 그들의 목덜미에서 골드목걸이가 치렁거리고 귓불에선 귀걸이가 하늘거리고 휘젓는 손목에서 금팔찌가 반짝거려……. 온갖 장신구들이 어지러이 현란한 조명등 불빛을 받아 되쏘아 내리고 무대 중앙에서 번쩍거리는 사이키조명불빛 속에 광란의 몸짓이 뒤엉켜진 가운데 괴성들이 흘러나온다. 무도장에선 이러한 모습은 보이지 않을 것이다. 술을 먹은 상태고 진수성찬 끝이라 소화도 시킬 겸……. 지옥불속이 있다면 이런 광경일 것 같다! 네온불이 빙글빙글 돌고 너나없이 흥에 겨워 춤을 추는 이 시간에 따라 흐르는 음악은 예이도 없이 서로간의 경계선을 뛰어넘어 트럼펫이 아코디언을 찢고 쿵쾅대는 드럼소리가 기타소리를 사정없이 짓밟고 있으며 신 : 神·내림굿을 하는 무당이 신이 내려온 것처럼! 적당히 늙은 여자 두 명이 껑충껑충 뛰면서 방울을 흔드는 것 같이 탬버린을 흔들어 그 소리가 색소폰 소리와 아귀다툼을 하고 마이크를 잡고 흘러나오는 디스코 곡에 따라 합창을 하고 있는 정말로 자기 마음대로 못생긴…… 여자가 세수 대야만한! 커다란 입에 울퉁불퉁한 잘 여문 누런 강냉이 : 옥수수·같은 이빨을 드러내어 울부짖는 절규에 : 絶叫·가까운 음치 : 音癡·목소리가 백수 씨의 귀를 능욕 : 凌辱·하고 있다! 그러한 가운데 춤에 달인인 사람이 있다. 빨간 티에 꼭 낀 청바지를 입고서 라면 머리모양을 : 파머 머리·한 50세를 넘긴 듯! 한 여자 모습이다. 전남 완도 청정바다 속 돌 위에 뿌리를 내리고서 물결 따라 하늘거리는 미역 줄기같이 서서 다리를 약간 구부렸다 펴기를 끝없이 반복하며……. 두 손을 가슴 쪽으로 모으고 상하로 교체 돌리고 있다. 어떻게 보면 비포장도로를 달리는 차안에 고정된 스프링 위에 서서 억지 춤을 추는 꼭두각시 인형 같은 모습이다! 영화 토요일 밤 열기 주제곡 비지스의 디스코 음악에 따라 현란한 몸짓으로 열연하는 주인공 토니의 춤이 무색할 정도의 열기다. 1시간여 동안 한 발자국도 옮기지도 않는 끈질긴 인내력과 무아지경에 도취되어 춤추는 저 여인은 누구에게서 저런 유치한 춤을 사사 : 師事·받았을까? 그 모습에 홀린 듯이 바라보며 깊은 생각에 잠겨 있는 백수 씨에게 몰수 형이 다가와 종이컵에 술을 한가득 따르면서…….

"어떠냐? 오늘 화끈하게 놀다가는 거야 일어나라. 토방마루에 던

져놓은 꾸어다놓은 보리자루 같이 맥없이 앉아 있지 말고 신나게 파
트너하고 노리라. 인생이 뭐있냐? 네가 데리고 살 깃도 아니고 일았
냐? 내말 귀넘어듣지 마라. 누가 아냐! 너 마누라도 지금쯤 땀 빼느라
고 지금쯤 비좁은 버스 안에서 춤을 춰 사우나 탕 속 신세 일지!"

　머쓱하게 앉아 있는 백수 씨가 여간 신경이 쓰이는 모양인지 침을
튀기면서 큰소리로 열변을 하고 몰수 형은 궁둥이를 과붓집 바람난
수개처럼……. 무리지어 홀을 도는 여자들 뒤를 따라 엉덩이를 말이
섹스 하는 모습으로 앞뒤로 깐작거리며 무리 속으로 휩쓸려 사라진다.
깡마른 체구는 겨릅대 같아 빗줄기 사이로 다닌다 해서 화투장 비
광이라는 별명이 붙은 백수 씨가 저 광란의 장소에 비집고 들어갈
틈이 없어 잠시 앉아 구경하고 있는 것을 보고 몰수 형은 땀이 범벅이
된 얼굴에 미소를 지며 손을 잡아 통로로 끌어당긴다. 여기가 바로
숨겨진 비밀 홀 막춤 원조 디스코텍 대한민국이고 트로트왕국에 지르
박 코리아이며 블루스 무도장이다. 뭇 시선도 하나도중요치 않으며
가식도 필요 없는 오픈된 댄스가 시작되었다. 영화 해피 댄싱의 장
면……. 옷매무새가 유치하지만! 라스베가스 유흥가 무대서 춤을 추
는 쇼걸의 몸짓이다. 무기력한 일상을 바꿔줄 신명나는 음악에 맞춰
스텝 쉬 위 댄스……. 멈춤 없이 흐르는 세월을 붙잡고 싶은 마음은
그들만의 생각이 아닐 것이다. 그간의 삶이 잘살아도 행복하지 못했고
못사는 사람은 못사는 게 행복하지 못했을 것이다! 춤을 추는 모습을
보니 속세의 근심도 모두 비껴 갈듯 하다. 라인댄싱을 하는 한 무리를
넋을 놓고 바라보며 이 생각 저 생각 끝에 떠오른 것은? 몰수 형이
없었더라면 돌부처로 굳어버렸을 텐데 하는 마음이다. ……그의 손에
이끌려 백수 씨도 무엇엔가 홀린 듯 그들의 세계로 빨려 들어갔다.

어떤 환영도 어떤 냉대도 없다. 백수 씨도 곧 그들에게 휩쓸려 한 무리가 됐다. 그리고 서서히 이방인으로 환원돼 갔다. 오른발을 까치발을 하여 차 가속페달을 밟듯 하고 멈춰 역순으로 왼발을 발의 움직임에 따라 손도 덩달아 상하로 자신도 모르게 흐늘거렸다. 아니 그냥 서서 있어도 느리게 움직이는 유람선 머리에 겁 없이 달려든 작은 파수가 : 波首·산산이 깨어지고 그 충격에 흔들려 요동치는 선체 때문에 춤을 추는 것 같이 흐늘거려 졌다. 뜨거운 조명 불빛과 사람의 열기에 등줄기에서 땀이 흥건히 흘러내렸다. 발목이 시큰거리고 어깨에 통증이 느껴질 무렵? "앵~"하고 사이렌 소리가 길게 울렸다. 그들은 순식간에 통로에 구부려 숨거나 엉거주춤 서거나 의자에 앉아서 밖을 내다본다. 그들의 민첩한 동작을 보니 민방위교육성과가 훌륭히 나타난 셈이다. 이내 경음악소리도 잔잔해 졌다. 3층 간판에서 항해사가 신호를 한 것이다. 멀리 단속을 나온 해양경찰경비정이 보인 모양이다. 그러기를 5분여 정도 지났을 까! 이내 배 안은 평화가 되찾아들었다. 장내가 정리되고 다시 디스코 음악 흘러나오자 기다렸다는 듯이 음악에 맞춰…… 가수 이은하 밤차 노래할 때의 댄스 동작처럼 천장을 향하여 빈총을 쏘듯 하늘 찌르기를 하는 것처럼! 3명의 몸짓 모습과 조명의 열기 때문에 땀에 젖어 번들거리는 얼굴로 춤을 추는 열 두어 쌍의 사람들이 손을 내밀고 무리지어 춤을 추는 대여섯 명의 사람들…… 머리가 반백이 된 중늙은이 여럿이 원을 만들어 서로 손을 잡고 동시에 전진하고 동시에 후퇴한다. 먼 옛날 국민 학교 : 지금의 초등학교·시절 운동회 날 강강술래를 하던 모습과 흡사하다. 아침나절엔 구두 위에서 놀던 똥파리 부부가 블루스 춤을 추다가 미끄러져 낙상을 : 落傷 ↔ 뇌진탕·하여 죽을 정도로 잘 닦이어진 구두코가 어느새

갯벌 흙이 더덕더덕 묻어 맹수 하이에나 입처럼 상처투성이가 됐고!
……뒤축이 잘려나간 가지 꽁지처럼 닳아빠진 여인들 구두 굽과 스텝
을 잘못 밟아 상대에게 밟혀 더러워진 흰 운동화! 늙어서 모처럼 자식
들이 풍족한 용돈을 줘서! 부부끼리 관광을 와서 힘이 없어 같이 놀아
주지 못하고 무대 밖으로 밀려나 있는 저들은 어느 곳에서 온 농사꾼
인가! 각기 무리를 지어서 노는 모습을 너절히 앉아서 그들의 몸짓을
지켜보는 것도……. 백수 씨로서는 지독히 슬픈 일이었다. 아니 환갑
이 갓 지난 중늙은이들이 젊은 여자들에게 힘이 달려 같이 어울리지
못하고 다른 팀의 젊은 남자들의 무리에 휩쓸려 자유분방 : 自由奔放 ·
· 하게 춤을 추는 마누라를 지켜보는 그들이 더 처량하게 보였다. 요즘
아이돌이나 걸 그룹의 안무를 가르치는 리아킴 안무가에겐 배우지는
않았을 텐데 현란한 텝 댄스가 와 트로트가 끝나고 잔잔한 블루스가
흘렀다. 그러자 이내 홀 분위기가 부드러워졌다. 화사한 옷을 입고 양
손을 마주잡고 홀 중앙으로 미끄러지듯이 나온! 유난히 눈에 튀는 중
년의 두 팀은…….

　　"싸모님! 어젯밤 외로웠습니까? 오늘 밤은 제가 책임지겠습니다."

　대명사로 유명한 남도 : 南都 · 제비족인가! 그들은 까다로운 오디션
도 완벽을 위한 리허설도 필요치 않아 보였다. 그들은 마샤 그래이험
을 데려와 안무를 맡기면 오 캘커타의 군무 : 郡舞 · 장면 정도는 반나절
이 안 돼서 깔끔하게 시연해 낼 듯! 모두가 무아지경이 돼 춤에 몰두
해 있을 뿐이다. 블루스가 흐를 때마다 앞서 나와…….

　　"이것이 블루스 춤이다."

시범으로 보여주는 듯하였다. 너덧 장씩 한 묶음에 파는 싸구려 스카프에 다 낡아버려 실이 허옇게 드러나 쓰레기장에 버려야할 것 같은! 듬성듬성 구멍이 난 청바지도 올이 굵게 뜯겨 나간 팬티스타킹에 구리 빛 얼굴엔 군데군데 저승꽃 검버섯이 곰삭는 살갗도·그들을 방해하지 못하고 형편없는 음향 기기에서 흘러나오는 음악도·플로어 바닥에 깔려 수많은 발굽에 짓이겨진 상처 난 노랑 비닐장판도·그들과 어울리지 못하고·의자에 앉거나 팔짱을 끼고 서서 멀건이 쳐다만 보는 춤을 못 추는 늙은 관광 관객들도·그들의 품위를 손상시키기엔 역부족으로 보인 반면! 락카페나 나이트클럽에서 흔히 보는 치근거리며 아무에게나 춤을 추자고 청하는 무례함도·보이지 않고 관광버스에서 보았던 볼썽사납게 하는 천박스런 포옹도 없다. 다시 바뀐 트로트……. 쿵~짝. 쿵~짝. 꿍~짜자 쿵~작·네 박자로 연신 숨 가쁘게 몇 곡을 넘어가던 트로트 메들리가 중간에서 느닷없이 허리가 뚝 잘리더니 스피커에서 들리는 걸걸한 전라도 사투리 남자의 목소리가…….

"어찌요. 이? 푸짐하게 모두가 잘들 노라지라? 어찌깨라? 시간이 다 됐는디. 밖에 나가면 마파람이 춤을 추느라고 땀난 등거리를 시원하게 해 주끄이요. 이! 다음에도 오시면 우리 유람선을 꼭 애용해주시면 합니다. 내년에 또 봅시다. 배안에 하울링 되어 귓전을 간지리피며 울려 퍼진다."

2시간 여 동안 유람선관광의 끝을 알리는 소리였다.
…….

일부사람들은 양 손에 그 유명한 돌산 갓김치와 멸치액젓 반찬을 만들 마른 건어물들을 사들고 비릿한 갯바람을 뒤로하고 아쉬운 듯 유람선을 다시 한 번 뒤돌아보고선 버스에 몸을 실었다. 이제 편안히 집에 가는 일만 남았다고 생각했는데? 그것은 백수 씨의 생각이었다. 무려 2시간 반을 춤을 췄는데 아직도 여자들은 몸이 풀리지 않는 모양이다. 버스승차계단을 올라오면서 다리가 아파 힘들어 괴로워하던 남자들이 걱정된다. 집으로 돌아가는 길에도 관광버스 안은 관광을 하기 위해 출발 때의 재생 화면을 보고 있는 것 같았다. 옆 사람과 대화시간도 없이 비좁은 공간 속에서 장시간 쿵쾅거리는 음악소리와 흥에 겨워 질러대는 환희소리에 백수 씨 귀는 이명: 耳鳴·현상으로 난청이 되어 옆 사람과의 대화를 할 수가 없다. 버스 안은 그야말로 음란의 도를 넘어 브라자 속에 손을 넣어 유방을 더듬거나 시로 간에 성기를 더듬고 있었다. 모두가 출발 할 때보다. 너무 과하게 술에 취한상태에서 벌어지는 장면이다. 술이 많이 취한 백수 씨 짝지 손도 바지 안에 손이 들어와 성기를 만지고 있어 성기가 부풀대로 부푼 막대기 풍선 같이 되어…… 백수 씨도 아침과 달리 많이 취한 상태여서 자신도 모르게 짝지의 치마 속으로 손을 넣어 음부를 만지자 음부에서 뜨거운 음집물이 대책 없이 흘러내리고 있을 때 그 때였다. 새벽종일 울렸네. 새아침이 밝았네. 휴대폰 벨인 새마을 노래가 1절이 끝나가고 있다. 그러나 받을 수가 없다. 각시 전화면 큰일이기 때문이다. 막내아들 시험 잘 보게 해달라고 절 세 곳을 다니면서 부처님께 공들이러 갔는데……. 쿵쾅거리는 음악소리가 휴대폰을 타고 들린다면 생각만 해도 끔찍한 일이다. 새마을 노래 1절이 끝나고서 2절 중간에서 전화기는 잠들었다. 백수 씨는 몽: 夢·안이: 安·되어 짝지의 음부에 중지손가락을 깊게 집어넣어 성욕을 만족시켜주었다. 여자는 손수건을 꺼내서 백수 씨의 손을 잘 닦아주었다. 짝지는 백수 씨의 전화기에다 전화번호를 입력 시켜주면서 훗날 다시 만나서 화끈하게……. 한 번 하자는 부탁을 했다. 서 백수 씨는 이번 묻지 마 관광으로 인하여 평생기억에 남을 만한 일을 겪었다. 그러는 사이에 차는 어느덧 진주 남강 휴게소에 멈춰 섰다. 백수 씨는 씨 : 고환 ↔ 睾丸 · 주머니에서 요령소리가 나도록 부리나케 달려 나가 휴게소 간이의자에 앉자 각시에게 전화를 걸었다. 전화기에 들려오는 쉰! 목소리는?

"여보! 나야! 전화 빨리 안 받고 뭐~했어?"

늦은 전화에 약간 질책 하듯! 각시 목소리와 함께 전화기에서 흘러 나온 쿵~쾅 거리는 음악소리가 들린다. 각시가 탄 버스에서도……!!!
백수 씨는 휴게소 광장 이동식 만물상회에서 : 소형트럭 · 유람선에서 사용한 것과 똑같은 종합 메들리가 들어있는 카세트테이프를 사서 주머니 넣고 어제보다 많이 높아진 푸른 하늘을 보고 씩 웃으면서 각시 얼굴을 떠올렸다. 드럼통 같이 곡선이 없는 각시 몸매! 서 백수 씨! 그러나 가정의 평화를 위해 가끔 각시와 춤을 춰야지…….

…….
"그러니까. 동생이 묻지 마 관광을 다녀 온 뒤에 춤에 관하여 관심을 가진 것이구나! 위의 이야기는 공상소설이고?"
"소설가를 사기꾼이라고 합니다. 묻지 마 관광 이야기는 나의 상상력으로 집필을 한 것입니다. 아마! 이 콜라텍 책이 출간되면 많은 사람들이 춤을 배울 것입니다. 옛날 카바레에서 '외로운 우리 사모님! 오늘밤은 제가 모든 것을 책임지겠습니다.'하면서 왼손으로 끌어 당겨 생 밀크 저장탱크를 밀착시키고 오른손은 사모님의 둔부를 만지면서 춤을 추던 제비족들의 음흉스런 놀이 문화가 아닌 건전한 문화가 지속적으로 이어지길 바라는 마음입니다."

"늙으면 행동이 느려지고 그래서 혈액순환이 잘 되지를 않아서 병에 싈리는 깃이다. 콜라텍에 와서 춤을 추면 운동이 잘 될 것이다. 제비족들의 못된 행위는 나도 잘 알고 있다. 상대하는 여자의 돈을 갈취하고 나면 후배에게 인계하여 그자가 옭아먹고 또 후배에게 넘겨서 완전 파멸을 시키는 것을 보았다. 춤에 미치면 절대로 헤어나지 못한다. 가족과 결별하고 결국 몸은 망신창이 걸레가 되어 사창가를 떠돌게 되는 것이다."

…….

파트너가 없어 외롭고 춤을 못 춰서 창피하고 난 못 난이 쿵~쿵 따 따다 딱·눈물이 앞을 가리네. 외로워~외로워~너무 외로워 춤을 추고 싶디 내 짝지야 빨리 올수 없을까. 가수 한홍주 씨가 부른 무도장 음악이 흐른다.

블랙 롱드레스를 입은 천사가 홀로 나왔다. 왼 쪽 허리선 끝에서 우측 발등까지 대각선으로 절개 된 옷에 허리 골반엔 수수 목 같은 은색 악세 사리가 붙어 있고 그 선을 따라 원피스 끝단까지 옥수수 알 같이 작은 은색 악세 사리가 5미리 간격으로 붙어 있다. 오른 쪽 어깨선에서 어린아이 턱 받침처럼 왼 쪽 젖 가슴까지 가려져 있는데! 그 끝은 붙어 있질 안아서 뛰거나 급회전을 하면 바람에 나풀대는 태극기처럼 휘날린다. 그 끝선에도 쥐 눈이 콩알 반쪽 크기의 악세 사리가 붙어 있고 왼쪽 머리에는 반달모양 같은 은색 머리핀을 하고 있다. 홀에 다수의 여인들도 왼쪽 머리에다 그러한 머리핀을 하고 있다. 천사의 목에는 3센티미터 정도의 목 테두리에 쥐 눈이 콩알 반 정도의 은색 악세 사리가 세 줄로 붙어 있고 앞쪽 중앙에서 나비넥타이처럼 마무리를 하였는데 그 곳에도 은색 악세 사리가 장식 세 줄로 되었다. 목선과 뒷목선이 반달처럼 또는 떨어지는 물방울을 반으로 잘린 것 같은 옷을 입고 있으나 유방은 단 1센티미터도 보이지 않았다. 방송국 연예담당 카메라맨을 1여 년을 하여서 알지만……. 음악 프로에 출연한 여가수들의 복장을 보면 호화찬란한 의상이다. 상의는 젓 가슴이 3분의 1정도가 보이며 또는 앞가슴이 삼각형에 깊이 파인 의상을 입고 나오기도 한다. 신인 여가수 일부는 유방이 절반이 보이는 옷도 입는 것이다. 어떤 가수는 인사를 할 때 손바닥으로 가슴을 가리기도 하지만 대다수는 가리지를 않고 하는 것이다. 노래는 가수를 바라보지 않고 귀로 듣지만 방청객이나 TV시청자의 시선이 자신에게 쏠리게 하려면 그렇게 야한 옷을 입거나 또는 짧은 미니스커트를 입어 노래에 따라 요란한 몸놀림을 하여 방청객에게 내가 누구라는 것을 각인시키는 것이다. 노래 따라 뒤에서 춤을 추는 무용수와 코러스들도 무대의상은 화려하고 야하다. 걸 그룹이나 아이돌의 몸동작처럼 하는 것이다. 요즘 걸 그룹이나 아이돌이 노래를 하면서 춤을 추는 모습을 보면……. 솔직히 말해? 요즘 유행하는 미투 즉 남자에게는 성희롱이다!

슬퍼 말라. 슬퍼하긴 왜! 슬퍼해 바보처럼 왜! 슬퍼 해 그까짓 춤 때문에 못 추면 서럽지만 세월이 흐르면……. 쿵~궁 딱 쿵~궁 따~닥 메들리는 끝없이 이어진다.

천사의 춤사위는 글로서 표현하기가 어려울 정도이며 옷도 홀에선 제일 호화롭다. 작가가 표현하기 어려울 정도면…….

  "동생! 저. 팀을 보거라. 여자가 키는 헐 비 하게 큰데 앞쪽이 4층이다. 많이 먹어대는 모양이다! 춤을 추면 힘들어 운동이 될 것인데 저렇게 살이…….

형님이 가리키는 곳을 바라보니? 연분홍색 무용복을 입었는데 뱃살이 3층이다. 트로트 음악에 맞춰 스리스텝을 : Three Step · 하는데 허리를 꺼부정하게 한 상태로 춤을 추니 커다란 궁둥이가 더욱 도드라져 보인다. 형님은 유방까지 합하여 4층이라는 것이다. 인디언들 궁둥이 춤을 추는 모습이다. 요즘 여성들의 속옷을 보면 뱃살을 감출 수 있는 기능성이 탁월한 거들이 많이 나오는데도 뱃살이 두 줄이고 유방과 배꼽 밑의……. 큰 키에 춤을 추는 모습은 흉물스럽다! 그 커다란 궁둥이를 내밀면서 허리가 굽어진 모습으로 춤을 춘다. 그러니 궁둥이가 뒤로 나오고 허리가 굽이진 상태이니 그러한 모습을 더하면? 아무튼 형님의 말한 4층이 아니고 5층이다. 차라리 풍성한 한복을 입고 춤을 추면 좋으련만……. 2시간여를 구경했는데 30분정도의 춤을 추고나선 자리에 앉아 수건으로 땀을 닦거나 대형선풍기 앞 또는 초대형에어컨 앞에서 몸을 시킨다. 어떤 여자들은 대형선풍기 앞에서 허리를 구부려서 히프를 갔다대고 몸을 시키는 것이다. 궁둥이 냄새가……. 그러한 모습을 보면 자리를 옮겨서 피하기도 했다. 뒤에 안 일이지만 일부 여성들은 팬티를 입지 않고서 춤을 춘다는 것이다. 온 몸이 젖으니까. 젖은 팬티를 입고 집으로 갈수가! 또는 볼일을 보아야하니까. 그 여자의 양쪽 어깨앞쪽엔 별모양의 은색 장신구가 붙어있고 왼 쪽 골반엔 반달 모양의 은색 장신구가 붙어있다. 그 뚱뚱한 몸매에 레깅스형 나팔바지를 입었다. 그리고 왼쪽 궁둥이에는 열쇠모양의 은색 장신구……. 다행이도 레깅스를 입었는데 폭이 좁은 미니스커트가 달린 옷이다. 미니스커트가 없었다면? 둔부가 볼록하게 솟아오르고 도끼로 찍은 자국이 선명히 드러날 텐데! 신발은 굽이 높은 앵클부츠 신었다. 큰 키에 살찐 몸으로 궁둥이를 씰룩대며 춤을 추는 모습은 가관이다.

"형님! 지난해에 만났을 때 천국과 지옥으로 보내는 분리 소에서 가벼운 영혼은 천상으로 보내고 뚱뚱한 영혼은 지옥으로 보낸다고 하였지요?"

"두말하면 잔소리고 세 번 말 하면 숨차다. 우리가 인간을 잡아갈 때 병원에 입원시켜 몇 개월에서 수년을 고통을 주고 살을 빠지게 하는 것은 영혼을 천상으로 보낼 때 운송료가 많이 들어서 그러는 거라고 호송 기사와 입씨름하는 것을 보았지 않았느냐?"

"살을 빼고 나면 화장장에서 화장비도 적게 받을 것이고! 그렇다면 악질 적거나 돈 많은 부자들은 뚱뚱해도 모두 천국으로 가겠네요?"

"일마가 나를 바보로 아나! 나쁜 짓을 하면 지옥이다."

"돈을 많이 가져가 운임을 달라는 대로 줄 것 아닙니까?"

"부자들이 착한 일만 하고 그 많은 돈을 벌었겠느냐?"

"그렇다면 성직자들의 말로는 뻔할 뻔자이네요!"

"이 지구상에서 헐벗고 굶어죽은 사람이 얼마나 많은지 너는 알고 있지 않느냐? 혼자 많이 먹어 살이 쪄서 그렇다. 그러니 발로 차버리면 지옥으로 떨어진다. 운송을 할 필요가 없다."

"그런 것을 알고 있어 살을 빼려고 춤을 추나!"

"말! 시키지 말고 춤 구경이나 하자."

비빔 발·따 닥 발·잔 발·라틴·모던·이어지는 메들리에 자기 마음대로 춤을 춘다. 하늘색 롱드레스에 매화꽃무늬가 선명하게 새겨진 화사한 옷을 입은 여인이 들어와서 벽면 거울을 보면서 춤 동작으로 몸을 풀고 있다. 10여분이 지나자 위아래 검정 옷을 입고 굽이 높은 구두에 머리에서 빛이 나는 : 대머리·중년 남자가 들어와 몸을 풀고 있는 여인에게 다가가 인사를 하면 손을 내민다. 여자의 얼굴을 자세히 보니 30~40세 정도이고! 남자는 60세 전후로 보인다! 어떻게 보면 딸이나 며느리 정도의 나이 차이다. 대다수가 스포츠머리인데 이 남자는 상투머리다. 예날 양반들이 하였던 상투가 아니고 머리를 머리상단으로 모아 고무줄로 묶은 모양새다. 여자 파트너의 복장과 영 구색이 맞지 않는다! 춤을 추다가 멈추고 여자가 남자에게 굳은 표정으로 말을 한 후 춤동작을 시연을 한다. 아마! 남자 파트너가 춤이 서툰 모양이다. 여기저기서 자주 그러한 행동을 본다. 여자가 남자에게 또는 남자가 여자에게…… 입구에서 춤을 추던 팀이 4~5개월이 되면 홀 중앙으로 옮겨 추다가. 춤이 더 익숙해지면 안쪽으로 이동을 할 것이다. 아마도!

　……얄밉게 떠난 여자여~어~어~저만치 앞서 춤을 추는 여자여 춤을 못 추는 초보자는 부끄러움이~ 잘 못 춰서 치마 자락 밝을까 봐! 걱정이네 그대는 이 마음 알까 현란한 불빛아래 춤 잘 추는 여인이 나를 슬프게 하고 있다. 오늘 천사는 블랙 롱드레스를 입고 왔다. 목에는 5센티미터 정도의 넓이 테두리에 녹두 콩 반쪽 크기의 은색 장식이 4줄로 박혀있다. 목선은 깊게 파이지를 않았고 어깨선을 따라 손목까지 은색 장신구가 두 줄로 연결이 되었으며…… 오른 쪽 젖 가슴 위엔 손바닥 크기의 하트모양의 은색 장신구가 붙이 있고 왼쪽 허벅지 중간에서 우축 발끝까지 대각선으로 타개 진 옷이다. 남자 파트너와 춤을 추면서 부드럽게 회전을 하면 양 발의 새하얀 허벅지 살이 노출되었다. 간혹 다른 팀도 비슷한 복장을 하고 춤을 추면 떠돌이 바람이 바쁘게 가는 길 빨리 비켜주지 않는 다고 행패를 부리고 지나가면서 길거리를 걸어가는 여성미니스커트에 행패를 부려 치마 끝이 올라가 듯…… 그러한 모습인데 이 천사는 회전을 하면 부드러운 몸놀림이 자체가 : 自體 ↔ 섹시함·관능적인 몸매·샤 방 샤 방 얼굴·예술이다. 남자 파트너가 리드를 잘하고 있기에 더 돋보일 것이다! 나에게서 책을

구입한 남자 파트너는 시내버스 운전기사인데 잠시 시간을 내어 몸을 푼다고 하였다. 1시간정도의 춤을 추고 홀을 나갔다. 아주 좋은 몸 풀 일 것이다! 하루 종일 운전을 하다보면 몸이……. 이 생각 저 생각에 잠겨 있을 때 탱고 음악에 따라 골드 브라운 드레스를 옷을 입은 30대 전후로 보이는 여자가 남자 파트너 손을 잡고 멋진 웨이브를 하고 있다. 탱고는 빠른 스텝이 있고 블루스를 추면서 탱고음악에 맞추어 조금 빠르게 추기도 한다. 그래서 같은 음악인데 춤사위가 틀리는 것이었다. 아마! 이 팀은 학원을 차리려는 팀인 것 같아 보인다! 그렇지 않고서야 젊은 사람이 이 밝은 대낮에 시간을 내서 춤을 출수는 없을 것이다. 혹여 남편이 외국에 파견 된 근로자이거나 아니면 이혼을 한 여자이거나! 그런 부류가 아닌가싶다. 그 왜는 바람이 난 여자도 부지기수라는 뉴스를 본적이 있다. 이 홀에는 6개 정도의 젊은 팀이 있고! 3분의 2는 젊은 여성들이다.

쿵~궁 딱 타~타 닥·보약 같은 친구야! 늙은이 운동을 시켜주니 보약 같을 것이다! 쿵~쿵 쿵~쿵 따~따~딱 딱~ 신나는 노래 들리는 콜라텍에 오늘도 외로이 앉아 있네. 쿵~타~타 탁.

로봇 춤을 추는 사나이는 약간 허리를 굽혀 양발을 모으고 번개 같이 앞발을 먼저 들고 이동을 한 후 멈 춰 서서 발 앞쪽을 들고서 좌우로 돌리면서 춤을 추고 있다. 간혹 제자리에서 양발을 모으고 두 발을 교차를 하기도 하고 기둥을 보고서 맹견이 달려들 때 겁을 주던 모습으로 낮은 발차기를 연속적으로 한다. 논산 훈련소 조교가 말을 잘 듣지 않는 훈련병에게 조인트를 : 성문 장 갱이·까딧! 갈지자걸음으로 걸어가서 세 번 또는 양팔을 벌리고 두 번을 번개 같은 속도로 돌아서 앞전의 춤사위를 하고 있다. 몇 날을 보았지만 춤사위는 변한

게 없어 보인다.

　오늘은 교수팀은 늦게 도착을 하였다. 박 교수는 블랙 바지에 상의는 단풍잎이 새겨진 망사 옷을 입었고 가로지기 멜빵에 허리띠는 6센티미터 정도의 넓이에 가루약 캡 모양의 장신구가 5미리 간격으로 세 줄이 붙어 있는 것을 하고 있다. 아내인 김 교수는 유방 마개가 훤히 보이는 밤색 상의에 아래는 연두색 롱 치마를 입었고 왼쪽 허리춤에 열쇠 고리 모형의 은색 장신구 오른쪽 허벅지엔 옛날 여인들의 필수 혼수품인 설 합문에 달려있는 손잡이 모형의 반달 모양의 장식이 있고 그 위에는 열쇄 모형의 은색 장신구가 붙어 있다. 뒷머리 상단에 대형 나비모양의 집게 머리핀을 하고 있어 나비가 날아가는 모습이다. 이 팀은 하려한 의상도 눈에 튀지만 춤을 추는 동작은 타의 추종을 불허한다! 홀에서 춤을 추는 모든 팀들은 오늘 만난 파트너와 최선을 다하는 하루가 되고 싶다는 듯 춤을 추고 있는 것 같아 보인다! 순간 컨트롤을 잘해야 여성 파트너의 치마를 밟지 않을 것이다. 인생사가 별 것 있느냐? 박 교수가 부인 김 교수의 춤 행위에 깊은 살핌이 다음 동작의 메시지로 : Message · 전달이 되어 멋진 브루스 춤을 추고 있다. 춤동작은 여러 가지로 변형되어 있다고 한다. 짧은 거리에서 전진 후퇴를 거듭하는 것이 있고 150여 평의 홀을 돌아다니며! 추는 춤동작이 있다. 블루스 노래는 19세기 중엽에 미국 흑인들이 : 노예 · 부르는 노래로 애잔한 음색이 사랑을 받아 세계로 펴져서 유행이 된 것이다. 블루스 박자는 악센트가 들어가는 4분의 4박자다. 1분에 30에서 35글자의 느린 템포의 노래다. 나도 대중가요를 100여곡 이상 작사를 하였고 7명의 여자가수의 음반을 내게 하였으며 남자가수 2명도 음반을 냈다. 또한 김해 아리랑을 작사하여 가곡으로 작곡되어 김해시의 큰 행사 때마다. 가수가 부르고 대중가요로도 작곡이 되어 남자가수가 부르고 있으며 김해시립 가야금 연주단에서 가야금명창으로 작곡하여 서울 국립국악원에서 연주하였고 각종 행사 때 연주를 하고 있다. 김해 시립 가야금 연주단은 가야금연주단으로서는 전국에 하나뿐이다. 각설하고……. 블루스는 템포가 느리고 발놀림이 쉬워서 초보자도 쉽게 출 수 있는 춤이라는 것이다. 우리나라 대중가요 중에는 블루스 계통의 곡이 많다. 특히 한국 전쟁 후 천만여 명의 이산가족과 보릿고개시절 살길을 찾아 부모 형제와 이별을 하여 그 슬픔을 노래한 것이……. 나도 한국가요작가 협회 회원이다.

  슬픈 노래를 들으면서 화려한 인생의 사회생활은 내려다보고 살고 고달픈 인생은 위를 높이 쳐다보고 살아야 할 것 같다. 꿈꾸는 삶과 갖추지 않은 삶은 필요가 없는 것이다. 내가 잘 못 사는 것을 불평을 하고 남이 잘 사는 것을 부러워하면 마음의 평안을 얻을 수 없을 것이다. 이곳을 드나드는 사람들은 알고서 드나들까. 여성들의 치마에는 능소화·장미·매화·모란·팔을 내려뜨린 노란 국화 등의 꽃무늬가 있는 옷들이다. 대다수가 나름대로 무용에 알맞은 옷이다. 그들의 의상을 보고 생각 중 눈에 탁 트이는 수국 꽃무늬가 선명하게 그려진 옷을 입은 여성이 들어왔다. 짙은 밤색 롱드레스를 입었는데 앞가슴 중앙에 하얀 수국 꽃이 커다랗게 수놓아 있다. 수국 꽃 한 송이가 수천 만원에서 억대를 주어야한다는 뉴스를 들은 적이 있다. 남자파트너와 춤을 추기 시작했다. 인도의 거부의 딸 결혼식에 이 수국 꽃이 등장을 했다. 살림집이 7층인데 2조억이 넘는 다는 것이다. 그곳에서 일을 하는 시종이 수 백 명이라는 뉴스다. 믿거나 말거나……. 왼쪽 허벅지에서 오른쪽 끝까지 따개 진 드레스는 회전 때마다. 사각 분홍색 팬티가 훤히 드러나 보인다. 왼발차고 오른발차고 세 번을 돌아서 멈춘 다음 뒤로 세 번을 돌아 사리를 바꾸고 크로스 후 앞으로 발차기 하나 ·둘·셋·넷·후 오른발 왼발 교차 후 앞으로 뒤로 교차 한 뒤 빠르게 전진 후퇴를 하면서 궁둥이를 실룩 쌜룩 앞뒤로 걸어가며 낮은 발차 기를 번갈아 한 후 크로스 동작의 연속으로 홀을 돌고 있다. 룸바……

사랑의 춤 밀었다가 당겼다가 사랑을 나눌 때처럼 강렬하게 이어서 라틴 댄스·파 소 더블레이·왈츠·퀵스텝의 빠른 템포로 왼손으로 여 성의 어깨를 잡고 오른 손은 천정을 향해 쳐든다. 은실과 금실로 수놓 은 소매 끝의 펄럭임과 치마 끝의 하려한 공중 부상으로 보일 듯 말듯 분홍색 팬티 때문에 늙었다고 느낀 후 처음으로…… 어떤 여성은 치 마를 입은 상태에서 앞발차기를 한다. 태권도 단수가 높아 보이는 발 차기다. 발이 한일자가 된다.

쿵~딱~~. 해 저문 소양강이 아니고? 시간이 가는 콜라텍에서……. 이렇게 기다리다 지친 멍든 가슴은 소양강 처녀~~.가 아니고 홀아비 와 신세 과부들의 신세다. 홀에 온지도 벌써 2개월 됐는데 나로서 이 해를 못하는 것이 있었다. 홀에서 춤을 추는 모든 팀들의 얼굴을 보면 모두가 심각한 얼굴이다. 웃는 얼굴을 보기 어렵다. 그때다. 적당한 키에 다발머리 끝에 라면머리를 한 여성이 들어 왔다. 깊은 쌍꺼풀에 나름대로 잘생긴 얼굴이다! 미국 로이 릭텐스타인 그린 팝아트·행복한 눈 물 닮은 얼굴이다! 그림에서 눈물만 지우면……. 이 그림은 삼성의 비 자금사건과 관련이 되어 언론에 집중적인 주목을 받아 더 유명하다. 그림 값이 당시에 무려 86억이라니 지금은 얼마나 갈까! 나 같은 범인 은 그저 입이 딱 벌어질 뿐이다. 20여분이 되어서야 그 여성은 파트너 를 찾아 춤을 추었다. 옷은 화려한 무용복이 아닌 일상복이다. 그런데?

춤도 잘 추지만 미소 천사다. 앞서 이야기를 했지만 150여 쌍이 춤을 추는데 모두가 심각한 얼굴인지만 이 여성은 춤을 추면서 계속 싱글 벙글 이다. 뭐가 저렇게 즐거울까! 석양에 물드는 마을에 또 다른 모습을 보여주듯 미소천사는 콜라텍에 새로운 분위기를 조성하고 있다. 그 비싼 행복한 눈물그림이 눈앞에서 아른 거린다. 그 여성과 대화를 할 수 있었는데 남편도 콜라텍에 가는 줄 알고 있다고 했다. 남편과 함께 조그마한 개인 사업체를 운영을 한다는 것이다. 그래서 토요일에만 온다고 했다. 이 여성은 얼굴 예쁜 미소 천사지만 인성교육이 잘 되어 있다. 밥상머리 교육을 말하는 것이다. 먼저 와 있으면 나를 보고 자리에서 일어나서 인사를 하였고 춤을 끝내고 나갈 땐 나에게 와서 정중이 인사를 하고 손을 흔들며 홀을 나갔다. 춤을 좀 춤을 잘 추는 사람은 인사를 하지만 손을 흔드는 정도다. 김 교수와 천사는 내 곁에 바짝 앉아 이런 저런 이야기를 자주하고 로봇 춤을 추는 친구도 인사를 꼭 한다. 내가 이곳을 들어오고 나감이 벌써 2개월이 넘는다. 그 시간에 내가 춤을 추려고 했다면……. 하나는 배웠을 것이다. 나는 춤에는 전혀 관심이 없고 오직 집필 자료를 찾고 있을 뿐이다. 김 교수는 춤을 춰보자 했었다. 나는 춤을 추는 동작에서 서로 간에 다리를 사타구니에 깊이 밀어 넣으면서 좌우로 몸을 움직임에 따라 어떤 느낌이 오는지를 알 수 없음이 더욱 궁금해 질 뿐이다. 남자 파트너가 왼발을 홀 중앙을 향해 몸을 바로하고 가로질러서 앞으로 나가서 왼쪽으로 4회전을 하자 미소천사는 홀 중앙을 뒤로 하고 오른발을 뒤로 후진하여 4회전 또는 2회전을 한다. 남자파트너는 오른발을 끌어 당겨 왼발 옆으로 모은 뒤 왼쪽으로 3회전을 하자 미소천사는 두발을 모은 후 남자 파트너 앞으로 조금 나간다. 그러자 남자파트너는 왼쪽으로 방향을 잡고 몇 걸음 후진을 한다. 미소천사는 오른발로 남자파트너를 보고 앉으로 나긴다. 남사파트너는 홀을 뒤로하고 왼발을 먼저 들어 앞으로 나가자 미소천사도 남자파트너의 몸짓을 따라서 한다. 남자파트너는 왼발을 오른발 옆으로 옮겨 벽을 보고 앞으로 나자 미소천사도 남자 파트너가 했던 춤사위를 하자 남자파트너는 오른발을 왼발 앞으로 모은다. 그러자 미소천사는 왼발을 오른발 앞쪽으로 조금 움직여 벽을 등 뒤로 하고 두발을 모은다. 춤도 잘 추지만! 아름다운 미소 때문에 나의 시선을 한 동안 붙잡아 둔다. 손·발·다리·허리·하나가 된 미의 표출이 절정의 순수의 극치를 이룬다. 두 곳의 콜라텍을 다녔지만……. 웃는 얼굴이란 실수를 하여 상대방의 발을 밟았을 때 멋적어서 웃는 것을 빼곤 웃는 얼굴을 보기가 어렵다. 천정 끝에 빙 둘러 처진 청록색 등불이 서로 간에 깜박임이 기다리다 지친 소양강 처녀의 눈물 실루엣일까? 아니면 홀에서 파트너를 기약 없이 기다리는 사람들의 눈시울일까! 홀 안의 팀들 중에 전문으로 춤을 추는 팀이 눈에 들어 왔는데 제일 거북한 것은 남자파트너가 또는 여성파트너가 상대방 사타구니 사이에 한 발을 깊이 넣고 밀착 시킨 후 몸을 좌우로 흔들거나 몸을 뒤로 제키는 춤사위를 할 때다. 처음에는 거북하여 고개를 돌렸지만 시간이 흐를수록 궁금해지는 것은 남자로서 누구나 같은 생각이지 안을까! 한번 물어보고 싶은 마음이 굴뚝같다. 그 중요 부위가 밀착되어 비비는데! 흥분이 안 될까! 라는 음 흥 : 淫興 · 생각이다. 나만의 생각일까! 여성도 마찬가지 일 것이다. 정상적인 사람이라면! 한동안 아니 지금도 미 투 : Me Too movement · 운동은 이곳에서는 없는 모양이다. 이곳에 미 투 운동을 벌였던 여학생들이 본다면……. 넋을 놓고 보고 있는 형 옆구리를 팔 굽으로 꾹꾹 건드려 마주보게 한 후.

　　"형님! 저들의 몸짓에 무슨 생각을 하였습니까?"
　　"나도 해 보고 싶은 생각이다. 흥분이 될까?"
　　"꼬치를 : 성기 ↔ 수놈 · 달고 있는 남자로서는 그러한 마음이 있을
것입니다."
　　"지금 너희 나라에서는 매일 시위를 하고 있지 않느냐? 미투로 교
수가 자살을 하고 또는 문학을 지도하던 유명한 문창과 교수들이 학
교를 그만두고 사회 곳곳에서 무슨 불만이 그리 많은지! 또 무슨 단
체가 그리도 많으냐? 성에 관한 이야기를 해보자. 조물주가 세상을
창조하고 동물에 대한 각자의 임무를 주는 법을 만들고 있었다. 각자
의 임무를 담당조물주가 있었다. 자식을 가지게 하는 조물주에게 :
造物主 · 섹스의 횟수를 정해주는 임무를 하고 있었는데 마지막에 엄
청난 실수를 하고 말았다고 한다. 여러 동물들을 만들어 놓고 각각의
섹스를 년 몇 번씩 해야 하는가 횟수를 정해주고 자식을 몇 명을 가
질 수 있는 법을 정해 주던 날이었단다. 자! 보거라?"
　　…….

　형님이 내 머리에 당시의 화면을 이입하자. 우주가 형성되고 조물
주가 지구에 생명체를 만드는 그 때의 장면을 녹화해두었던 화면이
내 머릿속에서 재생되고 있다.
　……마지막으로 쥐 · 개 · 말 · 그리고 인간이 남았다. 조물주가 쥐의
성기를 유심히 내려다보고 만지작거리더니…….

　　"일마들이 잘 못 만들었나! 너무 적고 볼품없는데 이걸 어쩌나 허~
　허 그것참."

　조물주는 별 수 없다는 투로 말한다. 그러한 말을 들은 생 쥐는 조물
주가 불쌍하다는 어조로 말을 하자. 생 쥐는 좁쌀 만 하게 작은 새까만

눈동자를 깜박이며 조물주의 입에서 다음 말이 나오길 기다린다.

"쥐야! 섹스는 한 달에 한번만 해라. 어찌했거나 한번은 억울할
것이다! 그 대신 새끼는 너희들 마음대로 가져도 된다."

그러자 쥐가 공손히 고개 숙이며 대답을 한다.

"알겠습니다. 조물주님! 정말로 고맙습니다."

쥐가 뒤로 물러나자 다음은 말이다. 말이 조물주가 생쥐에게 섹스
횟수와 자식을 마음대로 가져라. 는 말에 히죽거리면서 물러나는 생쥐
의 표정을 보고 난 뒤 자기 뒤에서 순서를 기다리고 있는 인간과 개의
성기를 고개를 돌려 힐끔 쳐다보더니 혼잣말로 중얼 거린다.

"임마들아! 그것도 물건이라고 달고 다니느냐? 나 같으면 자살한
다. 자살해! 그러니 한 달에 한 번이지 내 거시기 정도 돼야 어디에
가든 수놈 대접받지."

자신이 대단한 물건을 가진 놈임을 확인 시키면서 '크~흐~흐'하고
말은 윗입술을 크게 뒤집어 비웃고 있다. 그렇게 위기양양하게 으쓱
거리는 말에게 조물주가 해주는 법 조항에 말은 기겁을 하고 있다.
말의 성기를 한 손으로 움켜쥐고 한참동안 만지작거리자? 공기압을
받고 부풀어 오르는 막대풍선처럼 점점 커져서 말의 성기 크기가 빨
래다듬이 방망이만큼 커지자! 조물주는 부러운지 침을 꼴깍하고 한
번 넘긴 뒤 하는 말은……

"말아! 너는 일 년에 한번만하고 새끼도 한 번에 하나씩만 낳도록 해라."

"예~예! 지금 머라고 했어라? 일 년에 섹스를 한번해라 고라? 그것도 모자라서 자식도 하나만 가져라 고라? 내가 잘 못 들었나!"

조물주의 황당한 말에 이성을 잃은 말이 입가에 거품을 물며 조물주에게 코를 씩씩거리며 대들기 시작한다.

"일마자석이 귀가 시력이 없나! 말이 안보이나! 내가 방금 해준 말이 안보이게? 너는 성기가 너무 커서 1년에 섹스를 한번만 하라고 했다. 이제 내가한 말이 보이나?"

조물주가 손바닥을 펴서 말의 궁둥이를 사정없이 후려갈기며 큰소리로 말을 하자.

"아니! 이럴 수가 저렇게 이쑤시개 보다 작은 물건을 달고 있는 쥐도 한 달에 한번인 것은 나도 이해를 해! 진짜로……. 그런데 자식은 마음대로 가져라하면서 왜? 빨래 다듬이 방망이 같이 큰 물건을 달고 있는 내가 일 년에 한 번씩 섹스를 하고 그것도 모자라 자식도 하나만 가지라고 하느냐 말이요? 그래서 나는 절대로 이해 못합니다. 다시 정해주세요."

화가 날대로 난 말이 이젠 조물주에게 반말로 대꾸하고 있다.

"일마가! 지랄용천을 떠네! 지랄병 하면 불구자로 만들어 버릴까 보다."

"에이! 이런 느~으~키~미~씨부랄 놈의 새끼 봤나! 개 좇도 조물주고 나발이고 그 말 취소하지 않으면 뒷발로 사정없이 차버리겠어."

개 좆 도라는 말에 저승사자들의 경비병으로 창조된 개가 깜짝 놀라 왕왕 짖어 대지만 그러거나 말거나 말은 쌍스런 욕을 계속 하면서 코 바람을 씩씩 불고 네발로 땅을 박차며 지랄발광을 한다. 그러나 조물주는 점잖게 고개를 좌우로 휘저으며…….

"일마가! 절대로 안 된다 안 카나?"

그 말을 들고 말은 배고픈 쥐들이 먹게 쌀 창고 앞에 차려놓은 쥐약을 몰래 훔쳐 먹은 술에 취한 똥개보다 더 이성을 잃고 미친 듯이 날뛰더니?

"느~그~미~이 떠~그~랄! 이놈의 영감쟁이! 그 말 취소해? 안 그러면 절대 가만두지 않겠어?"

그러자 조물주가 말 머리를 점잔 게 쓰다듬으며 타이르듯 설명해주고 있다.

"일마야! 지랄병 그만하고 네 물건을 내려다봐라. 그렇게 큰 성기로 매일 밤 사용한다면 네 마누라가 힘들어 어떻게 견뎌 내겠느냐?"

조물주가 정색을 하며 타이르자 폭풍우 장맛비에 몇 날을 굶은 닭이 먹이를 찾는 것처럼 고개를 이리저리 가웃가웃 하고 곰곰이 생각하던 말이 갑자기 한풀 꺾여 목소리를 낮추고 사정을 한다.

"그러면요. 나도 쥐처럼 한 달에 한번만이라도 하게 해주던지 아니면 마누라거시기를 내 거시기가 잘 들어가게 크게 만들던지 하세요. 자식도 많이 가질 수 있게 해주고요. 그렇게 안 하면 각오하세요?"

말 입에는 침이 거품이 되어 대책 없이 흘러내린다. 잔득 찌뿌린 인상과 씩씩대는 소리는 화가 단단히 난 모양이다.

"나에게 아무리 위협을 해도 그것만은 절대로 안 된다. 안 카드 나?"
"물주님! 아니 조물주님! 제발 한 달에 한번만이라도……."

태도를 완전히 바꿔 무릎 꿇고 싹싹 빌면서 통사정을 했지만 조물주는 여전히 요지부동이다. 말의 입장에서 보면 애간장이 탈만도 하다. 아무리 생각해도 세상에는 자기보다 크고 잘난 물건이 없다고 믿는 말이었다. 훗날 인간들이 거물을 들먹일 때마다 말 성기를 빼놓지 않았고 수말이 죽으면 그 물건을 보고 구름같이 모여든 동내 여인들이 애석하게 바라보았으니 무리는 아니다. 오죽했으면 집에서 기르던 수놈 말이 죽자 안주인은 물론 그녀의 어머니와 딸까지 한날한시에 3대가 앓아누웠다는 말도 있지 않는가. 그것만이 아니다. 두부장수를 하는 여인이 말이 섹스 하는 곳을 지나다가 그 광경을 보고 머리에 이고 있던 두부가 가득 담긴 함지박을 내려놓고 앉아서 요즘 신신말로 생 비디오 구경을 하였다. 수말이 암말 거시기에다 빨래방망이 더 큰 성기를 박아 놓고 콧바람을 불며 힘주어 전진 후퇴를 할 때마다 황홀함에 진저리를 치며 자신도 모르게 함지박에 가득한 두부를 두 손으로 주물러 버렸다. 얼마나 화끈하게 상내 짓을 하는지 두부가 다 망가 진지도 모르고 수말이 암말의 거시기에다 성기를 박아 놓고 전진 후퇴를 할 때마다 두 손을 갈고리처럼 하여 두꺼운 솜옷을 손빨래 하듯 두부를 힘주어 계속 주물러 버린 것이다. 또한 팬티를 흥건히 적시고 치마까지 젖어버렸다. 성기도 큰데다 정력도 끝내주게 좋아

무려 1시간여 동안 섹스를 하는 동안 흥분되어 고쟁이가 흥건하게 젖어버린 것이다. 자기 마음대로 황홀감에 젖어 궁둥이를 들었다 났다 하면서 주물러 버린 두부는 순두부덩어리가 되었다. 할 수 없어 생생한 섹스를 실감나게 보여준 말에게 수고했다고 먹이로 주고 말았다고 한다. 이렇게 성능이 대단한 말의 선조가 자기에게 정해준 횟수가 너무나 불합리하여! 협박 공갈이 안 먹혀들자 어쩔 수 없이 애원을 하였지만 조물주는…….

> "일마 자석이 정신이 있나! 없나? 절대로 안 된다 안 카나? 한번 결정한 것은 결코 반복할 수 없는 게 조물주의 법인기라."
> "오냐! 조물주 영감탱이 니 오늘 한빈 나한테 맞아 죽어 봐라. 내 뒷발질에 맞고도 그런 소리를 계속 지껄이나 어디한번보자. 고집을 부리다가 오늘 내 발에 얻어맞아 즉사 : 即死·하게 될 것이다."

말이 이성을 잃고 조물주를 공격하기 시작한다. 조물주는 말 뒷발에 맞을까봐 겁에 질려 이리저리 피하다가 어쩔 도리가 없는지 발바닥에 바람개비를 달고 줄행랑을 치자! 이 광경을 약간 걱정스럽게 지켜보고 있던 인간과 자기를 떼어놓고 도망치는 개가 짖어대며 사색이 되어 도망치는 조물주를 따라가며…….

> "조물주님! 잠깐만요. 저희인간은요? 인간은 몇 번 해야 하죠? 아무리 급해도 그걸 말해주고 가셔야죠."

급한 마음에 인간은 득달같이 달려가 조물주의 한 손을 붙잡고 개는 바짓가랑이를 물고 늘어지고 자.

"일마! 들아 나를 붙잡지를 말고 지랄병 하는 절마 좀 말려라."

"우리들의 섹스 횟수를 정해주지 않고 도망치면서 말을 잡고 있으란 말은 안 먹혀들죠. 조물주님! 성기를 쓸데없이 돌출돼있어 위험하기 짝이 없는 물건이고 거추장스러운 애물덩어리로 만들었소? 싸게 싸게 말해주고 빨리 도망치세요."

"이런! 시~러~비 헐~놈들을 봤나! 우리 조물주들이 만든 작품 중에 가장 신경을 써서 만들었던 것이다! 세월이 흐르면 너희들이 귀똥 찬 조물주들의 실력을 인정하고 우리들을 칭찬해 줄 것이다!"

......

불알이라고 불리는 고환은 : 남성의 증거 ↔ 불알·정자와 남성호르몬인 테스토스테론을 만드는 역할을 한다는 것이다. 고환이 없으면 여성처럼 변한다고 한다. 그래서 내시들은 고환을 떼어내야 했고……. 그래서 음성이 여성처럼 가늘다고 한다. 유럽에서는 남자를 소처럼 거세시켜 소프라노 가수로 활동하기도 했다는 것이다. 고환이 없으면 성생활을 못하는 줄로 대다수는 알고 있지만 그들도 시각 청각 촉각의 자극에 따라 "제 1성기"인 뇌의 변연계가 흥분하여 발기가 되므로 성관계를 할 수 있다는 것이다. 옛날 궁중의 내시도 결혼하여 살았다는 기록이 있다. 영장류 지구상의 33종의 고환을 연구한 영국의 과학자의 말에 의하면 자주 성 관계를 가지는 고환일수록 무게가 많이 나가는데 인간의 것은 평균 4.25g이라고 한다. 또한 고환 두개의 알이 비대칭인 : 짝 불알·것은 두 알이 충돌하지 말라고 왼쪽으로 85% 아래로 처지게 되어있어 왼쪽 사타구니 쪽으로 쏠려서 바지를 맞출 때는 왼쪽 사타구니 바지 안쪽을 약간 넓게 하여 바지사이에 고환이 편안하게 만든다고 한다. 그것을 모르는 절대다수 남자들은 자기 불알이 짝 불알인 줄로 착각하고 있다는 것이다. 그래서 서 있을 때는 무의식적으로 왼쪽으로 약간 기울인다고 한다. 또한 위험하게 노출시킨 것은 정자를 차게 보관하여 건강하게 하고 활발하게 활동할 수 있도록 하여 정자를 유리하게끔 되어있는 구조인데 고환이 찬물에 닿으면 오그라들고 따뜻한 물에 들어가면 늘어나는 것도 같은 맥락으로 열을 발산하기 쉽게 주름살이 있게 만든 것도 조물주의 기찬 솜씨인 것이다! 그래서 정자는 냉동해 보관하는 기술을 과학자가 빨리 기술을 터득한 것이며 위험한 처지로 도망을 가거나 혹은 치고 박는 싸움을 할 때 오그라들어 몸에 착 붙는 것도 자기보호 메커니즘이라고 한다. 무더울 때 고환이 커지면서 사타구니 중앙에 축 늘어지는 것도 더우니 천천히 걸어가게 남자신체 구조에 아주 적합한 것이요. 추울 때 오그라드는 것은 추우니까 빨리 집에 들어가라고 달리기 좋게 탱자처럼 줄어들어 거리적 거리지 않게 한다고 한다. 가운데 추가 내려와 중심을 잡아주니 남자는 점잖게 걸어가는 것이며 추가 없는 여자 걸음은 걸을 때 궁둥이가 좌우로 실룩거림은 중앙에 추가 없어 그럴 것이다! 이러한 역할을 해주는 것이 불알이라 한다.

......

"불알이 잘 만들어졌는지 잘 못 만들었는지는 세월이 흐르면 알 것이고 지금 가장 중요한 섹스는 몇 번씩 하라는 법은 알려주고 가야지요?"

악착같이 인간과 개가 조물주를 바짓가랑이를 붙잡고 늘어지자. 곧 말의 뒷발에 얻어맞을 위기에 빠진 조물주는 다급한 마음에?

"일마! 들이 급해주겠는데 놔주지도 않고 이 급박한 상황에 별아 별것을 물으면 생각이 나느냐? 애라 개 좆도 나도 모르겠으니 너희들 좆 꼴린 대로 해라."

그 소리를 듣고 희색만면한 인간과 개는 조물주의 바지자락을 놔 주는 장면으로 머릿속 영상은 사라진다. 개 좆도 모르겠으니 너희들 좆 꼴린 대로 해라 하였으니 개는…… 이 같은 말 한마디 잘 못으로 개는 부모형제 등 아무하고나 거시기를 하는 것이다. 특히 마을 공동 우물터에서 그 짓을 하여 그 장면을 목격한 마을 여자들이 놀래서 물동이를 떨어뜨리기도 해서 수개를 키우는 과부 아줌마는 마을 여성 들에게 원성을 : 怨聲 · 듣기도 한 것이다. 자기는 거시기를 하지도 못하 여 밤이면 밤마다……. 조물주가 도망치기 급급해서 말해버린 법에 의하여 인간은 성기가 꼴릴 : 발기 · 때마다 섹스를 하여! 결국 섹스와 쾌락의 노예가 되었던 것이다. 그래서 몸을 파는 것이 인류의 최초의 여성들의 직업이 되었다고 한다. 그래서 세계적인 베스트셀러는 성경 · 불경 · 코란 · 섹스인 것이다. 조물주에게 고맙다고 해야 하나! 아니면 말에게 고맙다고 해야 하나!

"……."
"맞는 이야기 같다! 동생! 그러한데도 지금 시위하거나 집회를 하 는 여성 단체에서 낙태를 허용하라는 시위를 하고 있으니 큰일이나. 유엔보고에 의하면 300년 후면 지구상에서 가장 먼저 사라질 나라가 대한민국이라는 것이다. 너희의 먼 : distant · 조상 때부터 지켜온 법을 지키지를 않고 있으니 그렇게 될 것 같다! 뉴스에 서울 여성 3%가 결혼은 필수이고 나머지는 필수가 아니라는 통계라는 것이다."
"그렇지 않아도 세계에서 출산율이 가장 낮은 나라인데 그 모양입 니다. 낙태죄를 폐지 해달라고 시위를 하니 걱정이 아닐 수 없습니다. 개인의 가치를 존중하려면 대중의 지지가 필요하지요. 또한 사회적으로 요구하는 틀을 벗어나는 행동을 하고 있어 크나 큰 걱정입니다. 년 100만 내선 이상 낙태를 암암리 한다는 것이지요! 우리 지역도 360여개가 넘는 단체가 있다고 합니다. 정치인이 그런 단체 지원과 행사가 있으면 찾아다니느라고 휴무일에도 제대로 쉬지도 못한답니다. 찾아가 얼굴을 안 내밀면 시위를 합니다. 표를 먹고 사는 정치인이기 때문에 어쩔 수 없다는 것이지요."

"세상에 태어나지 못하고 죽는다. ……그렇다면 자기들은 어떻게 세상에 태어났나를 생각을 해보아야 할 것 아닌가!"

"세상에서 가장 아름다운 이름이 바로 어머니 입니다. 또한 가장 아름다운 모습이 임산부입니다. 그래서 부모가 죽으면 선산에 묻고 자식이 죽으면 가슴에 묻는다는 것입니다. 그래서 아기가 죽으면 모두 천사가 된다고 합니다."

"아니 좋은 이름들이 많고……. 좋은 모습이 어마어마하게 있지 않느냐? 화성 씨 랜드 어린이 집 화재 사건 때 어른들 잘 못으로 22명의 아이들이 불타서 희생됐지 않았느냐? 그 아이들이 모두 천사가 되었다. 어른들은 술 처먹는다고 어린아이들이 불타 죽는 것도 모를 때 아이들을 구하려고 목숨을 걸고 불속에 뛰어 들어 구하지도 못하고 아이들과 같이 죽은 아르바이트 대학생은 천국에서 독수리가 되어 지금도 그 아이들을 지키고 있다. 아주 편한 직업이다. 아이들이 희생 되는 줄도 모르고 술판을 벌인 부모와 교사들은 지옥의 불구덩이에서 보낼 것이다."

"그렇게 못 된 부모도 있지만……. 세상에 내가 존재하는 것은 부모님이 있어 존재한 것이요. 그 역할에서 어머니의 역할이 아버지보다 더 크다는 겁니다. 왜? 세상에서 임산부가 제일 아름다운 것은 임신을 하게 되면 몸을 험하게 다루지도 않고 고운 행동을 하며 음식도 가려먹고……. 선한 행동을 한다는 것이지요! 한문으로 생: 生 ↔ 날생. 태어나다·글자를 파자: 破字·해보면 소우글자에: 牛·한일글자: 一·입니다. 이 글자를 합하면: 牛 + 一 = 生 이란 글자가 됩니다. 네발 달린 소가 통나무다리를 건너가는 것처럼 힘들게 태어난다는 것입니다. 세상은 내가 존재함으로 세상이 있는 것입니다. 열 명의 자식을 기르는 어머니는 있는데 한 명의 어머니를 돌보지 않는, 열 명의 자식이 있습니다."

"어머니가 될 임산부 모습이 제일 아름답다는 동생 말에 이해간 다! '이 세상에 가장 아름다운 것이 무엇이냐?'물으면 '꽃이다'라고 한다면서 KBS가요무대 사회자가 가수들에게 꽃에 관한 노래를 부르게 하는 장면을 보았다. 화무는: 花無 · 십일: 十日 · 홍: 紅 · 이다. 아무리 화려한 꽃이라도 10일이 지나면 시들어 버린다는 말이다. 그러나 임신을 하게 되면 10여개월 동안 동생이 말한 것처럼……."

"어머니들은 그렇게 힘들여 자식을 길렀는데 어느 어머니가 도립 노인 병원에서 입원해 있는데 그 어머니의 자식들이 병문안을 와서 간호사에게 '왜. 영양제 같은 좋은 주사를 놔 주었냐?'나무라더라는 것입니다. 한마디로 빨리 죽게 그러한 주사를 놔주지 말라는……. 그러한 장면을 목격을 한 간호사는 그 병원을 그만 두었다는 것입니다. 낡은 물건들엔: 늙으신 어른들 말씀 · 좋은 이야기가 들어 있음을 모르는 세태가 걱정입니다."

"그러한 자식들은 내가 빨리 지옥으로 데려가야겠다. 그렇게 못된 자식이 더러는 있다. 그렇지만 오직 자식만을 위해서 훌륭한 일을 하는 몸을 가진 여성들이 왜? 낙태를 하려고 법을 개정하라는 시위를 한다는 게 나로서는 이해가 되지 않는다! 한마디로 아기를 출산을 안 하려면 섹스를 하지 않으면 간단하지 않느냐? 뭐하려고 섹스를 하여서 그 난리를 치는지 모르겠다. 요즘 신문이나 TV뉴스를 보면 성 매수자가 1,800여 만 명이라고 뉴스 톱을 한동안 장식하였다. 섹스를 하면 재미가 있어 돈을 주고받고 할 것이 아니냐! 그렇다면 성을 판매한 여자가 그렇게 많이 있었다는 것이다. 외국에서 왔을까! 그 많은 여인들이 국가의 최고의 통치자가 국가와 국민을 지키기 위해 마지막에 쓰는 카드는 전쟁이다. 그런데 낙태죄를 없애라고 하여 그것이 국회에 통과 된다면 걱정이다. 물론? 성 폭력에 의해 임신을 했다면 당연히 낙태 시술을 받아야 된다. 혹시 낙태를 하겠다는 여성들이 종교인들인가! 하느님하고 섹스를 하여 임신을 해야 하는데 엉뚱한 놈과……."

"쓸데없는 소리를 하고 있습니다! 우리나라에서 여성사회에서 일고 있는 낙태죄를 없애라는 운동은……. 낙태죄 법은 1953년에 만들어 졌습니다. 현 시대에 1년에 100여 만 건이 암암리 시술을 하고 있다는 것은 그 숫자에 버금가는 성매매가 암암리 이루어지고 있는 것입니다. 여성들의 주장은 남여가 섹스를 하여 임신을 하면 공동 죄라는 것입니다. 같이 길러야 하는데 이혼을 하면 육아 양육비를 주지를 않아 여자 혼자 아이를 키우데 힘이 든다는 것입니다."

"강제로 성폭행을 당했거나. 또는 기형아 등: 장애를 가진 아이·장애인 권리도: 權利·있지만 낙태를 허용해야 될 것이다! 그러나 자식을 죽인다는 것은 세상에서 가장 큰 죄악이다. 자신이 어디서 태어났나를 곰곰이 생각도 해야 될 것이다. 물론 사회적인 뒤 바침이 우선이지만……! 요즘 동성연애를 허락하라는 시위도 있지 않느냐? 교황이 적극반대를 하고 있다는 뉴스를 들었다."

"선천성 장애아도 출산하여 잘 키우고 있습니다. 후천성 장애인이 더 많은 사회입니다. 내기 복지신문 기자를 2년을 했습니다. 자식을 출산하지 않으면 북녘의 악질 집단과 전쟁이라도 벌어지면 싸울 병력이 없어 나라를 빼앗기는 운명에 처할 것입니다. 1차 대전 후의 독일이나 2차 대전 후 일본에도 그랬듯이 역사적으로 보면 그런 경우들이 있습니다. 1713~1787년까지 프로이센을 통치했던 빌헬름 1세와 그의 아들 프리드리히 2세는 전쟁으로 인하여 젊은 군사 인구가 급격하게 감소하자 과감한 출산을 통하여 인구증가 정책을 펼쳤습니다. 그 내용을 보면 "60세 이하의 남성은 수도원에 들어가지 말라." 또는 새로운 법을 만들어서 "남자는 아내를 둘씩 가지라"는 포고령을 내려 중혼을: 重婚·합법화: 合法化·시키고 강간: 强姦 ↔ 성폭행·이나 근친상간: 近親相姦 ↔ 친인척간·조차 형벌: 刑罰·대상에서 제외시키기도 했다는 것입니다. 동방의 땅 예의지국인: 禮儀之國·우리나라 같으면 탄핵: 彈劾·대상이 되고 연일 집회가 일어나겠지만……. 인간이 이쯤 되면 "아기를 낳는 도구일 뿐이다"라고 여성 단체에서 연일 시위를 하고 난리 법석을 떨 것입니다. 그러나 이런 정책으로 후에 통일 독일의 기초를 다지는데 기여했다고 합니다. 이젠 정치인을 비롯하여 우리 젊은이들도 심각하게 생각해보아야 할 것 같은 생각이 듭니다. 더 늦기 전에 말입니다."

"너희나라 노인 인구는 매년 28만 명이 늘어나고 청소년은 22만

명이 줄어들고 있다는 뉴스가 나오고 있는지가 오래된 것으로 알고 있다. 서울에 유치원이 35%씩 줄어드는 것을 보아도 이를 반증 해 주는 것이 아니더냐? 모든 것을 다할 수 있는 청춘이라면 모든 것을 못할 수 있는 것이 이 시대 청춘이다. 청춘이라 해서 장미 빛만이 아니라는 뜻이다. 세상의 모든 것이 헛것 일수 있다. 그렇다 해서 잃은 것에 대하여 번민을 말아라. 너희 나라 여성 50%가 자식 출산은 필수라고 하였고 나머지는⋯⋯."

"형님도 저와 자주 만나더니 국가에 대하여 많이 알고 있군요!"

"네가 벌써 세 번째 나를 찾아 왔으니 너의 머리통을 흠처⋯⋯. 너희나라도 한때 인구 증산 정책을 권장 하였다. 일본 놈들이 전쟁을 벌여 너희 나라 젊은 청년들을 강제로 끌려가 전쟁터에 내 몰았고 그 일환으로 젊은 여성들을 좋은 곳에 취직시킨다고 속이고 데려가 지금도 용서를 하지 않은 위안부 생활을 강제로 시켰으며 또한 아기를 생산 할 수 있는 남자들을 징용을 하여 데려가 탄광에서 일을 시켜 아기 출산에 많은 피해를 끼쳤는데! 일본에서 해방이 되자 곧이어 동족상잔의 : 同族相殘 · 한국전쟁으로 : 6.25 · 인하여 수많은 젊은이 들이 희생되었다. 전쟁이 끝나고 피폐 : 疲弊 · 해진 땅에서 참으로 그땐 살기가 힘들었고 3여년 전쟁으로 인하여 많은 수많은 젊은이들의 죽음으로 인하여⋯⋯. 그러다 보니 일 할 남자아이들이 많이 필요하였고 그래서 생긴 대로 출산하니 집집마다 자손들이 바글 바글 하였다. 또한 먹을 복은 자기가 가지고 태어난다는 어리석음도 있었지만! 지금처럼 피임약이 있고 배를 가르고 낙태수술을 : 落胎手術 · 받을 수 없었기 때문이기도 했다."

"국가를 지키기 위해선 군인이 필요합니다. 삭금의 현 징부에선 사회선 가당치도 않는 일이 벌어지고 있습니다. 양심적 병역거부를 허용한다는 것입니다. 나는 병역 거부를 하고 있는 자 : 者 ↔ 놈 자 · 에게 하나님 말을 그렇게 잘 믿으면 우리의 적들을 지구상에서 모두 없애 달라고 하면 골 아픈 병역거부 같은 헛소리는⋯⋯."

※ 1945년 8월 6일/8.9 히로시마 → 나가사키 원폭 투하
  1945년 8월 8일 소련 대일 선전 포고

1945년 8월 10일 소련 북한 진입

1945년 8월 15일 일본 항복 → 해방

1945년 8월 15일 미국 38도선 분할 점령 소련에 제안 : 소련이 전체 점령을 방지 차원

1945년 8월 16일 소련 38도선 분할 점령 미국 제안 수용 : 개성에서 38도선 이북 철수

1945년 9월 8일 미군 한국 진압 미 소 분할 점령 일본 항복 접수. 무장 해제 담당지역

1945년 8월 15일 남북한 두 개의 정부 수립

1949년 1월 9일 미군 철수

1950년 1월 12일 애치슨라인 발표 : 미국방어선에서 한국 제외

1950년 6월 25일 북한의 불법남침으로 6.25전쟁 발발

1953년 7월 27일 정전협정 조인 휴전선 : 군사분계선·으로 분단

"세계 전사에 보면 프란시스코 피사로가 이끄는 총으로 무장한 200명의 스페인 기병대가 칼과 창으로 무장한 8만여 명의 잉카제국의 군인을 전멸시켜 그 찬란한 잉카제국을 지구상에서 사라지게 했지 현제로선 아무리 너희 나라가 경제적으로나 재래식 무기가 수 십 배나 월등한 우위라도 나라를 지킬 군이 있어야……."

"일부 사학자들은 스페인과 싸울 때 전염병 때문에 패망했다고 하지만……. 인간이 전염병을 정복한 것은 20세기에 들어서 예방약과 주사가 개발되어서 지. 스페인 군도 전염병 때문에 죽었으면 그려한 전승을 못하였을 것입니다."

"북한과 사이가 좋아질 듯하지만! 그러나 지구에 존재하기 위해서는 나라를 지키는 군과 경찰을 꼭 필요하다. 전쟁은 선진국에선 주기적으로 일어나길 바라고 있다. 중동 전쟁을 할 때 미국은 우방국에게 우리가 싸우겠으니 당신나라는 돈을 달라고 하여 단독으로 전쟁을 하였다. 전쟁 물자도 음식처럼 사용기간이 지나면 폐기를 해야 한다. 폐기 하는 데도 어마어마한 돈이 들어간다. 그 때 미국은 폐기 해야 할 무기를 중동 전쟁터에 갖다버린 것이고! 그곳에서 신형무기 성능

을 실험을 한 것이다. 페기 한 물자를 보충을 하려면 방위 산업체를 가동을 해야 된다. 그러면 일자리가 늘어나고 덩 다라 경제가 발전을 하니 일거양득이 되는 것이다. 한국 전쟁 때 일본이 덕을 많이 본 것처럼 작금의 트럼프의 행동을 보면 전쟁을 하고 싶어 하는 작태 다!"

"알고 있습니다. 전쟁에는 군인이 필요합니다. 너무 많이 출산을 하여 문제가 생겼습니다. 그래서 70년대엔 둘만 나아 잘 기르자며 산아제안을 : 産兒擠按 · 하기 위해 복강경과 정관 시술을 시행하는 정 책으로 돌아섰었습니다. 지금 대한민국의 현실은 세계에서 노인과 1 인 가구가 가파르게 증가하고 있는 나라라고 사회 뉴스를 수시로 장 식하곤 합니다. 그래서 독신으로 사는 사람에게 비우호적인 : 非友好的 · 환경으로 변하여 가고 있는 것입니다. 요즘 혼자 사는 사람을 길거 리에서 만나면 대뜸 이런 말이 나오는데 "결혼 안 해? 올해는 결혼 해야지?" "애는 왜! 안 낳아? 빨리빨리 낳아."그러나 사람에 따라 다 르겠지만! "요즘 젊은이 들은 애정이나 취향의 문제가 아니라"는 것 입니다. 환경호르몬 때문인지! 나약한 정신력 때문인지는 몰라도 불 임부부도 나날이 늘어나는 추세입니다. 이 세상을 살아가는데 "가족 이 최고"라는 말이 어떤 집단에서는 "가족은 거추장스럽고 불행"으 로 여기기 때문인지도 모르지만! 지금처럼 낮은 출산율을 : 出産 率 · 방치했다간 나라의 경쟁력이 떨어질 수밖에 없는 노릇입니다. 가임 적령기 여성들인 딩크 족 : 결혼은 하여 살지만 아이는 갖지 않고 · 들이 늘어 가는 현실이고! 경제적 어려움으로 출산을 기피하는 여성이 많아지 고 있으며 환경적 요인으로 인하여 불임의 숫자가 점점증가 하는 이 때 '정부당국에선 장기적 대책을 세워야 할 시급한 일이다'라고 미래 학자들의 주장을 귓가에 흘려서는 안 될 일이라는 것이지요. 사실 종교적인 이유로 신부를 비롯한 수녀나 : 천주교 · 스님 : 대처승은 결혼하여 아기를 가짐 · 결혼을 하지 않은 집단을 제외하고 "스펙"이 좋다는 요즘 의 일부 "골드 미스"또는 "골드 미스터"를 제외한 혼자 사는 사람은 "미운 털"박힌 존재로 취급 받고 있기도 합니다!"

"로마시대에는 홀로 사는 사람이 많이 있었고⋯⋯. 나폴레옹이 벌 인 전쟁 후 프랑스에서는 비 혼자가 : 非 婚 者 · "군인을 생산하지 않는

배은망덕한 집단"쟝클로드 볼로뉴의 독신의 수난사』로 분류 되어 사
외에 시난이 : 指彈·뇌기노 했다. 제2자 세계대친이 끝나고 전쟁으로
젊은이들이 많이 전사하고 없자 패망국인 : 敗亡國·일본은 베이비붐
의 일환으로 여성의 허리에 차고 있는 기모노가 연애할 때 쓰이는
방석으로 : 깔개 ↔ 요·사용하였다고 한다."

"저도 알고 있습니다. 가임여성은 길거리에서 젊은 남자를 만나면
무조건 기모노를 깔고서 연애를 하는 풍습이 된 것이랍니다. 그래서
한때는 세계에서 성이 가장 문란한 나라로 인식 돼 왔다는 것입니다.
지금도 일본 긴자의 거리에 : 유흥가·가면 기모노를 입은 여성이 있는
사창가에 가면 팬티를 입지 않고 호객 행위를 하고 있다는 것입니다.
형이 죽으면 동생이 형수와 잠자리를 해주고 남동생이 죽으면 동생
부인과 잠자리를 해 주었다고 합니다."

"지금도 티베트에선 온 가족이 한집에 실면서 형이 사마고도를 :
6400여 미터 ↔ 고산지대·넘나들며 장사를 : 마방 말에 등짐을 지게 하여·위해
집을 많이 비우게 되는데 형이 마방을 떠나면 동생이 형수와 같이
성생활을 하여 자식을 갖는다. 그들의 말인 형제 공처 : 共妻·라는 것
이다. 3형제 공처도 있다는 것이다. 불교 국가여서 신 보시인가! 기독
교 종교인들의 주장에 따른다면 모두가 하느님의 자식이니! 그렇게
관계를 가진다 해서 크게 놀란 일이 아니지 않느냐?"

"격세지감이긴 하지만! 우리나라도 보릿고개 시절이 끝난 1980년
대엔 베이비붐 시대 : Baby boom generation ↔ 1955~1964·자식을 많이 두면
세금 공제를 못 받았는데 지금은 반대로 싱글 족은 근로소득세 공제
혜택을 거의 못 받고 국민주택 대출도 쉽지 않게 법을 제정했습니다.
참으로 아이러니한 일입니다!"

"그래서 지금의 경제 대국이 된 것이다. 영국의 역사가이고 철학을
확립한 아놀드 토인비는 : Arnold Toynbee·이 지구가 멸망을 하여 다른
별로 정착하려 인류가 지구를 떠나려면 대한민국 효도 : 孝道·문화를
꼭 가져가야 할 문화라고 했다. 토인비가 주장했던 너희나라의 풍습
이 점점 식어가는 요즘의 사회 현상을 보면 핵가족으로 인하여 우리
의 아름다운 교육인 밥상머리 교육이 쇠퇴해 : 衰退 ↔ 점점 줄어·가면서
인성교육이 : 人性敎育 ↔ 마음의 바탕이나 사람의 됨됨이 등의 성품을 함양시키기

위한 교육·루어지지 않는다. 세계에서 전자기기 : 電子機器 ↔ an electronic equipment · 발달이 최고라는 너희나라의 현실이라고 변명하기엔 참으로 씁쓸할 것이다!"

"문제는 경제가 어렵기 때문이고 문명의 발달에 따라 많은 종교가 생겨나서 사람들의 인식도 변한 탓이기도 합니다!"

"그러한 이유를 세밀하게 따지고 보면 신부와 수녀를 비롯하여 스님들 : 대처승·빼고는 국가적으로는 필요치 않는 존재로 분류 할 수 있겠구나! 인류가 살아가는 목적인 생산성엔 : 生産性·전혀 도움이 안 되기 때문이다! 먹고 살아야하는 기본문제인 식량 생산과 너희 나라를 지킬 군인을 만들어야 할 그 뒷받침할 아기를 생산을 안 하는 무리며 입으로 갈취 : 喝取·하는 집단이기 때문이다!"

"2,000년에 형님이 천국에서 나하고 지상에 내려와 경남 지역을 돌면서 착한사람은 천국으로……. 악한 자는 지옥으로 보내던 중 황우석 박사가 게놈 프로젝트를 완성하였다는 말에 놀라서 나와 헤어졌었지요?"

"그때 황 우석이가 진짜로 게놈 프로젝트를 완성 했더라면 지금의 대한민국의 일부 여성들이 벌이는 낙태죄 없애라고 반대 시위 하느라고 수고 할 필요도 없을 테고! 참! 황 우석 박사 머리통이 黃 : 누를 황자·牛 : 소우 자·石 : 돌석 자·노란 소머리 뜻 같은 돌 머리라는 한문 자처럼 미련한 소머리라는 것 같다. 그래서 게놈프로젝트를 완성하지 못했는가!"

『게놈은 유전자와 : genome · 염색체 : chromosome · 두 단어를 합성한 말로서 생물 세포에 담긴 유전정보 전체를 뜻하는 말인데요, 유전정보는 : DNA · 담겨 있고 : DNA · A : 아데닌 · C : 시토신 · G : 구아닌 · T : 티민 · 등 네 종류의 염기를 가진 것으로 인간의 몸에는 대략 30억 개의 염기가 있음. 게놈 프로젝트 : 독일어 : Genome · 영어 : Project · 』

"아무튼 형님은 해석도 잘합니다! 염기가 배열이 잘못되면 생리

기능에 이상이 생겨 몸에 질환이 발생되는데……. 인간 게놈 프로젝트는 30억 개 염기의 배열 순서를 밝히는 일이지요. 이 프로젝트로 인간이 얻는 정보는 빙산의 일각인데. 30억 개의 염기가 구체적으로 어떻게 기능을 하는지 그리고 사람마다 염기 서열이 어떻게 다른지 밝혀져야 비로소 완벽한 생명설계도가 마련되고. 그러면 인간은 무병 장수할 수가 있고 체세포를 보관하여 세월이 흐른 뒤에도 복제할 수 있는 바로 신의 : 하느님 ↔ 조물주·권위에 도전장을 내는 것이지요!"

"유전학계가 공동 추진해 온 연구 성공 했다면! 신문엔 "슈퍼 베이비 주문받음"전면 칼라 광고가 연일 나올 것이고 각 방송 광고에도 나올 것이다!"

『저희 회사에서는 비만 가능성이나·유전 질환이 없고·미스코리아 같은 출중한 외모와 아이큐 160 이상의 높은 지능이 뛰어난 운동 신경과 탁월한 음악 감각을 갖춘 아기들을 만들어 팝니다.』

"위와 같은 장황한 내용과 반세기 안으로 가능하다고. 장담하는 문구가……."

"그렇게만 된다면 너희나라에서 벌어지고 있는 여성들의 시위는 없어질 것이다! 또한 섹스가 필요 없을 것이다. 뭐 하려 힘들게 그 짓을 할 것이냐? "

"문제는 20세기 끝머리 1998년 미국에서 성해방 마지막 걸림돌이라고 불리던 발기부전까지 첨단의학으로 극복한 비아그라까지 만들었습니다. 남자들을 위하여 만든 것인데 섹스가 필요 없다니요?"

"그것도 몰라! 소설가를 칭 : 稱·할 때 작은 신 : 神 ↔ 귀신 신·이라고 하며 다른 한편으론 사기꾼이라고 하지 않느냐?"

"알고 있군요? 모든 것을 많이 알고 있다는 뜻이고요. 글을 쓰다가 동력이 약해지면 : 재미가 없어지면·주변에서 들은 이야기 등에다. 거짓말을 부풀려서 동력이 약해진 곳에 끼어 넣으면 동력이 살아나 재미가 있어집니다. 아무튼 형님은 모르는 것이 없네요? 만약 황우석이가 게놈 프로젝트를 완성을 했으면 공장에서 자동으로 인간을 찍어내면

장애아이도 없을 것이고 지금처럼 미투니·성폭력·강간·성추행·성희롱 등 여성들은 걱정 할 필요가 없을 것입니다! 저도 성추행 죄로 걸릴 뻔 했습니다.”

"동생도 고추를 달았으니 실수를 할 수도 있었겠지! 어디서 그런 행동을 하였느냐?”

"백화점 여성 옷을 파는 매장을 지나가는데 여성점원이 잘 차려입은 여성을 : 마네킹·들어서 옮기는데……. 힘들어 보여 같이 들어서 옮겼지요. 그런데. 옮기고 나서 여성을 바라보니 어머나? 유방마게도 안 하였으며 팬티도 입지를 않은 여성 마네킹이더군요. 점원에게 '미투로 고발할 것입니까?'물었더니 배꼽을 잡고 웃는 것입니다. 그러한 모습을 보고 주변 각 코너 점원들이 '왜? 그러냐?'묻자 내가 하였던 말을 하자 매장 점원들이 모두가 웃어 매장이 웃음바다가 된 것입니다.”

"그러니까. 알몸인! 여성을 만졌으니 성추행으로……. 그놈의 미투 때문에 심심하면 집회를 하여 시끄럽고·교통이 막히고·장사도 안 되고 있지 않느냐? 여자 성기와 남자 성기도 소변만 나오게 만들면 이런 저런 걱정이 모두 살아질 것이다! 그리고 군 병력도 걱정이 없을 것이다. 참! 똑같은 인간을 공장에서 자동으로 만들면 살인을 하거나 또는 나쁜 짓을 하면……. 그래도 너희 나라에선 언론의 자유가 있지 않느냐? 박정희 군사 독제시절 같으면 남산 지하실이나 남영동 중앙정보부에서 고문을 당했을 것이다! 지금의 여성들의 집회는 성 평등을 외치는 것은 바로 대한 민국의 자유국가라는 것이지! ”

"형님! 말처럼 대한민국 여성은 지구상에서 최상위 교육을 받고 있습니다. 그러나 배우지 못하여 핍박 받는 여성들이 세계도처에서 지금 이 시간에도 일어나고 있습니다. 전쟁의 다툼 : 싸움·역사는 인간이 지구상에 탄생한 후 생겨났습니다. 작게는 개인 간에 죽임을 당하거나 죽여도 그것이 바로 전쟁입니다. 인간이 늘어나면서 후로 씨족 간에·종교 간에·부족 간에·나라 간에·지금도 꾸준히 벌어지고 있는 겁니다. 지금 세계 도처에서 벌어지고 있는 기독교적인 테러를 저지르고 있는 헤즈볼라·알카에다·IRCC : 이란혁명수비대·급진 이슬람주의 무장 세력인 이슬람 국가 : ISIL ↔이슬람·극단주의 단체 보코

하람 등이 한낮에 길거리에서 신은 유일신인 : 唯一神·하나님인데 하나님 아들 예수를 신으로 믿는 사람들을⋯⋯. 칼로 생선을 토막 하듯이 목을 잘라 죽이고 있는 행위가 이를 반증하는 것입니다. 1941년 8월 24일 영국의 윈스턴 처칠 총리가 BBC 생방송 연설에서 나치독일의 만행을 규탄했습니다. 그는 나치의 민간인 대량 학살을 두고 '우리는 이름 없는 범죄에 직면해있다'고 표현을 했습니다. 이처럼 조직적이고 잔혹한 살육은 없었습니다. 이것은 시작에 불과하고 독일의 살인특무부대가 빨치산 소탕을 명목으로 소련 땅에서 자행한 민간인 학살을 지칭한 말입니다. 나치독일의 만행은 홀로코스트⋯⋯. 600만 명의 죽은 유대인이 한 줌의 재로 변할 때까지 한 치의 오차도 없이 일사불란하게 이어졌습니다. 군대 간 전쟁이었기 때문입니다."

"너희 나라도 초대 대통령 이승만이가 저지른 국민보도연맹 학살 사건 주범이지 얼마나 억울한 사람이 죽었느냐? 니는 이러한 사건을 추적하여 실화소설은 많이 집필하여 유가족들에게 보상을 받게 하였지 박정희 전두환 노태우 살인자다. 국민을 죽이고 통치자가 되면 훗날 엄정한 심판을 받는다. 모두 지옥행이다."

"그들의 4대 정권이 저지른 야만인 적인 행위로 정권을 잡은 것을 밝혀 집필한 책 때문에 블랙리스트에 걸렸습니다. 그러나 이러한 국가적 비극을 밝혀내는 것은 이 땅의 시대의 증인이며 양심의 최후의 보류인 저와 같은 작가에 의해서 입니다. 그 살인자들의 이승의 삶은 실패자들입니다."

"그 혼란하고 가난 했던 시절에 국민이 젊은이들을 잘 길러냈던 것이 지금의 세계정상의 상위 그룹 경제대국이 된 것이 아니더냐? 잘살려는 노력이 뒷받침이 되었을 것이다! 그러나 너희 나라 민주주위를 위해⋯⋯. 독제에 항거 했던 젊은이들의 희생의 댓는 너무나 크다. 그들이 아니었으면 어떻게 되었을까? 절망은 죽음에 이르는 병이다. 작가들은 어느 누구 관섭 없이 자기 마음대로 글을 쓰기 때문에 정치인들은 잘 보여야 할 것 같구나! 그 당시에 박정희 딸이 정권을 잡았는데 그 애비를 살인자라 했으니! 넌 간덩이가⋯⋯."

"이 땅의 젊은이 들이 호미로 막을 수 있는 것을 수건 포로 : 삽·막는 일을 막은 것입니다. 역사는 기록의 역사입니다. 기록이 아니면 추측의 역사일 뿐입니다. 작가는 솔직한 것을 전달할 의무가 있습니다. 우리나라 역사에도 그렇듯이 1944년 폴란드 출신의 유대인 법학자 라파엘 렘킨은 이름 없는 전쟁에 제노사이드란: genocide·이름을 붙였습니다. 제노사이드란? 종족을: 宗族 ↔ 씨. 종자·뜻하는 고대 그리스어와 살인의 라틴어를 결합 시킨 말입니다. 제노사이드는 반드시 한 집단의 "즉각적인 파괴"만을 뜻하는 개념이 아니었습니다. 어떤 집단에 위해 자행되는 다양한 행위를 지칭한 말입니다. 2015년 4월엔 이슬람극단주의 무장단체 일원 4명이 케냐의 한 대학교 기숙사에 들어가 이슬람 옷을 입지 않은 학생을 가려내서 150여명을 총으로 쏴 죽이는 사건을 저질렀습니다. 범인들 4명도 사살되었습니다만······. 이 모든 것이 종교적인 아랍문명권과 세속의 유럽문명권의 충돌로 일어나는 것입니다. IS의 폭력적인 근원은: 根源·여성에게 공부를 못하게 막고 있는 그들의 교리에 의해서 입니다. 서방 세계의 다양한 책과 신문들을 아예 반입을 못하게 하고 있는 겁니다. 이슬람 수니파 극단주의 무장단체 이슬람국가: IS·대원들이 이라크에서 납치한 야지디족: 族·여성들을 무참하게 성폭행을 하여 임신시켰으며 9세 어린 소녀도 포함된 것으로 알려져 충격을 주었습니다. 이 9세 소녀는 최소 10명의 IS 대원으로부터 번갈아가며 성폭행을 당한 것으로 드러난 것입니다."

"지구상에서 인간처럼 잔악한 생물은 없다. 하나님을 믿는 놈들이 하나님의 자식을 죽이고 강간을 하다니! 너희 나라 같으면 난리가 났을 것이다." "2015년 4월 12일 캐나다 일간지 토론토스타지에 따르면 8개월간 IS에 억류됐다가 최근 풀려난 야지디 족 여성과 어린이 중 상당수가 성적인 학대로 임신을 했으며. 이 중 최연소는 9세라는 겁니다. 네덜란드 헤이그 국제대테러 센터는 IS 가담한 서구 여성이 550여명에 이르는 것으로 추산을 했습니다. 서구사회의 불관용에 ; 不關用·지친 무슬림 출신 유럽 여성들은 IS 선전에 현혹돼 강제 결혼을 하거나 성노예로 전락이 된 것입니다. 현지 구호대원인 유시프 다오우드 씨는 토론토스타지와 인터뷰에서 '선봉에서 뛰는 전투대원들과 자살폭탄을 앞든 대원들이 어린 소녀들을 포상으로 받아 성적인 학대를 저질렀다'며 임신한 9세 소녀는 정신적 충격에서 헤어 나오지 못하고 있다고 말했습니다. 소녀는 너무 어린 나이에 임신해 제왕절개 수술을 하더라도 위험 부담이 큰 것으로 알려졌습니다. 쿠르드 구호단체는 곧 소녀를 데리고 독일로 건너가 치료방안을 논의할 계획이라는 겁니다. 악질들인 IS는 2014년 8월 이라크 북부 산자르 일대를 장악하면서 이곳에 살고 있던 소수민족인 야지디 족 남성을 대량 학살하고 여성과 어린이 수천 명을 납치하여 그런 짓을 한 것입니다. 이슬람 무장단체들은 조로아스터⋯⋯. 주술신앙 : 呪術信仰·등이 복합된 신앙을 믿는 야지디 족을 종교적 변절자로 여긴 결과로 벌인 사건입니다. 그들은 비난이 일자 어린이 40명을 포함한 216명을 이라크 히메라 지역에서 석방을 하여 지금까지 500여명이 풀려났지만 400여명이 넘는 여성과 어린이 들이 여전히 성노예로 학대를 받고 있다는 뉴스입니다. 일련의 악질적인 그들이 행한 약자에게 가한 행동이 하나님이 시킨 일일까요?"

"아휴 골 아파! 종교 지도자나 정치지도자나 자기들 좆 꼴린 대로 하고 싶어 한다. 심지어 조직폭력 두목도 그러한다. 한마디로 말해서 요즘도 벌어지고 있는 갑 질을 보면 알 수 있다. 여하튼 종교가 세상을 어지럽게 하고 있다. 너희나라에서 일어나고 있는 성폭력은 힘이 있는 자가 힘없는 자에게 행하는 일이다. 지금도 시리아 내전으로 인하여 36킬로를 걸어서 이민을 온 사람을 멕시코 국경에 도착을 하여 미국으로 들어오려 했으나 미국 트럼프가 망명을 허용치 않아 국경에서 이민 여자들이 성매매를 하여 가족을 먹여 살리고 또는 고국에 남아있는 가족에게 돈을 보낸다는 특별특파원의 기자들 뉴스가 있었다. 뉴욕에는 하루에 버리는 식품이 20여 만 톤이라는 뉴스다."

"먹고 사는 게 그렇게 힘들다는 것입니다. 2015년 IS 지상의 악의 화신인 그들은 3,000 여명을 잔혹하게 살해를 했습니다. 지상에 있는 모든 사람들이 서로를 진정으로 사랑한다면 어떤 삶을 살게 될 것인지 그들은 상상할 수 있을까요? 성경에 구절인 "너희 이웃을 사랑하라"는 말을 인식하고 있다면 누구도 자기와 국적이나 인종이나 피부색이 다르다고 해서 편견을 : 偏見·갖는 일은 없을 겁니다. 자기들이 믿는 신을 믿지 않는다. 해서 야만적이 행동을 하고 있습니다. 그것만이 아닙니다. 이러한 행위들 외에 이슬람 문화권에선 여성들에게 그들의 전통의상이라는 부르카 : 완전한 온몸 가림 · 니캅 : 온몸 가림과 눈만 보임 · 아바야 : 온몸 가림과 머리가림 · 히잡 : 머리카락만 가림 · 등으로 여성 탄압을 하고 있으며 정당한 교육을 받지 못하게 하고 오직 코란만 읽게 하여……. 그들은 자유세계에서 통용되고 있는 수 백 만 가지의 내용이 상재되어 있는 인문학적 책을 읽을 기회가 없어 투명한 : 透明 ↔ translucent · 자유세계를 이상을 모르기 때문입니다. 세계의 최고의 지식을 축적한 우리나라 여성들은 자신들에게 조금이라도 불리하면 집회를 합니다. 나는 집회를 하는 사람들의 일상이 궁금합니다. 제 2의 아이엠에프라고 하는데 돈이 많은 부자들이 아니고서야! 매일 집회를 할 수 없을 것 같아서입니다."

"너희 나라도 암흑기가 있었지 인간은 책이 발명되어서 삶에 눈이 더 밝아진 것이다. 부당한 일을 당하면 반항도 했고 정당한 요구도 하고 있는 것이다. 그러나 종교란 허황된 믿음이 여성을 핍박하는 나라가 많이 있다. 그로 인하여 생명을 경시하는 살인 행위가 지금도 세계도처에서 일어나고 있는 것이다. 이란 여성들은 너희 나라 상복처럼 검정 옷을 입고 다녀야 한다. 너희 나라 여성에게 '얼굴을 가리고 다녀라'한다면 생각도 못할 일들이 벌어질 것이다! 예쁘게 보이려고 유방을 크게 하는 수술 · 쌍까풀수술 · 콧날수술 · 이빨 교정 · 주걱턱수술 · 귀걸이 · 짙은 화장 · 목걸이 · 등등 많은 돈을 들여 했는데 보여주질 못하니……."

"두말하면 잔소리고 세 번 하면 숨이 찹니다. 터키에선 짧은 미니스커트를 입은 여성을 집단으로 성폭행을 하여 죽였다는 겁니다. 반이슬람정서에 반하는 짓을 했다는 겁니다. 2015년 6월 인도 북부비하르 주의 한 거리에서 맑은 대낮에 한 소녀와 청년이 누군가에 의해 무수한 폭행을 당해 사망한 끔찍한 사건이 영국 BBC방송 방송이 되었습니다. 당시 거리에는 수많은 사람들이 그 폭행 장면을 지켜보고 있었지만……. 아무도 말리거나 경찰에 신고하지 않았다는 겁니다. 뭇매를 맞아 죽은 희생자는 36세의 유부남과 그를 사랑에 홀린 16세의 여자 아이인데 여자의 친척들로부터 가문의 명예살인을 당했다는 겁니다. 우리나라에서 그러한 일을 보고 말렸으면 뉴스에 도배를 할 것입니다. 의인이라고."

"너희 나라에선 미니스커트에 요즘은 치마레깅스를 입고 다니지 않느냐? 그뿐만 아니라. 뽕 : 보형물·유방 미개를 하고 성형수술에 싫은 화장을 하고 다니지를 않느냐? 자기 남편은 아는데 무엇 때문에 살기도 어렵다는데 많은 돈을 들여 그런 짓을 할 까? 남에게 잘 보이려고 그래서 농담을 하거나 만지면 바로 미 투……. 지금의 일부 여성들의 이중성이 문제가 되기도 한다! 자식을 죽이다니 너희 나라에선 정신병자들 말고는 그러한 일이 없어서 천만 다행이다. 너희나라에선 간통죄도 폐지되었잖아."

"우리나라에서 그러한 일이 벌어졌다면 가문이 집단으로 살인을 저지른 악질 집단이라고 할 것이고 가담을 한 사람은 모두 감옥살이를 했을 것입니다. 인도 대법원은 2011년 명예살인을 법으로 금하고 있지만 그들의 시민사회서는 아직도 공공하게 자행되고 있다는 것입니다. 명예 살인은 지기 가족이니 부족 공동체의 가문의 명예를 더럽게 했다는 이유로 그 구성원을 살해하는 행위를 말하는 것입니다. 명예를 : 名譽·지키기 위해서 라면 살인도 정당화할 수 있다는 명분 아래 자행되고 있는 겁니다. 그 종류는 간통을 저지른 여성이나 혼전 성관계를 가진 여성을 남자 구성원이 살해하는 경우가 빈번히 일어나고 있다는 것입니다. 더 잔혹한 일은 어머니가 딸을 명예살인 살인을 한다는데 더 잔인 합니다."

"너희 나라에서 그러한 잔혹한 일이 벌어진다면 가족 명예가가 아니라 가족 살인을 한 악질 집안이라는 더러운 명예가 씌워질 것이다. 참으로 너희나라는 좋은 나라다! 지금의 낙태죄를 없애라는 집회는 모순이다! 결혼을 한 후 자식을 출산하여 길러서 결혼을 시키고 난 뒤 부부간에 늙어서 행복하게 사는 것이 제일 아름다움 삶이다."

"2015년 초에 터키의 40대 여성이 17세 딸이 임신한 사실을 알고 총을 쏴 살해한 사건이 대표적인 예일 겁니다. 이러한 죄악은 인류의 문명적 가치를 완전히 무시하는 행위입니다. IS는 문명의 충돌이 아닌 문명의 모독이자 문명의 파괴자들인 것입니다. 이슬람 극단주의 1%가 벌이는 광기의 테러를 문명의 충돌로 분석하는 것은 문명에 대한 오욕 : 汚辱·입니다. 문명은 연장회장에서 록 음악을 듣고 카페에서 와인을 마시며 담소하는 곳입니다. 이슬람 극단주의 테러리스트들은 파리에서 문명의 상징인 카페 레스토랑 연주회장과 축구장을 공격했습니다. 그들의 빛의 도시를 매춘과 악의 수도라고 규정을 하고 저지른 사건입니다. 공연장에 모인 록 밴드 팬들을 이교도라는 이유 살해를 한 것입니다."

"너희나라 아이돌이 세계 정상을 넘나들고 있잖아. 특히 방탄 소년들이……. 글마들은 방탄복을 : 防彈服 · 입어서 걱정은 없겠지만! 그 외는 걱정이다. 중동에서 공연을 하지 말아야 하겠다. 부산의 김 선일 씨도 톱으로 목이 절단되는 사건이 일어나지 않았느냐?"

"웃기는 소리는! 방탄소년들이 철갑옷을 : 방탄조끼 · 입은 게 아니고……. 그래서 걱정입니다. 소속사에서 잘 알아서 할 것입니다! IS는 문명의 현상이 아니라 자살과 살인을 숭배하는 광신도 집단인 것입니다. 다수의 선량한 이슬람을 증오해서는 안 될 일이지만……. IS는 테러는 타 종교를 배척하는 이슬람 근본주의에 뿌리를 둔 것임이 분명합니다. 중동에서 발원한 이슬람교는 기독교와 유교는 다른 신을 인정하지 않은 유일신 : 하나님 ↔唯一神 · 사상을 바탕으로 하고 있습니다. 세계에서 처음으로 전지전능한 창조주인 유일신의 개념을 만들어 낸 것은 유대인이었다고 믿고 있는 것입니다. 이에 유대인들은 유일신 여호와가 그들을 구원해 줄 것이라는 선민 : 選民 · 사상을 갖고 절망적 상황에서도 희망을 버리지 않고 살아가는 집단입니다. 상업의 중심지였던 메카에 : 사우디아라비아 ↔ 도시 · 살던 무함마드 : 마호메트 · 그곳에 들르던 크리스천이나 유대교인들로부터 유일신 개념을 배웠다는 겁니다. 선지자를 : 무함마드 · 인정하지 않은 자들을 죽이는 것은 죄가 아니고 알라와 선지자를 위해 싸우다 죽은 용감한 전사는 천국에 간다는 가르침은 꾸란에 : 이슬람경전 · 경선에 기록돼 있습니다."

"웃기는 놈들이 구만! 살인을 하였는데 그것도 하나님의 자식들인 인간을 죽였는데 천국에 가다니 내가 생각하건데 모두 지옥이다. 꾸란을 집필한자가 정신이상자다! 솔직히 말해서 너도 지구상에서 최고 악질인 테러부대 팀장으로 북에 2번이나 침투하여……."

"국가의 최고의 통치자의 명령에는 거역을 할 수 없습니다. 그러나 순수 종교인이 이슬람의 전사들이라고 자칭한 자들이 한손엔 꾸란을 들고 다른 손에는 칼을 들고 팔레스타인과 페르시아를 정복하고 이

집트와 북아프리카를 비롯한 종국에는 스페인까지 점령을 했던 것입니다. 무함마드 사후 100년반인 732년에 벌어진 프랑스의 부르 선두에서 이슬람이 승리했더라면 유럽은 그때 이슬람의 영토가 됐을 것입니다. 척박한 열사의 : 熱沙 ↔ 사막·땅에서 이슬람이 이교도를 정복하던 시기에 채록 : 探錄·된 꾸란을 문자 그대로 가르치는 근본주의 이맘들은 : 이슬람교 성직자·가난과 실업으로 방황하는 이슬람 청년들에게 분노와 복수의 이념을 불어 넣고 있는 것입니다. 종교는 진공관 속에서 배양되지는 않습니다. 경전은 같지만 해석과 실천은 문화적·인종적·정치적·국가적 등의 시각에 따라 달라지는 것입니다. 파키스탄과 말레이시아의 이슬람 문화는 다른 것에서 볼 수 있듯 중동에서도 수니파와 시아파가 확연히 갈라짐을 보면 알 수 있습니다. IS는 후세인의 몰락과 함께 이라크에서 시아파에 밀려난 수니파 세력이 주종을 이루고 있습니다. 근본주의는 시아파에도 있고 수니파에도 있습니다. 2015년 말 미국 캘리포니아 샌버너디노에서 복면을 쓰고 교육장에서 총기를 난사 하였던 두 부부이고 딸까지 출산하여 6개월 된 아이를 키우고 있는 말리크는 가정 밖에서 항상 얼굴을 가리고 눈만 내놓는 니깝을 쓰고 대학교에서 남학생들과 어울리지 않고 운전도 하지 않는 독실한 이슬람교도였다는 겁니다. IS는 말리크 같은 이슬람 근본주의 신앙을 지닌 젊은 남녀들에게 이교도를 죽이고 천국에 가라고 교육을 시키고 있습니다.”

“살인을 하였는데 천국이라니…… . 그놈들의 말 따라 그 종단의 믿는 사람을 모두 하늘나라로 데려간다면 하나님이 늙어서 또라이가 됐나보다! 지금도 아프칸에선 탈레반 간에 싸움이 계속되고 있다. 문제는 탈레반은 죽은 후 후한 생을 살수 있다는 마음에 죽음은 하찮은 것이다. 라는 생각에 항시 그들의 머리 위엔 신 밖에 없다는 것에서 저지르고 있는 것이다.”

“죽은 뒤 세상에서 편한 삶을 누린다면 혼자서 자결을 하면 될 것 아닙니까? 꾸란을 제 멋대로 해석을 하고 이교도 청년은 여성을 강간해도 죄가 아니라고 가르치고 있다는 다소 충격적인 행동을 하고 있습니다. 중동 및 인도의 이슬람권에서 수많은 사건이 자행되고 있으며 이탈리아 등 유럽에도 이런 관습이 아직도 남아 있다는 겁니다.

불륜여성에 대한 살인뿐만 아니라 원수에 대한 복수도 명예살인의 범주에 포함시키는 곳도 있다는 것입니다.”

“그러한 종교가 너희나라에도 들어 온줄 알고 있는데 하나님교회가 바로 그 종교가 아니냐? 자기들은 아무나 강간을 하고 그들은 정신장애가 있는 집단이다. 자기 들은 온갖 나쁜 짓을 하면서 자기나라 여성들이 다른 종파와 섹스를 하면 죽인다니. 그렇다면 네가 주장했던 것처럼 우주에는 신은 없다는 것이다.”

“최근에 우리나라에도 하나님 교회가 부쩍 늘고 있습니다. 걱정입니다. 여성을 강간해도 좋다는 종교의 대표적인 곳이 기독교 국가인 유럽의 알바니아가 그 나쁜 예입니다. 알바니아 관습법인 ‘카눈’에는 모욕은 피로· 피는 피로서 죄 값을 치른다는 원칙이 있다는 겁니다. 이 때문에 한 가문이 몰살하거나 가문끼리 피의 복수가 되풀이되는 일들이 많다는 겁니다.”

“가족이 몰살되면 그 핏줄은 지구상에 흔적을 지워버린 것이다. 참! 종교는 믿을 것이 아니구나! 엄연히 따지고 보면 자유국가에서도 벌어지고 있는 패거리 정치집단도 하나의 종교다.”

“맞는 말입니다. 1990년 공산정권이 무너진 후 정부가 부패하면서 15세기 관습법인 카눈이 실정법행세를 하고 있다는 겁니다. 이러한 나쁜 관습 때문에 그동안 1만 명이 넘는 사람들이 목숨을 잃었는가 하면 숨어 지내는 가족도 수천 가구에 이른다는 뉴스입니다. 유엔 인권위원회는 전 세계적으로 연간 5,000명 여명 정도가 명예 살인으로 희생되는 것으로 추산하고 있다는 겁니다. 두바이에서는 물에 빠져 살려달라고 외치는 딸을 구조하려는 인명구조원을 저지해 딸을 숨지게 해버린 비성한 아버지가 경찰에 체포되었다는 뉴스입니다. 이 아버지는 낯선 남자가 : 구조요원· 자기 딸의 몸에 손을 대는 불명예를 당하느니 차라리 죽게 내버려두겠다며 그렇게 했다니 목불인견이 : 目不忍見· 따로 없습니다. 그는 명예살인이라고 주장하나 자식을 죽인 패륜범죄일 따름입니다. 만약에 병에 들어 죽어가는데 의사의 손을 빌리지 않고 살 수 있을까요. 나는 부모님을 존경하고 의사와 간호사 선생님을 존경 합니다. 그들이 나를 몇 번이나 살렸습니다.”

“그 말이 맞다. 종교를 믿는 사람에게 병들면 병원에 가지 말고 하느님에게 고쳐달라 하면 하느님이 고쳐줄까! 스티브 잡스도 종교인인데 암이란 병에 걸렸으나 병원에 가시들 않았다는 것이다. 4십 5조 억 원의 돈이 있는데 그 돈이 아까워! 그는 하늘로 1원도 가져가지를 못하고……. 여하튼 소설가를 작은 신이라고 부른다더니 동생은 나를 닮아서 그러나! 모르는 것이 없구나! 결과적으로 통치자의 잘못이다. 그러한 짓거리를 법을 만들어 없애 버리면 될 것을 똑같은 하느님 자손이리는 종교의 교리와는 전혀 딴판이니……."

"그러게 말입니다. 파키스탄에서도 충격적인 "명예 살인"이 일어났습니다. 영국 일간 데일리메일은 2015년 '동부 펀자브 주의 한 마을에서 부모가 반대한 결혼을 강행한 17세 딸을 가족들이 흉기로 목을 베어 숨지게 한 사건이 발생했다'고 보도를 했습니다. 현지 경찰에 따르면 17세 여성인 무아피아 후세인은 부모의 반대를 무릅쓰고 열네 살 연상인 31세 남성과 결혼을 한 게 발단이 된 것입니다. 이 여성 부모는 '하찮은 부족 출신 남성과 결혼을 허락할 수 없다'며 반대를 했는데 딸은 남편과 결혼을 부모 몰래하고 남편과 집은 나가 버리자. 이에 그녀의 어머니는 '모든 것을 용서하고 결혼을 축복해주겠다'는 거짓말로 꼬여 남편과 함께 집에 찾아오라고 부탁하자 이 말을 곧이곧대로 믿고 두 사람이 부모 집에 오자마자 가족들은 즉시 두 사람을 밧줄로 묶은 뒤 곧바로 그녀의 아버지가 직접 흉기로 두 사람의 목을 베어 숨지게 했다는 겁니다. 경찰에 체포된 악질인 부모는 '딸의 결혼이 가족의 명예를 실추 시켰다'고 말을 했다는 것입니다."

"하찮은 부족이라니 종교인들이 말하는 지구상의 모든 인간은 하나님 자식이라는 교리에 어긋나지 않느냐? 그 부모는 딸이 하나님의 자식이 아니었던 모양이다! 그러한 모순이 어디에 있느냐?"

"지금도 파키스탄에서는 부모가 반대하는 결혼을 한 여성을 가족들이 살해하는 이른바 "명예 살인"이 자주발생하고 있다는 것입니다. 2015년 5월에는 임신 3개월째였던 25세 여성을 가족들이 구덩이를 판 뒤 그 속에 밀어 넣고 돌을 던져 살해하는 장면이 TV에서 그 모습을 보여 주었습니다. 파키스탄 인권위원회에 따르면 명예살인이 년 평균 869여 명이 일어나고 있다는 겁니다. 문제는 파키스탄 정부는 지금까지 명예살인을 뿌리 뽑기 위한 어떤 대책도 마련하기 못하고 있다는 것입니다. 이 때문에 2015년 5월 파키스탄 경찰들은 여성을 살해하는 장면을 끝까지 목격하기도 했지만 이를 가로막지 않아 국제 인권단체들로부터 비난을 받았다는 겁니다. 왜? 경찰이 필요 한지도 모르는 정치권의 문제도 있지만 자식을 죽이는 부모들의 악질 마음을 자유민주의 국가에선 이해를 할 수 없는 일이 지금도 벌어지고 있는 것입니다. 이렇게 악한 일들은 종교에서 비롯된 것입니다. 인류 문명사는 인간의 존엄성에 대한 지각과 궤를 같이하고 있습니다. 명예를 위해 인간의 존엄성을 짓밟는 곳을 문명사회라고 할 수는 없습니다. 이러한 종교인의 관습 때문에 불행하게도 터키에서는 하루 평균 5명의 여성이 살해를 당하고 있어 1천여 명의 변호사가 그러한 짓을 하는 자에게 엄한 벌을 내리라는 시위를 하고 있는 뉴스가 보도되었습니다. 모하메드가 받아 적었다는 코란은 절대적으로 믿고선 지구상의 신은 오직 "알라 뿐이다"라는 것에서 저질러지고 있는 일들입니다. 하나님의 아들 예수를 믿는 자는 없어져야 한다는 그들의 그릇된 생각에서라는 것입니다. 이들이 전 세계에서 발행되는 수십억 권의 다양한 책 읽기를 금하는 것은 서로 간에 권력을 쥐려고 하는 짓입니다."

"결과를 따져보면 모두가 신의 잘못이구나! 즉 인간을 창조 했다는 하느님인지 하나님인지 그들 잘못이고 저승사자들의 잘못이구나! 중동지역 저승사자들이 무었을 하는지! 그런 자들을 모조리 잡아가서 지옥불어 던져버리지."

"제가 이야기 했다시피 종교는 모두가 거짓……. 지금도 콩고의 내전으로 수많은 난민이 생겨났고 누가 적인지 아군인지를 모르는 7세 이상 3만여 명 어린아이에게 총을 들게 하여 방패삼아 전쟁을 치루면서 여자아이들에게 성폭행을 자행하고 있다는 겁니다."

"아니! 자기들은 죽을까봐 어린아이들을 방어용으로 만들어놓고 평화의 전사라고 떠들며 온 갖 핑계를 대며 살인을 저지르는 것은 지옥의 악마보다 더 잔인한 놈들이 평화를 외치다니. 인간의 심리는 악한 일은 자신을 괴롭게 하지만 저지르기 쉬우며 착한 일들은 자신을 평안하게 해 주지만 실천하기가 어렵다."

"그곳에서 어린나이에 겪는 고통이란 자유민주위국가에선 이제

곳 꽃피울 나이인데! 반군들에게 시달림을 받고 있는 것입니다. 다섯 자녀가 반군에게 엄마가 성폭행하는 장면을 보았다는 뉴스를 보았습니다. 이곳에선 반군에게 40여 만 명의 여성들이 성폭행을 당하고 있어 콩고 땅에선 눈물이라는 것은 여자들일 겁니다! 우리에게는 일상의 생활이 이곳에선 고통의 나날일 겁니다. 이런 참혹한 장면을 뉴스를 보면 사진으로 보아왔던 같은 민족 간에 6.25 전쟁 벌어졌던 장면이 떠오를 겁니다. 2018년 대한민국의 정치판을 보면…… 좌파니 우파니 이념전쟁을 치루고 있는 것 같아 보입니다. 이러한 정치판이 제 2의 한국 전쟁이 일어나지 않는다고 어느 누가 장담을 하겠습니까? 악마의 혈족 3대인 젊은 북한의 김정은은 전쟁을 준비하고 있는 것을 알고 있는 우리국민의 걱정은 아랑곳 하지 않고 밥그릇 싸움을 하고 있으니 말입니다. 정치인에게 묻겠습니다. 북한이 핵폭탄을 개발하고 전쟁 물자 생산에 열을 올리고 있는데……."

"문재인 대통령 본적이 북한 이어서 그러나! 곧 통일이 될 것 같은 흐름이지 않느냐? 그래서 수 십 년을 반대한 양심적 병역거부를 하고 있는 법을 고쳤지 않느냐? 생각을 해 보자 김정은이가 북한을 통치하려고 이복형도 암살하고 고모부를 기관포로 인민이 보는 앞에 사살하는 악독한 놈이 핵을 포기를 하고 남과 북이 합하는 통일로 지향한다. 웃기지를 말라. 북한 주민이 남한의 발전을 보면……. 김정은 정권은 끝~~~ 너희 나라 정치인들을 보아서 알고 있겠지만 서로 높은 자리 차지하려고 국민은 뒷전이다. 서방에서 교육을 받은 젊은이 김정은은 너희 나라 정치인 보다 더 자리를 지키려고 할 것이다."

"그러니까. 뭐니 뭐니 해도 국방이 튼튼해야 합니다. 나라가 있어야 내가 존재하는 것입니다. 어느 누가 군 생활을 좋아하겠습니까?"

"여호와 증인을 믿는 종교집단은 국가가 필요 없으니 대한민국을 떠나라고 해라. 모두 하늘나라로 가면 될 것 아니냐! 하늘나라에 가면 전쟁도 없을 것이고 그렇지 않으면 북한으로 가면 될 것 아니냐?"

"병역 거부를 하고 있는 종교집단이 믿고 있는 여호와 증인 이란 종교는 1872년 미국 펜실베이니아주 알레게니에서 : Allegheny · 러셀을 : Russel. C.T · 중심으로 창립된 기독교계 신종교로 1879년에 알레게니에서 태어난 러셀은 20세 때에 속해있던 교회에서 이탈하여 자기와 뜻을 같이하는 성경 연구를 시작 했습니다. 그래서 미국에서는 "종교적 신념에 따라 병역거부라는: 兵役拒否·용어 사용됐습니다. 미국은 통일된 국가이고 우리는 남북대치 상황이고 전쟁이 끝난 것도 아니며 휴전 상태입니다. 멀 정 한 이를 뽑고는 입영을 연기하다가 발각된 연예인이 있는가하면 무릎관절수술 등 수많은 불법을 저질러 병역기피를 하려는 짓은 우리나라에서 어림없는 일입니다. 아마도 수많은 젊은이 들이 "여호와 증인"교회로 몰려들 겁니다! 이 종교 교주는 1879년에 "아침의 여명이라는 잡지를 간행하기 시작했는데 이 책이 뒤에 파수대라는 책명으로 바뀌었습니다. 신념체계는 "구약성서"와 "신약성서"에 바탕을 두며 대체적으로 근본주의 신앙의 성격을 떠나 몇 가지 독특한 점을 지니고 있습니다. 우선 예수를 유일신 여호와의 아들로 보면서도 여호와와 동급은 아니라고 주장을 합니다. 예수가 육체를 취하였을 때 그는 단지 인간일 뿐이라는 겁니다. 그러나 예수는 여호와의 피조물: 被造物·중 최초와 최고의 존재라는 특별한 위치를 점하기 때문에 인간들은 예수를 통해서만 여호와에 기도드릴 수 있다고 본다는 겁니다. 그리고 예수의 죽음은 십자가가 아니라 말뚝에서 행해졌다고 믿으며 천년왕국 도래의 임박했다는 설을 매우 강조하기 때문에 도래시기가 1918년이라고 주장했다가 최근에는 1975년이라고 했는데 아무 일 없이 지났으니 이 종교도 사이비 종교인 것입니다."

"너는 모든 종교가 거짓이라고 하는데 나도 동감이다. 이 종교인들을 보면 길거리 곳곳에서 난전을 펴고 공짜로 경전을 가져가라고 전도를 하고 있더라. 이 종교 탄생도 이교도인 것인가? 대체 복무가 법으로 통과되어 그늘의 사회 복무가. 현역군복무보다. 두 배 라서 다행이다. 만!"

"이 종교의 태동은: 胎動·아마겟돈: Harmagedon·이라는 선과 악의 거대한 전쟁으로 인류 역사의 종말이: 終末·시작된다는 임박한 종말관은 소수의 선민의식을 강조하여 단지 14만 4,000명만이 정신적 자식으로서 다시 태어날 것이며 그리스도와 더불어 천국에 들어갈 것이라는 허무맹랑한 거짓말을 짓거리고 있으면서 가까운 장래에 역사의 종말 때까지에는 사탄이 지배하는 세 독사에 대하여 관여하지 말

것이 요청되어 국가에 대한 충성이나 국기에 대한 경례를 하지 말라는 겁니다. 우리나라에는 1912년 홀리스트 선교사가 내한하여 문서전도를 시작하면서 활동이 전개되어 1914년에는 만국성서연구회의 이름으로 우체국 사서함을 통하여 문서전도로 활동을 하였고 1915 메킨리가 내한하여 홀리스트와 교대를 하여 명맥을 지금까지 이어오고 있는데 1997년 당시 자체 집계에 따르면 신자들 수는 총 83,700명인데 그중 침례 받은 교인은 79,319명에 총 회중은 1,509개소이며 장로가 5,992명에 봉사의 종은 6,775명이 활동하고 있었다는 겁니다. 국기에 경례도 하지 말고 충성도 하지 않으려면 일찍 천당으로 가면 될 것인데 국방의무도 하지 않겠다는 것은 대한민국에서 태어나지 말았어야 합니다. 2015년 8월 7일 발표한 세법 개정안에서 기획재정부는 소득세법상 기타소득에 "종교 소득"항목을 신설해 소득세 과세 대상임을 명확하게 하기로 했지만 종교인의 과세 법제화가 국회통과 미지수라고 합니다. 우리나라의 성직자만 해도 약 3만 6,000명이라는데 신도들은 얼마나 많겠습니까? 법을 통과시키지 못하는 것은 정치인들이 표를 의식해 통과를 못시키다가 여론의 몰매를 맞고 통과가 되었습니다."

"지금의 너희나라 같으면 하루에 수 백 명이 명예살인은 당할 것이다. 대한민국이 바로 지상의 천국이다! 여호와 증인 신도는 북한으로 전부 보내버려라."

"김해시 연지공원에서 있었던 일입니다. 호수 변 벤치에 앉아 시상을 : 詩想·생각하고 있는데⋯⋯. 적당히 잘 생긴 아가씨와 자기마음대로 못생긴 아가씨가 곁에 앉으면서 말을 걸어 왔습니다. 하나님을 믿어 천당에 가자는 것입니다. 그래서 내가 알고 있는 종교에 관한 이야기를 해주고 28,000여 평의 공원을 한 번을 돌고 왔는데「신 수정」이란 예쁜 아가씨가 성경책을 주면서 '읽어보시고 무엇이 잘 못 기록 되었는지 책을 집필 할 때 사용을 하세요. 할아버지 이야기를 듣고 이젠 교회에 나가는 것을 그만 두겠다'며 자리를 뜨는 것입니다. 내게 준 성경책은 비전성경 책으로 연보라색 가죽으로 표지가 되었으며 책을 잠글 수 있는 자크 식으로 된 책인데 창세기부터 말라기 14장까지 1.331페이지·신약 전서 422페이지·해설 찬송가 645곡 479

페이지·고급 책입니다. 지금도 그 책을 가지고 있습니다. 내가 교회
에 가서 종교에 관한 이야기를 하면 수많은 종교인……."

『우리는 역사를 통해 많은 문명인들이 흥망성쇠를: 興亡盛衰·거듭해
온 것을 알고 있습니다. 여러 문명들이 한때는 거대하게 융성했다가
멸망하고 잊어져 갔습니다. 이 같은 문명의 쇠퇴는 기후나 질병 혹은
외침이나 자연재해 같은 외적인 원인도 있지만 대부분은 내적인 부패
특히 종교의 도덕성이 쇠퇴해졌기 때문입니다. 현재 우리는 종교 간의
오해와 부조화로 인해 발생한 여러 분쟁과 그 심각한 위험의 중대에
직면해 있습니다. 만일 종교들이 초종교적 대화나 조화를 우선하고
이를 적극적으로 실천하지 않는다면 문명 간의 조화와 평화는 불가능
할 것입니다.』

"위의 글은 2001년 1월 27일 통일교 교주인 문선명이가 UN본부 국
제특별회의에서 연설한 일부입니다. 문선명이가 누구입니까? 앞서 이
야기 했듯 4조 5,000여억 원이 있는 사람인데 세금을 내지 않으려고
6번을 감옥생활을 한 인물입니다. 92세에 죽었는데 남긴 재산 때문에
자식 간에 재산을 많이 가지려고 법정싸움을 하고 있다는 뉴스를 보
았습니다. 부패한자가 그 따위로 유엔에서 연설을 했다는 것은 참으로
독살스러운: bitter·인간들이 성직자들이라는 겁니다. 신도들은 이들의
먹잇감인 것입니다. 종교적인 이야기를 많이 했는데 이 세상에서 종교
때문에 단 하루도 전쟁은 끝나지 않고 있습니다. 수 백 가지 명칭의
종교가 난무하면서 처참한 살인을 하고 있는 것입니다."

"참! 성직자란······. 그렇다면 이런 못된 짓을 하는 놈들을 잡아서 지옥으로 보내는 상념을 연출 해 보자."

"형님과 내가 2,000년 7월에 하늘에서 만나 저승공화국 회의를 하여 그 임무를 수행하기 위해서 조물주·신세대 할머니·식물인간이 되어버린 나와 4명이 지상으로 내려와서 조물주는 하늘나라로 영상을 보내는 지리산 TV중계소에 남고. 우리는 3명은 경남지역을 돌며 악한사람은 지옥으로 보내고 착한사람은 천국으로 보내는 일을 하였지요? 그 때 첫 꼭지를 나열을 해봅시다."

······.

"먼저 잡아갈 녀석이 누굽니까? 빨리 한 놈 잡아 본때를 보입시다."

"한 놈 찍어두었다. 그 녀석을 여기서 오늘 잡을 것이다."

"그놈이 누군데요?"

"오면서 자료를 훑어보았지 그 녀석 내력을 들어보게나. 자네 캠코더로 한 번 비쳐볼까. 자! 이 파인더를 들여다보면 천계에서 잡은 기록들이 재생될 거다."

"우와! 저승 공화국에 이런 캠도 있나요?"

"그건 입출력과 송수신 기능이 다 되는 멀티장비야. 자! 시작한다."

화면에 나타난 자는 가난에 허덕이는 집안에서 태어나 어렵게 성장했는데 온 가족이 뿔뿔이 흩어지는 지경에 이르렀다. 행복한 삶은 조금 멀리 있더라도 두고 천천히 찾아가야지 서두른다 해서 이루어지지 않는다는 것을 몰랐던 것이다. 가족과 헤어진 그는 뒷골목에서 망나니 짓을 하며 연명하다가도 끼니를 잇지 못하면 매혈을 : 賣血 · 해서라도 목숨을 이어가는 비참한 생활로 청소년 시절을 보낸다. 자신이 할 수 있는 일을 찾아 노력하면 좋은 일이 있는 것인데 그 때를 놓치고 말았던 것이다. 그러니까? 자신의 없음을 불평만 하고 남이 잘사는 것을 부러워하면서 마음의 안정을 얻지를 못해 나이가 좀 들은 그는 부랑

자들이 쉽게 빠지는 주먹세계로 발을 들여 놓으면서 그의 생활에 변화가 생기기 시작했다. 힘들고 어렵더라도 꿋꿋이 이겨내면 영혼은 밝아 질 것인데……. 이자는 주먹을 인정받아 조직폭력배가 되어 어떤 정치인에게 빈대처럼 붙어 다니면서 생활하다가 쨍! 하고 해가 뜬 것이다.

 그 정치인도 하잘 것 없는 그런 부류인데 조직깡패들의 압력에다 시장 상권과 유흥업소가 난장판인 그 지역에서 이들의 협박에 못 이긴 주민들이 몰표를 던져버린 것이다. 자기들 말로 누이 좋고 매부 좋은 관계를 맺었더란 말이다. 악어와 악어새의 관계나 소도 언덕이 있어야 비비는 것처럼 소가 손이 있나 발이 있나 등이 간지러우면 긁고 싶어도 별 뾰족한 방법이 없지만 언덕에 비벼대면 가려운 곳을 긁을 수 있지 않느냐? 이 정치인도 보스의 경호원처럼 총재인가 총재 대행인가 하는 사람을 항시 그림자처럼 따라다녀 깡패시절의 의리·충성·믿음·결단력 등을 앞세워 신임을 받은 것이다. 배운 게 있나. 가진 것이 있나? 머리 나쁜 쪽으로 굴리는 데는 남다른 재능을 가졌더란 말이야. 바로 부동산 투기로 졸부들이 생겨나니 덩달아 사회적인 문제가 그 시기에 많이 발생한다. 국가공단이나 지방공단 지역……. 그리고 신시가지와 재개발구역 등의 정보를 미리 알아내 타인의 명의로 땅을 사 두었다가 값이 오를 때 되판다는 간단한 산술이다. 거기에다가 땅 살 돈은 은행돈으로 돌려대니 손대지 않고 코 푸는 격이라 조직생활 할 때 알음알음으로 사귀어둔 자들을 통해 빼낸 정보로 5만원짜리 땅을 사 두었다가 국가시책 발표나면 땅값은 천정부지로 치솟는다. 이때 팔면 30만원은 거뜬히 받는다. 은행돈 갚고도 다섯 배가 남는다. 이중 10만원은 뚝 떼어 모시고 있는 보스에게 주어도 15만원이 남는다는 산술이니 너도나도 마구 달려드는 시절에 그 작자는 엄청난 부를 움켜진다. 봉급자들이 평생을 모아도 새발에 피도 안 될 돈이니 계층 간의 위화감이 무척 컸다. 그럼에도 재벌들조차 너도나도 목 좋은 땅을 마구 사들이면서 우리의 온 국토가 유린되어 신음하게 된다. 졸지에 살던 집과 땅을 재벌들 손에 넘기고 먹고 살 일거리를 찾아 서울로 모여드는 하층민들의 불만은 폭발한다. 부익부 빈익빈이 눈에 빤히 보이니 공장의 근로자들이 데모를 해댔지만…… 이 작자를 비롯해 돈 맛 본 재벌들이 더욱 기승을 부렸다. 이러한 와중에 은행들도 덩달아 나섰다. 대출만 해주면 이자 수입이 펑펑 생기니 은행으로서는 대출을 기피할 이유가 없다. 이를 이용한 재벌들이 상상을 불허할 만큼의 거액을 대출받아 오히려 은행의 아킬레스건을 잡아버린다. 이제 은행이 재벌들에게 질질 끌려 다니는 빌미가 되어 IMF니 기아사태니 한보사태니 구조조정이니 퇴출은행이니 대우사태가 벌어지게 되었던 것이다. 은행돈 빌렸다가 상환 독촉 받으면 오히려 돈을 더 대출해 주면 그 돈으로 상환하겠다는 기막힌 발상을 하며 돈을 대출해 주지 않으면 손 털고 공장 문 닫겠다고 버티니 대출 담당자나 은행 지점장은 자신의 모가지가 고래심줄이냐? 피아노 강선이냐? 아차 잘못하면 모가지 잘릴 판이요, 이제는 늪지에 빠진 코끼리 신세라 코로 짚고 일어서면 발이 빠지는 형국이요. 독사한테 물린 쥐 꼴을 만드는 것이다. 독사 이빨은 안으로 굽어 있어 황소개구리 심지어는 두꺼비조차도 못 빠져 나온다. 은행이 이런 재벌과 졸부들에게 물려버려 그들의 요구에 질질 끌려 다니니 땅 투기해서 번 돈을 차명과 가명으로 편법 증여하여 귀때기 피도 안 마른 재벌의 손자새끼는 벌써 몇 백억만장자가 되었겠다. 그런 놈이 커서 올바른 인간 몫을 잘도 하겠구

나. 특권층 자제들이 공장에 일 나가며 타고 다니는 근로자의 프라이드가 자기의 외제 승용차를 앞질렀다고 집단으로 구타한다. 똥차 주제에 외제 고급차 추월하는 게 건방지다는 이유이다. 남의 잘 못을 찾으려 애쓰지 말고 항상 내 잘못이 있는 가를 찾아 반성하며 살아가야 하는데 마음속에 악이 싹트면 도리어 자기 몸을 망친다. 마치 무쇠에 생겨나는 녹을 그대로 두면 결국은 그 녹이 자기 몸을 먹어 없어진다.

파인더를 보던 대삼이가 이런 생각에 빠져 있는 동안 졸지에 졸부된 이 작자 노는 것이 더 가관이다. 1년에 한 번 갈까 말까 하는 외국에 거금을 주고 몇 십 억짜리 별장을 사 두는 등 국내에 두면 안 된다고 해외로 부지런히 재산을 빼돌린다. 그 돈은 우리들의 근로자가 세금 또박 꼬박 내면서 벌어들인 외화가 아니더냐. 이 작자 이제는 제 자식 군대에 안 보내려고 온갖 방법을 다 동원한다. 물론 돈이면 안 되는 게 없는 우리나라가 한심하지만 말이다. 이렇게 군대 안 가도 된 이 작자의 천금같이 귀한 아들은 빨간색 파란색 색색으로 머리카락을 물들이고 미팅 폰팅 번개 팅으로 바쁜 오렌지족이 되어 외제차를 타고 다니면서 길거리에서 아가씨를 만나면 야! 타! 나 외치면서 온갖 나쁜 짓을 다 저지르고 다닌다. 욕락 : 慾樂 ↔ 즐거운 욕심 · 으로 부터 근심과 두려움이 생기는 것이다. 즐거움을 초월한 사람은 근심도 두려움도 없는 것을 것인데 이 작자만 그런 짓을 하는 것이 아니다. 어디. 어느 재벌 계열의 회장 놈은 1천 1백 개가 넘는 은행통장을 갖고 있다 하니 그 잔고의 합계가 얼마인지 도대체 궁금하다. 도대체 한 은행에 열 개 이상의 통장을 개설할 수 없을 텐데 무슨 수로 천 개씩이나 갖나. 혹 은행하고 악어와 악어새 놀이했나? 저러다 죽으면 욕심 많은 꿀꿀이 돼지가 될라. 자! 이 작자 이제는 품위유지 차원으로 들어간다. 과거의 자기를 우선 지운다. 거리의 똘마니에서 조직폭력배의 선력을 숨기고 어느 정치인의 보좌관이란 화려한 과거를 위조 날조해 나가는 과정에서 대학교 정치외교학과 출신에 행정고시 출신 관료가 되어 있는 것이다.

신변정리를 끝낸 이 작자는 그때부터 주체할 수 없는 돈으로 주색잡기에 접어든 것이다. 주는 술 잘 처먹고 색은 요새말로 미팅·전화방·묻지 마 관광·퇴폐 이발소·터키탕이 변한 증기탕으로·안마소의 출장 마사지·골프관광·기생관광·등의 방법으로 동남아로 휩쓸고 다니며 카지노에다 고스톱에 훌라 등의 도박에다. 보신관광까지 천하에 못된 짓을 다하고 다닌 놈이다. 저승사자 88호는 캠코더의 파인더에서 눈을 떼고 그 뒷얘기를 하기 시작했다.

　"그래서 이런 말이 나왔대요. 부동산투기에서 번 돈을 동남아에 나가서 마구 뿌려서. 면전에서는 한국 사람이 최고라고 치켜세워주고 뒤돌아서서는 저런 놈들이 바글바글하니 IMF를 맞은 나라라고 뒤통수에 대고 욕을 한대나요. 진즉에 망할 줄 알아봤다고 한데요."
　"그랬을 것이다! 그리고 이 작자는 필리핀에서 너의 조상의 모태: 母胎·격인 웅녀: 熊女·즉 곰의 배를 칼로 가르고 곰쓸개에다 빨대를 박아놓고 쓸개담즙을 빨아먹는 놈이야. 천하에 악질이지! 산 짐승에다 그런 짓을 하다니. 아마 그 작자가 이 꽃밭 저 꽃에 물주고 이 구멍 저 구멍 쑤셔대고 골키퍼가 있는데도 쑤시고."
　"형님! 골키퍼라니요? 그리고 웅녀는 곰이 아니고 곰을 믿는: 부족국가 깃대·부족 여자인데 번역가들이 잘 못 번역을 한 것입니다."
　"어이구! 이것아! 알면서 왜 그리 능청을 떠느냐? 너희들 말로 대한민국에서는 아무리 차가 밀리더라도 차 대가리를 먼저 밀어 너면 된다면서? 사정없이 승용차 대가리를 밀어 넣고 달리면 되듯이……. 성기 대가리도 여자 거시기에 먼저 밀어 너는 놈이 임자라면서? 남편이 있는 여자한테 그 짓이란 남편인 골키퍼가 있는데도 골을 차면

들어가는 수가 있다는 뜻이다. 매일 그 짓이니 물이 남아 있나? 아기 만드는 물말이야."

"아! 남성의 정액 말이군요? 그 물이 바닥나면 거시기는 바람 빠진 풍선이지요."

"그 물을 분출할 때 최고의 쾌감을 얻는데 물이 없어봐라. 타이어에 공기를 넣을 때 공기가 많아야 쉬~소리가 나면서 빨리 들어가듯이 댐에 물이 많으면 수문을 열었을 때 물이 빠져나가는 힘이 세듯이 섹스의 절정을 좌우하는 호르몬이 바닥나서 그것을 보충하기 위하여 색마가 된 것이지. 그런데 문제는 이 자의 못된 짓에 골문을 제대로 못 지킨 남자가 자살을 해버린 거야. 골키퍼 남편이 골문을 잘못 지켜 골은 들어갔다. 아무리 달래보아도 마누라는 말을 듣지 않고·사회적인 체면도 있고·자식들한테 볼 면목도 없고·힘으로나 돈으로도 안되고·결국 골키퍼 마누라도 남의 물 조루 좋아하다가 국제매독에 절단 난 색마한테 병이 옮은 거야 에이즈라는 불치의 병이지. 죽은 남편이 옥황상제께 진정서를 낸 것이지 원래 자살한 자는 원귀가 되어 구천을 떠도는데……. 이 자의 억울함을 아신 상제께서 잡아오라 하였지 그래서 이 작자를 제일 먼저 잡아 치도 곤이를 쳐야 되는 거다. 자 이제 시간이 되었다. 가 보세."

드디어 인간 사냥의 작전이 벌어진다. 그 결과가 벌써 궁금해진다. 우리는 기분 좋아 관광호텔 앞에서 그 작자가 그 짓을 하고 나오길 기다렸다. 이윽고 그들이 나오는 것이 보였다.

"자! 지금부터 이놈을 잡아가는 것을 찍어라."

그 짓을 하고나오는 과정을 지켜본 저승사자가 작전을 벌이기 시작한다. 호텔 문을 나선 자가용차는 도심지로 빠져나가는 길이 비포장도로라 몹시 덜컹거렸다. 사자는 나와 함께 승용차에 타서는 잠시 전 홍콩을 가고 달나라까지 갔다 온 여행의 여운이 남았던지! 여자의 손을 색마의 거시기를 만지도록 감정을 이입시켰다. 그랬더니 여자가 즉각 반응을 보여 거시기에 손이 간다. 그렇다면 여자는 수반 가운데 분수대처럼 하늘 끝에 다다르지 못하고 말았던 모양으로 뒤 여운의 아쉬움이 남았던 모양이다. 바깥은 벌써 어둠은 깔리고 전조등이 켜질 시간이 되었다. 사방은 어두워서 선팅한 차는 외부에서 볼 수 없게 되자 발정 난 암캐는 대담해지기 시작한다.

"사자님이 유도한 겁니까?"

"그럼! 들어 봐. 20세기말 천년이 끝나고 새로운 천년이 시작되는 해에 전 세계 언론방송매체에서는 섹스란 단어로 도배질을 하고 소음에 시달리게 했던 사건 있잖아?"

"아! 그 이야기요. 세계경찰국가라고 자처하는 미국의 클린턴 대통령 이야기 말이군요?"

"그래."

"그런데 그게 어쨌다는 거요?"

"그 뭐라든가 참! 부적절한 관계라든가?"

"그런 애매모호한 말을 하여 해석하느라고 세계백과사전 다 닳고 국문학자 머리를 띵하게 하였던 단어…… 변소 칸인가 화장실이라는 곳에서 여비서인 르윈스키 암캐가 하던 짓을 말하는 군요?"

"너희들 말로 쭈쭈바라던가. 여름에 아이들이 가장 좋아하는 풍선 막대기 얼음과자! 아무튼 얼음과자를 빨듯이 한 짓 : 口腔 ↔ 입으로 하는 구강 섹스·그 짓거리를 했단 말이다. 클린턴과 르윈스키가 백악관에서 했다던 쭈쭈바가 그렇게 좋은 것이냐?"

"좋았으니까! 했겠지요. 조선 후기 정수동 시인처럼 삿갓으로 하늘을 가리고 대나무지팡이에 짚신을 신고서 한평생을 전국 방방곡곡을 떠돌아다니며 시를 짓고 시를 읊었던 천재시인 김삿갓의 시에도 쭈쭈바에 관한 시가 있습니다. 그의 시에…… 풍정 시 : 風情詩 · 연유삼장 : 嚥乳三章 · 시에…… 부연기상 : 지아비 부 ↔ 父 · 삼킬 연 : 嚥 · 사업기 : 基 · 위 상 : 上 · 『사내는 그 위를 빨고』부연기하 : 여자 부 婦 · 삼킬

연：嚥·사업 기：基·아래 하：下·『여자는 그 아래를 빤다』상하부동
：上下不同·『위와 아래가 서로 다르지만』기미측동：其味則同·『그 맛
은 매한가지로다』라는 시가 있습니다."

"현시대의 오럴섹스를 빙자한 시 같다! 일명 쭈쭈바：오럴섹스·라
고 하는 섹스는 미국 클린턴 대통령과 르윈스키가 김삿갓 시를 읽어
보았던 모양이다! 소설을 쓰는 내가 생각해도 너무 음란하지 않느
냐?"

그 말을 들은 듯이 색마의 여자가 남자의 지퍼를 열고 엎드려서
거시기를 꺼내어 입속에 넣고 빨아댄다. 남자가 차 의자를 뒤로 밀어
편안한 자세를 갖는다. 비포장도로에서 그 짓을 하기 시작했다. 생각
해 보라. 차가 튀는데 자동이지. 거시기만 물고 있어도 진동 모타 부착
한 것처럼 자극을 줄 텐데. 냅다 빨아대니 운전을 하는 상태에서 결과
가 어떻게 되겠는가. 대삼이는 그 장면을 계속 촬영하면서 주위도 열
심히 살폈다.

"죽을 짓을 하는구먼!"
"남녀가 오르가즘인가. 홍콩 가는 것이라던가. 왜 이리 한국말은
복잡하냐? 그 지경에 이르면 두 다리를 쭉 뻗을 수밖에……."
"아니! 저렇게 두 발을 뻗으면…… 큰일 났구먼! 큰일 났어! 두
다리를 서렇게 세게 뻗으면 엑셀：FP·리터에 힘이 가고 차는 총알같
이 날아가겠네! 앞에 뭐가 있는지 보기는 봤냐?"

울퉁불퉁한 길을 가던 차가 속력을 내는데 아뿔싸! 앞에는 보이는
시커먼 물체는? 탱크로리 분뇨차다. 눈을 감은 색마는 곧 천국에 갈
모양이다. 목 양쪽에 있는 동맥은 볼펜대만큼 크게 부풀어 오른다. 클
라이맥스：Climax·몇 초 전……. 차도 떨고 색마도 떨고 있는데! 대형

사고 날 터인데! 입 살이 보살이더라고. 발을 쭉 뻗자? 엑셀 페달에 힘이 있는 네로 가해져 비포장도로에서 차는 엄마에게서 이별을 하지 않으려고……. 시장에 팔려고 주인에게 발목 잡힌 송아지처럼 이리 뛰고 저리 뛰고 난리를 친다. 덩달아 여자는 흥분 절정에 이른 남자의 거시기를 빨아대는 속도도 점점 더 빨라지고 사정 일보 직전……. 달 나라 거쳐 화성입구까지 가려든 순간 "꽝" 끝난 것이다.

  "그래도 죽어도 멋지게 죽었구먼!"

  앞에서 달리던 분뇨차에는 돼지 똥과 사람 똥을 한 가득 싣고 가는 탱크로리 대형 트럭을 최고 속도로 뒤를 정면으로 헤딩했으니! 그런 차 뒤따라 갈 때 조심해야한다. 미등·차폭등·브레이크 등이 잘 안 들어오잖아. 들어왔어도 홍콩 가고 달나라 가고 화성까지 갈 참인데 그게 보이냐? 너무 좋아 다리를 있는 대로 뻗어버려 하늘나라 저승공화국 문턱까지 가서 뻗어버렸지!"
  여자의 머리가 차의 충돌로 압박받는 순간 여자의 입이 꽉 다물어지고 입 안에 들어 있던 거시기는 단두대로: 斷頭臺 ↔ 목을 자르는 형틀 ↔ 소여물을 써는 작두·변하여 위아래 이빨이 사형수 목을 자르듯이 성기 밑 둥까지 싹둑 잘라 버린 것이다. 자동차가 뒤에서 충돌하여 탱크로리 밸브를 부러뜨렸으니 탱크 안에 가득한 분뇨가 흘러내린다. 흘러내린 것이 아니라? 소방차 호스에서 화재현장을 향해 물을 쏘듯이 죽은 시체 위에 좔좔 쏟아진다. 그 몰골이란……. 분뇨를 뒤집어쓰고 있는 여자의 입은 피로 범벅이 되어 있었으니 그 모습을 상상해 보라. 죽은 시체 입에서 혼 불이 나온다. 그러자 죽은 자의 육신의 혼이 투영된 것을 우리는 볼 수 있었다. 얼떨결에 사고를 당한 색마의 : 色魔·몸에서 희뿌연 혼령이 : 魂靈·비틀거리며 일어나서는 절레절레 머리를 흔들며 주위를 돌아보다가 경악해 한다. 똥 범벅이 되어 뒹구는 자신의 모습과 잘라진 자신의 거시기를 물고 절명한 여자의 모습이 적나라하게 펼쳐져 있는 걸 본 것이다. 이런 광경을 보고 꿈인가 할 것이다.

"뭘 봐? 친구! 자넨 참 행복하게 죽었네! 복상사가 아니어서 조금은 유감이지만! 그래도 원 없이 정액을 분출했으니 이제 죄 값은 해야지 안 그냐?"

사자가 그자의 어깨를 툭 친다. 그자가 놀래서 사자를 보다가 더욱더 놀라는 모습이 캠 코드 파인더에 클로즈업 된다. 그의 눈이 믿을 수 없다는 듯 크게 부릅뜨다가 이내 체념으로 바뀐다. 파인더 안에 창백한 안색의 여인의 혼백이 : 魂魄·나타난다. 입속에는 커다랗게 팽창 한 채 잘려진 남자의 성기에서 피가 뚝 떨어진다. 역시 경악한 모습으로 저승사자의 창백한 얼굴을 보며 여자는 비명을 질러보나 목구멍까지 박힌 성기 때문에 소리도 못 낸다. 남자가 그 여자의 입을 보고 깜짝 놀라서 자신의 아랫도리를 다시 보더니 그 곳이 온통 피범벅이라 펄쩍 뛰어오른다.

"이것 봐? 그건 달려 있다 해도 이젠 아무 쓸모없어 너희 두 년 놈은 그런 연장이 필요 없는 곳으로 갈 것이다. 두 귀신은 이제 나를 따라 오게. 자! 김 홍보관 천상으로 올라가자."

이제 두 남녀는 머나먼 황천길을 가야 하는 자기네들의 운명을 받아들인다.

황천! 인제 가면 언제 오나 발길이 떨어지지 않은 발걸음으로 꺼이 꺼이 곡소리 들으며 간다는 황천의 어원을 살펴보자. 황천 하면 우리는 대개 하늘로 올라가는 줄 알고 있다. 이는 잘못이다. 황천 : 黃泉 ·이라고 누런 황 샘 천으로 표기하는 것으로 미루어 흙으로 태어난 흙으로 돌아간다는 뜻이다. 흔히들 황천 : 黃川 ·으로도 해석한다만 이것도 무방하다. 누른 황토물이 솟든 흘러내리든 흙의 의미에는 다름이 없기 때문이다. 혹자는 황천 : 皇天 ·이라고 상제님이 계시는 천상 : 天上 ·천국으로 착각하기도 한다. 삶과 죽음으로 갈라지는 장례 절차의 영결식이 끝나고 상여를 메고 갈 때 상여꾼이 흔드는 워낭소리에 맞추어 부르던 노래들을 미루어 죽은 자는 천상으로 가는 것으로 알려졌지만 말이다. 황천 : 滉川 ·으로도 불린다. 넓은 강을 건넌다는 의미이다. 한 번 가면 못 온다는 황천길을 따라가는 두 죽은 영혼은 미련이 남아 지상을 내려다본다. 거기에는 어느새 가족들이 모여 있다. 그러나 바람피우며 제명에 못 죽은 남편의 흉한 모습에 뿔따구 난 색마의 마누라는 그 자리에서 관에 담아 땅에 묻고 있고……. 여자 집에서도 남편이 없어 제대로 상을 치르지 못하고 시부모들은 저 년이 내 아들 잡아먹었다고 그 자리에서 관에 담아 초상을 치루는 초라한 모습이 펼쳐지고 있었다. 명심할지어다. 주색잡기에 : 酒色雜技 ·능하면 갈 길도 빨라진다는 이야기다.

"위의 이야기를 본다면? 황우석 박사 게놈프로젝트도 필요 없고 조물주가 여성들을 만들 때 거시기에다 입처럼 만들었으면…… 낙태죄를 없애라는 집회도 없을 것인데! 성폭력을 당할 필요가 없을 것이다! 거시기가 들어오면 위의 사건처럼 꽉 깨물어 잘라버리면……."
"그러니까 조물주 잘못이라니까요! 나하고 헤어지면 천국에 가서 조물주에게 내가 말하더라고……. 지상에 인간들의 잘못은 모두가 인간을 불량품으로 만든 조물주의 탓이라고 하세요."

특급 셀러와 스테디셀러가 : stead seller · 되었으며 한 동안 도서관 대출 1위 책이었다. 마산 MBC초대석에서 경남 도민일보 이사장인 허종도박사와 책에 관한 방송을 3일간 했는데 허 박사가 "실제로 경험을 하고 집필한 책이냐? 그렇지 않고서야 이렇게 실감나게 집필 할 수 없지 않느냐?"물어 곤란하였다. 집에서 각시가 방송을 정취하고 있을 것 같아서다.

　　…….
　　"동생 말을 그렇게 전달하면 저승공화국회의를 거치게 되는데 조물주들의 미움을 받아 선녀탕 때밀이로 보내기가 어려울 것이다. 미워하는 신을 만들지를 말거라. 너도 경험해 보았을 것이다! 사랑하는 사람을 만들었다가 못 이루면 괴로우니까. 동생 말이 맞기는 하지만! 하느님이 아담과 이브를 만들고 예수를 만들고 나머지는 하느님 직속 부하들이 만들었나!"
　　"형님! 그러면 종교인들이 주장하는 하느님이 창조했다는 것은 거짓말이 되는 것입니다? 종교인들의 삶은 어떻게 할 것입니까! 옛날엔 병아리를 어미닭이 1개월 정도 알을 품어서 새끼를 만들었는데 요즘은 기계가 만들고 있습니다. 어머니가 필요 없는 세상이 다가 오고 있다는 것입니다!"
　　"그 것을 믿고 있냐? 그렇다면 지상의 모든 종교도 없어 질 것이다!"
　　"그 돈벌이가 잘 되는 종교가 없어진다고요? 천만에 말씀이고 만만에 콩떡입니다. 우리나라에선 종교가 돈벌이가 잘되는 곳입니다. 서울엔 기네스북에 올라있는 세계에서 제일 큰 교회도 있으니 말입니다. 그런 교회에서 신도가 없으면 어떻게 지탱하겠습니까? 그래서 기독교에선 계율로 : 戒律 · 돈벌이가 정해져 있습니다. 그 한 예로 성경엔 "안식일을 : 安息日 · 기억하여 거룩히 지키라"는 계명이 있고 찬송가 뒷면에 한 면 너 그게 상소되어 있습니다. 초창기 "토요 안식일 예배"를 드리는 것이 충절의 믿음으로 삼았습니다. 그런데 왜 모든 기성교회모두가 성경에도 없는 일요일에 예배를 보고 있는가? 이러한 일은 일천 오백년간 베일에 숨겨진 공공연한 비밀입니다. 그 불가사의한 사건을 밝혀 보면…… 주후 132년 로마제국에 대한 유대인들의 애국적 반란이 3년간에 걸쳐 크게 일어났습니다. 이를 무력으로 진압하는 과정에서 9백 여 개의 마을이 초토화되었고 무려 2백여 만 명의 사람이 죽었다고 합니다. 곧이어 로마의 황제 하드리안은 그 보복조치로 모세오경인 할례의식과 안식일 예배 등을 금지시키면서 이를 어기면 사형에 처한다는 칙령 : 勅令 · 까지 반포했다는 것입니다."

"하여간 종교 지도사가 통치하는 시대가 됐다는 것이구나!"

"그러한 법을 만들어 더 가혹한 박해가 있어서 유대인뿐만 아니라 예수가 죽은 이후 생겨난 파벌이 : 派閥 · 서로 다른 기독교인들에게도 불어 닥쳤는데 그들도 안식일을 지킨다는 이유에서였다는 것입니다. 이에 겁을 먹은 일부 기독교인들이 토요일에 예배를 하지 않고 태양신을 섬기던 로마인들을 따라 일요일에 예배를 보기 시작했다는 것입니다. 겉으로는 유대인들과의 차별성을 표방했지만…… 사실은 종단의 핍박을 : 逼迫 · 피해보려는 아첨 : 阿諂 · 이었다는 것입니다. 드디어 자칭 기독교인으로 개종을 : 改宗 · 선언한 콘스탄틴 로마황제의 토요일 예배말살 계획이 주후 321년 봄에 성공하게 되었습니다. 이른바 일요일 공휴일화에 따른 강제로 휴업령까지 선포된 것입니다. 이러한 강력한 법령으로 인하여 기독교 사상 최초의 계명이 바뀌게 되어버린 것입니다. 그리고 4년 후 태양의 날인 일요일을 부활절로 : 復活節 · 성수 : 聖守 · 하라는 니케아 종교회의를 거쳐서 364년 라오디게아 종교회의에서 마침내 토요일 대신 일요일을 거룩한 날로 성별하자는 악법이 : 惡法 · 제정되었으니 이것이 오늘날 "주일 대예배"의 뿌리가 되었다고 합니다."

"주일 내 일하고 주말에 편히 쉬거나 가족과 오손 도손 놀기도 하고 외식도하고 또는 관광도 다니려는데…… 그런 몹쓸 법을 만들어

버리다니.”

　“그렇습니다. 이러한 일로 기독교인들에겐 곤란한 처지에 직면하게 됐으며 다른 한편으론 오해를: 誤解·사거나 욕을 먹기도 합니다. 6일간 힘들게 일을 하여 일요일에 편히 쉬려고 하는데! 너희들 번 돈 일부를 헌금하라는 법이 된 것입니다. 그것이 십일조란: 十一租·법을 만들어 돈을 거두어 들였던 것입니다. 그러니까! 신도들은 벌어드린 재산의: 소득·10분의 1을 신: 神·에게 바쳤던 고대 유대교의 관습에 유래하게 된 것입니다. 구약성서에 땅에서 나는 것은 곡식이든 과일이든 그것의 10분의 1은 주의: 主·것이니 주께 바쳐야 하는 일이 거룩한 것이다. ……소나 양도 10분의 1은 주의 것이다. 기록이 있습니다.”

　“그들이 말하는 하느님이 먹으려고 거두어 드린다는 말이구나. 미친놈들!”

　“저는 주님이: 主·주신 것 가운데 열의 하나를 주님에게 드리겠습니다. 창세기 28장 22절에 실린 글입니다. 십일조와 관련된 부분입니다. 예수가 바리새파 사람들에게 당신들은 박하와 운향과 온갖 채소들의 십일조는 꼬박꼬박 바치면서 정작 정의와 하나님께 대한 사랑에 대해서는 태만하기 이를 데 없소! 그처럼 십일조도 마땅히 바쳐야 하지만 그보다 더욱 정의와 하나님께 대한 사랑을 힘써 행해야 하오. 누가복음 11장 42절에 실린 글입니다.”

　“신약성서의 부분도 그리스도교인 역시 십일조를 지켜야 한다는 근거로 인용 된 것입니다. 십일조보다 더 중요한 건 정의와: 正義·사랑임을 강조 한 것이 구나! 하늘에 있는 하느님·하느님 각시인 마리아·그들이 아들인 예수·신이 인간이 먹는 음식을 믹나? 허기야 예배당에 가면 그저 입만 벌리면 돈 이야기다. 돈이 없으면 교회도 지탱하지 못하겠지!”

　“지금도 어떤 교회선 10%를 헌금하라고 한답니다. 하늘이 국세청도 아니고! 그러자니 열심히 일하고 돈 내려가느라고 남의 길흉사를 찾아볼 엄두를 못내는 것이다. 우리나라 부가가치세의 10%도 여기에서 시작된 것이 아닌가! 하는 생각이 듭니다!”

　“이러하든 저러하든 아무튼 간에 모든 종교도 돈이 없으면 지탱하지 못한다.”

“우리나라 기독공교 난세가 160 여개 이상으로 바뀌었고 지금도 새로운 종단이 만들어 지고 있다는 것입니다. 개신교가 된 것이지요! 우리 정치인도 한식구로 잘 지내다가 갈라서 버리듯 종교도 마찬가지입니다.”

“따지고 보면 돈 때문이지 입으로 먹고 사는 집단인데……. ”

“습관이란 드리는 섯보다 버리는 것이 더 힘든 것입니다! 돈이 그렇습니다. 돈이면 신들의 마음을 움직일 수 있다면 얼마나 좋을까요. 사십 오조 억 원의 돈을 가진 스티브잡스가 그 많은 돈으로 신들의 마음을 사지 못하고 죽은 것은 세상엔 “신은 없다”라는 단적이 면을 보여주고 있는 것입니다.”

“하늘이 재정이 부실한 모양이다!”

“스티브잡스가 교회에 전 세산을 힌금했으면 신의 도움을 받아 지금 살아 있을까요? 성직자에게 물으면 “천국에서 편히 살라고 데려 갔다”고 거짓말을 할 것입니다. 통화의 혁명을 일으킨 스티브잡스에게 전화를 해보면 단박에 들통 나겠지만! 돈이면 사람의 마음은 움직일 수 있는데 “낙타가 바늘구멍을 들어가는 것 보다 부자의 하늘나라 가기가 더 힘들다”마태복음 19장 24절의 뜻을 알고서 스티브잡스가 헌금을 안했나봅니다.”

“내가 앞서 말을 했지 않았니? 그를 데려간 이유는 헌금이 많이 거치지 않아 하늘 재정이 부실하여 재산이 탐이 나서! 그도 아니면 천지간에 : 天地間 · 통화의 혁명을 일으키려 데려갔나 보다! 자신이 늙어 있어도 살아 있음은 세월 따라 뜨겁게 살았다는 것이다. 스티브잡스가 “우리는 우주에 흔적을 남기기 위해서 지구에 있다”라고 했듯 그는 통화의 혁명을 이룩한 사람이다. 너도 어느 누구도 남기지 않은 창작물을 남기도 있지 않느냐? 지금 이 기록물도 그러 할 것이고!”

“2014년 대한민국 국민을 슬픔으로 젖게 만든 세월호 침몰로 304명의 학생을 비롯하여 죽음을 당했습니다. 우리 국민에겐 눈물보다 서럽게 젖은 그리운 얼굴이 되었습니다. 그 사건 주범인 유병언의 거짓설교로 인하여 신도들에게서 착취한 돈으로 자식들의 호화생활이 만천하에 폭로 되었습니다. 사후엔 신이 될지 모르지만 지상에 있는 한 먹고살아야 합니다. 죽을 때 재산 일부라도 가져갔을까요? 하늘의 계명이 : 誠命·사랑이라고 한 성직자라고 합니다. 문선명 목사가 감옥에 여섯 번이나 들어가면서 하느님께 자기를 벌한 검사와 판사를 혼내주라고 기도를 안 했을 까요! 언론보도에 의하면 모 종교단체에서 3천억을 들여 교회를 짓는데 말썽이 나 있다는 것입니다. 그 교회 목사가 거짓말을 하여 그 많은 돈을 신도들에게서 편취를 : 騙取·하였다는 것입니다. 얼마나 거짓말에 달인 : 達人·일까. 아마! 같은 동족이면서 철천지원수가 된 38선 이북 빨갱이 교단주인 김일성과 그 아들 김정일을 비롯한 손자 김정은 무리들보다도 더 많은 거짓말을 했을 것이다!"

"앞서 너도 이야기를 해서 나도 동감을 했지만 이 세상의 모든 종교를 대표하는 성직자는 똑 같다. 왜냐? 하면. 그들도 먹어야 살 것 아닌가. 너는 나이가 드니 신이 없다고 생각하느냐? 아니면 있다고 생각을 하느냐?"

"저도 형님의 소환장을 받을 나이가 든 탓일까! 무교인 내가 '죽으면 어떻게 되는가!'하는 문제에서 '죽으면 영혼은 : 靈魂·존재 : 存在·하는가!'하는 물음과 '신은 존재하는가?'그리고 '신이 인간을 창조를 : 創造·한 것인가?' 아니면 '인간이 신을 창조한 것인가?'의 물음을 내 자신에게 답을 구하고 있습니다."

"일마야! 인간은 죽음에 다다르면 어느 누구나 마음이 약해지기 마련이다. 그래서 종교가 흥하는 것이다. 종교가 망했다는 소리는 못 들어 보았을 것이다. 종교는 인간이 말을 하고 문자를 만들어 지고 부터 생겨난 것이다."

"세계의 모든 종교는 고대국가 그리스철학의 사상을 빌들어 만들었다고 합니다. 고대 그리스 철학자 아리스토텔레스와 : Aristoteles~BC 525~426·프라톤은 : Platoen·사람이 사상을 주도하고 있었는데…… 아리스토텔레스와 그의 사상을 추종하는 철학자 에피쿠루스·히포크라테스·데이비드 흄은 '영혼은 육체와 불가분의 관계에 있으며 사후에 영혼은 존재하지 않는다.'라고 주장한 반면에 철학자인 플라톤과 : BC 427~347·그의 사상을 추종하는 소크라테스·피타고라스·탈레스·밀레두스 등의 철학자는 '사람의 육체는 죽어도 영혼은 죽지 않고 살아 있다'라고 영혼불멸설을 주장하였다고 합니다. 철학자 플라톤과 그의 추종자들은 왜? 영혼불멸을 : 靈魂 → spirits · 주장히였을까요. 나의 생각으로는 인간의 수명과 관계가 있지 않을까하는 생각이듭니다. 고대인들의 평균수명이 38세 전 후 이였음을 감안하면 오래 살고 싶은 소망과 더불어 영원불멸을 바라는 욕심에서 이런 주장들이 나왔을 것 같아요! 진나라 시 황제처럼……. 이러한 믿음으로 인하여 이성을 상실한 종교적 신앙의식으로 작용하였을 것이라는 생각이 듭니다. 세계의 모든 종교는 플라톤의 철학사상을 받아들이고 불교는 거기에다 영혼의 : 靈魂 · 윤회 : 輪廻 · 설까지 포함시켜 창시 된 것입니다. 세계최초의 종교인 조로아스터교를 비롯한 유대교 · 로마교 · 기독교 · 이슬람교 · 불교 · 힌두교 · 자이나교 · 시크교 · 도교 · 유교 등 세계 모든 종교는 '영혼이 불멸한다.'라는 플라톤의 철학사상을 받아들이고 그 전제하에 부활 : 復活 · 이나 환생론 : 還生 · 그리고 천국과 친사와 지옥과 악마의 개념을 도입하여 이론화 : 理論化 · 하고 체계화 : 體系化 · 한 것입니다."

"사실 종교는? 자신이 처한 상황에서 자신의 능력으로는 해결하지 못 하는 것에서 오는 소망을 종교적인 믿음의식으로 받아드린 것에 불과한 것이다. 예언자들은 일반 대중의 관심과 변화를 끌기 위해서 초능력자 또는 절대적인 보이지 않은 신의 이름을 빌린 것이다. 그것이 신의 말씀으로 나타난 것이다. 엄청난 거짓말이 이성 : reason · 되었고 엄청난 거짓이 살아가는 의미가 된 것이다. 고사 성어에 삼인성호 : 三人成虎 · 라는 말이 있다. 이 말은 세 사람이 입을 모으면 살아있는 호랑이도 만든다는 말이다. 많은 사람들이 같은 말을 하면 거짓말도 진실로 받아들여진다는 뜻이다. 일종의 군중 : 群衆 · 심리라고 할까! 한사람이 말을 하면 의심을 하나 여러 사람이 똑같은 말을 하면 의심을 피하는 기법이다."

"기독교 일부 못된 종파에 성직자가 2012년 12월 21일이 성경에 기록되어 있는 세상종말론으로 : 世上終末論 ↔ 노아방주 · 떠들었습니다. 덩달아 2012년이란 영화가 나왔습니다. 영화의 줄거리는 최첨단 현대 판 노아방주를 만들어……. 지진으로 세상이 종말에서 살아남는다는 내용이었습니다. 수대의 배에서 각종 동물과 수 천 명의 인간이 살아남습니다. 신에 의한 종말론의 설득력이 떨어진 허구였습니다. 모든

생물이 멸종을 : 滅種·해야지 지구 종말일 것입니다! 1992년 10월 28
일 휴거 : 終末·예언 했던 김 여명 목사도 2011년 11월 15일이 종말이
라고 했고……. 또 다른 목사도 교단에서 파직당하여 시골구석으로
은신해 살고 있습니다. 거짓말을 할 이유가 있었다면 진실을 말할
더 좋은 이유가 있었을 텐데! 그들은 또다시 종말론을 예언하고 있을
것입니다! 20세기 서구의 물질문명을 : 物質文明·비판하는 대표적인
문명사적인 용어는 세계 혹은 세기말 의식 이라고 해야 할 것입니다.
2012년 12월 21일 프랑스 뷔가라슈에 세계 곳곳의 종말론 자들이 모
여들에 관광객이 주민보다 많아서 "마야인"모체의 사회선 취재진이
많아 수입이 짭짤했다는 소식이였지요. 그러나 인류의 종말은 만천하
에 거짓으로 드러났습니다. 종교를 믿지 않는 내가 살아 있으니까요."

　"……밀마가! 생성 : 生成 ↔ 태어남·소멸 : 消滅 ·자연의 이치인 : 理
致·것이다. 그래서 이 지구상의 인간은 태어날 때부터 평등하게 태어
난 것이다."

　"기독교에선 인간에게 고난이 : 苦難·시작된 이유를 이렇게 나열을
해 두었습니다. 하느님께서 인간이 그처럼 놀라운 장래를 : 천당에서
편히 영생을·누리게 할 목적으로 가지고 계셨다면 왜! 이토록 오랫동
안 고난하게 살게 만들었느냐?"고 물었습니다. 성경엔 천지창조 : 天
地創造·후 아담과 이브를 만들 때 그들의 몸과 정신을 완전하게 만들
었다는 것입니다. 여러 면에서 그렇다는 것입니다. 그러나 내가 생각
하는 것은 불량품입니다."

　"앞서 이야기 했지만……. 조물주가 인간을 제일 멋지게 만들었다
고 했는데 벌써 잊어먹었느냐?"

　"이유를 말해 볼까요? 하느님 말을 듣지 않고 법을 어겼기 때문입
니다. 그래서 화가 난 하느님은 더 이상 인간에게 영생을 : 永生 ↔ 죽지
를 않음·주지 않아 결국 늙어 병들어서 고생을 많이 하고 죽게 만들었
다는 것입니다. 실수를 인정해서 인가요? 유대 땅에서 건축 일을 하
면서 살고 있는 가난한 목수의 마누라인 마리아에게 수태케 : 受胎
↔ 임신·하여 예수를 아들로 가졌다는 것입니다. 허나 아들 예수는 죄
를 지어 제일 고통스럽게 죽는다는 십자가에 못 박혀 죽었습니다.
그렇다면 예수도 불량품입니다. 예수가 죽은 후 유대인 대학살 기간

에 수백만 명이 목숨을 잃었고 1억 명이 넘는 사람들이 전쟁으로 인하여 죽있다는 것입니다. 지금도 예수가 태어난 이스라엘은 중동의 화약고입니다! 종교가 생긴 후 종교 간에 전쟁으로 인하여 37억여 명의 인간이 죽었다는 것입니다. 지금도 매일 죽어가고 있습니다. 그런데? 하느님과 마리아를 비롯한 예수는 지금 하늘에선 성직자들의 거짓은 말로 표현하기 어렵습니다. 어리석은 종교인들아! 천지 창조 때 아담과 이브를 만들 때처럼 흙으로 만들지 왜! 남의 마누라에게 임신을 시켜 아들인 예수를 출산케 하는 것은 지상의 법으론 간통죄에 해당됩니다.”

“하여간 동생은 모른 게 없구나!”

“그래서인가! 우리나라 경찰청 국회 안정행정위원회소속 새누리당. 강기윤 위원에게 제출한 국정감사 자료에 따르면 2008년부터 2013년 상반기 까지 5년 6개월 동안 강간 및 상제 추행 범죄로 검거된 자료에 따르면 직업별로 나눠보면 종교인이 가장 많다는 것입니다. 하느님 닮아서 인가! 사이비 종교 정 명석 목사 놈이 여자신도들과 성행위와 성추행사건은 해외서도 이루어져 나라망신을 시키기도 했습니다. “못생긴 여자들은 사탄이 싫어하니 미인 여자만 신도로 모집하라”고 하여 그들과 한방에서 섹스를 하기도 했고 자기가 신이라고 하여 자매와 함께 그룹 섹스를 하였다는 것입니다. 이단 교주 들은 거짓말로 돈을 끌어 모으고 나면 문란한 성행위를 하였습니다. 세상의 남자들은 황제 : 皇帝·망상을 가지고 있습니다. 지위가 높아지고 나면 못된 마음을 가지게 되는 것입니다. 여하튼 언론에 성직자의 비리 보도는 끝나지 않고 계속 이어지고 있습니다.”

“그래서 너희 나라에서 낙태죄를 폐지하자고 연일 시위를 하고 있지 않느냐? 속아서 성 관계를 가져 임신한 여성들과 폭력 또는 마약 술 등에 의해서 앞서 이야기를 네가 했지만 그래도 100만 여 명은 좀 그렇다. 요즘 톱뉴스를 장식한 신도 13만 여명인 만민중앙 성결교회 이재록 목사라는 자가 그루밍으로 : Grooming·신적 존재를 믿는 여성을 심리적으로 지배를 한 뒤 상습적으로 신앙심등을 이용해 피해자들을 항거 불능 상태로 만들어 신도 7명과 성관계를 하였고 또한 수 십 명의 신도를 상습 준 강간과 성추행을 하여 재판을 받고 있다.

자기가 하나님이라고 했겠지!"

"그와 같은 어쩔 수 없는 임신도 있겠지요! 종교의 태동은 : 胎動 · 인간이 영원히 살고 싶다는 염원 때문에 예부터 죽은 이를 추모 : 追慕 · 하여 제단을 : 祭壇 · 쌓고 하늘에다 제사를 지내며 절대자를 찾으면서부터라는 것입니다. 그러다가 자연적으로 생긴 게 토테미즘과 샤머니즘이라는 원시적인 신앙이 생겨났다는 것입니다. 대자연의 모든 것엔 생명체인 정령이 : 精靈 · 있다고 믿는 토테미즘은 우리나라에도 없지 않아 특정한 사물은 터부시 : 禁忌 · 하는 것은 우리 주변에서 얼마든지 볼 수 있는가 하면 샤머니즘의 잔재인 점술행위는 지금까지도 사라지기커녕 마치 민속예술처럼 공공연히 우리 가까이에서 행하여지고 있습니다. 그러한 원시적인 신앙이 오늘날과 같은 여러 가지로 모양새를 제대로 갖춘 종교로 발전하여 온 것입니다."

"……."

"종교를 크게 삼등분 하여보면? 불교는 인생 자체를 고해라 : 苦海 · 하여 고통의 원인인 번뇌로부터 해탈 : 解脫 ↔ 벗어남 · 함으로써 삶이 자유로울 수 있다고 합니다. 지금으로 부터 약 2천 5백 년 전에 인도 카필타 왕국의 왕자 싯타르타 고타마가 그 창시자 : 創始者 · 입니다. 그의 사상을 네 가지로 요약하여 보면……. 인생의 자체가 바로 괴로움이라는 고 : 苦 · 괴로움의 원인으로서 번뇌라고도 하는 집의 : 集 · 열 두 가지인 인연 : 因緣 · 무명 : 無明 행 : 行 식 : 識 명색 : 名色 · 육근 : 六根 · 촉 : 觸 · 수 : 受 · 취 : 取 · 유 : 有 생 : 生 · 노사 : 老死 ↔ 늙어서 죽음 · 입니다."

"늙으면 죽음에 이른다. 이 세상의 생물은 꼭 죽는다. 영원불멸 한다면 지구는 만원이고 그래서 달나라 화성에 가서 정착 하려 그 난리를 치나! 허기야 황우석이가 게놈을 완성 했다면 가능하지. 그렇다면 인간이 죽은 뒤에 불교에선 윤회를 주장 하는 이유는?"

"죽음에서 해탈하는 멸의 : 滅 ↔ 죽음 · 구체적인 방법인 도 : 道 · 인데 도는 여덟 가지인 팔정도 : 八正道 · 로서 정견 : 正見 ↔ 바르게 봄 · 정사 : 正思 ↔ 생각을 바르게 함 · 정어 : 正語 ↔ 말을 바르게 함 · 정업 : 正業 ↔ 행동을 바르게 함 · 정명 : 正命 ↔ 생활을 바르게 함 · 정념 : 正念 ↔ 마음을 바르게 가짐 · 정정 : 正定 ↔ 마음을 바르게 안정시킴 · 정정진 : 正精進 ↔ 바르게 노력함·등입니다."

"그러한 징신을 수앙을 하고 나년은?"

"전생의 : 前生 · 업보에 따라 여섯 가지인 지옥 : 地獄 · 아귀 : 餓鬼
· 축생 : 畜生 · 수라 : 修羅 · 인간 : 人間 · 천상의 : 天上 · 삶을 거듭한다는
윤회탁생의 · 倫回託生 · 교리를 불경에 기록되어 있습니다."

"불교의 성직자와 신도들이 불경에 기록 된 것을 지키고 죽어서
나 아닌 다른 사람의 몸으로 이 세상으로 다시 태어나 이전보다 더
풍요로운 삶을 살고 있는 사람이 있을까! 너는 그렇게 생각을 하고
있느냐?"

"절대로 아닙니다. 내가 북파공작원 팀장이 되어 8명의 부하를 데
리고 휴전선을 넘어갈 때 기독교에선 목사가 불교에선 법사가 기도
를 해 주었습니다. 무사히 갈다오라고……. 김일성이도 죽이고 북한
군도 많이 죽이고 살아서 돌아오라는 기도를 말입니다. 그 후로 절대
로 종교를 믿지 않고 있습니다. 물질만능주의가 되버린 이 시대에
죄지은 사람이 많아서인가! 무소유를 주장하는 불교의 가르침은 자
본주의 세상에선 어쩐지 꺼림합니다. 대다수 사찰은 수억에서 수십억
씩 들여 지은 건물이며! 자연을 훼손 하여 풍경이 좋은 곳에 들어서
있습니다."

"목탁을 두드린다 해서 돈이 나오는 것도 아니고! 부처는 길에서
자고 길에서 수행하며 중생을 가르쳤다고 했다. 그러한데 요즘 절간
에 가보면 고급 대형 고급승용차가 있고 불교에서는 삼라만상실유불
성 : 森羅萬象悉有佛性 · 이라 하여 생명을 지닌 것은 인간뿐만이 아니라
그것이 식물이나 동물이나. 인간과 똑같은 고귀한 존재로서 그 어떤
것이라도 부처가 될 수 있는 본성을 가지고 있다고 불경 기록이 아니
냐? 그런데 차를 타고 다니고 있다."

"불교의 스님들은 살생을 피하기 위해 그들의 식사에서 절대로 육
식을 먹지 않으며. 오직 풀잎과 식물열매 만을 먹어야 한다고 적혀
있습니다. 자신의 생존을 위하여 고기나 식물의 줄기를 먹는다는 것
은 그것이 가축이 되었건 채소이었건 혹은 야생의 동식물이었건 간
에 결과적으로 살생하는 일이 되기 때문이라는 것입니다. 그렇다면
불교신자가 아닌 사람들은 매일 살생죄를 : 殺生 罪 · 저지르고 있는 셈

입니다!"

"지구상에 모든 인간이 불교를 믿는다면 동물들이 삶이 훨씬……. 뉴스에 나오는 것을 보니 인도에선 5백 30여 만 마리 주인 없는 소가 거리에 떠돌아다닌다고 하더라. 참! 인도는 불교 국가라. 너희 나라 같으면 소고기를 제일 좋아……. 아 참! 스리랑카 최고의 성지 스리 라마 산 정상에 석가의 불상이 있는데 그 산을 오르려면 8시간을 가파른 산에 오르는 순례길이라고 하더라. 그 길을 걷고 온 사람은 모두 윤회……. 백년도 못사는 인간들이라서! 그러나."

"그러나 기독교에선 '지구상의 생명체는 필연적으로 자신들이 살기 위해서는 인간이건 동물이건 또는 생물이건 죽이지 않고는 살 수 없기에 이러한 일은 숙명적으로 인간이 범할 수밖에 없는 것을 죄가 아니다'라고 합니다. 해서 서구의 철학자 야스퍼스가 이러한 진리를 기독교의 원죄와 구분하여 공동 : 公同·죄 : 罪·라고 하였습니다."

"낙태죄를 없애라는 여성 단체의 주장대로 공동 죄가……. 그런데 종교계에서는 반대 집회를 하고 있지 않느냐? 너희 나라 보릿고개 시절에 박정희 대통령 어머니도 살기가 어려워 박정희를 임신을 하여 낙태를 하려고 수년을 묵은 간장독 밑에 싸여 있는 찌꺼기를 먹어도 낙태가 안 되어 높은 돌담위에서 수차래 뛰어내려도 낙태가 안 되자 포기를 하고 박정희를 출산하여……. 한국 전쟁이 끝나고 폐허가 된 우리나라를 보고 전쟁에 참여 했던 미군이 60년의 세월이 흘러도 전쟁의 상처를 회복하지 못 할 것이라고 말을 했는데 당시 인도 다음으로 2번째 가난 했던 나라를 지금의 세계 10위안의 경제 대국을 이룩하게 발판을 마련케 한 대통령이 되었지 않았느냐? 다만. 군사 쿠데타를 일의 켜서 수많은 국민을 죽이고 정권을 잡았지만 역사는 후대의 사학자들이 평할 것이다!"

"맞는 이야기입니다! 자기 동족을 죽인다는 것은 큰 죄입니다. 그래서 옛 부터 스님들은 숲속 길을 자신도 모르는 사이에 땅에서 기어가는 벌레를 밟아 죽일까봐 성긴 : 筬繁 ↔ 발밑이 구멍이 난 신·짚신을 신고 다녔습니다. 혹시 잘못해서 벌레를 밟았더라도 짚신바닥이 올이 성겨서 생긴 바닥의 구멍을 통해 살 수도 있기 때문입니다. 벌레도 죽이면 죄가 되기 때문입니다. 그러나 기독교에서는 '인간이 생존을 위해서 짐승을 잡아먹는 것을 보고 살생이라고 하거나 죄악이라고 하지 않는다'하면서도 '생명의 영성은 : 靈性·공생공존의 : 共生共存 ·가치…… 인간과 자연의 미물 : 微物·들의 생명도 소중히 여겨야한다'는 설교에는 괴리가 있는 것입니다. 현 시대에 스님들은 너나없이 차를 굴립니다. 또한 견고한 밑창인 신발을 신고 다닙니다."

"세상이 변함에 따라 어쩔 수 없는 것이다. 그러니까. 자기들 편한데로 살아가는 것이다. 성경이나 불경을 번역하는 사람들이 잘 못이다!"

"앞서 이야기를 했습니다만……. 하나님을 믿는 이슬람교는 : 회교 또는 회회교·모하멧이 : Mdhammed·창시한 것으로서 현제 세계적으로 가톨릭과 거의 맞먹는 신도수를 가진 거대한 종교입니다. 코란에 기본교리인 육신은 : 六信·알라 : 하나님·외엔 다른 신을 둘 수 없다. 알라와 인간 사이엔 천사 : 天使·라는 중개자가 : 仲介者·있다. 코란은 : Koran·알라의 마지막 계시다. 계시란 : 啓示·여섯 명의 중요 예언자인 아담·아브라함·모세·예수·모하멧·중에서도 모하멧이 가장 위대한 마지막 예언자다. 세말에 : 世末 ↔ 세상종말·나팔이 울리고 모든 이가 알라의 심판을 받게 된다. 인간의 구원은 모두 예정되어 있다. 그리고 신도들이 지킬 오행 : 五行·으론…… 알라 외엔 다른 신이 없고, 모하멧은 알라의 예언자라는 기본신조를 : 基本信條·날마다 고백한다. 매일 다섯 번씩 메카를 향하여 예배를 한다. 구빈세를 : 救貧稅 ↔ 돈을 내야 함·내야 한다. 라마단 달엔 : 알라의 계시의 달·30일 동안 금식을 한다. 일생에 적어도 한번은 메카에 순례를 해야 한다. 등이 이슬람의 율법 : 律法·이라는 것입니다."

"이슬람의 법전이구나. 하여간 패거리가 갈라져서 우두머리가 신도보다 더 잘살기 위해서 만든 말이다. 그런데 신을 모든 것을 알고 있을 텐데! 가만히 두고 있다는 것은 신이 없다는 것이다. 너희 나라에도 그 신도가 있다. 매일 자기나라 쪽을 보고 절을 하는 것을 보아다. 그 놈의 신은 자기나라에서 잘 살게 해주지를 않고. 머나먼 이국땅에 얼굴도 틀리고 말도 통하지도 않은 곳에서 막노동 아니면 여자들은 몸을 팔아서 어렵게 삶을 이어가게 하는지!"

"이 종교의 신도들은 유일신이라는 하나님을 믿는 교도입니다. 하나님을 믿지 않고 예수를 믿는 사람은 없어져야 한다며 테러를 자행하는 집단입니다. 그래서 기독의 발상지였고 예수의 탄생지인 죽음의 땅 이스라엘은 중동의 화약고입니다. 지금도 이슬람교도들의 끝없는 테러에 시달리고 있습니다. 필리핀은 국민의 75%가 가톨릭이고 25%가 이슬람입니다. 44년 동안 정부군과 : 가톨릭 · 반군의 : 이슬람 · 내전으로 인하여 20만 여명이 희생되었다고 합니다. 주변국의 평화협상을 중재하고 있지만요.”

“너희나라는 7대종교가 있으나 다행이도 종교인간에 큰 다툼은 없지 않느냐! 옛 부터 에루살렘은 무슬림에 도전을 받고 로마군에 시달리다가 결국 로마에 점령당하여 멸망의 길로 들었으나 끈질긴 민족성 때문에 살아남았다. 한마디로 전쟁과 갈등의 역사를 않고 살아온 민족이다! 악한 자는 자신을 괴롭히는 행동을 쉽게 하지만 착한 사람은 자신을 편안하게 하지만 나뿐 행동을 못한다. 착함은 조급하지를 않는다. 구김살이 없고 움 추려 들지 않으며 유유자작하고 명랑하며 행동이 자유롭다. 그러니까? 일부 성직자가 착한 척 선한 척 하면서 신도를 모아서…….”

“한때는 아니! 지금도 종말론을 이야기하며 신도들을 모으고 있습니다. 그렇습니다. 지구상의 생명체는 단 한 번의 종말이 옵니다. 그것은 피할 수 없는 죽음입니다. 요한 계시록을 잘 이해하면 종말이 아니라 소망을 기록한 책입니다. 고대나 지금이나 예수는 자기가 태어난 이스라엘이 끈임 없는 테러에 시달리는데 하늘에서 아버지인 하느님 눈치만보고 이러지도 못하고 저러지도 못하고 팔짱낀 채 구경만하고 있는 모양입니다! 그리스도교는 인생의 궁극적인 목적과 인간의 죽음에 대한 의문을 하느님이 자신의 외아들 예수 그리스도를 통하여 인간에게 직접 가르쳐 주었다고 설교를 하고 있습니다. 하느님이 누구이며 어떻게 하면 죽음을 극복하여 영원히 살 수 있는가? 라는 명제 아래 참 행복에 이르는 방법을 계시 : 啓示 ↔ 드러내 보임 · 하고 있으므로 그리스도교를 계시의 종교라고 합니다. 그리스도교 성직자들은 인간은 모두가 죄인이라는 것입니다. 내가 생각하기에는 하느님이 죄인인데! 왜냐고요? 예수도 신의 창조물인 아담과 이브처럼 흙으로 만들지 남의 아내인 마리아에게 수태 : 受胎 ↔ 임신 · 하게 하여 아들 예수를 태어나게 했느냐는 것입니다. 이세상의 법으론 간통죄에 속합니다. 우리나라 간통 법을 없애사 하여 간통죄는 폐지가 되었습니다. 그 무리가 혹시? 그리스도교 성직자!"

"그러면 세상은 개판이 될 것인데! 죽은 카사노바가 : Giacomo Giovanni Casanova ↔ 18세기 난봉꾼·하늘에서 내려다보고 장탄식을 하며 일찍 죽은걸 무척이나 억울해할 것이다. 비아그라·머리를 거라·서거라·자꾸 서거라·서서 절대로 시들지 말거라·등의 주가는 천정부지로 치솟을 것이고! 성경 어디엔가 이런 구절이 있다. 너의 이웃을 탐 하……?"

"너의 이웃을 사랑하라는 말을 들으니 생각이 납니다. 지금으로부터 20여 년 전에 충청도 시골마을에서 실제로 있는 사건입니다. 간통죄로 고발된 유부녀가. 경찰이 조사를 하는 과정에서 경찰이 '왜 간통을 했느냐?'는 신문에 '성경 기록을 보면 네 이웃을 사랑하라 하여……. 내가 가지고 있는 거시기가 있는데. 남편 거시기가 요즘 기능을 제대로 발휘를 못하여 밤이 즐겁지를 못하던 차에! 이웃에 사는 아저씨인데 거시기를 한번 달라고 하여 주었는데 그게 무슨 큰 죄입니까?'하더라는 것입니다. '영하 12도가 되는 추운 날에 방천 : 시냇물이 흐르는 곳·둑에서 섹스를 하는데 춥지 않읍디까?'하고 물으니 '남편보다 섹스를 얼마나 강하게 하는지 온 몸에 땀이 나서 추운 걸 모르고 오랫동안 했다'고 대답을 하더라는 것입니다. 재판 때 판사가 '간통을 한 것이 사실인가?'묻자. 여자는 '성경에 상재되어 있는 창조주의 말인데 하느님은 이웃과도 나누어 먹어라 했습니다. 여자가 가지고 있는 거시기가 있는데 한번 달라고 하는데 거짓말을 할 수 없어 주었습니다.'대답을 하더라는 것입니다. 재판 구경을 갔던 남자 친구들이 '성경에 그런 글이 있냐?'말에 한 친구가 '판사가 고시공부 하느라! 성경을 읽었겠냐?'……지어낸 이야기가 아닙니다."

"세상엔 별의 별 사건이 터지지 않느냐? 요즘 인터넷 검색을 해보면 별별 뉴스가 있더라. 이 광활한 우주는 인류의 숙제가 남아 있는 것이다. 그 숙제를 아무도 풀지 못하여 사고가 이어지고 있는 것이다."

"그래서 모든 종교의 교리를 따르면 현세보다 더 나은 삶이 주어진다고 하지만! 이 모든 것은 성직자가 먹고 살기위해서 신도를 모아 놓고 거짓말로 유인하는 사업방법을 기록해둔 것입니다. 모든 종교의 장에 가면 돈 돈 돈입니다. 일도 하지 않고 입으로 먹고 사는데! 돈이 없으면 그들도 인간인데 주기도문을 외우고 또는 불경을 외우고 목탁을 두드린다 해서 음식이 나오지 않습니다."

"인간이 먹지 않고 어떻게 살 것이냐? 내가 생각 컨데 일부의 성직자는 사기꾼에 조폭 같은 자 들이다! 그 어느 누구도 천당을 갔다가 온자가 없으며 또한 죽은 뒤 이 세상으로 윤회 되어 전생에 살았던 삶 보다 더 나은 삶을 살아가는 사람은 없다. 성직자들의 재물에 대한 탐욕은 끝이 없어! 신도들에게 하는 말은 언제나 죄를 이야기하여 공포를 조성하고 헌금과 : 獻金 · 많은 시주를 : 施主 · 요구하고 있다. 어수룩한 신도들만 이용당하고 있는 것이다. 여하튼 성직자도 잘 먹고 살아야 하겠지."

"샤머니즘인 점술행위도 : 占術行爲 · 마찬가지입니다. 돈을 많이 주면 모든 일이 더 잘 풀린다고 거짓말을 합니다. 그렇게 남의 운명을 잘 알고…… 해결방법을 알면…… 자기 운명의 해결방법을 알아내서 빌게이츠처럼. 돈을 왕창 벌어 편한 여생을 보내지. 뭐하려 방구석에서 상위에 엽전을 굴리거나 쌀알을 고루는 짓을 하며 공갈협박으로 공포조성 하여 돈을 뜯어내고 있느냐는 말입니다. 요즘 같으면 로또복권을 사서 전부 당첨되면 부자가 될 것입니다."

"공포는 인간의 본능이다. 그래서 거짓말로 유인하는 종교 교리에 빠져 들게 된다. 절에 가서 신도들이 불전 : 佛錢 · 함에 돈을 넣지 않으면 목탁소리가 적어진다고 한다. 열나게 두드려봤자 돈이 안 되어서 힘이 빠져서 그렇다는 것이다. 그렇지만 좋은 스님이 더 많다! 일부 교리에 어긋나는 스님이 있을 뿐이다. 그런 행위를 하는 성직자는 파계승이다. 기독교보다. 절들이 문화재로 등록되어 국가에서 보호하는 것도 우리는 알아야 한다."

"성경을 비롯하여 코란과 경전은 번역자들의 오역 : 誤譯 · 된 것이 지금의 종교다툼이 됐습니다. 그 한 예를 들자면 구약성서의 시 · 기도 · 등이 처음 시작한 때는 기원전 1,000년이었는데 그 방대한 기록이 계속 쌓여서 기원전 100년경에 마지막 권이 쓰여 졌으며 세계 2천개 이상의 언어로 번역되었고 지금도 번역 중이라고 합니다. 19세기 꺼지 성경은 기독교의 역사책이기도 하지만 과학 책으로 여겨지기도 했는데 창조 속의 성경이야기를…… 세상과 세상의 모든 것을 하나님이 엿새 만에 창조하셨다. "영국성공회 신부 80%는 믿지 않는다."라고 했습니다. 모두가 믿고 있었는데 찰스 다윈의 진화론과 : 모든 생물은 환경에 적응하면서 서서히 변해 왔다는 학설의 · 그 증거를 들고 나오자 종교계에서 큰 소동이 난 것입니다. 성경학자들이 반박 성명을 냈고 유명한 많은 작가들을 총 동원하여 책을 써서 신의 창조를 거듭 주장하였고…… 성경을 변역하기에 열을 올렸습니다. 세계도처에서 성경이 마구 번역되면서 번역이 잘못되어 어처구니없는 실수를 저지르기도 했습니다. 그 한 예로 킹 제임스 영역성서의 : King James Version ↔ 영국제임스 1세의 명령을 받아 편집 발행한 영역 성경 · 1612년 판에서는 시편 119장 161절의 "권세가 : Princes · 들이 나를 까닭 없이 박해하오나"로 잘못 번역하여 인쇄하는 엄청난 실수를 저질렀고 1631년 판에서는 십계명에서 "not"이란 단어를 빠뜨리는 바람에 일 곱 번째 계명이 "너희는 간음해야 : Thous Haltcommit Adultery · 한다."바뀌었으며 1966년 판에서도 시편 122장 6절 "예루살렘에 평화가 깃들도록 기도 : Pray · 하라"는 내용에서 "r"이 빠지는 바람에 "예루살렘에 평화가 깃들도록 대가를 : Pay · 치러야 한다."는 뜻으로 번역되기도 하였습니다. 이렇듯 왕의 명령을 받고 편찬한 작가라도 실수를 하기 마련입니다."

"그러니까 너희 같은 작가들의 잘못이구나! 네가 그 시대에 태어났으면 오역을 : 잘못번역 · 하지 않은 종교서적이 나오지를 않았을 텐데!"

"중요한 이야기를 하는데 초치지 말고 가만히 들어보세요? 전임 교황인 베네딕토 16세가 스스로 교황 직에서 물러난 것은 '하느님이 그렇게 말씀하셨기 때문'이라고 말했습니다. 베네딕토 16세는 최근 바티칸 내에 있는 수도원을 찾은 한 방문객이 사임한 이유를 묻자 '기도를 하다가 하느님과 함께해야 한다는 절대적인 열망이 가슴에 차오르는 성스런 메시지를 받았다. 신비한 체험이었다.'고 말했다는 것입니다. 그는 이어 '교황 프란치스코가 업무를 수행하며 보여주는 '카리스마'를 보니 나의 사임이 진정 '하느님의 뜻'이라는 것을 알 수 있었다'고도 했습니다."

"글마! 이야기도 모두 모순이 있다. 거짓말이나 하고!"

"그렇기도 합니다! 교황 프란치스코는 베네딕토 16세를 '함께 사는 할아버지'처럼 생각하며 정기적으로 베네딕토 16세에게 조언을 구하고 있다고 AFP가 특종으로 보도했습니다. 2005년부터 8년간 재임한 베네딕토 16세는 1415년 교황 그레고리 12세가 사임을 한 이후 598년 만에 자진 사임한 교황이다"라는 조선일보 2013년 8월 23일자 A·23면에 실린 기사입니다. 위의 글 뜻은 하느님의 말을 들었다는 뜻입니다."

"그런 거짓말을 하다니. 참으로 웃기는 놈이다. 하루가 멀다 않고 터지는 중동 종교인들 간에 벌어지는 테러로 인하여 수많은 난민이 살 곳을 찾아 피난길에 올라 지중해에서 배가 뒤집혀 사람이 매일 죽어가고 있다. 하느님을 만났다는 베네딕도는 하느님께 부탁을 하여 모세의 기적처럼……. 그자에게 성직자의 본분을 다하였는가를 묻고 싶다."

"저도 묻고 싶습니다. 종교계의 황제 : 皇帝 · 라는 그런 임무를 수행하는 자가 : 者 · 하느님을 만났다고 거짓말이나 하고선! 성서의 알림과 모든 증거가 알려 주는 바에 따르면 인간이 하느님으로부터 독립함으로 시작된 비극적인 실험이 끝난 때가 가까워지고 있다는 것입니다. 하느님으로부터 독립한 인간의 통치권은 결코 성공할 수 없다는 것이 이미 충분하게 증명이 되었다고 합니다. 성직자와 신도들은 '하느님의 통치권만이 평화·행복·완전한 건강·영원한 생명을 허용할 수 있으며 따라서 여호와께서 더 이상 악과 고난을 허용하지 않으실 때가 가까워 오고 있다'라고 합니다."

"그러나 위의 말은 단 하나도 지켜지지 않고 있는데……. 종교인들의 무어라고 답을 할 것인가. 종교의 전쟁 민족 간에 전쟁을 피하여 지중해에서 년 2,000여 명이 피난민이 배가 뒤집혀 죽고 있다고 네가 말했듯 모세의 기적처럼 바다를 갈라지게 할 수 없는 능력이 없으니! 인간의 모임체인 사회는 본질적으로 도덕사회다. : 道德社會 · 어떠한 인간사회이든 도덕성을 지향해야만 성립 될 수 있고 도덕사회를 증대해 가야만 유지될 수 있다. 도덕이 무너지면 극단의 경우 소돔과 고모라 성처럼 되는 것이 인간사회다. 그런데 이 같이 중요한 도덕성이 : 道德性 · 사람들이 바라는 수준만큼 높지 않은 것이 인간사회의 특징이다. 어느 시대나 어느 사회 할 것 없이 부서지고 있다고 늘 개탄하는 것이 도덕성이다. 그래서 어느 사회나 이를 증대시키려고 끊임없이 노력한다. 거기에 꼭 필요한 존재가 성직자나 사회의 지도층이다. 맑스는 목사와 신부를 비롯한 승려 등의 성직자를 노동으로는 아무 것도 생산해 내지 못하다고 혹평 : 酷評 · 하였다. 그렇다면 왜 사회에는 이를 이끌어 가는 성직자 등의 존재가 필요로 하는가? 그 이유는 그들이 도덕적 지표가 : 道德的指標 ↔ 방향의 길을 알려주는 표지 · 되기 때문이다. 그들은 사람들의 마음가짐과 행동거지의 본보기가 되는데 이를 우리는 도덕적 지표라고 한다. 지도자는 사람이 무엇을 어떻게 해야 하고 어떻게 행동해서는 안 되는가를 가르치는 지표이다."

"우리가 죽어라 하고 공부에 열중하는 것은 모르는 것을 알기위서이고 모든 것을 알았으면 모르는 사람에게 가르치는 것도 우리가 할 의무이기도 합니다. 특히 종교의 지도자들은…… 유익하지 못한 천 마디 말보다 마음의 평화를 얻을 수 있는 한마디 말이 생명의 말인 모르는 성직자의 인성이……."

"그래서 종교의 지도자들은 그들의 지위와 역할에 의거해서 가장 엄격히 수행해야 할 도덕적 지표이다. 이 지표가 지표로서 기능을 다하지 못할 때 맑스 말처럼 근로자에게 빌붙어 얻어먹는 기생충이 : 寄生蟲 · 되는 것이다. 그것도 이 세상을 혼돈스럽게 하는 가장 더럽고 추한 기생충이 된다."

"그런 능력이 있다면 지구가 천국이겠지요! 프란치스코 교황이 선출되고 불과 3개월 뒤인 지난해 6월 교황청이 발칵 뒤집혀 졌습니다. 교황청에서 22년간 해외 자산 관리 업무를 맡았던 고위 성직자인 눈치오 스카라노 : 63세 · 신부가 '돈세탁'혐의로 스위스에서 체포된 것입니다. 그가 전직 금융 브로커와 군 : 軍 · 사법경찰 등과 짜고 스위스에서 밀반입하려고 시도했던 금액은 2000만유로 : 약 298억원 · 라는 것입니다. 이들은 세관 검사를 피하기 위해 전용기를 대절했다는 것입니다. 증거인멸을 위해 휴대전화까지 불태우는 치밀함을 보였고……

눈치오 스카라노 신부는 이와는 별도로 이탈리아 남부 살레르노에 방 17개짜리 호화 아파트를 사들인 혐의도 받았다는 것입니다. 그가 해외 계좌를 개설하고 허위로 기부를 받은 것처럼 꾸미는데 동원한 '돈세탁'창구가 바티칸 은행이었다는 BBC 보도가 나왔습니다. 곧 죽을 때도 되었고! 신부라면 재산을 물려줄 자식도 없을 텐데 여호와께서 고난을 허용하지 않겠다고 했는데 그사이를 못 참고 성모 마리아 돈을 도둑질을 했다니 그간에 무척이나 고난 했던 모양입니다!"

"과욕은 사심을 낳고 사심은 무리를 낳으며 무리는 근심을 낳게 되고 근심은 불행을 낳는다. 청심은 순리를 낳으며 순리는 즐거움을 낳고 즐거움은 행복을 가져오는 것이 세상살이의 이치다. 그래서 적은 욕심은 맑은 마음의 근원이 되고 근심을 버리는 것은 즐거운 성품의 바탕이 된다. 사람이 과정을 소홀히 하고 지나치게 결과에 집착을 하면 진정한 삶의 과정이 인생의 행복에 얼마나 중요하게 영향을 끼치는지 깨닫지 못하고 있다는 것이다. 돈 때문에 너희 나라에서도 종교적인 이유로 또는 미신적인 점술행위 등으로 그러한 사건이 자주 발생하지 않느냐?"

"현금을 내면 당신 어머니가 천국에 가실 수 있어 농사를 짓는 A 씨가 : 49세 · 영적인 능력이 있다고 알려진 이 모 씨를 : 73세 ↔ 여자 · 알게 된 것은 같은 신앙생활을 하면서 벌어진 일입니다. 이 씨는 경기도 가평과 하남 일대의 기도원에서 '하나님의 응답을 받아 예지 : 豫智 · 있는 사람으로 알려져 있었다'고 합니다. A 씨는 자신의 집안 상황을 꿰뚫어 보는 이 씨를 전적으로 믿게 됐는데……. 사실은 이 씨는 범행대상의 지인을 통해 그 집 가정상황을 속속들이 모두 알아내고서 행동에 들어갔기 때문에 믿을 수밖에 없었던 것입니다. 어머니를 위한 헌금을 바치라는 말에 3,000만 원을 보냈지만. 이에 그치지 않고 이 씨의 요구는 끝이 없었습니다. A 씨가 헌금을 내기 어렵다고 하자 이 씨는 '헌금을 하지 않으면 사람이 죽는다. 가족과 부모님이 지옥에 간다.'는 등의 말로 위협하기 시작했다는 것입니다. 그의 공갈 협박에 결국 A 씨는 감사헌금과 십일조 등의 명목으로 12년 동안 5억 5,000만 원을 바쳤다는 것입니다. 이 씨가 피해자들에게 '철저한 비밀유지'를 원칙으로 해서 그의 범행은 12년간 지속되었던 것입니다. 그 외 3명으로부터 10억여 원을 가로챈 혐의로 : 사기죄로 · 구속됐다는 것입니다. 그는 서울시 강동구 등촌동에 6억 원 상당 고급빌라에 거주하면서 따로 11억 상당의 주택도 소유한 것으로 밝혀졌습니다. 하나님을 빙자한 사기죄를 범하였는데! 하나님은 벌하지 아니하였으니 하나님은 사기방조죄를 지은 것입니다.”

“인간이라 늙으면 마음이 약해진다. 앞서 네가 말했지만……. 그렇게 앞날을 알 수 있다면 요즘 미국 복권이 2조 원 가까이라는데 미국으로 가서 복권을 구입하지…….”

“2014년 4월 16일에 일어난 세월호 침몰사건 때 일 입니다. 수백명의 승객들이 침몰되어가는 뱃속에서 400여명의 인명이 구원의 손길을 기다리는데…… 진두지휘할 선장은 ‘구조팀이 올 때까지 기다리라’는 말을 남기고 선원들과 먼저 탈출을 했습니다. 결국 304명이 희생되었습니다. 이들은 눈물보다 서럽게 젖은 그리운 얼굴이 되었습니다. 가족들에게! 이 종교는 ‘구원 파’라는 종교입니다. 하나님이 구해줄 줄 알았나? 구해달라고 기도나 했나? 탈출한 선장을 기자들이 찾아 가보니. 병원 침대에서 물에 젖은 5만 원짜리와 1만 원짜리 지폐를 말리고 있었다는 것입니다. 세월호의 실 소유자나 마찬가지인 유병언이란 놈은 2천억을 부도를 낸 자입니다. 그런 자가 10여년 사이에 2천여 억의 돈을 가졌다는 것입니다.”

“……혹시? 세종대왕할아버지와 : 만원권 · 신사임당 : 오만원권 · 할머니가 추울까봐 닦아주었는지 모르잖아! 두 분에게 잘 보여야지 하나님보다 더 존경을 하는지 모르잖아! 화내지 말거라? 돈이란……. 여하튼 사기꾼에게 속아 넘어간 신도들의 잘못이 그러한 종교가 성행하는 것이다. 죽으면 한 푼도 가져가지 못하거늘 자기는 살려고 먼저나와 그 짓을 하였다니.”

“이 종교가 십일조를 : 자기가 벌어들인 돈 10분의 1을 바침 · 하는 구원파란 종교집단입니다. 종교계에선 이단이라고 합니다. 이단은 메시아를 믿고 교주를 신으로 받드는 곳입니다. 세상의 말세론을 주장하며 구원파란 종교의 교리는 ‘말세가 되면 돈은 필요 없게 된다. 그러니까 하나님의 돈은 우리가 맡는다.’교리를 들먹이면서 유 병언이란 사기꾼 교주는 신도들의 돈을 갈취한 것입니다. 재산을 신도나 자식들 앞으로 해 두었다는 것은 부도 금을 해결 하지 않으려고 한 것입니다. 그는 신도들의 헌금과 억지 물건을 팔아서 모은 재산의 세금을 내지도 않았습니다. 통일교 문선명이와 똑 같은 것입니다. 그의 죄를 밝히려는데 신도들이 공권력에 도전을 하였습니다."

"박정희 군사정권 시절 같으면 모조리……."

"그러한 종교가 기생을 하는 것은 어리바리한 인간들이 득실거리는 것입니다! 얼마나 허구의 교단인지를 온 국민이 이번 사건으로 처음 알았을 것입니다! 유 병언은 한국예총 사진작가에 등록도 안 된 아마추어 작가가 장당 몇 백 만원에서 8천만 원씩 받았고 달력을 만들어 부당 5백만 원씩 구원파와 관련된 계열 회사나 신도들에게 강제로 달력과 사진을 팔아 수백억 원을 비자금으로 모아 해외로 빼돌렸다는 것입니다. 사진은 해외서나 국내에 팔린 적이 없는 아마추어 작가의 수준인 사진을 팔았다니 날 강도가 아닌 가 싶습니다. 몇 십억의 세금을 못낸 그런 자가 프랑스 베르사유 궁전 앞에 분수대 공사를 하는데 20억을 기부 했다고 합니다. 자신의 재산은 ○원이라고 한 자가 거액의 기부금은 어디서 나왔을까요? 이러한 짓거리만 보아도 사기꾼입니다."

"그 놈이! 교회에 속해 있는 사업에 돈을 바치면 지구가 종말이 왔을 때 공중으로 들림을 : 휴거 ↔ 休居 · 받는다고 공갈 협박을 하여 돈을 끌어 모았단 말이구나!"

"성경에 있지도 않은 교리의 핵심을 삼아 교인들에게 사기를 친 것입니다. 세상에서 제일 악질들인 하나님 교회 수장 : 守長 · 이라는 것에 공감이 갑니다. 하나님이 아니고 하느님을 믿는 종교집단에서는 "하나님 종교를 믿는 사람이 이 세상에서 가장 악질이다"라고 합니다. 극단적인 예를 들자면 몸에 폭탄 띠를 두르고 내 한 몸 갈가리 찢겨서 죽더라도 이슬람의 원수를 죽이면 낙원에 가서 아름다운 여인들의 서비스를 받는다는 식의 신앙이 무고한 인명을 살상하며 지금도 세계도처에서 테러를 매일 자행하면서 지구의 평화를 해치고 있습니다."

"신은 : 하나님 ↔ 유일신 → 唯 ↔ 神 · 하나다고 코란에 쓰여 있는 엉터리 교리를 믿는 자들이 그러한 테러를 감행하고 있다."

"앞서 이야기를 했지만. 그들의 주장은? ……이슬람의 세계에서는 오직 한 길인 알라의 길로 통한다고 합니다. 모히메드가 빌어 석었다는 코란은 절대 적이다. 신은 하나라고 밀어붙이는 이슬람은 신은 '알라 뿐이다'라는 것입니다. 하나님의 아들 예수를 믿는 자는 없어져야 한다는 그들의 그릇된 생각에서 그런 일을 세계도처에서 테러를 자행하고 있습니다. 그래서 예수를 믿는 이스라엘을 멸종 시켜야한다고 매일 테러를 하고 있는 것입니다. 예수는 하나님의 아들인데 하나님 가족을 믿는 사람이 있어서는 안 된다는 종교인들은 '원수라도 동등하게'란 코란의 한 구절을 무시한 채 이 세상에서 제일 무서운 테러 집단이 되어 매일 세계도처에서 잔인한 폭력을 가하는 바람에 세계경찰이라고 하는 미국도 9.11테러를 당해 무고한 수천의 민간인이 억울한 죽음을 당했습니다. 대다수 종교인의 걱정은……."

"죄업으로 가득 찬 세상에 심판의 날이 닥쳤을 때 특정 종파의 신도들만을 구원해 준다는 교리를 가진 종교집단들이 작금에 너희나라에도 하나님의 교회가 번성하면서 신문광고도 대대적으로 하고 있지 않느냐? 종교인 대다수는 리플리 증후군을 : Rip lev Syndrome ↔ 자신의 현실을 부정하면서 자신이 만든 허구를 진실이라고 믿고 거짓말과 행동을 반복하는 반사회적 인격 장애·가진 집단이 되는 것이다."

"내가 살고 있는 아파트에서 150여 미터거리에도 있습니다. 북한 괴뢰집단보다 더 무서운 집단이 많이 생겨서 걱정입니다. 세상에서 무서운 것은 우리주변에 많습니다. 그러나 '너를 죽이고 나도 죽는다고'테러를 하는 사람이 제일 무서운 것입니다."

"……모든 종교는 돈 때문에 생겨난 것이다. 유병언도·통일교주 문선명 도·아니 모든 종교는 흥하고 망함은 돈이다? 종교 이야기는 끝이 없다. 뿌리 깊은 나무는 성난 비바람에도 무섭지 않을 것이다. 너희 작가들처럼! 잠시 쉬고 재미나는 춤 구경이나 해보자."

…….

"교수팀이 나와서 홀 절반을 휩쓸고 다닌다. 그래서 일찍 오는 모양이다!"

"춤꾼들이 많으면 홀이 비좁아 실력을 발휘하기 어렵겠지요. 박교수는 김 교수보다 일찍 오는 데는 그만한 이유가 있습니다. 이곳에서 개인 교습을 하더군요. 초보자들이 박 교수에게······."

"여성은 박 교수가 가르치는데 김 교수는 아직 가르치는 모습을
아직 보지를 못했다."

박 교수는 블랙 옷에 모자를 쓰지 않았고 김 교수는 상의는 아이보
리를 입었는데 등 뒤에 만개한 장미꽃 세 송이가 자수되어 있고 앞가
슴엔 커다란 호랑나비가 자수되어 있으며 소매 끝단은 어깨에서 팔
굽까지 원 터 그린 색으로 된 두 줄이 자수가 되어 있다. 소매 길이가
팔 굽까지인데 끝이 10센티미터 정도가 절개 되었다. 절개된 선 따라
6센티미터 정도의 블랙수술이 달린 것이다. 바지는 퓨어블루 색상 나
팔바지다. 오늘 따라 좀 야한 복장이다! 여성들이 나팔바지를 입으면
몸매가 확연히 드러난다. 앞차기 같을 발차기 같은 춤동작이면······.
더욱 그렇다. 김 교수의 신발을 바꾸어 신고 허리를 구부렸다. 펴기
준비운동을 끝내고 박 교수와 김 교수가 홀로 나왔다. 박 교수가 왼발
로 토를 : toe ↔ 풋 워크·발 뒤 굽을 높이 드는 동작·한 후 벽을 보고
다섯 걸음을 걸어가서 세 번 회전을 하고 홀 풋 : whole foot ↔ 제자리에
서는 동작·하자 김 교수는 오른 발을 볼 : ball ↔ 뒤 굽을 살짝 들어·자세에서
벽을 보고 뒤로 다섯 걸음을 물러 난 후 세 번을 회전을 하고서 발을
모으자 박 교수는 오른 발을 들어 옆으로 : 지그재그·방향으로 하여 홀
중앙을 바라보고 6걸음을 걸어가서 제자리에 서자 김 교수도 왼발을
옆으로 움직여 박 교수와는 반대로 하여 6걸음을 걸어가서 왼쪽으로
네 번을 회전을 하고 제자리에 서자 박 교수는 왼발을 볼 상태로 양발
을 교체를 하면서 뒤로 6걸음 한 후 몸을 벽 쪽을 보고 회전을 한다.
김 교수는 오른발을 볼 상태로 옆 벽 쪽으로 4보를 걸어가 오른 쪽으
로 3회전을 하자 박 교수는 오른발 옆으로 하여 벽 쪽 바라보며 걸어

간다. 김 교수는 왼발을 먼저 들어 옆으로 걸어가 벽을 뒤로 하고 앞을 보고 설어간다. 지그재그 춤 동작은 블루스 춤을 추는 모습이다. 블루스 춤은 홀 전체를 쓸고 다닐 수 있는 춤동작 같아 보였다! 박 교수는 오늘따라 모자를 쓰지 않았고 블랙 옷에 김 교수의 화려한 의상에……. 그들의 춤사위는 의자에 앉아 있는 사람들의 시선을 집중케 하고 있다. 지르박을 추는 교수팀을 보면 제자리서 회전이 무척이나 많다. 김 교수가 오른 쪽 옆에 있을 때 좌로 회전을 시키고 붙잡아서 우측으로 회전을 시킨다. 정신이 없을 것 같아 보이지만 이런 춤 동작이 지르박 춤이라는 것이다. 박 교수 자신도 그러한 춤동작을 하고 있다. 수 가지의 춤을 추는데 넓은 장소를 차지하지를 않은 것 같다! 그 들의 발 모습을 홀 바닥에 그린 다면 3개 날개를 가진 선풍기가 자연바람에 돌고 있는 모습이다. 제자리 돌기의 연결을 하고 상대의 허리를 잡고 돌면서 로터리 지그재그 하면서 상대방을 역방향으로 2회 또는 3~4회 회전을 시켜주기도 한다. 서로가 떨어져 좌우로 제자리에서 회전을 한 후 전진 후퇴를 김 교수와 같이 하기도 하고 짧을 거리를 전진 후퇴를 하거나 홀을 도는 것이다. 이 춤은 젊은이들의 사교춤으로 시작이 되었다는 것이다. 지르박은 영어로 지터버그: Jitter-bug ↔ 일본식 발음·춤은 미국 원주민인 흑인들에 의해 만들어 졌다고 한다. 1930~1940년에 이르러 많이 보급이 되었고 지금은 누구나 추는 사교춤이 됐다는 것이다. 우리나라에는 한국 전쟁 때 미군이 주둔 하면서 흑인 병사들에 의해 미 8군 위문 무대서 흑인 병사들에 의해 알려졌으며……. 우리말로 지르박으로 번역이 되었다고 한다. 춤이 쾌활하게 보이고 스텝도 빠르다. 이 춤을 추는 모습은 빠른 템포인 폭스트롯에 어울리기도 한다. 빠른 템포에 활발한 춤이다. 제자리에서 점프를 하고서 서로 간에 당겼다가 놓았다 반복을 하는 춤이다. 연속 돌기를 수 없는 반복이고 서로 마주보고 전진 후퇴도 반복이다. 빠른 동작에 박 교수는 힘이 달리는지! 모자를 벗고 땀을 닦는다. 교수 팀은 30여 분 이상 춤을 추지 않는다! 아마 박 교수가 힘이 많이 달리는 것 같아 보였다. 홀은 천사 팀과 로봇 춤을 추는 친구와 교수팀이 눈길을 사로잡고 있다. 잠시 쉬고 온! 기다리던 천사 팀이 홀로 들어간다.

운전기사가 벽 쪽을 등 뒤로 하고 홀 중앙으로 가면서 왼 쪽으로 회전을 하자 천사도 가던 방향을 뒤로 하고 오른 발을 뒤로 한 후 온 쪽으로 4번을 회전을 하는 것을 보고 운전기사는 지그재그로 가던 발을 제자리에 멈춘 후 옆을 약간 이동을 하자 천사는 왼 쪽 발을 벽 쪽을 향한다. 그러자 운전기사는 왼발이 먼저 후진을 한다. 천사는 오른 발을 먼저 들어 벽 쪽으로 4스텝 후 우측으로 한 발 옮겨 멈춘다. 운전기사는 앞에 나가 있던 오른 발을 왼 발 옆에 탭을 한다. 천사도 앞에 나가 있던 왼발을 들어 오른 발에 탭을 하자 운전기사가 오른발을 먼저 들어 앞으로 걸어간다. 그러자 천사도 왼발을 먼저 들어 뒤로 하여 후진을 한다. 운전기사가 앞에 나가 있던 왼발을 끌어서 오른발에 모으고 제자리에 서서 양손을 쫙 펴고 율동을 한다. 천사도 앞으로 나가 있던 오른 발을 끌어 왼발에 모으고 탭 : Ball Tap · 한다. 운전기사와 천사가 바라보면서 지그재그 율동을 하고 있다. 트로트 춤은 장소를 많이 차지 않았다. 서로 마주보면서 전진 후진을 하는 것처럼……. 지그재그를 하는 모습이다! 홀에서 제일 많이 추는 춤이다! 왈츠 · 탱고 · 브루스는 전문 춤꾼들이 추고 있었다.

쿵~짝. 쿵~짝. 4분의 2박자와 4분의 4박자의 트로트는 소나 말이 자갈길이나 시멘트 길을 걸을 때 발자국에서 나는 소리다. 지금은 들을 수가 어렵지만! 그 소리는 우리 늙은이가 좋아하는 대중가요 부를 때나 경음악을 연주 할 때……. 가슴속에 스며들어 있다. 그림과 사진은 느낌으로 끝나지만……. 노래는 자신이 들으면 노래의 사연 속으로 들어가기도 하고 주인공이 되기도 한다. 오늘 김 교수의 복장은 오렌지색 옷이다. 상의는 3센티미터의 폭 목테에 뒤로 1센티미터 넓이 두 줄 멜빵 모형으로 허리선까지이고 앞 목은 커다란 솔방울 크기 홈이 파인 상태인데 양 젖 가슴위로 손바닥 크기의 하트모형의 은색 장식이 붙어 있으며 왼쪽 허리선 끝에 은색단풍잎 두개가 붙어 있고 치마 끝단은 이중 끝단으로 되어 빠른 회전을 하면 치마 끝이 양산처럼 펴져 무릎이 다 보인다. 박 교수 복장은 위아래 블랙이다. 넓은 허리띠에 X자 멜빵 거리를 했다. 박 교수가 왼발을 들어 홀 중앙을 보고 앞으로 나가 왼쪽으로 3회전을 하자 김 교수는 박 교수와 반대로 후진을 하여 왼쪽으로 4회전을 하고 멈추자 박 교수는 앞으로 나가 있던 오른 발을 왼발 옆으로 끌어 당겨 멈춘 후 다시 앞으로 나가면서 왼쪽으로 2회전을 하고 벽을 등 뒤로 하고 있다. 김 교수는 벽을 바라보고 앞에 나가 있던 왼발을 오른발에 모은 후 제자리에 멈추자 박 교수는 엇갈려 서 있던 발을 모은다. 김 교수도 앞으로 나가 있던 오른 발을 끌어서 왼발에 모은 후 서서 율동을 하자 박 교수는 오른 발을 지그재그로 한 발 뒤로 이동을 한다. 김 교수도 오른 발을 들어 지그재그 이동을 하여 벽을 보고 걸어가자 박 교수는 벽을 뒤로 하고 후진을 하여 김 교수 옆으로 손놀림을 하면서 그냥 빠져 나간다. 김 교수는 벽을 바라보고 걸어가 박 교수 옆으로 손놀림을 하면서 비껴간다. 어찌 보면 토라진 행위처럼 보인다.

궁~궁 딱. 궁~구~르 딱. 궁~구~르~딱. 딱. 제자리에 서 두발을 모으고. 있던 김 교수가 볼을 : Ball ↔ 뒤 굽을 조금 들어·하고 좌우로 비틀기를 하고 나서 우측 발을 들어 앞뒤로 깨금발을 하자. 박 교수는 모으고 있던 발을 볼 상태로 앞으로 찍고 뒤로 번갈아 찍는다. 궁~딱. 궁~ 궁~딱. 궁~궁 따~따 딱.

......

"동생! 미소천사의 행위를 보면 느끼는 것이 있지?"

"참으로 인격이 몸에 잘 배어 있습니다!"

"사람은 태어나서 25년 정도 지나면 인격을 키워야 하고……. 50십 까지는 자식을 키우고 자신의 장래를 위하여 열심히 일을 하여 돈을 모아야 한다."

"형님! 말씀은 성공을 위해서……. 가난에서 돈 때문에 일하는 사 람이 성공을 위해서라는 것이지요? 그러니까. 행복에는 나이가 없다 는 뜻도 되고요!"

"네가 살아 있다는 것이 행복이다. 행복의 정의는 즐겁게 사는 것 이다. 하지만 나이에 따라 행복을 느끼는 것은 다를 것이다! 행복의 최고는 인격이다. 개인의 목적을 달성하려면 대중의 지지가 필요하 다. 걸어야만 보이는 것이 있듯 동생이 무엇을 줄거리를 삼아 집필 할까를 생각하고 마음을 다잡아 행하면 때를 놓치지 않을 것이다!"

"급변하는 세상에서 사회적인 합의가 먼저입니다. 결과적으로 이 세상의 인간은 돈 때문에 악한 사람이 됩니다! 내가 살아 있음에 감 사를 하고 열심히 일을 하여 돈을 모아 자신이 추구했던 삶을 살고 늙어서는 건강의 목적은 바로 운동입니다. 이곳에서 춤을 추는 사람 도 건강을 위해서 매일 출근을 하겠지요!"

"맞는 말이다. 건강을 잃어버리면 돈 명예 무슨 소용이 있겠는가. 습관은 변하지 않는 것이다. 착함은 초조하지 않는다. 얼굴을 보면 구김살이 없으며 또한 움츠러들지를 않는다. 반면에 착한 사람은 유 유자작 : 愉愉自作·하며 명랑한 얼굴이며 행동이 자유분방 : 自由芬芳 ·하다. 앞서 이야기지만 인격이 없으면 인간은 자신도 모르게 이기 적인 사람으로 변한다. 어느 누구의 삶에도 예외일수는 없는 것이다.

이 글로벌 시대에 성공을 했다면……. 마지막의 행복은 주고 가는 것이다. 그 행복은 돈과 지식이나. 그것은 가지고 갈수 없는 것이니 모두 주고 가는 사람은 성공의 삶을 살고 가는 것이다. 그러나 누구도 가지 않는 길 그 길을 가려면 녹녹치는 않을 것이다. 다만 오늘보다 더 나은 내일이면 되는 것이다.”

"행복은 자신의 노력의 대가입니다. 누군가에겐 아픈 과거이고 미래이기도 합니다. 자연이 인간을 지배하면 순응 할 수밖에 없습니다. 저도 짧은 삶속에 무언가 남기려고 노력을 하고 있습니다.”

"너는 나라와 국민을 위해 몸을 바쳤던 사람이지 않느냐! 너는 지금까지 언행의 일치로 살았지 않았느냐? 행복 할 것이다! 소설 속에서나 영화 속의 줄거리 보면……. 만약 늙어서 젊음으로 돌아간다면 무었을 제일 하고 싶은 가를 묻는다면 사랑하는 사람과 춤을 추고 싶다고 말하겠지! 네가 각시히고 50여년을 살았지민 춤을 추어보지는 않았을 것이다!”

"돈을 버느라 그렇게 되었습니다! 돈은 해결됐습니다만 늙은 후 관광을 다니고 싶은데 교통 불편·바가지요금·불친절·그에 따른 돈·시간·건강·등등이 해결이 우선이지요. 그 중에 돈이 우선입니다. 늙으면 어느 누구나 위의 항목에 해당이 될 것입니다!”

"돈이라. 그렇다면 인간이 삶을 끝내고 나서 저승길을 가는 길을 살펴보자”

……

형님과 나는 인간이 지상의 삶을 끝내는 장소로 이동을 하였다.

"다음엔 누굴 잡으러 갑니까? 그 녹화하던 놈도 잡아가야지요.”
"그놈은 나중에 그걸 팔 때 잡으면 되고 지금은 저승노잣돈이 증발되어 하늘이나 극락. 지옥 모두 세수가 부족하여 괜스레 삼신할머니와 저승사자들이 오해를 받고 있다네. 그래서 그 문제부터 해결해야 하네. 특별 명령이라네 특히 병원 영안실에서 데려온 놈들이 여비가 없어 어떤 때는 우리 돈을 털어서 세수를 보태야 하는 지경에 이르렀다네. 시간을 넉넉히 줄 테니 꼭 밝혀내라는 게 상제의 명령일 세."

"저승에는 돈이 필요 없다고 했으면서 무슨 세수가 부족해요? 천당이고 극락이고 지옥이건 간에 돈은 필요 없는 줄 아는데요."

"필요 없지."

"그런데 돈 타령은 왜 합니까?"

"그것은 지상에서 근무하는 신들에게 필요한 것이니라."

"아니. 신들은 인간의 눈에는 안 보잉께로 은행이나 재벌 회사 금고에서 훔쳐 쓰면 되는데 왜 그럽니까?"

"그럴 것 같으면 죽은 귀신 특히 구천에 떠도는 악귀들이 돈을 훔쳐서 지상에 살고 있는 자손들에게 갖다 주지. 동생아! 저승의 법률에 의하면 그런 짓을 하면 안 돼 또한 그럴 수는 없는 거야 지상의 신들도 절대로 인간의 돈을 훔칠 수는 없다."

"이해가 안 되는구먼요."

"쓸데없는 데 신경 쓰지 말고 악질 한 놈을 잡으러 가자."

"병원도 십자마크지요?"

"왜 그러냐?"

"종교인들 가슴 속의 희망인 마크이지라. 십계의 : 十戒·계율이란 뜻도 되고요. 하늘에서 생명을 좌우한다고 믿고 있기 때문인데 병원도 마찬가지이지라. 하늘도 하느님을 믿은 자만 구원해 주고 역설적인 이야기입니다만……. 사람들은 병원을 믿는 것보다 돈의 위력을 믿지요. 돈이 많아야 살 수 있는 확률이 많아지니까요."

"시끄럽다. 어서 빨리 가자꾸나."

"이 길로 곧장 조금만 가면 국립병원이나 종합병원에 가면 쉽게 찾을 수 있을 것입니다."

"그러지 말고 이 근처에 있다가 한 놈 잡자."

"죄도 안 지은 생사람을 잡겠다는 것입니까?"

"동생! 이 세상에 죄 안 지은 놈이 어데 있느냐? 어디 한 번 볼까나."

"그것이 뭔데요?"

"이것은 이승에서는 스타라이트스코프라고 하지. 밤에도 보이는 적외선 망원경 같은 것. 지옥에서 인간 세상을 보려면 볼 수가 있지

너 월남전에 가서 밤에 보초 설 때 졸병들한테 스타라이트스코프로 개울에서 옷 빗고 목욕하는 월남 아가씨늘 이 다 보인다고 거짓말을 하여 서로 외곽 초소 보초 서려고 지원자가 몰렸잖아. 그래서 외곽 초소 경계병 명단 수월하게 작성을 했지만 보이긴 뭐가 보여. 월남 아가씨가 훌러덩 벗고 간혹 개울가에서 목욕은 하는데 끝내주게 잘 보인다고 하여 서로 자원하던 일 생각나지? 너 꼴통 굴리는 데는 천재야."

"모르시는 말씀. 그렇게 거짓말을 해 두어야 그것 보려고 졸지 않고 경계를 철저히 서서 아군 피해가 없도록 한 이 명석한 두뇌 덕분에 마빡에 하사 계급이 중사 계급으로 된 것도 모르는 군요! 대한민국 육군 최 말단 지휘자라면 그 정도는 되어야 합니다. 그렇지 못하면 전쟁이 나면 어떻게 적을 무찌를 것이요? 그러니까 머리를 잘 써야합니다."

"……."

"어데 잡을 놈 보이나요?"

"조금만 기다려라."

달려오는 승용차가 왔다. 갔다. 하면서 라이트 불빛이 이쪽으로 왔다 저쪽을 비추곤 하니 캄캄한 밤에 너무도 선명한 라이트 불빛은 살아 움직이는 야수의 눈 같이 보인다.

"저기 쌍 눈깔이 요리조리 돌리는 차가 있는데 저 차는 모가지가 있냐?"

"술 처먹고 운전하고 있는 모양입니다!"

"나는 저 차가 수입차라 목이 있는 줄 알았다. 음주 운전이라. 이 짓은 자기 목숨도 위태롭고 남의 목숨도 가져가는 짓인데 저 놈을 잡기로 하자."

"차 안에 몇 사람이 있습니까?"

"혼자다."

"그래도 혼자라서 다행입니다. 이놈이 술 먹은 것을 아는 모양인가 두 손으로 운전대를 단단히 잡았군요.”

“그걸 어찌 아느냐?”

“나가 누구요? 술 처먹고 한 손으로 잡아 서서히 운전하면 차체가 정확히 가는데 두 손으로 잡고 운전하니 뒤에서 보면 차가는 방향이 갈지자로 왔다. 갔다. 하지요.”

“너도 음주 운전 했지?”

“쪼끔 먹고 딱 한 번 했습니다. 양심적으로 말했으니 시비를 걸지 마시요.”

“도둑이 제발 저러다가 하더니 너가 그 짝이다.”

“어떻게 잡으려고 합니까?”

“조금 기다려! 저 놈 신상파악을 해야겠다. 완전히 촌놈이! 어릴 적에 집이 가난해서 보리죽을 : 보리를 풋대 죽 ↔ 맷돌에 갈아 쑨 죽을 · 처먹 고 호박이나 감자 고구마 잎 등을 넣어서 끓인 돼지죽을 쑤어먹고 살던 놈인데……. 그 배고픔이 너무 심해 제대로 배우지도 못하고 객지로 흘러들었지. 여러 공장을 떠돌며 사회생활을 악착같이 하여 돈을 조금 모아 못 생긴 여자를 만났군! 여자 집은 제법 잘 살아서 못난 딸 때문에 처가 집에서 도움을 많이 주었구먼! 그럭저럭 자식은 셋을 두었고 재수가 좋아 사두었던 부동산의 값이 뛰는 바람에 한밑 천 잡았군.”

“지금은 무얼 합니까?”

“절마는 할일은 없고 하는 짓이라는 게 모두 엉터리지만 부동산을 임대하여 처먹고 사는데 허세가 많아서 말소리만 들으면 착한 척하 지만 저 놈의 내면세계는 아주 고약한 심보가 있는 것이다.”

“형님은 그런 걸 다 알고 있습니까?”

“너도 모르는 것이 있냐? 나한테 물어보게. 내가 보려고만 하면 다 보이는 저승사자 아니냐? 인간에게는 선과 악의 양면성이 있는데 악을 다스리지 못하면 그렇게 된다. 저 놈은 여럿이 있으면 착한 척 · 선한 척 · 의리가 있는 척 · 덕목이 있는 척 · 학식이 있는 척 · 그저 지 놈 스스로 부처님이야.”

“그 내면을 이야기하라니까요.”

“자기가 없을 때 얼마나 고통을 받으며 셋방살이를 하였고 · 남의 공장에 세를 살면서 얼마나 괄시를 받았으며·못 배워서 설움을 얼마나 받았는지를 두고두고 씹으며·이제는 고진감래 : 苦盡甘來·라고 제잘된 것이 제 복이라고 여기며 큰소리만 치는 놈이다. 지금 자기 부동산인 건물에 세를 들어 사는 사람들을 없이 여기며 거짓말을 수시로하고·약속도 안 지키고·자기가 정한 것이 부동산법이 법이며 IMF로 힘든 세입 회사들에게 다른 건물들은 20%이상 세를 감면해 주었는데 한 푼도 안 내려주고 있으며 친구를 고용하면서 최저생계비도 주지 않는 아주 악질이다. 십여 년을 세를 들어 사는 친구와의 약속을 깨고 무소불위로 삐딱하면 나가라 엄포를 하는 놈이다."

"그렇다면 꽉! 하면 되지 않습니까?"

"자기가 어렵게 자수성가하였으면 자기가 당한 어려움을 잘 알잖아. 그 어려운 것을 배웠다면 남에게 베풀어야지 저런 못된 짓을 하며 술 처먹고 운전하는 놈이니 데려 갈란다. 이 고개만 넘으면 내리막길이다. 바로 삐끗하면 낭떠러지 지옥의 언덕으로 떨어진다."

말 그대로 "꽝!"이다.

여기는 병원 영안실······.

"아이고! 아이고! 여보 날 두고 가면 어떡해."

"울어대는 여인은 울음소리가 그렇게 서러워 보이지 않는데요."

"서러울 리가 있나 재산 많이 남겨두었겠다. 이제 여자 나이 마흔 일곱이면 한창 나이 아니냐. 요즘 여인들은 남편이 죽으면 부엌에 들어가면서 거울에다 얼굴을 비춰보고 "자기 멋쟁이!" 한다면서? 왜 그 모양이 됐냐? 옛날에는 마누라가 죽으면 변소에 가면서 씨~익 웃었다는데 세월이 바뀌니 판도가 달라졌다."

"초상나면 여자는 거울보고 웃고 남자는 변소에 가면서 웃는 이유가 뭐냐? 하면요 여자가 거울 앞에서 자기 멋쟁이 하는 것은 젊은 자기 얼굴을 보니 시집을 가거나 아니면 수많은 남자들이 자기 꽃밭에 물 줄 사내를 생각해서 빙긋 웃는 것이고 남자가 변소에 가면서 웃는 것은 그것도 모르요? 변소에 가야 거시기 꺼내서 실험해 볼 것아니요."

"미친 놈! 냄새나는 똥이 있는 그곳에서 딸딸이를 한단 말이냐?"

"형님! 초상나서 사람이 많은 데서 딸딸이를 : 手淫 ↔ 핸드풀이·어떻

게 해본단 말이요? 숨어서 해보고 기능이 제대로 되면 성기를 대 청
소할 생각에 기분 좋아 웃는 건데요."

이놈의 새끼! 마누라 장래는 어떡하고? 또 죽은 놈의 억울함은 어
쩌고?"

"그거야 간단하지요. 죽어라 돈 벌어서 남한테 원성 듣고 친구들한
테 배신당하고. 세입자들에게 원한 사가며 제대로 돈 한번 써보지
못하고 어떤 년 놈 좋은 일 시킨 거지요."

"그게 무슨 말이냐? 어떤 년 놈 좋은 일 시키다니?"

"돈 벌어서 모아 두었더니 며느리 들어와서 시애비가 혀 빠지게
벌어 논 돈을 물 쓰듯이 써버리니 며느리 년이 신나고 마누라는 젊었
으니 혼자 살 수 있나? 남자 맛을 알대로 안 숙련된 몸인데 그렇잖아
도 요새 영감 물 조루가 영 신통치 않았는데 좋은 기회 아닌가. 젊은
놈 한 놈 끌어 차 봐 그 젊은 놈 좋은 일시키는 거지요!"

"……."

"누나! 나 용돈."

"그 말은 제비족이 하는 말 아니냐?"

"당근이죠! 어이구 병신 새끼! 못된 짓 하여서 천당은 못 가고 지
옥으로 가겠군요. 이 자의 벌은 무엇으로 할까요?"

"네가 정해 보거라. 악행도 지능적으로 저지르는 악질이니 오장육
부가 뜯기어 나가는 아픔보다 더한 벌을 주거라."

"제가요? 제가 정해도 됩니까?"

"내가 누구냐? 모든 걸 위임받은 저승사자 아닌가."

"나도 저런 놈한테 당한 적이 있는데 내가 저놈한테 당한 기분이
군요! 저 놈은 입으로 거짓말만 하여 신의를 지키지 않았으니 사막에
서 자란 요강 같은 선인장에다 매일 입으로 헤딩을 : 뽀뽀 ↔ 키스 · 하게
하여 입술이 저팔계처럼 되도록 하게 하여 100년쯤 두었다가 삼신할
머니에게 보내어 찢어지게 가난한 집구석에 환생시키면 어떨까요?"

"그걸 벌이라고 내리냐? 요강 같은 것이 무슨 뜻이냐?"

"할머니들이 소변보는 둥그런 놋그릇입니다."

"그렇게 생긴 선인장은 가시가 억셀 텐데……!"

"나쁜 짓을 많이 했으니! 매일 입으로 헤딩시킨다는 벌이지요."

"천 년 동안 그 짓을 하도록 다시 기록하여라. 일구이언 자는: 一口二言 昔·이부기기리. 異父持爲·했거늘 친구를 배신한 섯은 부척 큰 벌을 내려야 된다."

"그것이 공자가 한 말인데 어찌 알았습니까?"

"그건 자네가 신경 쓸 일이 아니네. 아무튼 자내도 이제는 무거운 벌을 내릴 줄도 아는구나!"

"알겠습니다. 벌을 받은 뒤 다시 환생시켜 기아에 허덕이는 미개인 나라에 출생시키도록 하겠습니다."

"곡소리가 많이 나는 것을 보니 이곳이 시립병원 영안실이구나."

"맞습니다. 가족을 잃은 유가족의 애통한 마음을 이용하여 온갖 비리와 부정을 저질러서 저승으로 갈 노잣돈을 수탈하는 그 영안실 입니다."

"그런데 저쪽 어자는 어째서 저리 울어 내냐? 시끄러워 죽겠다. 초봄에 황소개구리 암내 낼 때 울어대는 소리 같아서 귀가 간지러워 못 듣겠다."

"저 여인은요. 중학생 아들과 초등학생 아들이 있는데 애들 아빠가 부두 노동자로 일했구먼요. 배에서 물건을 지고 출렁거리는 판자로 된 다리를 내려오다가 발을 헛디뎌 떨어져 죽었는데, 선주 쪽에서 보상을 적게 준다고 저 난리를 치는 것입니다."

"나는 아무 것도 필요 없소. 당신이 우리 애들 데려다가 공부시키고 결혼시켜 주면 나는 한 푼도 필요 없소. 보상금 같은 건 필요 없으니 당신이 우리 애들 데려가서 잘 키워 주시요. 어이구! 어이구! 서러워라."

딴에는 맞는 소리다. 젊은 나이에 과부가 되었으니 그럴 만도 하다. 비록 얼굴이 곰보라지만 얽은 곰보 자국에도 정이 들어 있다는데 콧물 눈물 뒤범벅인 곰보 아줌마 울음소리에 영안실에 있는 사람들은 죽을 지경이다. 항간에는 곰보 얼굴인 자는 악질이라고 하지만 마마 자국은 하늘이 내린 병이고. 살아생전 안 하면 죽은 뒤 무덤 속에서 시체라도 그 병을 한다는……. 한마디로 천형인데 요즘은 미리 백신을 맞아 하나님도 마음대로 못 한다는 것이다.

"곰보 자국이 수없이 얼굴에 있는 빡 보는: 마마를 두 번 하는 사람을 일컫는 말·그 구멍마다 정이 있다 하여 서로 차지하기 위하여 옛날 남정네들이 악질이라고 하였데요."

"그놈 자식들!. 여인들 옹달샘에 풀밭이 없는 여자와: 무모증 ↔ 無毛症·관계를 가지면 3년 재수 없다는 말도 위와 같은 맥락에서 붙여진 말들이구나! 그나저나 빨리 해결해야 되겠구나. 이쪽에 앉아 있는 사람은 오늘이 9일째인데 장례를 치루지 않은 이유가 무엇인가 조사해 보거라."

"이 사람 말이군요. 이쪽은 일가친척이 없는 남편을 가진 여인인데 나이는 젊고 아는 게 없어 교통사고로 숨진 남편의 장례와 보상금을 합의하기 위해 먼 곳에서 대기업 기술개발팀 장으로 현장에 있는 오빠에게 연락하여 사고를 낸 버스 회사 측에 협상을 해달라고 부탁하였대요. 그 먼 곳에서 중요한 자리에 있는 오빠가 왔다는 것을 알고 있는 사고 회사 업무상무가 협상을 질질 끄는 것이지요. 거의 모든 운수회사 업무 상무는 교통경찰 사고처리 반에서 정년퇴직한 놈들인데 이놈들처럼 고약한 놈은 없지요. 그러는 동안 업무 상무는 경찰 출신임을 이용하여 오빠의 신분을 조사하여 뭔가 꼬투리를 잡았구면요. 이 세상 공무원 치고 털어 먼지 안 나는 놈 없다는 얘기 아시지라? 동생이 사고 버스 회사에 오빠 신분을 밝히는 바람에 약점이 잡혔군요."

그 약점을 이용하여 협상하자고 와서 개 값으로 보상비를 제시한다. 유족과 맞을 리가 있나. 철수한다. 바쁘다고 내일 온다고 간다. 매일 그 짓을 일주일쯤 끈다. 그러면 유가족은 지친다. 결국 항복할 수밖에 없다. 젊은 여자는 마지막으로 도장을 찍으며 저주를 한다.

"지옥에 떨어져 죽을 놈! 네놈도 언젠가는 이렇게 당할 것이다. 하늘이 보고 땅이 알고 있는 한 너도 언젠가는 진벌을 받을 진데 젊은 나이에 여자 혼자 몸으로 애들은 어떻게 키우라고 이따위 개 값으로 보상을 하냐? 네놈도 가족이 있을 것이고 그 가족이 교통사고로 안 죽는다는 보장이 없을 것이다. 그때 네놈이 어떻게 하는가를 하늘에서 너를 지켜 볼 것이다."

더운 여름이나 추운 겨울에 시립병원 영안실이면 시체 보관 냉동고가 열 개쯤 되는데 그곳 생활 일주일이면 시체가 들어올 때 울어대고 관에 담으려고 염할 때 울어대는 유족들의 울음소리에 아예 미칠 지경이다. 까마귀 떼 울어대는 소리는 호리뻥뻥이다. 비좁은 영안실에 며칠 있으면 보는 것은 죽은 시체요. 듣는 것은 울음소리다.

"어이구! 힘들어 영안실에 오랫동안 못 있겠구먼."

유독 자동차 사고로 죽은 시신은 정말 섧다. 유족들이 지쳐서 개 값 보상으로 끝나는 것이고 지쳐서 그냥 갈 판이다. 지금은 좀 조용하다. 배에서 사고로 죽은 유족의 울음소리가 없다.

"그런데 영안실이 왜? 갑자기 조용하냐?"
"아까 사자님 잠잘 때 보상협의가 다 잘된 모양입니다요."
"나가 갔다고 했냐! 시방?"
"입을 헤 벌리고 잠을 자더군요. 그 뿐입니까? 잠자고 있을 때 암매장된 썩은 시체가 들어 왔습니다. 그때 따라온 왕파리 두 마리가 있었는데요. 그 시체 썩은 물 속에서 놀던 파리들이 사자님 혓바닥에서 기어 다니면서 놉디다."
"뭐야? 그놈들이 손발도 안 씻고?"
"그럼요. 제사상에 차려놓은 술 처먹고 취해 가지고 썩은 시체에서 놓았으니 흠뻑 젖은 채로 입 안 혓바닥어서 브루스 춤을 놓고 있었습니다."

"으악! 이 씹도 못할 놈아! 쫓아 내든지 아니면 말이나 하지 말든지."

"형님이 고약한 욕설 그만하고 정신 좀 차려요. 참! 저기 곰보 아주머니가 오는데요."

울다 만 낯짝에 미소를 머금고 팔자 걸음걸이로 엉덩짝을 좌우로 흔들면서 영안실로 들어오고 있다.

"그런데 왜 웃고 오냐? 어제만 해도 쥐구멍에 날 날이 벌이 들어간 것처럼 요란하더니. 보상을 생각보다 많이 준 모양이지! 지금 웃고 궁둥이 들썩이고 속곳에서 바람이 씽씽 불어도 보상금만 많이 주면 신난다 말이지."

"여부가 있나요. 아 참말로 절에 부처님도 돈 많이 주면 뻥긋 합니다."

"너도 돈만 많이 주면 비리를 저지를 놈이구나."

"이 세상에 돈 싫은 놈 있으면 나와 보라 하세요. 절에 가면 부처님이 엄지와 중지 끝을 서로 붙이면 원이 되지요."

"동그라미 말이냐?"

"그것은 삼신할머니가 말했듯이 원이란 해도 둥글고 달도 둥글고 지구도 둥그니 원 안에서 울타리라는 뜻도 되어……. 한 가족이 테두리 안에서 살라고 하여 그 뜻을 중생들에게 일깨우기 위하여 앉아 있는 모습이라고 했지 않습니까."

"너는 아기를 점지해 달라고 불공드리러 오는 여인들에게 구멍 즉. 옹달샘을 달라는 뜻이라고 해석하여 책을 발표하지 않았느냐?"

"허참! 모르는 소리 허지 마세요. 모든 중생은 우주의 원 안에 살라는 뜻도 됩니다. 또한 신랑하고 살아도 아이가 없으니 여자하고 연애를 해야지 아기를 갖지요."

"이런. 소똥을 밟아 미끄러져서 개똥에 입마 춤을 하고 3대를 빌어

먹고 5대를 피똥을 쌀 놈아!"

"그런 못된 말은 아닙니다. 그렇게만 곡해하지 말고 끝까지 들어보세요. 하느님은 마리아에게 수태시켜 아들 예수를 탄생시켰지요. 부처님은 그런 능력이 없어라. 우리나라와 이웃에 있는 나라에서는 처녀가 시집가면 먼저 스님하고 첫날밤을 가진 뒤 신랑하고 거시기를 했어요."

"거짓말!"

"정말입니다. 그래서 성병이 만연했다고 합니다."

"정말이냐?"

"진짜라니까요. 절에 가서 절하는 것 많이 보았지요?"

"그럼."

"기독교는 두 손을 모으고 기도하지요. 불교 신도들이 절하는 것을 보면 손을 모아 엎드릴 때는 손등이 보이게 하고 엎드려요. 그런 다음 손바닥을 발라당 뒤집어요. 손바닥을 부처님이 볼 수 있도록. 그 이유를 모르시지요?"

"나도 안다. 이놈아!"

"……."

"부처님이 한 손에는 동그라미 이건 돈이라는 뜻이고. 다른 한 손은 내밀고 지폐를 달라고 했는데…… 돈 없다고 손바닥을 뒤집는 것이다. 한 푼도 감추지 않았고 없다고 이렇게 말을 하고 했지?"

"어휴. 귀신 다 됐네!"

"일마가 나하고 오랫동안 지내니까 정신이 없구나! 저승사자가 귀신이 아니고 사람이더냐? 부처님도 돈이라면 벙긋한다 이 말이지? 그러니까. 곰보여자의 자식만 가르치고 키워 달라고 하는 여인의 말을 믿을 수 있냐?"

"말짱 거짓말입니다. 수절 과부로 지낼 얼굴상이 아닙니다! 저 여자 사타구니는 부산항이 될 것입니다!"

"그건 무슨 말이냐?"

"아무 배나 드나드는 곳이란 뜻입니다. 가수 심 수봉이가 부른 노래 남자는 배 여자는 항구라는 노래가사가 있습니다. 여자의 거시기는 항구이고 남자 거시기는 배라는 것입니다. 문교부 해택을 받은 사람이면 알 것입니다!"

"아무 배나 드나들면 분명 오염될 터인데."

"십중팔구 저 돈은 자식새끼 시가집에 맡기고 절반은 뚝 떼어 우물 청소하는 데 쓰겠지요!"

"잘 녹화해 둬. 자식새끼 버리면 죄 중에서 제일 큰 죄지."

"왜. 그랬습니까?"

"진드기 작전과 거머리 작전에 온갖 소음 공해를 발산하여 영안실을 개판으로 만들어 놓고는 자기 보상 많이 받았다고 자식새끼들을 버린다면 나는 절대로 용서 못해. 부부는 헤어질 수도 있고 사별할 수도 있다. 그게 인륜이다. 인륜의 고리는 사람의 마음속에 있으니 끊을 수 있다고 생각하면 된다. 몇 십 년을 살다가 헤어져 남남이 되면 특히 부부간에는 원수지간이 된다. 그러나 자식과는 천륜이다. 하늘이 맺어준 인연이다. 이 인연의 줄은 보이지도 않는다. 연결 고리로 하느님과 조물주가 있고 극락세계에서 꼭 가야할 집에 삼신할미가 점지해 주는데 그런 인연의 고리를 억지로 끊으면 가만히 있겠느냐? 저승사자에게 부탁하여 제일 큰 벌을 내린다. 알겠냐?"

"뭐! 그렇게 뿔따구 내고 그럽니까? 혹시 사자님 마누라 고무신 거꾸로 신은 것 아니요?"

"야~아이! 이 시~레~비 할 놈!"

"우이 씨~이! 고약한 욕을 좀 줄이고, 형님! 무슨 벌을 내리지요?"

"열 손가락 깨물어서 안 아픈 손가락 없다고 했지? 자식을 버린 여인은 자식을 낳을 때보다 더 힘든 고통을 준다."

"출산할 때 보니 엄청 아픈가 봐요? 우리 아들 낳을 때 병원에 못 가고 집에서 출산하였는데 장모님이 왔어요. 니는 물 데우느라고 부엌에 있는데 고래고래 고함 지르는 소리가 몇 시간이나 계속되는 것 같았어요. 점점 신음소리가 커지더니 날 불러요. 아기가 나오는 중인데 장모님이 항문이 빠질 수 있다면서 그 쪽을 손바닥으로 누르라고 해요. 아기의 까만 머리가 3분의 1정도 나오는데 갑자기 마누라가 내 멱살을 잡더니…… 여기서 욕을 또 써야겠네요.

우리 마누라는 절대 욕 같은 것은 안 하는 동래 정씨 양반 가문

27대손인데 그때만은 욕을 하대요. '야~아~이 개새끼야! 너 때문에 나 죽는다.'하면서. 사랑하는 남편을 자기 어머니가 옆에 있는데도……. 양반집 가문의 여성이 그런 욕이 나올 정도면 겁나게 아픈 모양입니다. 얼마나 아파뿔면 그런 쌍스런 욕이 나오느냐고요. 너무 서운해서 나중에 그 이야기를 했더니 자기는 모르는 일이래요.

우리 어머니는 자식을 많이 낳았는데요. 자식을 낳으려고 안방에 들어갈 때면 보통 방에 들어갈 때는 신발을 앞쪽으로 벗고 들어가는데 어머니나 옛날 여인들은 반대로 돌려서 토방에 가지런히 놓고 들어가면서 저 신을 다시 신을 수 있을까. '삼신할머니 저 신을 꼭 신을 수 있게 해 달라'고 빌면서 들어가 자리에 누웠답니다.”

"너희 어머니는 자식 정이 많았느니라. 삼신할머니 말을 잘 들어서 계속 점지하였더니 십 남매……. 아들 다섯과 딸 다섯을 하나도 실패하지 않고 출산하여서 저승길에 데려갈 때 고생치레 안 시키고 순간적으로 데려갔다. 자식 잘 낳아서 잘 기르면 죽어서 삼신할머니 소속이 되어 편안한 저승 생활을 하는 것이다. 알겠냐?"

"아무리 좋은 일 많이 했다고 하지만 자식들에게 유언도 못 하게 하고 데리고 갔습니까?"

"그게 현세에서 내세로 갈 때 제일 큰 복이며 행운이다. 그것이나 알고 말대꾸해라. 지금은 병원에서 무통분만해서 자식도 쉽게 버리는 것인가? 죽을 고비를 넘기고 자식을 출산하여야 자식 귀한 줄을 알지 요새 젊은 것들은 무통분만을 하니 이혼하면 서로 키우지 않겠다고 버리는 것을 보면 천륜의 끈도 썩은 모양이다!"

"자식을 버린 여자의 벌은 어떤 벌입니까?"

"사람의 육체 중에 제일 고통스럽게 아픈 곳이 어디인가 아나?"

"뜬금없이 그게 뭔 소린지 모르겠습니다. 나야 고루고루 안 당해봐서 모르겠는데요. 한번은 쓸개에 염증이 생겼을 때 어찌 아픈지 미치고 폴짝 뛰겠습디다.”

"자식은 천륜 아니냐?"

"앗다. 몇 번 강조 안 했소. 보이지 않는 연결의 고리로 칭칭 동여매어졌고 끊어지지 않는 끈이라고 계속 말을 했으면서."

"자식이란 빌 게이츠가 억만금을 주고 사가도 그것은 그 자의 자식이 아니라 너의 자식이다."

"그거야 내 핏줄이고 첨단과학이 달리는 이 세상에 DNA를 검사해도 같은 DNA가 없으니 분명 내 자식이지요."

"그러니까. 자식을 학대하고 자식을 방패삼아 못된 짓을 하고 보험금 타려고 자식을 죽인 뒤 사건을 은폐하려고 불을 지른 놈·손가락을 절단한 놈·요구르트에 독약 탄 자·자기 자식 아니라고 천대하고 학대하는 장화홍련전의 계모 같은 년들과 수많은 방법으로…… 아무튼 자식을 학대한 자의 벌은 가시방석 의자에 앉혀 놓고 팔다리를 묶은 다음 팬지나 리퍼로 손톱 열 개와 발톱 열 개를 굴 껍질 까듯이 매일 까는 거다. 다 까고 나면 정상으로 돌아오게 한 후 또다시 까는 것이다. 그러한 벌을 몇 천 년을 한다. 그 아픔은 아무리 글 잘 쓰는 네 손으로도 표현 못할 것이로다. 이 자식 !손에 소름 돋는 것을 보니 겁나는 형벌인 줄은 아는구나!"

"나는 자식들한테 잘 했으니 그런 일은 없을 것이다. 징징 울어 정신없게 만든 곰보 여인 녹화 잘 되었습니다."

"교통사고 보상은 어떻게 되었느냐?"

"고래 심줄보다 질긴 사고 회사 상무 놈에게 결국 유족이 손들었어요. 앞발 뒷발 다 들던데요."

"인간이 앞발과 뒷발이 어디 있느냐?"

"말 좀 새겨들어요. 아인지 어인지 구분도 못요? 똥인지 된장인지 만져보면 알잖아요."

"어떻게 아느냐?"

"별 것 다 알려고 하네. 미끈미끈하면 똥이고·콩 조각이 있으면 된장이고·쿵 하면 담 넘어 호박 떨어지는 소리이고·앞발은 손이고 뒷발은 발이지요."

"……."

"유족인 젊은 과부가 된 새댁이 아니 헌 댁이 뒷발을 들어 엉덩방아를 찍어대더니 그때부터 분이 안 풀려 웁디다. 어떻게 할 것입니까? 분하지만 오빠 긱정해야지. 지금의 IMF 같으면 명퇴됐지 덕장에서 말리는 명태도 황태가 아니고 물러가는 것입니다. 모가지 안당하고 명예롭게 물러나는 것이라지만 황당하게 당하면 그것은 황태입니다. 일일이 설명하려니 너무 힘들어 죽겠네."

"그것은 설명 안 해도 안다."

"그 어려운 문장은 어떻게 아십니까?"

"일마야! IMF 유행을 모를 리가 있나 명태! 아니 먹는 명태가 아니고 명예 퇴직되어 할일이 없어 무력감에 시달리다가 마누라 눈치보고 이런 저런 일로 노숙자 신세가 되어 자살 하는 것 뭐라고 하드라. 우울증이라고 하든가. 그 병에 걸린 사람들이 생을 마감하고 많이 왔느니라. 너무 불쌍하여 염라대왕 몰래 극락으로 보내자고 상제께 건의했었지 다시 환생하여 좋은 세싱에서 다시 한 빈 실아 보라고 말이다. 너희 대한민국을 발전시킨 멋진 아버지들이 아니냐?"

"그런 행위는 부정과 비리인데요."

"그래도 어쩔 수 없다. 그런 일을 약간 부정하게 처리해도 욕할 사람 아무도 없다."

"……."

"지금 홍보관 자리 준 것도 다 그러한 아버지로서의 공을 참작한 것 아니겠나. 자 이제는 버스 회사 업무 상무를 다그쳐야겠다. 그 놈의 집으로 가 보세."

우리는 영안실을 나와 한순간에 상무의 집 상공으로 이동했다.

"우와! 집하나 끝내준다. 이건 대궐이네 대궐!"

"이놈 새끼 잘 사는구나. 으리으리한 저택에 없는 물건도 없고 사고 내고도 합의한답시고 생사람 애끓게 하고 재낀 돈으로 집안을 뻔쩍하게 해놓고 산다 이거지. 가족사항을 보자꾸나. 흥! 노부모가 아직 살아 있고 건방지고 콧대 센 버릇이라곤 전혀 없는 자식이 넷이나 되네. 자. 이놈을 그냥 데리고 갈게 아니라 저놈 살붙이가 당하는 꼴을 보고 또 본 후에 데리고 가야지 지난번 거시기 절단 사건은 너무 야해서 보여주지 못했는데 이번에는 확실히 보여주자. 우선 방송국 기자에게 특종을 만들어주고 너는 저 상무가 합의하는 장면을 많이 확보해 두도록 하시게."

"어떻게 할 것입니까?"

"미리 알면 안 되는 줄 알면서 물어 상황이나 놓치지 말게. 지금부터 시작하겠다."

저승사자 88호는 천계를 향해 대화를 나누기 시작했다. 이런바 핫라인이다.

"총장님! 저의 구상이 어떠합니까?"

"그 아주 좋은 방법이다. 내가 그렇게 안배하겠다."

"그럼 당장 실행해 주시기 바랍니다."

"알았다. 88호는 수고하게."

천계와 통화를 한 후 무척 심각한 얼굴로 저승사자는 나를 데리고 급히 방송국으로 이동했다. 방송국 안은 취재를 나가고 들어오는 기자들과 카메라맨들로 북적거렸다. 그는 나가는 기자들을 유심히 살피더니 한 팀을 향해 무어라 속으로 중얼거려 놓고는 나를 데리고 다시 업무상무의 집으로 갔다.

상무의 집에는 두 노인네와 그의 부인과 상무 넷이 앉아 TV를 보고 있었다. TV에서는 드라마를 하는 중이었다.

나는 사자와 함께 그들의 뒤에 앉아 별 재미도 없는 드라마를 보며 무슨 일이 일어날지 기다려야 했다. 연속극이 끝나면서 정기뉴스 시간이 되었다.

"시내 노선 버스와 승용차 정면충돌 장면을 우연히 그 근처에서 취재하던 카메라에 잡혔습니다. 이 사고로 승용차의 운전자가 즉사했습니다. 자세한 소식을 현장에 있는 김 기자로부터 화면과 함께 보도해 드립니다. 이 일대는 마의 곡선지대로 지난 한 해 동안 18번이나 교통사고가 난 도로로 많은 커브의 바깥쪽이 높고 안쪽이 낮아야 함에도 그 반대로 잘못된 노면 구조 탓으로 사고가 빈번하다고 지적하는 곳이나 당국은 어떠한 대책도 내어 놓지 않아 마치 방치된 도로이며. 또 이 사실을 잘 아는 운전자들도 난폭운전이 여전하여 사고의 위험성이……."

기자의 설명과 함께 화면은 높은 곳에서 부감한 차량이 질주하는 도로의 모습이 보인다. 화면의 오른쪽은 카메라를 향한 차선이고 왼쪽은 차량들의 꽁무니만 보이는 구도로 잡혀 있다. 멀리서 시내노선버스가 전속력으로 달려오다가 갑자기 중앙선을 넘어 마주오던 승용차를 정면으로 받아 승용차가 충격에 튕기어 도로 아래로 굴러 떨어지는 장면이 시뮬레이션으로 처리되고……. 화면에는 사고 뒷수습하는 장면이 보이며 119구조대가 활동하는 현장 그림이 보인다. 그러자 그 일대가 아수라장이 되는 현장이 생생하게 담겨 있다.

"저건 우리 회사 버스잖아."

상무가 얼굴이 노래진다. 카메라가 줌인 하여 튕겨나가 종이 곽처럼 구겨진 승용차를 잡아 가다가 번호판을 커다랗게 확대한 다음 다시 운전자의 모습을 더듬어 보나 잡히지를 않는다.

그러나 여자의 비명소리는 방 안에서 터져 나왔다.

"여보! 저건 상기! 차 상기! 차예요. 어젯밤 꿈자리가 사납더니 우리 아들 상기가 대형 교통사고를 내다니······.”

  “뭐라고? 상기! 상기가 왜 저기에 이봐! 정신 차려 이봐.”

  그러나 상무의 부인은 혼절한 뒤다. 뒤늦게 무슨 사건이 일어났는지 알게 된 두 노인네가 끄응 신음을 내면서 역시 혼절해 버린다. 마누라와 부모가 기절하니 상무의 얼굴은 벌레 씹은 얼굴이다. 개구리가 파리 사냥을 하려고 엎드려 있는 모습으로 TV화면을 쳐다보고 있는데 갑자기 화면이 찌르르 흔들리다가 다른 장면으로 바뀐다. 거기에는 놀랍게도 업무상무가 교통사고 합의 장면에서 지능적이며 악랄한 수법으로 피해자 가족을 다루는 장면이 설명과 함께 방영되기 시작한다. 그리고 젊은 여자가 하는 말이 이어진다. ‘당신도 가족이 있을 것이고 그 가족이 교통 사고로 안 죽는다는 보장이 없을 것입니다. 그때 당신이 어떻게 하는가를 하늘이 두고 볼 것입니다’질기기를 소가죽 같으며 명주실 타래처럼 길게 늘어지는 보상 장면과 업무 상무를 저주하는 여인의 음성에 엎드려서 화면을 응시하던 자세가 옆으로 장승이 넘어지듯 넘어지더니 헉! 상무의 입에서 신음이 터진다.

  저승사자의 안배는 그렇게 시작되었다. 상무의 아들은 차례로 너무나 우연찮은 교통사고로 죽어갔고 그의 부모와 아내도 쇼크로 죽었다.

  그리고 상무는 아들 넷에 대한 보상비를 놓고 갈등을 하게 된다. 자기네 회사 버스에 죽은 아들의 보상금 청구를 자기가 요구해야 되는 어처구니없는 사항인데 구두쇠로 유명한 사장이 상무에게조차 보상금을 깎으려 드는 짓까지 하게 된다.

  있는 욕 없는 욕을 있는 대로 다 들으며 회사를 위해 일한 보람도 없이 그는 회사에서도 배신을 당하는 꼴이 된다. 자기 탓으로 하늘의 벌을 받게 되었고 회사에서는 배신당한 상무는 끝내는 목을 매단다.

"어이! 당신! 잘 나가다가 졸지에 망했군."

상무의 영혼이 육신에서 빠져나오자 기다렸던 저승사자가 그의 어깨를 툭 친다. 한눈에 저승사자임을 알아본 상무는 꾸벅 절을 한다.

"자! 따라가실까?"

일행은 곧장 지옥으로 이동했다. 상무는 입을 꾹 다물고 침통한 표정으로 줄 창 정면만 응시하고 있다.

"당신은 지옥에 가서 무슨 벌을 받을 것 같나?"
"그게 무슨 의미가 있겠습니까. 내 손으로 부모와 저자식을 죽였는데요. 천 번 만 번 불구덩이 속으로 빠져도 용서해 달라고 빌지 않겠습니다."
"그 악랄한 철면피 가죽이 벗어졌냐 아니면 하느님의 종이 되었냐?"

너무 공손한 상무의 태도에 나도 깜짝 놀랐다. 저승사자 앞에 선 상무의 모습은 상대가 버거우면 꼬리를 내리는 개꼴이다. 살아생전 노인정에 가서 얼굴에 저승꽃이 잔뜩 핀 노인들에게 제일 두려운 게 뭐냐고 물어본 적이 있다. 제일 걱정스러운 것은 죽는 것과 제일 무서운 것은 저승사자라고 대답했듯이 저승사자 앞에서는 누구나 순한 양으로 변하는 것인가 보다. 그래서 인간이 늙으면 말소리가 선하고 새는 늙으면 그 울음소리가 구슬프다고 한다.

상무는 모든 것을 체념해 버린 모양이다. 그렇겠지 자살까지 한 영혼이 무얼 바라고 있겠나. 저승사자의 안배가 상무를 완전히 바꾸어 놓았는지도 모른다. 과연 그는 언제 상무를 깨울지 모르겠고 그 후의 상무가 궁금해지기도 한다.

 "자. 여기가 자네가 형벌을 받을 문이다. 안은 캄캄하니까 발밑을
  조심해라."

 사자가 문을 열자 시커먼 입구가 입을 쫘~악 벌린다. 그 안으로 상
무를 탁 밀어 넣는 사자의 손길이 매섭다.

 상무는 떠밀려 안으로 들어가자마자 허방을 밟아 한없이 아래로 떨
어진다. 어둠 속에서 그의 비명소리가 긴 여운을 남긴다. 한없이 떨어
지는 이 구덩이가 끝이 없다고 상무는 생각한다. 그리고 그는 영원히
추락해도 좋다고 느낀다. 그의 의식은 아래로 추락하는 만큼 차츰 흐
려지기 시작한다. 그렇게 몽롱한 상태에서 어디선가 희미한 빛이 느껴
진다. 다 온 것인가? 소음이 들린다. 그 소음이 귀에 몹시 익다. 쾅!
그의 몸이 바닥에 닿는 충격에 눈을 번쩍 뜬 상무의 눈앞에 마누라가
걱정하는 얼굴로 내려다보고 있다.

 "헉. 여보! 여기가 어디야? 여기서 당신을 만나다니 어머님 아버님
  은? 그리고 애들도 다 여기 있소?"

 마누라의 손을 잡고 흔들어보는 상무의 눈에 눈물이 흐른다. 얼굴
은 겁에 질려 창백하기 보다는 하얀 백지장 같다.

 "당신! 왜 그래요? 어디 아파요? 졸다가 소파에서 굴러 떨어져서
  는……. 어머님 아버님 이이 얼굴 좀 봐요. 식은땀을 다 흘리고 잠자
  다 깨어 울다니. 여보! 정신 차려요."
 "뭐? 내가 갔다고? 그럼 그건 꿈이라고."

상무가 벌떡 일어서서 제 목에 손을 대본다. 뭔가 감촉이 다른 것을 느끼고 거울을 들여다보니 희미하게 밧줄 꼬인 형상의 흔적이 보이는 게 아닌가?

"꿈이 아니야. 꿈이 아니야."

눈물범벅 땀범벅에 표정까지 변하며 절레절레 고개를 흔드는 모습을 바라보는 부모와 마누라의 표정이 혼란스러워 보인다.

"쌍놈의 새끼! 혼이 나기는 된통 난 모양이군!"
"잘 되겠지? 자네는 어찌 생각하나?"

저승사자가 몸을 일으켜 나의 손을 잡고 바깥으로 나가면서 물어본다. 내 마음 같아서는 생명의 줄을 끊었으면 하는데 지옥의 문턱을 경험한 이 자를 살려두는 것도 하나의 방편이 될 수도 있다.

어쩌면 그의 안배가 절묘한 것일지도 모른다. 아마 상무는 그 버스회사를 그만두고 남은여생은 남을 위해 살게 될 것이다. 그리고 목에 나타난 희미한 흔적을 보여주며 그의 꿈 아닌 꿈을 다른 사람에게 얘기해 줄 것이다.

우리는 다시 영안실로 갔다. 영안실 입구에 들어서니 이젠 가족들도 지쳤는지 날씨가 꾸리무리 할 때 울어대는 청개구리 울음소리와 향불 태우는 냄새가 실내에 진동한다. 아침에 죽은 자의 입관이 시작되는 모양이다. 눈물을 뚝뚝 흘리며 가족들이 둘러보는 가운데 장의사가 염을 하고 있다. 그 모습을 보며 저승사자가 혼잣말로 중얼거린다.

"저것은 하나의 배려이니라. 죄를 짓고 죽든 억울하게 죽든 현세에서 있었던 일들은 모두 업보로 여기고 이승을 떠나가게 하기 위해서다. 슬프게 우는 가족들의 얼굴 자식 마누라 그리고 부모보다 먼저 죽는 불효자가 되어 부모 얼굴을 못 잊도록 가리는 것이니라. 화장터에 가면 바로 태워 버릴 그 비싼 삼베 옷 수의를 입혀 이승의 마지막 세상인 현세의 공기도 못 들여 마시게 코까지 막아버린다. 사람의 아홉 구멍을 전부 막으며 새 옷을 입혀 현세를 떠나게 하는 장면이 염이니라."

"저승 갈 노자 돈을 넣어 주시요."

고개를 들어 나는 저승사자의 얼굴을 살폈다. 저승사자의 눈은 장의사 직원의 입에다 고정시킨 조명등처럼 새파란 빛이 발하고 있다. 동공의 움직임이 멈추었다는 표현이 나을 것이다. 자신이 지켜보고 있는데 저승사자에게 부정 청탁을 해서 좋은 곳으로 보낸다고 하니. 잔뜩 나 있다. 염은 영안실 한 쪽에 자리 잡은 장의사의 직원들이 하는데 이들의 비리가 문제다. 교묘한 수법으로 죽은 이와의 이별하는 자리에서 가족들이야 슬픔에 젖어 있건 말건 비통에 빠진 유족들의 마음은 아랑곳하지 않고 저승 가는 데 차비를 많이 주어야 한다며 옷을 한 겹 두 겹 입힐 때마다 돈을 요구한다. 유족들은 눈물과 콧물이 범벅되어 잘 보이지 않는 것을 이용해 계속 돈을 요구한다.

"큰딸 누구요? 아버님이 저승 갈 때 데리려온 저승사자와 휴게소에서 식사라도 하게 노자 돈 준비를 하시요!"

사위·아들·손자·작은 딸·사위·아들·며느리·막둥이까지 온 식구들을 다 불러 모아 저승사자에게 잘 보 이려면 노자 돈을 많이 넣어야 한다며 재촉한다. 그 소리를 듣고 저승사자 얼굴이 험악하게 변한다.

하지만 철모르는 막둥이가 돈이 있나. 장의사 직원은 어머니가 막둥이라고 얼마나 귀여워했고 예뻐했다고 어머니 가는데 차비를 보태야지라고 은근히 강요하자 어린 막둥이는 가진 돈도 없어 발을 동동 구루니? 온 가족이 덩달아 울기만 한다.

저 어린 자식이 천륜의 끈이 끊어지는 고통인 어머니와의 마지막 이별의 장에서 헤어지는 아픈 마음을 모질게 들쑤시는……. 독사보다 못한 장의사 직원의 독촉에 큰형과 큰누나가 얼른 주머니와 지갑에서 돈을 꺼내 막내의 손에 쥐어주니 독사 혀 같은 장의사 직원의 손은 돈을 번개처럼 받은 다음 관 속으로 들어가는 척하면서 자기의 호주머니 속으로 손이 들어간다. 번개 불에 콩 볶아 먹듯이 해치우는 것을 보니 저 자식들 전직이 소매치기가 아닌지 모르겠다. 손이 다 보이지 않을 정도로 빠르다. 전부 그런 식이다. 단 한 푼도 관 속에 들어가는 돈은 없다. 저승 갈 노잣돈은 전부 이 자들이 가로챈다. 관은 나무못으로 마무리되고……. 광목 끈으로 묶은 다음 영결식을 마치면 장의차에 실려 화장터로 출발한다. 장의차에 실을 때도 돈 내란다. 이미 영혼은 천국이나 지옥에 가서 수속 중인데도 며칠 동안 같이 있은 영안실 친구들과 헤어지기 싫다며 친구들한테 파티를 하라고 돈을 주고 싶어한다고. 관이 땅바닥에서 안 떨어진다고 거짓말을 한다. 영안실에 있는 다른 송장들에게 갈 돈도 자기들 호주머니 속으로 사라진다.

에고! 저놈들……. 이런 양상들이 대한민국 영안실의 대표적인 비리다.

그런 꼴을 가만히 보고 있던 저승사자는 한숨을 쉬다가 차츰 씩씩거리며 코를 불며 야단이다.

"왜 씩씩댑니까?"

빙긋이 웃음 지으며 내가 묻자?

"음~마! 난 미치고 폴짝 뛰겠는데 넌 마스크가 째지게 웃고 있느
냐? 이 썩을 놈아! 나 도저히 못 참겠다. 열불이 나서. 저 새끼들이
나를 빙자해서 돈을 챙겨 넣는 것을 보니. 내 속이 부글부글 거려서
기름 끓는 가마솥 같다. 이 세상 모든 것이 헛된 것이니 구태여 너무
많이 가지려고 허덕이지 말고 혹여 재물을 잃었다하여 번민을 하지
말아야 한다."
"관둬요. 그 돈 관 속에 넣어 봤자 땅 속에 묻혀 썩어버리거나 화장
하면 불에 타기 밖에 더하겠어요. 그리고 우리나라에서는 돈을 묻거
나 태우면 벌을 받아요. 장의사 직원들도 나름대로 애국하는 것이라
고 할 수도 있다고요."
"이런 쳐 죽일 놈! 남을 빗대어 돈을 옭아내고 그것도 모자라 어린
자식들에게까지 저런 식으로 저승 노잣돈을 빌미로 돈을 착취한다면
그게 옳은 일이냐?"

어지간히 화가 난 모양이다. 고정되어 있던 눈빛이 움직이기 시작
한다. 야수의 눈빛처럼 시퍼런 불빛인 저승사자의 안광이 : 도깨비 불
↔ 죽은 사람의 뼈의 칼슘이 공기와 마찰에서 일어나는 불빛·아니라 서치라이트
불빛 같다.

"고만 세요. 그러면 다음 장면을 못 본께로."
"자네가 암만 그래도 못 참겠다."
"시끄럽소! 버스 곧 출발할 모양입니다. 우리도 탑승해야지요."

버스가 출발하면서 또 돈! 돈이다. 빙 둘러 앉은 유족들의 등 뒤로
새끼줄이 걸려 있다. 운전기사는 룸미러로 뒤를 자주 바라본다. 전부

상복을 입고 있어 미니 스커트를 입은 아가씨도 없는데 운전은 똑바로 안 하고 뒤쪽만 힐끗 힐끗 쳐다본다.

　　"오라! 이 개 쌍놈의 자식."

　눈길이 가는 곳은 버스 중앙에 매어 놓은 새끼줄이다. 새끼줄은 관길이만큼 약 2m 정도 된다. 만 원짜리 요즘 식으로 말하면 그린벨트 녹색 돈인 만 원권이 한 필지 두 필지에서 점점 늘어나고 있다 . 그린벨트는 영광굴비 엮어서 햇볕에 말리는 것처럼 보인다.

　　"에구! 저런 나쁜 놈들 요새 귀신은 뭣을 하는지? 저런 놈 안 잡아
　　가고 세종대왕님 허리와 신사임당할머니 허리도 새끼줄에 엮기여 아
　　프겠네!"

　나도 뿔따구가 나서 무의식중에 한 말인데 갑자기 뜨끔해서 저승사자 얼굴을 보니 도끼눈을 해갖고 나를 째려본다. 귀신을 곁에 두고 귀신타령을 하며 투덜댔으니 불난 곳에 기름을 드럼통으로 부은 격이다. 저승사자는 버스 안에서 계속되고 있는 장면을 보고 여전히 씩씩대고 있다.
　버스 속에서도 염할 때와 같은 짓을 하고 있다. 다리를 건널 때 고인이 좋은데 갈려면 통과세를 줘야 된다고 씨부렁거리면 유족들이 돈을 새끼줄에 꽂는다. 그러면 입이 귀 밑에까지 찢어진 운전사가 하는 말은 이 다리가 천국으로 가는 다리란다. 한참 가다가 신호등이 있는 곳에 도착하여 파란불이면 참으로 이 노인네 복도 많네! 파란불이 들어와서 천국으로 무사통과한다며 유족들의 기분을 띄우고 자기도 기분이 엄청 좋다고 떠들어댄다. 아니 남은 죽어 저승 가고 유족들은

슬픈데 자기가 기분이 왜 좋은가? 또 사거리나 갈림길에서도 뭐라 할 것 없이 모두 돈이다. 돈을 원할 하게 걸지 않으면 숫제 협박을 한다.

즉 과속방지턱을 과속으로 통과하는 것이다. 과속을 방지하기위해 만들어 놓은 턱이지만 속도를 늦추지를 않고 그대로 달린다. 과속방지턱을 통과하는 운전기사는 알고 있어 대비를 하지만 운전대를 꽉 잡고 하지만 모르고 당하는 유족들은 육체적인 충격이 꽤 크다. 관 속에 누운 송장이 벌떡 일어날 정도로 차체가 통 채로 들썩들썩하게 된다. 그 충격에 저승사자의 몸이 공중에 붕하고 솟구쳐 오르더니 한 바퀴 빙그르 돌다가 버스 바닥으로 떨어진다. 꽤 충격이 큰지 한참을 헤매다가 간신히 의자에 앉으며……

"어이구! 아픈 것. 어디 지진 났냐? 허리가 삐끗한 거 같으니 어이 홍보관! 방금 와당탕한 것은 무엇 때문이냐?"

"저기 운전하는 기사 눈을 보시요. 뱁새눈을 해가지고 뒤를 한 번씩 힐끔힐끔 거리는 게 안 보이나요?"

"왜? 그러냐? 우리가 버스에 탄 것 눈치 챘냐? 원래 우리는 인간들의 눈에는 안 보이는 존잰데 혹시 저 새끼 잡귀 아녀? 잡귀라면 내가 알아볼 터인데."

"형님! 헛소리 좀 그만하세요. 유족 중 두 사람이 빨래 줄에 돈을 안 걸었다 이거지요 시방! 절마가 유익하지 못한 천 마디 말보다. 마음의 평안을 얻을 수 있는 한마디 말이야 말로 유족들의 슬픔을 조금이라도 잠재울 수 있을 것인데! 돈 때문에."

"아! 그린벨트 말이냐? 그렇다고 과속방지턱을 이리 험하게 넘으면 되냐? 춘향이가 문지방을 넘듯이 살며시 넘어야지. 잠든 송장이 놀라서 잠깼을 텐데 어쩌면 좋으냐? 대삼아!"

"송장이야 벌써 저승공화국에 가서 입국 수속 중일 것인데 뭘 자꾸 물어 봅니까?"

"아이쿠 허리야 목이야 저 호로 자식 아들 같은 놈! 아무리 돈이

좋다지만 운전을 저 따위로 험하게 하다니 너 말처럼 사랑 때문에
흘리는 눈물보나 돈 때문에 눈물을 흘릴 때가 더 많고 질병 때문에
고통을 받는 것보다 돈 때문에 고통 받는 것이 살아가는데 훨씬 많다
고 하더니 너도 그런 고통을 받아보았느냐? 비라먹을 저승길 가면서
까지 이렇게 고통 받는 송장을 보니 인간들이란 쯧쯧……."

유족들도 구시렁거리며 몸을 이리저리 비틀어 본다. 이상하게도 과
속 방지턱이 많은 길을 택한 것 같아 보인다!

　"건설교통부 장관한테 진정서를 다시 올려야겠다. 과속방지턱은
높이가 10㎝ 이상 되지 않도록 하라 했는데……. 미끈한 새색시 다리
에 왕 거머리가 붙어 있듯이 멀쩡한 도로에서 30㎝는 족히 될 높이의
과속방지턱 때문에 목과 허리 삐끗했잖아."
　"……."
　"허리 삐끗해 봐. 요즘 같은 세상 세 쌍 중에 한 쌍이 이혼하는데
허리 삐어 거시기를 못해서 용도폐기 처분이 내려지면 책임질 거요?
어이! 기사양반! 대답해 보세요. 어째서 인정사정없이 과속 방지턱을
넘어가나. 시체 담은 관이 이마를 박고 곽 천정에 박치기하고 바닥을
쳤으니 아파서 깨어났을지도 모르것다!"
　"형님도 거시기를 합니까?"

저승사자는 내 말을 듣고 골이 잔뜩 났다.

　"저 새끼를 나가 데리고 가야겠다. 노잣돈 전부 착복하고 저승 갈
여행경비까지 가로채니 죽여야겠구먼. 자네가 저놈 주머니 뒤져서 그
린벨트를 줄에다 빡빡하게 채워 주거라. 이대로 가다가는 내 허리
작살나겠다. 저승에 가면 우리 마누라가 이승에서 못된 짓 하고 온
줄 알고 용도를 폐기시키면 내 입장만 곤란하다. 욕심은 수많은 고통
을 주는 나팔이다. 무슨 뜻이냐? 하겠지. 아프다고 큰 소리를 질렀지!
그러한 것을 두고 나팔 소리다. 우리의 마음은 살아 있는 생명이며

그것이 자신이 살아있는 존재다.”

  “재물을 잃은 손실이 크든 작든 노력하면 되지만 지혜를 잃으면 그것은 큰 손실입니다. 그러니까? 자신이 자랑스러운 것을 아는 사람은 다른 사람에겐 불편을 많이 주면 안 되는 것입니다. 운전기사 절마의 기분을……”

  호~이~홋! 저승사자한테 배운 대로 운전기사 주머니 속의 그린벨트를 끄집어내어 몽땅 걸었더니 운전기사 눈깔이 알사탕만큼이나 커진다. 마스크 한쪽이 귀까지 닿을 정도고 껄껄 웃는 모습이 잠에 졸린 하마가 하품을 하는 입 같다. 목젖이 다 보일 정도다. 세종대왕님과 신사임당 할머니가 허리가 많이 아픈지 : 줄이 흔들려 그렇게 보임·몸부림을 친다. 나중에 자기주머니 속의 돈이 없어진 걸 보고 화들짝 놀랄 것을 생각하니 웃음이 절로 난다. 옆에서 그때까지도 씩씩거리며 코로 날숨과 들숨을 크게 들이 쉬어대던 저승사자가 내 옆구리를 팔뚝으로 툭 친다.

  “너. 이 새끼! 나는 화가 나서 죽겠는데 날아가는 기러기를 보았냐? 왜 웃느냐? 마우스 다물어라. 얌마!”

  “멀라고 나에게 그렇게 화를 냅니까? 서울역에서 얻어터지고. 남산에 와서 흘겨본다더니 형님 모습이 꼭 그 꼴이요!”

돈을 처먹으니 확실히 차가 부드럽게 간다.

  “저 육실 할 놈의 기사와 염할 때 노잣돈 훔친 도둑들에게 무슨 벌을 내릴까요? 아주 박살을 내버립시다.”

  “가만히 있어 보거라. 법전을 한 번 보고 제일 고약한 벌을 내리겠다. 이놈들은 가재 같은 것 있잖니? 거머시기라고 했냐? 아직도 머리가 아파서 그러나! 갑자기 생각이 잘 안 나네.”

  “법전에 쓰여 있잖소? 그러니까. 책은 입으로만 읽지를 말고 뜻으로 읽고 몸으로 읽어라. 는 것입니다. 즉. 실천을 해야 읽은 보람이 있는 것입니다..”

  “엄청 어려운 말이었는데……. 아까 한 번 튕겨버리고 나니 정신이 아리~까리하다. 사막이나 밀림지역에 사는데 물렸다 하면 죽는다. 너 혹시 모르냐?"

"가재 같은 거라니요? 전갈 말입니까?"

"옳거니! 이놈들은 사방이 꽉 막힌 방에다가 전갈을 반 정도 채우고 매일 옷을 전부 벗고 들어가 춤을 추게 하자. 일만 년을 매일 그 방에 들어가 전갈한테 물려서 고통을 당하게 하고 그 벌이 끝난 뒤 잡귀로 떠돌게 하자구나."

"화가 엄청나게 나쁜 모양인 입니다. 홀라당 벗고 전갈한테 물리면 어이구! 죄 짓지 말려야지 생각만 해도 몸서리가 쳐지네. 그러한 벌을 받는 다면 웃음을 잃어버릴 것입니다!"

별의 별 생각을 하던 중에 차가 커다란 벽돌건물이 턱 버티고 있는 곳에 도착한다. 높다란 굴뚝에는 시커먼 연기가 하늘로 치솟고 매캐한 냄새가 나는 것을 보니 지금도 시체를 태우고 있는 모양이다.

"이곳이 화장터냐?"

"맞습니다요. 버스에서 내리면서 팁을 또 달라고 하는 모양입니다요. 이번에는 아마 죽은 시신이 주어야 하는 모양인 데요!"

"오면서 딸딸이 같은 차에다 뒤통수 다치고 이마빡 박고 허리 척추 나간 송장이 무엇이 고마워 팁을 주냐? 저 거머리 같은 자식을 단 한 방에 조물주의 칼벼락을 쳐서 죽여야겠다. 태풍이 일어나게 하자."

"태풍이면 물난리가 나는데 우리나라는 지금 엄동설한이어서 큰일이 나니까. 그러지 마십시오."

"너는 사사건건 청탁하려 드느냐! 감사를 나온 나한테 봐주라고 하면 어떻게 하느냐?"

"형님과 나는 지금 일심동체 아니요. 그리니 내가 부탁한 것도 좀 들어 줘야하겠습니다."

"동생은 뭔 뜬금없는 소릴 하는가! 너하고 나하고는 피도 안 섞이고 똥구멍도 맞대보지 않았는데 뭔 일심동체냐?"

"또 똥구멍은 왜요? 남이 그 말을 들으면 우리가 동성연애 하는 줄 알겠습니다. 그러니까. 네가 하고 싶은 말은 둘이서 한 묶음으로 일을 하니까. 일심동체 아니고 뭐요? 그리고 우리 국민들 불쌍해요. 정책 입안자들의 텅 빈 골통 때문에 얼마나 살기가 힘든 줄 아요? 자살할 판이요. 그러니 차라리 마른 대낮에 날벼락을 때려버리면 될 것 아닙니까?"

"알겠다. 그러나 벼락은 종교인들의 믿음처럼 하느님이 죄인을 때리는 회초리가 아니냐? 다음부터는 풍신에게 뇌물을 주어 태풍이 오면 될 수 있는 대로 일본이나 중국으로 거쳐 가게 하겠다. 동생! 나 돌아갈 때 밍크코트 하나만 지구에서 잘난 년들이나 고위층 여인들이 입으니 풍신 마누라한테 선물로 주게."

"그런 소리 마시요. 땅에 내려오더니 형님까지 오염되고 말았군요! 그렇잖아도 우리나라에서는 1년 넘게 그놈의 코튼지 밍크 게이튼지 때문에 공직자들 모가지나날라가고 국회에서 쌈박 질인데 저승에도 코트 갖고 가서 청문회 열 일 있소? 씨알도 안 먹히는 소리 하지 마세요. 관을 화장장으로 옮기는 모양입니다. 빨리 따라가 봅시다. 지금 구우려고 하는 모양입니다."

"허리가 삐끗해서 빨리 못 가겠다."

허리가 아파서 깐 작 걸음을 하는 저승사자를 부축하여……. 도착한 화장터에는 6개의 화구가 있다. 불을 지피는 쪽의 뒤쪽과 앞쪽에는 시체를 담은 관을 넣을 화장장이 있다. 화구 문을 열자 문은 위로 올라가고 바퀴가 달린 화덕 침대가 나온다. 침대는 내화벽돌로 바닥을 장식하였다. 그 위에 관을 올려놓으면 이승을 떠나는 영혼에게 마지막 인사를 한다. 악한 자든·선한 자든·사랑하는 사람을 마지막으로 보내는 현세와 내세의 이별장이다.

분해서 우는 눈물·억울해서 우는 눈물·사랑하는 사람을 보내는 눈물·수정체 같은 눈물·방울방울 흘러 떨어지는 저 눈물들……. 감정의 정화로 인한 구슬이지만 각기의 눈물의 의미는 다른 것이다.

옆의 화구 앞에는 조그마한 관이 두 개가 놓여 있다. 관 앞에서 데굴데굴 구르면서 울부짖는 저 여인은 사랑하는 자식을 보내는 눈물이 화장장 바닥에 수없이 떨어져 옆에서 지켜보는 보는 사람들의 안타까움을 자아내게 한다.

화덕은 들어가고 셔터가 내려온다. 스님의 목탁소리·교회 목사의 기도소리·가족들의 울부짖음……. 그 속에 불은 지펴지고 둥그런 유리창 구멍으로 저승의 지옥의 불구덩이처럼 화마의 혓바닥이 시신 담은 관을 감싼다.

길고 긴 시간이 흐른 뒤 화구는 다시 열리고 화덕이 나오니 흉한 얼굴도·어여쁜 미인도·천진난만하고 천사 같던 어린아이 얼굴도 흔적 없이 모두 사라지고 큰 관절뼈와 하얀 돌 같은 뼈만 몇 군데 남는다. 죽음이란 모두 저 모양인데 산다는 것은 무엇이며……. 왜 힘겹게 살아야 하는지 지금 이 자리에서는 심각하게 생각해 보지만 삶의 현장으로 돌아가면 망각의 강을 건너버렸는지 이런 생각들은 까맣게 잊어버리는 것이 오늘날의 사람들이 살아가는 모습이다.

화부는 유골을 담기 위하여 호미처럼 생긴 도구와 깡통을 가져온다.

이곳에서도 비리는 있다. 화부들이 상습적으로 하는 말이 있다. 잘 구워 준다고 깨끗하게 태워 준다고 돈을 내란다. 이런 빌어먹을 놈들! 사람을 태우는데 잘 구워 준다고 웃돈을 내라고 손을 내밀다니……. 갈비 집에서 서빙 하는 것도 아니고 죽은 송장을 잘 구워준다고 팁을 달라는 저승꽃이 만발한 늙은 화부들 얼굴을 보니 어이구! 원수 같은 돈……. 갑부의 돈은 닦지 않아도 빛이 나지만 졸부들의 돈은 아무리 닦아도 빛이 나지 않듯이 저승 가는 송장이 준 돈은 재수가 없는 것이다. 돈이란 잘 쓰면 인격을 논하지만 잘못 쓰면 독이 된다는 생각이 든다.

화부들은 거의 대부분 늙은이들로 자기들도 머지않아 저승길을 갈 것인데! 돈이란 게 무엇인지 돈이 탐이 나서 저런 짓을 하다니 자기 들은 매일 보고 몸으로 느낄 것이다. 인생은 빈손으로 왔다가 빈손으로 가는 공수래 : 空輸 來 · 공수거인 : 空輸 去 · 것을……. 천석꾼 부자도 · 억만장자 재벌도 · 천하를 호령하던 권력가도 · 천하일색 양귀비도 · 항우 부인 우미인도 · 하루 삶이 힘들어 깡통 차고 구걸하던 걸인도 · 모두 똑같이 가는데 인간은 모두 태어날 때나 이승에서의 많은 업 보도 떠날 때는 모두 빈손으로 가는데 사람에겐 돈으로 만들어진 비 리라는 게 모두 돈 때문이다. 돈! 돈! 돈! 돈! 하다 보니 돈다. 갑자기 돌아 버렸는지 모양이다. 망자의 유품을 태우기 위하여 보따리 채 가 져오면 그것을 슬픔에 겨워 울부짖고 서러워하는 유족들의 혼란스러 운 틈을 타서 재빨리 뒤 창고에 숨겨 버린다. 어떤 의미로는 좋은 일 인지도 모른다. 그 옷이나 유품들은 태워 버리면 낭비가 아닌가. 이 지구상에는 헐벗고 굶주려 죽은 사람이 얼마인가. 기아에 허덕이는 아프리카를 비롯하여 세계 도처에서 하루에 수많은 사람들이 죽어간 다. 그런 곳에 보내준다면 이 화부들은 죽어서 극락으로 보내든지 천 국으로 보내든지 화부들의 뜻대로 전출시켜주면 되는데 또 한바탕 울 음바다다. 어제 · 그제 · 그끄제의 살아 있는 얼굴은 아른거리는데 몇 조각 유골을 바라보노라면 배꼽 아래에서부터 밀고 올라오는 슬픔은 그 누구도 참을 수 없으리라. 쇠로 된 절구통에 유골을 넣고 쇠절구로 유골을 빻으니 쿵 쿵 덩 더 쿵. 유족들이 한 번씩 절구질을 할 때마다 돈을 요구한다. 마지막 사는 길이란다. 유족들의 절구질이 끝나면 마지막은 화부 몫이다.

이때 또 나타나는 당연한 비리다. 잘 빨아 준다고 밀가루처럼 곱게 만들어 준다고 돈 내란다. 이런 화부들의 얼굴을 보면 저승사자 얼굴보다 더 무섭고 한층 밉상이다. 어이구! 늙어도 곱게 늙어라. 너무 추잡하게 돈 때문에 돈 모양이다! 욕심도 대충 부리시요. 못된 영감쟁이 놈들 더럽고 치사하다.

이들을 단체로 데려갔다가 단체 기합 주면 효과도 단체로 나겠다는 판단에 그날 밤은 치사한 수작으로 돈을 뜯어내던 장례 관련 인간들을 불러 모은다고 나와 저승사자는 정신없이 바빠야 했다.

물론 이들도 모두 지옥으로 끌려가서 살아생전 저지른 모든 죄악을 객관적인 관점에서 바라보아야 했고……. 전갈이 득시글거리는 밀폐된 실내에서 전갈의 독침에 수도 없이 찔리고 또 물렸고 아침에 잠에서 깨었을 때는 하나같이 이마에 흉터를 갖게 되어 지난 밤 꿈이 얼마나 끔찍한 악몽이었는지 뼈저리게 깨닫게 되었다. 그들은 또 그렇게 치사한 방법을 예전의 수법을 그대로 사용할 것인가?

살아있는 자들이 영혼은 죽지도 소멸되지도 않으며 당하는 고통이 끝이 없이 연결된다는 것을 모르고 죄를 짓는다. 만일 불구덩이에 빠지면 현세에서는 순간적으로 죽기 때문에 고통도 잠깐이지만 지옥에서의 벌로 불구덩이에 빠지면 영혼은 죽지 않으니 고통은 계속 이어진다.

"만약 이런 일을 겪고 난 후에도 여전히 그런 짓을 한다면 인간이기를 포기한 것이겠지요! 가짐과 갖지 않음의 마음을 모두 떠나 다투지 않으면 저절로 마음이 편해 질 것인데! 그러한 것을 모르는 저들이 어찌 보면 불쌍하기도 합니다."

"그들이야 그렇다 치더라도 지옥을 경험하지 못한 인간들은 계속 나쁜 짓을 할 텐데. 그들을 일일이 잡아갈 수도 없고."

…….

"너는 백화사전을 몇 권을 삶아 먹었나. 고아서 먹었느냐 모르는 게 없으니?"

"……."

"뭘 그리 심각하게 생각을 하냐? 지금 너희 나라에 외국에서 들어온 노동자가 얼마인 줄 알고 있냐? 200만 여명이다. 너희나라 그런데 무직자가 122만 여명이라고 뉴스를 장식하고 있다. 성매매도 처벌하고 성 매수자도 처벌한다. 그래서 외국에서 들어온 여성들이 다방 노래주점에서 일을 하면서 그 짓을 하고 있다. 그들이 2~3년만 하고 자기나라로 돌아가면 자기마을 최고 부자가 된단다. 또한 국내서 사는 사람도 부지기수다. 일부는 결혼을 못하고 있는 노총각들과 결혼을 하여 아기도 낳고 있다. 군인 걱정도 없을 것이고! 뉴스에 부산에서 삶이 힘들어 2018년 자살을 한 사람이 900명이 넘는 카드라. 현 정부 정책 잘못으로 고민을 하여 불면증이 자살 원인을 높인 결과라는 것이다. 또 다른 뉴스는 너희나라에 처음 생긴 제일 산부인과 병원이 출산을 하는 사람들이 줄어들어 병원 운영에 적자가 나서 문을 닫을 단계에 있다는 것이다."

"외국인 들이 자식을 많이 출산을 한다면……. 어떻게 보면 좋은 현상이기도 합니다. 일자리가 없는 것이 아니라. 모두가 좋은 자리만 원하니 그렇습니다. 우리들의 시절엔 낮과 밤교대로 하루12시간씩 일을 하여 지금의 대한민국을 만들었습니다."

"3여 년 민족 간에 전쟁으로 인하여 피폐해진 땅에서 지금의 경제대국을 이룩하였다. 근면성이 특출한 국민들의 노력이다. 잘살기 위해 지도자와 함께 이룬 결과가 아닌가!"

"그야 물론이지요. 그 바탕에는? 아! 저런 민족 저런 지도자가 있는 나라라면 우리가 차관을 줬다가 돈을 못 받아도 좋다"라는 이 말은……. 당시에 우리나라는 한국전쟁으로 인하여 피폐해진 국가재건에 필요한 돈이 없었습니다. 그래서 박대통령 : 당시 최고위원·미국으로 건너가 케네디 대통령을 만나 필요한 자금을 지원받으려 했으나…….

"쿠데타를 일으켜 정권을 잡았다."

　케네디는 자기 나라 어느 부족추장정도의 낮은 대접으로 냉대를 하
였답니다. 박대통령이 만남의 장소에 들어갔는데 자리에서 일어나지
도 않았다는 것입니다. 그래서 당시 우리나라와 같은 분단국가 이였던
서독에게 상업차관 3천 만 달러를 부탁 했으나 담보가 없어 진행이
어려워지자. 5,000명의 탄광광부와 3,000명의 간호조무사를 담보로 차
관을 얻었습니다. 자료에 의하면 광부 65명이 사고와 병으로 사망을
했고 간호사는 19명이 이국에서의 외로움과 부모형제 고국산천이 그
리워 우울증으로 19명이 자실을 했으며 26명이 병으로 사상을 했다는
것입니다. 그렇지만 독일인들은 시체를 닦는 간호사를 보고 천사라고
했다는 것입니다. 1964년 선거로 대통령이 된 박정희대통령을 서독이
초청을 했다고 합니다. 당시엔 우리나라에는 대통령 전용기도 없었고
민항기도 없습니다. 그래서 미국의 민간 항공기를 전세계약을 하였으
나 미국서 쿠데타로 정권을 잡은 대통령은 미국국적 항공기를 탈수
없다고 하여 취소를 해버리기도 했습니다. ……할 수 없어 독일 민간
루프트한자 항공사의 본에서 일본 도쿄 상용노선을 변경시켜 일반인
승객과 함께 타고 독일로 갔다. 7개 도시를 경유해 서독 쾰른 공항까
지 가는 데 무려 28시간이 걸렸다는 것입니다. 서독에 도착하여 첫
방문지에 일어난 일입니다. 서독에 파견된 광부들이 지하 4,000미터
숨 막히는 지열 속에서 석탄을 캐내고 간호사들이 시체를 닦아내는
등의 일을 하면서 외화를 벌어들인 것에 대한 노고를 위로하고 차관
을 구하려 서독을 방문한 박정희 전 대통령을 환영하는 기념식 단상
을 향해 걸어가는데 애국가가 울리자 이곳저곳에서 흐느끼는 소리가

나자? 그 광경을 힐끗힐끗 보면서 느린 걸음으로 단상에 올라간 대통령은 준비한 연설 원고를 옆으로 밀쳐내고 눈물을 흘리며……

　"이게 무슨 꼴입니까. 내 가슴에서 피눈물이 납니다. 우리 생전에는 이룩하지 못하더라도 후손들에게만큼은 잘사는 나라를 물려줍시다."

외치고 그들에게 '미안하다'는 말을 하고는 울음이 복받쳐 말을 더 이어가지 못하고 대통령이 눈물을 흘리며 단상에서 내려와 육영수영부인과 함께 간호사와 광부들 끌어안자. 강당 안은 곧 울음바다가 되는 광경을 TV로 지켜보던 「에르하르트」서독수상이 눈시울을 붉히며 한 말입니다. 그들과의 만남을 끝내고 독일의 초대 경제부 장관을 지내기도 하였던 "루트비히 에르하르트"총리는 정상회담에서 한국의 경제발전에 도움이 되는 조언을 : 助言 · 했습니다. 그는 박대통령의 손을 잡고……

　"한국은 산이 많던데 산이 많으면 농업도 어렵고 경제발전도 어렵습니다. 고속도로를 깔아야 합니다. 고속도로를 깔면 자동차가 다녀야 합니다. 자동차를 만들려면 철이 필요하니 제철공장을 만들어야 합니다. 차가 달리려면 연료도 필요하니 정유공장도 필요합니다. 그리고 경제가 안정되려면 중소기업을 육성해야 합니다."

위와 같은 조언을 해 주었다는 것입니다. 정상회담에서 광부와 간호사의 월급을 담보로 1억 5천 마르크를 또다시 지원을 받았다는 것입니다. 많은 돈을 지원받은 대통령은 서독 아우토반 : 속도제한이 없는 도로 · 고속도로를 달리는 차를 세우고 차 밖으로 나와 정상회담서 서독 수상이 조원해준 말이 생각나서 고속도로에 입을 맞추자 수행원들이 모두 울었다는 일화가 있습니다. 아우토반은 차가 달리는 곳입니다. 그래서 경부고속도로를 건설했으며 철강 산업에 공들여 현제의 세계 상위 철강생산국이 되었고 정유공장을 만들게 지원하였으며 라인 강의 기적을 보고 한강의 기적을 이루게 했던 것입니다. 이러한 사업을 진행하는 데는 반대여론도 많았으나 그보다도 언제나 돈이 부족하였습니다. 할 수 없어 철천지원수인 일본에게 국민의 온갖 반대저항에도……. 지금도 말썽인 한일 회담을 열어 대일청구권 문제를 관철시켜 8억 달러를 받아냈지만 그러나 턱없이 부족한 돈이었다는 것입니다. 그래서 독일로 가서 자금을 지원 받았다는 것입니다. 그러한 피눈물 나는 외교를 하이 앞서 이야기 했지만……. 한국전쟁으로 인하여 200만 여명이 죽고 20만 여명의 미망인이 생겨났으며 10만 여명의 전쟁고아와 천만여 명의 이산가족이 발생 했습니다. 그로 인하여 세계에서 가장 가난한 인도 다음으로 가난한 나라였지만 지금의 경제대국의 기초를 튼튼하게 만든 것입니다. 당시엔 북한이 우리보다 잘 살았습니다. 지금은 남북 간의 경제적 차이는 38대 1이라는 경제적인 부의 격차가 벌어져 있다고 합니다. 박대통령은 농촌에서 태어나 찢어지게 가나했던 어린 시절을 생각하곤 열악한 농촌주거환경 개선을 위하여 새마을 사업운동을 벌여 국민의 삶의 질을 높인 것이 세계적으로 인정을 받아 지금도 70여 개국에서 수많은 사람이 찾아와서 교육을 받아가고 있습니다. 닉슨대통령이 "저런 훌륭한 지도자는 처음 보았다"고 칭찬을 했고 지금의 러시아의 푸틴대통령은 "박정희 대통령 관련된 책은 어떠한 책이라도 구입하라"고 특별지시를 했다고 하며 시진핑 중국의 국가주석은 박 근혜를 만나 새마을운동에 관한 자료를 부탁하여 자료를 보내주었다고 합니다."

"군사정변으로 다수의 국민을 죽이고 정권을 잡아서 국가를 위해 노력을 하여 경제발전을 성공적으로 이룩한 지도자이지만……. 그의 딸이 뭐하려고 정치에 입문하여 나라를 망쳤으니! 시집을 가서 아기를 출산하고 행복한 가정이나 이루지 참? 박정희 어머니가 살기가 어려운 보릿고개 시절에 박정희를 임신을 하여 낙태를 시키려고 간장독에서 밑바닥에 있는 오래된 간장 찌꺼기를 왕창 먹고 높은 돌담 장에서 수 십 번을 뛰어 내렸다는 일화가 있다고 안 했냐? 그래도 낙태가 되지 않았다는 이야기를 듣고 근혜가 시집을 안 갔나! 얼마나 살기 어려워서 그랬을까! 박정희는 자기 어머니가 자기를 낙태하려 했던 어머니 생각이 나서 나라에서 그러한 일을 방지하려고 열심히 경제발전에 힘을 썼고……. 근혜는 할머니의 그러한 행동을 알고서 출산이 힘들까봐! 여하튼 근혜 때문에 아비의 공적이 날라 가버린 거야!"

"1967과 1968년에 대 : 大 · 한해가 : 旱害 ↔ 가뭄 · 왔습니다. 당시 보릿고개 시절에 가뭄이 2년 동안 계속되어 살기가 어려워지자 총각은 서울로 처녀들은 대도시로 식모살이를 하기위해 농촌을 떠났습니다. 당시에 '부녀자 가출 방지기간'이라 현수막이 길거리에 설치되기도 했습니다. 보릿고개란 가을 농사를 지어 겨울에 먹고 나면 식량이 바닥납니다. 보리가 5~6월에 수확하는데……. 양지바른 쪽에 일부 보리가 익습니다. 보리 목을 따서 가마솥에 쪄내어 망석에 부비면 보리 알갱이가 나옵니다. 그것을 먹고 살면서 보리가 빨리 익기를 기다리던 시절이 보릿고개 시절입니다. 그때나 지금이나 자식의 삶은 어머니의 굽어진 허리와 맞바꾼 것입니다."

"요즘 신세대들은 무슨 전설의 고향이야기인가 할 것이다! 너희세대는 그렇게 어렵게 살았다. 허리띠를 졸라매며 그렇게 살기 어려운 시절에 대한민국의 최고의 통치자인 박정희는 오직 국민을 위해서 밤 낮을 가리지 않고 국정에 힘을 쏟았기에 지금의 경제부강의 나라가 된 것이다."

"두말하면 잔소리고 세 번하면 숨차지요! 대통령이 김 제규 경호실장에게 총에 맞아 죽은 후 청와대 양변기 물통 안에 벽돌 한 개가 들어 있었다는 것입니다. 벽돌 크기만큼의 물을 절약하기 위해 넣어

둔 것입니다. 육영수 여사님의 마음 씀씀이를 생각하니 가슴이 뭉클해집니다."

"민주주의를 가장 역행한 대통령이고 세계의 두 번째 빈국에서 지금의 세계상위 그룹 경제 대국을 이루게 한 대통령이란 두 가지 평가를 하고 있다. 따지 보면 광부의 월급·간호사들의 월급·목숨을 걸고 월남전 전쟁터에 파견된 병사들의 월급·등을 국가에서 일부 착취하여 경제 발전을 이룩하였으니 어떻게 보면 너희나라도 지구에 단 하나밖에 없는 사회주위 북한과 같은 꼴이었다. 북한도 외국에 노동자를 보내 월급 일부를 강제로 거두어 그 돈으로……."

"저도 그렇게 생각합니다. 어떻게 보면 북한처럼 사회주의! 월급을 강제로!"

…….

"형님! 다른 곳으로 이동합시다."

"여기가 재미있는데 어디로 간다는 거냐?"

"아무 말 마시고 따라 오세요."

"……."

……앞서 등 굽은 늙은이가 계단을 힘들게 오르고 있다. 계단을 세어보니 14계단이다. 입구에서 입장료를 지불하고 콜라텍 입구에 들어서니 고약한 냄새가 코를 간질이고 있다. 앞전 콜라텍 보다는 홀이 크지만 음악이 더 크게 들린다. 귀청이 깜짝 놀랄 정도다. 초대형스피커가 6개씩 층을 이루어 홀 사각 귀퉁이에 있다. 앞전의 콜라텍 홀보다 3/2는 더 커보였다. 천정 깜박이 네온사인이 좌우로 파도가 치듯이 아니 바통을 주고받는 릴레이 달리기를 하는 것처럼 움직인다. 청색과 적색이 빛이 깜박인다. 여자들은 90프로 정도가 라면 머리이고. 평균 65세 이상인 노인이다. 남자도 그렇다. 한마디로 말하자면? 양로원에 야유회를 나온 것 같다! 그래서 음악소리를 크게 한 모양이다. 휴전선 경계초소에 설치된 대북 대남 선전 방송 스피커에서 나오는 소리 같

다. 하울링은 없지만……. 자리에 앉아 홀 안을 살펴보니 이곳에도 커다란 양초 덩어리가 기둥 밑에 설치 되어있다. 구토가 나올 정도의 냄새는……. 엄청나게 큰 홀에는 300여 쌍의 남여가 짝을 이루어 춤을 추고 있다.

"이 시에 있는 못난이 여자는 다 모여 있는 것 같다!"
"형님! 그런 소리 마세요. 늙으면 다 그렇습니다. 우리나라 유명한 미남 배우나 미녀배우들의 늙은 모습을 보세요. 호화로운 꽃도 시들면 볼품이 없듯 세월 앞에 이길 장사가 어디 있습니까?"
"조금 시간이 흐르니 그 고약한 냄새가 나지 않아 좋다. 그런데 춤은 추는 여자들은 무어라고 저렇게 계속 씨부렁 : 중얼 · 거리는지 모르겠다. 오늘 저녁에 만나서 거시기를 한번 하……."
"영감이! 음흉한 생각이나 하고!"

여자들 대다수가 상대방에게 말을 하는 것처럼 입을 오물거리고 남자도 그런 모습이다. 뒤에 안 일이지만 늙으면 입 냄새가 많이 난단다. 양치질을 잘 해도 그렇다는 것이다. 이래저래 늙으면 서럽다는 것이다. 상대방에게 입 냄새를 줄여 볼까 해서 껌을 씹는 것이다. 처음 홀에 들어 설 때 고약한 냄새가 나는 것은 입 냄새와 땀 냄새가 에어컨과 대형선풍기 바람에 믹서가 되어 났던 것이다. 나도 처음엔 춤을 추면서 상대방과 이야기를 나눈 줄 알았다. 입 냄새가 나지 않는 것이 아니라 시간이 흐르다 보니 냄새는…….

"동생! 앞전 콜라텍 보다. 홀이 밝아 얼굴들이 잘 보여서 좋다. 그런데 대머리들이 참 많다. 그래서 홀 내부가 잘 보이나!"
"대머리 때문에 천정 불빛에 반사되어 홀이 밝다니요?"
"일마가! 소설가는 작은 신 : 神 · 이라고 하던데……. 벗 거지 : 대머리·머리 정수리가 네온사인에 번쩍거려서 그렇다. 왜? 대머리가 된 줄 아느냐?"

"그거야 화를 못 참아서 화 기운이 위로 솟아 머리가 빠졌지요! 입으로 토하면 되는데 입을 꼭 다물고 온 몸을 부르르 떨면서 참으니 오장육부에서 나온 열이 머리꼭지로 가니 뜨거워서 머리털이 빠진 것이지요!"

"어이구 씹 할 놈! 그것도 모르면서 둘러 대기는……."

"형님! 무슨 그렇게 상스런 욕을 합니까?"

"그게 욕이야? 욕은 씹 못 할 놈 : 섹스를 못하는 것·욕이지. 씹 할 놈은 욕이 아니다. 자네가 어떤 때는 바보 천치 같기도 하고!"

"……그런가!!!"

"재미있는 이야기를 해줄 까?"

"재미가 있는 이야기면 해보세요."

"동생! 대갈빡에 이입을 시킬 것이니 잘 보관을 해라. 옛날이 아니고 1950~70년대야. 경남 합천군에 사는 청년이 장가를 들게 되었는데 신부는 서울 아가씨였다. 그 당시에는 결혼 첫 날밤을 신랑 집에서 자게 되는 풍습이었다. 지금이야 결혼식이 끝나고 양가 부모님의 상견례가 끝나면 곧바로 신혼여행을 떠나지만…… 첫날 밤 신랑이 신부에게 배관 공사를 : 처녀막을 터지게 ↔ 섹스·하는 풍습이다. 그런데 문제는 배관 공사하는 모습을 신혼 방 앞마루에서 마을 여자들이 엿보는 것을 묵인하는 때였다. 지금 같으면 난리 구석이고 청와대에 청원 댓글이 글이 수 백 만개가 올려질 것이다! 밖에서 기다리는 마을 여자들은 아무리 기다려도 소식이 없자 창호지를 바른 방문에 침을 손가락에 발라 문종이를 뚫어서 들여다보게 된 것이다. 방안에 신랑과 신부는 마을 사람들이 빨리가기를 기다리면서 술을 마시고 있었다. 신부도 지루해서 조금씩 받아 마신 것이…… 결혼식에 쓰려고 음식 만드느라 무쇠 가마솥에 삶거나 쪄서 몇 날을 부엌에서 불을 많이 때어 방안이 무척 뜨거운 상태였다. 그 때 하루 종일 지리산 깊은 계곡 떠돌아다니면서 자기들이 가는 길을 빨리 비켜주지 않는다고……. 자기들 마음대로 이곳저곳에서 하루 종일 행패를 부리고 다니던 바람이 힘이 들었나! 잠시 쉬려고 찾은 곳이 하필 마을 여인들이 생 비디오를 보려고 뚫어 놓은 문구멍 이었다. 얼씨구나. 좋구나. 지화자 좋다구나. 따듯한 방안에서 쉬려고 문구멍으로 들어가 간들거리는 촛불에게 '우리 잠시 쉬었다가 잠을 자겠다.'하면서 앉는다는 것이 : 행패를 부려서·불은 꺼지게 해버린 것이다. 동내 사람들이 가기를 기다리던 신랑은 술에 잔득 취해 그만 잠이 들고 말았다. 새벽 한시까지 기다렸지만 술만 마시고 있어 기다림에 지쳐버린 마을 여인들은 육체 향연을 : 생 비디오·보려던 것을 포기하고 모두 집으로 돌아가 버렸다. 신부는 오래 참은 소변이 보고 싶은데 시집오기 전에 친구들에게 들은 이야기로 합천군은 사방으로 산에 둘러싸인 고장으로 호랑이가 많아 밤이면 호식을 : 虎食 ↔ 호랑이가 사람을 잡아먹는 것·해가는 곳이라 하여 무서워서 혼자 소변을 하러 갈 수가 없었다. 신랑을 깨워도 술에 취해버려서 요지부동 : 搖之不動·이다. 시골의 변소는 : 통시 깐 ↔ 대변과 소변을 같이 보는 곳·사립문 곁에 있다. 냄새가 많이 나는 소변과 대변을 합께 사용하는 곳이니 본체와 멀리 떨어진 곳에 만든다. 그래서 호랑이가 먹이를 물고 도망치기도 좋은 곳이다. 집 입구에 사립문이 있으니⋯⋯. 그 당시엔 신부가 필히 혼수로 가져가는 것이 요강 : 尿堈·이었다. 불도 꺼져버렸고 보이지 않은 방안에서 더듬거리며 요강을 찾았는데? 그 요강이 신랑 얼굴이었다. 술에 취한 신부는 신랑의 얼굴을 요강으로 착각하고 신랑 얼굴에 앉아 크게 진저리를 한 번 크게 치고서 참고 참았던 소변을 시원하게 본 것이다. 그래서 머리털이 홀라당 빠져서 대머리가 된 것이다."

"모 정치인 이야기 같네요! 소변에 머리털이 빠진단 말입니까? 소설 같네요!"

"그러니까. 저장을 잘해라. 소설에 사용을 하려면⋯⋯. 방안 열기에 또 술 먹으면 열나고 그리고 첫날 밤 배관 공사 : 처녀막 터트리는 것·실패니 생각을 해봐라 얼마나 화가 나서 열이 올랐겠냐? 그러니 소변이 펄펄 끓을 정도였겠지!"

"지금 이곳 대머리 남자들 모두가 합천 사람⋯⋯. 대머리에 네온사인 불빛에 반사되어 홀 안이 잘 보인다는! 이야기를 듣고 보니 말이 되네요. 아주 좋은 현상인데요. 산골이어서 물 절약도 되고 하천 오염도 줄일 수 있고 일거양득입니다! 합천만 그러한 이야기가 돈 것이 아니라 산간 벽지마을 에선   ．"

"내가 생각을 해도 그렇다. 비누와 머리 세정제도 필요 없고! 머리를 감을 때 얼굴을 닦는 물에 젖은 수건으로 닦으면 그만이니 시간도 절약과 물도 절약 되고. 현 시대는 대머리가 너무 많아 가발이 있고 머리 안 빠지는 약에 샴푸를 비롯하여 염색약도 많이 팔리고 있더라. 야생 호랑이가 사라진지도……."

"이야기 인 줄 알고 있습니다. 형님! 저도 야한 이야기를 해드릴까요?"

"너 같은 소설가 이야기라면 음담패설이겠지! 그렇지 않느냐? 19금!"

"내 말에 토를 달지 말고 한번 들어보세요. 때는 60~80년대에 논산 훈련소에서 훈련병들 말을 듣지 않아 구타를 많이 하여……. 조교들과 훈련병들의 사이가 서먹해지자! 분위기 새신을: 賽神·위해 교관이 훈련병들에게 지친 마음을 달래려고 음담을 이야기 하는 장면입니다. 지금의 세대 같으면 이러한 이야기도 성희롱이라고 청와대 계시 판에 도배를 했을 것입니다!"

"……상략."

당시대의 상항이 실루엣으로 뜬다. 야외 훈련장에서 교관은 지휘봉을 차드걸이에 걸어놓고 이야기를 시작한다.

"너희들 왜? 개구리는 사람이 지나가면 오줌을 싸는지 아나?"

교관의 입만 보며 눈을 껌벅인다. 인간은 눈에 말이 보이지 않는데도 상대가 말을 하면 입을 쳐다본다. 말이 입에서 나오는 줄 알고 처다 보는 것이다. 반대로 말을 하는 사람은 상대방의 귀를 쳐다본다. 귀로 듣는지를 눈을 통해 확인한다. 훈련병들은 교관만 알지 우리는 모른다는 표정으로 교관의 입만 쳐다는 것이다. 그 당시에 훈련 교관이나 훈련소 조교도 그러한 야담이야기를 10여 가지 정도를 알고 있어 훈련병들이 졸거나 또는 훈련에 힘들어 할 때 잠시 훈련을 멈추고 그러한 이야기를 하여 졸림을 쫓아내거나 고달픈 훈련에 지친 심신을 풀게 하는 것이다.

교관의 이야기…….

어느 농촌에 시집 갈 나이가 된 처녀가 살고 있었다. 어느 가을날 논에서 집안 식구와 동네 사람들이 모여 벼 베기를 하고 있었겠다. 품앗이로 벼 베기를 하다 보니 새참과 점심을 집에서 마련하여 함지박에 이고 논두렁을 왔다 갔다 해야 된다. 그날은 함지박을 머리에 이고 동네 아주머니와 어머니 뒤를 따라 큰 딸 순이가. 우주행성 크기의! 함지박에 음식을 한 가득 담아 논두렁길을 가고 있었는데……. 아차! 급히 서두르다가 소변보는 걸 잊어버렸다. 소피가 급하니 할 수 있나. 그냥 논두렁에서 해결해야 했다. 그때 농촌의 여인네들은 지금의 팬티 대용인 고쟁이를 입었다. 이 고쟁이는 배꼽 밑에서부터 엉치 뼈 있는 곳까지 길게 바느질이 안된 상태다. 앉으면서 양 손으로 옷을 벌리면 궁둥이가 드러나게 되어 여인네들의 용변을 쉽게 볼 수 있게 만들어졌다. 이 고쟁이 곁에 검정 무명치마를 입은 이 순이는 참았던 소변이 급하여 논두렁에 살포시 앉아 볼일을 보는데 공교롭게도 그곳에 개구리가 겨울잠 잘 준비로 구덩이를 파고 들어가 있었다. 또 그 곁에 새앙쥐가 풀뿌리를 헤집어 자고 있었다. 그런데 갑자기 하늘이 캄캄해지더니 뽀~옹! 하는 소리와 함께 뜨거운 물대포가 머리 위로 쏟아졌다. 뽀~옹! 소리는 보리밥을 많이 먹은 처녀의 방귀소리이고 뜨거운 물은 순이 소피였다. 하늘이 캄캄해진 것은 순이의 검정색 무명치마가 엉덩이를 가리고 발목까지 덮어서였다. 개구리와 쥐의 입장에서는 벌건 대낮에 갑자기 요란한 천둥소리를 뒤 이어 뜨거운 폭우까지 내리니 개구리는 잠결에 깜짝 놀라서 피하려고 급하게 밖으로 나오니 어제만 하여도 높았던 하늘이 갑자기 낮아져 있는 것이다! 순이의 궁둥인 줄 모르는 개구리와 생쥐에게는……. 아니! 자세히 보니 인간의 풍만한 엉덩이가 머리가 닿을 정도로 가까이서 감히 방뇨를 : 放尿 ↔ 소변·하고 있지 않은가. 오줌방울을 털어 내려고 궁둥이를 위 아래로 흔들어 오줌방울을 떨어뜨리고 나서 궁둥이를 위로 드는 순간? 죄 구멍에도 볕들 날이 아닌 개구리 구멍에도 볕이 들어 온 것이다. 개구리는 기회는 이때다. 하며 그 틈새로 빠져나오며…….

  "그래! 네가 나에게 오줌을 갈겼다. 이거지? 너도 한번 맛 좀 봐라
  하고선……."

생 후 처음으로 뜨거운 오줌으로 샤워한 개구리는 뜨거운 빗물에 : 오줌·놀라서 팔짝 뛰며 오르며 오줌을 누고 도망갔단다. 그때부터 개구리는 사람만 보면 팔짝 뛰며 오줌을 누는 것이다. 보통 이야기라면 이것으로 이야기 끝~~~ 할 것이다. 교관의 이야기는 계속된다. 훈련병들을 위해서다.

한편 잠을 자다 따듯한 오줌을 덮어쓴 새앙쥐가 풀 섶을 헤치고 나와 보니? 희멀건 물체 중앙에 솔밭에서 뜨거운 물이 : 순이 거시기 ↔ 소변·계속 나온다. 이리 피하고 저리 피한다고 정신이 없는 와중에 갑자기 물줄기가 뚝 그치는 것이다. 보라! 숲속 : 순이 ↔ 음모·중앙에 쥐구멍이 있지 않은가? 진짜 죄구멍에 볕이 든 것이다. 또 뜨거운 비가 쏟아지면 큰일이다. 대피처는 오직 저 구멍뿐이다. 새앙쥐는 팔짝 뛰어 올라 그 구멍으로 들어갔다. 순이가 오줌을 다 누고 막 일어서려고

치마 자락을 치켜 올리는 순간에 빛이 치마 속까지 들어가 새앙쥐의 눈이 밝아진 것이다. 그 순간에 새앙쥐가 순이 몸속으로 들어오니 ……. 이번에는 순이가 깜짝 놀라서 '오메'하고 벌떡 일어서버렸다. 구멍으로 들어간 쥐가 살펴보니 막다른 골목이다. '따뜻해서 좋으나 길이 없구나! 내가 피해 있을 곳이 아니야' 새앙쥐가 막 몸을 돌리는 순간에 들어왔던 입구가 닫혀버린다. 그야말로 새앙쥐는 독 안에 든 쥐가 되어버린 것이 아니고? 순이 거시기 안에 생 죄가 된 것이다. 이제 둘 다 난리가 났다. 쥐는 나갈 틈을 노려보니 약간 구멍이 열린다. 머리를 쏙 내미는 순간 도로 닫힌다. 계속 열렸다. 닫혔다. 하니……. 나갈 기회가 없어 전진과 후퇴를 되풀이한다. 순이는 몸속에 이물질이 들어와 꼬물거리는 것이 놀랍고 두렵고 간지럽고 열이난다. 발걸음을 빨리 할수록 몸이 비비꼬이는 것 같고! 숨이 가빠오고 얼굴이 화끈거린다. 뭐 안에 갇힌 새앙쥐는 순이의 발걸음에 따라 숨이 막히고 밖의 순이는 숨이 가쁘다. 견디다 못한 순이는 음식 담은 함지박을 내려놓고 산으로 뛰어가니 저 엉덩이 좀 보소. 쥐가 요동치는 대로 순이가 엉덩이를 요상하게 흔들며 간다. 이를 본 어머니가…….

"순아! 일을 거들다 말고 어디 가느냐?"
"엄니! 나. 시방 용변 보러가요."
"저 년이 설사가 났나! 금방 볼일 보더니 그 자리에서 보면 되지."

딸이 내려놓은 함지박을 함께 이고 논으로 갔다. 새참이 오는 것을 기다리던 동네 아저씨 눈에 이 순이가 보였다.

"어이! 최 서방! 인제 자네 딸 순이도 시집보내야 쓰겠네! 저 펑퍼

짐한 궁둥이 좀 봐."

눈이 게슴츠레하게 변하면서 하는 말이다.

"예끼. 이 사람아! 얼라를 보고 못 허는 소리가 없어?"

최 서방은 여전히 낫질한다고 눈길 한 번 돌리지 않는다.
한편 숨이 막힌 새앙쥐는 구멍 밖으로 머리를 내밀고 보니 쏜살같이
달리는 순이의 발걸음에 중심을 잡고 뛰어내릴 수가 없다. 잘못하면
떨어져 뇌진탕으로 죽을 것 같아서 다시 들어갔다. 자꾸 들락날락하다
보니 멀미가 난다. 새앙쥐가 안에서 꾸물거려 순이는 흥분될 대로 되
어 있고 새앙쥐는 지칠 대로 지쳤으니 둘 다 야단법석이다. 엄지손가
락만한 새앙쥐에게는 순이의 달리는 속도가 광속으로 달리는 우주선
만큼이나 빠르게 느껴진다. 높이도 너무 높아 떨어지면 바로 죽는다.

"에구! 새앙쥐 살려."
"어이구! 순이 살려."

숲으로 숨어들어간 순이는 이제는 홱 돌아버린다. 아래 샘물에 무
엇인가 빠진 것이 확실하니 끄집어내야 한다. 온몸을 비틀고 야릇한
신음소리를 내면서 중지 손가락으로 성기 속을 휘저어 보나 잡히는
것이 없다. 순이가 냅다 뛰는 바람에 더욱 정신이 혼란해진 새앙쥐의
눈앞에는 열렸다가 닫히고 닫히면 열리는 입구에서 밝은 빛이 비쳤다.
그쳤다. 또 비쳤다가 어두워지니 흡사 나이트클럽의 점멸하는 사이키
조명이다. 그런데 이번에는 손가락이 비집고 들어와 쥐를 잡으려 하니
질 겁을 해서 안쪽으로 들어가 바짝 붙어버렸다. 아무리 휘저어 봐도

잡히는 것이 없는 대신에 순이의 몸은 자신도 모르게 흥분에 온 몸이 떨리고 있었다. 수음을: 手淫 ↔ 손으로 자위·하고 있는 상태가 된 것이다. 마침 이때 이웃 동네 청년이 나무를 하러 숲에 들어왔다가 이 야릇한 광경을 보게 된다. 흠칫 놀라 나무 뒤에 숨어서 보니? 친구 집에 놀러 갔다가 장독대에 간장을 가지려고 온 처녀를 담 너머로 몇 번 본 적이 있는 처녀가 아닌가? 뒤에 안 이름이 순이었다. 그 얌전하고 예쁜 순이가 검정 치마를 활딱 걷어 올리고 고쟁이 사이를 벌려 옥 같이 하얀 허벅지를 다 드러내놓고 또 손은 둔부부위를 집요하게 만지고 있지 않는가. 여자의 둔부는……. 자기 마음대로 남의 집 안방 창문을 넘나드는 달빛과 별빛도 부끄러워 발걸음을 멈칫거린다고 했다.

"아니! 저럴 수가! 원래 순이는 저런 처자였다 말인가. 그렇다 면……."

총각은 순이가 행실이 발랑 까진 여자로 단정하고는 앞으로 다가가자. 순이는 다급하다. 몸은 어디론가 빨려가는 느낌이지! 자주 본 적이 있는 총각이 불쑥 나타나서 그 누구에게도 옹달샘을 보여주지를 않았던 숫처녀 몸을 보게 하여 부끄러워 환장하겠지만……. 몸속에서 꼼지락거리는 물질을 끄집어내어야 한다. 순이는 속으로 애걸한다.

"이 안에 들어 있는 것 좀 빼서 순이 좀 살려 주세요. 총각 구경하지만 말고 빨리 이 안에서 꼬물거리는 것 좀 빼내 주세요."

총각이 가까이 다가보니 순이가 손으로 자기 사타구니 중앙에 도끼 자국이 나있는 곳을 가리키며 눈으로는 간절히 애원하는 표정이다.

맞구나 맞아! 아직 시집도 안 간 처녀가 남자를 밝힌다. 이거지! 그럼 좋지. 중지 손가락으로 성기 안을 후벼도 잡히는 게 없다. 순이는 총각 손가락이 성기 안에 들어와 휘저으니 흥분이 더 되고 총각도 잡히는 게 없는데……. 순이의 우물에서 따뜻한 샘물이 넘쳐나자 자신도 모르게 흥분이 되어버린 것이다. 총각이 바지를 끌어내리고 망설임 없이 순이 몸 위에 걸터앉아 사정없이 성기를 밀어 넣어버렸다. 그 순간 갑작스런 처녀막이 터지는 통증과 함께 섹스의 절정에 도달한 순이의 비명이 크게 터진다.

새앙쥐는 총각 손가락이 물러나면서 약간의 빛이 보이자 잽싸게 입구로 향하는데 갑자기 문이 더 크게 열린다. 총각이 순이의 가랑이를 더 벌렸던 것이다. 찬스다. 새앙쥐가 뛰어나가는 순간 웬 빨래방망이 같은 몽둥이가 사전에 경고도 없이 불쑥 들어온다. 피할 틈도 없다. 쥐는 다짜고짜 몽둥이 끝을 사정없이 물어버렸다. 순이는 클라이맥스의 비명과 함께 총각의 거칠게 몰아 부치는 힘에 아파서 소리 지르고…….

"워~매! 아픈 거. 요것이 머시다냐? 시방! 순이가. 나! 꼬치를 물어 뿌렀네! 엄청 아파뿐 마. 이!"

총각은 날카로운 쥐의 이빨에 성기 끝이 물려 비명을 지르면서 몸을 일으켜 성기를 빼버린 것이다. 그 순간에 쥐는 정말 쥐도 새도 모르게 피난처에서 빠져나와 "걸음아 나 살려라"도망을 가버렸다. 이제 숲에는 황홀감에 거의 정신을 잃은 순이가 흥분이 가라앉지를 않아 몸을 비틀며 숨을 고르고 있고……. 쥐에 물린 총각은 여전히 비명을 지르며 뒹굴고 있다. 그 다음이 어찌 되었을까? 숫총각이었던 총각의 충격은 당장에 여성혐오증으로 나타났다. 순이 성기가 이빨이 있어 자기 성기를 물어버린 것으로 착각을 하고 있는 것이다. 그 후 순이의 충격은 단 한 가지의 답을 원하고 있었다. 이유여하를 막론하고 처녀의 속살을 보여준 것뿐만 아니라 몸까지 허락해준 셈이 되었으니 그 총각과 결혼해야만 했다. 그리고 또 한 가지는 그들이 숲에서 그렇게 해프닝을 벌인 다음 숲 밖으로 각각 도망치듯 나오는 것이 동네 사람들 눈에 띈 것이다. 이 사람은 총각을 봤고 저 사람은 순이를 봤는데 둘이서 이런저런 얘기 끝에 사타구니 움켜쥐고 뛰어가던 총각하고 얼굴이 빨갛게 상기되어 숲에서 뛰어나오는 순이 얘기를 하다가. 그게 몇 날 몇 시쯤에 있었던 일이냐? 아니 그렇다면 그 둘이 좋아하는 사인가 봐! 그렇게 두 마을에 소문이 났으니 당사자들보다 부모들이 더 급하다. 그러나 총각은 어떤 처녀와도 결혼하지 않겠단다. 또 왜냐고 이유를 말해보라고 해도 대답도 못한다. 만약 결혼을 하여 성관계를 가질 때…… 또 물리면 어떡하느냐고 묻지도 못하는 총각이다. 하지만 소문에 소문이 꼬리를 물고 다녔다. 순이 집에서는 매일같이 채근한다. "남의 처녀 앞길 막아놓고 결혼하지 않겠다."는 심보가 뭐냐고 따져온다. 총각은 책임져야 된다는 강박감에 마침내 결혼을 결심한다. 첫날밤이다. 총각도 책임감 : 責任感·때문에 순이의 족두리를 내려놓고 겉옷 속옷 다 벗겨놓은 것까지는 잘 했지만……. 막상 순이의 몸을 안으려니 그때 거시기를 피가 나도록 물려서 많이 아팠던 기억이 떠올라 겁이 난다. 그 때처럼 성기를 물면 어쩌나! 순이의 반응을 보기 위해 쪼그리고 앉아 총각은 자기 성기로 순이의 성기에 가까이 대고 "아나 물어라. 또 물어 봐라" 음핵을 문지르며 집적거리기만 계속한다. 순이로서는 이 해괴한 짓거리가 무엇인지 도저히 알 수 없다. 원래 남녀가 만나 합일하는 절차가 이런 것인가 하고 오직 신랑의

공구가 : 성기·들어오기만 기다리는데 계속해서 "아나 물어라. 아나 물어라."하며 덤볐다 물러섰다 덤볐다 물러서니 드디어 순이는 몸이 달아오를 대로 오른다. 옳지 이 기분이었구나! 순이는 그때 절정에 나가 떨어졌던 경험이 떠올라 점점 더 흥분된다. 한편 시집 장가보낸 첫날밤 창호지며 어디 간에 침을 발라 구멍을 뚫어 첫날밤 치루는 것을 봐주는 게 당시의 우리들 풍습이다. 혼인하지 않겠다고 고집을 부리던 총각을 겨우 불러다 치룬 혼례에 속궁합 : 속궁합 · 이나 잘 맞추려나 걱정인 장모인 순이 어머니도 그 대열에 끼여 있는데 신랑이 하는 짓이 너무 해괴한 짓을 하고 있다. 처음엔 유머감각 있어 장난을 치고 있나! 생각도 했다. 그러나 시간이 많이 흐르자……. 슈이를 열 올리는 것이 알고 하는지 모르고 하는지 도저히 알 수도 없거니와! 당하는 순이 보다 몰래 구경하는 마을 아낙네들의 몸이 더 달아오른다. 남편이 죽기 전에 자주 관계를 가졌던 밤일이 생각에 몸이 바짝 달아오른 과부아줌마는…….

　　"에그 내가 못 살아! 못 살 것이여."

　흥분을 참지 못하고 마룻바닥에 발랑 드러눕는데 엉덩이가 얼마나 무거운지 쿵~소리가 울린다. 곧 시작하겠지 하고 기다리던 순이가 이 소리에 놀라 벌떡 일어난다고 엉덩이부터 들썩하는 바람에 "아나 물어라"하고 신랑이 성기를 들이미는 찰나? 궁합이 딱 맞아버렸다. 깜짝 놀란 신랑이 얼른 들어간 공구를 빼려하나 신랑의 공구가 자기 몸 안으로 들어와서 정신이 번쩍 든 순이는 "워~매~애! 나~아~ 죽어! 거~그. 거~그*."

* 거~그란? 호남지방 사투리로 남녀의 성기를 지칭하는 말이다.

순이는 좋다는 소리를 대지르면서? 오빠! 오빠! 빼지마. 하면서 왈
칵 신랑을 끌어안아버리니……. 신랑은 꼼짝 못하고 속으로 산에서
당했던 끔찍끔찍한 아픔을 상상하며 벌벌 떨었다. 그런데 어렵쇼. 물
지를 않는다. 이유는 모르겠지만 물리지 않았으니 원이 없다. 이리하
여 신랑 신부는 첫날밤의 운우지정을 잘 나누었다.

"이야기 끝."

훈련병들의 눈은 활짝 열리고…….

…….
"일마야! 19금 소설이다! 에로티즘이 : eroticism ↔ 남녀 간에 애욕이나
관능적인 사랑 애욕이나 관능적인 사랑·가미된 이야기다! 앞서 내가 이야기
한 합천군 대머리 이야기 벌써! 표절 같은 느낌이다. 하여튼 간에
너 대갈통은……. 요즘 미 투 운동을 하고 있는 단체서 이 책을 읽고
여성을 비하하는 대목이 있다고 불매운동을 하면 곤란하지 않냐?"
"지금 세상엔 일부 초등학생도 성에 관한 지식이 나보다 훨씬
더……. 사회적인 말썽이 나면 책은 훨씬 더 많이 팔립니다. 그래서
어떤 여자소설가는 엉뚱한 사건에 뛰어들어! 얼굴이 뉴스에 도배를
하기도 합니다. 사소한 것을 시빗거리를 삼아! 그래서 그 소설가의
책이 많이 팔리기도 합니다. 만약 이 번 책의 내용을 시비를 건다
면……. 소설가는 소설에 상재된 사람이나 사건을 실명을 사용하지
않으면 독자가 시비를 걸 이유가 없습니다."
"그래서 미 투 : Me Too movement·라는 색다른 용어가 각 언론에 한
때는 톱뉴스를 장식하였고 지금도 심심치 않게 화자 되고 있구나!
19금 이야기는 그만하고 저 중앙에서 한복을 입은 남자와 춤을 추는
여자를 보아라. 여자다리가 안짱다리인데도 춤은 그런 데로 잘 춘다!
남자 복장이 영. 맘에 안 들고 여자 치마도 영 그렇다. 그 놈의 미

투 때문에 소 상공인들이 장사가 안 되 죽을 지경이란다. 술집이나 노래주점이 타격을 제일 많이 받는데 술집 접대부와 술을 먹다가 팁이 적으면 성추행 범으로……."

"그래서 남자들은 미 투의 잠재적인 집단으로 인식 되었고! 미 투 고발을 하였던 여성은 첫 강간·성추행·성희롱·당했던 당시의 현장 상황 등을 경찰·검찰·판사·등에게 말하는 꼴이…… 법의 심판을 받게 하려면 모든 것을 이야기를 하여야 되는 것입니다."

"그것만 아니라. 가족이 알게 되고 변호사에게도 당한 당시의 사건을 숨김없이 이야기를 해야 하고 주변 친구를 비롯하여……. 결국은 남녀 성대결로 문제가 되고 따지고 보면 성폭력 문제는 여성의 문제로서! 여성을 차별한 문제이며 결국은 가족 전체의 문제다! 또한 사회적 비용도 무시하지 못한다."

"처음에는 남녀가 공분을 했는데 시산이 흐르자 나도 그런 집단으로 몰리는 가 남성들은 페미즘: feminism ↔ 성 불평등·운동에 남성들의 거부감이 증폭 되고 있습니다. 지금은 디지털 폭력에 사이버에서 벌어지고 비 동위: 섹스 싫어·간음도 성폭력으로 간주되어 부부간에도 싫어하는 것도 젠더 폭력 등과. 해외 출장을 가는데 여성 직원이 능률이: 업무가·월등한데 데려가고 싶어도 같이 가면 시선이……. 그래서 능률이 떨어진 남자 직원을 데려 가기 때문에 여성이 손해를 보는 것입니다. 하나의 대중주의: 大衆主義 ↔ 인기영합주의·벌어진 미 투에 연관 되어 있는 것 같습니다!"

"결과적으로 남녀 모두 손해를 보고 있으며 소상공인들의 영업에도 막대한 지장을 주고 있구나! 술집에 가면 여자 종업원이 미니스커트 끝을 입에 물고 팬티를 무릎 아래로 내려 인사를 하곤 했는데 이젠……. 골 아픈 이야기 끝내고 요즘 보기 드문 복장을 하고 춤을 추는 팀을 보거라."

가르치는 곳을 바라보니 남자는 머리에 요즘 귀한 밀 집 모자에 상의는 하얀 모시 한복을 입었고 바지는 요즘 유행하는 개량된 한복 바지다. 여자는 장미꽃이 화려하게 나염된 바바리 형 드레스를 입고

신발은 중간 : 4.5센티미터 · 굽 높이에 그레이 색상이다. 그런데 춤을 추다가 상대가 좌로 밀던 우로 밀던 간에 2~3회전을 하면 치마 끝자락이 무릎 위까지 또는 팬티가 보일정도로 솟구치는데……. 치마 끝에 고무줄을 넣은 것처럼 무릎 끝 위로는 펴지지를 않는다. 중앙은 크게 부풀린 풍선 아니? 수박 밑을 잘라 놓은 것 같은 모습이다.

"양 발을 모았는데도 무릎사이가 20센티미터 정도 넓이로 벌이지는 군요! 왜. 저렇게 보기 싫게 다리사이가 벌려질까요?"

"쌍둥이였거나! 아니면 엄마가 떠돌이 장사꾼이나! 어려서 유흥가에서 일을 했거나! 내 생각엔 그렇다."

"왜요?"

"쌍둥이라면 하나는 업고서 일을 하면 넓은 엄마 등에 업혀서 어린아이 다리가 벌어질 것이고 장사꾼이면 등에 업고 다니면서 장사를 했을 것이다. 요즘처럼 유치원도 없는 시절이라서 적당히 맡길 곳이 없어서 그랬을 것이다. 유흥가에서 일은 했을 것이라는 생각은 말하지 않아도 네가 나보단 더 잘 알 것이다!"

"……."

두 사람의 스텝이 빵점이다. 그리고 체형도 그렇다. 여자의 키가 남자의 어깨 근처다. 입 냄새는 걱정이 없어 보인다. 그들은 춤이란 즐거우면 되는 것 같이 메들리가 바뀌어도 춤 동작은 크게 바뀌지를 않는다.

쿵~딱. 쿵~구~르~르 딱딱. 쿵 구~르~르 딱딱. 어제의 내 짝지는 어데서 춤을 추나. 오늘은 보이지를 않네. 음~음악 소리는 슬프게 들려오건만 무정하게 떠나버린 그대가 오기를 기다리다가 오복간장 터지는 황홀한 콜라텍에서 행여 왔나 찾아 봐도 오늘은 보이지 않네. 이 세상에서 가장 큰 힘은 사랑인데! 사랑 한다. 귓속말을 해 놓고 오늘은 어느 콜라텍에서 누구를 끌어앉고 춤을 추나! 목이 메여 불러 봐도 대답 없는 내 사랑아~얼굴이나 보여다~아~오. 그대와 춤을 추고 싶어도 못 추는 내 신세 ~ ~ 못 추지만~아~안~다시 한 번 내 품에 안기어 주오. 잘 있어요. 나는 갑니다. 이별의 말도 없이 ~ ~이 승덕 가수가 부르는 대한민국 최고의 플레이 수록곡이 흘러나온다.

연이은 메들리 속에 2018년 여름 우리나라 기상관측사상 111년 만에 초고 더위가 온……. 그 무더위를 견디지 못하여 보도 불럭 사이를 빠져나온 지렁이가 밖이 더 더워 몸을 빌빌 꼬듯이! 좌우로 몸을 비틀면서 춤을 추고 있다. 모둠발로 이동을 하면서 우측 앞발을 들어 우로 비틀며 깐작거려 파트너와 같은 동작을 마친 후 남자는 왼손을 수평으로 들어 휘젓고 여자는 오른손을 높이 들고 천장을 찌른다. 좌우로 세 번을 돌아서 손을 잡고 좌우로 세 걸음씩 왔다. 갔다. 하고선 남자가 여자 다리사이에 발을 깊이 밀어 넣고 좌우로 비튼다. 그러한 동작은 연속이다. 자세히 보니 남자가 리더인 것 같다. 가끔은 여자들이 가르치기도 하지만……. 의자에 앉아 기다리는 남자들은 파트너가 오기를 기다리는 사람과 나처럼 구경을 오는 사람도 있을 것이다! 또는 몇 개월을 파트너가 되었던 사람도 아니면 맘에 들지를 않아서 떠난 사람과 행여 세상을 떠난 사람도 있을 것이고 이사를 먼 곳으로 가버려 파트너와 이별 아닌 이별을 했을 것이다!

그 광란의 홀에서 인생은 도박이다. 인간들이 세상을 살아가는 길엔 자기 마음대로 되지 않는다. 삶이란 흥할 때 흥하고 망할 땐 망한다. 살아가면서 제일 중요한 것은 지내온 시간들을 잊지 않는 다는 것이다. 그것이 착한 일이건 악한 일이건 그래서 한번 왔다 가는 인생 멋지게 살아야 한다. 행복을 내 스스로 발견하는 것이다. 별을 보려면 어두운 밤하늘이 필요 한 것처럼! 고달픈 하루를 견디면 편한 밤이 오는 것처럼 세상의 온갖 번뇌의 흐름을 멈추게 하는 것은 파트너와 춤을 추는 이 시간일 것이다. 공기는 상상하지 못할 정도로 엄청 더러울 것이다! 600여명이 모여서 땀을 흘리며 춤추는 곳이니……. 땀 냄새를 비롯하여 늙어서 힘들어 토해내는 입 냄새를 초대형 에어컨과 초대형 선풍기 바람이 믹서를 시켜서! 춤을 추다가 한손으로 파트너를 잡고 호주머니에서 손수건을 꺼내 얼굴을 닦기도 하고 여자들은 목에 둘렀던 손수건을 풀어 얼굴과 목을 닦고는 더러는 젓 가슴까지 닦고서 남자 파트너의 얼굴도 닦아주기도 한다.

    ……이곳은 대다수가 연세가 많은 사람들이 찾은 곳이다. 젊은 춤꾼이 어울려 춤을 추기엔 좀 그렇다!

    "저기 굼벵이처럼 춤을 추는 팀을 보니 완전 초보 아니면 몸이 불편해서 저렀나!"

    "완전히 왕 초보 팀 같습니다! 기둥 곁에서 추는 것을 보니! 처음 들렸던 곳에서도 초보들은 홀 입구나 기둥 쪽에서 추고 있었잖아요?"

    "그 곳에서는 논산훈련소 훈련병들이 보는 시계바늘 같이 느린동작이라 했는데 이 팀은 제대 특명을 받은 말년 병장이 바라보는 시계바늘 보다 더 느리게 보인다!"

    "……대구 북구에 있는 만평로터리 크기의 같은 시계 문자판의 분침 바늘같이 느리게 도는 것 같습니다! 영 자신이 없어서 그러는 것 같군요?"

    "전역 날 자 통지를 받은 말년 병장은 떨어지는 낙 옆도 피해가며 길에 떨어진 낙 옆도 조심하여 밟는다고 하지 고향에 가면 사랑하는 부모형제를 만나고. 3여 년 간에도 신발 반대로 신지 않은 애인도 만나……."

"요즘 춤 교습소에서 많은 늙은이들이 교습을 받는다는 것이 거짓이 아닌 가 봅니다!"

"아주 좋은 현상이다. 장사꾼이 오늘 만난 손님과 지금하고 있는 일에 최선을 다 하는 하루가 되려고 하듯 자기가 하는 생활은 내려다보고 살고 인생은 높이 쳐다보고 살아야 한다. 이제 인생 황혼에 이르려 어느 누구의 눈치를 보고 살 필요가 있겠느냐?"

"사회적인 흐름이지요. 옛날 같으면 어림 반품도 없는 일입니다."

"오늘은 이 쯤 보고 갈라지자."

"재밌는데요! 무슨 급한 일리 있습니까?"

"천상에 데리고 갈 착한 영혼을 만나려 가야한다."

"그렇다면 내일 만나지요?"

"……"

롱드레스 앞과 뒷목부위가 반달형으로 깊게 파였지만 젖가슴은 전혀 보이지 않는다. 홀 안의 여성들은 화려한 옷을 착용하였으나……. 지상파 방송국 무대에서 춤을 추는 무용수들의 옷과는 전혀 다르다. 방송국 가요무대나 쇼 프로무대에서 공연을 하는 여성가수들의 무대복을 보면 노출이 아주 심한 옷을 입기도 한다. 콜라텍에서 춤을 추는 여자들은 앞서 이야기를 했지만 아주 심하게 율동을 하여도 유방이 조금도 노출되지 않는 옷을 입은 것이다. 다만? 빠른 회전을 하면 혼자 집을 지키고 있던 반려견이 주인이 오자 반가워 껑충 껑충 뛰는 모습처럼! 요란한 텝 댄스들이 추는 춤처럼 몸놀림의 춤 동작을 하면 팬티가 보이기도 하고 팬티 끝이 보인다. 상의는 표범가죽 무늬 옷을 입고 밤색 옷을 입은 여자와 위아래 블랙 양복을 입고 브라운 로퍼를 신은 60대 전 후로 보이는 남자와 팀을 이루어 홀 중앙으로 나와 춤을 춘다. 여자는 약간 긴 단발머리에 수술 같은 귀걸이를 하였으며 골드목걸이도 삼각형 수술 모형이다. 상의의 목선이 파인 남방이다. 바지는 무릎서 부터 10센티미터 정도의 3층 자락이고! 네이비 컴포트 화를 신었다. 현란한 율동의 춤을 추면 머리 결이 귀걸이를 덮기도 하고 목걸이는 작은 파도처럼 일렁인다. 회전을 하면 3층 바지자락이 약간 펼쳐진다. 춤을 추는 여자들의 장식품은 90프로 이상이 은색이다! 가끔 골드도 있지만…… 어둠 속에서 깜박이는 현란한 조명 불빛아래선 잘 보이는 것은 은색이다. 흰옷도 가끔 있지만 대부분이 색이 짙은 색상의 옷을 입어 은색은 춤 동작에 따라 호화로움을 연출한다. 보통 2~30분 춤을 추면 힘이 들어 쉬는 것이다. 나이가 많은 남자가 먼저 힘들어 하는 모습이다. 밖으로 나가 길 다방 커피를 : 자판기 커피·먹거나 아니면 준비를 해 온 음료수 또는 피로 회복 드링크를 먹기도 한다. 홀 문 앞에 자판기가 있으며 또? 음식점이 연결되어 있어 밥을 먹기도 한다. 대다수 남자가 사기도 하지만 간혹 여자가 사기도 한다는 것이다.

춤을 잘 추고 못 추고는 걱정이 없어요. 까다로운 오디션도 필요 없다. 유럽 황실 무도장의 무용수가 될 것도 아니다. 쿵~따다 쿵쿵 쿵~딱 쿵~쿵 쿵~쿵. 한번 왔다가 가는 인생. 나이 듦에 이루어지는 것이 인생이 아니더냐? 꿈을 향한 뜨거운 열정도 필요 없다. 한도 많았고 원도 많았던 인생길은 혼자 가는 길……. 보약 같은 친구야! 쿵~쿵~ 딱 쿵~쿵~딱. 춤도 못 추면서. 춤도 못 추면서. 나를 왜 불렀소. 쿵~쿵. 가는 길엔 가시밭길도 있었고 어떤 길 끝은 두 갈레 세 갈레 길도 있었다. 누구나 한번은 환골탈퇴를 원하였을 것이다! 삶과 꿈은 자기 자신이 해결하는 것이다. 라는 듯! 홀 안의 춤꾼들은 나름대로의 춤을 결렬하게 또는 유럽 황실 무도장 같이 현란하게 춤사위를 펼치고 있다. 인생은 살아봐야 아는 거야. 당신의 춤추는 모습은 아름다웠

소. 당신이 입은 무용복도 정말로 아름답습니다. 쿵 ~ 짝 구~궁 짝
짝. 안 나오면 저늘어간다. 쿵~짜라 짝짝. 옆 전 열 두 냥. 춤을 추고
싶어도 짝이 없어 못 추는 내 신세여 남의 품에 안기여 춤추는 여인아
다시 한 번 내 품에 안기어다오. 오늘은 파트너가 올까봐 기다리는
여자 사랑을 잊어버린 여자 홀로 앉아 있네. 바람 속으로 걸구~쿵~쿵
딱 구~쿵 딱~딱. 구슬프게 흘러나오는 노래……. 파도치는 등대아래
가. 아니고? 춤을 추는 콜라텍 네온 불 아래 오늘도 그대를 기다리네.

　　노란색 드레스에 찔레 꽃 무늬가 오른 쪽 어깨에서 왼쪽 골반까지
세 가닥이 늘어 뜨려진 모양의 자수 무늬가 새겨져있고 드레스 끝단
은 대형 톱날 같이 따개 진 모양에 은색 방울장식이 달려있다. 어깨는
입술 모형으로 절개 진 상태에서 그 선을 따라 은색 장신구가 쥐 눈이
콩알 반쪽 크기의 은색 장식이 소매 끝단 까지 장식 되어 있는데 팔
굽에선 시들어진 나팔꽃모습이다. 춤을 추면서 현란한 몸동작을 하면
서 손을 휘저으면 만개한 나팔꽃처럼 된다. 아마 무용복을 만드는 사
람은 이러한 광경을 목격하고 만들었을 것이다! 춤 잘 추는 팀의 여성
파트너의 화사한 옷은 그야말로 홀을 눈부시게 만든다. 빈티지 목걸이
와 진주 팔지에 화려한 장신구……. 춤사위도 구경꾼들의 눈을 집중적
으로 쏠리게 하는 것이다. 남자의 리드가 좋아서 그럴 것이다! 오늘도
홀 안에는 눈에 돋보이는 미소천사 팀이 화려한 춤을 추고 있다. 남자
는 미소천사의 오른 쪽 옆에 앵글 포지 선으로 위치한 후 우회전 후
좌회전을 행하도록 하여 미소천사가 제자리 다이야 몬드 스텝을 하거
나 또는 제자리 회전을 하도록 유도를 하고 있다. 남자는 회전이 끝난
후 1보 앞에서 미소천사의 오른쪽 옆에서 앵글포지션 : position ↔ 위치각

도·미소천사를 보내면서 적당한 피겨로 연결시키니 미소천사는 남자의 리드에 따라 우회전을 하고난 뒤 남자와 마주선 후 남자의 리드에 따라 제자리 돌기 스텝을 하고 난 뒤 마주서서 남자의 연결 피겨에 따라 하고서 남자의 회전 동작을 이용 하여 피겨의 연결을 수회 반복을 하자 미소천사를 좌회전을 하도록 하고 미소천사가 좌회전을 하는 동안 남자는 5보 앞에서 양손을 짝 펴서 연속적인 회전 동작을 하면서 미소천사와 부딪치지 않도록 눈으로 확인을 하면서 회전을 한다. 미소천사도 남자와 같은 자세로 좌회전의 연속 반복이다. 다이아몬드 스텝을 하면서도 서로 자세가 흐트러져 부딪히지 않는 몸놀림이 더욱 황홀하다. 어떤 음악에 따라 라인 댄싱을…… 이러한 연속동작이 끝난 후 남자의 리드에 따라 다른 피겨로 미소천사가 6스텝으로 진행하도록 어깨를 잡고 6스텝 전진 후진을 하고 턴의 피겨로 연결하여 마무리한 후 미소천사를 보내주기 위하여 좌회전과 우회전을 시킨 후 적당한 피겨를 하도록 미소천사 등 뒤 옆에 서서 3스텝으로 연결시킨 후진 전진을 연속으로 반복 한 후 동작 끝에서는 항상 전진하고 난 뒤 미소천사의 오른편에서서 연결동작으로 허리 잡고 돌면서 미소천사의 오른손을 놓지 않고 클로즈홀드인 : 무릎 구부림 ↔ Close Hold·으로 연속 연결 6보에서 마무리 동작 후 연결 끝은 아웃사이드 스위블로 : Swivel ↔ 상대방 움직임과 위치를 인식하여 따라함·끝을 맺자 미소천사는 남자의 우측 옆으로 자리 잡고서 후진 하다가 멈추고서 전진 신속하게 한 후 체중을 제동하여 앞으로 빨리 이동을 한 뒤 아웃사이드로 스위블을 한다. 앞으로 전진과 후진을 할 때 미소천사의 양 손놀림은 나비날개같이 활짝 펴거나 반가워서 흔드는 모습은 황홀 자체다. 이 춤 팀들을 유심히 바라보고 있을 때 형님이 일을 끝내고 와서 내 곁에 바짝 붙어 앉는다.

　"천국으로 보낸다는 영혼은 잘 보냈습니까?"
　"절에서 천도 : 天道·제를 : 祭·지냈는데 살풀이 춤·극락 춤·바라
춤·추는 무용수가 공연을 하는데 춤추는 무용수의 얼굴이 천하일색
미인이더라. 춤도 잘 추지만 극락 춤 무용복은 얼마나 화려한지 하늘
을 나는 나비 천사 같은 현란한 동작에 넋을 잃고 보더라. 그리고
극락 춤 노래가 얼마나 구슬픈지 가족들이 울자. 무용수도 울더라.
그래서 그날 영혼은 무용수와 가족들의 소망대로 천상으로 보냈다.
무용수는 생을 다하고 오면 천상에 천사로 추천할 것이다."
　"우리 각시 입니다. 미인이지요. 우리 각시가 자기보다 못난 여자
와 바람을 피우면 죽여 버린다고 하였습니다. 자기 자존심이 상한다
는 것입니다. 우리 각시는 우리나라 절간에서 진행하는 극락 춤·천
도 제·49제·수륙 제·살풀이·바라 춤·등을 비롯하여 고전무용을
하며 제자들을 가르치고 있습니다. 월 12~17회 정도 절에 초정되어
공연을 하고 있습니다. 예쁘게 봐 주어 좋네요!"
　"동생! 각시가 그렇게 유명한 무용수냐? 바람피우지 말거라? 아무
튼 좋은 일이 아니냐! 허기야 동생 각시보다 더 미인을 찾기란 이
홀엔 없다."
　……

　오늘 따라. 홀은 앵클 슈즈. 룰라 니트 옷. 아이보리. 레드 털 부츠.
하트모양·트렌디한 버건디 앵클부츠·다크부라운 롱부츠·굽 모습이
골드칼라인 앵클부츠·초코 브라운·화이트 그레이·오크 베이지·등
오늘 따라 신발 전시장 같은 여성들의 신발이다. 롱부츠를 신은 여성
들이 있다. 춤을 추고나면……. 부츠 안에는 공중 화장실보다도 세균
이 더 많다고 하는데! 모두가 번쩍 거리는 은색 장신구가 부착이 되어
그들의 몸놀림에 번쩍거림이 호화로움의 극치를 이룬다! 홀 천정 두

곳에 축구공 같은 모양의 오색네온 불빛이 회전을 하며 홀 바닥을 비추고 있다. 새로 장식을 한 것이다. 앞서 콜라텍 주인이 바뀌고 여자 사장이 인수를 하여 홀 안을 새롭게 단장을 하여 오색영롱한 불빛이 홀을 장식하고 있다.

"저기 빨강치마레깅스를 입은 여자를 보니 기도 안찬다! 음란한 춤이다. 너는 어떻게 보이느냐?"

가리키는 곳을 바라보니? 날씬한 몸매에 벨트에 은색 장신구가 잘 여문 벼 이삭을 거꾸로 매달린 모형이 허리둘레를 걸쳐있고 치마는 초미니 스커트인데 허리선에서 6센티미터 넓이로 절개된 옷을 입고 춤을 추고 있다.

"왜요? 춤을 잘 추도 있는데요!"
"깡충깡충 뛰면서 급회전할 때 아래 둔부를 보거라."

미니스커트 레깅스를 입었는데 현란한 몸놀림을 하면서 회전을 하면 미니스커트가 양산처럼 펼쳐져서 여자의 음부가 : 푹 페인 자국·그대로 드러나는 것이다. 노 팬티에 팬티스타킹을 입은 모습이니 옹달샘 : 저승사자가 말한 ↔ 도끼에 찍힌 자국·모습이 선명이 드러나는 것이다.

"늙어서 안 보이는 줄 알았는데 음흉스럽게 저렇게 야한 모습을 보고 있군요? 골드 하이힐을 신었는데요. 저 신발은 홍콩아가씨를 부른 금사향 가수가 처음 신었는데요. 그 당시 쌀 한가마 값이라는 비싼 신발이었습니다. 키가 작은 그녀에겐 꼭 필요도 했고 당시에는 최고급신발이었다는 것입니다."

"일마야! 특이하게도 요란한 춤을 추니 시선이 그곳으로 갈수 밖에 없지 않느냐? 허기가 김연아 피겨선수 스케이딩 시합 때와 리듬 체조선수 손연재 선수의 공연을 보면 더하더라만!"

"그들은 우리나라를 전 세계에 알리는 선수였고 금메달을 받은 선수들입니다. 그들의 옷은 레깅스 타입이지만 두터운 팬티를 착용하여 저렇게 야 하지는 않았지요."

"내말은 저렇게 야한 모습이면 남자들로 보아서 성 희롱이라는 것이지! 젊은 남자들이 보면 가슴이 두 근 거릴 것이다. 여자들은 여차하면 미 투라고 난리 법석을 떨지 않더냐?"

"……."

"조물주 잘못이다. 처음에 여자도 남자처럼 고추 성기를 만들었는데 하느님이 늙어 정력이 부족하여 인간을 만들 수 없게 되어서 남여가 섹스를 하여 아기를 출산케 하려고 여자 성기를 만들려고 했었다. 그리 하여 도끼로 여자 성기를 자르려고 찍었단다. 하도 많이 찍어 도끼날이 무뎌졌고 가운데 도끼날마저 떨어져 나가 좌우로 두 번을 찍었는데……. 성기가 깨끗하게 잘리지를 않아 지금의 여자들의 성기 형태가 된 것이다. 가운데 도끼날이 떨어져나간 자국이 음핵이 되었고!"

"어이구. 형님! 다 거짓말입니다. 미 투를 하는 여성이 안다면 하늘에다 미 투 아니! 음 투를 하겠습니다. 건강한 남자의 정액 속엔 3억 5천에서 4억 인간의 씨가: 정자·있는데 이젠 하느님이 늙어서……. 아담과 이브처럼 흙으로 만들지 멀라고 가나한 목수 마누라하고 간통을 하여 예수를 출산케 하고……. 예수가 태어난 이스라엘은 중동 화약고가 되어 있는데 예수는 도와주지도 않고 전부 거짓말이지요?"

"알기는 아는구나! 하느님이 사람을 만들었다면 지구상에 인종이 수 십 가지다. 지역에 따라 황인·흑인·백인·등 체구도·얼굴도·수 억 가지 언어도 수 천 가지를 비롯하여 생활 풍습과 수 만 가지 음식을 비롯하여 식생활까지 모두가 다르다. 나라마다 음식도 다르고 잘 살고·못살고·오래살고·빨리 죽고는 하느님! 자식이면 똑같아야 하는 것이 맞지 않느냐? 너희 나라에서 잘나가는 여배우가 제주도로 시집을 가서 임신을 하여 아기를 출산했는데 깜둥이를 출산을 해서 난리가 나지 않았느냐? 남편은 황인종 너와 같은 인종인데 흑인을 출산 하였으니…… 뒤에 알려진 바에 의하면 가봉이란 나라의 봉고 대통령이 너희 나라에 왔는데 하루 밤 기쁨조로 정부에서 보냈는데 그날 밤에 거시기를 하여 임신을 한 것이다. 결혼 날을 잡았는데도 기쁨조가 되어 밤새도록 얼마나 격렬하게 거시기를 하였던 것인지 임신을 한 것이다. 피임약도 많은데 말이다. 손자를 본다고 기대를 했던 신랑과 시부모는 얼마나 놀랐겠느냐!"

"흑인이 정력이 좋을 것이라는 편견이 있습니다. 그래서 원 없이 밤이 새도록 거시기를 했던 모양입니다! 그 아이는 그 나라로…… 루머라고 하였지만 쉬쉬했지요. 그자의 첩이 30여 명이고 전 세계에 집이 40여 채라고 합니다. 지금은 죽을 때가 되어 입원중이고 대통령 직으로는 세계에서 가장 오랜 기간 동안 집권한자입니다. 그 여배우는 그 나라로 와서 살자고 했다는데 그 후로 얼굴을 본 사람이 없다는 것입니다. 그것만이 아니라 어떤 가수는 집권자와 밤일을 자주하자 집권자 마누라가 강제로 자궁을 드러내는 수술을 하게 했고 유명한 여배우도 그 짓을 해서 외국으로 쫓아 냈다는 설이 한 동안 돌았으며 미스코리아 여성과 거시기를 한 재벌은 관계를 가진 후 백지수표를 주었는데 그 여자가 1억 짜리 수표를 발행을 해서…… 당시엔 그 회사에선 1억짜리 수표는 처음이라서 사무실 직원들이 깜짝 놀라 확인을 했는데 미스코리아와 회장이……"

"그러한 것만 있었겠느냐! 여하튼 권력과 돈 앞에선 아무리 정조 깊은 여자라도 살아가기 위해는 별수가 없었을 것이다! 방송 신문에서 크게 다루지도 않는 것은 광고로 먹고 살고 있어 재벌들은 광고를 끊어 버릴 것이고 권력자들은…… 연장이 좋아야 솜씨를 발 휘 할 수 있다는 너희 나라 속담이 있었지 않았느냐? 어떤 남자가수는 재벌 마누라와 거시기를 해서 들통이나 미국으로 도피를 했지 않았느냐?"

"활동을 못하게 방송사에 압력을 하여…… 모두 알고 있었지만 쉬쉬 했다는 것입니다. 지금은 입국하여 인기가수가 되었다고 합니다. 지어낸 이야기들도 많을 것입니다. 그 배우가 흑인아기 출산은 나도 알고 있는 일입니다. 그 여배우가 흑인과 그 짓을 하고 싶어 했겠습니까! 권력에 의해서 어쩔 수 없었을 것입니다. 그 여배우가 흑인과 섹스를 한 후 흑인 아이를 출산하듯이 하느님의 자식이라면 지구상 인간 모두가 똑같은 얼굴이어야 할 것 아닙니까? 아직까지 얼굴을 보여준 적이 없습니다. 참으로 비정한 아버지 입니다! 기독교에서 말하는 하느님인지 하나님을 아버지라고 한다면. 지구상에 모든 인간은 부모형제와 섹스를 하는 것입니다. 그렇다면 지금의 미 투 운동을 하고 있는 사람들은……."

"그러게 말이다. 지금 교황이란 자도 신부들이 강간을 저지른 신부가 있어 제명을 했다고 하지 않더냐? 엉뚱한 짓들이나 하고."

"갑자기 이야기가 삼천포로 빠졌습니다. 시리아 내전으로 인하여 지중해에서 1년에 2,000 여 명이 살길을 찾아 나라를 떠나는 난민이 험난한 뱃길 때문에 물에 빠져 죽어 가는데 모세의 기적처럼 바다를 갈라지게 하면 될 것인데 교황이란 자가 고급차를 타거나 비행기를 타고 세계를 유람하니……. 지금도 이스라엘과 시리아 내전으로 반군과 싸움이 이어지고 있고 인도에선 화산이 터져 쓰나 미로 인해 400여 명이 죽고 수 십 개 마을이 초토화 됐다는 뉴스입니다. 필리핀에선 성당에 테러를 하여 20여명이 죽고 수 백 명이 부상을 입었다는 뉴스입니다. 하늘나라가 있으면 골 아프겠습니다. 그런데 지구의 종교의 최고의 통치자인 교황은 무얼 하고 있는지!"

"동생! 소설가 맞니? 전부 거짓말이다. 이 세상에서 제일 거짓말을 잘하는 사람이 성직자의 우두머리이고 영업을 제일 잘하는 사람이 거짓말을 잘한다고 하지 않았느냐? 성경이나 불경을 비롯하여 코란도 거짓말이다. 예수나 석가도 걸인이었지 : 노숙인 · 않느냐? 요즘 시대로 말할 것 같으면 조폭 두목이었다. 패거리가 늘어나면 밑의 졸병이 별의 별짓을 하곤 하지! 인간의 삶이란 어차피 자신이 해결해야 할 문제가 아니냐? 착한 사람이 악한 사람을 가까이 하면 자신도 모르게 악함이 스며들어 결국은 악한 자가 되는 것이다."

"앞서 이야기 했지만……. 성경을 비롯하여 코란과 경전은 번역자들의 오역 : 誤譯 · 된 것이 지금의 종교의 다툼이 됐습니다. 그 한 예를 들자면 구약성서의 시 · 기도 · 등이 처음 기록을 할 때는 기원전 1,000년이었는데 그 방대한 기록이 계속 쌓여서 기원전 100년경에 마지막 권이 쓰여 졌으며 세계 2천개 이상의 언어로 번역되었고 지금도 번역

중이라고 합니다. 19세기까지 성경은 기독교의 역사책이기도 하지만 과학 책으로 여겨지기도 했는데…… 창조 속의 성경이야기를: 세상과 세상의 모든 것을 하느님이 엿새 만에 창조하셨다·영국성공회 신부 80%는 믿지 않는다. 했습니다. 그간에 창조주 있다고 믿었는데 ……찰스 다윈의 진화론과: 모든 생물은 환경에 적응하면서 서서히 변해 왔다는 학설·그 증거를 들고 나오자 종교계에서 큰 소동이 난 것입니다. 성경 학자들이 반박 성명을 냈고 많은 작가들을 동원하여 책을 써서 신의 창조를 거듭 주장하였고. 성경을 변역하기에 열을 올렸습니다. 세계 도처에서 성경이 마구 번역되면서 번역이 잘못되어 어처구니없는 실수를 저지르기도 했습니다."

"번역가 들이 잘 못 번역을 하면 허구가 되는 것이지! 그런 것을 바로 잡는 사람이 시대의 증인이며 양심의 최후의 보루인 너와 같은 작가들에 의해서지! 성경의 잘못 변역은……?"

"번역가들의 실수의 그 한 예로 킹 제임스 영역성서의 : King James Version ↔ 영국 제임스 1세의 명령을 받아 편집 발행한 영역 성경·1612년 판에서는 시편 119장 161절의 "권세가: Princes·들이 나를 까닭 없이 박해하오나"로 잘못 번역하여 인쇄하는 엄청난 실수를 저질렀고……. 1631 년 판에서는 십계명에서 "not"이란 단어를 빠뜨리는 바람에 일 곱 번째 계명이 "너희는 간음해야 한다. : Thous Haltcommit Adultery"로 바뀌어 그 성경의 토대로 성직자들의 간음이 세계 도처에서 이루어지고 있습니다. 그것을 믿는 신도들은 처녀건 유부녀건 간에 성직자가 요구하면 무조건 섹스를 하는 것입니다. 우리 나라에서도 한 자매가 한 방에서 번갈아 목사와 그 짓을 하였습니다. 또한 1966년 판 시편 122장 6절에는 "예루살렘에 평화가 깃들도록 기도: Pray·하라"는 내용에서 "r"이 빠지는 바람에 "예루살렘에 평화가 깃들도록 대가를 : Pay·치러 야 한다."는 뜻으로 번역어 중동의 화약고가 되어버린 것입니다. 이 렇듯 왕의 명령을 받고 편찬한 작가라도 실수를 하기마련입니다. 똑 같은 내용이면 지금까지 번역을 할 필요가 없을 것이며 시약성서와 구약성서 두 권이면 되는 것이지요."

"예루살렘에 평화가 깃들도록 대가를 치러야 한다. 변역이 잘못 되어 지금도……. 종교나 역사는 왜곡해서도 안 되지만 상식을 벗어 나서는 안 되는 것이다. 종교인 대다수가 성경을 비롯하여 코란과 불경에 기록되어있는 교리는 신이 : 神·한 말이 아닌 것을 너무도 잘 일기에 교리를 시키시 않았고! 모는 송교인은 송교를 매개체로 나뿐 짓을 일반인보다도 열배 정도는 많이 하였다. 모든 종교가 신도들에게 가르치는 교리대로 행동을 한다면 이 세상이 바로 그들이 주장하는 천국이다. 설혹 잘 번역된 책이라도 너무 광신 적인 믿음은 뭇사람들을 불편케 하기도 한다. 모든 신은 하늘에 있는 것이 아니라 사람의 마음속이 있다는 것이다. 세상의 모든 역사는 흔적을 남긴다. 그 흔적은 기록으로 남긴다. 그 임무는 이 땅의 문인이다. 작가들은 흔히 "1인 공화국"으로 불린다. 그들의 창작한 작품 역시 독자적인 의미와 가치를 지닌 독립적 실체로 보아야 옳을 것이다. 그럼에도 불구하고 대다수 작품들이 순전히 독립적 : 獨立的·이기만한 존재가 아니어서 자기가 집필한 다른 작품들과 : 다른 사람의 작품을 포함 하여·다채로운 방식으로 연결 되어 있기 마련이다. 마치 인간의 삶이 그러하듯 말이다."

"그러니까 형님과의 대화도……. 우리나라에 통일교가 있습니다. 제가 책을 출간하기 위해 출판사에 갔는데 출판사 안에 별도의 사무실에서 원고를 교정을 하고 있는 사람이 있어 '무슨 원고 인데 그렇게 열심히 교정을 하느냐'물었더니 '통일교 문선명 목사가 각 지역에 설립된 지부 교회를 돌아다니면서 설교하는 것을 녹음하여……. 자신이 원고로 만들어 책으로 출간을 한다.'는 것입니다. 그 자는 재산이 4조 5천 여 억 원인데 세금을 내지 않아 감옥에 6번이나 들락거린 자인데 죽은 후 재산 다툼으로 자식 간에 재산을 많이 차지하려고 재판이 붙었다는 뉴스를 들었습니다. 하느님께 절반만 주었으면 데려가지 않았을 텐데도! 300 여 만 명의 신도들에게 얼마나 거짓말을 하여! 모았을까요? 그 거짓말들을 책으로 만들고 있으니 후세엔!"

"동생! 나이로는 이제 세상사는 맛을 알 것 같은데! 그러니까. 착한 마음으로 인생은 웃으면서 살아야 하지 않겠냐? 내가 담당이었으면 지옥의 불구덩이로 보냈지 다른 사자라도 지옥으로 보냈을 것이다! 동생도 나이가 들었으니 다른 사람들의 나침판이 되어야 한다."

"우리나라 기독교는 160 여개의 종파로 바뀌었습니다. 지금도 교회이름을 지어 분교를 하고 있는 것입니다. 다시 말하자면 기존 교회에서 탈퇴하여 이름을 바꾸어 교회를 만들어 목사가 되는 것입니다. 신도를 모으려면 거짓말을 얼마나 열심히 하여야 하겠습니까! 샤머 니즘: 占術行爲 ↔ 점술행위·마찬가지 입니다. 복채를: 卜債 ↔ 돈·많이 주 면 모든 일이 잘 풀릴 걸을 가르쳐 준다는 것입니다. 그렇게 남의 운명을 잘 안다면 로또복권 번호를 알아 매주 수십억에 당첨되 면…… 귀신을 부리는 무당도 마찬가지 입니다. 귀신에게 부탁을 하 면 될 것 아닙니까! 형님 그런 능력도 없습니까?"

"어이구! 골 아파. 춤 구경이나 하자."

방송 연예프로 담당 카메라맨으로 활동을 하였지만…… 저렇게 몸 이 잘 빠진 여성은 처음 본 여성이 홀로 나와 거울을 보고 몸을 풀고 있다. 체육선수가 몸을 풀듯! 잠시 후 키도 비슷한 남성이 홀로 나와 서 여성의 손을 맞잡고 인사를 한 후 춤을 춘다. 홀 입구 쪽에서 춤을 추는 의상색은 블랙·멜그레이·딥그린·딥버건디·마젠다 핑크·로얄 블루·아이보리·등 옷을 입었지만 무용복이 아닌 일상복이다.

"……."

"절마! 좀 봐라. 어깨가 풋볼선수 같다! 키도 적어고 옷차림도 영 아니다. 저기 머시기냐? 방송에서 키가 작은 사람은 루 저라: looser ↔ 실패자·하여 방송국도 경고를 당했고 그런 말을 한 여자도 억 수로 욕을 먹고 출연 금지를 당했듯 저 친구가 의자에 앉아 있는 여성들에 게 손을 내밀지만 단 한사람도 응하지 않으니 참 불쌍하다."

"루 저라는 말을 하지마세요. 나폴레옹·처칠·박정희가 지하에서 들으면 웃을 일입니다! 그 여자 잡아서 그들 앞에 데려다 주세요. 저 아저씨를 내가 알아본 결과 8개월째인데 아직 손을 내준 여성이 없답니다. 이곳은 젊은 여성이 많아 상대하기 어려우니…… 앞전에 들렸던 노인들의 천국인 콜라텍으로 가라고 권했지만 가지를 않고 매일 출근을 하고 있답니다. 어깨가 허수아비 어깨처럼 한일: 一·일 자입니다. 저런 모습도 처음 봅니다. 논산훈련소 조교 어깨모양이고 허수아비 어깨모양입니다!"

"늙어서 멀굴노 영······ 붉은 잠바에다 등산복 바시를 입어서 댄서로서는 그렇다! 여자들이 고개를 돌려버리는 이유를 알 것 같다."

"우리처럼 그냥 구경만 하여도 될 터인데 자존심 상하게 춤을 추자고 홀을 돌아다니면서 여인들에게 손을 내밀까. 늙은이들 시간 보내기엔 참 좋은 곳인데!"

그러거나 말거나 홀 절반을 누비고 다니는 교수 부부의 춤에 눈을 고정 시켰다. 김 교수의 옷은 에메랄드빛 드레스인데 뒤 어깨에서 고정 된 잠자리 날개 모형을 양손 중지에 낀 상태로 춤을 추고 있다. 유방 위로 구절초 꽃줄기가 드리워져 꽃줄기 끝이 배꼽까지 연결된 모습이다. 이제까지 입고 온 의복 중 유난히 눈에 띄는 옷이다. 드레스 끝단은 3층 : 복층·으로 이루어진 것이고 오른쪽 허리춤 끝에서 커튼 같이 절개가 되어 우회전을 하면 팬티 끝이······. 춤을 배워서 콜라텍에 드나들 처지는 아니지만 재미가 있는 구경거리이기도 하다. 박 교수가 양발을 모으고 앞으로 가면서 무릎을 약간 낮춘 자세로 선 후 오른발을 뒤로 살짝 빼고 발과 몸체를 왼쪽으로 돌린 후 반대쪽으로 가자 김 교수가 박 교수에게 다가가 밀착하여 홀드 자세를 취한다. 그러자 박 교수는 오른팔로 김 교수의 등 안쪽으로 조금 돌아 손목에서 팔꿈치를 홀 바닥과 수평이 되도록 더 올리고 손목에서 팔꿈치까지 선을 직각에 가깝게 한 후에 왼 손을 몸 쪽으로 약간 가깝도록 다가오자 김 교수는 박 교수가 시행했던 방향을 반복을 하고 난 후 발과 몸을 약간 방향을 바꾸어 무릎을 약간 낮추고 양발을 제자리하고 선 후 오른발을 약간 뒤로 살짝 빼고 발과 몸을 방향을 바꾸어 박 교수 등 뒤로 선다. 그러자 김 교수는 무릎을 약간 구부려서 앞으로 걸어가면서 움직이는 발뒤꿈치를 약간 떨어지게 하거나 발이 바닥에서 거의 닿을 정도로 살짝 들고 대각 방향으로 나가서 멈춘 다음 앞발 무릎을 곧게 펴고 난후 무릎을 조금 낮춘 뒤 뒷발을 음악에 맞추어 최대한으로 길게 움직이며 신속하게 떠나 왔던 위치를 향해 움직인다. 박 교수는 벽 쪽을 비스듬히 오른발을 앞으로 나간 후 왼발이 오른발 옆에 몸을 가볍게 방향을 바꾸어 주면서 발 모음을 하자 김 교수는 왼발을 뒤로하고 오른쪽으로 4회전을 하고 제자리에 선다. 탱고 춤이 이어지고 있다. 춤사위가 무척이나 복잡하다.

"저 교수팀을 봐라. 여교수가 이상한 행동을 한다! 왜 저럴까. 오늘 아침 남편이 양치질을 하지 않았나! 그도 아니면 춤사위가 틀려서 톨아 졌나!"
"왜요? 내가 보기엔 제대로 잘 추고 있는데요!"
"아니. 김 교수가 박 교수 다리 사이로 자신의 다리를 깊이 넣고서 좌우로 허리를 뒤로 제켜 고개를 좌우로 흔들지 않느냐? 박 교수의 입을 피해서 그런 행동을 하는 것은 입 냄새가 나니까! 그런 것 같다. 늙은이 천하 콜라텍에서 대다수가 껌을 씹듯."
"탱고 춤의 몸짓이 그렇습니다. 룸바춤도 남성이 여성을 뒤에서 안고 있을 때 여자가 빠른 몸짓으로 돌아서 남성 품에 안겨 밀착 시킨 후 몸을 비벼대고 다시 몸을 뒤로 돌려 좌우로 흔들 때 여성의 궁둥이가 남성의 성기를 비벼대는 모습입니다!"

처음 홀에 들어와서 탱고 춤을 추는 모습을 보고 제일 신기한 것이 남녀가 상대방 다리사이로 한쪽 다리를 번갈아 깊이 밀어 넣고 몸을 좌우로 비트는 모습을 보고 남편이나 부인이 이런 광경을 보면 어떤 행동을 할까 하는 생각이 떠올랐다. 7전 : 轉·8기 : 起·홍 수한 권투선수가 상대를 KO시키고 두 손을 번쩍 들고 "엄마! 나 챔피언 먹었어."

할 때처럼 상대를 KO 시킬 때의 주먹처럼 한방……. 분명 여성의 성기가 또는 남성의 성기가 허벅지에 밀착된 상태라는 것이다. 25년을 드나들었던 남성에게 들은 이야기지만 어떤 춤이든 남녀가 몸을 밀착시키는 부분이 많다는 것이다. 그래서 대다수가 성관계를 가진다고 하였다. 같이 파트너가 되어 2~3개월을 서로 끊어 않고 몸을 부비다 보면 그러한 현상이 비일 비재 한다는 것이다. 또한 형편에 따라 다르지만 값비싼 여성 무용복을 사준다는 것이다. 자기도 처음에는 그러한 행동을 하였지만 지금은 딱히 지정한 파트너는 없다고 하였다. '그렇다면 이 여자와 저 여자를 맛보는 재미로'하였더니 어깨를 툭 치고……. 아니? 콜라텍 사장에게 들은 이야기다. 99%이상 처음엔 육체관계를 가진다고 하였다. 몇 개월이 지나면 서로의 몸 부 빔에 감각이 없다는 것이다. 춤을 잘 추려는 욕심에 정신이 춤사위에 있다는 것이다. KBS가요무대에서 탱고노래를 부를 때 두 팀이 춤을 추는데 서로 간에 허벅지 사이로 다리를 넣는 춤사위는 하지를 않았고 두 팀이 추는데 춤 동작이 같지를 않았다. 우리 각시는 절에서 공연을 할 때 혼자서 하지만 간혹 2~4명이 춤을 추어달라는 요청이 들어오면 제자들에게 2~3일 연습을 하여 데려가 공연을 한다. 사교춤의 동작은 단 한 팀도 같은 춤동작을 하지 않는 것을 방송프로를 보고 알았다. 방송의 무용수들의 사교춤 외는 정확한 춤동작이다. 요즘 걸 그룹이나 아이돌처럼……. 콜라텍 사장이 짝지가 없이 기다리는 남자와 여성에게 임시 짝을 맺어주고 또는 자신이 파트너가 되어 여성과 춤을 추는 것이다. 항시 바쁘다. 사업이니까! 그렇게 짝을 맞추어 주는 것이다. 수시로 홀에 앉아 있는 손님에게…….

박 교수가 오른 발을 옆으로 나가고 왼발을 조금 왼쪽으로 하여 나간 후 양발을 모은 뒤 한 걸음 앞으로 왼발로 나간 후 오른발을 조금 오른 쪽으로 나가서 발을 모은다. 김 교수는 왼발을 뒤로 한 후 오른발을 조금 왼쪽으로 하여 뒤로 가서 두발을 모은 뒤 오른발을 한 걸음 뒤로하고 왼발을 조금 오른 쪽으로 하여 두 걸음 뒤로 간 뒤 발을 모은 뒤 세 걸음을 앞으로 이동한 후 발을 모은다. 어떻게 보면 갈지자: z·형 연속이다. 이제야 이해가 갔다. 똑같은 음악인데 단 한 팀도 춤사위가 같지를 않은 것을……. 군대 같으면 원산폭격에 푸 쉬 업을 수없이 하고 또는 연병장을 50여 번 뺑뺑이를 돌았을 것이다! 탱고 춤을 제대로 추려면 150여 평의 홀은 좁은 것 같아 보였다! 오직 남자 파트너가 아니면 여성 파트너가 리드하는 춤사위를 얼마나 잘 따라 주는가가 문제다.

쿵~짝 쿵~짝 쿵~짜~짜 짝~짝. 콜라텍에 음악이 흐르면 춤추러 오는데 나에겐 아무도 와주질 않네. 외로이 이 산장에가 아니고 콜라텍 의자에 앉아있어도 아무도 내게 손을 내밀지 않는 콜라텍에 오늘도 외로이 혼자 앉아 있네. 시계는 바늘은 말도 없이 무정하게 돌아가는데! 호화로운 불빛이 번쩍거리는 콜라텍 의자에 앉아 슬픔을 눈 밑에 그리며 그대를 기다리고 있네. 이민철의 생음악 2집 종합편인 콜라텍이 연속으로 이어지는 메들리에 맞추어 춤은 현란하게 또는 부드럽게 이어지고 있다. 박 교수가 김 교수와 마주보고서 왼발로 후진한 후 오른발을 왼발로 끌어 모으면서 아름다운 몸놀림으로 노래에 맞추어 춤을 추고 있다. 김 교수가 오른발로 앞으로 나가 오른발을 제자리에 멈춘 상태에서 오른발을 박 교수 옆에 현란한 손동작으로 이동을 하자. 박 교수가 오른발을 옆으로 당겨 모으면서 몸을 이동치 않고 무릎만 살짝 구부린다. 그러자 김 교수는 왼발을 오른쪽으로 돌리고 똑바로

서서 비스듬히 뒤로 이동 후 중앙을 걸어가자 박 교수가 왼발을 비스듬히 한 채 김 교수 앞으로 이동을 하여 멈춘 후 오른발을 살짝 들면서 율동을 하자 박 교수 앞으로 다가간 김 교수가 오른발을 왼발 옆에 모으고 율동한다. 박 교수가 오른발을 옆으로 비스듬히 한 채 왼발을 가로 질러 앞으로 나가자 김 교수가 오른발을 옆으로 비스듬히 한 후 박 교수의 앞으로 나간다. 박 교수가 제자리 서서 왼발을 가로질러서 김 교수 앞으로 다가가자 김 교수는 제자리에 서서 박 교수 오른발 옆에 모으고 탭을 한다. 그러자 박 교수도 김 교수를 보고 다가간다. 김 교수가 박 교수를 가로 질러서 나간 후 오른발 왼발을 가로지른 후에 앞으로 나가서 왼쪽으로 4번의 회전을 하고시 오른발을 왼발 옆에 모은다. 이어 다이아몬드: ◇·스텝이 이어진다.

따라서 남 석호 씨의 LP트랩 1~48곡 민요와 ⏤ 47탱고가⋯⋯.

"지난해에 형님을 만났을 땐 천국으로 데려가려면 운송비가 많이 들어 늙어 죽을 때가 되면 병들게 하여 병원에 입원케 한 후 살을 빼게 한 다음 데려간다고 하였으면서⋯⋯."

"죽은 자들은 저승길 중간에 있는 회안:悔顔·소란 곳이 있다. 그곳에서 현세에서 가장 행복한 시절과 가장 악한 일들을 재생하여 보여주고 그곳에서 기록카드인 녹화테이프를 들고 분류실인 천국행 극락 행 지옥행을 판결 받는 곳에 가기 전에 5~7일 동안 쉬었다 가는 곳에서 자기들이 현세에서 살면서 저질렀던 일들을 볼 수 있으며 천당이 어떤 곳이고 극락세계의 생활상은 어떠하며 지옥에서 벌을 받는 모습을 보며 또한 그곳의 법과 규칙을 배울 것이다. 천국행 영혼들은 지옥의 처참함을 보고 죄를 안 지은 것을 기쁘게 생각할 것이고⋯⋯. 극락세계의 영혼들은 천국의 평안과 지옥의 벌을 받고 삼신할미한테 점지되어 인간으로 다시 태어나면 죄를 짓지 않고 착한 일을 할 것이고 지옥행 영혼들은 자기가 지은 죄에 대한 모든 벌을 받고 환생열차를 타고 극락으로 가 소양교육을 받은 뒤 인간으로 점지되어 다시 태어나면 죄를 짓지 않을 것이다. 그러나 모든 것을 목격하고 다시 태어나도 그것을 잊어먹는 것이 문제다. 인간은 누구나 무의식적으로……. 아니 지옥이나 천당이나 극락에서의 생활이 머릿속에 뇌 속에 녹화테이프처럼 녹화되어 있다. 다만 재생되는 과정에서 머릿속에 남은 것은 내 생각일 뿐이라던가 아니면 꿈일 뿐 그것도 단순한 악몽이라고 느낀다. 그래서 또 죄를 짓고 나쁜 짓을 하는 것이다."

"나는 국가 유공자이기 때문에 죽으면 대전 현충원에 묻히는데 고향 선산에 부모님 곁에 묻어 달라 했더니 자식들이 '아버지 현충원에 묻히는 사람들이 아무나 묻히는 곳입니까?'하여 생각중입니다."

"육신은 그곳에서 잠들어라! 영혼은 선녀탕 때밀이로 보내주마."

"화장을 하면 뜨거워서 어떻게 견딥니까? 일러나서 나와 버려야지."

"걱정을 하지 말거라. 그래서 늙으면 치매를 걸리게 하는 것이다."

"형님과 만났던 장소가 회안 소였는데 급히 내려가라 하여 돌아왔는데 그곳이 천당·지옥·극락·분리소란 말입니까?"

"그렇다. 앞서 이야기를 하였는데 그사이에 잊어먹었느냐? 회안 소란 곳은 죽은 자들의 영혼이 꼭 들리는 곳으로 군대로 비유하자면 장병들의 대기소 같은 곳이다. 그 다음 순서로 들리는 분류 실에서 이탈한 자들이 떠도는 악귀가 된다. 바닷가 모래밭을 걸어가면 뚜렷이 남긴 발자국들을 파도 끝머리의 포말들이 지워버리듯이 인간의 뇌 속에 기록된 수많은 사연을 지워버리는 시점이 바로 이 회안 소문을 나가면서부터다. 모두가 또 다른 거처에서의 행적을 기록 녹화할 것이다. 신이 인간을 창조할 때 저지른 가장 큰 실수가 이곳에서의 기억을 없애는 것이다. 인간으로 점지될 때의 인간의 뇌는 A급으로 한 점 티끌 없는 완벽하게 포맷된다. 태어나면서부터 녹화가 시작되는 것이다. 살아가면서 전생과 후생의 일을 무의식중에 생각하면 꿈처럼 느껴지는데……. 이것은 인간들이 꿈이라고 생각하기 때문이고 꿈이 현실처럼 느껴질 수도 있지만 그것은 꿈이 아니다."

"그렇다면 선녀탕도 싫으니 극락으로 보내주세요. 다시 태어나서 국가를 위해 좋은 일을 하고 싶습니다."

"왜?"

"부처님은 태어나자마자 동서남북으로 일곱 걸음을 걸은 뒤 두 손으로 하늘과 땅을 가리키면서 사자후를 외쳤답니다."

"예끼. 이놈아! 태어나면서부터 부처가 안 되었으니 부처라 하지 말고 또한 태어나자마자 걸어 다니고 말을 했다는 것은 순전히 거짓말이다. 그것을 믿은 자가 있으면 그런 자는 정신병원에 가야 한다!"

"허허! 무슨 소리요? 스님이나 불교인들은 그렇게 믿고 있습니다."

"뭐라고 일 갈 했느냐? 그 핏덩어리 인간이!"

"하늘 위나 하늘 아래서 내가 가장 존귀하도다. 온 세계의 고통받는 중생들을 내 마땅히 편안케 하리라. 천상천하 유아독존: 天上天下 ↔ 唯我獨尊·삼계개고 아당안지 : 三界皆苦 我當安之·라고 했습니다. 이 외침은 장차 고통에 빠져 허덕이고 있는 모든 중생을 먼저 구제하겠다는 예고적인 선언으로. 고통의 바다에서 헤매고 있는 눈먼 중생들을 위하여 걸림 없이 편안하게 살아갈 수 있는 삶의 방법을 제시하겠다는 선언인 것입니다."

"지랄하고 자빠졌네! 이놈아! 하늘 위나 하늘 아래 가장 존귀하다 함은 하느님보다도 자기를 있게 한 아버지보다. 어머니보다. 존귀하다는 뜻이 아니냐? 어린 핏덩어리가 태어나기도 전에 대머리에 안에 그런 지식이 이입되어 있었단 말이냐?"

"나가 아요? 그렇게 경전에 기록이 되어 있습니다. 그러한데 왜 나한테 욕을 하요?"

"미안하네! 괜히 자네에게 역정을 냈네. 그러니까 이것도 번역 작가들의 실수다 이거지? 그러나 불교에선 나 혼자 좋은 일을 하지 않는다 해서. 세상이 바뀌지느냐? 인식하고 행동을 하지 않는 사람에게 끝없는 용서를 구하지 착한 일을 나 혼자 하지 않는다. 하여 세상이 바뀌지 않은 것이 아니라? 나 혼자라도 착한 행동을 하면 세상은 바뀐다는 것이다."

"그렇습니다. 불교의 교리를 보면 선을 요구하고 있습니다. 그런데 형님은 인간이 제일 싫어하는 악한 일만……. 하고 있습니다!"

"일마가! 악한 자는 지옥으로 보내고 착한 자는 천상으로 보내는데 그런 말 하지를 말거라. 석가는 그렇게 일갈한 후 어떻게 살아갔느냐?"

"부처님의 이러한 선언은 왕자의 신분을 버리고 6년의 고행 끝에 부다가야의 보리수나무 아래에서 깨달음을 얻은 후 녹야원에서 처음으로 다섯 비구니를 대상으로 법을 설함으로서 구체화되기 시작하였고 이후 45년 동안 인도 전역을 다니시면서 중생들을 올바른 삶의 바탕으로 인도하셨다가 사리를 한 가마니나 남기고 열반하였지요, 이해가 갑니까?"

"절대로 이해가 안 가네! 어이. 대삼이!"

"닭살 돋으니까 글키 부르지 마세요. 어이. 대삼! 이는 무슨…….그냥 대삼아! 하고 부르세요."

"부처님은 모든 이들의 이익과 안락을 위해 고통 속에 허덕이는 중생들을 구제하기 위해 사바세계로 내려오셨다. 이 말이구나? 기록을 훑어보았는데 궁궐 동·서·남·북· 성문을 나와서 백성들의 삶을 보니 가진 자에 의해 없는 사람들이 고통을 받고 살고 있어 이를 해결해 보려고 나와서 고행을 했다. 라는 기록이다. 그렇다면 지금의 북한과의 같은 사회상이 아니냐? 허기야 지금의 한국도 그렇게 보이더라만!"

"저도 그렇게 믿고 있습니다."

"여하튼 호화찬란한 궁궐도 아니고 길거리에서나 동산 같은 곳에서 중생들에게 끝없는 연민과 사랑을 표현한 분이시구나! 그러고 보니 김해시는 옛날의 가야가 아니더냐?"

"그렇습니다."

"가락국 김수로왕의 처가 인도에서 온 허 황옥이가 아니더냐? 부다가야의 보리수나무 아래에서 도를 통하였다니 부다가야도 혹시 가야의 한 지명이 아니냐?"

"!@#$%!"

"하늘에서 금으로 된 알을 구지봉에 내려와서 그 알을 백성들이 집으로 가져가서 부화되게 하여 사람이 태어났다니……. 닭 알이 먼저냐? 닭이 먼저냐? 그것을 역사로 만들려는 어리바리한 정치인이란 종교인들 하고 똑 같은 주장을 펴고 있는 것이다."

"어이구! 맙소사 내 머리가 참말로 많이 아프네요."

"나가. 이때 것 잘못 해석하였나! 좀 헷갈리니까 나도 머리가 띵이다."

"이천 육백여 년 전 길에서 태어나 참 삶을 찾아 나섰고 그 길을 열어 수행의 길을 가르치다가 그 길 위에서 떠나간 부처님은 영원한 진리의 나그네이며 인류의 등불인데 중간 메신저였던 일부 스님들 때문에 많이 변질 되었습니다."

"너란 놈은 아는 것이 참 많기도 하다! 그래서?"

"부처님께서도 무연중생은 : 無緣衆生 · 제도할 수 없다고 하였는데 변질된 자들 때문에 자비의 문을 열고 구원의 : 救援 · 실상을 밝혀주지 않은 것입니다. 부처님은 인간의 존엄성과 : 尊嚴性 · 평등을 : 平等 · 갈파하였는데 오늘날 우리 사회는 불성을 : 佛性 · 망각한 일부 스님과 우리들 스스로가 자신을 수단시하는 하는 무명 : 無名 · 속에 온갖 죄악을 서슴없이 자행하고 있습니다. 절간도 싸움터가 되어 스님들이 이마빡에 피 칠갑을 하는 것입니다. 인도에서 부처님이 태어났는데 지구상에서 인구가 제일 많은 나라입니다. 그런데 그곳에서도 힌두교와 불교 간에 다툼이 끊어지질 않고 있습니다. 형님! 생각은요?"

"지혜와 : 智慧 · 복덕을 : 福德 · 부족한 부처님에게 빌어야겠다. 혹시 아냐? 너 떠나올 때 조물주와 말이 사고를 쳤던 이야기를 끝까지 발설하지 말라고 하지 않더냐?"

"그럼 제가 한 번 빌어볼까요?"

"퍼뜩 빌어 보아라. 내 이야기를 들었으니 너는 그러한 사명을 띠고 남아 있는 이승을 살아야 된다."

"부처님의 광대무변한 : 廣大無邊 · 자비와 : 慈悲 · 지혜의 : 智慧 · 광명은 : 光明 · 법계에 : 法界 · 충만하고 있지만요! 어둡고 어리석은 중생으로서 길고 긴 미로를 벗어나지 못하고 있는 저를 위하여 바라 건데…… 감로정법 : 甘露正法 · 으로 여기고. 이 중생을 안락의 : 安樂 · 피안 : 彼岸 · 으로 인도하소서. 부처님의 대아사상 : 大我思想 · 으로 저에 마음을 장엄케 하옵소서. 나무석가모니 불 · 나무석가모니불 · 나무시아본사 석가모니불 · 어땠소? 잘 빈 것 같습니까?"

"동생은 불교는 절대로 안 믿는다면서 잘도 하네!"

"불교 경전을 보면 인간이 살아가면서 꼭 지켜야 할 도리를 기록

된 것입니다. 일부 나쁜 스님도 있지만……. 절에 가서나 길에서도 스님들의 법문을 들으면 심성이 저절로 착해집니다. 저는 세상의 종교를 믿지를 않습니다."

"그래서 문학의 꽃이라 하는 시의 : 詩·글자를 파자 : 破字·해 보면 : 言·말씀 언 : 言·글자에 절 사 : 寺·글자이다. 이 두 글자를 합하면 言 +寺 = 詩 글자가 된다. 절에서 스님들이 불자에게 하는 말이라는 뜻이다. 스님들이 욕 같은 상소리를 하지 않고 아름다운 말을 한다. 시는 세상에 거친 말들을 융화시키고 응축시켜서 아름다운 말을 만든 문학이다. 복합적인 심상 : 心想·시상이 : 詩想·시너지가 : Synergy·되어 집필 되는 것이 시가 되는 것이 아니더냐?"

"형님은 악질적인 임무를 수행을 하면서 그러한 일들을 숙지하였느니! 제대로 임무를……. 불교는 참 좋은 종교인데! 기독교는 어쩐지……. 한동안 각 언론에서 이 태석 신부의 죽음과 그의 공적을 다루었습니다. 그는 의사로서 사제 서품을 받고 이 세상에서 제일 가난한 곳인 남 수단 톤즈 지역에서 가난과 굶주림으로 죽어가는 수많은 사람들을 치료 해 주었습니다. 남 수단 북쪽 아랍계와 남쪽의 원주민과 내전으로 200여 만 명이 죽었고 오랜 내전으로 인하여 가난과 질병이 만연한 곳입니다. 그러한 곳에 그가 의료 봉사 활동 중 병에 걸려 죽어갔습니다. 그렇게 착한 일을 한 그분을 하늘에 신이 있다면 구해 주었어야 할 것 아닙니까! 하늘에 환자가 많아서 데려 갔다면 저로선 이해가 가지만! 그러나 죽을 때 제일 고통스럽게 죽는다는 암이란 병을 주어서……. 또한 지구상에서 통화의 혁명을 일으킨 스티브잡스도 암으로 하늘로 갔습니다. 하늘에도 통화의 품질이 나아져 지구의 성직자와 소통이 잘 될 같은 느낌입니다. 그러면 한결 나아진 세상이 될까요?"

"내가 담당이 아니어서 모르겠다."

"전남 고흥군에 소록도 : 小 →작을 소·鹿 →사슴 록·島 →섬 도·라는 섬이 있습니다. 하늘에서 내려다보면 아기 사슴을 닮았다 해서 붙여진 이름입니다. 일본 놈들이 이곳에 1916년 「도립 소록도 자혜병원」을 설립해 나병 환자를 강제수용 시작하여 1935년 조선 나 : 癩·예방 령을 만들어 강제노역 비롯하여 단종수술과 생체실험 등 악행을 저지른 곳입니다. 또한 1945년에는 병원운영 주도권을 둘러싼 다툼으로 인하여 마을 대표 84명이 학살됐다는 것입니다. 그러한 비극을 격고 난 뒤 1963년에 한센인 강제수용제도가 폐지되었습니다. 한센 병 : 나균 ↔癩菌 · 이란 이병은 피부와 눈과 손발의 감각신경이 운동신경을 침범해 생기는 병을 가지고 있는 환자들을 말합니다. 그래서 천형 : 天刑 ↔하늘에서 내린 형벌 · 이라고 기독교 성직자는 말하고 있습니다. 이러한 환자들을 돌보기 위해 오스트리아 출신이며 간호대학 동기생인 마가렛과 마리안느란 두 여성이 40여년을 환자를 돌보는 희생과 봉사를 했습니다. 스물 갓 넘긴 아가씨들이 가방 하나 들고서 찬란한 젊음을 버리고…… 언어와 피부색이 다른 이국땅 환자들을 간호하기 위해 희생의 기나긴 봉사와 : 奉仕 · 희생의 : 犧省 · 세월을 살아온 마리안느는 대장암에 걸리고 마가렛은 치매에 걸려서 또 다시 가방을 하나들고 소록도를 떠났습니다. 형님은 어떻게 생각을 합니까?"

"느기미! 씨발 나도 모르겠다. 하느님이란 인간의 머릿속에 존재한다고 몇 번이나 말 했을 텐데? 종교인들이 악한 행동을 하는 자들이 많아서이지 더러는 착한 사람이 있다. 서울에 주 사랑공동체교회 이 종락 목사는 베이비 박스를 : Baby Box · 만들어 10년간 1530여 명의 아이를 받아서 기른 후 입양을 보내거나 몇 년 후 엄마에게 돌려주고 있다는 뉴스를 들었다. 참! 인간다운 삶을 살고 있는 것이다."

"와~따! 성질은……. 무서우니까 욕을 하지마세요? 인간의 능력은 생물학 세계에서 가장 주목할 만한 일입니다. 사람의 특성을 갖도록 만들어주는 모든 것은 언어 · 생각 · 지식 · 문화 등 이와 같은 지구상에 존재하는 모든 동물에 비해 아주 특별한 능력을 가졌습니다. 더 말하자면? 인간에겐 의식을 가진 정신이 있습니다. 정신은? 지성을 · 결정하는 능력 · 인식 · 자각 · 자아에 대한 의식이 존재하는 것을 알아보기 위한 어려운 실체를 말하는 것입니다. 자기 몸을 녹여 작은 물이 길을 가다가 길이 없으면 돌아가거나 드높은 절벽에선 거침없이 수직으로 떨어져서 바다로 가듯이…… 기억 · 생각 · 꿈 · 소리 · 감정이 등은 인간의 머릿속에 저장되어 있는 것입니다. 그래서 그것으로 바탕으로 행동을 옮기기도 합니다. 현재의 나의 삶이 형님이 말하는 생각하는 것과 같은……!!!"

"……인생에서 속도가 있다. 이젠 동생도 그간에 살아온 삶을 뒤돌아볼 나이가 됐지 않았느냐? 속도를 줄여야 한다. 소설가를 천재적인 재주꾼이라 하지만 끓는 열정이 있어 동생이 그만큼 노력을 하면서 살아온 증거다. 가무를 : 歌舞 ↔ 가수와 무용수·죽이고 살리고 하는 것은 관객이며 유명 소설가를 더 유명케 하는 것은 독자들이다. 독자들의 구독이 아니면 어떻게 베스트셀러 작가가 되었겠냐? 자주 넘어지면 일어나는 일에도 익숙해지는 법이다. 그래서 동생은 현실의 벽 앞에 찾아 올 곳이 있는 곳이 있어 그나마 다행이다."

"현 시대에 허수아비 콘셉트 : 논바닥에 세워둔 참새가 벼를 먹지 못하게·같이 삶의 무게는 누구에게나 가볍지 않습니다! 자식의 짐을 대신해서 지고 싶은 엄마의 마음처럼……. 일상에 힘들었던 모든 일이 멀어 질 수가 없습니다. 같이 하는 일이라도 거리감이 있습니다."

"너희들의 대중노래가사에 '세월이 약이겠지요'라고 하지만 세월은 절대로 약이 안 되는 것이 있다. 약은 바로 자식이다. 자식을 먼저 잃으면 부모의 가슴에 묻고 있어 그것은 세월이 아무리 흘어도 약이 되지를 않는 것이다. 동생 주의에 누군가 있어주고 환영해주는 삶 얼마나 행복한 삶이가? 그게 동생이 살아가는 이유가 되겠! 거침없이 흐르는 세월을 잠시잠간이라도 붙잡고 싶은 마음이 동생만의 마음이 아닐 것이다. 호구지책 : 糊口之策·때문에 다들 다른 목표로 살겠지만 나이 들면 건강의 목표로 살아야 한다. 희망을 가불하여 살아가려고 하지를 말라. 요즘은 세태는 참새마저 허수아비를 무시하듯 그렇게 변해 가고 있다!"

"세상살이가 알다가 모를 일이 더 많았습니다. 한창 배짱을 부리며 기세등등한 더위도 비를 몰고 온 거센 바람에 미련 없이 물러나는 것을 보았습니다. 땅이 준 풍요도 무엇 하나 내 몫이 아니듯 비우고 내려놓아야 비로소 채워지는 것처럼 나의 마음속엔 누군가의 오랜 기다림이 있습니다! 그래서 문득 혼돈을 느낍니다."

"그래서 봄 한량은 있어도 가을 한량은 없는 것이다. 농부는 씨앗을 베고 죽을 지라도……. 무슨 말이냐? 하면 농부는 굶어 죽을 지언정 씨앗을 먹지 않는 것이다. 나무는 자기가 가진 것 모두주고 마지막으론 자기 몸을 불태워 따뜻함을 주고 가듯이! 동생은 그 어려운 글쓰기를 멈추지 않음은 그 누구도 남기지 않은 자신만의 창작물을 지구상에 남기려고 하는 것이 아닌가? 기다림이란 수많은 독자들이고!"

"능력이 기회를 부릅니다. 능력이 있는 사람이 기회가 없어 허둥거리며 괴로워하는 것을 내 주위에서 본적이 없습니다. 능력이 있다면 기회도 만들어지고…… 그러한 인재가 나타나면 서로가 필요하다면서 아우성을 치는 세상입니다. 그러한 재능을 가진 사람은 절대로 그냥 내버려두지를 않습니다. 능력만 있으면 기회는 항시 존재합니다. 능력이 없으면서 기회가 없다고 한탄을 하면서 핑계거리를 만들어서는 안 됩니다. 지금의 시대 문제는 기회가 있느냐? 가 아닌 기회를 잡을 능력이 있는가 생각을 한 후에 잡으려고 노력해야 될 것입니다."

"백화사전이 닳아져 없어지진 않은 모양이구나! 요즘 남녀 간에 혐오가 : 嫌惡 · 심하더라. 표현의 자유와 언론의 자유가 늘어나면서 소수가 대수를 혐오하고 대수가 : 大首 · 소수를 : 小首 · 혐오를 하고 있더라."

"한국전쟁이 끝나니 이념의 갈등이 심화 되었고 정치지도자의 잘못으로 지역갈등이 일어났고 경제가 발전 되자 빈부의 격차가 늘어나면서 사회적 이슈가 생겨나기 시작을 하더니…… 미 투로 인하여 여성들이 바라보는 유리벽이 생긴 것입니다. 물론 갈등이 없는 사회는 없을 것입니다. 선진국이나 후진국이나!"

"동생하고 이야기를 하려니 큰 귀신인 내가 작은 귀신인 동생에게 실력이 딸린다. 이제 인생살이 이야기는 그만하고 춤이나 구경하자."
……

2018년 11월 17일 김해시 불암동 체육관에서 한국예술 공연협회에서 주관하는 댄스파티 발표회에. 김 교수가 초대권을 주어서 가게 되었다. 표를 받는 곳에서 표를 주니? 표를 받는 여성이 일어나서 반갑게 인사를 하는 것이다. 나는 처음 보는 여성이었다. 일단은 인사를 받자 "김 교수에게 선생님의 이야기를 많이 들었습니다."고하여서 알

게 되었다. 일반인인 내가 특별 초대권을 받은 것이다. 입구 넓은 통로
엔 뷔페음식이 마련되어 있어 먹게 되었다. 실내로 들어서니 대형 사
각 체육관에 빙 둘러 원형 탁자가 두 줄로 마련되어 6명씩 앉아서
관람을 하도록 마련했고 대형 사각 홀에는 경계선을 하여 그 안에서
공연을 펼치게 만든 것이다. 별도의 음향 팀과 조명 팀이 있어 공연진
행에 아무런 불편이 없도록 한 모습이다. 제너럴 타임이 되어 내빈소
개가 있었는데…… . 내 이름과 약력이 간단하게 소개를 했다. 박 교수
가 사회자에게 알려준 모양이다! 아니 이미 공연 관계자들이 내가 참
석함을 알고 있었다. 1부와 2부로 나누어 공연을 하게 된다고 사회자
말이 끝나자 아름다운 음악이 흘러나오고 축하공연인 밸 리 공연 샤
비 g 드림 댄스의 현란한 몸놀림의 공연이 시작 되었다. 성인 두 명과
유치원생으로 보이는 여자아이의 두 명의 춤사위는 황홀 그 자체였다.
밸 리 댄스의 무용복 자체가 요염한 복장이지만 배꼽이 드러난 무용
복을 입고서 흔드는 모습은…… . 뒤를 이어 남여 2명씩 팀을 이루어
W · T · F · T +W · 차차 · 쌈 바 · 등과 함께 탱고포메이션에 7명이 T를
끝으로 18개 팀 공연을 하여 1부 공연을 끝냈다. 공연 시간은 각 팀당
3분여를 했다! 춤이 이런 것이다. 라고 시연을 보여주는 느낌이었다.
옛날부터 유럽의 귀족들의 모임에는 언제나 춤이 있었다는 것이다.
그 화려함을 극치를 보여준 것이다! 콜라텍에서 춤을 추는 여성들의
복장은 흑백 영화장면을 보는 것처럼 보이지만…… . 이곳의 무용 시연
장면을 보니 칼라 영화장면을 보는 것처럼 보였다. 생후 처음으로 보
는 화려한 무용복이었다. 한 팀을 제외하고 급회전을 하여도 무용복
끝자락이 무릎위로 올라가지를 않았다. 무용복 끝에는 은색 장신구나
또는 밍크 털 같은…… . 8센티미터가 덧대어 있어 그러는 것이다. 무용

복 한 벌에 1천 만 원 이상 되는 옷이라고 하니……. 그 중 한 팀은 무용복이 아닌 평상복 같은! 상의는 아이보리 레드 로얄 블루 치마를 입었는데 치마 끝단이 장 단지를 덮은 길이에 왼쪽 허리선에서 오른쪽으로 절개 된 치마다. 그 팀은 회전을 하면 검정 삼각팬티가 완전 노출이 되었다. 2부에선 라틴·밸리를 Who am·여성 혼자서 공연을 하였고 뒤이어 W·F·공연 후 클럽회장단 축하시연이 있었는데 그 회장단은·W·T·공연이고 경남 댄 포·힐 링·필엔·U DC·폭스트롯·왈츠·으로 끝으로 2부에서 11개 팀이 공연을 했으며 밸 리 팀을 제외한 전 출연 팀과 박 교수와 김 교수 부부 팀이 같이 출연을 하여 무대를 돌면서 5분여를 공연으로 끝으로 막을 내렸다. 그 중에서 11개 팀이 왈츠를 추었다. 2시간 동안 공연을 하여 내생에 그렇게 화려한 무용복을 입고서 하는……. 아름다운 춤을 추는 공연은 처음이었다. 출연을 하였던 팀들은 세계무대에서 우승을 하였고 국내대회에서 수상 경력이 있는 무용수들이며 학원을 차려서 후배들 양성을 하고 있는 교수와 원장들이라는 것이다. 댄서란 손님을 상대로 사교춤을 추는 것을? 직업으로 하는 여자들이 한다는 뜻이다. 작업은 남자가 여자를 꾀는 일을…… 속되게 이르는 말이다. 그러나 오늘 경연을 한 모든 팀은 그러한 일에 종사를 하지 않고 후배를 양성하는 춤에 달인들이다.

……

　"동생을 찾으려고 한참 헤매었는데 늙은이 천국에 있을 줄이야 이곳은 별로 인데! 자주 오느냐?"

　"어제 밤엔 물밥대접을 잘 받았습니까? 데리고 온 영혼은 착한 영혼입니까?"

　"착한 영혼이었다. 대다수의 집에서는 제사를 지낸 후 문밖에다

종이를 깔거나 시골에서는 벼 짚을 깔고서 밥을 두세 수 푼 하고 생선 대가리를 비롯한 나물 몇 가지를 주는데……. 어제 집은 작은 상에다 음식을 골고루 많이 주어서 잘 먹었다. 그래서 편히 천상에 보냈다."

"우리 어머니도 살아생전 제사를 지내면 귀신 물밥을 상에다 거나 하게 차려주었습니다. 아버지를 데려온 저승사자가 너는 따뜻한 방에서 상다리가 부러질 정도로 잘 차린 음식을 먹고 자기는 추운 곳에서 짐승 밥을 주듯 한다며 천상으로 데려갈 때 폭력을 할 것 이라는 마음에! 잘 차려 주어야한다고 하였습니다."

"결과적으로 그 음식은 배곯은 짐승이 먹는다. 너희 어머니처럼 고운 마음을 쓰는 사람은 사회생활에도 착한 일들을 많이 했을 것이다! 그러한 분들은 무조건 천상으로 보낸다. 그건 그렇고 저 홀 안쪽 기둥 옆에서 춤을 추는 늙은이의 모습이 가관이 아니다. 영감은 큰 키에다 몸은 겨릅대 : 삼나무 껍질을 베낀 모양 · 모양이다! 와이셔츠에 빨간 넥타이를 하였고 파트너 여자는 개량한복을 입었고 신발을 복장 구색에 맞지 않은 굽이 높은 하이힐을 신어서……."

"저 팀은 30여분을 춤추고 나면 쉬는데……. 내가 변소에서 소변을 보는데 뒤에서 누가 보는 것 같은 느낌이 들어! 뒤를 돌아보니 저 늙은이가 거울을 보고 얼굴을 다듬는 것입니다. 자세히 보니 얼굴 주름살이 아래로 졌는데 그 사이로 땀이 흘러내리고 있었습니다. 그 땀을 닦고 있는데 얼굴엔 하얀 분을 발랐고 입술에는 빨간 립스틱을 발랐더군요. 늙은이가 여성 파트너에게 조금이라도 젊게 보이려고 그런 모양입니다."

"나도 보았다. 버쩍 마른 몸매에 얼굴엔 특이한 주름살이 생겼으니 그것이라도 커버하기 위해 그런 것이겠지! 그래서 늙으면 서럽다는 것이다. 그건 그렇고 동생 소변을 하는 것을 보니 거시기가 그렇게 힘이 없어서야 되겠냐? 마누라하고 밤일도 걱정이 되더라."

"아니! 내가 소변을 보는 것을 뒤에서 몰래 보다니요. 성 희롱! 그것은 그렇고 내 거시기가 힘이 없다니요?"

"일마가! 성질은……. 동생이 소변기에 소변을 보는데 소변기에 파리가 붙어 있었잖아! 그런데 동생 오줌 줄기가 약해서 그런지 몰라도! 파리가 꼼작도 않더라. 야담 전집에 나오는 옥녀는 오줌발이 강해 사기요강이 깨어지고 또 누구라 그랬냐? 어느 놈은 술을 쳐 먹고 집으로 가다가 가로등 전주대에 소변을 보았더니 소변 줄기가 너무 강해서 전신주가 흔들려서 전구 촉이 나가버렸다고 하지 않았느냐? 그런데 똥파리가 아니 오줌파라가 꼼작도 안하다니……. 따듯한 물에 샤워를 하고 있었나!"

"어이구! 그냥. 그것은 살아 있는 파리가 아니고 늙은이들이 많은 이곳엔 소변을 보면 형님 말처럼 거시기가 힘이 없어 소변이 변소 바닥에 떨어져서 변소 바닥에 소변이 흥건하게 고였잖소. 그것을 방지하기 위해 소변기에 바짝 다가서 소변 줄기가 끝이 파리에 닿도록 유도하기위해 소변기를 하얀 사기로 만들면서 까만 파리를 새겨서 넣은 것입니다."

"나는 동생이 늙어서 거시기가 힘이 없어 그런가! 했지 그런 것도 모르고 늙으면 거시기를 할 때 할망구 꽃밭에 물을 주면 너무 강해 파손이……."

"형님! 그런 음란하고 쓸데없는 소리를 그만 하시고 훌이나 보세요. 이곳에서 춤을 추는 사람 96%이상은 늙은이들입니다! 나머지 7~8명은 아주 젊은 여성들이 있습니다. 아마? 꽃뱀이 아닌가! 싶습니다."

"늙은 남자들을 꼬여서 돈을 뜯는 여자들을 말하는 것이냐? 설마 요즘도 그러한 일이 벌어지겠느냐? 지금이 제 2의 아이엠에프라고 하는데 그놈의 돈이 무엇인지……. 돈이란 많아도 사람을 나쁘게 만들고 없어도 나쁘게 하고 원수 같은 돈이 세상을 어지럽게 만드는구나!"

"인간이 살아가는데 돈이 삶의 질을 바꿉니다. 그래서 영혼을 형님에게 보내는 제사에도 돈이 필요합니다. 천도 제·극락 제·용왕 제·등 앞서 이야기 했듯 인간이 생을 마감하면 지상보다 더 좋은 곳으로 가는데 차비를 하거나 저승사자에게 부탁을 하여 좋은 곳으로 보내달라고……. 형님도 비리를 저지르지 않은지요?"

"유 전 능 사 귀 추 마: 有 錢 能 使 鬼 推 磨·라는 중국의 속담이 있다. 돈으로 귀신도 부릴 수 있다는 말은 돈이 많이 있으면 이 세상에서 무슨 일이든 할 수 있다는 말이다."

"귀신 : 鬼神 · 세계도 돈이면 무슨 일이라도 해결을 해 준다는 것인데……. 말짱 거짓말입니다. 얼마 전 언론보도에 의하면……. 평범한 시민이! 무속인 : 무당 → 당골레 · 30여명에게 사기를 친 사건이 크게 보도가 되었습니다. 그들은 귀신을 부리는 사람입니다. 그러한데 60대 여인에게 사기를 당한 것입니다. 자식이 교통사고로 죽어 2,000만 원을 들여 형님에게 보내는 천도 제를 지내야 하는데……. 보상을 많이 받기위해 변호사를 선임하는데 들어가는 돈이 급하니 2,000만원을 급히 빌려달라고 설치는 바람에 젯밥에 어두워 모두들 빌려주었는데 무속인의 말처럼 귀신을 불러 하늘로 보낸다는 천도 제는 말짱 거짓말이다. 이 말입니다. 귀신을 부린다는 30명의 무당들이 당했다는 것이지요!"

"무당이 부리는 귀신이 어리바리 했나 보다! 죽음을 기억하라. 죽어보지 못한 네가 죽은 뒤 어떠한 일이 벌어질지는 모르지 않느냐? 너는 이 세상에 태어난 이유를 알고나 있느냐?"

"형님은 똑똑합니까? 인간은 오직 종족 보존을 위해 태어난 것 아닙니까? 불교를 믿는 사람들은 죽어서 다른 사람의 몸을 빌려 좋은 집안으로 윤회 된다고 합니다. 다른 사람은 몰라도 어머니는 나를 보려고 올 텐데……. 중국 놈이나 · 일본 놈이나 · 우리나라사람이나 · 궁둥이에 몽고반점이 : 시퍼런 점 · 있는데 저승이 좋아 험한 세상으로 다시태어나기 싫어서 엄마 자궁에서 안 나오려 하자 삼신할미가 빨리나가라고 발길질 하여 멍이 들었나요?"

"글 마! 자석. 안 나오려고 하는 사람은 천국이 좋아서 그러는 모양이다!"

"일본 놈이 착하다는 말입니까? 사람은 태어날 때부터 평등하다고 하였습니다. 그렇다면 죽음도 똑같은 기회를 주어야 되는 것 아닙니까?"

"너희의 속담에 이런 말이 있지 않느냐? 하늘은 스스로 돕는 자를 돕는다. 라는 말이 있듯 절에 시주를 : 施主 · 하거나 종교단체에 헌금을 : 獻金 · 많이 하는 것은 남을 돕는 것이 아니냐? 그래야 성직자들도 잘 먹고 살아 갈 것이고 또한 그들의 평안한 안식처를 제공하는 것이고!"

"형님도 돈을 많이 주면 저승으로 데려가는 영혼을 편하게 해 줍니까?"

"일마가! 너하고 다니는데 그런 짓을 하면 네가 가만히 있겠느냐? 그딴 소리 하지 말고 저기 빡빡이 : 대머리·보거라. 아무래도 파계승 : 破戒僧·인가 보다!"

"왜요?"

"대머리이면 빛이 날것인데! 그렇지 않은 것을 보니 머리는 빡빡 깎아버린 것이다. 이런 곳에 드나들려면 하얀 머리도 염색을 할 것인데!"

"그렇다면 밤일을 할 수 있는 상대를 찾으려고 콜라텍을 출입한다는 것입니까?"

"이곳엔 별의별 사연이 있는 사람들이 출입을 하는 곳이라면서?"

"파계승이 되어 여자의 몸을 탐내다가. 죽을 고생을 하는 장면을……. 이야기를 해 줄까요?"

"동생의 이야기라면 뻔할 뻔자가 아니냐? 잠시 듣고 구경을 하자."

…….

적당히 가까운 옛날에 남편을 일찍 사별을 하고 외동아들과 사는 청상과부가 : 守節 孀婦·있었는데 아들이 서당에 : 書堂 ↔ 한문 공부를 가르치는 곳·다닐 나이가 되어 적당한 훈장님을 찾았다. 이름난 서당은 너무 멀어서 외아들과 떨어져 살 수 없는 과부는 가까운 곳을 찾아보니 숙식이 가능한 자그마한 절 안에 서당을 같이하는 곳이 있었다. 집과의 시오리 거리에 있어 아들이 보고 싶으면 아무 때나 이웃집 놀러가듯이 가서 볼 수도 있고 아들도 집에 오게 할 수 있는 가까운 곳에 있어 안성맞춤이었다. 그래서 그 서당에 아들을 보내게 되었다. 문제의 발단은 그 서당의 훈장이 가짜스님 : 破戒僧·이라는 걸 몰랐다는 데 있었다. 그 훈장은 어느 큰 절에서 공부를 하며 도를 닦다가 내려왔다.

정신적 수양이 모자랐던 그는 절 생활이 징그러웠고 다른 한편으론 주체할 수 없는 성욕을 견디지 못하고 밤이면 핸드풀이를 : 딸딸이 ↔ 手淫 → 손으로 성기를 흔드는 짓 · 하거나 아니면 부엌에서 일하는 상좌승에게 강제로 게이처럼 빠구리를 : 동성섹스 · 하는 바람에…… 이에 견디지 못한 어린상좌승이 주지승에게 그간에 일어난 일들을 말하게 되었다. 승려가 꼭 지켜야할 도덕인 道德 · 팔정도의 : 八正道 · 속에 들어있는 무욕을 : 無慾 · 어기는 바람에 결국 절에서 쫓겨 나와 탁발승 행세를 하며 공양을 받는답시고 이 마을 저 마을을 떠돌아다니며 눈에 띄는 부녀자를 넘보는 파계승에다가. 달변 한 말솜씨로 순진한 동네 사람들을 속이고 등쳐먹는 사기꾼이었다. 사기치서 공양 받은 돈으로 제법 큰 암자를 세우고 서당까지 차린 것이다. 이 가짜 중은 아들이 보고 싶어 먹을 것을 짊어진 머슴을 앞세워 가끔 찾아오는 과부의 미모에 홀딱 반해 버렸다. 과부를 대하는 언행이 수상하다 여겼더니 어느 날은 음흉한 수작까지 부려 과부는 질겁하여 돌아왔는데 발길을 끊자니 아들이 보고 싶고 아들을 보자니 훈장이 자기에게 대하는 태도가 영 마음에 들지 않았다. 아들이 보고 싶어 찾아갈 때마다 술을 마셨는지 얼굴이 불콰한 것도 맘에 안 들고 이따금 하는 음담 : 淫談 · 패설도 : 悖說 · 마음에 걸린다. 훈장 하는 말은 곡차를 : 穀茶 · 마셨다는데 과수댁은 곡차가 뭔지 모르지만 마주앉아 대화할 때 입에서 풍기는 냄새는 분명 술 냄새였다. 아들이 책 한 권을 다 배우면 공부하느라 수고 했다는 잔치를 해야 한다. 그때마다 떡을 비롯한 음식을 푸짐하게 준비하여 서당 동료들과 훈장에게 잔치를 해주어야 하는데 과부로서는 훈장의 수작이 점점 더 부담스러워졌다. 음흉한 : 淫凶 · 눈짓은 그렇다 치더라도 단둘이 이야기를 할라치면 치근대며 은근슬쩍 몸에 손길이 와 닿

316 콜라텍

는다. 그렇다고 공부를 중단시킬 수도 없어 갖은 슬기를 다 모아 훈장의 수작에서 벗어나야 했다. 그 후로는 되도록이면 아들을 찾지 않았다. 과부가 갖가지 방법으로 자기의 유혹을 물리치자. 훈장은 좀 야비한 : 野卑·수를 사용했다. 요즘 벌어지고 있는 '왕따'식으로 서당의 아이들에게 과부의 아들과 어울리지 못하게 하고 애비 없는 후레자식이라고 놀려대라고 일렀다. 며칠 동안 동료들에게 따돌림을 당하고 견디지 못하여 집으로 온 아이는 어머니에게 울며 하소연을 하였다. 아들의 그간에 겪은 이야기를 듣고 어머니는 기가 찼다. 아버지 없이 키우면서도 후레자식 소리 듣지 않으려고 온갖 정성을 다해 키웠는데 아들의 장래가 심히 걱정이 되었다. 게다가 아들이 들은 소리는 아이의 성장에 치명적인 쐐기가 되어 비뚤어질 가능성도 많았다. 과수댁은 음식을 장만하여 아들을 앞세우고 다시 서당을 찾아가 아들의 동료들을 달래고 훈장에게도 잘 봐 달라고 간청을 해보았지만 그것도 며칠뿐이었다. 놀리는 재미에 얻어먹는 재미까지 익힌……. 서당의 아이들은 이젠 훈장이 모르는 척만 해 줘도 저희들끼리 마구 놀려댄다. 할 수 없어 과수댁은 굳은 결심을 하고 날을 잡아 훈장을 초대하기로 했다. 주안상을 마련하여 초대한 날은 싸락눈이 기분 좋게 내린 날이었다. 때 빼고 광내고 점잖게 차려 입은 훈장은 눈 내리는 밤에 미인과 마시는 술 그 얼마나 정겨울까? 절로 흥이 났다. 하필이면 분위기가 업 되는 눈이 내린 날이다.

"어둠이 내린 후에 오시랍니다."

과부 집에서 일하는 작은 머슴의 전갈이 아무래도 의미가 깊다. 밤에 만나자고 하는 걸 보면 틀림없이 좋은 음식 대접 잘 받고 그 다음

엔 뭔가 있을 것이 아닌가! 오늘 밤 잘만 하면 오랜만에 여자 살 냄새
도 맡을 수도 있겠지! 하고 생각하니 눈 내리고 칼바람이 몰아쳐도
이 밤도 하나도 춥지 않다. 아니 몸에 열이 난다. 온갖 별별의 이상야
릇한 생각이 떠올라 입이 저절로 쩍 벌어진다. 그러다 보니 그동안
과수댁 아들을 너무 따돌린 것이 미안했다.

"내가 그간에 너무했나! 잘되면 씨가 다른 내 아들도 될 수 있을
텐데……. 그래 오늘만 지나 봐라. 내가 실력이 있는 대로 성심 성의
껏 널 가르치마. 어차피 하인도 있고 과부가 가지고 있는 재산도 든든
하니 주지육림 : 酒池肉林 · 으로 세월을 보내더라도 너 하나는 잘 가르
쳐 주마."

자기마음대로 온 갓 상상의 나래를 펼치고 혼자서 다짐을 하며 걸
어 왔다. 과부의 집에 도착해 인기척을 하자? 방문이 열리며 과수댁은
분단장을 곱게 한 얼굴에 화사한 명주치마저고리를 차려 입고서 적당
히 요염한 몸짓으로 외씨 같은 버선발로 쪼르르 대청마루를 나와서?

"어서 오세요. 이렇게 누추한 곳에 오시게 해서 정말죄송해요."

대갓 집 이건만 인사 치례 상 겸손하게 인사를 한 뒤 눈가에 살짝
비치는 색깔 있는 요염한 표정과 은은하게 풍기는 화장품 냄새에 어
느새 훈장은 벌써부터 자기마음대로 가슴이 벌렁거리며 거시기 뿌리
에서 짜릿한 신호가 온다.

"바람이 휘몰아쳐 날씨가 몹시 차갑고 눈이 와 길까지 미끄러운데
넘어져서 어디를 다치지는 않으셨겠지요? "

인사를 한 후 배시시 웃는다.

　"아닙니다! 아니에요. 잘 왔습니다. 또 다친들 뭐가 어때요. 허~허~
　허."

헛웃음을 친다. 누구 말마따나 거시기 빼고 다친들 어떠랴! 방금
전에 거시기가 무리 없는 반응을 살짝 보였던 기미가 : 起微 · 있지 않
는가.

　"스님! 누추하지만 어서 빨리 들어오시지요."

넓은 마루를 지나 안방 문을 열고 방으로 안내한다. 안방에 들어서
니 넓은 방안엔 십장생이 : 十長生 · 양각 : 陽刻 · 되어 화려하게 번쩍거리
는 통영자게장과 그 옆으로 2개가 잇대어진 문갑이 고풍스럽게 어울
려져 부잣집임을 한눈에 알 수 있다. 군불을 잘 땐 방이어서 후끈한
열기가 얼은 몸을 녹여주며 여인의 방에서 남자들만이 맡을 수 있는
이상야릇한 냄새가…… 찌든 코끝 때를 시원하게 씻어준다. 윗목 구
석지엔 실크로 만든 두툼한 요위에 양 볼에 목단 꽃 자수가 들어가
있는 베개두개가 가지려니 놓여있다. 아랫목에 방구들 식지 말라고
푹신하게 보이는 방석이 두개가 나란히 놓인 앞엔 촛불은 아늑하게
비치우고 거하게 차려진 큼직한 교자상위에 김이 모락모락 나는 먹음
직스러운 음식들이 한 가득이다. 서당에서 몇 번 먹어본 그 맛을 생각
하니 벌써부터 입 안에 군침이 돈다. 과수댁은 훈장을 두툼한 방석에
앉혀 두고 방석하나를 가져와 훈장 앞쪽에 앉아 술병을 들고……

　"우매한 저의 자식을 가르치시느라고 고생이 많으시지요? 진작 한

번 모신다는 게 동네사람들의 눈도 있고 행여 좋지 않은 소문이라도 나면! 저야 그렇지만 훈장선생님 체면에 손상이 갈 것 같아 못하였습니다. 스님이 제일 좋아하는 곡차 한 잔 드시지요."

찹쌀밥알이 자기들 마음대로 둥둥 헤엄쳐 떠다니는 따뜻하게 데워진 동동주를 커다란 막사발에 가득 부어 권한다. 월하미인이라 했든가 달빛 아래 미녀가 절색이라면 취기와 화장품 냄새가 감도는 따뜻한 방 안의 분위기 촛불 아래 보이는 미인은 어떠한가! 가을 거지가 끝난 들판을 돌아다니면서 행패를 부리던 떠돌이 바람이 춥다고 잠시 몸을 데우려고 문풍지 좁은 틈새를 간신히 비집고 들어온 동지섣달 칼바람에 하늘거리는 촛불에 비쳐 불구래 한 미인의 얼굴에 훈장은 넋이 다 나가고 말았다. 훈장이 술잔을 비울 때마다.

　"자! 안주 드세요."

엄지와 검지로 집게손으로 하여 고기안주를 입에 넣어주면서 손가락 두개를 일부러 입속까지 깊이 넣어 혀를 간질이고 빼내는 과부의 서비스가 이어진다.

　"웜~머! 미치겠네! 어이구. 그냥 마음 같아서는 손가락을 잘근잘근 씹어주고 싶다. 아니지 화침이 이루어지면 내 거시기를 쪽쪽 빨면서 거시기 대가리를 잘근 잘근 씹어주겠지!"라는 생각에 아랫도리에 가랑이사이에 자리 잡은 물총 방아쇠에 약간의 기별이 오고 있다.
　"어~허! 술맛 좋다. 이러시지 않아도 되는데."

말리는 척 하면서 은근 슬쩍 손을 살짝 밀어 보니 보들보들하고 따스한 손이 오히려 더 강하게 반탄 : 返撣·한다.

"허~음 불가의 보시 중엔 신 보시 : 身 報施 ↔ 몸으로 하는 보시·최고이지. 아암 최고이고말고! 그래서 나를 집으로 초대하여 힘쓰라고 보양 강장에 좋은 음식 잘 먹인 뒤 심청이가 아버지 심학규의 눈을 뜨게 하려고 뱃사공에게 공양미 삼백석에 몸을 팔고 인당수 물위에 뛰어드는 것처럼! 자식을 잘 가르쳐 달라고 몸으로 공양을 한답시고……. 따뜻하고 부드러운 저손으로 거시기를 두 손으로 움켜잡아 사타구니 사이에 있는 숲이 빽빽이 우거진 가운데에 있는 비밀스런? 이미 옹달샘 가에 물이 넘쳐 나온! 그곳에 미끄덩하고 빠뜨리고 너무 좋아 흥분되어 숨을 헐떡거리며 학같이 고운 목에 있는 동맥에 흥분되어 가속 페달을 밟은 차 엔진처럼 과부의 심장이 펌프질을 하여 보낸 많은 양의 피가 통하여 목 사이에 젓가락 만하게 크게 부풀어 오르면! 코맹맹이 소리로 '워~머. 워~머. 나~아~죽어! 훈장님! 거시기 대가리가 너무 ㅋ고 길어서 아프지만……. 나는 엄청 좋아! 지금 창자를 밀고 올라오는 느낌이야 스님! 스님! 거시기 빼지 말고 오랫동안 계속해 하겠지!"

자기 마음대로의 음흉한 : 淫胸·생각에 전율을 하며 훈장은 안주를 한 입 가득 먹고 오물거리며 그냥 즐거워 연신 싱글벙글 양쪽 입 끝이 귀에 걸린다. 절에 가서 부처 앞에 절을 하고선 양손바닥을 뒤집는 데는 다 이유가 있다. 공양할 돈이 없다는 뜻이다. 부처가 한손은 동그라미를 하고 한손을 펴고 있는 것은 돈을 달라는 표시다. 부연 설명하자면 돈을 달란 뜻도 되고 돈이 없으면 여자 거시기인 구멍을 달라는 뜻도 된다. 옛날엔 동전이었다. 그래서 엄지와 약지를 맞대어서 여자 거시기인 구멍과 돈을 표한 동그라미를 하고 있는 것이다. 돈을 주지 않으면 농사일도 안하고 매일 대청마루에서 목탁이나 두드리는 스님들은 어떻게 먹고살며 육보시를 해 주지 않으면 평생 수음만 : 手淫·하여 주체할 수 없는 성욕을 다스릴 수 없는 것이다! 스님이기 전에 인간이 아닌가. 잡보장경 권 제 6에 무재 칠시 : 無財 七施·라는 부처의 말이 있다. 돈이 없어도 7가지의 보시를 : 布施·할 수 있다는 불교의 가르침이다. 그것은 재물의 손실이 없이도 크나큰 과보를 얻을 수 있다는 말이다. 일곱까지 보시 중 넷째 보시 중 몸의 보시인 : 身施 ↔ 신시 인 몸으로 하는 보시·것이다. 부모·스승·사문·바라문을 보면 일어나 맞이하여 예배하는 것이다. 이것을 몸의 보시라 한다. 그는 몸을 버리더라도 다시 단정하고 장대하며 남의 공경을 받는 몸을 얻고 미래에 부처가 되어서는 몸이 니구타 : 尼拘陀·나무와 같아서 그 정수리를 보는 이가 없을 것이다.

"스님! 한 잔 더 하시지요."

섬섬옥수로 술을 주며 안주를 집어서 입에 넣어주지 약간의 코맹맹이소리로 갖은 애교떨어 훈장은 제 주량을 가늠하지 못하고 권한대로 퍼마시는데 훈장이 마시는 술. 이게 보통 술이 아니다. 우리들 가정에서 가끔씩 담아 먹는 술이 있다. 소위 약술이라고 하는데……. 이 약술은 마실 때는 순해서 몇 잔 들어가도 취한 줄 모르고 그냥 마셔댄다. 이른바 술이 술을 먹고 다음에는 술이 사람을 먹는다고! 아주 쉽게 그렇게 취하게 되는 술을 과수댁이 미리 준비해 둔 것이었으니 오죽하랴 밖은 엄동설한이지만 반대로 방안은 따뜻하지! 가속페달을 밟은 차의 엔진소리처럼 훈장의 심장소리가 요란하다. 그래서 윗목구들방을 덮어둔 요에 훈장의 음흉한 눈길이 자꾸 간다. 술도 좋고 여자도 좋으니 이 밤이 다가면 어떠냐며 느긋해하는 모습을 어쩌면 평화스럽게 보인다. 훈장이 술이 어지간히 오르는 것을 보고 과수댁은 뒷문을 열어보더니만…….

"어머나! 이걸 어떡하나 스님! 밖에 바람이 거세어 너무 춥고 눈이 얼어 길이 굉장히 미끄러워서 암자까지 가려면 힘들 테니 많이 불편하시겠지만! 여기서 그냥주무시고 날이 밝으면 암자로 돌아가세요. 오늘따라 눈이 많이 와서 머슴들도 자기들 집에 가지 못하여 사랑방에서 자고 있으니 가을 거지 끝이라서 곡식을 방마다 가득히 채워두어 빈방이 없어 많이 불편 하더라도 저하고 이방에서 같이 자야겠습니다."

하면서 호들갑을 떤다. 당시엔 스님들은 짚 새기 : 짚으로 만든 신·신을 신어 빙판에서 미끄러질 염려는 없었다. 그런데 과부는 훈장과 밤일을 : 옹달샘 청소·하려고…….

"으~잉. 뭣이여! 시바~아~앙. 이게 진짜 나가 술에 취해 잘못들은 말이 아니겠지! 그동안 자주 꾸었던 꿈대로 되는 거여 뭐여 가는 날이 장날이라 하지 않든가 눈이 오고 찬바람이 세차게 몰아쳐 머슴들이 집에 못가고 사랑방에서 잔다. 그래서 빈방이 없어 어쩔 수 없이 나는 과부와 안방에서 같이 잔다. 그렇다면 부처님이 도우셨나!"

취한 눈으로 과수댁을 보니 수줍게 살포시 웃는데 섹스를 할 때 거시기를 꺽꺽 물고 쭉쭉 빤다는 긴자고 : 일본말 ↔ 볼우물·거시기를 가진 여자처럼 웃을 때 양쪽볼우물이 깊게 들어가 보여 분위기가 묘하게 풍긴다. 과부는 교자상을 옆으로 밀쳐 두고 명주 천을 씌운 두툼한 솜이불을 장롱 속에서 끄집어내어 방바닥에 편다. 그 장면을 보고 훈장이 의미심장한 미소를 띠고 엉거주춤 일어나니 과수댁은 요염한 자세로 야릇한 교태를 부리며…….

"스님! 옷은 제가 벗겨 드릴게요."

과부는 훈장을 뒤에서 감싸않고 뜨거운 입김을 내품으며 생 밀크 저장탱크를 훈장 등에다 밀착시켜 비비면서 나긋나긋한 손길로 옷고름을 풀고 상의를 벗겨 윗목에 놓고는 앞으로 돌아와 무릎을 굽혀 앉아 누비솜바지 끈을 풀어 바지를 내리면서 뚝 불거진 거시기를 일부러 살짝 건드려준다.

"바지도 벗으시고 이불속으로 어서 들어가세요."
"워~머! 미치겠네. 과수댁이 급하나 빨리 들어가라니! 아들 공부 잘 시켜 훌륭하게 만드는 일이고 남편 죽고 수절하느라 힘들었으니 오늘밤에 화끈하게 놀아주겠다고 설레발을 치는군! 누가 알 수 있나 관계를 가지고 씻어버리면 표도 나지 않으니 옹달샘 청소를 한지 오래 됐을 것이다. 청산 과부가 된지 벌써 몇 년인가!"

자기 마음대로 생각을 하고선 급하게 서둘러 대는 과부의 행동에 덩달아 훈장의 몸짓도 바쁘게 움직인다. 과부가 훈장 얼굴 가까이 거친 숨을 연신 몰아쉬면서 저고리를 벗기 시작한다. 이어서 찌찌 통 뚜껑을 벗자. 벗어버리자……. 이미 흥분이 되어 유두가 중지 한마디 크기정도로 부풀어 있다. 여성의 흥분 상태를 알려면 유두를 보면 알 수 있다. 성기를 만지기 전 외관상으론 약간 처진 밀크 통이 흔들거려 훈장의 눈을 적당히 유혹한다. 권유에 못 이겨 홀짝홀짝 마신 술이 뜨거운 방안 공기에 의해 과부도 많이 먹어 취기가 돌아 자세가 당연 부자연스럽다. 훈장은 술에 취해 비틀거리면서도 과부 앞가슴에 조롱 박처럼 달린 밀크통과 파계승이 되기 전에 몸담았던 절 대웅전에 고정되어 있는 큰 북 만큼 큰! 궁둥이에 눈길을 교차하면서 훈장은 어렵게 바지를 벗어 아까 과수댁이 한 것처럼 윗목에 후딱 집어 던지고 이불 속으로 엉금엉금 기어들어가 팬티까지 벗어 방구석으로 휙 던지고 거시기를 잡고 주물럭거린다. 좋은 성능을 발휘하기 위해서다. 거시기 끝엔 이미 미끈거리는 정액이 조금 나와 있다. 늦가을 풀 속 독사가 풀 베러 온 사람을 물려고 달려들듯! 독사머리처럼 몇 번을 섰다가 시들어 졌기 때문이다. 조금은 걱정이 된다. 종종 과부 생각에 잠을 못 이루어 수음을 : 手淫 · 자주 했다. 과부 거시기에 물총으로 실탄을 : 정액 · 왕창 쏴 거시기에서 정액이 흘려 넘쳐야 과부 맘에 들어 할 텐데! 기나긴 겨울밤에 딸딸이를 너무 많이 하여 정액이 고갈되었을 것 같아 걱정이 조금 된다. 미리 약속을 했더라면 딸딸이를 참고 참았을 것인데 어젯밤도 그 짓을 하고 말았다. 수음도 중독이다. 훈장의 딸딸이는 지금 거처하고 있는 암자를 증축할 때부터 길들여졌다. 그러니까 암자를 증축할 때의 일이다. 술을 가지고온 뚱뚱보 쌍과부 집 새끼주모가……. 벙어리 처녀가 시집가는 날을 잡아놓고 기분이 좋아 덤벙대듯 덤벙대다 판자에 박아둔 못을 밟아 찔리자.

　　"낮에는 못에 찔리고 밤에는 돈 많이 준 손님에게 거시기에 찔릴
　　것 같은데! 힘들면 어쩌지."

투덜거리자. 그 소리를 듣고 목수가…….

　　"나는 낮에는 나무에 못 박고 밤에는 마누라 거시기에 거시기를
　　박느라 힘들어 죽겠다."

말에 곁에서 새참을 가지고와서 남편 밥을 차리고 있던 목수마누라는…….

"당신만 힘이 든다고요? 나는 낮에는 빨래 빨고 밤에는 당신 거시
　기를 빨아주느라 힘들어 죽겠소."

투덜거리는 세 사람이 하는 불평소리를 듣고 있던 훈장은…….

　"뭐! 그런 것 가지고 불평을 합니까? 나는 낮에는 목탁치고 밤에는
　딸딸이 치느라 잠을 못 이룹니다."

너스레를 떨었다. 밤이나 낮이나 주체할 수 없는 성욕에 훈장은 어
린상좌승 똥 빠구리를 반강제적으로 했고 그도 아니면 수음으로 해결
을 하였기에 훈장은 수음에는 질 나이가 : 계속 반복된 행위에 길들여짐ㆍ돼
있다. 단번에 두 손으로 생 밀크가 저장된 고지를 점령하고……. 옹달
샘에 거시기를 꽂기 위해 양손으로 거시기를 세워 잡고 부비고 있는
데 아니나 다를까 거시기 뿌리에서 짜~잔하고 희소식이 왔다. 마지막!
비밀장소 아무에게 보여주지 않았던 곳? 그곳을 훈장에게 보여주기
위해 과부가 팬티를 훌렁 벗어 버린다. 얇은 흰 명주치마 잠옷 바람인
과부의 사타구니사이에 그런대로 자연보호가 잘된 풀숲 가운데에 잘
보존된 옹달샘이 실루엣처럼 비췄다. 그 모습을 보고 훈장은 알 수
없는 신음소리를 내고선 과부를 끓어 않으려고 두 손을 내밀자 그
품에 안기려고 과부가 이불속으로 파고들어가는 순간……. 하필이면
그 순간에?

　"안에 있나?"

웬! 늙수그레한 노파의 음성과 함께 마루 위에 딸그락 거리는 소린
뭔가를 놓는 소리가 크게 들렸다.

"어머나! 이를 어째."

가수 장윤정의 노래 제목이아니라 스님에게나 과부에겐 "어머나"이다. 과수댁은 화들짝 놀라 일어나 호들갑을 떨며 웃옷을 걸치고 양손으로 옷깃을 움켜쥐고서 문 앞으로 다가가려다 말고 훈장과 문을 번가라 바라보며 대답을 한다.

"잠깐만 기다리세요, 섭이 할머니."

과부의 말을 들어보니 아는 사람이 찾아온 모양이다.

설레발치는 과부를 보고 훈장도 놀라서 벌떡 일어나 이불을 뒤집어쓴 채 얼굴만 살그미 내밀고 방문 쪽을 바라본다. 그런 훈장을 과부는 오뉴월 장맛비 맞은 똥개가 빗물을 털듯이 온몸을 흔들며 연신 눈짓과 턱으로 뒷문 쪽으로 가기를 가리키는 행동이지만 훈장은 무슨 뜻인지 몰라 무반응이다. 술에 취하여 몽롱한 눈으로 자기를 바라보는 훈장에게 문 열기를 중단하고 다가와 훈장과 뒷문을 번갈아 보며 귀에다 입을 갔다대고 속삭인다.

"스님! 뒷문 밖에서 잠시만계세요. 금방 보내고 부를게요. 어서 빨리 밖으로 나가요. 어서요."

급하게 다그치면서 윗목에 놓아둔 훈장의 옷을 주섬주섬 싸잡아 장농 속에 번개같이 집어넣고는 뒷문을 연다. 과부가 설레발을 밖으로 빨리나가 있어달라는 바람에 훈장은 큰일 났다싶어 발가벗은 채 뒷문으로 나가 툇마루에 섰는데 밖은 잠시 그쳤던 눈이 칼바람을 타고 내리고 있다. 금방 보내겠다던 여자는 방으로 들어왔나! 방안에서는 두 여자 목소리가 유난히 크게 들린다.

"뭘 했나? 귀한 손님이 왔다 간 모양이네! 상다리가 휘어질 정도로 잘 차려진 것을 보니!"

"아! 예. 아까 언년이더러 손님바래다주고 와서 상을 치우라 했는데 눈이 많이 와서 자기 집에서 자고 오려고 오지 않는 것 같아 지금 막 치우려는데……."

"치울 것 뭐 있나. 남은 음식 나도 오랜만에 푸짐하게 먹자. 오늘따라 저녁을 일찍 먹었더니 속이 출출하구먼! 얼씨구 동동주도 남았네. 영감을 보내고 나니 밤이면 밤마다 홀로 지샌 밤이 어찌 그리 심심한지 어디 한 잔 해볼까?"

딸그락 딸그락 방 안에서 그릇에 젓가락과 숟가락 부딪히는 소리와 두 여자목소리가 크게 들려오고 반대로 훈장의 이빨은 추위에 달그락거린다. 안에서는 연신 하하 호호 웃고 떠들며 얘기하는데 이 할멈은 도대체 갈 생각이 없다. 그래도 기다려야지 동지섣달 길고 긴 밤이 있는데 설마 밤샘 수다를 떨지는 않겠지! 추위로 몸이 점점 쪼그라든 훈장은 이빨만 달그락거리는 게 아니라. 이제는 온 몸이 부들부들 떨리고 살갗이 바늘로 찌르는 것처럼 따갑다. 드라마 각본대로라면 박꽃 같은 과부의 배위에 엎드려 거시기를 거시기에다 박아놓고 떡방아를 찧어 지금쯤 홍콩 갔다가 달나라까지 왕복하고 화성에서 쉴 텐데! 아니 남 인수 노래대로라면 '첫날밤에 양단 이불이 들썩 들썩대는 그날 밤 천년을 두고 빼지말자고 거시기를 거시기에다 박아놓고 맹세한 님아.'천년은 너무 과했나! 이렇든 저렇든 아무튼 그렇게 19세 이하 청소년에게 판매 불가 연애소설처럼 끝이 멋지게 돼야 하는데! 뜨겁게 데워진 두개의 생 밀크공장을 밀착시키기 위해 보들보들하고 나긋나긋한! 따뜻하게 데워진 과부 나신을 으스러지도록 꼭 끌어안고서 말이다. 이젠 달나라는커녕 홍콩 갈 꿈이 없어도 좋다. 빨리 옷 입고 따스한 곳으로 가야 되겠는데 "으~음"낭패도 이런 낭패는 없을 것이다. '동짓달 기나긴 밤 북풍한설 몰아칠 때 훈장은 발가벗고 추위에 얼마나 고생을 하오!'이건 단장의 미아리눈물고개 유행가가사 아닌가! 얼대로 얼어버린 나무마루판자위에 서있는 훈장의 몸은 점점 얼어 오그라들고 있다. 울타리에 빙 둘러 옷을 벗어버린 채 서있는 온 갖 나무들이 북쪽에서 불어오는 칼바람에 추워서 못 견디겠다고! 온기를 찾으려고 서로 간에 몸을 부비지만 소리만 요란할 뿐! 맹추위에 떨며 큰소리 서럽게 아주 서럽게 울고 서있다. 그 살벌한 광경에 훈장은 체면불구하고 방 안으로 사정없이 뛰어 들고 싶었으나 그렇게 사생결단 할 일이 아니라는 게 술이 취한 마음에도 망설여진다.

"어머! 느~그미 씨~부~랄. 재수에 옴 붙었나! 추워죽겠네!"

너무 추워 삭신을 가릴 수 있는 것이라도 찾아보니 다행이도 쪽마루위로 쳐진 빨래 줄에 과부의 버선과 오렌지색 : 치자 물·염색을 한 얇은 이불이 있어 이불을 덮고 버선을 신고 나니 추위에 약간 도움이 됐다. 어디 좀 따뜻한 곳에 가서 잠시추위나 피하자는 생각에 부쩍 구부리고 칼바람에 귀가 시려 두 손으로 귀를 감싸고 달달 떨면서 이곳저곳을 더듬더듬 찾아보니 뒷마당 대나무밭 앞 구석지에 마른 풀과 볏짚이 가득한 두엄간이 보인다. 두엄 속은 따뜻하리라 짐작하고 사정없이 파고 들어가서 앉으니 두엄이 숙성되느라 냄새는 별로였지만……. 속은 따뜻하여 추위를 막아준다. 이젠 조금 살 것 같다. 안도의 한숨을 지으며 훈장은 조금만 기다리면 저 문이 열리겠지 환희의 나래가 펼쳐질 화침의 방문이 곧 열리고 웃음이 가득한 과부의 빨리 들어오라는 손짓이 꽃을 본 나비처럼 하늘대겠지! 그렇게 기대하면서 한 동안 추위를 참고 기다리는 중인데 얼었다 녹은 몸에 술기운이 부쩍 오르면서 자신도 모르게 그냥 스르르 잠이 들어버렸다. 과수댁은 훈장 때문에 걱정할 필요 없이 섭이 할머니와 밤새워 타래실을 감으며 실꾸리를 만든다. 못된 훈장 골탕 먹이기 작전은 완벽했다. 섭이 할머니도 적당한 때에 와주었고 밤샘 일거리도 갖고 왔겠다, 밤참도 준비되어 있었으니 정말로 완벽한 작전이었다.

……

아침을 알리는 과부댁 수 닭이 : 장 닭·새벽 좆~옷~꼴려 : 꼬끼오 ↔ 성기가 발기 됐다고·하며 우는 소리에 뒤질세라 이집 저집 수탉들이 너만 그러냐? 나도 그렇다고 모두들 신 새벽에 소리를 지르고 연달아 시끄럽게 목청 높여서 좆 꼴린다고 울어대는데……. 훈장은 술에 골아 떨어져 정신없이 자고 있고 안방에서는 아직까지도 불이 켜져 있다. 밤샘 용심 난 시어머니 얼굴상이었던 하늘이 구름 커튼을 걷어 냈다. 어제 낮 초겨울 칼바람과 힘겨룸에 쇠잔해진 해가 밤사이에 원기를 해복하고 꽁꽁 얼어버린 대지를 녹이기 위해 옆 산마루에서 얼굴을 살며시 내밀자. 어슴푸레한 날이 점점 밝아오고 있다. 아침 일찍 과부 댁의 머슴이 잠이 덜 깬 채 지게를 받쳐 두고 손에다 '퉤 퉤'하고 침을 바르더니 힘을 주어 쇠스랑으로 저팔계가 누굴 찍듯 두엄을 '퍽'하고 내리찍는다. 그 소리에 깜짝 놀란 훈장이 눈을 뜨고 게슴츠레한 눈으로 머슴을 바라본다. 적당히 비껴나간 쇠스랑의 날카로운 날이 훈장정 수리를 향해 찍으려 다시 내려온다.

"이건 또 뭐냐? 아이고! 워~매 오지게 까~아~암짝 놀라라."

순간적으로 몸을 비틀어 쇠스랑 날을 피한 훈장이 후다닥 골목길을
쏜살같이 내뺀다. 깜짝 놀란 것은 훈장만이 아니라 머슴이 더 많이
놀랐다. 머슴은 놀라 달아나는 훈장을 멀거니 바라본다.

"이게 꿈인가 생시인가!"

머리통을 도리질하고 난 후 눈을 부비고 바라보니 머슴은 꿈이 아
님을 단박에 알았다. 벌거벗은 채 버선발로 도망치는 사람은 다름 아
닌 주인집 도령을 가르치는 훈장이다. 그러나 어세 심부름을 해서 주
인집에 데려온 훈장이 왜! 이 추운 날에 발가벗은 채 두엄 속에 숨었
다가 얇은 이불을 뒤집어 쓴 채 : 요즘 아이들의 만화 영화 주인공 마징가 Z의
복장 날개옷처럼 망토를 펄럭이며 가는 모습이지만 ↔ 슈퍼맨 · 도망치는 이유를 절
대 모른다. 약간 어리바리하게! 놀란 머슴은 훈장의 통수를 향해 소리
친다.

"스~으~님! 추운데 옷을 입고 가셔야지요?"
"야~이~쓰~볼 놈아! 입을 옷이 있으면 진즉 입었지 이 추운데 빨
게 벗고 뭐하려고 스트리킹을 하냐?"

속으로 내깔리고 "걸음아 날 살려라."하며 뒤도 돌아보지 않은 채
쏜살같이 달린다. 훈장이 도망가는 길은 동네 어귀가 아니고 뒷산이
다. 누가 보면 안 된다는 생각에 눈에 반쯤 파묻힌 파랗게 자란 보리밭
을 가로 질러 밤샘 얼어 사타구니에 바짝 붙어 말라버린 탱자 같이

쪼그라든 불알이 흔들려 무당이 신 내림굿을 할 때 방울을 흔드는 것처럼! 그런 소리가 들릴 정도의 속력으로 내달려 앞산 숲속으로 숨어들어 양지 바른 쪽 돌 위에 앉아 떠오르는 햇볕을 쬐면서 거친 숨을 고르는데 낭패도 보통 낭패가 아니다. 암자로 가자니 공부를 하고 있는 아이들이 20여 명이고 그들의 뒷바라지를 해 주는……. 수도를 하기 위해 입문한 두 명의 상좌승이 있으며 밥을 해주고 암자가 소유하고 있는 많은 전답을 일구는 젊은 부부: 대처 승 ↔ 결혼을 한 부부·있기에 암자로 갔다간 단박에 탄로 나기에 그러지도 못하는 신세가 처량하기만 하다. 수절하는 과부의 몸을 탐해서 이 가혹한 벌을 받고 있는 것이 아닌가! 깨소금이 서너 말 정도 쏟아질 것으로 생각했던 과부와의 첫날밤이 훈장으로서는 지옥 같은 밤이었다.

처음 입문한 큰절에서 나오기 전엔 각 마을로 시주를 받으러 다녔다. 그때 들은 이야기에 "첫날밤이 깨소금 같았다"고 하는 젊은 처사의 말을 듣고 그 말이 정말인가 싶어 절에서 백일기도하는 늙은 보살을 한번 끌어 않고 자려고 기회를 노리던 중 우연찮게 늙은 보살과 한방에서 잠을 자게 되었다. 허나 늙어서 옹달샘물이 고갈되어 거시기가 들어가지 않는 것이다. 늙은 보살은 젊은 스님이 육보시를: 肉報施·해 달라고 하도 사정을 하여 허락 하였나! 생리가 끝나면 여자의 질이: 폐경·기능을 잃어버린다. 할 수 있나 번뜩 떠오르는 생각이 부엌으로 달려가 참기름병을 가져오면서 법당토방에 놓인 주지스님의 검정고무신짝 한 쪽을 가지고 왔다. 촛불을 켜고 늙은 보살 가랑이사이에 있는 거시기를 밑바닥이 다 닳은 고무신 바닥으로 때리기를 한참! 늙어서 주름진 거시기가 고무신에 오지게 많이 두드려 맞고……. 팽팽하게 부어올라 젊은 여자의 거시기처럼 되자! 참기름을 바르고 거시기를 억지로 했다. 그런대로 매끄러워 밤일을 끝냈다. 사실은 처녀가 첫날밤을 치루기엔 너무 힘든데서 일어난 얘기다. 첫날밤 섹스를 해야 되는데 너무 아파서 남자의 거시기를 받아드리기가 어려워하자! 부엌으로 가서 참기름 병을 가져와 신부 거시기에다 바르고서한 것이다. 음식 장만한다고 불을 많이 지펴 방은 뜨거워서 신혼부부는 땀투성이가 되어 있었다. 신랑이 신부 유두를 빨아보니 짭짤하지 밑에는 참기름을 발라서 고소하지 그래서 첫날밤이 깨소금 같다는 말은……. 유두는 짭짤하여 소금 같고 밑에 바른 참기름 때문에 고소한 냄새가 나서 깨소금 같다고 한 것에 유래된 이야기다. 훈장으로선 이런저런 생각 끝에 떠오른 것은 벌을 받고 있다는 것을 알고 곧바로 체념한다.

"그나저나. 휴~유. 이게 무슨 날벼락인가! 느~으~기~미 떠~거~랄. 재수에 옴 붙은 것도 아니고! 어젯밤만 해도 강장제에 불로주를 내 마음대로 실컷 먹고 선녀와 천국에서 노닐었는데! 첫날밤을 치룬 처사의 말을 들어보니 첫날밤일이 깨소금이라 했고 신혼 때는 밤마다 깨가 서말이 쏟아진다고 하던데 이 추운날씨에 벌거벗고 쫓기는 몸이라니 이 무슨 훼기한 몰골인가! 어떻게 묘수를 찾아서 이 난관을 헤쳐 나갈 수 있을까?"이 생각 저 생각에 골을 싸매고 연구를 하고 있는데 갑자기 '휘~획'허공의 바람을 가르는 소리에 이어 '퍽'하고 뭔가 둔탁 : 鈍濁·하게 부딪치는 소리가 귓전을 때린다. 화들짝 놀란 훈장이 엉덩방아를 찧고 주저앉아 고개를 들고 주위를 둘러보니 곁에 있는 소나무 둥치에 화살촉이 박혀 파르르 떨고 있다.

"뭣이여. 시방! 아이고 어매~느~기미 떡을할! 이번에는 아까 '퍽' 소리보다 두 배나 훨씬 더 많이 깜짝 놀라라. 이게 꿈인가 생시인가!"

오지게 놀란 훈장이 엉거주춤 서서 손바닥으로 이마에 채양을 : 遮陽 ·치고 사방을 휘둘러보니 저만큼 까마득히 먼 곳에서 웬 사내가 달려오며 활시위를 당겨 화살촉을 계속 날려 보내고 있다.

"절마가 미쳤나! 시방. 날 죽이려고 활을 쏘다니!"

너무 멀어 고함을 친다고 해도 들릴 리가 없다. 저자가 왜 자기에게 활을 쏘는지도 모른다. 연신 날라 오는 화살촉을 피하기 위해 훈장은 후다닥 바위 뒤로 돌아서는 냅다 산등성이쪽으로 뛴다. 화살촉을 날린 사내는 아침 일찍 국 궁장에: 國弓場·활쏘기 연습을 하기위해 나온 사람이었는데 준비운동을 끝내고 활을 쏘려고 과녁을 보니 저 멀리 붉은 색깔짐승이 햇볕을 쬐려고 돌 위에 웅크리고 있지 않는가! 거리가 먼 탓에 아무리 눈을 비벼 봐도 노루 같았다! 아침 햇살이 불그스레하게 비치는 곳에 벌거벗고…… . 붉은 치자 물로 염색을 한 이불을 뒤집어쓰고 나무 밑에 쪼그리고 앉아있는 훈장이 사내 눈에는 영락없는 노루로 보인 것이다. 그동안 연습한 활솜씨를 발휘하기위해 쏜 것인데 괜히 너무 서둘러 먼 거리에서 쏘아 명중시키지 못한 것이다. 화살촉을 피하기 위해 허리를 바짝 구부리고 도망치는 훈장을 꼭 잡아보겠다는 심정으로 사내는 추격에 나선다. 맨발의 사나이 이 봉주가 아닌 훈장은 술 취한 똥개 꼬리에 불붙은 것처럼! 날아오는 화살촉을 피하기 위해 허리를 구부려 이리저리 깡충깡충 뛰면서 사냥꾼의 화살을 용케도 잘 피했다. 그 위급한 와중에 퍼뜩 떠오른 생각은…… . 이전에 몸담았던 절만 찾아가기만 하면 이 난관을 피할 수 있을 것 같다. 파계승이 되기 전에 잠시 머물렀던 절을 찾아가서 몰래 들어가 승복을 훔쳐 입을 수 있고 요기도할 수 있을 것 같기 때문에 그곳으로 가기로 결정을 하고 뛴다. 그곳으로 가려면 야산등성이를 두 개를 넘나들어야 한다. 훈장이 잠시 수도 : 修道 · 했던 절을 찾아가기 위해선 필히 넘어야 할 고개가 있다. 바로 지승고개다. 전해져 내려온 이야기에 의하면 옛날에 이 고개를 넘어가려면 5명 이상 무리를 지어 넘어가야 했다. 깊은 오지 산간에 있는 마을과 절을 찾아 가려면 이 고개를 통하지 않고는 갈수가 없었다. 문제는 고갯길 정상에 거짓말 많이 보태어 원두막만한 크기의 늙은 곰이 살고 있었는데 불공을 드리려 가는 사람이나 공양을 받으려고 마을로 나오는 스님들을 다잡아먹어서 5명이상 무리를 지어가야 했다. 그러면 곰도 어쩌지 못하고 그냥 통과를 시켜주었다 한다. 그래서 저승고개라는 이름이 지어진 것이다. 하루는 시주를 받으려 마을로 나왔던 스님이 일을 끝내고 절로 가기위해 고개 입구에서 같이 넘어갈 사람을 기다렸는데 정오가 다 되도록 사람이 모이지 않았다. 무료하게 기다리기를 한참일 때 왠! 처녀가 왔다. 그녀는 서슴없이 옷을 벗기 시작했다. 전라가 된 처녀는 홀라당 뒤집기를 하여 거시기가 앞으로 보이게 한 다음 기어가는 것이다. 그러니까. 배가 하늘을 향하게 한 후 네발로 높은 포복을 하여…… 기어가는 모습이었다. 한편 곰은 동면을 해야 하는 겨울이 되었는데 여름내 게으름을 피웠고 사람들도 무서운 이야기를 듣고 통행을 잘 하지 않아 동면할 동안 기력을 지탱해주는 열량을 섭취하지 못했다. 초겨울이라 나무열매도 다 떨어져서 낙엽과 눈 속에 파묻혀 버려서 몇 날을 먹지 못해 배가고파 기다리고 있던 곰이 바위위에서 그 모습을 유심히 바라보니 처음 보는 짐승이 아닌가! 세상에 모든 짐승의 입들은 가로로 찢어져 있는데! 오늘 보는 짐승은 입이 세로로 찢어진 것이다. 입 모양이 나무꾼이 도끼로 나무를 찍고 빼어낸 자국 같다. 그런데다 수염도 없는 : 음모가 나지 않아서 · 것을 보니 젊은 짐승이다. 늙은 곰이 보기엔 상대하기가 그리 쉬워 보이지 않았다. 걸어갈 때 무슨 소리인지 들리지 않지만 계속 입술이 실룩거렸다.

"허! 그것참. 이 나이 먹도록 별의 별 온 갓 짐승들을 보았건만 입이 한 一자인 가로가 아니고 세로로 1자처럼 된! 세상에 태어나 처음 보는 저 짐승을 잡아먹다간 늙은 내가 크게 다칠 수 있으니! 그냥 보내주고 조금만 더 기다려보자."

곰은 그냥 통과 시켜 주었다. 이 광경을 본 스님은 자기도 앞서 처녀가 했던 것처럼 똑같은 자세로 고개를 넘으려고 같은 행동을 했다. 고개를 갸웃거리며 내려다보고 있던 곰 눈에 앞서 지나간 짐승과 비스름한 짐승이 어기적거리며 올라오고 있는 게 아닌가. 그런데…….

"어랍쇼! 뭐시여 시방 이번에는 입이 내 거시기 같은데 힘이 없이 축 늘어 졌구나! 싸워서 얻어 맞았나! 입 밑에 양쪽으로 부어 : 고환이 그렇게 보임 · 앞서 짐승은 수염이 없었는데 이번 것은 수염이 있고 꼬랑지에 털도 없는 것을 보니 나이가 들어서 털이 빠져 늙었다는 것이고!"

거시기 밑에 불알이 두 쪽이 싸우다 상대방에게 얻어 터져서 부운 것으로 알고 늙은 곰이 스님을 잡아먹었다고 한다. 잘 믿어 주지 않는 지어낸 옛 이야기이지만……. 훈장은 이러한 전설이 있는 고개를 넘어가기가 여간 찝찝했다. 지금 자기가 전설에 나오는 스님처럼! 벌거숭이 알몸이 아닌가! 고개를 넘을 때 어쩐지 뒷골이 섬뜩섬뜩하여 몇 번이고 발걸음을 멈추고 경계를 하며 뒤를 돌아보고 우거진 숲을 바라보곤 하면서 고개를 넘었다. 미아리 눈물 고개도 아닌 미아리고개보다 더 슬픈 처지가 되어 저승고개를 고생을 하여 어렵사리 넘어왔다. 드디어 한나절을 걸어 파계승이 되기 전에 몸담았던 절을 찾아 온 것이다. 이 산중에서 옷을 구할 곳이라고는 절간뿐이니 어쩌랴. 또 그 절 사정을 자기 손바닥 들여다보듯 훤하니까 날만 어두워지면 요기까지 할 수 있을지도 모른다고 생각에 벌거숭이가 되어 맨발로 30여 리 길을 걸어왔는데 꿈은 이루어지리라! 그러나 그건 어디까지나 훈장의 희망 사항이었다. 약간의 요기와 승복 한 벌을 훔치기 위해 밤이 될 때까지 숲속 추운음지쪽에서 사냥감이 나타나기를 기다리는 포수 거시기 : 고환·떨듯 이빨을 달그락거리며 몇 고개를 넘을 때 살을 찌르는 것처럼 매서운 칼바람을 맞으며 엄청 떨었고 먼 길을 걸어오면서 과수댁을 원망했다. 아무리 황망했지만! 그 추운 곳으로 내보내면서 옷은 내주어서 보내야지 옷을 거꾸로 장 농 속에 감추다니 일이 꼬이려고 그랬는가! 설핏 의심이 들었다. 짧은 겨울 해가 기다리는 훈장에겐 동짓달 긴긴밤보다 더 길었다. 그렇게 길어보였던 해가져서 숲이 어두워졌을 때이다. 골을 싸매고 이 궁리 저 궁리 절에 들어갈 작전 계획을 하던 중 갑자기 떠오른 생각……

"아하! 그랬구나."

훈장은 드디어 적의 계략에 빠졌다는 걸 인제야 깨닫는다. 과부의 꼬임 수에 영락없이 당한 것이다.

"그래. 당했다! 두고 보자. 그러나 일단 이 곤경을 벗어나고 보자."

그러나 훈장은 머피의 법칙이 있다는 걸 모른다.

『머피의 법칙』은 세상의 모든 일이 예상과는 달리 꼬이기만 해서 잘못 될 가능성이 있는 것은 반드시 잘못되고 만다. 못난 여자는 넘어지면 자갈밭에 넘어지고 그래서 거시기를 다치고……. 예쁜 여자가 풀코스로 놀아주겠다고 데이트를 신청해와 시간을 정해 만나서 잘 먹이고 구경시켜주고 잘 놀았는데 하필 마지막 코스인 모텔요금이 없어 빠구리를 못한다. 현금은 바닥나고……. 갔던 날이 장날이라고 둘 다 들뜬 기분에 카드를 두고 왔다. 기분이 많이 나쁘지! 급해서 택시를 기다리면 빈 택시가 반대편에만 다닌다. 건너가 타려 하지만 이상하게도 차가 씽씽 달려 반대편으로 갈수가 없다. 목숨을 걸고 건너자 말자 기다렸던 쪽에서 빈 택시가 간다.』

멋진 연애 한번 해보려다 해보지도 못하고 훈장이 고생이 말이 아니다. 해서 옛날부터 사내는 거시기로 망하고 거시기로 흥한다는 것을 조물주가 인간을 만들 때부터 정해진 일이 아니던가! 어쨌거나 스님이 되려고 하기 전에 그도 인간이었기에 멋지게 섹스를 한 번 해 보려다 하지도 못 하고 훈장이 이 고생을 하고 있는 것이다. 머피의 법칙이……. 훈장은 절로 들어가기 위해 부엌이 있는 담장 벽에 바짝 붙어 들어갈 장소를 찾으려 돈다. 그 담장 아래에 부엌에서 쓰고 버리는 개숫물이 빠지는 도랑구멍이 있어 거기로 들어가면 감쪽같이 남의 눈을 피할 수 있기 때문이다. 용케도 잘 찾았다. 훈장이 그 개수구멍을 통하여 절 안으로 들어가려고 할 때……. 할 때? 하필이면 담장 안에서는 상좌승이 불을 끄고 단단하기로 소문난 동백나무로 만든 방망이를 꼬나들고 개수구멍을 지키고 있었다. 그 상좌승은 부엌일을 하는 상좌승이었는데 최근 며칠사이 살쾡이가 들락거리며 부엌살림을 엉망으로 진창으로 만들었기에 단단히 혼을 내주려고 몇 날을 벼르고 있는 중이었다. 물론 살쾡이를 죽일 마음은 추호도 없었다. 절의 중이 살생을 하면 안 되지만 폭행 정도는 부처님이 봐주실 거라며! 매일 밤마다 기다리기까지 했는데 드디어 오랜 기다린 보람이 있이 남 밖에서 '바스락'거리는 소리가 연이어 들려오더니 개수구멍으로 뭔가 밥은 숨소리를 내며 그놈이! 소리를 내고 슬며시 들어오고 있었다. 긴장한 채 한동안 숨을 멈추고 기다리던 상좌승은 바람의 아들인 4번 타자 이종범의 타격자세로 힘차게 아주 힘차게 방망이를 사정없이 휘둘렀다. 허공의 공기를 가르는 소리 뒤에 '퍽!'하는 둔탁한 소리를 내며 정확 하게 살쾡이 궁둥이를 내리쳤다. 속도가 약간만 더 빨랐으면 머리통에 정통으로 맞아 대갈통이 박살나 지금쯤 지옥행 열차를 타고 있을 텐데! '퍽'소리와 함께 연이어 들리는 소리는……

"아이쿠! 워~머 겁나게 아파라. 사람 살려!"

사람의 비명소리에 깜짝 놀란 상좌승은…….

"아니! 이놈의 살쾡이가 밤마다 절간에 몰래 들어와 마음대로 밥을 훔쳐 먹고 대웅전에 들락거리며 불경을 흠쳐보아! 나도 못 통한 득도를 : 得度·통했나! 이젠 사람 말을 할 줄 아네. 어디를 때려줄까?"

어디를 때려 주다니? 서남 터 사형장에서 망나니가 사형수를 보고 아프게 죽여줄까? 안 아프게 죽여줄까? 묻는 격이다. 날카로운 칼로 한 번에 목을 잘라버리면 안 아프게 죽여주는 것이고 칼날이 무딘 것을 사용하면서 칼춤을 춰가면서 시간을 끌어 여러 번 쳐서 아프게 죽였다고 한다. 그래서 돈이 있는 양반이나 또는 가족이 죄를 지어 사형 당할 때는 미리 망나니에게 뒷돈을 주어 안 아프게 죽여 달라고 로비를 했다는 참! 아이러니한 이야기도 있듯 어디를 때려 줄까? 말을 끝낸 상좌승은 몽둥이를 힘주어 꼬나들고 검무를 추는 무희처럼! 몽둥이를 연속 휘둘러 삼각타법으로 살쾡이 : 훈장·궁둥이를 요절을 냈다. 삼각타법이란 아래에서 위로 올려치고 위에서 아래로 치고 궁둥이 중앙을 때리는 것이다. 피가 중앙에 모여 있는데! 그곳을 내려치면 피가 터진다. 이런 식으로 두 둘 겨 패면 천하 없는 장사도 그자리에서 뻗어버린다.

"아이고. 나죽네! 사람 살려."

소리와 함께 훈장은 네발을 뻗고 기절을 하였다.

이번엔 불을 켜고 쓰러진 물체를 본 상좌승이 기절할 뻔 하였다. 상좌승은 자기 눈을 의심했다. 부엌바닥에 두 손 두발을 뻗고 기절해 있는 물체의 모습은 밤마다 부엌에 몰래 들어와 부엌살림을 헝클어놓아 애를 먹이던 살쾡이가 아니고 발가벗은 인간이었다.

"내가 지금 꿈을 꾸고 있나. 시방!"

고개를 도리질을 한 뒤 두 눈을 부비고 자세히 내려다봤지만 적당한 린치를 하여 혼내주려던 살쾡이가 아니고 분명 사람이었다. 아주 많이 어리둥절한 상좌승은 다시 정신을 가까스로 차리고 뒤집어놓고 보니 밤이면 밤마다 부엌일 하느라 힘들어 지쳐 잠들어 있는 자기를 강제로 깨워 항문에 침을 바르고 게이처럼 : 개가 상내를 하는 자세로·빠구리를 하여 괴롭혔던 파계승이 : 破戒僧·아닌가. 상좌승은 기절해 있는 훈장에게 살 어름이 둥둥 떠 있는 찬물을 한바가지 가득 떠서 얼굴에 사정없이 끼얹었다. 그러나 미동이 없다.

"너무 세게 때려서 죽어 버렸었나!"

깨어나지 않으면 큰일이다. 사람을 죽였으니 살인이 아닌가! 겁에 질린 상좌승이 이번엔 물통체로 들고 가서 얼굴에다 사정없이 부어버리자 잠시 후 몇 번 인가 꼼지락 거리더니 눈을 떴다. 천만다행으로 죽지는 않고 기절을 하여 널브려져 있던 훈장이 엉거주춤 일어나려고 하자 상좌승은 부뚜막에 올려둔 방망이를 집어 들고 훈장 항문을 인정사정없이? 이런 것을 보고 인과응보 : 因果應報 · 라는 것이다.

상좌승은 비상종을 두들겨 절간 스님이 전부 모이도록 했다. 이 소란에 모여든 승들은 휘기한 광경을 보고 경악을 했다. 승들이 설레발을 치고 법당으로 달려가 일제히 목탁을 가져와 어리바리한 자세로 앉아 치료를 받고 있는 훈장 앞에서…… 남무관세음보살 : 南 無 觀世音 菩薩 · 남무아미타불 : 南舞 阿彌陀佛 · 딸딸이 치는 소리가 아니고, 목탁 치는 소리와 염불소리가 깊은 산속밤공기를 가르고 있었다. 각 코스마다. 훈장은 머피의 법칙에 놀아난 것이다.

…….
"형님! 저. 늙은이가 파계승이라는 말이지요? 위와 같이 당해보아야 파계를 한 것을 후해를 할 것입니다!"
"어이구! 골이야. 동생하고 이야기를 시작하면 끝이 없다. 춤 구경이나 하자."
…….

오른쪽 허리 중간에 5개의 다이아몬드의 은색 장신구에 그 끝선에서 수술처럼 부체 살 같은 장신구가 펴진 상태로 앞뒤로 몸 전체에 붙어 있는 모습이다. 다시 말해 회전을 하면 물결처럼 보인다. 어깨선에서 허리둘레를 타고 내린 장신구는 허벅지에서 왼쪽 치마 끝단까지 절개선을 따라 붙어있다.

양 손 어깨선을 따라 세 줄로 은색장신구가 손목 중간 까지 붙었는데 끝선은 나팔처럼 펴져있는 상태다. 가슴엔 가슴을 절반정도 덮일 나비 모양의 은색 장식이 붙어 있는 옷을 입은 여성이 몸을 푸는 춤을 추는 운동을 하고 있다.

쿵~다~닥 쿵~딱. 사랑하는 사람을 몇 미터 앞에다 두고 하고 싶은 말도 하지 못 했다. 그대가 다른 남자 손을 잡고 춤추는 모습을 보고~~~나는 말할 수 없었다.

사람은 누구나 가슴속에 그리움 하나쯤은 품고 살 것이다. 사랑하는 사람에 대한 그리움·지나간 날들의 그리움·때론 살아오면서 가장 행복했던 시절의 그리움·그 그리움을 떠올리면서 지금의 삶을 감사히 여기면서 살기도 할 것이다! 그리움들이란 때론 화려한 꿈속에서 나타날 것이다. 그러나 세월 속에 몸도 마음도 늙어 이젠 인생에 끝자락에 살면서 또 다른 꿈과 희망 그리고 간절한 소망이 있다. 그 바람은 무얼까? 젊어서는 누구나 돈·권력·명예·일진데! 그것은 한마디로 말하자면 욕심이다. 욕심을 가득 채우는 것이 과연 행복하고 즐거움일까? 나는 2017년 응급실에 3번이나 실려 갔다. 집중 치료실에서 3일간 있었는데……. 그 곳에는 겨우 생명을 연장하는 곳이었다. 그 곳에 들어가면 옷을 전부 환자복으로 갈아입는데 팬티를 입히지 않고 기저귀를 채운다. 그리고 하루 두 번식 기저귀를 갈아준다. 식물인간을 비롯하여 목구멍으로 죽을 넣거나 또는 배에다 구멍을 내고 비닐봉지에 영양 죽을 호수를 통해 링거주사를 맞는 것처럼 죽을 넣는 등…… 언제 이승의 끈을 놓을지 모르는 환자들이다. 나는 폐에 소변이 가득 차서 5분만 늦었으면 심근 경색으로 사망했을 것이라고 했다. 성기에 투명 호스를 끼우고 소변을 받을 수 있는 비닐봉지를 다리에 매고 있으니 정신은 정상이었다. 기저귀를 갈아주는 간호조무사들이 모두 여자들이어서 나는 기저귀를 차지 않고 팬티를 입어고서 3일간 집중 치료실의 광경을 보고 있었다. 면회는 1일 한 번이다. 죽으면 끝나는 것이라는 생각을 많이 했고 앞으로 삶을 많이 생각을 했다. 그 바람은 욕심이 무언지 몰랐던 어린 시절 동심의 사유인 꿈과 행복 욕심이 늘 지나쳤던 것들……. 이젠 절제를 하면서 살아가는 것이 끝 삶에 행복하고 즐거움일 거라고!

　　"동생! 무슨 생각을 그렇게 심각하게 하고 있나?"
　　"저 늙은이들 표정을 보십시오. 인생이 뭐 별거 있습니까? 형님의 입장에서 본다면 일회성 소모품으로 용도를 다하면 가차 없이 쓰레기장에 던져버리는……. 미리 예정된 껍데기들이 아니겠습니까? 모두가 저승공화국 형님들의 소환장을 기다리는 나이입니다."
　　"그래서 동생이 살아있는 현재의 시간이 지나온 시간보다도 더 중요한 것이다. 늙은이들이 살아온 시간이 너무나 허무하게 살았다는 것을 느끼고 인생 종치는 날까지 즐기려고 하는 짓이다. 땀을 흘리면서 춤을 추고 싶어 매일 출근을 하지 않더냐? 얼굴에 짙은 화장을 하고 나오는 영감은 매일 아이셔츠를 갈아입고 꼭 넥타이를 매고 오는데 색상이 모두 다른 넥타이가 아니더냐? 하루에 한 번은 착한 일을 해야 하고 · 열 번은 웃어야하며 · 백자 글자를 써야하고 · 천자 글을 읽어야하고 · 만 번의 걸음을 걸어야 건강해 진다는 것이다. 저들은 늙어서 일 만보 이상의 걸음을 걸으니 건강에 도움은 될 것이다!"

"1 : 일 · 10 : 십 · 100 : 백 · 1.000 · 천 · 10.000 : 만 · 다섯 가지를 실천을 하고 살면 건강에 좋다는 말이군요?"

"인간은 81세를 살다 가면 좋을 것이다. 화투판에 갑오인 9가 최고 아니냐. 부부가 81세를 살면 ······. 8과 1을 더하면 9다. 그러니 내가 생각 컨데 81세가 좋다. 와? 내 셈법이 이해가 안 가나?"

"······!!! 형님! 구경이나 하시지요."

늙은이 천국 콜라텍에 7~8명의 젊은 여성이 매일 출근을 하지만 단 한 번도 춤을 춰주는 남자는 없다. 아마? 모든 세상살이 풍파를 모두 겪은 남자들이 쉽게 꽃뱀에게 쉽게 물리지는 않을 것이다. 옷도 너무나 야 하게 입었다. 백색 신사모를 쓰고 빨간 블라우스에 백색 미니스커트를 입고 은색 하이힐을 신고 있다. 누가 보아도 이 여자의 모습을 보면······. 우리가 수개월을 출근을 하여 보았는데도 출근이다. 차라리 뉴 스타 콜라텍을 다니면 젊은이들이 절반인데도 가지를 않고 이곳에 출근을 하는 것이다. 허기야 풋볼선수의 어깨모양의 늙은이도 로봇 춤을 추는 남성도 뉴 스타에 꾸준히 출근을 하는데······. 그저 부둥켜 않고 전역 명령을 기다리는 장병이 바라보는 시계바늘보다. 더 느리게 춤동작을 하는 팀이 부지기수로 늘어나고 있다. 교습소에서 많이 가르치고 있다는 현상이다.

"동생아! 저 여자 꼴 좀 보아라. 몸매가 머리에서 궁둥이까지 길고 궁둥이에서 발끝은 짧은데 궁둥이는 엄청나게 큰 반면에 배꼽에서 둔부까지 배불뚝이다!"

"가분수입니다."

"무슨 소리냐?"

"위가 길면 가분수고 위가 짧고 아래가 길면 진분수입니다."

"참! 너무나도 못난 몸매다. 차라리 치마를 입으면 알 수 없을 텐데

레깅스 타입의 나팔바지를 입어 더 흉물스럽다! 커다란 수박을 반쪽
으로 갈라서 엇갈리게 붙여 있는 모습이다. 그래도 춤동작은 수준급
이다.”

칠 십 평생을 사는 동안 저러한 몸매는 처음이다. 천국은 천국이다.
홀은 폭스 트로트 음악이 흐른다.

…….

천사 팀이 춤을 춘다. 이 팀은 남들 하고는 춤을 추지를 않고 또한
2시간 이상 춤을 추지를 않는다. 오늘은 블랙 드레스를 입었는데 목뒤
는 삼각으로 파였고 앞에는 양쪽 유방 유두 위를 따라 5센티미터의
삼각형 모형이 세 줄로 은색장신구가 장식이 붙어 있는데 삼각 끝이
배꼽까지 된 상태다. 궁둥이 양쪽으로 세 줄로 은색 장식이 늘어져
있으며 앞으로 둔부 중앙에 두 줄의 방울 은색 장식이 늘어져 있다.
드레스는 좌우허벅지 10센티미터에서 발끝까지 절개 진 것이다. 대다
수 한쪽만 절개 진 옷들인데 이런 무용복을 입고 춤을 추면서 회전을
하거나 요란한 텝을 하거나 턴을 : 춤을 추는 선·하면……. 운전기사가
벽 쪽을 바라보며 왼발을 먼저 들어 앞으로 나가자 천사는 벽을 뒤로
하고 오른발을 뒤로 하고 오른쪽으로 회전을 하니 운전기사는 오른발
을 왼발 옆으로 하고 나서 천사를 자기 앞으로 오라는 리드를 한다.
천사는 왼발을 들고서 오른발만 뒤로 하고 홀 중앙을 향해서 멈춘다.
운전기사는 왼발을 꼬여서 오른발 뒤로 하고 몸은 벽을 향해 자세를
바로잡고 시선은 천사를 바라본다. 천사는 운전기사의 몸짓을 보고
반대의 몸짓을 하며 운전기사를 정면으로 바라보며 앞으로 간다. 운전
기사는 오른발을 들어 앞으로 전진을 하자 천사도 왼발을 비스듬히
하여 운전기사 앞으로 가자. 운전기사도 왼발을 비스듬히 하여 천사

앞으로 다가간 후 두발을 모은다. 천사는 운전기사의 춤동작을 보고 오른발을 먼저 들고 비스듬히 앞으로 나가 3번 회전을 한 후 두발을 모은다. 그러자 운전기사는 왼발을 들어 옆으로 전진을 하자 천사는 두발을 모으고 벽을 뒤로하고 후진을 하여 운전기사 오른쪽을 옆으로 지나간다. 운전기사는 오른발을 들어 벽 쪽을 바라보며 천사 오른쪽 옆으로 비켜가면서 앞으로 걸어간다. 이러한 춤동작을 한 동안 바라보면 정신이 혼란스럽다.

여인 천하 콜라텍과 뉴 스타 콜라텍 찾아 갔지만······.

여기도 짜가 저기에도 짜가. 요지경속이다. 아니다. 잘난 사람은 잘난 대로 살고 못난 사람은 못난 대로 산다. 그것도 아니다? 춤 잘 추는 사람은 파트너 많아 좋고 못 추는 사람은 언젠가 잘 출수 있다는 희망에 콜라텍을 찾아오는 것이다. 갑가기 삐~이 바~바 눌라. 디스마마 베이비~~~~~ 서로가 앞으로 당겼다. 놔주고······. 남편이 보잖아. 그러면 손을 나 줄께. 부인이 보잖아. 나도 손을 나 줄께. 잠시 파트너가 되어 주었는데 파트너가 왔어요. 그러면 우리 끝냅시다. 결혼식에 입었을 만한 아름다운드레스를 입고······. 남하고 춤을 추어도 내 짝이고 나하고 춤을 추면 더 좋아 어디에 있어도 당신뿐이고 춤을 못 춰도 당신뿐이다. 오매오매 좋아 부러. 내 짝지는 당신뿐이다. 짠~짠 춤을 춥시다. 홀아비·과부·특히? 바람 난 유부녀·손에 손을 잡고 하루 종일 놀아봅시다. 손을 내밀어 주세요. 이내 마음 받아주세요. 그대의 모습 그대의 몸짓 숨이 막혀 죽을 것 같아요! 오늘 한 번이라도 손을 내밀어 주세요. 봐요~봐요. 아~싸 내 사랑. 별아 별 음악이 흐른다.

천사와 김 교수의 무용복은 수 십 가지다. 이 홀에서 최고의 화려한 무용복이다. 반면에 춤도 최고로 잘 춘다. 천사 말에 의하면 부산과 김해서 수년 동안 교습소에서 교육을 받았다고 하였다. 천사는 열심히 춤을 추려고 오지만 남자파트너인 운전기사가 임무를 수행 할 때는 오지를 않는다. 또한 가정에 충실한 모양이다. 나에게 '김장을 했는데 김치를 주겠다.'는 것을 한사코 사양을 했다. 각시가 전국 있는 절에 초청을 받아 공연을 다니지만…… 공연이 없을 땐 제자들을 가르치고 있어 제자들이 김장을 하고선 김치를 주어서 보관이 어려울 정도다.

……

"동생! 너무 재미를 붙이면 바람이 나니까! 이젠 끝을 내야 되는 것 아닌가?"

"여름부터 시작을 하여 벌써 겨울입니다. 세월이 참으로 빠름은 느낄 수가 있습니다. 내 나이가 벌써 72인데…… 형님을 벌써 세 번을 만났으니까요."

"동생의 인생살이가 소설이네! 인간은 단 한 번으로 이승을 떠나는데 4자를 인간이 제일 싫어한다고 하듯이…… 동생은 다음에 만나면 네 번이니 이해가 가네."

"4를 싫어하는 것은? 4자는 : 死 ↔죽을 사·이고 인간을 잡아가는 저 승사자의 첫 글자가 사자인 4란 글자이기 때문에 그렇습니다."

"참! 슬프네. 미움과 욕심이 인생을 황폐하게 만드는데…… 동생은 살아오는 동안 북녘집단을 미워했고 남이 쓰지 않은 많은 작품을 집필하느라. 이 고생이 아닌가?"

"흑백이었던 이 콜라텍도 겨울이 되니 무용복 색이 많이 화사해 졌습니다. 그 것이 세월의 흐름을 말하는 것입니다. 그러나 인간을 세월이 흐르면……"

"어제는 좋지 않은 장면을 목격했네. 여자 세 사람이 이야기를 하는 것을 엿들었는데 '팀장님이 불고기를 저렴한 가격으로 줄때니 가져가라'는데 가져오지 않았다는 거야. 그러자 곁에 있던 친구가 '자기 부서 팀장은 공짜로 가져가 먹어라 는 것을 가져오지 않았다.'고 하자 또 다른 친구가 '팔다가 유통기간 날자가 지난 소고기·돼지고기·낙지·오징어·등등 제품을 양념장에 버물어 싸게 판다'는 것이다. 그래서 그러한 짓을 하고 있는 행위를 매일 보고 있는 점원들이 공짜로 주어도 가져가질 않는 다는 것이다."

"자기들이 먹지 왜? 남에게 팔아서 이득을 챙기려하는지! 인간의 심보는 알 수가 없습니다."

"먹는 음식을 가지고 그러한 행위를 하는 짓을 방관하는 기업주가 더 나쁘다. 그 많은 식료품이 유통기간 안에 모두 팔린다는 것은……. 버리기는 아깝고 그래서 그러한 행위를 하는 것이다."

"이 책을 보는 독자들은 양념된 고기는 먹지를 않을 것입니다!"

"세상사 모두가 착함만 있는 것이 아니라는 것을 동생은 너무 잘 알고 있지 않으냐? 저기 풋볼선수가 오늘은 파트너를 구해서 춤을 추고 있다. 우리가 이곳에 드나 든 것도 벌써 4개월이 다 되었는데 춤 파트너가 있다니 요즘 교습소에서 많이들 배우고 있는 모양이다."

"오늘 따라 교수 팀·천사 팀·미소 천사 팀·로봇 춤을 추는 늙은 청년·소설에 나올 팀이 모두 왔군요."

"처음 있는 일이다. 오늘이 무슨 날인가?"

"하늘을 믿는 종교인들이 말하는 하늘엔 영광 땅에는 평화라고 하는 예수의 생일 크리스마스 입니다. 참으로 웃기는 세상입니다! 우리나라로 따지면 수입종교입니다. 그런데 한 달 전부터 크리스마스트리를 세워서 하느님도 아니고 마리아도 아니고 그 두 분의 아들의 생일을 호화찬란하게 축하를 하는 것입니다."

"그러게 말이다. 너희 나라는 내년을 임중도원 : 任重道遠·이라고 하더라. 국가가 향해야 할 길은 멀기만 하다는 것이다. 별의 별 공약을 남발하여 그것을 지키려니 곳곳의 단체에서 반발을 하고 있으니……."

"정치인들이 그러한 짓을 하지 않으면 할 수 있는 일이 없습니다. 야당 여당 패거리로 나누어 싸움질을 하는 것이 정치인들이 하는 일입니다! 정치인들은 자기 당하고 이해관계가 맞은 법안이면 무조건 통과됩니다. 정경두 국방장관이 천안함 함정과 연평도 포격사건을 저지른 김정은이가 서울에 오면 사과를 할 것인가를 두고…… 말썽이고."

"이 세상이 세세히 지탱해 가는 길이 바로 다툼의 역사가 아니냐? 세계 곳곳에서 다툼이 있다. 어이구! 골이 아프다. 전두환이 각시 이 순자라는 여자는 자기 영감이 민주주의 아버지라고 하여 말썽이지 않느냐? 동생은 전두환이를 살인자라고 책에 상재를 했는데 말이다."

"많은 책을 집필 하였는데도 단 한 푼도 지원을 받지 않았습니다. 블랙리스트에 올라있는 작가인데!"

"참으로 짐승 가죽을 뒤집어 쓴 인간이다. 5.18광주 민주항쟁 때 공수부대원에 의해 딸을 잃은 김 현녀 씨가 1988년 국회 광주청문회에 나와서 피 맺은 한을 토해내는 장면은 보았겠지! '임신한 우리 딸이 총에 맞는디 죽은 사람은 있고 왜 죽인 사람은 없는 것이오? 세상에 나와 보지도 못하고 죽은 내 손자는 어쩔 것이얀 말이오? 세상에 임신한 사람인 줄 뻔히 알면서도 총을 쏘누 그런 짐승 같은 놈들이 어디 있느냐 말이오? 뭔 죄가 있어서. 뭔 죄를 지었다고…….그런 일을 저지른 놈도 덜도 말고 더도 말고 나 같은 일을 똑같이 당해보라'하면서 울부짖던 모습이 지금도 눈앞에 선하게 떠오르지. 이 순자여자에게 너희 딸·며느리·언니·동생·수많은 일가친척들이 위와 같은 일을 당했다면 전두환이란 놈을 민주주의 아버지라고 하겠느냐? 내 가족이 그런 일을 당했다면 무딘 낫으로 혀를 잘라서 소금가마니에다 넣을 것이다."

"광주 청문회 국회 증언 장면을 보았습니다. 1980년 5월 20일 세상을 떠난 일명 '5월의 신부'인 최 미애 씨는: 당시 23세·만삭의 몸으로 그날 오후 전남대 부근의 자신의 집에서 나와 고교 교사인 남편의 제자들이 걱정이 되어 휴교령이 내려진 학교에 갔다가 점심때가 넘도록 소식이 없어 마중을 나가보니 전남대 앞에서 시위대와 계엄군 간에 치열한 공방이 벌어지고 있어 발걸음을 멈추고 구경을 하고 있었는데 시위대가 '짱돌'을 던지자 군인 하나가 한쪽 다리를 땅에 대고 '앉아 쏴'자세를 취하고 조준 사격을 했지요. 총소리와 함께 최 씨는 힘없이 쓰러졌지요. 당시 하숙집을 운영하던 최 씨의 어머니 김순녀 씨는 숨진 딸을 보는 순간 번개같이 달려가 풀썩 주저앉아 피투성이가 된 딸을 끓어 않고 보니 총탄을 머리에 관통당하여 죽은 딸 뱃속에서 8개월 된 태아가 거센 발길질을 하는 것을 보았다는 증언하는 모습을 보고 온몸에 소름이 돋아났습니다. 지금도 임신한 여인에게 조준 사격한 공수부대원을 밝혀내어서 죄를 물어야 8개월 된 아기가 죽지 않으려고 몸부림치는 형상이 내 기억에서 지워 질것 같습니다. 그 놈은 어디서 살고 있는지……. 당한 쪽의 원한과 슬픔을 알고 있습니다."

"5.18광주 민주화운동을 폄훼 : 貶毁·한 야당 정치인 3명 때문에 난리가 났지 않았느냐? 이들도 딸을 잃은 김순녀 씨와 같은 일을 당해 보라 하여라. 세상에 악종들은 따로 있다. 정치인들이란 자리보존을 위해 별의별 수단을 쓴다. 이런 정치인을 좋다고 피켓을 들고 환호하는 인간들을 보면 얼굴에다 똥물을 뿌렸으면……. 너희 나라도 보수니 진보니 좌우 대립으로 지랄병을 한다."

"우리나라는 전 세계에서 하나 밖에 없는 5,000 여년을 이어 온 단일 민족이었는데 해방 후 한국전으로 좌우 이념대립은 : 理念對立 ·70여 년간에 시작된 동포끼리의 사상에 의한 대 학살극이 이어졌습니다. 그에 따라 민심은 극도로 흉흉해지고 각 지역마다에는 극한 대립으로 좌익과 우익이 서로 대치하였습니다. 깊은 산속과 치안의 손길이 미치지 않은 곳엔 지방 빨치산들이 판을 쳤고……. 불쌍한 양민들은 "협조하지 않으면 가족모두를 죽인다."는 그들의 협박에 못이겨 횃불을 들고 그들을 따라다니기도 했고 식량을 제공했다는 것입니다. 어떤 마을엔 포스터를 붙이기도 하며 억지로 끌려 다니던 양민들은 고통 속에서 살아가야만 했습니다. 빨치산이 되었던 사람들의 증언에 의하면……. "특권층인 소수 계급의 인간들 때문에 다수의 빈민층이 학대받는 것은 불합리하다는 생각으로 공산주의 운동이론에 빠져들었다."고 하였습니다. 그들은 게릴라전과 인민재판 등을 하면서 일부는 "혹독한 살인과 방화와 약탈을 해 보았지만……. 맹목적인 충성으로 얻은 것은 상투적인 계급 이론의 허구성과 획일적인 사고방식이었으므로 시간이 흐를수록 회의를 느끼게 되었다."고 했습니다. 그들 일부 지식층은 형장에서 사라지기 전 최후 진술에서 "만약 죄를 뉘우친 자신에게 다시 삶의 기회가 주어진다면 새로 발견된 인간성에 대한 애착을 지닌 삶을 살겠다."라고 하였지만……. 그러한 삶이 그들에게 주어지지 못하였습니다. 관념적인 : 觀念的 · 이념의 : 理 念 · 허구성 : 虛構性 · 보다 더 고귀한 것은 가족 사랑과 인간애 : 人間愛 · 라는 것입니다."

"따지고 보면 이러한 일들은 같은 동족이면서 지금도 높은 자리를 차지하려는 정치인들의 못 된 속셈 때문에 그러는 것이다. 박정희 군사정권도 영호남 지역감정을 일으켰고 전두환이도 북한 사주를 받 아 광주 사건을……. 마누라라도 말렸으면 될 것인데 한 이불 속에 잠은 자서 그러나! 얼굴도……."

"뉴스에 나온 얼굴을 보니 입이 한쪽으로 비틀어 졌더군요."

"텍도 없는 소리를 지껄이니 입이 비틀어 질 수밖에! 죽으면 저승 가기는 틀렸고 잡귀로 떠돌게 할 것이다."

……

"오늘 예수 생일이여서 그러가! 무용복이 무척이나 화려하다. 레 깅스치마를 입은 땅딸이도 : 작은 키 · 화이트 색을 입어서 앞전 보다 더 야하다."

…….

천사가 홀로 나와서 춤을 춘다. 운전기사가 발을 모으고 벽을 뒤로 하고서 오른발을 후진을 하자 천사가 운전기사를 마주보고 앞으로 나 가 왼쪽으로 4회전을 하고 홀 중앙으로 나간다. 천사의 춤사위를 보고 운전기사는 벽을 향해 바라보면서 발을 모은다. 그러자 천사는 오른발 을 옆으로 하여 나간 뒤 왼쪽으로 3회전을 하고 중앙을 바라보면서 이동을 한다. 천사가 제자리에서 발놀림을 하는 모습을 보고 운전기사 는 한 걸음 나가 오른발을 들고 왼쪽으로 2번을 회전을 하고 난 뒤 벽을 보고 나간다. 천사도 벽을 향해 가다가 멈춘다. 운전기사는 벽을 보고 가던 걸음을 멈추고 왼발을 들어 후진을 하자. 천사는 오른발을 들어 벽을 뒤로하고 앞으로 나가자 운전기사는 오른발을 왼발 옆으로 하여 뒤편에 멈춘다. 천사는 오른발을 왼발 옆으로 하여 앞으로 나가자 운전기사가 왼발을 끌어서 오른발에 모은다. 천사도 오른발을 끌어서 왼발 옆에 모은다.

"오늘은 우리가 이곳을 드나 든 후로 제일 화려 합니다. 전혀 못 보던 팀도 있습니다. 절반은 화사한 옷을 입어서 그러한지 홀이 밝아 보입니다."

"음악도 새로운 음악이다. 아침 뉴스를 보니 교황이란 자가 '하늘엔 영광 땅에는 평화라고 하더라. 그런데 말이야 교황청을 보니 그 화려함은……. 물욕을 버리고 소박함을 찾으라는 종교는 과연 그들의 삶이 그러한가! 하느님이 원하는 것은 평화와 행복한 삶을 원하고 있고 한반도 평화를 위해 기도를 하자는 기독교 성직자들은……. 프란치스코는 교황은 소박한 삶을 살고 있는가?"

"설교를 하는 모습을 보았습니다. 그 화려한 교황청을 팔아서 세계 도처에서 굶주리고 있는 하느님의 자식들에게 식량을 사주면 그들이 하는 삶을 인정하겠습니다. 그자가 입고 있는 옷을 보면……. 그런 자가 과연 지상의 최고의 종교지도자인가 의심이 듭니다."

"너희 나라에는 불교·유교·원불교·천주교·기독교·천도교·민족종교·등 7대종교가 있는데 서로 간에 싸우지는 않고 잘 지탱하고 있지 않느냐? 중동지역을 보면 하루도 평화가 없다."

"유대교·기독교·이슬람교·한 뿌리였는데 서로 간에 세 확장 때문에 그렇게 피의 역사가 시작 된 것입니다. 우리나라 남 북 간의 전쟁을 비롯하여 지금의 우리나라 정치도 보면 서로 간에 많은 무리를 차지하고 싶어 그러한 짓을 하고 있습니다. 형님이 말했다시피 종교를 보십시오. 왜? 하느님 자식인데……. 하늘은 무었을 하고 있느냐! 하는 답을 성직자가 해야 할 것 아닙니까? "

"여하 간에 이곳에서 춤을 추고 있는 사람들은 종교를 믿지를 않은 모양이다. 불교도 수입 종교라고 하지 않았느냐? 석가 탄신일도 그렇게 화려한 잔치를 하지 않느냐? 인류가 태어나서 수 백 억의 인간이 태어나서 죽었다. 그런데 하나님의 아들 예수만이 죽은 지 3일 만에 부활: 살아서·하여 하늘로 날아가 신이 되었고 석가도 신이 되어 자기를 믿는 사람은 다시 좋은 가정에 태어나게 한다는데…….
몇 억년이란 세월이 흘렀는데도 다시 태어난 인간이 있느냐?"

"어이구. 형님! 바다에 있는 용궁의 용왕은요? 그리고 예수 이전에
아담과 이브를 하느님이 제일 먼저 만들었다고 성경에 상재되어 있
습니다."

"바다 속은 가보지를 않아 모르겠고 이브는 흙으로 만들었고 예수
는 마리아인 목수각시와 간통을 히여서……."

"!!……."

저승사자와 무언의 대화가 이어지고 있던 중 교수팀이 우리 앞에서
춤을 추고 있다. 김 교수는 밤색 드레스에 왼쪽 가슴에 화이트색상
나비 자수가 손바닥크기로 새겨져 있고 양 허리엔 수국 꽃이 : 수국
꽃말은 소녀의 꿈 · 자수로 새겨져있으며 드레스 끝단에는 은색 장식이 2
센티미터로 세 줄 붙어 있다. 그런데 드레스는 속이 훤히 보이는 얇은
천이라서 회전을 하면 흰색 팬티가 희미하게 보인다. 교수팀의 춤은
홀 절반을 돌면서 하기 때문에 오늘 같은 날은……. 박 교수가 김 교
수를 보고 왼발을 들어 앞으로 나가서 왼쪽으로 2회전을 하자 김 교
수는 오른발을 먼저 들어 정면으로 나가 박 교수를 등 뒤로 하고 후
진을 하여 발뒤꿈치로 홀 바닥을 찍어 왼쪽으로 2회전을 하고 벽 쪽
을 바라본다. 박 교수는 오른발을 들어 정면으로 가로질러 왼발을 모
아 제자리에 선다. 그러자 김 교수는 두 발을 모은 상태서 오른발 앞
부분을 바닥에 찍어 : 볼 ↔ BALL →뒤 굽을 중간 높이로 들어 · 1회전을 하여
벽을 보고 나간다. 그동안 박 교수는 왼발 회전을 끝내고 오른발을
끌어서 두 발을 모은다. 김 교수는 벌려있던 오른 발을 왼 발쪽으로
하여 왼쪽으로 2회전을 한다. 박 교수는 그간에 오른발을 바닥에 찍
고 회전을 끝낸 채 있자 김 교수는 두 발을 모은 고 있던 상태에서

벽을 등 뒤로 하고 있자 박 교수는 오른 발을 들어 세 걸음 걸어가 다른 스텝을 한다. 김 교수는 오른 발을 먼저 움직여 뒤로 나간다. 이 춤은 홀을 휘젓고 다니지를 않아서 우리 앞에서 추고 있다. 교수팀의 춤은 그렇게 이어지고 있지만 김 교수의 뒤쪽 어깨 밑을 손바닥을 펴서 끊어 않고 춤을 추니 서로 간에 젖가슴이 밀착되는 것이다. 또한 아래 허벅지가 서로 간에 밀착되기 때문에 거시기에 다리에 붙어 있는 상태서 돌거나 전진 후진을 할 때……. 서로 간에 발걸음에 따라 좌우로 심한 몸놀림을 한다. 어떤 팀은 여자를 옆으로 꼭 끊어 않는 상태에서 번쩍 들어서 올리기를 연속으로 하고 있다. 그럴 때 여자는 웃는다. 좋아서 그런가! 갑자기 아름다운 음악인 대니 보이 색소폰 소리가 흘러나온다.

Oh Danny Boy, the pipes, the pipes are calling From glen to glen, and down the mountain side 잔잔하게 흘러나오는 음악이지만 홀 중앙에서 로봇 춤을 추는 친구는 기둥을 보고 겁이라도 주는 몸짓으로 춤을 춘다. 수많은 음악이 바뀌어도 똑 같은 춤사위를 하고 있다. 힘이 드는지 자리에 앉아서 쉬기도 한다. 자세한 사정을 알고 있는 사람은 없었다. 콜라텍 사장에게도 물어보았지만 "10년은 넘었을 것이라고 했다."처음엔 파트너가 있었는데……. 지조가 깊은 아니 순정파인가! 그는 몸매는 박 교수 다음으로 잘 빠진 몸매다. 여성들도 그에게는 손을 내밀지를 않았다. 옷은 자주 바꾸어 입지만 신발은 언제나 운동화다.

미소 천사가 와서 걸음을 멈추고 정중하게 인사를 하고 곁에 붙어 앉는다. 파트너를 정해놓지를 않고……. 춤을 추는 것이다. 여자 파트너가 없는 남자가 손을 내밀면 그날 파트너가 되어준다. 30여분이 지나서 그런대로 멋있는 남성이 손을 내밀어 홀로 나가 춤을 추기 시작한다. 두 사람이 2미터정도의 기리를 두고 마주보고서서 남성 파트너가 왼발을 먼저 들어 앞으로 나가자. 미소천사도 서있는 자세로 탭을 한 오른발을 먼저 들어 후진을 한다. 그러자 남성파트너가 멈춘 상태서 뒤로 물러나는 미소 천사를 향해 오른 발을 먼저 들어 후진을 하는 미소천사를 보고서 앞으로 나간다. 이춤은 서로 마주보고 여성이 전진을 하면 남성이 후진을 하고 남성이 전진을 하면 여성이 후진을 하는 춤동작이다. 지그재그가 아니고 적당한 거리를 두고 춤사위를 하는 스리스텝 : Three Step · 트롯 춤이다. 이제야 알 것 같다. 같은 음악인데…… 춤동작은 똑같은 것이 없는 것은 블루스 · 퀵스텝 · 지르박 · 탱고 · 왈츠 · 민요 · 트롯 · 등인데 트롯 춤 동작이 수 십 가지다. 홀에서 춤을 추는 팀들은 수가지 음악이 자동으로 바뀌어도 자기들 마음대로 춤사위를 하고 있는 것이다! 춤에 달인인 팀은 음악에 맞게 춤을 추지만…… 똑 같은 브루스음악인데도 같은 동작은 볼 수가 없다. 다만 발동작은 같은 팀이 있다. 발동작에 따라 손놀림은 자기들 마음대로 하는 것 같아 보인다! 트롯 춤을 추면 장소를 제일 적게 사용하는 춤이다. 초보들의 춤이 대부분이 이춤을 추고 있다! 미소찬사는 항시 웃는 얼굴이다. 치아도 정열이 잘되었고 여성의 미의 기준 하나인 삼백이 : 三白 ↔피부 색 · 눈 흰자 · 치아 · 잘 갖추어진 여성이다! 웃을 때 치아가 보일 정도로 웃는다.

잡는 손을 뿌리치고 매정하게 돌아선 사람아. 네가 잘나 일색이냐? 내가 못나 바보냐? 말 못하는 이내마음 몰라주는 여인아 내가 못나 싫은 거냐?

궁~궁 딱. 궁~궁 딱. 빵~빵. 빠~빠~빠~~빵 궁~딱. 빠른 템포가 끝나

자. 느린 템포의 연속이다. 배 떠나가네. 내님 실은 연락선이~~~ 이
민철 씨의 종합메들리 베리에이션 : Variation · 현장음악이 흐른다. 미소
천사 는 남자파트너 3걸음 앞에서 서로 마주보고 손발 같은 몸짓을
하고 뒤로 돌아 앞전의 몸짓을 한다가 둘 다 회전을 하고 난 뒤 손을
마주 잡고 오른발 왼발 번갈아 앞차기를 하더니 손을 놓고 2회전을
하고 반대로 3회전을 한다. 연속적인 회전을 하면 어지럼증이 날 것
같은데! 항시 웃는 모습이다.

스님들의 도포자락 같은 블라우스에 소매 끝이 사방으로 절개된 옷
에 바지는 레깅스 나팔바지 끝에 3단 나팔이다. 앞가슴에 연산 홍 꽃
이 우측 어깨에서 좌측 골반까지 5개의 꽃송이가 비슷하게 염색되어
있다.

김 교수가 왼발을 멈춘 채 오른발을 텝으로 하고 후진으로 하자
박 교수는 왼발을 들어 앞으로 나간다. 김 교수는 왼발을 들어 후진을
하자 박 교수가 오른발을 먼저 들어 앞으로 나가자 김 교수는 오른발
을 먼저 들어 뒤로 물러선다. 박 교수는 왼발을 먼저 들어 앞으로 나가
자 김 교수는 왼발을 끌어서 오른발에 텝을 한다. 박 교수도 오른발을
들어 왼발에 텝을 하자 김 교수는 왼발을 먼저 움직여 뒤로 물러선다.
박 교수는 오른발을 먼저 들어 앞으로 나간다. 김 교수는 앞에 있는
오른발을 끌어서 왼발 옆에 모아서 텝을 하면서 무릎을 약간 낮춘다.
박 교수는 왼발을 먼저 앞으로 나가 오른발에 모아 멈춰 선다. 스리스
텝 트롯 춤을 추고 있는 것이다. 방향 전향을 하지를 않고 서로 마주보
고 전진 후퇴를 하고 있는 모습이다. 다른 춤에 비하여 방향전환이
많지 않으며 짧은 거리 회전이다. 퀵스텝은 볼룸 댄스의 한 종목으로
대중가요인 트로트 곡에 알 맞는 춤이다. 초보자들의 춤을 보면 이

춤을 주로 추고 있다. 홀 안의 절반의 팀들이 퀵스텝 춤을 추고 있는 듯하다! 오늘 천사는 붉은 색 드레스를 입었는데 드레스 끝이 2단을 되었다. 드레스 위에 블랙 망토를 걸쳤는데 망토 허리선에서 무릎아래까지 대형 톱니 날 같이 절개되었다. 이중 치마를 입은 모양이다. 앞가슴엔 유방을 덮을 정도로 큰 나비 모양 같기도 하고! 하트 모양 같은 찰 란 한 은색 방울 장식 이 붙어있고 오른손 팔 굽에서 손목까지 나팔처럼 퍼져있는데 팔목 중간에서 꼭지가 달린 대형 고추 모형의 은색 장신구가 붙어 있다. 오른쪽 골반에 방향표시 같은 은색 장신구가 붙어 있다. 목에는 3센티미터의 테두리에 은 목걸이를 했다. 셀의 댄스 음악을 끝으로 쌍절곤 씨가 부르는 콜라텍 무도장 현장 음악이 흐른다. 천사 팀의 춤을 보다가 자리가 비좁아 건너편으로 이동을 하여 앉으니……. 섶이 짧은 적색 저고리를 입고 속은 블랙 드레스를 입고나왔다. 섶이 짧은 저고리는 이씨조선 말기 풍기문란 시절에 여성들이 입었던 옷이다. 당시대는 브라자가 없을 때여서 섶이 짧은 저고리를 입고 손을 높이 들면 유방이 보였다. 오늘 처음 보는 저 팀은 여성은 찐빵머리에 그런대로 화려한 옷이다. 커다란 유방에 섶이 짧은 저고리입어서 앞 섶이 유두 근처다. 옷깃을 여밀 수가 없다. 단추나 옷고름이 없는 것이다. 그냥 목도리를 걸친 모습이다. 드레스 뒤 허리선 중앙부터 궁둥이 끝에서 발끝까지 삼각형으로 절개되었고 절개 끝선에 두 줄 은색장신구가 붙었으며 허리 중앙에서 궁둥이 끝선까지 3센티미터 넓이의 은색 장신구가 붙어있다. 여성이 회전을 하면 허벅지가 완전히 노출이 되고 팬티가 절반이 보인다. 앞쪽은 절개가 안되어 심한 회전을 하여도 괜찮은데 뒤는 너무나 야 하다. 유난히 하얀 허벅지 살이 그대로 노출이 되기 때문이다. 몇 번이나 고개를 돌리기도 했다. 춤은 수준급이다. 까불이 팀이 요란한 몸짓으로 춤을 추고 있다. 프리미엄 올 레이스 상의는 화이트 브라자가 훤히 보인다. 아래는 레깅스 치마를 입었다. 힘찬 텝 댄스를 하면서 급회전을 하면 레이싱 보정된 둔부는 구경을 하는 사람들의 시선을 강탈하고 있다. 이곳에서 춤을 추는 사람들은 자존심은 아무필요가 없다는 듯 나름대로 파트와 일심동체가 : 一心同體 · 되어 룸바 차차 삼바로 이어지는 춤들……. 라틴 댄스는 체중 조절이 될 것이고! 따라서 근력강화에 도움이 될 것이다. 날이 추워지는 계절이어서 여성들의 옷의 90%이상이 블랙이다. 춤을 유난이 잘 추는 여성이 화려한 칼라 옷을 입고 나오는 것이다. 장신구 역시 은색이다. 나름대로 여성들의 옷에는 갖가지 장신구가 붙어 있다. 남성들도 블랙 이다. 간혹 상의는 밤색이다. 처음 보는 팀이다. 여성의 옷은 상하 블랙이다. 오른쪽 어깨 앞으로 보잉 747여객기 모형의! 은색 장신구가 붙어 있으며 오른쪽 엉 치 뼈 부분에 트럼펫모형의 은색 장신구에 왼쪽 옆구리에 5대의 비행기은색 장신이 붙어 있는데 위에 1개 중간에 2개 밑에 3개가 붙어있다. 어깨부터 망사로 된 옷인데 길이가 팔목 중앙이 끝이다. 어깨절반에서 끝선까지 한 줄로 된 은색장식에서 그 중앙으로 쥐 눈이 콩 반쪽 크기의 은색 장식이 촘촘 붙어 있다. 남자파트너는 상하 블랙이다.

보내야할 당신 마음이 괴롭더라도 쿵~타~타 쿵~탁. 미련을 남기지 말고. 앨리트릭 기타소리가 드럼소리에 잦아들고 그 드럼소리가 베이스기타소리에 자리를 비켜준다. 서로 손을 잡고 트리플 턴을 하고 인도인들이 즐겨 추는 라마 스텐 춤을 구사하고 오른발을 들어 세 번 바닥을 찍고 서로 반대로 돌아 양손을 나비 날개처럼 흔들며 앞으로 세 벌음을 나가다 뒤로 돌아 앙 손을 좌우로 흔들며 깨금발로 다가가서 남자파트너가 여성파트너의 오른쪽 어깨를 잡고 좌로 회전 시키고 바로서서 우로회전을 시키고 세 번 비비고 양쪽으로 옆 발차기 한 후 깨금발로 네 걸음 나가서 두 번 번갈아 차고 지그재그 걸음으로 나가서 제자리걸음에서 깨금발로 앞차기 룸바 차차로 이어지고 라틴 댄스!!! 건강·체중조절·근력강화·다이어트·등등……. 자존심은 아무필요 없다. 콜라텍에 가보면 알 것이다.

"동생! 이제 헤어질 시간이 다 되었다. 그간에 재미가 있게 놀았다!"
"또 만날 날이 있겠죠?"
"너는 사자를 싫어한다면서? 또 만나면 4번이 아니냐?"
"아무튼 만나러 가겠습니다."
…….
"여보! 지금도 자고 있어? 오늘 10시에 거제도 해인정사에 천도제가 있고 오후 2시에 양산 보문사에서 49제가 있어 빨리 가야 해…….
해피 밥 먹이고 쉬도 시켜?"

……드르륵 문을 여는 소리
내가 꿈을 꾸었나! 소설콜라텍을 끝나는 장면이다. 각시는 경남 거제에 있는 해인정사 절에서 춤을 4개를 추고 나서 오후에 경남 양산에 있는 보문사 절에서 춤 3개를 추는 행사를 하고 올 것이다. 그런데 나는 꿈이나 꾸고…….
…….

아래 글은 2016년 4월 30일에 도서출판 학고방에서 출판된 「슬픔을 눈 밑에 그릴 뿐」 시선 집 440~446페이지에 상재된 글입니다.

......

"천상까지 가려면 일마가 무거워서 운임을 더 받아야합니다."

"일마의 노자 돈이 이것뿐인데 와 그라노? 한번 봐주소!"

"안 됩니다. 지옥으로 보내소. 발로 차버리면 간단한 일인데 그랍니까? 나 시방 바뿌요."

"일마가 2년 전에 갑자기 왔을 땐 몸무게가 41킬로였는데 지금 52킬로라니! 머가 그리 급해서 왔노? 여기서 천상까지 8억 킬로 더 되는 기라! 화물차 기사가 널 싣고 천상까지 갈려크면 네가 너무 무거워서 운임을 더 달라는 기라. 아이구 일마야! 카드라도 가져 왔으면 될 긴데!"

"이곳이 어데입니껴?"

"일마가 정신이 있나? 없나? 천상과 지옥 분리소다 일마야!"

저승사자와 천상으로 인간의 영혼을 나르는 화물차기사와 운임 때문에 다투고 있는 곳에 내가 와서 있다니······. 내가 죽어서 이곳 분리소에 있단 말인가!

"일마야! 정신 차리레이? 18년 전에 네놈이 하늘에다 하도 욕을 많이 하여 내가 교통사고로 식물인간으로 맹그라가꼬 데꾸와 갱상도 지역을 돌면서 죄를 지은 자를 벌하여 천상과 지옥으로 보내는 일을 하고 있는데······. 황우석이란 글마가 게놈을 : genome=염색체=chromosome ·합성어로 유전 물질인 디옥시리보 핵산 DNA의 집합체·완성하였다는 말에 천상에 보고하려고 너를 깨어나게 하고 헤어졌다. 아이가? 그것도 모르나? 2년 전에도 찾아 왔을 때 국가를 위해 좋은 일을 많이 하여서 내가 다시 돌려보냈는데 와 왔노? 일마야! 현금결제카드를 가져왔으면 되는 긴데! 돌아가라. 왜 인간이 죽으려면 병원에 입원하여 고통을 주고 뼈마디만 남을 정도로 살을 없앤 후 죽게 하는 것은 운송비 때문이다. 국가를 위해 너무 신경을 쓰지 말거라 네가 2000년 10월 11일 출간한 "저승공화국TV특파원"책 하권 58페이지에 상제된 글을 보니 환갑에: 環甲 ↔ 60세·저승에서 데리러 오거든 지금은 부재

중이라고 하고 고희에 : 古稀 ↔ 70세 · 데리러 오거든 아직은 이르다 말하고 희수에 : 喜壽 ↔ 77세 · 데리러 오거든 지금부터 여생을 즐겨야 한다고 하고 산수에 : 傘壽 ↔ 80세 · 저승에서 데리러 오거든 이래 뵈도 아직 쓸모가 있다고 대답하고 미수에 : 米壽 ↔ 88세 · 저승에서 데리러 오거든 쌀을 조금 더 축내고 간다 하고 졸수에 : 卒壽 ↔ 90세 · 저승에서 데리러 오면 그렇게 조급하게 굴지 말라하고 백수에 : 白壽 ↔ 99세 · 저승에서 데리러 오거든 때를 보아 내발로 간다고 버티어보라는 글이 있더라. 그라 놓고 너는 연락도 없이 불쑥 불쑥 오노 말이다!"

"저승사자님! 어떻게 그러한 내용을 전부 알고 계십니까? 인제서야 생각이 나는군요! 천상회의를 할 때……. 나는 결과가 나올 때까지 문화 해설사와 천상을 구경을 다녔지요. 1999년 8월에 대한민국에서 일어난 최대 참사인 삼풍백화점화재사건과 성수대교붕괴사건 아니지! 어린이 24명이 희생된 화성 씨랜드 어린이 집 화재사건 때 어른들의 잘못으로 희생된 아이들이 나비 천사가 되어 꽃밭에서 놀고 있는데……. 꽃밭 울타리에 앉아있는 독수리가 잡아먹을까봐! 겁이 나 쫓으려 하자 어른들은 술 쳐 먹는다고 아이들을 돌보지 않아 불타 죽는 것도 모를 때 자기목숨을 내놓고 아이들을 구하려다 숨진 아르바이트 대학생들이다. 라고 하여 내가 눈물을 흘렸는데 지금도 잘 돌보고 있는지요?"

"두말하면 잔소리고 세 번하면 숨차지! 그런 내용도 상재되어 있어 그 책이 신문학 100년 대표 소설이지 않느냐? 그 책이 너희 나라가 IMF가 터져 어려울 때 니가 하느님은 무었을 하느냐? 매일 욕을 하니 교통사고를 당하게 하여 내가 천국으로 데려와 천상을 구경시켜주고 저승공화국 신들을 모아 회의를 하여……. 너희 나라에 삼신할매와 조물주 너의 혼신과 같이 내려와 조물주는 하늘과 지옥으로 보내는 지리산 TV중계소에 남고 삼신할매 · 나 · 네놈과 함께 경남 지역을 돌며 죄지은 자를 벌을 주고 지옥으로 보내고 착한 자는 천상으로 보내는 이야기로 책을 집필하여 출간을 하지 않았느냐? 모두 7부로 끝났으며 마지막에 1개월간 식물인간이었던 주인공인 네가 말짱하게 깨어나고 나 · 삼신할매 · 조물주는 황우석 박사 등이 게놈 : genome · 프로젝트를 성공하여 인간을 주문 생산한다 하여 급하게 천상에 연락하고 영상매체를 가지고 너와 헤어졌다. 글코 2005년 10월 "신들의 재판"이라 소설집에 그 야기를 쪼간 다루었지 않았느냐? ……. 김정은 글마 때문에 너가 다시 나를 부를 줄 알았다! 그런데 네놈이 연락도 없이 자진해서 올라 온기라. 김정은 글마 일은 내가 해결 못하고 저승공화국회의를 거쳐서 해결해야 될 문제이니까 나는 너를 천상으로 보내고 싶어서……. 그란디 앞서 보다 몸 중량이 많아서 너를 다시 지구로 보내야겠다."

"글먼 천하장사 같은 뚱뚱한 몸으로 죽은 사람은요?"

"그때나 지금이나 코치코치 캐묻는 것은 변하지 않았구나! 뚱뚱한 사람은 지옥이다. 왜? 묻겠지? 혼자 많이 먹고 살이 찐기라! 남을 도와주지를 않고 배고파 죽은 사람이 지구상에 바글바글 하지 않더냐? 예수도 가난한 목수 집에서 태어나 노숙인 생활을 하지 않았느냐? 그래서 살찐 사람은 무조건 지옥으로 보내라는 법을 만들었다."

"그래서 프란치스코 교황이 미국 노숙인 센터에서 예수도 노숙 인이라 했나!"

"나도 들은 이야기다. 쩌번에 이야기 했을 텐데!"

"사자님 인자서 기억이 나는데! 인자 나도 늙어서 그랍니다! 그 머신가 하니 치매가 있어라! 어떤 때는 냉장고에 무었을 꺼내러 갔다가 문을 여는 순간 잊어먹어라. 이해를 하십시오! 이번에는 머신가 하면은 김정은 핵폭탄을 만들어 글마가 약을 올리고 있는데……. 정치인들이 밥그릇 싸움이나하고 있어서 그랍니다. 북한은 세상에 하나밖에 없는 사회적 종교국가입니다. 이 세상에서 최고의 성직자와 최고의 영업사원은 최고로 거짓말을 잘합니다. 글마 할배 놈이 저질은 한민족 간에 벌어진 전쟁으로 인하여 1,000여 만 명의 이산가족이 생겼고 200여 만 명이 죽었으며 20여 만 명의 과부가 생겼고 10여 만 명의 고아가 생겼습니다. 할배와 애비를 닮아 이놈은 이복형도 죽인 악질입니다. 우리나라 두 명의 대통령이 북한을 방문하였고 잘살게 해주려고 개성에 공업단지를 만들었으며 또한 금강산 관광지를 만들어 이산가족을 비롯하여 남한의 수백만 명의 관광객이 찾아가 많은 수입을 얻었는데도……. 관광객을 조준 사격하여 결국은 패쇄되고……. 하여간 악질집단입니다!"

"머라켓노? 늙어서 치매가 있다고? 그라면서 책을 집필하고? 그건 그랬다 치고 머~하려고 연락도 없이 갑자기 오노? 맘이다. 노자 돈도 없이……. 유엔보고에 의하면 300년 후면 지구상에서 가장 먼저 없어질 나라가 너희나라라고 하는데 뭐가 걱정이냐?"

"왜요?"

"소설가를 작은 신: 神·이라 카드니 너도 모르는 것이 있구나? 너희 나라가 아기 출산율이 점점 저조하지 않느냐? 이러하든 저러하든 아무튼 간에 네놈이 국가를 위해 평생 고생을 하는 구나! 네가 생을 다하고 오든 못하고 갑자기 오든 너 부하가 말하는 선녀탕 때밀이로 보내 줄께."

"난 지금 총각이 아니요. 나가 너 죽이고 나 죽는다는 세상에서 제일 악질인 북파공작원 테러부대 팀장이지라. 2017년 12월 4일 오후 8시 뉴스를 보는데 미국에서 세상에서 최고로 성능이 좋은 비행기 4개종이 우리나라에 온다는 말과……. 비행기 4개종 사진이 화면에 나타나는 것을 보는 순간 집이 무너지는 느낌과 토악질이 나올 것 같으며 어지러움이 나서 병원응급실에 실려 갔는데 CT 촬영과 혈압을 검사를 한 결과 혈압이 177이라는 결과가 나와 응급처치 주사를 맞고 1주일분의 약을 가지고 퇴원을 하였습니다."

"조 최 강 성을 가진 사람 성질…… 네놈이 그것하고 무슨 상관이냐? 무슨 충신이냐? 정치인들이 할 것 아니냐? 그 뉴스 때문에 와! 혈압을 받노?"

"그러한 정보를 각 방송 뉴스에 보내는 바보들이 어디에 있습니까? 김정은을 제거하려면 극비로 해야 하며 방어를 않고 느슨할 때 순간적으로 제거를 해야 합니다. 그런 뉴스를 보고 방어체계를 우리보다 더 강력한 태세를 할 것 아닙니까! 국가와 국민을 지키기 위해 대통령이 쓰는 마지막 카드는 무엇인지 아십니까?"

"일마가 나를 바보로 아나! 나가 너희들이 말하는 귀신이다. 국가의 최고의 통치자가 국가를 지키고 국민을 지키기 위해서 마지막 쓰는 카드는 바로 전쟁이지!"

"늙어서 치매가 있어 모를 줄 알았는데! 전쟁을 하여 이기려면 무기와 군인이 많아야 되고 상대방보다 월등한 무기가 있어야 되지라."

"그래서 우방국인 미국에서 신형무기가 오지 않느냐? 한국전쟁 때도 너희 나라를 지키기 위해 미군이 7만 여명이 죽었지 않았느냐?"

"많이 희생 되었지요! 지금 신형무기가 오는 것은 말짱 황입니다."

"……."

"핵을 개발하고 있어 지상의 모든 나라가 북한을 비난하고 유엔에서 제제를 가하자 동참을 하고 있습니다. 그러나 김정은은 엿 먹어라! 할 것입니다! 핵무기를 개발하여 우리나라를 적화통일하고 세계 경찰이라고 하는 미국과 전쟁을 하겠다는 것이지요!"

"핵무기 한방이면 300여 만 명의 부산시민이 전부 죽는다고 까더라. 허기야 세계 전사에 보면 프란시스코 피사로가 이끄는 총으로 무장한 200명의 스페인 기병대가 칼과 창으로 무장한 8만여 명의 잉카제국의 군인을 전멸시켜…… 그 찬란한 잉카제국을 지구상에서 사라지게 했지. 아무리 너희 나라가 경제적으로나 재래식 무기가 수십 배나 월등한 우위라도……. "

"일부 사학자들은 스페인과 싸울 때 전염병 때문에 패망했다고 하지만 인간이 전염병을 정복한 것은 20세기에 들어서 예방약과 주사가 개발되어서 지 스페인 군도 전염병 때문에 죽었으면 그러한 전승을 못하였을 것입니다"

"그라면 너는 무슨 뽀쪽한 수라도 있느냐?"

"핵무기를 만들거나 아니면 안면생체인식 : 顔面生體認識 · 지피엑스 미사일 수 백기를 만들어 김정은과 북한군 최고 군 지휘관들의 사진을 미사일 꼭지에 내장시켜 살아있는 그들을 끝까지 찾아가 폭발하여 죽이는 무기를 개발하여야 한다는 것이지요. 지금의 기술로는 얼마든지 만들 수 있다고 생각합니다. 요즘 드론이나 차량에 장착된 지피엑스로 모르는 곳도 찾아가고 달도가고 화성에도가고…… 우리 어렸을 때는 닭이 알을 품어 병아리가 태어났지만 지금은 기계로 하고 마약에 그런 무기를 만들었다면 서울 불바다 소리는 없어 질 것인데! 이 세상은 내가 있으므로 내가 존재하는 것이므로……."

"글마! 자석 대갈통하나는 끝내주네! 그러면 되는데 뭐하려 나를 데리려왔느냐?"

"사자님이 해결을 한다면 못된 자들을 모두 잡아가겠지요!"

"너를 천상으로 보내려 했는데 다시 뒤돌아가거라. 네가 북파공작원 훈련 때 부하들이 팀장님은 숫총각이니 죽어서 저승으로 오면 선녀들의 목욕탕 때밀이로 보낸다 했는데…… 너희 부하들은 전부 죽어서 경비병으로 있다. 두 번이나 북에 침투하여 너의 명령에 의해 북한군이 많이 죽고 장애자도 생겼었다. 너는 지옥으로 갈 것이나! 내가 특별히 천상으로 보내 마 일단 내려가서 좋은 일 많이 하거라? 필요하면 부르고 그러면 집필 중단한 저승공화국 TV특파원 계속 집필하면 수십 권을……."

"내말은 신이면 뭐든 할 수 있잖아요?"

"아이구 쪼다! 그러면 프란치스코 교황과 전 세계 성직자들이 모여 하느님과 그의 아들 애수에게 부탁하여 김정은을 비롯하여 지상에 죄지은 자를 모두 지옥으로 보내게 해 달라하면 될 것 아니냐? 그러면 너와 다시 만날 날이 없겠지만…… 눈 곱게 뜨기라! 시리아내전으로 도망치다. 수많은 사람이 바다에 빠져죽는데 모세의 기적처럼 바다를 갈라지게 하면 배가 뒤집혀 죽은 난민도 없을 것 아니냐? 교황은 그런 능력도 없다더냐?"

"아이구! 느그미 씨. 그러면 전 국민이 종교를 믿어 하느님께 김정은을 저승으로 보내라고 하지! 저승사자가 그것도 모르는가?"

"일마가 씨 그라고 발을 쳐다보았으니! 씨발 욕이 아니가?"

"영감은 나를 때리려 씨 하고 팔을 들었으니 씨팔이니! 내가 씨를 판다는 뜻 아닙니까?"

"일마! 주둥바리하고는……. 아이구 골 아프다. 자! 찢어지자! 다음에 만나려오거든 꼭 연락을 먼저하고 오거라?"

"……."

위의 글이 저승사자를 2번 째 만난 이야기이고 이번 책 콜라텍은 3번 째 만난 이야기 입니다. 저는 신경안정제 아티반을 하루 2알과 수면제 4알을 먹고 잠이 듭니다. 북파공작원 팀장이 되어 8명의 부하를 데리고 북한에 2번 침투를 하여 테러를 가한 그러한 일로…… 북파공작원 상 하 권 책이 베스트셀러 입니다. 영화가 준비 중입니다.

책을 보시면 이해가 갈 것입니다.

　이 한 세상 태어나 머묾만큼 머물었으니 훌훌 털어버리고 가면 좋으련만 그게 어찌 인간의 마음이겠습니까! 마음속에 포기하지 못한 마음을 가지고 있는 것이 아닌 가 싶습니다. 누구나 터무니없는 꿈이라 생각하겠지요? 그 누군들 한번은 뼛속까지 바뀌길 원하지만 세상 사란 원하는 만큼 되지를 않는다는 걸 살아오면서 깨달았습니다. 이제 나이 들어 더 건강하게 행복하게 오래살고 싶은 마음은 굴뚝같지만 세상에서 제일 잔인한 병인 심장병을 가지고 있어 오래살고 싶다는 욕망에서 멀어진 마음이지만 인간이라서 욕망에서 초탈해질 수는 없었습니다. 떠남이 있으면 머묾이 있고 상처의 뒷면엔 치유가 있었으며……. 그게 나의 삶이었습니다. 인간에겐 삶이란 무엇을 손에 쥐고 있는가가 아닙니다. 혼자 있을 땐 자기 마음의 흐름을 떠올리고 집단 안에 있을 때는 말과 행동을 살피며 살았습니다. 이 세상의 생물은 언젠가 꼭 죽는다는 사실은 새로운 사실이 아니라는 것을 알기에 살아간다는 게 살아가는 이유를 하나씩 줄여간다는 게 얼마나 쓸쓸한 이유인가를 이제야 알았습니다. 늘 그 자리에 있을 줄 알았던 부모형제 일가친척 수많은 지인들이 없어진 이별마당의 하루해는 길었다고 생각했는데 계절의 변화에서 인가! 세월의 빠름과 계절의 변화를 말해주듯 주변의 색깔이 초록으로 변해가고 있습니다. 인간에겐 이별이 있으면 그 뒤엔 그리움이 있는 것입니다. 산과 들이 쉬어가는 계절입니다. 현재 김해 중앙병원에서 경희대 순환기내과 심재광 교수님·경희대 내과 임병렬 교수님·신경과 강성진 과장님·안과 허원재 과장님·피부과 강진희 과장님·정신의학과 유은라 과장님 등 6명의 의사에게 진료를 받고 하루 32알정도의 약을 먹고 있으며 매 주 한 번씩 뇌 영양제 주사를 맞고 있습니다. 담당 의사선생님들이 나의 이력과 성격을 알고 있어 좋은 조언을 갈 때마다 해줍니다. 특히 정신과 유은라 과장님은 천사 같은 미소를 지으며 자기 오빠를 대하듯 합니다. 하늘에 천사가 있다면 아마도 유은라 과장님과 같으리라 생각을 합니다. 신경안정제 두 알과 수면제 네 알을 매일 먹기 때문입니다. 유은라 정신과 과장님은 2017년에 출판된 꽃을 든 남자보다 책과 신문을 든 남자가 더 「매력적이다」 책을 읽고 "전 국민이 보아야 될 책이다"하였으며 2018년에 출판된 「슬픔을 눈 밑에 그릴 뿐」 시선 집을 직접 구입하여 읽어 보시고 "어머님과 소원했던 마음을 되돌아보게 되었다"고 하였습니다. 나는 부모님을 존경하고 의사선생님과 간호사 선생님들을 존경합니다. 누가 이때까지 살아 있게 하였습니까? 그들입니다. 독자님! 아프면 하느님이 마리아가 예수가 아닙니다.

컴퓨터를 끄면서

영국의 역사가이고 철학을 확립한 아놀드 토인비는 : Arnold Toynbee ·이 지구가 멸망을 하여 다른 별로 정착하려 인류가 지구를 떠나려면 대한민국 효도 : 孝道·문화를 꼭 가져가야 할 문화라고 했습니다. 토인비가 주창했던 우리의 풍습이 점점 식어가는 요즘의 사회 현상을 보면 핵가족으로 인하여 우리의 아름다운 교육인 밥상머리 교육이 쇠퇴해 : 衰退·가면서 인성교육이 : 人性敎育 ↔ 마음의 바탕이나 사람의 됨됨이 등의 성품을 함양시키기 위한 교육·이루어지지 않는다는 것입니다. 세계에서 전자기기 : 電子機器 ↔ an electronic equipment·발달이 최고라는 우리나라의 현실이라고 변명하기엔 참으로 씁쓸합니다. 요즘 청소년을 비롯하여 젊은 층은 스마트폰에 중독되어 있습니다. 비단 이 계층 뿐 아니라 국민 대다수가 그렇습니다. 이로 인하여 나날이 정신이 피폐해져가고 : 疲弊·있습니다. 국민여러분 잠시라도 스마트폰을 밀쳐두고 책이나 신문을 펼쳐보는 시간을 가져보면 어떨까요? 세종대왕님은 식사 중에도 책을 펴놓고 식사를 했다는 겁니다. 우리의 선조는 자식의 책 읽는 소리가 제일 듣기 좋다고 했습니다. 이와는 반대로 자식들에게 물려줄 최고의 : 最高·선물은 책 읽는 부모의 모습일 것입니다! 일본은 노벨상을 받은 사람이 25명이라는데 그들 모두가 "책을 많이 읽는다."라고 했습니다. 우리나라는 노벨문학상은 없고 김대중 대통령이 받은 평화상 1개입니다. 국내 최고 발행부수인 "조선일보"양상훈 논설 주간은 신문에 "책을 제일 적게 읽는 한국인의 노벨문학상은 희망이다"라고 했습니다. 깨달음은 늘 늦게 찾아오는 것입니다. 행여 "뱁새는 황새를 따라갈 필요가 없다"고 말하는 사람도 있을 겁니다! 그러나 우리의 민족이 일본인보다 뒤떨어진 민족이라고 말하는 사람은 없을 겁니다. 24시간 중 단 30분이라도 책을 읽으면 살아가는데 좋은 도움이 있을 수 있을 것입니다. 거칠어진 심성을: 心性 · 정화시키는 씨앗이 될 것입니다! 한 나라가 탄생하려면 영토: 壘土 · 국민: 國民 · 주권: 主權 · 등이 성립 된 후라야만 국가가 형성되는 것입니다. 이에 따라 민중이 창궐하여야하고 국가의 언어가 있어야하며 교육에 필요한 책이 있어야합니다. 우리는 단군의: 檀君 · 자손 배달의 민족입니다. 우리 국조: 國祖 · 단군왕검은 건국이념을 홍익인간: 弘益人間 · 이념의: 理念 · 바탕으로 건국하였습니다. 홍익인간이란 뜻을 살펴보면 "널리 인간을 이롭게 하라"는 의미로 직역되지만 흔히는 인본주의 · 인간존중 · 복지 · 민주주의 · 사랑 · 박애 · 봉사 · 공동체정신 · 인류애 같은 인류사회가 염원하는 보편적인: 普遍的 · 생각을 열거해 놓은 것입니다. "왜? 우리는 배달의 자손인가?"이런 질문은 곧 우리의 정체성을: 正體性 · 묻는 것입니다. 정체성은 사람의 본바탕을 말하는 것입니다. 그러므로 한국인의 본바탕이 무엇이냐고 묻는 경우와 같습니다. 여기서 본바탕은 뿌리로 주로 한국인의 정신적 근본과: 根本 · 기준이 무엇인가입니다. 말하자면 정신적 현주소가 아니라 정신적 뿌리를 묻는 것이 정체성입니다. 예의범절이 투철한 우리는 너도 배달의 자손이고 나도 한민족 배달인 이라고 할 때 나하고 너 사이에 공통점이라는 것이 곧 한민족 배달의 자손이라는 것입니다. 너하고 내가 똑같은 민족이므로 너하고 나는 곧 우리가 되는 셈이지요. 서로 정신적으로 근본이 같으며 기준

이 같다는 공감대 : 共感帶·안에서 사는 곳을 일러 고향이니 조국이니 같은 민족이니 하면서 너와 나는 우리가 되어 공동운명체로서 이 땅에서 살고 있는 것입니다. 이 땅은 한국으로 우리나라이며 우리 서로 동고동락 : 同苦同樂·하면서 우리 후손들까지 연결해가는 한민족간의 고리라 할 수 있습니다. 홍익이란 주지하다시피 넓을 홍 : 弘·이로울 익으로 : 益·널리 두루 두루 이롭게 한다는 말입니다. 지구상에 유인원 중 이러한 연결고리를 하고 있는 인간의 모임체인 사회는 : Society·처음 어떻게 만들어졌을까요? 사람들이 처음 만났을 때 무엇을 연결고리로 해서 서로 어울리고 서로 뭉치게 되었을까? 라는 이의 설명에는 유물론자와 : 唯物論·유심론자간에 : 唯心論·큰 차이가 있습니다. 유물론자는 "생산 활동이 : 生産活動·사람들을 조직화시켜서 사회를 만들었다"고 말하고 유심론자는 "공유가치가 : 共有價値·사람들을 결속시켜서 사회를 만들었다"고 말합니다. 유물론자들은 "사람은 천하없어도 먹지 않고는 못산다. 먹으려면 일을 해야 한다. 먹을 것만 생산하는 게 아니라 입을 것도 주거할 것도 다함께 생산해야한다. 이것이 곧 생산활동이다"라는 겁니다. "사람은 혼자서 생산 활동을 하기보다는 여럿이 모여서 공동체로 하여 생산하는 것이 훨씬 효과적으로 많이 생산할 수 있다"라는 것이지요. "혼자서 일을 하면 능률이 뒤떨어지지만…… 다섯이나 여섯 명이 모여서 단체로 한다면 20명 몫이나 50여 명이 일하는 효과가 있어 그만큼 생산을 많이 할 수 있다며 이렇게 모여서하는 생산 활동이 조직화되어서 조직사회라는 것을 만들어냈다"라고 유물론자들의 말입니다.

그러나 유심론자들은 "사람이 모여서 일하는 데는 그 이전에 먼저 충족되어야 하는 것이 있다"라고 보는 겁니다. "인간은 동물과 달리

감정이 : 感情 · 있고 마음이 있고 의지가 있다"는 겁니다. 다시 말 해 이성이 있다는 뜻입니다. 인간은 동물과 달리 즉 깨달음이 있는 것이 있다는 것입니다. "사람은 감정이 먼저 통하고 마음이 먼저 맞고 의지가 먼저 합쳐져야만 같이 일할 수 있는 존재다"라는 겁니다. 아무리 생산 활동이 긴요해도 감정과 마음의 의지가 서로 어긋나면 일시적으로 : 一時的 · 같이 일할 수 있을 뿐 끝내는 헤어지고 마는 겁니다. 따라서 "사람들이 일시적으로 같이 모여서 생산 활동을 펴는 데는 반드시 이 감정과 마음과 뜻이 하나가 되는 공유가치의 형성이 선행되어야하고 그렇게 해서 사회도 비로소 만들어졌다"라고 생각을 했던 것입니다. 유물론자가 맞느냐? 유심론자가 맞느냐? 는 닭이 먼저냐? 달걀이 먼저냐? 논쟁처럼 : 論爭 · 무의미합니다. 두 집단의 생각의 방식엔 언제나 자기 자신과 일치해서 생각하라는 것이지만 하지만 주목할 것은 유심론자들이 말하는 공유가치라는 것입니다. 공유가치는 그 사회 내에 함께 사는 대다수 사람들이 함께 가지고 있는 가치를 말하는 것입니다. 가치는 선 : 善 · 악과 : 惡 · 불의의 미추에 : 美醜 · 대한 사람들의 믿음입니다. 우리가 흔히 말하는 38선 이남은 선 : 善 · 38선 북쪽은 악 : 惡 · 이라는 말처럼 사람들이 가지는 가치는 보편성도 크지만 지역과 인종의 차이에 따른 특수성도 많이 갖고 있습니다. 설혹 그렇다 해도 함께 모여 사는 자기들끼리는 가치가 대개 하나로 일치되는 공유가치라는 것이 있습니다. 이 공유가치는 어느 사회 없이 도덕성을 띄고 있습니다. 해야 할 일과해서는 안 될 일이 엄격히 구분되어 있다는 것입니다. 그래서 인간 사회는 본질적으로 도덕사회라는 : 道德社會 · 것입니다. 어떠한 인간사회이든 도덕성을 : 道德性 · 지향해야만 성립될 수 있고 도덕성을 증대해가야만 유지 될 수 있는 것입니다. 도덕이 무너

지면 극단의 경우 소돔과 고모라 성처럼 되는 것이 인간사회입니다. 그런데 이같이 중요한 도덕성이 어느 사회 없이 사람들이 바라는 수준만큼 높지 않은 것이 인간 사회 특징 : 特徵 ↔ feature · 입니다. 어느 시대나 어느 사회도 부서지고 있다고 늘 개탄하는 : 慨歎 · 것이 이 도덕성이라는 겁니다. 그래서 어느 사회 없이 이를 증대시키려 끊임없이 노력하고 있는 것입니다. 그러나 작금의 우리사회 구석구석엔 님비 : Not In my Back Yard · 현상이 만연하고 있는 것입니다. 도덕이 점점 더 붕괴되고 : 崩壞 · 있는 안타까운 이 사회에서 자괴감이 : 自愧感 · 들기도 할 것입니다. 작금의 정치판을 보면 모든 국민은 자괴감이 들것입니다. 자기 이익만 : 利益 · 추구하려는 이기심 때문에 사회 전체가 병들어 있다는 뜻이기도 합니다. 이 모든 현상은 책과 신문을 멀리한 원인도 있습니다. 이 글을 읽는 일부 젊은이와 청소년들은 책을 읽든 스마트폰을 보든 무슨 차이가 있느냐고 할지 모르겠습니다. 하지만 우리 뇌는 게임 등을 할 때보다 책과 신문을 읽을 때 아주 활발하게 작동한다는 것이 과학적으로 증명 되었으며 정신신경과 의사들도 책 읽기를 권유를 하고 있습니다. 섹스 피어는 "절박한 자를 유혹하지 말라"라고 말했지만……. 다행이도 전국 곳곳에서 책읽기 운동을 벌이고 있습니다. 김해시도 책 읽는 도시로 선정되어 앞으로 5년간 행사를 하게 되었다는 뉴스를 들었습니다. 그간에 학생들에게 독서 시간을 주지 않은 잘못된 교육부와 학교의 책임도 큽니다! 지도층부터 서민까지 국민 대다수가 책 읽기를 싫어하니 사회 각 분야마다 앞날이 불투명하고 국운융성과 문화융성을 기대하기 어렵고 반면에 사회적 : 社會的 ↔ social cost · 비용도 늘어날 것입니다. 책과 신문을 읽는다 해서 집중력이 저절로 생겨나지 않습니다. 나의 지식으로 간직하려면 자신만의 훈련이 필요합니다. 책을 읽을 때 집중력인데 집중력은: 集中力·저절로 생겨 나는 것이 아니라? 자신만의 훈련이 필요하다는 겁니다. 책을 읽을 땐 좋은 내용을 누군가에 말해 주고 싶다거나 자신이 꼭 기억을 해서 삶의 일부에 보탬이 될 문맥이라면 밑줄을 긁어 보면서 읽으면 줄을 긁는 그 순간에 그 문맥이: 文脈·자신의 것이 되는 것입니다. 나라의 말을 존중하는 것은 나라말을 배우는 겁니다. 쇼생크 탈출 등 수많은 작품을 집필한 소설가이자 연설가인 미국인 스티브 킹은 "눈알이 빠지도록 읽고 손끝에 피가 나도록 글을 써라"그러니까? 자신과 세상의 소통은 책이라는 겁니다. 사랑의 주제든 철학이든 상식이든 이러든 저러든 아무튼 책을 펼치는 순간 상재된 문장과 교류는 자신만의 지식이 되는 것입니다. 문맹에서: 文盲·탈출: 脫出 ↔ escape·하게 되는 것입니다. 그 지식이: 知識·자신을 증명해 내는 소통의: 疏通 ↔ 뜻이 서로 통하여 오해가 없음·테두리가 되고 울림이 될 것입니다. 우리 인류는 책에 의해 발전을 해 왔습니다. 어려서부터 즐겨 읽고 많이 읽어야 지식과 지혜를 터득할 수 있는 것입니다. 책을 가까이하는 습관을 어려서 부터 길들여야 합니다. 책이 너무 비싸서 못 산다는 사람도 있을 겁니다. 그러나 1~2만원에 구입하는 책들의 탄생: 誕生·과정을 알면 오히려 너무 헐값이라는 생각도 들것입니다. 예를 들자면 소설가는 한 권의 책을 쓰기 위해 몇 년 혹은 10년 이상 매일 고통스러운 글쓰기를 하고 있습니다. 피를 찍어서 글을 쓰고 있다고 보면 될 것입니다. 국어국문과 교수는 단편소설 1편을: 21~30페이지·집필하여 문단에 등단하는데 5년을 걸렸다는 신문기사를 보았습니다. 단편이라면 21~30여 페이지 정도의 분량입니다. 그렇게 힘들여 등단을 하여 소설가가 되었다는 것입니다. 2016년 조선일보 신춘문예 소설부문 응시자가 720여 명이라는 겁니다. 그중에서 1명만 소설가로 등단하는 것입니다. 대학교수이며 소설가인 선배는 "소설을 집필 한다는 것이 암보다 더 큰 고통이다"라고 하였습니다. 그 소리를 듣고 병상을 찾아간 기자는 "그런 고통을 참으면서 책을 집필한 이유가 무엇입니까."를 묻자 "그러한 고통을 참고 집필한 원고가 책으로 출판되어 서점가판대에 가득 진열되어 있는 것을 보면 일순간에 그 고통이 사라진다."라고 답을 하더라는 것입니다. 작가란 덫을 놓고 무한정 기다리는 사냥꾼이나 농부가 전답에 씨앗을 뿌려놓고 발아가 잘될지 안 될지 기다리는 것입니다. 독자님들의 판단을 기다린다는 겁니다. 그 어려운 관문을 뚫고 등단하였다해서 완성도 높은 작품을 집필하여 베스트셀러 작가가 되긴 더더욱어렵기 때문입니다. 작가는 집필하고 싶은 강렬한 욕구 : 欲求 · 있어야완성도 높은 책을 집필할 수 있습니다. KBS TV에서 특집방송을 한인간 수명에 관한 내용인데 인간 수명 10단계 중 종교인의 평균 수명이 1위인 70세이고 소설작가가 제일 낮은 57세라는 것입니다. 저를알고 있는 사람들은 집필을 그만 두라고 합니다. 병원 담당 의사 선생님도 그러한 말씀을 합니다. 그러한데도 책을 집필 하는 것은? 출판사에서 요구도 하고 제가 집필을 그만 두면 할 일이 없습니다. 제일 빨리죽는데도……. 그러한데도 책을 집필하는 작가들의 노고를 알아주시길 바랍니다. 이러한 것을 알면 책값이 너무 비싸다고 하지를 마시기바랍니다. 책을 읽으면 정신건강에도 : 正身健康 · 좋은 것입니다. 책을많이 읽으면 생각의 방식과 : 方式 · 관련이 되는 겁니다. 생각의 방식을 바꾸지 않고서는……. 생각을 통하지 않고서는 다른 사람과 함께살아갈 수 있는 능력을 어디서도 찾을 수 없다고 봅니다! 그러한 현상이 축적되면 : 蓄積 · 자신이 무감각한 로봇 : soulless automatons · 같은 사람이 되는 겁니다. 다양한 책을 읽으면 분명 자신이 걸어가야 할 희망의 길이 있을 겁니다. 흐르는 빗물은 길이 없으면 돌아가고 낭떠러지 절벽에서 멈춤 없이 떨어져서 드넓은 바다로 갑니다. 가는 길이 즐거우면 목적지는 그리 중요하지 않습니다. 즐거운 마음으로 책을 읽읍시다. 인류의 역사에는 인간 생활의 질을 크게 향상시키거나 혹은 시대의 흐름을 결정적으로 : 決定的 · 바꾸어 놓은 발명품들이 : 發明品 · 있습니다. 예를 들어 증기관과 내연기관은 인류에게 산업화의 길을 열어준 획기적인 : 劃期的 · 발명품들입니다. 요즘의 디지털 세상이 펼쳐진 것은 1940년대 후반부터 등장한 반도체 소자들 덕분입니다. 이처럼 고대에서 : 古代 · 현대에 : 現代 · 이르기까지 역사에 기록된 수많은 발명품 중 가장 중요한 것 하나를 꼽으라면 그것은 무엇일까요? 발명품에도 명예의 전당이 : 殿堂 · 있다면 제일 높은 자리에는 아마도 "책"이 올라 칭송을 : 稱頌 · 받고 있어야 할 것 입니다. 책이야말로 선인들의 지식과 지혜를 : 知慧 · 축적하고 : 蓄積 · 그것을 후대에 전수하는 : 傳受 · 수단으로 오늘의 문명을 이룩하게 한 가장 큰 공로자이기 때문입니다. 인류의 위대한 사상과 중요한 지식은 책이라는 발명품속에 기록되고 보존되어 왔습니다. 전 세계적 베스트셀러인 성경과 경전을 비롯하여 코란 등 세계 각국의 헌법들은 대개 책으로 반포되었고 공자의 유교 사상과 뉴턴의 이론도 책으로 전해져 왔기 때문입니다. 찰스 디킨스의 흥미진진한 소설과 모차르트의 아름다운 음악도 책이 있어 즐길 수 있었고…… 선남선녀에게 청아한 즐거움을 주고 사회적으로 정신문화의 중추적인 : 中樞的 · 역할을 해 온 책의 소중함과 그 역할의 중요성을 생각하면 출판사와 서점들은 국민과 정부의 따뜻한 사랑과 열렬한 지원을 받아 크게 번창해야할 업종입니다. 그런데 우리의 현실은 어떤가요? 독서 인구가 아프리카보다 못한 대한민국이라는 것입니다. 그래서 정부에서는 심각하게 생각을 하고 있다는 보도입니다. 세계는 21세기를 문화의 세기로 규정하고 있습니다. 나라의 번영을 기약하는 근원적인 힘은 그 민족의 문화적·예술적·창의력에 달려 있습니다. 진정 문화의 세기를 맞으려면 문학을 : 文學 ↔ 冊 · 살려서 준비를 해야 합니다. 문학이 모든 문화예술의 핵심이기 때문입니다. 문학이 없이는 아무리 문화 예술을 발전시키려고 해도 발전되지 않는 법입니다. 그것은 문학은 새로운 문화를 창조하고 : 創造 · 역사를 앞서기 때문입니다. 볼테르나 루소의 작품은 프랑스 대혁명의 도화선이 되었으며…… 톨스토이나 투르게네프의 소설이 제정 러시아에 커다란 충격을 주었고 입센의 "인형의 집"이 여성운동의 서막이 되었고 스토 부인의 "엉클톰스캐빈"이 미국남북전쟁의 한 발화점이 되었으며 작가로선 최초로 미국의 최고의 훈장인 『대통령 자유의 메달』을 받은 스타인 백의 "분노의 포도"가 미국의 대 경제공황을 극복하게 만든 계기가 됐던 것입니다. 받아들이기 힘든 진실이 있을 것인데 이해를 못할 겁니다! 그래서 지금도 존재 하는 것일 겁니다. 신채호나 이광수와 홍명희는 당대의 사상가였고 명망 있는 천재들 이었습니다. 그들이 소설을 택한 것은 민중을 깨우치고 구국독립을 : 救國獨立 · 위한 방법이 문학이라고 생각했던 것입니다. 그들이 그들의 천재성을 발휘하여 권력을 탐냈더라면 권력의 수장자리 한 자리는 했을 것입니다! 다른 한편으로 경제적 부를 욕심냈더라면 분명히 대재벌이 되었을 것입니다. 그러나 그분들은 인류의 참된 가치를 권력이나 부에 두지 않고 진실된 인생의 추구나 올바른 세계의 건설 같은 보다 근원적인 것에 두었던 것입니다. 그런 그분들의 관점은 : 觀點 · 옳았고 그런 점에서 문학이

지니는 위대성은 영원한 것입니다. 이러한 것을 보더라도 문화예술의 꽃이라는 문학이 살려면 우선 시장이 건전해야 하는 전세가 있는데…… 아무도 그 시장의 현황에 대해서는 모르는 사람들과 관심이 없는 포진해 있는 것을 보면 말입니다. 내가 지역 문학 단체에서 활동한지도 20년이란 세월이 흘렀지만 지역 문학 활동의 행사장에 시장이나 시의회의장과 시의원을 비롯하여 정치인이 단 한 번도 참석하는 것을 못 보았습니다. 그러면서 그들은 문화 예술도시라고 선거 때면 곧 잘 써 먹으면서 문화 관광 도시를 만들겠다고 공약을 남발하고지만 효과는 미미합니다. 문화예술의 본질을 모르는 그들이 그런 말을 할 때면 가소롭기 그지없었습니다. 그런 거짓말로 표를 얻으려고 나불거리는 입안에 가래침을 끌어올려 뱉어버리고 싶었습니다. 옛 부터 폭군은 : 暴君·무신을 : 武臣·가까이 했고 성군은 : 聖君·문신을 : 文臣·가까이 했음을 모르는 모양입니다. 그래서 문화대국이라고 우쭐대는 프랑스 정치인들의 자랑이란 2차 대전 후 5공화국이 시작된 이래 역대 프랑스 대통령들은 저마다 예술 문화 애호가 임을 과시했습니다.

1890년생인 그는 수많은 전쟁을 치루고 1944년 해방된 파리로 돌아온 샤를 드골은 : charles de Gaulle·조국의 영광을 되찾기 위해 폴 발레리 : Valery·같은 작가들을 먼저 찾아 친분을 쌓았다 했습니다. 그는 가톨릭 인이고 전통적이 가족의 품에서 성장을 하면서 가톨릭 학교 선생인 아버지가 베르그송. 페기 같은 당대의 위대한 작가들의 글을 읽게 했다는 것입니다. 샤토브리앙의 글에서 큰 영향을 받았다고 했습니다. 전쟁터에서 사로잡혀 포로 생활도 했고 군사법원에서 교수형 사형선고를 받기도 했습니다. 프랑스가 해방되어 수많은 우여곡절을 겪은 1945년 드골이 총리로 지명이 되었습니다. 그러나 뜻대로 정치는 돌아

가지 않았습니다. 그는 1969년 재신임을 묻는 국민투표가 부결되자 스스로 퇴임해 고향으로 돌아가 콜롱베레되제글리즈에 은거하면서 자신의 전쟁 회고록을 집필을 했습니다. 드골정권에서 문화부 장관을 지낸 소설가 "앙드레 말로"는 역사 기록집필을 위해 그해 겨울 드골을 찾아가 서재에서 대화를 했는데 말로는 드골을 "장군"이라 부르며 드골에게 진정한 꿈이 무엇이었는지를 계속 묻자 "위대한 프랑스의 부활이었다며 정치란 공상의 세계를 제자리에 갖다놓게 하는 기술이고 그 위대함은 우리를 미지의 세계로 인도하는 길이다"라고 했다는 것입니다. 말로는 드골에게 "위대함이란 우선 고독입니다. 그러나 홀로 있지 않은 곳에서 느끼는 것은 고독입니다"라고 했다는 것입니다. 드골은 방대한 독서가 입니다. 로마 역사를 인용하다가 발레리의 시구를 : 詩句 · 읊었고 대중소설 "삼총사"는 "사람에게 꿈을 주기에 좋아한다."고 했다는 것입니다. 드골은 말로에게 "이방인"의 작가인 "알베르 카뮈"와 나눈 대화를 들려주었는데 카뮈가 드골과 헤어지면서 "어떻게 작가가 프랑스에 봉사할 수 있는가?"질문을 하자. 드골은 "글을 쓰는 모든 사람과 글 잘 쓰는 모든 작가는 다 프랑스에 봉사 한다"고 대답을 했다는 것입니다. 프랑스 역사에서도 은퇴한 대통령과 작가 출신 측근이 이처럼 정치와 역사와 문학이 뒤섞인 대화록을 남긴 것은 처음이라고 합니다. 프랑수아 미테랑은 프랑스 사회당 출신 최초로 대통령직에 올라 역대프랑스 대통령들 중 가장 오랜 기간인 14년을 집권을 했으며 그가 재임 때 프랑스와 서유럽의 정치 및 경제적 통합을 추진을 하여 성공하시고 금융과 주요 산업체를 국유화를 단행함을 비롯하여 최저임금을 인상하는 등 사회보장을 확대를 하였습니다. 1995년 전립선암이 악화 되는 바람에 2기 말년에 스스로 사임을 한 그는 러시아 대 문호인 : 文豪 · 도스토예프스키의 작품을 곁에 두고 읽었다고 했습니다. 프랑스의 자크 시라크는 파리정치대학을 나와 국립행정학교에서 공부를 마치고 고급공무원 생활을 하다가 정계에 입문하여 이후 농림부 장관 · 두 차례 총리 · 파리시장 등 다양한 요직을 거친 뒤 마침내 1995년에 프랑스 대통령이 되어 2007년까지 그 직을 수행 했습니다. 10대 시절 시인 프슈킨의 : Push kin · 작품을 번역했다고 자랑했습니다. 위의 기록에서 보았듯 프랑스의 정인들이 일상생활 때는 특별히 문학을 좋아 했기에 지금의 문화 대국이라고 자처하는 것이 아닐까요? 문학이 : 文學 · 그만큼 중요하다는 얘기입니다. 그래서인가! 국내 유명인들의 언론에 보도된 모습의 사진뒷면의 배경을 보면책이 가득 꽂혀 있는 책장입니다. 책을 많이 읽어서 나는 지식이 풍부하다는 광고 효과를 노리고 사용한 것입니다. 이명박 정부가 들어서고교육부가 대학정원을 줄이라고 압력을 가하니 대학들은 예체능 관련된 학과부터 줄였습니다. 문화예술의 가치조차 모른 채 일단 엎드리고보자는 대학들의 행동이 안쓰럽다는 예술인들의 주장들이었습니다. 오늘날의 예술을 뜻하는 아트란 : art · 어원은 라틴어인 아르스에서 : ars ↔ 아리스토텔레스 → Aristoteles · 14세기 초기에 프랑스와 이탈리아에서일어난 음악의 새로운 경향으로 유래되었고 아르스는 그리스어인 테크네에서 : techne ↔ 그리스 로마시대 때 의학 · 수사학 · 예술의 개념 · 기술의 뜻 · 나왔다고 합니다. 그리스인들은 인간의 제작활동 전반을 테그네로 보았습니다. 14세기말부터 16세기에 이르는 르네상스시대 초기에는 시와 춤과 음악을 예술로 인정하지 않았지만 아리스토텔레스의 시학이 출판되면서 진정한 예술로 인정을 받았다는 것은 모두가 잘 아시리라 생각이 됩니다. 프랑스 하면 루브르박물관과 세계 최고의 권위인 국제영화제와 앙굴렘 국제만화페스티벌 등 문화예술 분야가 먼저 떠오를 것입니다. 이러한 것들로 문화강국 프랑스 위상은 통계로 확인되었습니다. 프랑스 문화부와 재정부의 통계에 따르면 2011년 문화예술이 창조한 부가가치를 뜻하는 문화관련 국민소득은 약 570억 유로라고 : 약 82조 원 · 했습니다. 이는 프랑스가 자동차산업에서 얻은 80억 유로의 7배이고 화학 산업 140억 유로의 4배이며 전자와 통신관련 산업에서 얻은 250억 유로의 2배가 넘는 수치입니다. 낙농과 포도주로 유명한 프랑스 농업분야에서 창출한 가치 600억 유로와 비슷한 수치라는 것입니다. 또한 문화예술분야는 일자리 창출에도 크게 기여하고 있어 전체 근로자의 2.5%인 67만 여명이 문화예술에 종사하고 있어 이 분야의 훈련생까지 포함하면 그 숫자가 87만 여명에 이른다는 것입니다. 우리나라 청소년들에게 장래의 희망직업이 무엇이냐고 물어보면 연예인과 같은 콘텐츠 산업과 연관된 직업이 상위라고 합니다. 과연 이러한 현상이 국가적으로 바람직하냐를 떠나서 콘텐츠 : Contents · 산업은 청소년들의 일자리를 제공한다는 점에서 의미가 있습니다. 문화 콘텐츠와 문화 기술의 융합이 미래의 지평을 열어갈 수도 있습니다. 1928년에 나온 디즈니의 "미키마우스"는 160여 편의 애니메이션으로 제작되었으며 30여 권의 책으로도 발간되어 라이선싱과 : licensing · 상품화 등을 포함해 실제로 매년 6조 원을 벌어들인다고 합니다. 계산방법이 조금은 다를 수 있겠지만! 미키마우스는 세계 최대의 봉급자라고 할 수 있습니다. 문화 콘텐츠 산업에서 자주 인용되는 "해리포터"는 1997년에 출간되어 지금까지 총 7권의 책이 출판되었습니다. 그로 인하여 8편의 영화로 만들어져 300조 원의 매출이 이루어져서 영국 경제에 기여하는 효과는 매년 5조원에 이른다고 합니다. 이처럼 콘텐츠는 세계적인 작품을 만들면 오랫동안 꺼지지 않은 램프와 같이 어마어마한 수익을 창출하기 때문에 한 나라 국가의 경제적으로 매우 중요한 위상을 가지고 있는 것입니다. 또한 콘텐츠 산업의 중요성은 여기에 그치지 않습니다. 콘텐츠산업은 타 산업과의 융합을 통하여 많은 플러스알파의 효과를 냅니다. 부연 설명하자면? 타 산업과의 융합을 통해서 고부가가치를 실현하고 제조업체와 서비스업에 문화라는 옷을 입혀 고급화…… 고부가가치화에 기여를 합니다. 이러한 문화예술은 문학에서부터 출발합니다. 시나리오·극본이나 대본·노래가사 등등은 문학을 하는 작가들에 의해 생산되기 때문입니다. 그래서 모든 콘텐츠에 관련된 문화예술은 문학에서 부터 시작을 하는 것입니다. 그러나 우리의 현실은 그들의 뒷받임하는 제도가 너무나도 허술합니다. 문화 체육부 장관은 무었을 하는지…….

산과 들도 쉬어가는 계절인
김해시 북부동 『화정 글 샘 도서관』에서

책을 마무리 지으며

　이 책 원고는 2018년 1월에 탈고되어 학고방 출판사에서 출간하기로 하였으나 출간 과정에 약간의 껄끄러운 일로…….

　그러던 중 도서출판 현문출판사에서 "출판을 하겠다"라고 하여 2019년 3월 3일에 출판사 회장을 만나 출판 확정을 짓고 왔습니다. 하지만 일이 꼬이려고 그랬나! 출판이 어려워졌다는 얘기가 들려왔습니다. 회장은 "이 일만 해결 되면 바로 출판을 하겠다" 하였지만 저는 책이 출간되어야 새 작품을 집필하는 성격이어서 2019년은 아예 집필을 포기하고 대중가요 가사 몇 곡을 작사하고 허송세월을 보내고야 말았습니다.

　독자님들은 윗글을 읽고서 '그동안 학고방에서 6권의 책을 출판했으면서 왜 갑자기 현문에서 출판을 하려 했을까?' 하겠지요! 현문은 원래 「생각하는 백성」이란 출판사로 그곳에서 제 책 3편을 출판했었습니다. 2001년에 출간되었던 『쌍어 속의 가야사』, 『늙어가는 고향』 『짬밥 별곡』 1, 2, 3권이 그것이죠. 이외에도 「생각하는 백성」에서 「민미디어」를 통해 『애기하사 꼬마하사 병영일기』 상 하 권을 신세대에 맞게 윤색을 하여 국방부에 납품하기로 했었는데요. 제게 매전방식으로 계약을 하자며 2,600만 원의 계약금을 현장에서 주고, 「민미디어」에 윤색비: 潤色費 · 600만 원을 주었습니다. 그러나 국방부에선 6권을 하면 자금이 많이 들어간다고 난색을 하여 3권을 출간했습니다. 당시 서울에 가면 회장님이 서울에서 제일 좋은 음식점에 데려가 주었고 잠자리도 보살펴 주었습니다.

　그뿐만이 아닙니다.『늙어가는 고향』과『슬픔을 눈 밑에 그릴 뿐』에「쓸쓸한 고향 길」이라는 시가 실려 있는데요. 시 한 편이 단편 소설 한 편 분량인 21페이지에 달합니다. 2002년에 KBS 제1라디오의 수원대학교 이주향 교수가 진행하는 책 마을 산책에서『늙어가는 고향』이 명절날 고향을 그립게 하고 부모·형제가 생각나는 책으로 선정되어 구정 설날에 제가 서울로 올라가 30분 특집방송을 하였는데요. 그때 출판사에서『늙어가는 고향』을 세계일보와 부산일보에 가로 36센티 세로 19센티 칼라 광고를 하고 서점용 포스터를 만들기도 하면서부터「쓸쓸한 고향 길」이 많이 알려진 것 같습니다. 부산대학교 양산병원 의사인 유온라 선생님이 이 시를 읽고 많은 느낌을 받았다며 책에 사인을 받기도 하고 언제는 대구교도소 재소자 한 분이 시를 읽고 나서 여러 번 울었다고 편지를 보내오기도 했습니다.

　이외에도 미국 샌프란시스코 교민 방송에서 낭독 방송도 했으며 국군방송에서 김이연 소설가가 진행하는 '문화가 산책'에서 한 시간 방송하기도 했습니다. 마산 MBC에서 제가 집필한 책에 대해 3일간 다뤘을 때도 이 시를 낭독하는 방송을 했는데요. 낭독 방송을 위해 이 시를 녹음할 때가 아직도 선명하게 기억납니다. 이 낭독은 부산 비전스에서 방송용 녹음테이프 제작을 하는데, 시가 슬퍼 성우가 우는 바람에 녹음을 중단했거든요. 이튿날에 다시 녹음하였는데도 울먹임이 있게 녹음이 되어 후반부 회상에선 부산 동아대학교 문예창작과 남자 교수가 맡아 하게 되었습니다. 낭독 시간만 27분인 그 녹음테이프를 아직도 간직하고 있습니다.

게다가 2015년에, 『꽃을 든 남자보다 책과 신문을 든 남자가 더 매력적이다』 집필 소식을 듣고 현문 회장님이 "아직 문서상 계약이 안된 상태면 현문에서 출간하자"고 말하며 "김해로 내려가겠다"라고 했지만 이미 학고방과 계약이 된 상태였습니다. 그래서 어쩔 수 없이 다음을 기약할 수밖에 없었는데 이때 그 생각이 났던 것입니다. 회장님께 연락을 드리자 "비행기를 타고 계약을 하려 내려온다"하여 『콜라텍』을 현문에서 출간하려고 하였습니다.

그러나 일이 이렇게 되어 다시 학고방의 자회사인 인터북스에서 출판하기로 하였습니다. 결과적으로는 갈팡질팡하느라 시간이 이렇게 지나버린 셈이지요. 그래도 현문에서는 『저승공화국 TV특파원』을 『신들의 재판』이란 이름으로 재출간하기로 하였으니 두고 볼 일입니다.

추신.

학고방에서 이 책까지 7권을 출간했으나 단 한 번도 출판사에 가지 못하여 정말 미안합니다. 봄이면 출판사가 바쁘다는데…….

하운근 사장님과 조연순 팀장님께 거듭 감사하다는 말을 드립니다. 여기 언급하지 못한 임직원 여러분께도 감사하다는 말씀 올립니다.

콜라텍

2020. 1. 15. 1판 1쇄 인쇄
2020. 1. 23. 1판 1쇄 발행

지은이 강평원
발행인 김미화 발행처 인터북스 편집 조연순 표지디자인 오동준
주소 서울시 은평구 연서로20길 11 전화 02.356.9903 팩스 02.6959.8234
이메일 interbooks@naver.com 홈페이지 hakgobang.co.kr 출판등록 제2008-000040호
ISBN 978-89-94138-66-4 03800 정가 20,000원

이 도서의 국립중앙도서관 출판예정도서목록(CIP)은 서지정보유통지원시스템 홈페이지(http://seoji.nl.go.kr)와
국가자료공동목록시스템(http://www.nl.go.kr/kolisnet)에서 이용하실 수 있습니다. (CIP제어번호 : CIP2020001947)